Dan sterft ze

Van dezelfde auteur

De misdaadschrijver
Vertrouw niemand

Bezoek onze internetsite www.awbruna.nl
voor informatie over al onze boeken en dvd's.

Gregg Hurwitz

Dan sterft ze

A.W. Bruna Uitgevers B.V., Utrecht

Oorspronkelijke titel
They're Watching
© 2010 by Gregg Hurwitz
Published by arrangement with Lennart Sane Agency AB
Vertaling
Jan Smit
Omslagontwerp
Studio Jan de Boer
© 2011 A.W. Bruna Uitgevers B.V., Utrecht

ISBN 978 90 229 9754 3
NUR 332

Dit boek is gedrukt op papier dat het keurmerk van de Forest Steward-ship Council (FSC) mag dragen. Bij dit papier is het zeker dat de produc-tie niet tot bosvernietiging heeft geleid. Een flink deel van de grondstof is afkomstig uit bossen en plantages die worden beheerd volgens de re-gels van FSC. Van het andere deel van de grondstof is vastgesteld dat hiervoor geen houtkap in de laatste resten waardevol bos heeft plaatsgevonden. Daarom mag dit papier het FSC Mixed Sources label dragen. Voor dit boek is het FSC-gecertificeerde Munkenprint gebruikt. Dit papier is 100% chloor- en zwavelvrij gebleekt en wordt geleverd door Arctic Paper Munkedals AB, Zweden.

Voor Kelly Macmanus, die me liet kennismaken met de stad

Niets is bestand tegen de onnozelheid
van een dwaas met echt talent.

– ANONIEM

Ik nam een haarspeldbocht, klemde het stuur in mijn handen en probeerde niet heen en weer te glijden op mijn stoel. Als het slagersmes onder mijn dijbeen begon te schuiven, zou het zich in mijn vlees boren. Het mes lag onder een hoek, met het heft in de richting van de tussenconsole, onder handbereik. De scherpe lucht van geschroeid rubber drong door de blazers de auto binnen. Ik moest me beheersen om niet weer plankgas te geven. Met zo weinig tijd kon ik het me niet veroorloven te worden aangehouden.

Ik stormde de smalle straat door, met mijn handen vochtig om het stuur. Mijn hart pompte zoveel angst en adrenaline door mijn aderen dat ik naar adem snakte. Ik keek van het klokje naar de straat, en weer terug. Op een paar straten afstand draaide ik de auto met piepende banden naar de stoep en gooide het portier open, nog net op tijd. Toen ik in de goot begon te kotsen, zag ik een tuinman die me vanachter zijn pruttelende maaimachine onbewogen aanstaarde.

Wankelend richtte ik me weer op, veegde mijn mond af en reed door, wat langzamer nu, de steile helling op. Even later draaide ik de ventweg in, zoals aangegeven, en binnen een paar seconden zag ik de stenen muur en het ijzeren hek dat paste bij de bekende poort aan de voorkant. Ik sprong uit de auto en toetste de code in. Het hek week trillend terug. De geplaveide oprit, omzoomd door jacaranda's, liep recht naar de achterkant van het huis. Eindelijk kwamen de gastenkamers in zicht. Met zijn witgepleisterde muren, glooiende pannendak en hoge veranda was het gastenverblijf nog groter dan de meeste gewone huizen in onze eigen straat.

Ik stopte naast de cactuspot aan de voet van de trap, vlak bij het huis. Met mijn handen op het stuur probeerde ik op adem te komen. Nergens was een teken van leven te bespeuren. Helemaal aan de andere kant, nauwelijks zichtbaar tussen de takken door, stond het huis zelf, donker en stil. Zweet prikte in mijn ogen. De trap vlak naast mijn raampje was zo steil dat ik niet op de veranda kon kijken. Eigenlijk zag ik maar heel weinig, alleen de stootborden. Dat was ook de bedoeling, nam ik aan.

Ik wachtte. En luisterde.

Eindelijk hoorde ik boven me een deur krakend opengaan. Een voetstap. En nog een. Toen verscheen er een mannenschoen op de bovenste tree in mijn gezichtsveld. De rechtervoet volgde, daarna zijn knieën, zijn dijen en zijn middel. Hij droeg een versleten werkbroek, een onopvallende zwarte riem en een T-shirt dat misschien grijs was.

Ik liet mijn rechterhand naar het heft van het vleesmes glijden en klemde het zo stevig vast dat mijn handpalm tintelde. Iets warms sijpelde in mijn mond; ik had op mijn wang gebeten.

Op de onderste tree bleef hij staan, nog geen halve meter van mijn raampje. De daklijn van mijn auto deelde hem bij zijn middel in tweeën. Ik wilde omlaag duiken om zijn gezicht te kunnen zien, maar ik was gewaarschuwd om dat niet te doen. Bovendien stond hij te dichtbij.

Hij bracht zijn hand omhoog en tikte met zijn knokkel tegen het glas. Eén keer.

Met mijn linkerhand drukte ik op de knop, en het raampje ging zoemend omlaag. Het lemmet van het verborgen mes voelde koel tegen de onderkant van mijn dijbeen. Ik koos een plek op zijn borst, vlak onder zijn ribben. Maar eerst moest ik nog een paar dingen weten.

Zijn andere hand schoot opeens naar voren en gooide iets ter grootte van een vuist door de spleet van het inmiddels halfgeopende raampje. Het kwam op mijn schoot terecht en voelde verrassend zwaar aan.

Ik keek omlaag.

Een handgranaat.

Mijn adem stokte en ik probeerde het ding te grijpen.

Maar voordat mijn gespreide vingers zich eromheen konden sluiten, exploodeerde de granaat.

1

Tien dagen eerder

In mijn boxershort liep ik de koude flagstones van mijn tuinpad af om de ochtendkrant te halen, die zoals gewoonlijk in de plas naast de kapotte sproeier lag. De ramen en glazen schuifdeuren van de appartementen aan de overkant – Bel Air, maar alleen volgens de postcode – weerspiegelden de grijze wolken, die goed bij mijn stemming pasten. Zoals altijd had de winter in Los Angeles zich weer verslapen: te laat uit bed, worstelend met een kater, en geen tijd om zich een beetje toonbaar te maken. Maar nu was hij er dan toch, met temperaturen onder de tien graden en een dun laagje dauw op de luxe leasewagens.

Ik pakte de druipende krant, gelukkig in plastic verpakt, en vluchtte weer naar binnen. In de huiskamer liet ik me op de bank vallen, haalde *The Times* uit zijn plastic hoesje en greep naar het showbusinesskatern. Toen ik het openvouwde, viel er een dvd in een plastic doosje uit en landde op mijn schoot.

Verbaasd keek ik ernaar en draaide het eens om. Een van die anonieme, blanco schijfjes, die je per twintig tegelijk koopt om films of muziek op te branden. Vreemd. Een beetje onheilspellend, zelfs. Ik stond op, knielde op het kleedje en stak de disk in de dvd-speler, met het geluid uitgeschakeld om Ariana niet te wekken. Toen ging ik op de grond zitten en keek naar het plasmascherm, dat ik in een opwelling had gekocht toen onze bankrekening nog een opwaartse beweging vertoonde.

Het beeld schokte een paar keer, maar toen zag ik een close-up van een raam met koloniale luiken, die niet helemaal gesloten waren. Door het raam kon ik een dofmetalen handdoekenrek en een rechthoekige staande wastafel onderscheiden. Aan de rand van het beeld was nog een buitenmuur te zien, in Cape-Cod-blauw. Het duurde maar een seconde voordat ik het herkende. Het was me net zo vertrouwd als mijn eigen spiegelbeeld, maar wel een beetje vreemd, in deze context.

Ik keek naar onze eigen badkamer beneden, van buitenaf gezien, door het raam gefilmd.

Er roerde zich iets in mijn maag. Een angstig voorgevoel.

De opname was korrelig, waarschijnlijk digitaal. De scherptediepte vertoonde geen compressie, dus vermoedelijk geen zoom. De beelden moes-

11

ten vanaf een meter of twee buiten het raam zijn gemaakt, ver genoeg weg om geen reflectie op te pikken. Het was een statische opname, misschien vanaf een statief. Geen geluid, alleen die volmaakte stilte, die als een scheermes onder de huid van mijn nek leek te dringen. Ik zat als gehypnotiseerd.

Door het raam en de halfopen badkamerdeur was een klein deel van de gang te zien. Er verstreken een paar seconden zonder dat er iets gebeurde. Toen zwaaide de deur naar binnen en zag ik mezelf binnenkomen, zichtbaar vanaf mijn nek tot aan mijn knieën. De luiken hakten me in mootjes. In mijn blauw-wit gestreepte boxer liep ik naar de wc om te plassen, met mijn rug halfverborgen voor de lens. Er was een vage blauwe plek te zien, hoog op mijn schouderblad. Ik waste mijn handen aan de wastafel en poetste mijn tanden. Toen verdween ik weer. Het scherm ging op zwart.

Terwijl ik naar mezelf keek, had ik op de binnenkant van mijn wang gebeten. Onnozel staarde ik omlaag om te zien wat voor boxer ik vandaag droeg. Geruit, katoen. Ik dacht na over die blauwe plek. Vorige week had ik mijn rug gestoten toen ik opstond onder een open kastdeurtje. Ik probeerde me net te herinneren wanneer dat was geweest toen ik Ariana hoorde stommelen, achter me in de keuken, waar ze het ontbijt maakte. Geluiden klinken heel ver door in ons huis, een open-plan woning uit de jaren vijftig, met twee verdiepingen en brede doorgangen.

De plek waar de dvd verborgen had gezeten, in het showbusinesskatern van de krant, moest een betekenis hebben. Ik drukte op PLAY en keek nog eens. Een grap? Maar geestig was het niet. Eigenlijk was het helemaal niets. Maar wel verontrustend.

Nog steeds kauwend op mijn wang stond ik op en liep de trap op, langs mijn werkkamer met uitzicht op de veel grotere tuin van de Millers, en stapte onze slaapkamer binnen. Daar inspecteerde ik mijn schouderblad in de spiegel: dezelfde blauwe plek, op dezelfde plaats en met dezelfde vorm en kleur. Achter in de inloopkast vond ik de wasmand. Bovenop lag mijn blauw-wit gestreepte boxershort.

Gisteren.

Ik kleedde me aan en daalde de trap weer af naar de huiskamer. Ik schoof mijn deken en hoofdkussen opzij, ging op de bank zitten en startte de dvd opnieuw. Hij duurde een minuut en eenenveertig seconden.

Zelfs als het niets anders bleek te zijn dan een smakeloze grap, was het wel het laatste waar Ariana en ik nu behoefte aan hadden. Ik wilde haar niet ongerust maken, maar ik kon het ook niet voor haar verborgen houden.

Voordat ik een beslissing had genomen, kwam ze binnen met een ontbijtblad. Ze had zich al gedoucht en aangekleed, en droeg een mariposa uit haar plantenkas achter haar linkeroor. De bloem contrasteerde opvallend met haar kastanjebruine, golvende haar. Instinctief zette ik de televisie uit. Haar blik ging naar het toestel en ze zag het groene lichtje van de dvd-speler. Ze verschoof haar greep op het blad en tikte met haar duim tegen haar gouden trouwring; een zenuwtic. 'Waar kijk je naar?'

'O, iets van school,' zei ik. 'Maak je geen zorgen.'

'Waarom zou ik me zorgen maken?'

Een stilte terwijl ik bedacht wat ik moest zeggen. Ten slotte haalde ik mijn schouders op.

Ze hield haar hoofd schuin en knikte naar een dun korstje op de knokkels van mijn linkerhand. 'Wat heb je gedaan, Patrick?'

'Ik ben met mijn hand tussen het portier van de auto gekomen.'

'Nogal een lastig portier, de laatste tijd.' Ze zette het blad op de koffietafel. Gepocheerde eieren, toast, sinaasappelsap. Ik keek eens goed naar haar. Caramelkleurige huid, dik, bijna zwart haar, grote donkere ogen. Ze was vijfendertig, een jaar ouder dan ik, maar dankzij haar genen leek ze een paar jaar jonger. Hoewel ze was geboren en getogen in de Valley, had ze een gemengde mediterrane afkomst: Grieks, Italiaans, Spaans, zelfs nog wat Turkse invloeden. En de beste elementen van al die volkeren kwamen samen in haar gezicht. Tenminste, zo zag ik het. Terwijl ik naar haar keek, dacht ik terug aan hoe het vroeger was geweest tussen ons; mijn hand op haar knie als we zaten te eten, de warmte van haar wang als ze wakker werd, haar hoofd tegen de holte van mijn arm in de bioscoop. Mijn woede tegen haar begon te verdampen, dus concentreerde ik me op het lege scherm.

'Dank je,' zei ik, met een knikje naar het ontbijtblad. Door mijn amateuristische detectivewerk liep ik al tien minuten op mijn schema achter. Blijkbaar zag Ariana hoe gespannen ik was, want ze fronste en verdween.

Zonder het eten aan te raken stond ik op van de bank en stapte weer naar buiten. Ik liep om het huis heen, naar de kant van de Millers. Natuurlijk waren er geen sporen te vinden in het natte gras onder het raam, en de dader was ook niet zo behulpzaam geweest een doosje lucifers, een sigarettenpeuk of een te kleine handschoen te laten vallen. Ik deed een paar stappen opzij tot ik het juiste perspectief gevonden had. Met een onheilspellend voorgevoel keek ik eerst over mijn ene schouder en toen over de andere, maar de onrust bleef. Toen ik door de lamellen tuurde, kreeg ik het surrealistische gevoel dat ik mezelf weer de badkamer zou zien binnenkomen in een blauw-wit gestreepte boxer, als in een tijdmachine.

In plaats daarvan verscheen Ariana in de badkamer en keek door het raam. *Wat doe je daar?* mimede ze.

De pijn in mijn gekneusde knokkels vertelde me dat ik mijn vuisten had gebald. Ik ademde uit en ontspande mijn handen. 'Ik wilde even bij de schutting kijken. Die begint in te zakken.' En ik wees ernaar als een idioot. Kijk, de schutting!

Met een grimas sloot ze de lamellen toen ze de wc-bril liet zakken.

Ik stapte weer naar binnen, liep naar de bank en bekeek de dvd voor de derde keer. Toen haalde ik de disk eruit en bestudeerde het geëtste logo. Het was hetzelfde goedkope merk dat ik gebruikte om tv-programma's op te nemen als ik ze beneden wilde zien. Opzettelijk onopvallend.

Ariana kwam langs en keek naar het onaangeroerde ontbijt op het blad. 'Ik heb het niet vergiftigd. Echt niet.'

Ik grijnsde wat zuur. Toen ik opkeek, was ze al verdwenen richting de trap.

Ik gooide de dvd op de passagiersstoel van mijn aftandse Camry en bleef bij het open portier staan, luisterend naar de stilte van de garage.

Vroeger was ik dol op dit huis. Het lag boven aan Roscomare Road, vlak bij Mulholland, en was nauwelijks betaalbaar. Ik had het alleen kunnen kopen omdat het in dezelfde straat lag als die appartementen met scheuren in het stucwerk en een klein winkelcentrum. Aan onze kant van de straat stonden enkel huizen, en wij deden alsof we in een echte buurt woonden, niet aan een doorgaande weg tussen twee buurten. Ik was zo trots geweest toen we erin trokken. Ik had nieuwe cijfers voor het huisnummer gekocht, de lantaarn van de veranda gerepareerd en de ouwewijvenrozen wegge-haald. Met veel zorg, en hoge verwachtingen.

Het geluid van de passerende auto's drong door tot de donkere ruimte om me heen. Ik drukte op de knop om de garagedeur te openen en dook eron-derdoor. Toen liep ik terug via het hek aan de zijkant, langs de vuilnisem-mers. Door het raam boven het aanrecht kon ik duidelijk de huiskamer zien, met Ariana, die op de armleuning van de bank zat. Damp steeg op van de koffiebeker op haar knie. Ze hield hem plichtsgetrouw vast, maar ik wist dat ze er geen slok van zou drinken. Ze zou daar zitten huilen totdat de koffie koud was en hem dan door de gootsteen spoelen. Zoals altijd stond ik als aan de grond genageld, in het besef dat ik naar haar toe moest gaan, maar mijn laatste restje trots hield mij tegen. Mijn vrouw, met wie ik elf jaar was getrouwd, zat in de kamer te huilen. En ik stond hierbuiten, verloren in een mist van stille wanhoop. Na een paar seconden sloop ik bij het raam vandaan. Die bizarre dvd had me nog kwetsbaarder gemaakt, en ik kon het niet opbrengen om mezelf te straffen door naar haar te blijven kijken. Van-ochtend niet.

2

Toen ik opgroeide, vond ik niets zo mooi als films. Een vervallen bioscoop op fietsafstand had matinees met wat oudere films, voor maar twee dollar vijfentwintig. Als jochie van acht betaalde ik met kwartjes die ik verdiende door lege blikjes te verzamelen voor het statiegeld. Op zaterdag was de bioscoop mijn klaslokaal, op zondag mijn tempel. *Tron, Young Guns, Lethal Weapon;* door de jaren heen waren die films mijn speelkameraden, mijn babysitters, mijn leraren. Als ik daar in het flakkerende donker zat, kon ik iedereen zijn die ik wilde, als het maar niet Patrick Davis was, dat saaie joch uit een voorstad van Boston. Steeds als ik de aftiteling voorbij zag komen, kon ik niet geloven dat dat namen van echte mensen waren. Wat hadden die een geluk.

Niet dat films het enige waren in mijn leven. Ik zat ook op honkbal, zodat mijn vader trots op me kon zijn, en ik las veel, tot grote voldoening van mijn moeder. Maar de meeste dromen uit mijn jeugd waren geïnspireerd door celluloid. Of ik nu een flyball sloeg en aan *The Natural* dacht, of op mijn Schwinn met tien versnellingen fietste in de hoop dat ik zou opstijgen als in *E.T.*, films gaven mijn redelijk normale jeugd een gevoel van verwondering en verbazing mee.

Volg je droom. Dat hoorde ik voor het eerst van mijn decaan op de middelbare school, toen ik bij haar op de bank zat en een glanzende brochure van UCLA bekeek. *Volg je droom.* Het staat op elke persoonlijk gesigneerde publiciteitsfoto van iedere beroemdheid, het keert terug in elk succesverhaal bij Oprah, elke eindexamenspeech, elke peptalk van een beroepsgoeroe. *Volg je droom.* En dat deed ik, het hele land door, een doodgewone jongen die de ene verwarrende cultuur voor de andere verruilde, een rotskust voor een zandstrand, een bekakt accent voor surfertaal, skitruien voor T-shirts.

Zoals iedere dromer begon ik al een week na mijn verhuizing aan mijn eerste filmscript en typte mijn vingers blauw op een Mac Classic, nog voordat ik de moeite had genomen mijn koffers uit te pakken op mijn studentenkamer. Hoezeer ik het ook naar mijn zin had aan UCLA, ik bleef een buitenstaander, die met zijn neus tegen het glas de etalages bekeek. Pas na jaren kwam ik erachter dat iederéén in Los Angeles een buitenstaander is. Sommige mensen deinen alleen wat beter mee op de muziek die je schijnbaar kunt horen. *Volg je droom. Geef het niet op.*

Mijn eerste geluk kwam al vroeg, maar zoals de meeste kansen in het leven totaal onverwachts, zonder dat ik ernaar op zoek was. Een introductiefeestje voor eerstejaars, met te luid gelach en te veel tieners die zich een houding probeerden te geven. En daar stond ze, tegen de muur bij de uitgang geleund, een beetje misnoegd, maar met levendige, intelligente ogen. Dat ze in haar eentje was, leek bijna niet mogelijk. Gesterkt door een bekertje lauw tapbier stapte ik op haar af. 'Je kijkt verveeld.'

De donkere ogen gleden mijn kant op en namen me kritisch op. 'Is dat een voorstel?'

'Een voorstel?' herhaalde ik onnozel, om tijd te winnen.

'Ga jij me vermaken?'

Ze was mijn zenuwen meer dan waard, maar hopelijk liet ik niets merken. 'Dat zou mijn opdracht in het leven kunnen zijn.'

'Maar ben je er mans genoeg voor?' vroeg ze.

Ariana en ik trouwden kort na ons afstuderen. Iets anders was nooit bij ons opgekomen. Wij waren de eersten die de stap zetten. Gehuurde smokings, een bruidstaart van drie etages, iedereen enthousiast en met vochtige ogen, alsof er nooit eerder een bruid met ingehouden pas naar het altaar was geschreden op de klanken van Händels *Water Music*. Ari zag er oogverblindend uit. Tijdens de receptie keek ik naar haar en schoot vol, zodat ik mijn toost niet kon afmaken.

Tien jaar lang gaf ik Engels aan een middelbare school en schreef filmscripts in mijn vrije tijd. Mijn werk gaf me daartoe voldoende gelegenheid – elke dag om drie uur klaar, veel vakantie, lange zomers – en zo nu en dan mailde ik een scenario aan vrienden van vrienden in de filmbusiness, waar ik nooit een reactie op kreeg. Ariana klaagde niet dat ik zo lang achter de computer zat, maar was blij dat ik er plezier in had, zoals ik genoot van haar liefde voor planten en meubelontwerp. Vanaf het moment dat we samen dat eerste feestje waren ontvlucht, hadden we altijd een goede balans bewaard. We probeerden elkaar niet te verstikken, maar hielden ook niet te veel afstand. Geen van beiden hoefden we beroemd of stinkend rijk te worden. Het klinkt afgezaagd, maar we wilden gewoon dingen doen die we leuk vonden en waar we blij van werden.

Toch hield ik dat zeurende stemmetje in mijn achterhoofd, mijn Californische droom. Die had minder te maken met rode lopers of met Cannes dan met een filmset waar een paar acteurs mijn teksten zouden zeggen, geschreven voor een betere cast. Gewoon een lowbudgetfilm voor een achterafzaaltje. Dat was toch niet te veel gevraagd?

Iets meer dan een jaar geleden liep ik bij een picknick een agente tegen het lijf, die enthousiast was over mijn script voor een complotfilm, getiteld *They're Watching*. Het ging over een zakenbankier die in grote moeilijkheden komt als tijdens een stroomstoring in de metro zijn laptop wordt verwisseld met die van iemand anders. Vervolgens krijgt hij te maken met de maffia en de CIA, die met chirurgische precisie zijn hele bestaan ontregelen. Hij raakt in de vernieling en zijn vrouw loopt bij hem weg, maar natuurlijk weet hij haar uiteindelijk terug te winnen. Aangeslagen, maar dankbaar en een heel stuk wijzer, vat hij de draad van zijn leven weer op. Niet de meest originele plot, maar de juiste mensen vonden het een sterk verhaal. Uiteindelijk kreeg ik aardig wat geld voor het script, plus een fatsoenlijk bedrag voor de noodzakelijke revisies. Er werd over me geschreven in de vakpers en mijn foto verscheen in *Variety* bij een stukje over die leraar Engels en zijn plotselinge succes. Ik was drieëndertig, en eindelijk had ik het gemaakt.

Nooit opgeven, zeggen ze.

Volg je droom.

Een ander motto zou misschien toepasselijker zijn geweest.

Pas op waar je om vraagt.

3

Nog voordat die dvd met beelden van mezelf uit de ochtendkrant kwam gerold, had ik al problemen gehad met mijn privacy. Mijn enige toevluchtsoord – een met leer bekleed interieur van een meter tachtig bij een meter twintig – had nog altijd zes raampjes nodig. Een mobiel aquarium, een rijdende gevangeniscel. Het was de enige plek in mijn leven waar iemand niet zomaar kon binnenlopen om me te betrappen bij een huilbui, of als ik moed verzamelde om weer een werkdag onder ogen te zien. De auto was behoorlijk toegetakeld, vooral het dashboard: deuken in het plastic, een barst in het glas van de kilometerteller, de knop van de airco die loszat.

Ik parkeerde de Camry bij Bel Air Foods en stapte uit. In de winkel pakte ik een banaan, een zak studentenhaver, een blikje SoBe zwarte ijsthee met ginkgo en ginseng, en nog wat andere middeltjes om de slaap te verdrijven. Bij de kassa viel mijn oog op een foto van Keith Conner op het omslag van *Variety*. Hij zat in een bad, dat niet gevuld was met water, maar met bladeren, onder de kop: CONNER VERRUILT DE GREEN VOOR GROEN.

'Hoe is het met Ariana?' vroeg Bill, aangevend dat ik door moest lopen. Een haastige moeder met kind stond achter me te wachten en grijnsde ongeduldig.

Ik glimlachte plichtmatig, een beetje nerveus. 'O, goed hoor. Dank je.'

Snel legde ik mijn aankopen neer, de band kwam in beweging en Bill sloeg de bedragen aan. 'Je hebt een lot uit de loterij, dat staat vast.'

Ik glimlachte, de gehaaste moeder glimlachte en Bill glimlachte. Iedereen blij.

Terug in de auto draaide ik aan het metalen stangetje waaraan het knopje had gezeten om de radio aan te zetten. Een beetje afleiding, alsjeblieft. Onder aan de heuvel sloeg ik af naar de file op Sunset Boulevard. De zon kwam op, helder en agressief. Ik klapte de zonneklep omlaag en keek naar de foto die daar met een elastiekje was bevestigd. Ongeveer zes maanden geleden had Ariana een online-fotosite ontdekt, en me een paar weken gekweld met flitsen uit het verleden, die ze uitprintte en overal verborg. Zo nu en dan vond ik nog van die afdrukjes, uit een vorig, speelser leven.

Deze foto had ik natuurlijk meteen gevonden: Ariana en ik op een saaie receptie van school, ikzelf in een blazer met schoudervullingen en – helaas – manchetknopen, zij in een vormeloos tafzijden geval dat aan een reddingsvest deed denken. We keken ongemakkelijk maar ook geamuseerd, ons er pijnlijk van bewust dat we toneelspeelden en daar helemaal niet thuishoorden, in tegenstelling tot de anderen. Maar dat vonden we heerlijk. Dan waren we op ons best.

Je hebt een lot uit de loterij, dat staat vast.

Ik sloeg met mijn vuist tegen het dashboard om de pijn in mijn knokkels te voelen. Daar ging ik mee door totdat de korstjes openscheurden, mijn pols verkrampte en de knop van de airco brak. Hijgend en met prikkende ogen staarde ik uit een van mijn zes raampjes. Een oudere blondine in een rode Mustang naast me nam me onderzoekend op.

Ik glimlachte geforceerd. Ze wendde haar hoofd af. Het licht sprong op groen en we dobberden weer verder op de golven van ons eigen leven.

4

Toen ik mijn filmscript had verkocht, was Ariana nog blijer voor me dan ikzelf. De productie kreeg voorrang. Het was best griezelig om opeens met studiobazen, producenten en een regisseur te moeten omgaan, maar ik liet me niet kennen. En Ariana hield elke dag een peptalk tegen me. Ik zei mijn baan op, waardoor ik genoeg tijd overhield om me druk te maken over de bijna dagelijkse problemen van het project. Ik interpreteerde de nuances van elke tweeregelige e-mail, vergaderde over vergaderingen en liep met mijn mobiel naar buiten terwijl mijn voorafje koud werd op ons tafeltje en Ariana in haar eentje begon te eten. Patrick Davis, leraar Amerikaanse literatuur aan een gewone middelbare school, was hier helemaal niet aan gewend. Ik moest mijn rol kiezen, en ik koos verkeerd.

Volg je droom, zeggen ze, maar niemand vertelt je erbij wat je onderweg moet opgeven. De offers die je brengt, de duizend manieren waarop je leven naar de kloten kan gaan terwijl jij naar de horizon staart, wachtend tot de zon opkomt.

Ik werd te veel afgeleid om te kunnen schrijven, goed te schrijven, in elk geval. Terwijl *They're Watching* langzaam vorm kreeg, las mijn agente wat ik nu schreef, en ze kon er net zo weinig enthousiasme voor opbrengen als voor de scripts die lagen te beschimmelen in mijn bureaula. Ik was me bewust van een klein lek in mijn ambities, als een autoband met een spijker erin, en ook mijn agente zag het steeds minder zitten. Mijn gebrek aan concentratie dreigde een volledig writer's block te worden, en nog altijd had ik geen tijd om voldoende aandacht te besteden aan de mensen om me heen. Ik verdwaalde in een oerwoud van mogelijkheden, onzeker of de film wel iets zou worden en of ik zelf wel goed genoeg was of, alles welbeschouwd, gewoon een prutser.

De verkoop van mijn script betekende een verandering in mijn relatie met Ariana, die we nooit meer helemaal te boven kwamen. We begonnen allebei een stille wrok te koesteren en begrepen elkaars emoties verkeerd. Ook de seks werd ongemakkelijk. We kenden elkaar te lang voor echte lust, en onze liefde leed eronder. We waren dat speciale contact kwijt, dat verhoogde bewustzijn. En dat gevoel wisten we niet meer op te roepen, dus probeerden we het niet langer en begroeven onszelf in de dagelijkse sleur.

Ariana was bevriend geraakt met Don Miller, onze buurman, bij wie ze haar hart uitstortte. Twee keer per week dronken ze koffie, en soms gingen ze samen wandelen. Ik vond het naïef van haar, zei ik, dat ze geen andere motieven bij hem veronderstelde en dacht dat het geen invloed zou hebben op haar relatie met zijn vrouw, Martinique. Ariana en ik hadden elkaar altijd vrijgelaten, dus ging ik er niet op door, maar dat bewees hoe naïef ik zelf was; niet wat Ariana betrof, maar in hoe ver zij en ik de dingen op hun beloop hadden gelaten.

Ik geef het niet graag toe, maar het grootste deel van het jaar lette ik op iedereen, behalve op mezelf. Ik verloor alles uit het oog behalve de film die eindelijk in de preproductiefase kwam en daarna in productie werd genomen.

Toen ik half december naar Manhattan vertrok om op de set nog dingen te herschrijven, zoals ik verplicht was, kreeg ik een soort vertraagde paniekaanval. De regisseur verbood mobieltjes op de set, wat het nog erger maakte. Ik durfde niet de vaste telefoons in de caravans van de belangrijke mensen te gebruiken om mijn vrouw te bellen. Hoewel Ariana zich zorgen om me maakte, belde ik maar heel weinig terug, en ook die gesprekjes bleven plichtmatig.

Tijdens het filmen werd al snel duidelijk dat ik niet was ingehuurd voor het bewerken van de dialogen maar om me de hele tekst te laten dicteren door de vijfentwintigjarige hoofdrolspeler, Keith Conner. Onderuitgezakt op zijn bank in de caravan, slurpend van een klonterig groen gezondheidsdrankje, zat hij de halve dag te kletsen op de enig toegestane mobiel. Hij kwam met eindeloze suggesties en veranderingen in de dialogen, die hij alleen onderbrak om me foto's te laten zien van naakte slapende meisjes die hij met zijn Motorola RAZR had gefotografeerd. Ze betaalden me dat vorstelijke bedrag per week niet voor mijn ideeën, maar als babysit. Mijn leerlingen op school waren minder werk.

Na ruim een week met werkdagen van achttien uur riep Keith me naar zijn caravan met de mededeling: 'Ik geloof niet dat de hond van mijn personage een piepend speeltje heeft. Ik zie hem eerder met iets als een... geknoopt touw, begrijp je?' Waarop ik vermoeid antwoordde: 'Die hond heeft anders niet geklaagd, en hij heeft wél talent.'

De groeiende irritatie tussen ons explodeerde als een vulkaan. Keith priemde een nijdige vinger in mijn richting, gleed uit over de herschreven pagina's die hij op de vloer had gesmeten en knalde met zijn fraaie kin tegen het aanrecht. Toen zijn hofhouding naar binnen stormde, loog hij dat ik hem geslagen had. Zijn kin vertoonde flinke blauwe plekken. Het gehavende gezicht van de ster betekende dat de opnamen minstens een paar dagen moesten worden stopgezet. En op die locatie in Manhattan kostte dat ongeveer een half miljoen dollar per dag.

Nu de grote droom van mijn leven eindelijk was uitgekomen had het me precies negen dagen gekost om te worden ontslagen.

Terwijl ik zat te wachten op de taxi die me naar het vliegveld moest brengen leefde Sasha Saranova in haar caravan met me mee. Ze was een ex-model uit Bulgarije, met een schattig accent en mooie wimpers, langer dan van de meeste golddiggers in Hollywood. Ze was Keiths tegenspeelster en had hem dus van dichtbij moeten verduren. Haar meegevoel werd meer ingegeven door eigenbelang dan door echte vriendschap, maar ik was behoorlijk van streek en blij met het gezelschap.

Op dat moment probeerde Ariana me weer te bellen. Ik had haar telefoontjes al drie dagen niet beantwoord, bang dat ik helemaal zou instorten als ik haar stem hoorde. En Keith griste toevallig de telefoon uit de hand van de productieassistente. Met een zak ijs tegen zijn gezwollen kin vertelde hij Ariana dat Sasha en ik ons in haar caravan hadden opgesloten, zoals elke avond na de opnamen, en dat we uitdrukkelijk hadden verklaard dat we niet mochten worden gestoord. 'Voor wát dan ook.' Misschien was dat wel zijn beste rol ooit.

Ironisch genoeg sprak ik bijna op hetzelfde moment een boodschap in op Ariana's mobiel om haar te vertellen wat er was gebeurd en met welke vlucht ik naar huis kwam. Wist ik veel dat Don Miller bij haar langs was gekomen met de inschrijvingspapieren van het Writers Guild, die per ongeluk bij hem waren bezorgd. Ik heb me haar dikwijls voorgesteld na afloop – bezweet en berouwvol – terwijl ze naar mijn voicemail luisterde en mijn verdrietige verhaal probeerde te vergelijken met Keiths vuile streek. Een moment waar je maag van omdraaide.

Het was een lange vliegreis terug naar L.A., met alle tijd om na te denken. Bleek en ontdaan stond Ariana me op te wachten bij de bagagecarrousel van terminal 4, met nog slechter nieuws. Ze loog nooit. Eerst dacht ik dat ze huilde om mij, maar voordat ik iets kon zeggen, verklaarde ze: 'Ik ben met iemand naar bed geweest.'

De hele rit naar huis kon ik geen woord uitbrengen. Mijn keel leek verstopt met zand. Ik reed. Ariana huilde.

De volgende middag kreeg ik mijn eerste brief van de advocaten, uit naam van Keith en de studio. De risicoverzekering dekte geen opzettelijk toegebracht letsel, dus moest iemand verantwoordelijk worden gesteld voor de kosten van de verloren draaidagen. Keith had me aangeklaagd om zich in te dekken voor zijn leugen en de studio deed maar al te graag mee.

Keiths versie van het verhaal werd naar de pers gelekt en mijn kop werd er zo efficiënt afgehakt dat ik het mes van de guillotine niet eens zag aankomen. Ik was al afgeschreven voordat iemand ooit van me had gehoord. Zelfs mijn agente liet me vallen als een baksteen en raadde me een dure advocaat aan.

Hoe ik ook mijn best deed, ik kon niet meer de interesse opbrengen om nog achter de computer te gaan zitten. Mijn writer's block was met geen tien paarden meer weg te krijgen en versperde als een rotsblok het lege scherm. Het ongeloof sloeg in alle hevigheid toe.

Julianne, een vriendin die we acht jaar geleden bij een klein filmfestival in Santa Ynez hadden ontmoet, had me een reddingsboei toegegooid: een baan als docent scenario schrijven aan de universiteit van Northridge. Nadat ik heel wat dagen de graftombe van mijn werkkamer had gemeden, was ik blij met die kans. De studenten waren gemotiveerd en enthousiast. Hun energie, met soms een sprankje talent, maakte het lesgeven meer dan enkel een ontsnapping. Al na een maand begon ik mezelf een beetje terug te vinden.

Toch reed ik elke avond terug naar een huis waar ik me niet langer thuis voelde, naar een huwelijk dat ik niet meer herkende. Daarna kwamen de nota's van de advocaten, de apathie en de ochtenden dat ik wakker werd op de bank beneden. En voortdurend dat doodse gevoel, waar niets doorheen leek te dringen. Anderhalve maand lang reageerde ik eigenlijk nergens meer op.

Totdat die eerste dvd uit de ochtendkrant viel.

5

'Hè, doe het nou,' zei Julianne, terwijl ze opstond om zich nog eens in te schenken uit het koffiezetapparaat in de docentenkamer van de universiteit. 'Eén keertje maar.'

Marcello streek met een hand door zijn geföhnde haar en concentreerde zich weer op de werkstukken die hij zat na te kijken. Hij droeg een futloze bruine broek, een overhemd en een jasje, maar geen das. Dit was tenslotte de filmfaculteit. 'Sorry, ik ben niet in de juiste stemming.'

'Je hebt een verantwoordelijkheid tegenover je publiek.'

'Jezus, laat me met rust.'

'Toe nou. Alsjeblieft?'

'Mijn instrument is er niet klaar voor.'

Ik stond bij het raam en bladerde in *Variety*, omdat ik mijn aandacht niet bij het showbusinesskatern van *The Times* kon houden, hoewel er op pagina drie een wervend stukje over *They're Watching* stond. De productie was klaar en de verwachtingen waren hooggespannen.

'Marcello,' zei ik over mijn schouder, 'doe het maar, anders houdt ze nooit op.'

Hij liet zijn papieren zakken en tikte ermee tegen zijn knie. '*In een wereld van eindeloos gezeur is er één man die voor zichzelf opkomt.*'

De stem bij duizenden filmtrailers. Als Marcello zijn strot opentrok, voelde je dat tot in je botten. Julianne applaudisseerde met haar handen hoog in de lucht, als bewijs van haar enthousiasme. 'Geweldig, echt waar.'

'*Als hij tentamens zit na te kijken, is er één man die je met rust moet laten.*'

'Ja, ja. Goed hoor,' zei Julianne gekwetst. Ze kwam bij me staan. Snel liet ik de *Variety* zakken voordat ze kon zien wat ik stond te lezen, en staarde weer uit het raam. Ik had ook werk na te kijken, maar na die dvd had ik moeite mijn aandacht erbij te houden. In de loop van de ochtend had ik mezelf erop betrapt dat ik naar bepaalde gezichten keek om te zien of ik een dreigement of verholen leedvermaak kon ontdekken. Julianne volgde mijn zorgelijke blik. 'Waar kijk je naar?'

Studenten stroomden het gebouw uit, het grasveld op. 'Het leven zelf,' zei ik.

'Je bent ook zo'n filosoof,' zei Julianne. 'Je moet wel leraar zijn.'

Het docentenkorps aan de filmfaculteit van Cal State Northridge kan globaal worden onderverdeeld in drie categorieën. Je hebt leraren die van hun vak houden en jonge mensen graag met alle facetten van het vak confronteren, blablabla. Ondanks zijn gecultiveerde cynisme behoort Marcello tot die categorie. Dan zijn er journalisten, zoals Julianne, die zwarte coltruien dragen en altijd haast hebben; op weg naar hun college of hun volgende recensie, artikel of boek over Zeffirelli. Ten slotte lopen er nog wat Oscarwinnaars rond, in de herfst van hun carrière, genietend van de luidruchtige bewondering van de strebers om hen heen. En ikzelf, dus.

Ik keek naar de studenten beneden, die over hun laptops zaten gebogen en druk met elkaar discussieerden. Ze hadden hun hele rampzalige leven nog voor zich.

Julianne liep weg van het raam en zei: 'Ik wil een sigaret.'

'*In een tijd van longkanker moet één klootzak het voortouw nemen.*'

'Ja, ja.'

Toen ze was vertrokken ging ik aan een tafeltje zitten met een stapel scripts van mijn studenten, maar ik merkte dat ik steeds opnieuw hetzelfde zinnetje las. Ik stond op, rekte me uit en liep naar het prikbord om de berichten te bekijken. Daar stond ik dan, terwijl ik de briefjes las en zachtjes voor me uit neuriede: Patrick Davis, de nonchalance in eigen persoon. Ik speelde toneel, besefte ik, nog meer voor mezelf dan voor Marcello, omdat ik niet wilde toegeven hoe geschrokken ik was van die dvd. Ik voelde me al zo lang verdoofd door doffe emoties – depressie, apathie, rancune – dat ik was vergeten hoe echte, scherpe pijn aanvoelde, onder die dikke eeltlaag. Ik had een nare tijd achter de rug, dat zeker, maar die dvd leek het sein tot een nieuwe golf van... ja, van wát?

Marcello trok een wenkbrauw op, zonder van zijn werk op te kijken. 'Serieus,' zei hij, 'gaat het wel goed met je? Je lijkt gespannen. Meer dan anders, bedoel ik.'

Hij en ik hadden al snel vriendschap gesloten. We brachten samen veel tijd door in de docentenkamer. Hij was getuige geweest van heel wat gesprekken tussen mij en Julianne over mijn situatie, en ik stelde prijs op zijn scherpe, soms keiharde, maar altijd eerlijke commentaar. Toch aarzelde ik met mijn antwoord.

Julianne kwam weer binnen, opende geïrriteerd een raam en stak een sigaret op. 'Er is een rondleiding voor ouders. Ik word zo moe van die kritische blikken.'

'Patrick wilde ons net vertellen waarom hij zo afwezig is,' zei Marcello.

'Ach, het is niks. Heel stom. Ik heb een dvd gekregen, verborgen in de ochtendkrant. Daarom ben ik een beetje van slag.'

Marcello fronste en streek over zijn keurig getrimde baard. 'Een dvd waarvan?'

'Van mij.'

'Terwijl je wat doet?'

'Mijn tanden poetsen. In mijn onderbroek.'

'Dat is écht gestoord,' zei Julianne.

'Het zal wel een practical joke zijn,' zei ik. 'Ik weet niet eens of het persoonlijk bedoeld is. Misschien sluipt er een puber door de buurt en was ik de enige die ging pissen zonder de zonwering te laten zakken.'

'Heb je die dvd bij je?' vroeg Julianne gretig en met grote ogen. 'Laat eens kijken.'

Voorzichtig, vanwege de nieuwe korstjes op mijn knokkels, haalde ik het schijfje uit mijn tas en stak het in de speler van de tv in de docentenkamer.

Marcello legde een slanke vinger tegen zijn wang en keek. Aan het einde van de opname haalde hij zijn schouders op. 'Een beetje spannend, maar niet sensationeel. Slechte kwaliteit. Digitaal?'

'Ik neem het aan.'

'Heb je ruzie met studenten?'

Dat was nog niet bij me opgekomen. 'Niet dat ik me kan herinneren.'

'Kijk eens of iemand voor zijn tentamens dreigt te zakken. Of misschien is er een collega die een wrok tegen je koestert.'

'Na één maand al?'

'Je hebt geen geweldig jaar,' wees Julianne me terecht, 'als het om... nou ja, als het om mensen gaat.'

Marcello maakte een gebaar om zich heen. 'Een heel gebouw vol mensen die films maken, meestal van niet veel betere kwaliteit dan deze. Verdachten genoeg. Het is gewoon iemand die een vervelende grap heeft uitgehaald, geloof me nou.' Hij was zijn belangstelling alweer verloren en boog zich over zijn papieren.

'Ik weet het niet...' Julianne stak een nieuwe sigaret op aan het puntje van de vorige. 'Waarom zou je iemand laten weten dat je hem in de gaten houdt?'

'Misschien gezakt voor de spionageschool,' opperde ik.

Ze maakte een peinzend geluid, terwijl we weer naar de studenten keken die uit de deur beneden kwamen. Met zijn grote ramen, zuilengangen en hoge ijzeren dak maakte Manzanita Hall een merkwaardig kwetsbare indruk, als je bedacht dat het na de aardbeving van 1997 was gebouwd.

'Marcello heeft gelijk. Waarschijnlijk is het iemand die vervelend doet. Dus wat geeft het? Zolang het niet verder gaat. Aan de andere kant...' ze blies een straal rook door de kier van het raam, 'zou het ook een bedekt dreigement kunnen zijn. Ik bedoel, jij bent filmdocent en scenarioschrijver...'

'Hij wás scenarioschrijver,' mompelde Marcello van boven zijn papieren.

'Maakt niet uit. Maar de maker weet waarschijnlijk dat je alle klassieke thrillers van voor naar achter kent.' Met haar pols een beetje schuin, haar hand op haar heup en de opbrandende sigaret tussen haar vingers leek ze zelf wel een cliché uit de film noir. 'De opname als aanwijzing. Net als in *Blowup*, nietwaar?'

'Of *Blow Out*,' zei ik. 'Of *The Conversation*. Behalve dat ik niet toevallig op die dvd ben gestuit maar dat hij me is toegestuurd.'

'Maar toch. Ze moeten hebben geweten dat je het verband met die films zou leggen.'

'Wat zit er dan achter?'

'Misschien iets anders dan je zou verwachten.'

'Wat dan?'

'Dat ze een duister geheim bekend willen maken. Om jou angst aan te jagen. Uit wraak.' Ze kauwde op haar lip en streek met een hand door haar lange, rode haar. Het viel me nu pas op hoe aantrekkelijk ze was. Dat zag ik niet zo snel. Vanaf het eerste moment hadden we een relatie gehad als broer en zus. Zelfs met haar zuidelijke, Italiaanse intuïtie had Ariana nooit een spoor van jaloezie getoond, en terecht.

'Iemand van de studio kan je die dvd hebben gestuurd,' ging Julianne verder.

'De studio?'

'Summit Pictures. Ze hebben je toch een proces aangedaan...?'

'O ja,' zei ik. 'Het proces.'

'Je hebt heel wat vijanden daar, niet alleen de directie, maar ook de juristen, de onderzoekers, de hele bende. Misschien probeert een van hen je onder druk te zetten. In elk geval staan ze niet aan jouw kant, dat is duidelijk.'

Ik dacht er een tijdje over na. Ik had een vriend bij Lot Security met wie ik misschien eens moest gaan praten. Per slot van rekening had de dvd verborgen gezeten in het showbusinesskatern van de krant. 'Waarom Keith Conner niet?'

'Dat is waar,' zei ze. 'Waarom niet? Hij is rijk en gestoord. Acteurs hebben altijd zeeën van tijd, en een rare hofhouding die alles voor ze doet.'

De bel klonk vanuit de bibliotheek, en Marcello vertrok, met een buiging naar ons bij de deur. Julianne trok wat sneller aan haar sigaret; het rood oplichtende puntje vrat zich een weg door de tabak. 'En je hébt hem natuurlijk op zijn gezicht geslagen. Daar houden filmsterren niet van, schijnt het.'

'Ik heb hem niet geslagen,' zei ik vermoeid.

Ze zag dat ik naar haar rookwolk keek. Blijkbaar had ik een verlangende blik in mijn ogen, want ze stak me de sigaret toe, met de as omhoog, en vroeg: 'Mis je het?'

'Niet het roken zelf, maar wel het ritueel. Een sigaret uit het pakje tikken, mijn zilveren aansteker pakken, 's ochtends een peuk roken in de auto, bij de koffie. Zo rustgevend. Iets waar je op kon rekenen. Het was er altijd.'

Ze drukte de sigaret uit tegen de rand van het kozijn, terwijl ze me nog altijd aankeek. Verwonderd. 'Probeer je nog iets anders op te geven?'

'Ja,' zei ik. 'Mijn vrouw.'

6

Toen ik onze oprit indraaide, kwam Don Miller net zijn voordeur uit, alsof hij had staan wachten. Het was een paar minuten voor tien, na popcorn en Milk Duds als avondeten in de Arclight-bioscoop. Ik had een student beloofd dat ik zou gaan kijken naar een pseudo-indiefilm waarop hij zich had gestort als project. Dat kwam goed uit, want alle andere films had ik al gezien. En het was beter dan thuis rondhangen.

Toen ik naar de brievenbus liep om de post te halen, kwam Don op de stoep naar me toe. Hij was een brede, zelfverzekerde vent, ex-sportman, met een knappe kop. Hij schraapte zijn keel. 'De... eh, de schutting tussen onze tuinen begint in te zakken. Helemaal achteraan.'

Ik verplaatste de zak van de stomerij die over mijn schouder lag. 'Ja, ik heb het gezien.'

'Ik wilde mijn mannetje bellen om het te repareren. Oké, wat jou betreft?'

Ik keek naar zijn handen en naar zijn mond. Hij had nu een kort baardje. Een dierlijke haat welde in me op, maar ik knikte alleen en zei: 'Goed idee.'

'Ik... eh, ik weet dat het je de laatste tijd niet meezit, dus ik zal het wel betalen.'

'Ieder de helft.' En ik draaide me om naar de deur.

Hij deed een stap naar voren. 'Hoor eens, Patrick...'

Ik keek omlaag. Zijn schoen stond over de streep, op mijn oprit. Hij volgde mijn blik, verstijfde en liep rood aan. Toen trok hij zijn voet terug, knikte, knikte nog eens en deed een stap achteruit. Ik keek hem na totdat zijn voordeur achter hem dichtviel. Daarna pas liep ik verder.

Ik stapte naar binnen, gooide de post en de kleren op de keukentafel en dronk haastig een glas water. Tegen het aanrecht geleund wreef ik met mijn handen over mijn gezicht en probeerde de groeiende stapel deftige grijsbruine enveloppen op het aanrecht te negeren: de rekeningen van mijn advocatenkantoor. Mijn voorschot was weer tot onder de limiet van dertigduizend dollar gezakt en moest worden aangevuld. Ernaast lag een vergeten briefje van de stomerij, dat Ariana daar de vorige dag had neergelegd. In de ochtenddrukte had ik het niet meegenomen. Ondanks alles probeerden we nog alle klussen te delen, beleefd tegen elkaar te blijven en de zeemijnen onder de kalme oppervlakte te ontwijken. Ze had dat mantelpakje nodig voor een belangrijke bespreking met een cliënt, de volgende dag. Ik hoopte op een wonder. Misschien had de stomerij het me meegegeven met onze andere kleren. Toen ik naar de zak liep, viel mijn aandacht op het stapeltje post. De rode, franco Netflix-envelop zag er anders uit, alsof ermee geknoeid was. Het bloed steeg naar mijn gezicht, en opeens kreeg ik het warm. Ik liep ernaartoe en pakte hem op. De flap was losgetrokken en weer vastgeplakt. Ik scheurde hem open en hield de envelop schuin. Een andere envelop gleed eruit, onbeschreven.

Weer zo'n anonieme dvd.

Mijn handen trilden toen ik de disk in de speler stak. Ik probeerde me te beheersen, maar mijn huid was kil en klam. Ik gaf het niet graag toe, maar ik was zo bang als een klein kind voor een griezelverhaal bij het kampvuur. De angst begon in mijn botten en werkte zich naar buiten, alsof ik van binnenuit werd opgevreten.

Ik liet me op de bank vallen. De eerste beelden, van onze veranda aan de voorkant, spoelde ik meteen door. Raar hoe angst kan omslaan in ongeduld, niet kunnen wachten totdat de klap valt. Dezelfde beroerde beeldkwaliteit. Aan de schuine hoek te zien moesten de opnamen vanaf het dak van de buren zijn gemaakt.

Het dak van Don en Martinique.

's Ochtends had ik nog netjes de bank opgemaakt, als bed, maar de lakens lagen nu al verfrommeld omdat ik niet stil kon blijven zitten. Met mijn vuisten tegen mijn knieën gedrukt staarde ik naar het scherm om te zien wat er komen ging.

En ja, daar was ik al. De aanblik van mijn eigen gezicht deed een ijzige huivering over mijn rug lopen. Ik zou er nooit aan wennen om mezelf te zien terwijl iemand me bespiedde bij de gewoonste, alledaagse zaken.

Op het scherm stapte ik naar buiten en keek zenuwachtig om me heen. Ik droeg dezelfde kleren die ik nu ook aanhad, en ik leek mager en ongezond, met een zure, zorgelijke uitdrukking op mijn gezicht. Zag ik er echt zo uit, de laatste tijd? Het afgelopen jaar had wel zijn tol geëist. Wat had ik nog jong geleken op die vrolijke foto in *Variety* toen mijn filmscript was verkocht.

Ik stapte van de veranda en de opname schokte een beetje om me te volgen. Het beeld vervaagde en werd weer scherp gesteld.

Dat effect, hoe onbetekenend ook, maakte me nog nerveuzer. De hoek van de vorige dvd was statisch geweest, een vaste opname. Alsof iemand ergens een camcorder had neergezet en later de beelden had gedownload. Deze nieuwe dvd bewees dat er iemand achter de camera had gestaan die actief mijn bewegingen volgde.

Ik zag mezelf om het huis heen lopen terwijl ik de grond bestudeerde, met gebogen hoofd. Bij het badkamerraam bleef ik staan, deed een stap opzij en inspecteerde het natte gras. Een stuk schoorsteen van de Millers kwam in beeld. Ik keek om me heen en mijn blik gleed verontrustend dicht langs de positie van de camera. Raymond Burr in *Rear Window*, maar dan zonder enig idee. Een lang ingezoomde close-up van mijn afgetobde, nijdige gezicht. Ik zei iets in de richting van het raam en de zonwering ging dicht, bediend door Ariana's onzichtbare hand. Ik sjokte weer terug naar de veranda en verdween naar binnen.

Het scherm ging op zwart en ik besefte dat ik was opgestaan en half naar de tv gelopen. Zwaar ademend stapte ik weer terug naar de bank en ging zitten. Ik streek met een hand door mijn haar. Mijn voorhoofd was vochtig van het zweet.

Ariana lag boven in bed. Ik hoorde de televisie door het plafond. Als ik er niet was, had ze graag een sitcom als gezelschap; ze was niet graag alleen, zoals ik pijnlijk had ondervonden. Een paar auto's reden voorbij op Roscomare. Het licht van hun koplampen gleed over de lamellen voor het raam van de huiskamer.

Te opgewonden om stil te kunnen zitten liep ik beneden door het huis, deed de gordijnen en de zonwering dicht en tuurde door de kieren. Was er nu een camera op ons huis gericht? Mijn emoties schoten alle kanten op: ongerustheid, woede, angst. Zo nu en dan begeleid door het gelach op de televisie boven, werden mijn bewegingen steeds sneller, bijna koortsachtig. Eerst het showbusinesskatern van de krant. Nu Netflix. Ze leken allebei naar Keith te wijzen, of iemand van de studio. Maar het incident op de set was al maanden geleden, een eeuwigheid naar Hollywoodbegrippen. Bovendien hadden de roddelbladen erover geschreven, dus kon iemand buiten het vak erover hebben gelezen en het hebben gebruikt om mij op een dwaalspoor te brengen.

Er brandde licht in de slaapkamer van de Millers. Maar op hun dak was het donker. Ik herinnerde me hoe Don naar buiten was gekomen toen ik aankwam. En deze nieuwe video was wel degelijk vanaf zijn dak opgenomen, vanochtend, toen het niet zo eenvoudig was geweest om daar ongezien naartoe te klimmen. Hij was de meest voor de hand liggende verdachte.

Ik ging op weg naar zijn huis, maar aarzelde bij de straat. Misschien concentreerde ik me op Don als een geruststellende kandidaat. Hij was bekend, vertrouwd. Een klootzak, dat wel, maar waarom zou hij me in vredesnaam hebben gefilmd?

Ik liep naar zijn huis, maar bleef een stap bij de stoeprand vandaan. Ik kon nog altijd niet zien of er een camera op het dak stond. Het leek een logische stap om erheen te klimmen en naar een camera te zoeken. Dat was dus precies wat ik niet moest doen.

Ik draaide om mijn as en tuurde naar de andere daken, de ramen en de geparkeerde auto's bij de winkels, een halve straat verderop. In mijn gedachten zag ik vanuit elke schaduw een lens op me gericht. In werkelijkheid kon ik nergens een stalker of verborgen camera ontdekken, wachtend tot ik naar het dak van de Millers zou klimmen. Maar natuurlijk was het donker en zag ik niet veel.

Ik had een beter standpunt nodig om te kunnen zien of die camera daar nog was. De balkons van de appartementen aan de overkant keken slechts gedeeltelijk uit op het dak van de Millers, evenals de twee dichtstbijzijnde straatlantaarns en de telefoonpaal. En het dak van de supermarkt was te ver weg. Misschien was er een gunstiger positie vanaf de grond om het dak te kunnen bekijken. Haastig liep ik de straat door en probeerde verschillende hoeken. Ik raakte buiten adem, maar het dak van de Millers was te plat om de plek te kunnen zien vanwaar ik was gefilmd. De enige plaats met een onbelemmerd uitzicht was ons eigen dak.

Vastberaden rende ik terug naar huis. Toen ik me omhoog hees aan de lage dakbalken boven de garage, viel de kou behoorlijk tegen. De wind sneed door mijn hemd en loeide door mijn broekspijpen. Een iep blokkeerde het gele licht van de dichtstbijzijnde straatlantaarn. Ik probeerde zo min mogelijk geluid te maken met mijn gympen op de dakspanen. Bij de hoek boven de keuken gekomen haakte ik mijn been over de goot van de eerste verdieping.

'Hé!' Ariana stond op de oprit in een joggingbroek en een T-shirt met lange mouwen. Ze sloeg haar armen om zich heen. 'Wilde je de schutting repareren?' Ze klonk eerder geïrriteerd dan sarcastisch.

Ik aarzelde, met mijn been nog over de goot. 'Nee. Het windvaantje zit los. Het rammelt.'

'Dat was me nog niet opgevallen.'

Het scheelde niet veel of we stonden daar te schelden. De gedachte dat de camera van de stalker Ariana nu filmde, laat staan onze woordenwisseling, maakte me nog nerveuzer. Mijn schouders spanden zich, als de nekharen van een wolf die beschermend overeind kwamen. 'Ga nou maar naar binnen. Je staat te vernikkelen. Ik ben zo beneden.'

'Ik moet morgen vroeg op. Ik ga slapen. Dan heb je genoeg tijd om een beter verhaal te verzinnen dan dit.' Ze verdween onder de balken. Daarna hoorde ik hoe ze met een klap de deur dichtsloeg.

Het dak was steil en ik bleef zo laag mogelijk, met een knie en een onderarm steeds in contact met de dakspanen. Als een krab klom ik diagonaal omhoog naar het hoogste punt, vlak bij het huis van de Millers. Daar wrong ik me langs onze schoorsteen heen.

Er lag geen camcorder op het dak van de Millers.

Maar het uitzicht op de balkons, de straatlantaarns en de andere daken was geweldig; dit moest het beste standpunt zijn om geschikte schuilplaatsen te ontdekken. Huizen, bomen, achtertuinen, auto's, telefoonpalen; ik speurde ze na totdat mijn ogen er pijn van deden.

Niets.

Ik liet me tegen de gemetselde schoorsteen zakken en zuchtte eens diep, met een mengeling van teleurstelling en opluchting. En opeens zag ik het, net toen ik me omdraaide om weer af te dalen. Een glinstering in het vage licht. Helemaal aan het einde van de oostelijke dakrand boven mijn werkkamer, keurig op een statief, mijn kant op gericht, stond een digitale camcorder.

Mijn hart sloeg over. Ik was bang en kalm tegelijk, als in een nachtmerrie waarin je doodsangst wordt getemperd door het vermoeden dat je droomt. De hoek van het statief, een meter onder de nok, was aan de helling van het dak aangepast. Het dak zelf diende als windscherm, en dat was wel nodig ook, te oordelen naar het trillende windvaantje er vlak boven. Degene die de camera daar had opgesteld – niet gericht op het dak van Don, maar op de plek waar ik naar het dak van Don zou komen kíjken – had geweten hoe ik zou redeneren en was me een stap voor geweest. De roerloze lens en ik staarden elkaar aan over de gegroefde vlakte van donkere dakspanen, als twee revolverhelden in een stoffig stadje in het Wilde Westen. De wind fluisterde de eerste maten van Ennio Morricone in mijn oren.

Met mijn rubberzolen op het ruwe oppervlak verliet ik de beschutting van de schoorsteen en ging op weg naar het kruispunt van daklijnen. Op handen en voeten kroop ik over de nok. Mijn mond was gortdroog. Een mogelijke val, twee etages diep, leek nog enger vanaf deze hoogte, en de harde wind maakte het nog gevaarlijker. Bij de rand gekomen werd ik bijna duizelig van hoogtevrees. Ik greep me vast aan de roestige windvaan en bekeek de camera beneden me – net buiten mijn bereik – van dichtbij.

Het was de mijne.

De uitklapbare zoeker stond gericht op het gedeelte van het dak dat ik net was overgestoken. Ik zag geen groen lichtje, dus hij had niet opgenomen.

Auto's kwamen in de straat beneden de bocht om. Het licht van de koplampen gleed soepel over het metaal, waardoor ik nog verder gedesoriënteerd raakte. Ik boog me omlaag en greep de camera. Het digitale geheugen was gewist en het toestel stond niet op opnemen. Wat deed het daar dan? Was het een afleidingsmanoeuvre?

Het licht in de slaapkamer van de Millers ging uit. Niet zo vreemd, om halfelf. Toch vond ik het een verdacht moment.

Met de camcorder, een goedkope Canon die ik bijna nooit gebruikte, ongemakkelijk in mijn hand kroop ik terug over het dak en sprong vanuit een binnenhoek in een perk met klimop in onze tuin.

Haastig stapte ik naar binnen en liet me aan de gladde, donkere notenhouten eettafel vallen, die Ariana zelf had ontworpen. Ik draaide de camera in mijn handen rond. Dankzij de optische zoom, de zuinige accu en de rechtstreekse opname op dvd kon iedere idioot het ding bedienen.

Ik stond op, plensde water over mijn gezicht en leunde nog even met mijn handen op het aanrecht, starend naar de gesloten zonwering, een halve meter van mijn gezicht.

Ten slotte liep ik de trap op naar mijn werkkamer, die werd gedomineerd door een gammel bureau dat ik op een veiling van spullen met brandschade had gekocht. Een beetje onnozel controleerde ik de kast waar de camcorder hoorde te liggen, en inderdaad, hij was weg. Vastberaden liep ik weer naar beneden, terwijl mijn gedachten op volle toeren draaiden. Ik pakte de twee dvd's en vergeleek ze. Identiek. Terug naar boven. Ik moest me beheersen om niet met twee treden tegelijk de trap op te stormen, zodat Ariana wakker zou worden.

Ik pakte het doosje met blanco dvd's van de plank in mijn werkkamer. Dezelfde goedkope soort, dat klopte, tot en met de schrijfsnelheid, de gigabyte-capaciteit en het merk dat op het polycarbonaat was afgedrukt. Sinds ik het vorige jaar was begonnen met het branden van tv-programma's, had ik misschien een derde van de voorraad gebruikt. Op het plastic doosje stond PAQUET DE 30. Een haastige telling wees uit dat er nog negentien in zaten. Zou ik de ontbrekende elf kunnen terugvinden?

Weer naar beneden; dit begon een serieuze conditietraining te worden. Bij de tv vond ik vier schijfjes met herhalingen van *The Shield*, twee afleveringen van *24*, en een disk met *Desperate Housewives* (van Ariana). Op een aflevering van *American Idol* uit het seizoen met Jordin Sparks waren duidelijke kringen van een bierglas te herkennen. Acht in totaal, dus. Ondanks het feit dat ik er na de eerste keer nog maar zelden naar keek, had ik de gebrande dvd's nog niet weggegooid. Dat betekende dat er drie ontbraken. Dríé.

Weer doorzocht ik de kastjes onder de televisie en verrekte mijn nek door erachter te kijken, maar ik vond geen enkel schijfje meer. Drie ontbrekende dvd's, waarvan ik er maar twee had teruggekregen.

Ik keek op de veranda, waarna er een vlaag koude lucht naar binnen waaide. Er was niet als door een wonder een nieuw pakketje op de drempel verschenen. Ik deed de deur dicht, met de grendel en de ketting erop, en tuurde door het kijkgaatje. Toen draaide ik me om, met mijn rug naar de deur.

Was die derde dvd soms onderweg? Was ik gefilmd door een ándere camera vanuit een andere positie, terwijl ik mijn eigen toestel van het dak haalde? Was mijn Canon daarom niet ingeschakeld?

Eindelijk drong de voor de hand liggende oplossing tot me door. Ik moest er zelf om lachen, hoewel het geen vrolijke lach was, meer zoals je lacht als je struikelt en van een betonnen trap valt, zo'n leugenachtig lachje alsof alles in orde is.

Ik liep de keuken door, ging aan de eettafel zitten en opende het dvd-klepje van de camcorder.

De derde dvd zat erin.

7

Het beeld zoomde in op de achterkant van ons huis. Een lage invalshoek, als bij een horrorfilm. Een paar takken maakten het nachtelijke beeld nog dreigender. Aan de zijkant waren de groene golfplaten te zien van het schuurtje waar Ariana haar bloemen kweekte. Daarna bewoog de camera zich als een psychopathische moordenaar door de ruige sumakstruiken naar de buitenkant van de muur waar ik nu tegenover zat, dezelfde muur waaraan de flatscreen-tv hing waar ik nu naar keek. Als er een soundtrack bij hoorde, zouden het schrille violen zijn geweest, met zwaar gehijg. Deze stilte was nog griezeliger. Beelden doemden op in het duister: een tuinlamp op zonnecellen, een paar graspollen in de lichtcirkel van een verandalamp. De camera naderde het huis, nog altijd laag, op weg naar het kozijn, voordat het beeld omhoog kantelde naar het plafond van de huiskamer, vaag verlicht door het tv-schijnsel.

Het zweet stond op mijn rug. Onwillekeurig dwaalde mijn blik naar het raam. Het zwarte vierkant van de ruit staarde onbewogen terug door de grijsgroene vitrage. Tot dat moment had ik het begrip 'knoop in je maag' nooit goed begrepen, maar nu voelde ik hoe mijn angst zich daar concentreerde, diep vanbinnen, dof en onwrikbaar. Elke seconde dat ik mijn ogen van het scherm losmaakte, nam mijn paniek weer toe. Vreemd genoeg leek de tv de reële dreiging weer te geven, terwijl het raam – waar op dat moment iemand kon staan loeren – de film leek. De dvd eiste mijn absolute aandacht weer op.

De camera werd wat brutaler en loerde boven de vensterbank uit, gleed over het interieur en concentreerde zich op een gedaante die onder een deken op de bank lag te slapen.

Toen het beeld zich weer terugtrok, hoorde ik het bonzen van mijn eigen hart, dat de adrenaline door mijn aderen pompte.

De camera danste langs de buitenmuur in de richting van de keuken. Een snelle beweging naar onze achterdeur, met autofocus om alles weer scherp te stellen. Mijn adem stokte.

Een hand in een latex handschoen verscheen en duwde de deurkruk omlaag. Ondanks Ariana's aandringen vergat ik die deur vaak op slot te doen als ik buiten iets in de vuilnisemmer had gegooid. Een lichte druk, en de indringer stond binnen, naast onze koelkast.

Mijn ogen gingen in paniek naar de keuken, en terug naar het scherm.

De gezichtshoek zweefde verder de keuken in, niet haastig maar ook niet echt voorzichtig. De lens stak de drempel van de huiskamer over en richtte zich op de bank, de bank waarop ik lag te slapen, de bank waarop ik nu zat. Onnozel dwong ik mezelf om niet over mijn linkerschouder te kijken naar een naderende camera in een gehandschoende hand.

Ik kon mijn ogen niet van de tv losscheuren. De hoek kantelde steil omlaag. De indringer stond over me heen gebogen. Ik sliep gewoon door. Mijn oogleden knipperden boven mijn bleke wang. Ik bewoog me, draaide me om en wikkelde een punt van de deken om mijn vuist. De camcorder zoomde in. Steeds dichterbij. Een vaag beeld van een bewegend ooglid in remslaap. Nog dichterbij, totdat de huid niet meer te onderscheiden was en er alleen nog een vage, trillende vlek overbleef, net zo abstract als statische lijnen op het uitgebleekte scherm.

Daarna duisternis.

Mijn hand had de deken gegrepen, net als in de film. Ik wreef met mijn handpalm over mijn nek en veegde het zweet af aan mijn jeans. Het maakte een donkere vlek.

Ik rende naar boven, zonder me druk te maken of Ariana wakker zou worden, en gooide de deur van onze donkere slaapkamer open. Ze lag te slapen, nietsvermoedend. Veilig. Ze had haar mond een beetje open en haar haar viel naar voren over haar gezicht. Opgelucht voelde ik de adrenaline uit mijn bloed verdwijnen. Slap liet ik me tegen de deurpost zakken. Op de tv kreeg Theo een standje van Claire Huxtable over zijn huiswerk. Ik had de neiging om op Ari toe te stappen en haar wakker te maken, voor alle zekerheid, maar ik stelde me tevreden met het rijzen en dalen van haar blote schouders. Het nieuwe bed, een eikenhouten slede met handgesneden versieringen, leek stevig en beschermend. Een maand geleden had ze ons oude bed vervangen, inclusief de matras. Ik had er nog nooit op geslapen.

Ik stapte weer de gang in, sloot zachtjes de deur en drukte mijn schouders tegen de muur, terwijl ik diep uitademde. Natuurlijk was haar niets overkomen. De opnamen waren vannacht gemaakt, niet later, en ik had Ariana een uur geleden nog gezien. Maar redelijkheid was op dit moment net zo ver te zoeken als de eerste keer onder de douche nadat ik *Psycho* had gezien.

Ik liep de trap af. Naar de bank waar de indringer me zo nadrukkelijk had gefilmd terwijl ik apart sliep van mijn vrouw. De bank die ik opzettelijk niet had uitgeklapt, uit angst dat het de huidige toestand permanent zou maken. In de opname had de deken over mijn boxershort gelegen, dus kon ik daar niet uit afleiden wanneer de beelden waren gemaakt. Ik zette me schrap, pakte de afstandsbediening en zette de dvd-speler weer aan. Die korrelige nadering van mijn huis bezorgde me opnieuw de rillingen. Ik probeerde afstand te nemen en goed te kijken. Het was niet te zien hoe lang geleden het gras was gemaaid. Er zaten geen nieuwe krassen op de achterdeur. De keuken... geen borden in de gootsteen met de restanten van een maaltijd. Het vuilnis! Ik zette het beeld stil en bestudeerde de volle emmer. Een lege cornflakesdoos. Een verfrommelde bal folie in een lege yoghurtbeker.

Ik rende naar de keuken. Het afval in de emmer klopte exact met de film, in inhoud en verdeling. Er lag niets op die cornflakesdoos of de yoghurtbeker. Vandaag was dinsdag. Ariana was pas laat van haar werk thuisgekomen, zoals gewoonlijk, en had waarschijnlijk eten laten bezorgen bij de showroom. Dus had ook zij sinds gisteren niets meer in de vuilnisemmer gegooid. Ik keek in het koffiezetapparaat, waar het vochtige filter van die ochtend nog in zat.

Dus moest ik de afgelopen nacht zijn gefilmd, terwijl ik sliep. Die clip, op de derde dvd, was eerder gemaakt dan de tweede, waarop ik probeerde de positie van de camera bij het eerste filmpje te vinden. Daar was goed over nagedacht. Ik kreeg bijna bewondering voor de planning van de dader.

Ik controleerde de achterdeur, die op slot zat. Dat moest Ariana hebben gedaan, die ochtend. Ze zou me er nooit meer aan hoeven herinneren de achterdeur op slot te doen. Ik pakte de dvd – met een tissue, net als de vorige keer – en borg hem op in een apart doosje.

Juliannes nicotinecommentaar in de docentenkamer van de faculteit kreeg opeens een nieuwe betekenis. Dit was meer dan zomaar een vervelende grap. Drie van dit soort dvd's, binnen achttien uur, betekenden een bedreiging, en ik was er behoorlijk van geschrokken. En kwaad. Dit was nog maar het begin, zoals Marcello in talloze filmtrailers had gewaarschuwd. Ik moest het nu aan Ariana vertellen, dat stond vast. Ondanks alle tekortkomingen was ons huwelijk wel gebaseerd op openhartigheid. Maar eerst wilde ik Don, het voor de hand liggende dwaalspoor, van mijn lijstje schrappen.

Ik stapte naar buiten en sloeg links af op de stoep. Het was een frisse, heldere nacht, en mijn bizarre missie maakte me licht in het hoofd. Gewoon een bezoekje aan de buren.

Een bus rammelde voorbij, akelig dicht langs me heen, als een groot monster met krakende gewrichten. Op de zijkant stond reclame voor een nieuwe film: *They're Watching*. Een poster van een gedaante in een regenjas, vaag zichtbaar in de regen van Manhattan, die de trap afdaalde naar een metrostation. Hij had een koffertje in zijn hand, en zijn schimmige gezicht keek over zijn schouder met een lichte paniek die aan paranoia grensde. Haastig sprong ik achteruit om de bus – en een hilarische overlijdensadvertentie – te ontwijken.

De bel in de hal van de Millers klonk onnatuurlijk luid. Gespannen door mijn angst, de avondlucht en mijn aanwezigheid voor hun deur, schuifelde ik met mijn voeten en probeerde mezelf een houding te geven. Er ging een lamp aan in de gang. Wat geluiden en gemopper, en in de deuropening verscheen Martinique, Dons ongelukkige, mooie echtgenote, met haar droevige ogen en haar verzonnen Amerikaanse voornaam. De huid aan de achterkant van haar armen was licht gerimpeld door het gewichtsverlies van vijfentwintig kilo. Om haar taille paste bijna een servetring. Striemen vormden halvemaantjes vanaf haar navel, als de lijnen van een explosie in een stripverhaal. Dankzij zalfjes waren ze bijna verdwenen, met grote inspanning tot de orde geroepen, zacht en vrouwelijk. Hoewel ik haar uit bed had gebeld, zag ze er onberispelijk uit, met glanzend, geborsteld haar en een satijnen pyjamabroek die paste bij haar wijnrode haltertopje. Martinique was de perfectie zelve. Ze stuurde etnisch verantwoorde ansichtkaarten in de vakantie; de paar keer dat ze bij ons hadden gegeten, had ze de volgende ochtend gebeld om te bedanken; en bij verjaardagen gaf ze keurig verpakte cadeautjes, versierd met groen en raffia.

'Patrick,' zei ze en ze wierp behoedzaam een blik over haar schouder, 'ik hoop dat je geen dingen doet waar je spijt van krijgt.' Ze had een licht accent, maar duidelijk genoeg om aan te geven dat ze uit Midden-Amerika kwam en niet uit Iran.

'Nee. Sorry dat ik je wakker maak, maar ik moet Don iets vragen.'

'Dat lijkt me geen goed idee. Zeker niet nu. Hij is doodmoe. Vanochtend pas thuisgekomen.'

'Waar was hij dan?'

'In Des Moines. Voor zijn werk. Dat denk ik, tenminste.'

'Hoe lang is hij weg geweest?'

Ze fronste. 'Twee nachten maar. Hoezo? Was zij ook op reis?'

'Nee, nee,' zei ik, met een poging mijn ongeduld te bedwingen.

'Als iemand één keer liegt... nou ja. Hoe moet ik nog geloven dat hij echt in Iowa zat?' Martinique stond vlak bij me en ik voelde haar adem op mijn gezicht. Ze rook naar pepermunttandpasta. Het leek vreemd om zo dicht bij een vrouw te staan dat je haar adem kon inademen, en het herinnerde me er nog eens aan hoe lang Ariana en ik al afstand hielden van elkaar. 'Het is moeilijk, vind je niet?' zei ze. 'Zij zullen het nooit begrijpen. Wij zijn de slachtoffers hier.'

Ik deinsde terug voor het woord 'slachtoffers', maar ik zei niets. Ik probeerde een goed excuus te bedenken om weer naar Don te vragen.

'Het spijt me, Patrick. Ik wilde dat we elkaar niet allemaal hoefden te haten.' Ze spreidde haar armen en wapperde met haar perfecte nagels toen ze me omhelsde. Ze rook goddelijk: een restje parfum, zeep voor vrouwen, zweet en bodylotion. Een vrouw omarmen, écht omarmen, maakte een stortvloed van emoties bij me wakker, niet zozeer herinneringen, maar indrukken. Indrukken van mijn eigen vrouw, een andere tijd. Martiniques spieren waren strakker dan die van Ariana, meer compact. Ik klopte haar op haar rug en liet haar los, maar zij hield me nog even vast en probeerde haar gezicht te verbergen.

Ik stapte terug. Ze veegde met een hand langs haar neus en keek verlegen om zich heen. 'Toen Don en ik trouwden, was ik mooi.'

'Martinique, je bent nog steeds mooi!'

'Dat hoef je niet te zeggen.'

Ik wist uit ervaring dat dit gesprek met haar niet te winnen was. Onwillekeurig trommelde ik met mijn vingers op mijn onderarm.

'Jullie mannen denken allemaal dat wij ons uiterlijk zo belangrijk vinden omdat dat het enige is wat júllie interesseert. Het is eigenlijk wel sneu hoe dikwijls jullie gelijk hebben.' Ze schudde haar hoofd en duwde een lok haar achter haar oor weg. 'Ik was flink aangekomen na ons trouwen. Het is heel moeilijk voor mij. Mijn moeder is dik, en mijn zus...' Ze streek met haar vingertoppen over haar oogleden om de uitgelopen eyeliner weg te vegen. 'En Don had geen belangstelling meer. Geen respéct. Dat begrijp ik nu. Als dat eenmaal weg is, komt het niet meer terug.'

'Is dat zo?'

Ze keek me gespannen aan. 'Denk jij van niet?'

'Ik hoop het niet.'

Opeens, onverwachts, dook Don achter haar op, terwijl hij nerveus zijn badjas dichtknoopte. Zijn blote borst was breed, met wat peper-en-zoutkleurig haar. Instinctief spande ik de spieren van mijn onderrug en nam een verdedigende houding aan. De sfeer veranderde op slag.

'Martinique,' zei hij ferm, en ze verdween door de gang, met nog een blik naar mij over haar schouder. Hij wachtte tot hij de deur van de slaapkamer hoorde dichtvallen. Zijn knappe kop wiegde heen en weer op zijn dikke nek, en zijn blik ging schichtig naar mijn handen. Hij leek me net zo nerveus als ik me voelde, maar hij liet niets merken. 'Wat is er, Patrick?'

'Sorry dat ik je uit bed bel. Ik weet dat je moe bent van je reis.' Ik nam hem onderzoekend op, speurend als een pokerspeler naar een aanwijzing dat hij helemaal niet de stad uit was geweest maar met camcorders over daken had geslopen als een gestoorde kerstman. 'Iemand houdt mijn huis in de gaten. Heb jij soms iets gezien?'

'Ze houden je in de gaten?' Hij leek oprecht verbaasd. 'Hoe weet je dat?'

Ik hield de anonieme dvd omhoog. 'Dit kreeg ik toegestuurd. En de beelden lijken vanaf jouw dak geschoten. Heb je bouwvakkers in huis gehad of zo?'

'Patrick, wat wil je van me?' Hij legde een grote hand tegen de deur, klaar om hem in mijn gezicht te gooien als ik in de aanval ging.

'Laten we er niet omheen draaien,' zei ik. 'We weten allebei hoe het gaat. Jij drukt op de knoppen en ik moet reageren.'

'Ik druk op geen enkele knop, maar jij lijkt wel behoorlijk opgefokt.' Hij wilde de deur al dichtdoen.

Ik stak een hand uit en hield hem tegen. Voorzichtig.

'Hoor eens,' zei ik, 'ik kom hier niet met dreigementen. Ik ben ook niet van plan om de politie te bellen. Ik vraag je alleen heel rustig...'

'De politie? Ik weet niet wat er allemaal door je hoofd spookt, Patrick, maar laat mij erbuiten. En nu doe ik de deur dicht.'

Ik haalde mijn hand weg. Zonder me een moment uit het oog te verliezen sloot hij langzaam de deur. Ik hoorde het geluid van de grendel die dichtschoof en de ketting die erop werd gedaan.

Ik liep terug naar huis en deed de deur achter me op slot.

Ariana zat op de bank. Ze tilde haar hoofd op en keek me met haar donkere ogen strak aan. Toen stak ze haar hand uit, met twee van de dvd's. 'Wat is dit, in vredesnaam? Betaal je iemand om ons huis in de gaten te houden? Om míj te bespioneren? Of is dit Martiniques idee? Bespiedt zij mij, terwijl jij Don bespioneert? Nog los van het feit dat het een schandalige inbreuk is op mijn privacy, dacht ik dat we daar nu overheen waren!'

'Ho, wacht even. Ze hebben míj gefilmd.'

'Het zijn bewakingsbeelden. Toevallig sta jij er nu op. Maar hoeveel van die dvd's zijn er niet? En wat hebben ze allemaal van mij gefilmd?'

'Ik heb geen idee wie erachter zit.'

Ik deed een snelle stap naar voren en ze deinsde geschrokken terug. Ik verstijfde. Ze was nog nooit bang voor me geweest, nog nooit. Heel even durfden we ons niet te bewegen, daar in ons stille huis, allebei ontsteld door haar reactie.

Ze streek een lok van haar voorhoofd en stak een vlakke hand omhoog, als teken dat we allebei moesten kalmeren. 'Dus jij zegt dat je er niets mee te maken hebt.'

'Nee. Néé, natuurlijk niet.'

Ze sloeg haar ogen neer en haalde diep adem. 'Patrick, ik word echt bang van je. Je bent de laatste tijd zo verschrikkelijk gespannen. En nu lijkt het of je helemaal bent doorgedraaid. Je sluipt langs hun hek, je klimt op het dak om hen te bespioneren, en daarnet stormde je naar hun huis. Ik wist echt niet wat ik moest doen. Ik was bang voor een vreselijke scène bij hen op de stoep. Don heeft jachtgeweren. Straks lig je daar dood en kan ík me schuldig voelen.'

'Dood?'

'Ik dacht dat Don je neer zou knallen.' Ze maakte een vreemd geluid, een soort snik, half boos, half opgelucht. 'En als iémand je op dit moment zou moeten neerschieten, ben ik het wel.'

Ik hield de derde dvd omhoog. 'Kijk hier eens naar.' Nog steeds met een tissue om eventuele vingerafdrukken te bewaren stak ik het schijfje in de speler. Even later maakte het blauwe scherm plaats voor de bibberige opname van onze achtermuur. Terwijl ze zat te kijken, trok Ariana haar benen onder zich, duidelijk geschrokken, en drukte een kussen op haar dijen. Ze onderdrukte een kreet toen de latex handschoen in beeld kwam en onze deurkruk omlaag duwde. Voor het eerst zag ik nu de mouw van het zwarte sweatshirt om de pols van de indringer.

De opname stopte en Ariana zei schor: 'Waarom heb je me dit niet verteld? Waarom ben je niet naar de politie gegaan?'

'Ik wilde je niet ongerust maken.' Ik stak een hand op. 'Ja, ik weet het. Maar deze dvd heb ik vanavond pas gevonden. Op ons dak. Dat wilde ik je ook vertellen, vannacht nog. Maar eerst moest ik vaststellen dat het Don niet was. Om... nou ja, dat begrijp je.'

'Don zou zoiets nooit doen,' verklaarde ze stellig.

'Dat denk ik ook niet. Maar wat hebben we aan de politie?'

'Hoe bedoel je? Er is iemand ons huis binnengedrongen!'

'Ja, dat is heel eng, maar we hebben geen bewijs van een misdrijf. De politie zal zeggen dat ze geen aanknopingspunten hebben. Of dat jij het misschien zelf wel was.'

'Ik? Patrick...'

'De politie kan echt niets doen. "Belt u ons maar als er zich weer problemen voordoen." Blablabla.'

Er werd gebeld. Ariana verstijfde. 'Shit. O, shit!' zei ze. 'Je kunt maar beter niet opendoen.'

8

Ik deed open en zag een forse vrouw voor de deur staan, met een taps toelopend figuur en een bril met ovale glazen in een plastic montuur. Haar haar, een beetje opgekamd, was in het midden gescheiden en waaierde uit bij de oren. Ze had het buikvet van een jonge moeder en de ferme, zakelijke houding die daarbij paste.

'Ik ben rechercheur Sally Richards. Dit is rechercheur Valentine. Als hij in een goede bui is, geeft hij zelf zijn voornaam wel.'

Een slanke, zwarte man stapte achter haar vandaan. Zijn haar was overal ongeveer vijf centimeter hoog, zonder coupe of scheiding, gewoon een dichte massa zwarte krullen. Hij trok zijn lip op, waardoor zijn snor bewoog. Net als zijn collega droeg hij een linnen broek, een overhemd en een jasje.

Achter me hoorde ik vaag Ariana's stem. 'Recherche? Ik had gedacht dat ze een paar wijkagenten zouden sturen.'

'Speciale service voor Bel Air.' Richards hees haar riem omhoog, die het gewicht van een Glock in een holster en een zaklantaarn moest torsen. 'Dat verhaal over die video klonk nogal vreemd, daarom heeft de centrale ons erop afgestuurd. We zaten ons toch te vervelen. Bureau West Los Angeles. Hoeveel Starbucks kun je drinken? Zelfs de donuts zijn geen gewone donuts, maar komen van de banketbakker.'

Valentine knipperde twee keer met zijn ogen, zichtbaar ontstemd.

Ariana had hen gebeld om mij te beschermen tegen Dons jachtgeweren, maar nu ze voor de deur stonden wilden ze ook een verklaring. Dus liet ik hen binnen. We gingen aan de eettafel zitten alsof het een gezellig bezoekje was. Richards' blik gleed naar mijn geschaafde knokkels. Haastig liet ik mijn hand in mijn schoot zakken.

'Willen jullie iets drinken?' vroeg Ariana.

Valentine schudde zijn hoofd, maar Richards grijnsde blij. 'Heel graag, zelfs. Een glas water. Met een lepeltje.'

Ariana trok een wenkbrauw op, maar deed wat ze vroeg. Richards haalde een buisje zoetjes uit haar binnenzak, deed er drie in het glas en roerde ze met het lepeltje door het water. 'Vraag het me niet. Het is een stom dieet, maar als ik het volhoud, pas ik van de zomer nog in een bungalowtent. Goed, wat is hier aan de hand?'

Ik deed het hele verhaal, en Richards zag Ariana's verbazing bij sommige details. Halverwege stond Valentine op, liep naar het keukenraam en staarde naar buiten, hoewel de lamellen gesloten waren. Toen ik uitgesproken was, klopte Richards twee keer op de tafel en zei: 'Laat die dvd's maar eens zien.'

Ik stak de eerste schijf in het apparaat. Richards en Valentine wisselden een blik toen ze zagen dat ik de disk met een tissue aanpakte. Met ons vieren stonden we voor de flatscreen, onze armen over elkaar geslagen, als scouts op zoek naar honkbaltalent. 'Nou, nou,' zei Richards, na afloop van de derde dvd.

Terug naar de eettafel. De vrouw ging zitten en Ariana en ik volgden haar voorbeeld. Valentine bleef in de huiskamer en doorzocht de kastjes. Ariana keek een paar keer zenuwachtig over haar schouder om te zien wat hij deed. Met enige waardering constateerde ik dat Richards een stoel aan de andere kant had genomen, zodat Ariana en ik met onze rug naar haar collega moesten gaan zitten terwijl hij bezig was.

Richards streek met haar handen over het gelakte tafelblad. 'Is dit ook een ontwerp van u?'

'Hoe weet u...?' begon Ariana.

'Een stapeltje vakbladen bij de voordeur. Een schetsboek op de trap. Een houtskoolveeg op uw rechtermouw. Linkshandig, dus creatief. En uw handen...' Richards strekte een arm uit over de tafel en pakte Ariana bij haar polsen, als een waarzegster, 'zijn te ruw voor een vrouw uit uw sociale omgeving. Deze handen werken met schuurmiddelen, zou ik denken. Vandaar... meubelontwerpster.'

Ariana trok haar handen terug.

Valentine dook achter ons op. 'Hebt u ook ergens een reservesleutel verborgen, buiten het huis?'

'In een nepsteen langs de oprit,' antwoordde ik. 'Maar zoals ik al zei, ben ik waarschijnlijk zelf vergeten de deur op slot te doen.'

'Maar dat weet u niet zeker,' stelde hij vast.

'Nee.'

'Een alarminstallatie? Ik zag twee bordjes in de tuin, en stickers achter de ramen.'

'Alleen de bordjes, van de vorige eigenaar. Als waarschuwing. Maar we hebben geen surveillance meer.'

Valentine maakte een geluid achter in zijn keel.

'Waarom niet?' vroeg Richards.

'Te duur.'

Valentine tuitte zijn lippen en keek eens om zich heen, waarschijnlijk naar de mooie meubels.

'Oké,' zei ik. 'We zullen het beveiligingsbedrijf bellen om ons weer aan te melden.'

'Werkt het alarm met een code of met sleutels?'

'Allebei.'

'Hoeveel sleutels?'

'Twee.'

'En hebt u die nog?'

Ik liep naar de keukenkast en haalde ze achter uit de bestekla. 'Ja.'

'Weet iemand anders waar die sleutels liggen?'

'Nee.'

Valentine pakte ze van me aan en gooide ze in de vuilnisbak. 'Vraag om nieuwe. Verander uw code en vertel die aan niemand, niet aan de werkster, niet aan tante Hilda, aan helemaal niemand.' Zijn starende blik was moeilijk te peilen. 'Alleen u beiden mag die code weten.'

Richards stond op en knipoogde tegen me. 'Laten we maar eens buiten gaan kijken, Patrick.' Ariana wilde ook opstaan, maar Richards zei: 'Het is koud buiten. Wacht u hier maar, met rechercheur Valentine.'

Ariana keek haar iets te nadrukkelijk aan. 'Goed. Dan haal ik de sleutel uit de nepsteen.'

Richards liet me voorgaan en we stapten de achterdeur uit. Ze hurkte en inspecteerde de deurkruk.

'Rechercheur Richards...'

'Zeg maar Sally.'

'Goed, Sally. Waarom droeg hij rubberhandschoenen?'

'Leren handschoenen laten herkenbare afdrukken achter, net als vingerafdrukken.'

'Dus als die vent twee keer dezelfde leren handschoenen gebruikte, zou u hem kunnen identificeren.'

Ze hield haar hoofd opzij en keek me schuin aan. 'Scenarioschrijver?'

Ik grijnsde. Haar conclusie over de houtskoolvlek op Ariana's mouw was vermoedelijk de uitkomst van een zoekactie op Google, niet het speurdersinstinct van Sherlock Holmes. 'Leraar, eerlijk gezegd.'

'Die vent,' merkte ze op. 'Je zei "die vent".'

'Dat ligt het meest voor de hand, bij een indringer. En die hand leek mannelijk.'

'Een beetje dik, dat is alles. Misschien een vrouw die vocht vasthield.'

Ik hurkte naast haar. 'Hij gebruikte zijn rechterhand om de deur te openen, dus waarschijnlijk is hij links.'

Ze stopte heel even met haar onderzoek van de deurpost, een fractie van een seconde, maar ik wist dat ik haar had verbaasd. 'Aha,' zei ze. 'Omdat je ervan uitgaat dat hij de camcorder in zijn voorkeurshand zou houden.' Weer een blik opzij naar mij. 'Blij dat deze zaak geen obsessie voor je is.'

Een vaag spoor in het dunne laagje stof op de achtertrap trok haar aandacht: de rand van een voetafdruk. Ze trok mij naar achteren en boog zich eroverheen, met haar vuisten op haar knieën.

Ik voelde mijn hart sneller slaan. 'Wat kun je eruit afleiden?'

'Achtergelaten door een Mexicaan, een meter vijfentachtig lang, bijna negentig kilo, met een rugzak over zijn rechterschouder.'

'Echt?'

'Nee. Het is een voetafdruk, meer niet.'

Ik lachte en zag rimpeltjes bij haar ooghoeken. Blijkbaar vond ze mij net zo amusant als ik haar.

Maar we hadden geen tijd voor wederzijdse sympathie. 'Laat me je schoen eens zien,' zei ze. 'Nee, doe hem maar uit.'

Ik trok mijn sneaker uit, en ze hield hem boven de afdruk. Het klopte precies. 'Terug bij af.'

'Tegenvaller.'

Ze stond op en rechtte haar rug. Hij kraakte niet, maar ze kreunde wel. Bij het licht van een kleine zaklantaarn liep ze de muur langs en volgde de route van de camera terug. 'Problemen met je linkshandige vrouw?'

Het licht in de slaapkamer van Don en Martinique brandde nog. 'Elk stel heeft problemen,' zei ik.

'Ernstige ruzie met iemand anders?'

'Met Keith Conner. Met Summit Pictures. Ik ben verwikkeld in een proces. De roddelbladen stonden er vol van...'

'Ik lees de *Enquirer* zelden. Hoe zit dat dan?'

'Ik mag er van de rechter niets over zeggen totdat er een uitspraak is. De studio wil geen slechte pers.'

Ze keek me een beetje teleurgesteld aan, als naar een hond die een ongelukje heeft gehad op het tapijt. 'Misschien is dat niet zo belangrijk, op dit moment.'

'Het is een stom verhaal; je zou het niet geloven.'

'Waarschijnlijk wel. Vorige maand moest ik een regisseur arresteren omdat hij in het zwembad van zijn agent geschoten had. Ik kan geen namen noemen, maar het was Jamie Passal.' Ze keek me rustig aan, zonder aan te dringen.

Ik zoog de frisse lucht diep in mijn longen en vertelde haar over de confrontatie met Keith, hoe hij was uitgegleden en met zijn kin tegen het aanrecht gevallen, zijn leugen dat ik hem had geslagen, en het proces dat hij me samen met de filmmaatschappij had aangedaan om me van mijn laatste centen te beroven.

Ze leek niet onder de indruk, toen ik uitgesproken was. 'Conflicten over geld zijn onze broodwinning.' Ze keek me aan en voegde eraan toe: 'En huiselijk geweld, hoe stom het ook is.' Toen streek ze met haar vingers over de muur, alsof ze wilde controleren of de verf nog nat was. 'Dus die zaak met Summit Pictures en Keith Conner loopt nog.'

'Ja.'

'En het gaat om veel geld.'

'Ja.'

'Maar dit lijkt me een ingewikkelde en tijdrovende manier voor een acteur of een filmstudio om je onder druk te zetten,' zei ze.

Ik klemde mijn lippen op elkaar en knikte. Dat had ik zelf ook al bedacht.

'Bovendien,' ging ze verder, 'wat hebben ze ermee te winnen?'

'Misschien proberen ze me murw te maken voor een of andere eis.'

Het klonk niet erg plausibel. Dat vond Sally ook, aan haar gezicht te zien.

'Laten we maar teruggaan naar Ariana.' Sally had haar route zo uitgestippeld dat we nu door het raam de huiskamer in keken. 'Heeft zij soms vijanden?'

We stonden naast elkaar, met een riant uitzicht op de deken en het hoofdkussen op de bank. 'Afgezien van onze buurvrouw?'

'Oké,' zei Sally. 'Juist, ja.' Stilte. 'Ik ga toch geen onplezierige reden voor die geschaafde knokkels ontdekken, hoop ik?'

'Nee, nee. Zo nu en dan sla ik tegen het dashboard. Als ik alleen ben. Vraag maar niet.'

'Lucht je dat op?'

'Nog niet. Ik weet niet of Ariana echte vijanden heeft. Haar enige zwakke punt is dat ze veel te toeschietelijk is.'

'Regelmatig?' vroeg ze.

'Eén keer.'

'Mensen verrassen je soms.'

'Ja, voortdurend.' Ik liep achter haar aan het grasveld over, richting sumakstruiken, en gaf antwoord op haar onuitgesproken vraag. 'Ariana kan niet goed liegen. Haar ogen zijn te expressief.'

'Hoe lang heeft het geduurd voordat ze je over de buurman vertelde?'

We praatten heel makkelijk met elkaar, Sally en ik. Ze leek betrouwbaar en oprecht geïnteresseerd in mijn mening over de zaak. Of was ze gewoon een goede rechercheur, die mij het gevoel gaf dat ze me wel aardig vond, zodat ik bereid was haar over mijn privéleven te vertellen? Hoe het ook zij, ik merkte dat ik weer antwoord gaf. 'Na een uur of zes.'

'Waarom zo laat pas?'

'Ik zat in het vliegtuig. Ze kwam me afhalen op het vliegveld. Na die toestand met Keith, die ik dus nooit geslagen heb.'

'Zes uur is redelijk. Ik vraag me af of ze meer tijd nodig heeft om je iets anders te vertellen.' Ze schoof de takken van de sumak opzij. Geen voetafdrukken op de sponzige bodem eronder. Ze liet haar zaklantaarn door de plastic ruiten van de plantenkas schijnen. Rijen bloemen staken hun kopjes omhoog op de doorbuigende houten planken. 'Lelies?'

'Vlindertulpen. Voornamelijk mariposa's.'

Ze floot. 'Die zijn lastig.'

'Drie tot vijf jaar om ze op te kweken uit het zaad en de bol. Ze worden overal door aangevreten.'

'Dertig centimeter diep de grond in, en dan maar bidden.'

'Net als de dierbare overledenen.'

'Heel progressief van je om zo'n belangstelling te tonen voor je vrouw en haar hobby's.' Ze hees haar aanzienlijke gestalte op het hek achter in de tuin en tuurde door de stille straat erachter. 'Hier had iemand overheen kunnen klimmen.'

Ik knikte naar de andere, ingezakte, schutting tussen onze achtertuin en die van de Millers. 'Of daar.'

'Of daar,' beaamde ze. Licht hijgend sprong ze omlaag, en we liepen langs de grens van mijn terrein.

'En nu?' vroeg ik, een beetje ongerust.

'Hoe heet je buurman?'

'Don Miller.' Ik kreeg een zure smaak in mijn mond, alleen al door zijn naam te noemen.

'Die opnamen zijn inderdaad vanaf zijn dak gemaakt. Ik zal met hem moeten praten.'

Ik bleef abrupt staan en keek naar het huis van de Millers. 'Geen probleem.'

'Hoezo?'

'Hij is nog wakker.' Ik wees over de inzakkende schutting naar zijn silhouet in de slaapkamer.

Hij stapte bij het gordijn vandaan, maar Sally tuurde nog steeds naar het huis. 'We zijn zo weer terug, Patrick. Ga jij maar naar Ariana. Ze is angstig. Die expressieve ogen.' Ze draaide me beleefd haar rug toe en liep naar ons huis om haar collega te halen.

Ariana en ik keken nog eens naar de dvd's, alle drie, in de juiste volgorde. De hand met de rubberhandschoen leek inderdaad mannelijk. Het manchet van het zwarte sweatshirt was in de handschoen gepropt, zodat er geen blote huid zichtbaar was, maar ik zette toch het beeld stil om het goed te kunnen zien.

'Het spijt me dat ik de politie heb gebeld zonder met jou te praten. Je had wel tegen me gelogen, maar toch. Ik was bang dat je door het lint was gegaan en iets stoms zou doen, dat je zou worden neergeschoten.' Ariana ijsbeerde voor de bank heen en weer, met haar handen achter haar hoofd verstrengeld. 'Ongelooflijk hoe weinig ervoor nodig is om iemand achterdochtig te maken. Een misverstand, een wit zakdoekje en een paar handige suggesties. Niet dan?'

Ik keek naar de gebruinde huid van haar neklijn. 'Zou jij iemand kunnen bedenken die...?'

'Nee, alsjeblieft. Zulke interessante mensen ken ik niet.'

'Ik meen het serieus. Zijn er nog andere mannen die...'

'Die wát?' Haar gezicht kleurde roze, vanuit haar hals. Als Ari rood aanliep, was een uitbarsting meestal niet ver weg.

'Die misschien in jou geïnteresseerd zijn,' antwoordde ik effen. 'In de showroom, in de supermarkt, waar dan ook.'

'Ik heb echt geen idee,' zei ze. 'Dat vroeg hij me ook al. Rechercheur Valentine. Wie dóét nu zoiets? De studio moet er wel achter zitten. Of die klootzak van een Conner.' Ze begon weer te ijsberen. Een blik op de klok, het was bijna twee uur in de nacht. 'Ze willen de dvd's meenemen als bewijs. We moeten ze kopiëren.' Ze hief een hand op om mijn protest voor te zijn. 'Ik weet het. Ik doe wel een ovenwant aan om ze beet te pakken.'

Terwijl zij de eerste disk voorzichtig bij de rand oppakte, liep ik naar boven en zocht op internet naar Keith Conner. Het kostte niet veel tijd om een foto te vinden waarop ook zijn handen te zien waren. Hij droeg een mooie oude Baume & Mercier om zijn rechterpols, dus vermoedelijk was hij links. Ik haalde de foto naar Photoshop en vergrootte zijn rechterhand. Was dit de manier waarop vipstalkers hun eenzame avonden doorbrachten? Keiths handen leken op die van de meeste mannen, dus ook op de hand die mijn achterdeur had opengemaakt. Maar zelfs áls hij hierachter zat, zou hij de inbraak wel hebben uitbesteed aan iemand anders.

Ik schrok van Ariana's stem. 'Je zult het niet geloven.' Ze had haar zilverkleurige laptop bij zich, opengeklapt. 'Kijk hier eens naar.' Ze probeerde de dvd af te spelen. Niets. 'Ik heb de icoontjes naar mijn desktop gesleept, maar toen ik de dvd wilde branden maakte de drive dit geluid.' Ze liet het horen. 'Daarna dubbelklikte ik op de icoontjes en waren ze opeens verdwenen.'

'Een dvd kan zichzelf niet wissen,' zei ik.

Ze keek koppig. 'Nou, deze wel.'

Ik inspecteerde de andere twee schijfjes, die in een plastic zakje zaten. 'Je hebt ze allemaal naar het bureaublad gesleept om ze te branden. Dus zijn ze nu alle drie gewist?'

Ze knikte. 'Ik denk dat de bestanden automatisch worden vernietigd zodra iemand ze wil kopiëren.'

Knarsetandend drukte ik de muis van mijn handen tegen mijn ogen.

Er werd aangebeld.

Ik slikte en probeerde mijn mond te bevochtigen. 'Ari, laat die rechercheurs maar aan mij over. We doen alsof jij al naar bed bent gegaan.' Ze wilde iets zeggen, maar ik viel haar in de rede. 'Vertrouw me nou maar.'

Ze haalde de laatste disk uit de laptop, borg hem zorgvuldig in het plastic zakje, bij de andere, en reikte het me zwijgend aan. Gespannen rende ik de trap af en opende de voordeur.

'Mag ik binnenkomen?' vroeg Sally.

'Natuurlijk. En Valentine?'

Hij zat rechts in de Crown Vic, bezig aantekeningen te maken. Sally haalde haar schouders op. 'Hij is niet zo sociaal, dat zei ik al.'

We liepen naar de keuken. 'Wil je thee of iets anders?' vroeg ik.

'Heb je van die chai?'

Ik maakte twee koppen warm in de magnetron en zette ze op tafel. Zij deed twee zoetjes in de hare en legde haar handen om de mok. 'Je bent eenzaam, Patrick.'

'Ja. Jij ook?'

Ze haalde haar schouders op. Het leek een soort tic van haar. 'Ook wel. Alleenstaande moeder, een vrouw bij de politie. Ik heb veel te maken met mensen die niets terugzeggen. Of juist wel. Begrijp je?' Ze zette haar bril met plastic montuur af en poetste een van de glazen tegen haar shirt. 'Don was de stad uit, gisternacht en vanochtend, toen – volgens jou – die tweede en derde dvd zijn gemaakt. Hij was naar een bijeenkomst in Des Moines, over zorgplicht bij beleggingsfondsen. Klinkt zo stomvervelend dat het wel waar moet zijn.'

'Hij heeft niet genoeg fantasie voor zoiets als dit.'

Weer dat schouderophalen. 'Ik ben geen kinderpsycholoog. Ik heb hem naar de boardingkaarten gevraagd. Bovendien is hij rechtshandig.' Ze nam een slok. 'Misschien weet zijn vrouw er meer van.'

'Nee, ze is een schat. Totaal onschuldig.'

'Ja, ik zie haar ook niet jullie dak op klimmen met hoge hakken.'

Ik legde het plastic zakje met de dvd's op tafel, tussen ons in. 'Ik heb geprobeerd ze te kopiëren, maar ze hebben zichzelf gewist.'

'O ja?'

'Ik weet wat je denkt. Hou maar op.'

Ze keek me strak aan door de damp van haar thee. Haar doffe, geelbruine ogen leken niet erg slim. Net zo bedrieglijk als haar hele houding.

'En dan nog iets,' zei ik.

'Nou?'

'Ik vermoed dat de enige vingerafdrukken op die dvd's van mij en mijn vrouw afkomstig zijn. En?' Ik gaf haar een teken om door te gaan.

'En nu bestaan die beelden opeens niet meer.' Ze trommelde met haar vingers op de plastic doosjes. 'Omdat de dvd's zich als door een wonder zelf hebben gewist.'

'Ik weet hoe het lijkt, dat zei ik al. Toch is er wel degelijk iemand mijn huis binnengedrongen die mijn camcorder en een paar lege dvd's heeft gepakt om mij te filmen terwijl ik op de bank in de huiskamer lag te slapen. Jij en je collega hebben allebei die opnamen gezien.'

'Ja, maar we hebben niet de kans gekregen ze te analyseren, wel?' Ze fronste welwillend, alsof wij twee wetenschappers waren die over dezelfde stelling nadachten. 'Daar komt bij dat er geen sporen zijn van braak. Blijkbaar heeft die insluiper gewoon de keukendeur opengedaan om jullie huis binnen te komen, jouw huis én dat van je vrouw. Maar goed, de volgende vraag is natuurlijk: waarom?'

'Hoe moet ik dat weten?'

'Je bent toch scenarioschrijver of zo? Als dit een film was, waarom zou iemand dat dan doen?'

'Om te laten zien dat het mogelijk is.'

'Of om jou én je vrouw te laten zien dat het mogelijk is.' Ze keek net zo gefrustreerd als ik. 'Ik heb echt geen idee. Valentine en ik kijken alleen naar de aanwijzingen. En alle aanwijzingen hier gaan in de richting van een echtelijk probleem. Dat maakt het niet eenvoudiger, maar zodra een echtpaar weer één lijn trekt, laten wij de zaak verder rusten.'

'Dan ga je me nu vertellen dat jullie niet veel kunnen doen.'

'Wij kunnen niet veel doen.'

'En dat ik me maar moet melden als er weer iets vreemds gebeurt.'

'Meld je maar als er weer iets vreemds gebeurt.'

'Ik mag jou wel, Sally.'

'Hé, ik jou ook. Hoe vind je dat?' Ze kwam overeind, dronk haar chai op en schudde haar hoofd. 'Het smaakt toch beter met echte suiker.'

Ze zette haar mok voorzichtig op het aanrecht. Buiten, op de stoep, bleef ze nog even staan. Valentine zat te wachten in de auto. 'Luister, Patrick. Als jij wilt gaan spitten, zijn wij bereid om terug te komen met een spade, op kosten van de belastingbetaler. Maar dan moet je wel zeker weten of je de uitkomst wilt horen.'

9

Terug in de huiskamer stak ik het snoertje van mijn camcorder in het stopcontact om hem weer op te laden. Ik schrok toen ik de trap hoorde kraken, maar het was Ariana die naar beneden kwam.

'Nou, dat ging precies zoals je had voorspeld,' zei ze. 'Dus we kunnen niets anders doen dan wachten op de volgende aflevering?'

'Ik ben helemaal niet van plan om te wachten,' zei ik. 'Omdat we geen idee hebben wat er nu op ons af gaat komen.'

Ariana plukte aan haar haar in haar nek, besefte dat ze het deed en stopte ermee. Zenuwachtig trommelde ze met haar handen tegen haar heupen. 'Ze hebben Don ook ondervraagd, dus is hij er nu officieel bij betrokken. Als hij erover begint, wat zeg ik dan tegen hem?'

'Dat ga ik jou niet voorschrijven.'

'Je bedoelt dat je me eigenlijk zou moeten vertrouwen.'

'Ariana, iemand probeert ons te bedreigen. Denk je dat het me iets kan schelen of jij met Don praat?'

Ze slaakte een soort zucht en liep naar de keuken. Terwijl ze een glas inschonk met langzaam gefilterd water uit de koelkast, keek ik naar haar rug en haar gladde schouders, omlijst door het haltertopje waarin ze sliep.

Heel even waren Ariana en ik weer een team geweest, innig en vertrouwd als altijd, gedwongen door de crisis. Maar nu de politie was verdwenen, zaten we weer met onze oude problemen en een handvol nieuwe.

Ariana ging aan de eettafel zitten, met haar vingers om haar glas en haar hoofd afgewend. Haar gebogen schouders leken kwetsbaar en knokig. 'In films is het altijd de man die vreemdgaat,' zei ze, zonder zich om te draaien. 'Al voor de bruiloft, of wanneer dan ook. Dan krijgt hij vreselijk veel spijt, slaapt voor haar deur, werpt zich romantisch voor haar in het stof en wordt uiteindelijk vergeven. Maar nooit de vrouw. Nóóit de vrouw.'

'In *Ulysses*,' zei ik.

'Ja, maar dat was geen kassucces.' Ze nam een slok water en zette haar glas weer neer. Ik liep naar haar toe en ging tegenover haar zitten. Ze keek niet op. Haar lippen trilden. 'Waarom ben je nooit tekeergegaan?'

'Tegen wie?'

'Maakt niet uit. Tegen mij, tegen hem.'

'Dat is hij niet waard,' zei ik.

'Ik dacht dat ik het misschien wel waard zou zijn.'

'Dus jij vindt dat ik tekeer moet gaan?'

'Nee, maar je zou wel een andere manier kunnen bedenken om te laten merken dat het je iets kan schelen.' Ze lachte. Een bitter lachje, toen veegde ze haar neus af met de rug van haar hand. 'Hoor eens, ik ontwerp veel te dure meubels, die ik verkoop aan mensen die ze meestal niet kunnen waarderen. Moeten ze dát op mijn grafsteen zetten? Ik ben vijfendertig. De meesten van mijn vrienden en vriendinnen hebben het druk met carpoolen en dates. De rest heeft last van spierblessures door het joggen of is voortdurend op vakantie. Het is een rare leeftijd, en ik ga er niet goed mee om. De wereld heeft me keihard met de neus op de feiten gedrukt en mijn leven is niet helemaal geworden wat ik had gehoopt. Het enige wat een beetje speciaal voor me voelt, ben jij.' Haar stem brak. Ze beet op haar lip en probeerde de draad van haar redenering weer op te pakken. 'Is het een ramp dat jij niet hetzelfde voelt voor mij? Nee. Maar lullig is het wel. Dus toen ik Keith belde en hij me vertelde dat jij bij Sasha was...' Ze haalde een tissue uit haar zak en snoot luidruchtig haar neus. 'Toen kwam Don toevallig langs. Misschien was het een poging om mezelf te verbazen, en jou. Een elektroshock om ons uit die doodlopende straat te krijgen waar we in terecht waren gekomen. Ik weet het niet.' Ze schudde haar hoofd. 'De seks was waardeloos, als dat je kan troosten.'

'Een beetje.' Ik vocht tegen al mijn instincten om haar niet te vragen wat er precies gebeurd was, mezelf niet stap voor stap te pijnigen; wat voor kleren ze hadden gedragen, of wie zijn hand waar had gelegd. In elk geval was ik slim genoeg om te beseffen dat hoe meer ik wist, des te meer ik zou willen weten en des te erger het zou worden.

Een beetje stuntelig strekte ik mijn hand naar haar uit, over de tafel. 'Ik had je verwaarloosd. Dat begrijp ik. Keith deed zijn verhaal toen je het meest kwetsbaar was en bereid hem te geloven. Maar ik begrijp niet dat je niet eerst met mij hebt gepraat.'

'Ik probeerde je al dagen te bereiken, Patrick.'

'Ik zag het helemaal niet meer zitten. Ik kon er gewoon niet tegen. Die kwestie met Keith was alleen maar een excuus om mijn koffers te pakken.' Ik ontweek haar blik. 'Die veranderingen... die voortdurende veranderingen in het script.' Ik zweeg. 'Je hebt het allemaal al gehoord, dat weet ik. Maar ik was...'

Ze hoorde de verandering in mijn toon. 'Wat?'

Ik staarde naar mijn handen. 'Ik deed steeds meer water bij de wijn, maar het was nooit genoeg. Ik voelde me zo'n prutser.'

Ze keek me zwijgend aan, met een verdrietige blik in haar donkere ogen.

'Dat wist ik niet,' zei ze. 'Dat je je zo voelde.'

'Dus was ik er niet voor jou. Goed. Je moet in een huwelijk ook het recht hebben om een tijdje egoïstisch en waardeloos te zijn, een dag of negen, laten we zeggen, voordat je vrouw met iemand anders het nest induikt. Die kans heb ik ook heus wel gehad, verdomme. Het was een filmset.'

'Ja. Maar jij was de schrijver.'

Daar moest ik toch om lachen.

Ze beet op haar lip, hield haar hoofd schuin en streek met haar hand over de lak. 'Kijk eens naar dit notenhout, Patrick. Chocoladebruin, met die open nerf en die gelijkmatige structuur. We hebben het blad in de lengte gezaagd om de jaarringen beter te laten uitkomen. Weet je hoe moeilijk het is om aan zulk mooi hout te komen? Je komt altijd problemen tegen: spleten, scheurtjes, houtrot, onzuiverheden, gaatjes, blauwe schimmelvlekken...' Ze klopte hard met haar knokkels op de tafel. 'Maar niet hier. Ik heb het beste hout gevonden.'

'Maar?'

'Geef me je hand.' Ze wreef mijn handpalm langzaam over het tafelblad. Ergens in het midden voelde ik een vage bobbel. 'Voel je? Daar is het kromgetrokken. Kijk eens omhoog.'

Ik deed het en zag het rooster van de verwarming, dat vanaf de plafondlijst naar de tafel blies.

Haar ogen wachtten op me toen ik mijn hoofd weer liet zakken. 'Een klein restje achtergebleven vocht in het hout, misschien. Je kunt niet alles in de hand hebben.'

'Het was me nooit opgevallen,' zei ik.

'Het vangt het licht onder een andere hoek, ten koste van de glans. Ik zie het elke keer als ik de trap afkom. En hier...' ze wreef mijn vingers over de lichte verdikking van een donkere cirkel, 'hebben we over een knoest heen gelakt. Drie maanden geleden was hij nog glad. Het is een risico om een knoest te accepteren, maar sommige onvolkomenheden maken het hout juist mooier. Als je eenvormigheid wilt, kun je beter naar de IKEA gaan.' Ze pakte nu ook mijn andere hand. 'Je kunt niet alle gebreken zien. Maar het is een verdomd mooie tafel, Patrick. Dus waarom zou je hem wegdoen?'

'Ik ben er toch nog?'

'Technisch gesproken.' Ze drukte mijn handen tegen elkaar alsof ik zat te bidden, maar met de hare eromheen geklemd, zachtjes over mijn geschaafde knokkels. Toen ze zich naar voren boog, viel haar donkere haar in halve cirkels om haar gezicht. 'Hier gaan we allebei aan onderdoor. Wat voor stappen we ook moeten zetten, ik ben bereid ze samen met jou te nemen. Maar zo wil ik niet verder. Wat het voor jou ook mag betekenen, ik moet een manier vinden om hiermee te leven.'

Ze kwam uit haar stoel overeind, bukte zich over het gelakte tafelblad en drukte een kus op mijn voorhoofd. Haar voetstappen verdwenen de trap op en ik hoorde de slaapkamerdeur zachtjes dichtgaan.

10

Ik had last van overtollige energie, zoals me wel vaker overkomt na een doorwaakte nacht: doelloos, een beetje opgefokt, met een ondertoon van wanhoop. Vier duizelige uren had ik liggen draaien onder mijn omgewoelde dekens op de bank, voortdurend opgeschrikt door het kraken van de trap, de dansende schaduwen van de takken buiten, en de donkere tuin achter de vitrage. Ariana's woorden hadden me genoeg gegeven om over na te denken op momenten dat ik helder genoeg was. Ze had me het onvermijdelijke ultimatum gesteld: blijven of weggaan, het een of het ander. Zelfs als ik zo nu en dan in slaap sukkelde, zag ik mezelf in mijn dromen op de ongemakkelijke bank liggen, gefrustreerd en niet in staat de slaap te vatten. Een paar keer stond ik op om uit het raam te kijken of er iets bewoog in de tuin. Kort na zessen, toen de *L.A. Times* op het grasveld landde, haalde ik hem haastig binnen, maar er zat geen dvd in verborgen.

Eenmaal uit bed stelde ik mijn camcorder achter het raam van onze kleine huiskamer op, met de lens op de veranda en het tuinpad gericht. Ik verborg het statief achter een potpalm, zodat de camera niet opviel tussen de stompe bladeren. De strategisch halfgesloten gordijnen lieten alleen een noodzakelijke kier vrij. Slurpend dronk ik mijn derde kop koffie, inspecteerde de opstelling nog eens en drukte toen op de groene opnameknop. Volgens de advertenties had het digitale geheugen een capaciteit van honderdtwintig uur.

Ik schrok van Ariana's stem. 'O, dus daar was je mee bezig.'

'Heb ik je wakker gemaakt?'

'Ik was al op, maar ik hoorde je stommelen.' Ze gaapte, beëindigde haar geeuw met een vrouwelijke brul en knikte toen naar de verborgen camcorder. 'Geef je ze een koekje van eigen deeg?'

'Laten we het hopen.'

'Ik zal vandaag het beveiligingsbedrijf bellen.'

'Je hebt weinig vertrouwen in me.'

Ze haalde haar schouders op.

Ik liep de trap op naar mijn werkkamer, waar ik mijn collegeaantekeningen in het zachtleren koffertje borg dat ik had gekocht om meer op een professor te lijken. Toen ik weer beneden kwam, stond Ariana tegen het aanrecht geleund met een woestijnmariposa achter haar oor. Fel oranje. Daar moest ik even over nadenken. De kleur van de bloem in haar haar gaf een aanwijzing over haar stemming. Roze was speels, rood boos, en lavendel... lavendel bewaarde ze voor momenten waarop ze erg verliefd was. Die kleur had ik al een hele tijd niet meer gezien. Maandenlang had ze niets anders gedragen dan wit, haar veiligheidskleur. Ik was vergeten welke stemming bij oranje hoorde, waardoor ik dat voordeel dus ook al kwijt was.

Ariana verschoof haar hand om haar koffiebeker, een beetje ongemakkelijk onder mijn blik. Ik staarde nog steeds naar de oranje bloem. 'Wat is er?' vroeg ze.

'Wees voorzichtig, vandaag. Ik laat mijn mobieltje ingeschakeld, ook als ik lesgeef. Let op alles wat... vreemd lijkt: mensen, iemand die naar je auto komt. En hou de deuren op slot.'

'Dat zal ik doen.'

Ik knikte, en nog maar eens, toen duidelijk werd dat we geen van beiden meer iets wisten te zeggen. Met haar blik in mijn rug liep ik naar de garage en drukte op de knop. De deur ging schokkerig omhoog. Ik gooide mijn koffertje door het open rechterraampje en boog me naar binnen, met mijn handen op de rand. Ariana's woorden van de vorige avond galmden weer door mijn hoofd. *Zo wil ik niet verder.*

In een plastic opbergbox op een van de doorbuigende planken zag ik Ariana's trouwjurk liggen, in zijn doorschijnende kledinghoes. Die jurk paste bij haar: modern, maar met traditionele elementen. Weer dat misselijkmakende gevoel van verraad en pijn, woede en verdriet. Die vervloekte jurk met zijn belofte van trouw in voor- en tegenspoed; een toekomst die misschien voor ons verloren was.

Ik stapte naar buiten, langs de vuilnisemmers, en gluurde door het keukenraam naar binnen. Ari zat op haar vaste plek op de armleuning van de bank, met haar hand tegen haar buik gedrukt alsof ze pijn had. Haar koffiebeker balanceerde op haar knie. Maar ze huilde niet; op haar gezicht stond enkel teleurstelling te lezen. Ze haalde de bloem uit haar haar, draaide hem rond tussen haar vingers en staarde naar de oranje blaadjes alsof ze daarin de toekomst zou kunnen lezen. Waarom voelde ik me zo ontgoocheld, zo afgewezen? Of wilde ik soms dat ze elke ochtend zat te huilen? Als bewijs waarvan? Dat ze net zoveel verdriet had als ik? Ik was me er niet van bewust geweest, maar nu ik mezelf erop betrapte, leek het dom en kleinzielig.

Met het oog op de dvd's wilde ik haar niet laten schrikken als ze opkeek. Net toen ik bij het raam vandaan wilde stappen, liep ze naar de achterdeur en keek ernaar. Toen maakte ze de grendel los en schoof hem er weer voor, met een resoluut gebaar.

Ik bleef nog even staan toen ze naar boven was verdwenen.

11

Het Formosa Café was al een bekend trefpunt in Hollywood lang voordat Lana Turner daar door Ed Exley – Guy Pearce – voor een hoertje werd aangezien in *L.A. Confidential*. Aan de bar, onder een rij zwart-witfoto's van Brando, Dean en Sinatra, sloeg ik een whisky achterover om mezelf moed in te drinken. In elk geval was ik in bemoedigend gezelschap. Door het raam op het westen, zag ik de kantoren van Summit Pictures. Een billboard voor *They're Watching*, met Keith Conners reusachtige hoofd, prijkte op de zijgevel van het gebouw. Bogart en Conner, bijna binnen hetzelfde blikveld; alleen had Bogart een fotootje van twintig bij vijfentwintig centimeter, terwijl Conner huizenhoog was afgebeeld. Hoe onrechtvaardig.

De auto's op straat vielen in het niet bij het zes verdiepingen hoge reclamebord. Ze hadden de poster veranderd, zag ik aan een ontbrekend hoekje onderaan, waar de oudere versie nog te zien was. De wazige gedaante die de trap naar de metro afdaalde was vervangen door een close-up van Keith, turend in de verte, klaar om het gevaar te trotseren. De opnamen van de film waren nauwelijks achter de rug en de trailer was nog niet klaar, maar door al het gedoe had Keith veel meer aandacht gekregen en was er een hele reclamecampagne rond zijn gezicht opgebouwd. Hij was bijna een superster, deels door mijn eigen schuld.

De barman, bezig om de mixers te vullen, draaide zich om en pakte mijn glas. Hij had me herkend als een voormalige stamgast en me naar binnen gewenkt, hoewel ze nog moesten openen voor de lunch. Hij vroeg niet eens of hij me moest bijschenken.

Met mijn mobiel belde ik de receptie van Summit. 'Goedemorgen, mag ik Jerry, van de beveiliging?'

Jerry en ik waren bevriend geraakt toen ik, voorafgaand aan de productie van de film, elke dag naar de studio was gekomen. Ik had hem in de kantine ontmoet, en algauw troffen we elkaar een paar keer in de week bij de lunch. Natuurlijk hadden we elkaar sinds het incident niet meer gesproken.

Het toestel ging over; het klonk als een countdown. Ten slotte nam hij op. 'Hallo, Jerry, met Patrick,' zei ik met droge mond.

'Hé!' zei hij. 'Patrick. Ik mag niet met je praten. Misschien is het je op-gevallen dat je midden in een rechtszaak tegen mijn werkgever zit.'

'Ik weet het, ik weet het. Hoor eens, ik wilde je alleen iets vragen. Ik zit nu aan de overkant, bij Formosa. Heb je twee minuten voor me?'

Hij liet zijn stem dalen. 'Ik krijg al grote problemen als ik alleen maar met je word gezien!'

'Het gaat niet over het proces.'

Hij gaf niet meteen antwoord, en ik drong niet aan. Ten slotte zuchtte hij diep. 'Dat hoop ik maar. Goed, twee minuten.'

Hij hing op en ik wachtte, met bonzend hart. Na een tijdje slenterde hij naar binnen en wierp een schichtige blik door het verlaten restaurant. Zonder een groet liet hij zich op de kruk naast me zakken. Van de joviale macho – hij had bij de mariniers gezeten – was niets meer te bespeuren.

'De enige reden waarom ik hier ben is dat we allebei weten dat je erin bent geluisd,' begon hij. 'Keith is een lul en een leugenaar. Hij heeft ons allemaal belazerd. Eerlijk gezegd wil ik zo snel mogelijk ontslag nemen bij die tent.' Hij wees geïrriteerd naar het raam en het studiocomplex erach-ter. 'Terug naar de echte beveiliging. Een éérlijke criminele broodwin-ning.'

'Ik hoorde dat jullie Keith voor nog twee films hadden gecontracteerd.'

'Ja, maar eerst doet die idioot zo'n achterlijke documentaire over het milieu. Mickelson vroeg of hij niet kon wachten tot hij nog een kaskraker had gemaakt, maar het moest echt nú.' Hij trok een grimas. 'Mickelson zal wel hebben gezegd dat het milieu er over twee jaar nog altijd slecht aan toe is, maar dat vond Keith geen argument.' Hij haalde zijn brede schou-ders op. 'Daarna maakt hij weer een film bij ons.' Hij pakte mijn onaange-roerde glas water en nam een flinke slok. Toen keek hij op zijn horloge. 'Nou...?'

'Iemand is me aan het stalken. Ze maken video's van me en ze zijn zelfs een keer 's nachts mijn huis binnengedrongen. Ik vroeg me af of het ie-mand van de studio kon zijn die buiten zijn boekje gaat. Ik weet dat jij alle veiligheidsdossiers te zien krijgt. Komt er iemand in aanmerking voor zo'n geintje?'

'Nee. Uitgesloten.' Hij klonk duidelijk opgelucht. 'Die rechtszaak is ver-velend, maar ze zijn er niet de hele dag mee bezig. Het is gewoon een zakelijke kwestie.'

'Ja, voor hén,' zei ik. Hij keek me aan, niet echt geïnteresseerd. 'Dus voor zover jij weet,' ging ik verder, 'is er niemand die de zaak persoonlijk zou kunnen opvatten?'

'Niet voor zover ik weet. En ik weet heel veel, Patrick. Ik volg alle e-mails, ik let op rare dingen, ik hou contact met de juristen, noem maar op. Je weet hoe belangrijk beveiliging voor ze is. Ik ben hun lijfwacht en biechtvader in één. Als iemand zijn nagel scheurt, hangen ze al huilend aan de telefoon. Als een portier te lang naar de verkeerde benen staart, moet ik hem op het matje roepen. Dat soort onzin. De wereld is knap ingewikkeld geworden, maar één ding is nog hetzelfde. Als ze jou onder druk zouden willen zetten, bellen ze mij en niemand anders.'

Ik wist niet wat ik eigenlijk had verwacht. Als de filmstudio me liet stalken, zou Jerry mij dat heus niet vertellen. Maar ik keek hem aan en ik geloofde hem. Wie het ook op me gemunt had, het was niet de studio.

Hij keek zenuwachtig naar de deur. 'Verder nog iets?'

'Kun je me Keith Conners nieuwe adres geven?'

'Wat dacht je?' vroeg hij. Ik spreidde mijn handen. 'Denk je echt dat Keith Conner jouw huis binnen zou sluipen?'

'Niet in eigen persoon, maar hij heeft mensen en geld genoeg, en een wraakzuchtig karakter. Ik zou graag eens met hem praten.'

'Volgens mij is dat het enige waar zijn advocaten, jouw advocaten en onze advocaten het allemaal over eens zijn: dat jij niet met hem mag praten. Nu niet en nooit.' Hij schoof zijn kruk naar achteren en vertrok.

12

'Is Keith Conner in werkelijkheid ook zo sexy?' Voorste rij, blond, T-shirt van haar jaarclub. Shanna of Shawna.

'Hij is wel knap,' zei ik, terwijl ik voor de collegezaal heen en weer liep en kauwgom kauwde om de whisky te maskeren die ik 's ochtends tegen de zenuwen had gedronken. Enig gegiechel door de oplopende rijen van het auditorium. Het college 'Inleiding tot scenario schrijven'. Je kwam de stad niet binnen zonder je aan te melden. 'Heeft iemand nog vragen over scenario schrijven?'

Ik keek rond. Een paar studenten hadden een digitale camcorder op hun tafeltje of rugzak liggen. Een nog groter gedeelte werkte op laptops met ingebouwde camera. Een jongen in het midden gebruikte zijn mobieltje om een foto te maken van een vriend die naast hem zat. Ik maakte mijn aandacht van al die camera's los en zag een opgestoken hand. 'Ja, Diondre?'

Hij vroeg iets over talent ten opzichte van hard werken.

De hele dag was ik al afgeleid en zocht ik naar verborgen bedoelingen achter opmerkingen van studenten. In de lunchpauze had ik mijn cijferlijst van de afgelopen tijd doorgenomen om te zien hoeveel onvoldoendes ik had uitgereikt. Niet meer dan zeven. En geen van die studenten leek dat cijfer persoonlijk op te vatten. Bovendien hadden ze allemaal de mogelijkheid om het vak te laten vallen, wat de kans nog verder verkleinde dat mijn stalker een op wraak beluste student zou zijn.

Ik besefte dat Diondres commentaar me was ontgaan. 'Weet je wat? Onze anderhalf uur zitten erop, dus blijf nog even zitten, dan praten we straks verder.' En ik wuifde de studenten de deur uit. Het leek wel luchtalarm, als je zag hoe snel ze ervandoor gingen.

Diondre bleef achter, zichtbaar ongemakkelijk. Hij was een van mijn favoriete studenten, een spraakzaam joch uit East Los Angeles, meestal gekleed in een wijde Clippers-short en een do-rag om zijn hoofd waarvan zelfs ik wist dat hij uit de mode was. Maar hij had een scheve grijns waardoor je hem onmiddellijk vertrouwde.

'Alles oké?'

Een aarzelend knikje. 'Mijn moeder denkt dat ik het nooit zal redden, omdat ik geen filmmaker ben. Ik kan me net zo goed bij het circus aanmelden als Chinese acrobaat, zei ze. Denkt u dat ook?'

'Geen idee,' zei ik. 'Ik train geen Chinese acrobaten.'

'Ik meen het serieus. U weet toch waar ik vandaan kom? Er heeft nog nooit iemand in mijn familie zijn middelbare school afgemaakt, laat staan de universiteit. Iedereen thuis vindt het idioot dat ik filmwetenschap studeer. Als het echt zonde van mijn tijd is, kan ik er beter mee kappen.'

Wat moest ik zeggen? Dat dromen niet altijd genoeg zijn, wat voor romantische verhalen ze je ook op de mouw spelden? Dat je in het leven soms op je bek gaat, hoe je je best ook doet?

'Hoor eens,' zei ik, 'het is een kwestie van hard werken en geluk hebben. Gewoon volhouden en hopen dat je kans ooit komt.'

'Hebt u het zo ook gered?'

'Ik heb het niet gered. Daarom werk ik hier.'

'Hoe bedoelt u? Schrijft u dan geen films meer?' Hij keek ontsteld.

'Nu even niet. En dat bevalt me wel. Als ik je een advies mag geven, waar je niet naar hoeft te luisteren, vraag je dan heel goed af of je dit eigenlijk wel wilt. Want als je het om de verkeerde redenen doet, en je krijgt toevallig succes, zul je misschien ontdekken dat het behoorlijk tegenvalt.'

Hij keek me peinzend aan, vol begrip. Toen tuitte hij zijn lippen, knikte langzaam en deed een paar stappen achteruit naar de deur.

'Hoor eens, Diondre... ik heb een paar rare bedreigingen gekregen.'

'Bedreigingen?'

'Of waarschuwingen, misschien. Zou jij studenten weten die mij iets willen flikken?'

Hij deed verontwaardigd. 'Dat vraagt u me zeker omdat ik zwart ben en uit Lincoln Heights kom?'

'Natuurlijk.' Ik keek hem strak aan, totdat we allebei in de lach schoten. 'Ik vraag het je omdat je een goede kijk op mensen hebt.'

'Ik zou het niet weten. De meeste studenten vinden u wel oké, als ik het zo hoor. U geeft niet veel onvoldoendes.' Hij hief zijn handen. 'Dat is geen kritiek, hoor.'

'Zo vat ik het ook niet op.'

'O.' Hij knipte met zijn vingers. 'Ik zou alleen oppassen voor die kleine Filippino, hoe heet hij ook alweer? Smoke-a-bong?'

'Paeng Bugayong?' Een kleine, rustige jongen die altijd op de achterste rij zat te tekenen, met gebogen hoofd. Omdat ik hem voor verlegen hield, had ik hem een keer iets gevraagd, om hem erbij te betrekken, maar hij had me agressief aangestaard voordat hij kort en afgemeten antwoord gaf.

'Ja, die. Hebt u zijn tekeningen weleens gezien? Allemaal onthoofdingen, draken en dat soort werk. We maakten al een geintje dat hij door het lint zou gaan, zoals op V Tech.'

'V Tech?'

'Virginia Tech.' Diondre maakte een pistool van zijn hand en vuurde op de lege stoelen.

'In mijn tijd,' zei ik met een grimas, 'noemde je dat gestoord.'

'Verdomme,' zei Julianne. 'Iemand heeft het klepje van het apparaat gemold.'

'Niets is heilig voor deze vandalen, en de koffieleut is de pineut.'

'Ach, stil toch, Marcello. Ik krijg nou al koppijn door cafeïne-onthouding.'

Hij keek hulpzoekend naar mij. 'De ene dag liggen ze aan je voeten, de volgende dag kennen ze je niet meer.'

'Een stad zonder genade,' teemde ik.

Zoals gewoonlijk hadden we de docentenkamer voor ons alleen. Marcello hing onderuitgezakt op de pluizige, geruite bank en bladerde door de *Hollywood Reporter*. Zelf las ik de paar werkstukken door die Paeng Bugayong daadwerkelijk had ingeleverd: miniscripts voor korte films die hij later zou kunnen maken in de productieklas. Zijn verhalen handelden over een magiër die sporthelden castreerde, een serievandaal die het kindeke Jezus uit kerststallen ontvoerde, en een meisje dat zichzelf verminkte omdat haar ouders haar niet begrepen. Het bekende, broeierige puberale werk, half goth, half emo, maar op het eerste gezicht onschuldig genoeg.

Toen ik onze secretaresse om Bugayongs dossier had gevraagd, met als smoes dat ik wilde controleren of hij wel een goede reden voor zijn absenties had, had ze me een seconde te lang aangekeken. Mijn nerveuze lachje bevroor op mijn gezicht toen ze antwoordde dat ze de gegevens bij de centrale administratie zou opvragen.

'Hebben jullie een student in je groep die Bugayong heet?' vroeg ik hun.

'Rare naam,' zei Marcello. 'Hoewel het in Korea waarschijnlijk net zo algemeen is als John Smith.'

'Hij is Filippijns,' zei ik.

Julianne gaf met de muis van haar hand een klap op het koffiezetapparaat, dat niet onder de indruk leek. 'Een raar klein jochie dat kijkt alsof hij in een citroen gebeten heeft?'

'Dus Pang Booboohead is jouw belangrijkste kandidaat, de mysterieuze stalker?' vroeg Marcello. Blijkbaar raakte hij geïnteresseerd in het verhaal. Of hij wilde geen zwijgende toehoorder zijn. 'Schrijft hij verdachte scripts of zo?'

'Als iemand jóúw scenario's zou lezen,' zei Julianne tegen mij, 'zouden ze ook denken dat je paranoïde was.'

'Gelukkig dan maar dat niemand ze leest,' zei Marcello hulpvaardig.

Julianne kwam naar ons toe en roerde wat koffie door heet water. Geen gevriesdroogde instant, maar gemalen koffie. 'Ik weet het,' zei ze, en ze nam een slok. Toen liep ze terug en gooide haar beker leeg in de gootsteen.

'Een van mijn studenten zei dat Bugayong niet helemaal spoort.'

'Ach, ze hebben zoveel mensenkennis op deze leeftijd,' merkte Marcello op.

'Bugayong is een watje,' zei Julianne. 'Ik wed om een nieuw koffiezetapparaat dat hij zittend plast.'

Ik peuterde aan een van de korstjes op mijn knokkels. 'Ik weet het. Hij is het niet. Misschien dat hij er de fantasie voor heeft, maar niet het lef.'

'En je buurman heeft wel de kloten, maar niet de fantasie,' zei Marcello. 'Wie heeft allebei?'

'Keith Conner,' zeiden Julianne en ik in koor.

Ik vond het nogal verontrustend dat zij meteen met dezelfde naam kwam. Niet dat de andere mogelijkheden zo aantrekkelijk waren, maar met zijn geld en middelen zou Keith een angstaanjagende tegenstander zijn.

Julianne liet zich in een stoel zakken en pulkte aan haar afbladderende zwarte nagellak. 'Je denkt er nooit over na,' zei ze, 'maar de grens tussen gewone afkeer en een obsessie is soms maar flinterdun.'

'De obsessie van de stalker of de mijne?' Ik liep naar de deur. Ik wist niet wat ik hoopte te bereiken, maar als mijn vroegtijdig getorpedeerde carrière me één ding had geleerd, was het wel dat de hoofdfiguur actief moet blijven. Ik was niet van plan om rustig af te wachten tot de volgende aanval; de insluiper bij mij thuis, met een camcorder én een klauwhamer.

Achter me hoorde ik: *En op die negende februari kon Patrick Davis zich nergens, helemaal nergens, meer verschuilen.*

'Het is vandaag de tiende, Marcello,' zei ik.

'O.' Hij fronste. *'En op die tiende februari...'*

Ik trok de deur achter me dicht.

13

Ik trof Punch Carlson in een ligstoel voor zijn bouwvallige huis, starend voor zich uit, met zijn blote voeten op een koelbox. Lege blikjes Michelob lagen verfrommeld naast zijn stoel, onder handbereik van zijn aapachtige armen. Punch, een gepensioneerde politieman, werkte als adviseur voor filmmaatschappijen, om acteurs te leren hoe ze een wapen moesten dragen zonder er achterlijk uit te zien. We hadden elkaar een paar jaar geleden ontmoet toen ik research deed voor een script dat ik nooit had verkocht, en daarna dronken we regelmatig een biertje.

Badend in het schijnsel van de flakkerende lantaarn op de veranda keek hij niet op toen ik naar hem toe kwam. Die starende blik, gericht op het huis, had iets van verslagenheid. Ik vroeg me af of hij bang was om naar binnen te gaan. Of misschien was dat een projectie van mijn eigen angst voor mijn eigen huis, de laatste tijd.

'Patrick Davis,' zei hij, hoewel ik geen idee had hoe hij wist dat ik het was. Hij sprak met dubbele tong, maar dat weerhield hem er niet van nog een blikje open te trekken. 'Biertje?'

Ik zag het filmscript op zijn schoot, teruggevouwen rond de spiraalrug. 'Graag.'

Ik ving het blikje voordat het mijn voorhoofd raakte. Hij schopte de koelbox naar me toe. Ik ging zitten en nam een slok. Lekker, zoals alleen slecht bier kan zijn. Punch woonde vier straten van een verlopen boulevard aan Playa del Rey, en de zoute lucht prikte in mijn ogen. Een plastic flamingo, verbleekt door de zon, stond een beetje scheef op één poot, alsof hij dronken was. Een paar tuinkabouters hadden een Dada-snorretje.

'Wat brengt jou naar Camelot?' vroeg hij.

Ik vertelde hem het hele verhaal, te beginnen met de eerste dvd, die verborgen had gezeten in de ochtendkrant van de vorige dag.

'Het lijkt me een rare stunt,' zei hij. 'Niet op reageren.'

'Iemand is bezig met een plannetje, Punch. Die vent is zelfs mijn huis binnengedrongen.'

'Als hij je te grazen wilde nemen, had hij dat al gedaan. Het lijkt me gewoon een idioot, die jou probeert op te fokken.' Hij keek me doordringend aan.

1 regel
te lang

'Oké, dat is hem dan gelukt. Maar toch wil ik weten wat erachter zit.'

'Laat toch zitten. Hoe meer aandacht je eraan besteedt, des te groter de hele zaak zal worden.' Hij wuifde met zijn hand. 'Als je de snavel van een specht wegsnijdt, dan hakt hij zichzelf dood. Omdat hij niet weet wat er is gebeurd, begrijp je? Dan blijft hij met zijn kopje tegen de boom beuken. Dus...'

'Is dat echt zo?'

Hij aarzelde even. 'Wat maakt het uit? Het is een metafoor, ooit van gehoord?' Fronsend nam hij nog een slok. 'Hoe dan ook...' hij probeerde de draad van zijn betoog weer op te pakken, 'jij gedraagt je net zoals die specht.'

'Een krachtig beeld,' beaamde ik.

Hij nam een flinke slok en veegde het bier van zijn stoppelkin. 'Maar wat heb ik met dat gezeur te maken?'

'Ik wil Keith Conner spreken. Na onze ruzie is hij mijn belangrijkste verdachte. Maar hij staat niet in het telefoonboek, uiteraard.'

'Probeer Star Maps.'

'Dat geeft alleen zijn postadres,' zei ik. 'Hij woont nu ergens in de vogelwijk, boven Sunset Plaza.'

Punch bladerde een beetje doelloos door het script. Hij leek me niet meer te horen.

'Wat denk je?' drong ik aan. 'Zou jij zijn adres kunnen vinden en hem een beetje in de gaten kunnen houden?'

'Politiewerk?' Hij tilde het script op en liet het weer in zijn schoot vallen. 'Als ik daar goed in was, zou ik dan dit werk doen, denk je?'

'Toe nou. Jij hebt de contacten en je weet met wie je moet praten om iets gedaan te krijgen. De ene smeris die de andere helpt.'

'Via de officiële kanalen krijg je nooit iets voor elkaar, beste jongen. Het moet allemaal officieus. Mensen die je nog iets schuldig zijn, en andersom. Vooral als je een film wilt maken. Dan heb je een straatvergunning nodig, soms een politiehelikopter, noem maar op. En een beetje snel, want je zit met een deadline.' Hij maakte een grimas. 'Heel anders dan wanneer je bijvoorbeeld een serieverkrachter in zijn kraag wilt grijpen.'

Ik begreep wat hij bedoelde. 'En?' vroeg ik.

'Een ouwe zak als ik heeft niet zoveel krediet meer. Ik moet zuinig zijn op mijn contacten. Om de huur te betalen.'

Ik stond op, dronk mijn blikje leeg en liet het in het gras vallen, naast de andere. 'Oké, Punch. Toch bedankt.'

Toen ik in mijn auto stapte en het portier dichttrok, verscheen zijn gezicht voor het raampje. 'Sinds wanneer geef jij het zo makkelijk op?' Hij knikte in de richting van zijn huis.

Ik stapte weer uit en liep met hem mee door de voortuin naar de keuken. Vuile borden, een druppelende kraan en een afvalemmer die uitpuilde met verfrommelde pizzadozen. Aan de deur van de koelkast hing een kindertekening onder de magneet van een stripclub. Het was een krijttekening, bijna wanhopig opgewekt: een familie van drie poppetjes met grote hoofden en een overdreven grijns. De verplichte zon in de hoek leek het enige kleuraccent in de sombere keuken. Ik kon het Punch niet kwalijk nemen dat hij naar het grasveld was gevlucht.

Ik zocht een plek om te gaan zitten, maar op de enige stoel lag een stapel oude kranten. Punch zocht een tijdje naar een pen en trok de tekening van de koelkast. De magneet schoot los en rolde onder de tafel. 'Hij woont ergens in de vogelwijk, zei je?'

'Blue Jay of Oriole, daar ergens.'

'Die lul van een Conner heeft waarschijnlijk zijn nieuwe huis op naam van een trust gezet, of wat dan ook, zodat hij moeilijker te traceren is. Maar er is altijd wel iemand die een fout maakt. Dan staat de kabelaansluiting of zijn rijbewijs toevallig wel op het juiste adres. Wacht maar even buiten.'

Ik stapte de tuin in en liet me in zijn ligstoel zakken, terwijl ik me afvroeg waar hij over nadacht als hij naar dit uitzicht staarde. Ten slotte dook hij weer op.

Plechtig overhandigde hij me de krijttekening, met een adres op de achterkant. Hij grinnikte. 'Hij heeft een leuke buurt gekozen, die vriend van je.' Hij wuifde me uit zijn stoel vandaan. 'Ik zal nog wat navraag doen naar Conner, misschien levert het iets op.'

Het feit dat ik nu zijn adres had, gaf me een onrustig gevoel. Als filmster leek Keith Conner een legitieme prooi, maar dat was natuurlijk onzin. Door in zijn leven te gaan spitten, schond ik zijn privacy. En de afgelopen twee dagen had ik zelf gemerkt wat dat betekende. Opeens schrok ik van mijn eigen gedrag, en motieven. Maar toch vouwde ik de tekening op en stak hem in mijn zak. 'Bedankt, Punch.'

Hij wimpelde het af.

Ik deed een paar stappen naar mijn auto en draaide me toen om. 'Waarom heb je me geholpen? Ik bedoel, terwijl je zuinig moest zijn op je contacten en zo?'

Hij wreef zich stevig in zijn ogen, gravend met zijn duim en wijsvinger. Toen hij weer opkeek, waren ze nog extra bloeddoorlopen. 'Toen die jongen nog bij me woonde, kort voordat ik alles verknalde en Judy me uit de voogdij liet zetten... Hij had problemen op school, maar jij hielp hem met dat leesverslag.'

'O, dat stelde niets voor.'

'Voor hem wel.' En hij liep terug naar zijn ligstoel.

Toen ik wegreed, zat hij daar weer, bewegingloos, starend naar de gevel van zijn huis.

Onderweg nam mijn onheilspellende voorgevoel nog verder toe. Het leek te groeien met het klimmen van de weg, toen ik in de avondspits over Roscomare reed. Bij de Millers was alles donker. Ik zette mijn auto in de garage, naast Ari's witte pick-up, en liep terug over het pad om in de brievenbus te kijken. Een hele stapel rekeningen, maar geen dvd.

Nu pas merkte ik dat ik mijn adem inhield. Ik slaakte een zucht. Don en Martinique hielden zich met hun eigen zaken bezig, onze brievenbus leverde geen onprettige verrassingen op, dus alles leek in orde.

Toen ik de voordeur opendeed, krijste er een alarm door het hele huis. Geschrokken liet ik mijn koffertje vallen; papieren vlogen over de vloer. Boven ging er een deur open, en even later denderde Ariana de trap af met een badmintonracket in haar hand. Toen ze me zag, haalde ze opgelucht adem en drukte een paar cijfers in op het toetsenbordje bij de leuning. Het alarm zweeg.

'Badminton?' vroeg ik.

'Het was het eerste wat ik kon vinden in de kast.'

'In de hoek staat een honkbalknuppel. En daarnaast een tennisracket. Maar bádminton? Wat was je van plan, de indringer met shuttles bekogelen?'

'Ja. En daarna was hij uitgegleden over jouw papieren.'

We grijnsden om elkaars onnozele reacties.

'De nieuwe code is 27093,' zei ze. 'En de nieuwe sleutels liggen in de la.'

Als ik vanavond het terrein wilde controleren, moest ik niet vergeten het alarm uit te schakelen voordat ik naar buiten ging. We staarden elkaar even aan; ik met mijn papieren om me heen, zij met het racket in haar hand. Toch ongemakkelijk.

'Oké,' zei ik voorzichtig. Haar impliciete ultimatum van de vorige avond zweefde nog tussen ons in. Ik wist dat ik iets moest zeggen, maar ik kon niets bedenken. 'Nou, welterusten dan,' zei ik lamlendig.

'Welterusten.'

We keken elkaar nog even aan, aarzelend hoe het nu verder moest. Op een bepaalde manier was die gespannen beleefdheid nog erger dan de afstandelijke sfeer van de afgelopen maanden.

Ari lachte geforceerd, een beetje verslagen, met trillende mondhoeken. 'Wil jij het racket?'

'Aan die grote handen te zien, zou het hem alleen maar kwaad maken.'

Ze bleef bij de leuning staan en toetste de code in om het alarm weer te activeren. Even later, toen ze de slaapkamerdeur opendeed, hoorde ik Bob Newhart; een herhaling, uiteraard.

Zelfs toen de deur achter haar was dichtgevallen, bleef ik nog een tijdje onder aan de donkere trap staan, en keek omhoog.

14

Ik bracht weer een onrustige nacht op de bank door en stond op toen het ochtendlicht opnieuw de nutteloosheid van vitrage bewees. Haastig kwam ik overeind en rende de gang door om te zien of er weer een dvd in onze ochtendkrant zat verpakt. Ik rukte de deur open en vergat het alarm, tot-dat het geloei tot diep in mijn schedel doordrong. Haastig liep ik terug naar het toetsenbord en zette het af. Ariana verscheen hijgend boven aan de trap, met haar hand tegen haar borst gedrukt.

'Sorry. Ik ben het maar. Ik wilde buiten kijken of...'

'Hebben we er weer een?'

'Ik weet het niet. Wacht even.' De voordeur was nog open. Ik rende naar het gras, kwam terug met de krant en schudde hem uit, zodat de verfrom-melde pagina's door de hele gang dwarrelden. 'Nee.'

'Oké,' zei ze. 'Goed. Misschien is het hiermee afgelopen.' Bijgelovig stak ze een hand uit om het af te kloppen, op de tussenmuur.

Ik had mijn twijfels. Zij ook. Die hoefden we niet uit te spreken.

Op de automatische piloot werkten we onze ochtendroutine af en deden ons best om niet stil te staan bij de dreiging die nog altijd boven ons hoofd hing. Douchen, koffie, een paar beleefde woorden, een mariposa uit de plantenkas. Weer oranje. Ik vroeg me af wat dat betekende.

Nadat ik mijn amateuristische bewakingscamera – gericht op de ve-randa en het tuinpad – had gecontroleerd en weer teruggezet achter de vrouwenpalm, stapte ik snel naar buiten. Als ik maar in beweging bleef. Even later stond ik in de garage, waar het zonlicht door de open deur op de kofferbak van mijn auto viel en de trouwjurk me weer aankeek vanuit de doorschijnende plastic opbergbox. Voor het eerst in weken had ik geen behoefte om naar het raam te sluipen en mijn vrouw te begluren. Het duurde even voordat ik begreep waarom. Ik was bang, bang dat Ariana zat te huilen, en misschien nog banger van niet.

Ik stapte in de Camry en reed achteruit de oprit op. Auto's zoefden door de straat; de ochtendspits was begonnen. Op drukke dagen kostte het me soms vijf minuten voordat ik eindelijk Roscomare kon indraaien. Ongeduldig trommelde ik met mijn vingers op het stuur. Ik had een druk lesrooster, en op het vel papier op de passagiersstoel stond Keith

Conners adres, in het handschrift van Punch Carlson.

Een beweging bij de buren trok mijn aandacht. Don slenterde naar zijn Range Rover op de oprit, terwijl hij in een headset praatte, heel geconcentreerd en gebarend met zijn armen, alsof dat zijn argument kracht kon bijzetten. Even later rende Martinique achter hem aan met zijn laptop, die hij vergeten was. Ze droeg een joggingoutfit, van spandex, om haar nieuwe figuur te accentueren. Dat was tegenwoordig zo'n beetje haar uniform. Ze werkte per dag wel vier uur aan haar conditie. Don bleef staan om de laptop aan te pakken. Martinique boog zich naar hem toe voor een afscheidskus, maar hij had zich al omgedraaid om in zijn auto te stappen. Even later draaide hij de weg op, gebruikmakend van een gaatje in het verkeer dat mij was ontgaan. Martinique stond roerloos op de oprit, zonder hem na te kijken en zonder terug te lopen naar het huis. Haar gezicht was bijna klinisch glad, uitdrukkingsloos. Alleen haar ogen bewogen heel even mijn kant op en ik wist dat ze had gezien dat ik alles had gevolgd. Ze boog haar hoofd en verdween snel naar binnen.

Ik bleef nog een hele tijd zitten. Het gemolesteerde dashboard staarde me aan. Mijn blik ging weer naar het papier met het adres op de passagiersstoel. Ik draaide het om, zodat de kindertekening boven lag. Een grote, slordige zon, met stakerige poppetjes, hand in hand; om je hart te breken, zo primitief en weemoedig.

Ik zette de auto in de parkeerstand en stapte weer uit. Toen ik binnenkwam, zat Ariana waar ze altijd zat als ik vertrok, op de armleuning van de bank. Ze keek verbaasd.

'Ik heb zes weken geprobeerd een manier te vinden om niet van je te houden,' zei ik.

Haar mond viel een beetje open. Bevend tilde ze haar hand op en zette haar mok op de koffietafel. 'En is je dat gelukt?'

'Nee. Ik geef het op.'

We keken elkaar aan door de kamer. Ik voelde iets breken in mijn borst, emoties die loskwamen, een dam die dreigde door te breken.

Ze slikte moeizaam en keek weg. Haar lippen trilden, alsof ze wilde lachen en huilen tegelijk. 'En hoe moeten we nu verder?' vroeg ze.

'Samen.'

Ariana glimlachte. Toen gingen haar mondhoeken omlaag. Ze veegde met een hand over haar wangen en sloeg haar ogen neer. Ten slotte knikten we tegen elkaar, bijna verlegen, en ik verdween weer door de deur naar de garage.

15

Ik nam voor Julianne een Starbucks mee van de overkant en hield die als een heilig offer voor me uit toen ik de docentenkamer binnenstapte. Marcello en zij zaten tegenover elkaar, maar aan verschillende tafeltjes, om de suggestie te wekken dat ze aan het werk waren.

Ze nam me achterdochtig op. 'Wat moet je van me?'

'Kun jij mijn middagcolleges overnemen?'

'Ik weet niets van het onderwerp. Geen idee hoe je een filmscript moet schrijven.'

'Precies. Jij bent de enige in heel Los Angeles die wéét dat ze geen filmscript kan schrijven. Dat maakt je de ideale docente.'

'Waarom kun je zelf niet?' vroeg Julianne.

'Ik moet achter een paar dingen aan.'

'Dat is me te vaag.'

'Ik ga met Keith praten.'

'Met Conner? Bij hem thuis? Heb je zijn adres?' Ze sloeg enthousiast haar handen ineen, een meisjesachtig gebaar dat net zo bij haar paste als een pleister bij Clint Eastwood.

'O nee. Jij ook al?' zei ik.

'Hij is wel een lekker ding,' merkte Marcello op.

'Het verraad loert overal.'

'Waarom ga je niet na je werk naar hem toe?' wilde Julianne weten.

'Omdat ik na mijn werk meteen naar huis moet.'

'Naar huis?' zei ze. 'Naar húís? Naar je mooie vrouw?'

'Halleluja, prijs de Heer!' dreunde Marcello.

'Is dat alles?'

'Op deze...' Marcello keek op zijn horloge, '... *elfde februari ontdekt Patrick Davis dat de belangrijkste weg in het leven... de weg naar huis is.*'

'Zo mag ik het horen.' Ik zwaaide met de Starbucks-beker in Juliannes richting, zodat haar bloedhondenneus de geur kon oppikken.

Ze keek naar de beker. 'Gembercake latte?'

'Pepermunt...' zei ik, en ze boog zich verlangend naar voren, '... mókka.' Ze knikte wellustig. Ik liep naar haar toe met de beker. Julianne pakte hem aan.

Ik hoorde haar tevreden slurpen toen ik de kamer uit liep. Er werd lesgegeven en de gangen waren verlaten. Mijn voetstappen klonken onnatuurlijk luid zonder al die lichamen om de echo's te dempen. Op mijn weg langs de lokalen hoorde ik de stem van iedere volgende docent aanzwellen en wegsterven als het geluid van een passerende auto. Ondanks de drukke collegezalen om me heen, of misschien juist daardoor, leek de belachelijk lange gang eenzaam en troosteloos.

Ik hoorde een klap als een pistoolschot en maakte een sprong, waardoor mijn papieren over de grond vlogen. Toen ik me in paniek omdraaide, zag ik dat het niets anders was geweest dan een student die zijn map liet vallen, plat op de tegels. Dramatisch greep ik naar mijn borst en riep overdreven luid: 'Ik schrok me zowat dood.'

Het was als grapje bedoeld, maar het klonk kwaad.

De student, die zich over zijn map boog, wierp me een slome blik toe. 'Rustig, man.'

Zijn toon beviel me niet. 'Hou je spullen dan bij je, mán.'

Twee meisjes die uit een zijgang kwamen draaiden zich om, maar liepen haastig door toen ik hun kant op keek. Aan het eind, bij de trap, waren nog een paar studenten verschenen. Ik stond nog te hijgen van de schrik, en door mijn eigen reactie. Ik wist dat ik me aanstelde, maar ik was kwaad en kon me niet beheersen.

De jongen knikte naar mijn verspreide papieren op de grond. 'Jij ook.' Hij draaide zich om, terwijl hij nog iets zei, met zijn hand voor zijn mond. 'Klootzak.'

'Wát zei jij daar?' Mijn woorden galmden door de gang.

Een docente die ik vaag herkende stak haar hoofd buiten de deur van de dichtstbijzijnde collegezaal, met afkeurende rimpels op haar voorhoofd. Ik keek zo woest dat ze weer haar lokaal binnenvluchtte, en toen ik me omdraaide, was de brutale student al naar de trap verdwenen. Ook de anderen verspreidden zich, gebarend naar elkaar.

Met het schaamrood op mijn kaken verzamelde ik haastig mijn papieren en liep door.

16

Ik stond voor een groot ijzeren hek, maar twee passen bij de stoep vandaan. Het hele terrein ging schuil achter een stenen muur van drie meter hoog. De enige mogelijkheid tot contact was een intercom met een knop, die aan een paal naast het hek was gemonteerd.

Hoewel het pas drie uur was – en februari – had de kou plaatsgemaakt voor een onverwachte hittegolf. De zon weerkaatste fel tegen het beton. Eigenlijk zou ik nu voor mijn studenten moeten staan om de techniek van de dialoog te bespreken, niet hier, bij het huis van een filmster met wie ik in een rechtszaak was verwikkeld.

Voordat ik op de knop van de intercom kon drukken, hoorde ik een luid gekrijs. Ik draaide me haastig om en zag de schuifdeur opengaan van een aftandse witte bestelbus die aan de overkant stond geparkeerd. Vanuit het donkere interieur klonk het geklik van een *high-speed* lens. Ik verstijfde, als aan de grond genageld. Een man met een reusachtige camera stapte uit het busje en kwam dreigend naar me toe, terwijl hij foto's bleef maken. Hij droeg een zwart jack met een capuchon over zijn hoofd, zodat zijn gezicht verborgen bleef achter de camera. De lens stak uit de capuchon naar voren als de snuit van een wolf. Ik zag de donkere amoebe van mijn spiegelbeeld in het bolle glas. Ik probeerde snel na te denken, maar hij had me verrast en ik wist zo gauw niet wat ik moest doen.

Net toen ik mijn hand tot een vuist had gebald, liet de man zijn lange telelens zakken en kwam er een bleek gezicht tevoorschijn. 'O,' zei hij teleurgesteld. 'Jij bent helemaal niemand.'

Blijkbaar had hij mijn gebrek aan reactie voor onverschilligheid aangezien. 'Hoe weet je dat?'

'Omdat het je geen moer kan schelen dat ik foto's van je neem.'

Mijn blik gleed over zijn sjofele verschijning, de kakishort met uitpuilende zakken, en eindelijk drong het tot me door. 'De *National Enquirer*?' vroeg ik.

'Freelance. De paparazzimarkt wordt er niet makkelijker op. Je moet je werk verkopen waar je kunt.'

'En Conner is nu een goede vangst?'

'Zijn prijs is gestegen, vanwege de film die er aankomt, en die meid die beweert dat ze een kind van hem heeft.'

'Daar wist ik niets van.'

'Een hoertje uit een nachtclub. Ze heeft over Nicky Hilton heen gekotst; daardoor is ze nu bekend.'

'Aha. Een duidelijk mediaprofiel.'

'Ze betalen twintigduizend voor een goede foto van Conner die in de fout gaat. Niets is zo gunstig voor de verkoop als de combinatie van succes en vuiligheid. Een krachtige cocktail.'

'Cocktail? Ik zou zelf ook wel een borrel lusten.'

Hij wierp me een samenzweerderige blik toe. 'Ben je een vriend van hem?'

'Ik kan de vent niet uitstaan.'

'Ja, hij is een klootzak. Hij heeft me een keer in mijn kruis geschopt voor de deur van Dan Tana. Er loopt al een zaak tegen hem.'

'Nou, succes ermee.'

'Je moet zorgen dat ze jóú slaan, niet andersom.' Hij keek me veelzeggend aan. 'Het zal wel een schikking worden.'

Ik drukte op de knop. Ergens klonk het geluid van een veeltonige bel. De statische ruis vertelde me dat iemand had opgenomen, maar zonder iets te zeggen. Ik boog me naar de intercom. 'Dit is Patrick Davis. Zeg tegen Keith dat ik hem wil spreken.'

'Is dát je plan om binnen te komen?' vroeg de fotograaf.

Het hek zoemde open en ik glipte erdoor. Hij probeerde mee te komen, maar ik versperde hem de weg. 'Sorry, je moet zelf maar een plannetje bedenken.'

Hij haalde zijn schouders op. Toen pakte hij een ivoorkleurig kaartje uit zijn portefeuille. JOE VENTE, met een telefoonnummer eronder. Dat was alles.

Ik wees op het kaartje. 'Wel erg simpel.'

'Bel me als je Conner te grazen wilt nemen.'

'Doe ik.' Ik trok het hek achter me dicht en wachtte tot ik de klik van het slot hoorde.

De villa in Spaanse koloniale stijl had een omvang die de spot dreef met de huizenprijzen in Los Angeles. Links zag ik een rij garagedeuren, allemaal open, waarschijnlijk voor de ventilatie. Binnen herkende ik twee elektrische coupés die stonden op te laden, drie hybrides en een paar merken op alternatieve brandstof. Een milieubewust wagenpark; hoe meer je uitgeeft, des te meer je bespaart. De voordeur, groot genoeg voor een tyrannosaurus rex, ging open. Een mager meisje, dat nog nietiger leek in het gigantische portaal, wachtte me op met een klembord in haar hand.

Ze had een onmogelijk bleke huid, een hals die met ringen leek opgerekt, zoals bij primitieve stammen gebruikelijk was, en de verveelde uitdrukking van een fotomodel.

'Meneer Conner is achter. Komt u maar mee.'

Ze ging me voor door een enorme foyer, een zitkamer en een dubbele deur die uitkwam op de grote achtertuin. Ze bleef op de drempel staan en wuifde me verder. Misschien zou ze spontaan vlam vatten in de felle zon.

Keith dobberde op een gele binnenband in het midden van het zwembad, een monsterlijk ding met een zwarte bodem, watervalletjes, fonteinen en palmbomen op een eilandje van plantenbakken. 'Hé, lul,' zei hij, en hij peddelde naar de rand. 'Bree,' brulde hij over mijn hoofd heen, 'er zijn geen vlaszaadchips meer in de bar bij het zwembad. Vul ze even aan, wil je?'

Het meisje noteerde iets op haar klembord en verdween.

Twee rottweilers dartelden op het grasveld, met ontblote hoektanden en slierten speeksel om hun bek. Overal lagen geknoopte touwen als speelgoed. Rechts zag ik een vrouw in een teakhouten ligstoel. Ze droeg een geel badpak en las een tijdschrift. Haar blonde haar, bijna wit in de zon, viel om haar gezicht in de kiekeboestijl van Veronica Lake. Ze leek veel te beschaafd voor dit gezelschap, en ook te oud; minstens dertig.

Keith liet zich in de stoel naast haar vallen en stak een sigaret op; een kruidnagelsigaret, nota bene. Die had ik niet meer gezien sinds Kajagoogoo de ether vervuilde.

'Dit is Trista Koan, mijn lifestylecoach.' Keith legde een hand op haar gladde dijbeen.

Ze duwde hem zonder plichtplegingen weg. 'Ik weet het, een achterlijke naam. Mijn ouders waren hippies en niet toerekeningsvatbaar.'

'Wat doet een lifestylecoach precies?' vroeg ik.

'We proberen Keiths CO_2-voetafdruk te reduceren.'

'Ik ga de walvissen redden, man,' zei Keith. Zijn tanden leken naadloos aan te sluiten. De weerkaatsing van de zon was verblindend.

Mijn gezicht verried blijkbaar onbegrip.

'Het milieu is verdomd belangrijk in L.A., dat weet je toch?' zei hij, terwijl hij een haal nam.

'Ja, net als haarimplantaties.'

'Daarom moeten we de mensen overál dat besef bijbrengen.' Hij wuifde bevlogen met zijn arm, waarschijnlijk duidend op de wereld buiten zijn uitgestrekte achtertuin. Het grootse gebaar werd enigszins tenietgedaan door de sliert van kruidnagelrook die hij achterliet. 'Een blijvend bewustzijn, daar gaat het om. Ik heb meteen zo'n elektrische auto gekocht, weet je? Zelfs een Tesla Roadster. Clooney heeft er ook een. Ze spuiten je naam op het chassis...'

'Maar het probleem is...' zei Trista, om hem bij de les te houden.

'Het probleem is dat je elektrische auto's toch aan het stopcontact moet leggen. Ze slurpen energie. Daarom heb ik een paar hybrides gekocht, maar die gebruiken wel benzine. Dus nu ben ik overgestapt op...' hij keek even naar Trista, 'hoe heet dat?'

'Flex-brandstof.'

'Waarom neem je de bus niet?' Ik vond het zelf wel geestig, maar niemand lachte. 'Walvissen, Keith,' zei ik. 'Het begon allemaal met walvissen.'

'Juist. Op zee gebruiken ze een heel krachtige sonar, van zo'n driehonderd decibel...'

'Tweehonderdvijfendertig,' verbeterde Trista hem.

'Weet je hoeveel sterker dat is dan het niveau dat al schadelijk zou zijn voor het menselijk gehoor? Tien keer!'

'Vier punt drie,' zei Trista, met nauwelijks verholen irritatie. Ik begon haar rol wat beter te begrijpen.

'Dat is net zo hard als het lawaai van een raketlancering.' Hij wachtte even en keek naar Trista, maar blijkbaar klopte het nu. 'Geen wonder dat die walvissen op het strand aanspoelen. Hun gehoor wordt totaal vernietigd. Ze lopen hersenschade op. En die sonar veroorzaakt ook lucht in hun bloedbaan...'

'Embolieën,' zei ik, om Trista even rust te geven.

'... dus kun je je voorstellen hoeveel leven in zee we verder nog vernietigen, zonder het zelfs maar te weten.' Hij wachtte op mijn reactie, met een bijna aandoenlijke gretigheid.

'Niet te geloven.'

'Ja, dus...' zei hij, alsof dat een zinnig antwoord was. 'Ik ben maar een onnozele filmster van zesentwintig, die meer verdient in een week dan mijn vader zijn hele werkende leven heeft thuisgebracht. Dat is een wonder, en ik weet dat ik daar geen recht op heb, want dat heeft niemand. Maar ik kan wel een verschil maken. En die film is ongelooflijk belangrijk voor me. Mijn hele hart ligt erin.' Hij keek naar Trista, bedelend om erkenning, maar die kreeg hij niet.

Voorlopig had hij onze vijandelijkheden genegeerd voor een verkooppraatje en een vroom kletsverhaal. Hij gebruikte mij om zijn nieuwe materiaal op uit te testen: de milieubewuste verpakking van Keith Conner, waarmee hij zijn voordeel zou kunnen doen op de rode loper, waar het werkelijk om ging. Tot zover zijn nieuwe rol. Het werd tijd om ter zake te komen. Blijkbaar voelde Keith dat ook aan, want hij spreidde zijn armen.

'Wat doe je hier eigenlijk, Davis? Voeren wij geen proces tegen elkaar?' Hij grijnsde zijn witte tanden bloot. 'Hoe staat het daar trouwens mee?'

'Ik kom beslag leggen op je huis.'

Trista keek niet op, maar verborg haar mond achter haar hand. Keith maakte een grimas en gaf me een teken om door te gaan.

'Ik heb hier iets van jou.' Nu keek hij geïnteresseerd. Ik pakte een dvd, van hetzelfde merk als het stapeltje in mijn werkkamer, en hield hem omhoog.

'Wat is dat?'

'Het lijkt op een disk, Keith,' zei Trista.

Ze was niet alleen prettig om te zien, maar ik begon haar ook te mogen.

'Ja, maar wat staat erop?' vroeg hij.

'Geen idee,' zei ik. 'Iemand heeft hem toch aan mij gestuurd, namens jou?'

'Namens mij? Waarom zou ik jou een dvd sturen? Davis, ik heb nog geen seconde aan je gedácht sinds je van de set werd geschopt.' Hij wees om zich heen, alsof hij steun zocht bij een cast van onzichtbare bijrollen. 'Ze zeiden al dat je niet helemaal spoorde, maar... verdomme.' Zijn blik werd harder. 'Wat staat erop? Foto's van die paparazzo die me stalkt? Ben je soms gekomen om me te chanteren, lul?'

Misschien was hij een betere acteur dan ik altijd had gedacht. 'Nee.' Ik gooide het doosje naar hem toe. 'Er staat niets op.'

Eindelijk was Trista's belangstelling gewekt. Ze liet het tijdschrift op haar gebruinde knieën zakken.

Keith begon kwaad te worden. 'En wat zei de koerier?'

Ik ging erop door. 'Dat hij me die dvd moest brengen omdat jij opnamen had in New York.'

'Nee, ik was hier, voor de preproductie van *The Deep End*. Het is een race tegen de klok, man.'

'*The Deep End*?' vroeg ik.

'Ik weet het,' zei Trista. 'Keiths manager heeft die titel bedacht. We moesten ermee akkoord gaan voordat Keith ook meedeed en ons groen licht gaf.'

'Lifestylecoach én producent?' zei ik. 'Dat is een ongewone combinatie, zelfs voor deze postcode.'

'Ze heeft contacten met de milieugroepering achter de productiemaatschappij,' zei Keith. 'Ze weet álles van het onderwerp, daarom hebben ze haar ingevlogen als... nou ja, om te helpen.'

Opeens vielen de stukjes op hun plaats. Trista's functie was een nieuwe versie van mijn oude baantje. Ze moest op Keith passen, zodat hij niet te hypocriet overkwam of te onnozele dingen zei. Ik zou nog liever een rots-blok omhoogduwen in de Hades, maar misschien gaf ik daarom les in scenario schrijven in de Valley, terwijl Trista glossy's zat te lezen bij een olympisch tikibad.

Keith gooide me het dvd-doosje weer toe, zodat ik nu een fraai stel vin-gerafdrukken van hem had. Altijd makkelijk als hij weer achter de geslo-ten deuren van zijn landgoed verdween of op een CO_2-vrij vliegtuig naar Ibiza stapte.

'Ik zou jou echt niets sturen.' Hij boog zich naar voren. 'Nadat je me hebt aangevallen.'

Voor de duizendste keer reconstrueerde ik in mijn hoofd het telefoon-gesprek tussen hem en Ariana. In gedachten zag ik hoe zijn woorden haar hadden geraakt, en alles wat daarna was gevolgd. Totdat ik een stap naar achteren deed en me beheerste, besefte ik niet eens hoe ik erop wachtte dat hij mij zou aanvallen, zodat ik hem die glinsterende tanden uit zijn bek kon slaan. Zolang het maar zijn eigen schuld was.

Ik liet het plastic doosje in mijn achterzak glijden, voorzichtig om zijn vingerafdrukken niet uit te vegen met de mijne. 'Maak je niet druk, Keith. Ik zou niet willen dat je weer een knokpartij met een aanrecht verloor.'

Hij knikte naar de dubbele deuren achter me, waar Bree was opgedoken als een geestverschijning met een klembord. 'Zij laat je wel even uit.'

17

Een agent bracht me naar de eerste verdieping, waar Sally Richards aan een bureau zat, turend naar haar computerscherm. Ik liep naar haar toe en zette een grootverpakking zoetjes naast een foto van haarzelf met een peuter op de arm.

Ze keek even naar mijn presentje en knikte geamuseerd. 'Geweldig. Daar kom ik morgen de lunch wel mee door.'

'Is dit een slecht moment?'

'Een beetje.' Ze knikte naar de monitor. 'Een Japanner die een levende slang door zijn neusgat trekt op YouTube.' Ze schoof haar stoel naar achteren en sloeg haar armen over elkaar. 'Is er weer een dvd bezorgd?'

'Nee. Heb je nog iets van de vorige kunnen redden?'

'Compleet gewist. Hoewel onze techneut zag dat er ooit iets op had gestaan. Hij zei dat de bestanden waren verwijderd door een programmatje dat zichzelf vernietigt. Hij was het nooit eerder tegengekomen.'

Ik dacht een tijdje na over dat onheilspellende nieuws. 'Vingerafdrukken?'

'Alleen de jouwe, en die van je vrouw. Jullie staan in de database voor vrijwilligerswerk, toen jullie nog studeerden.'

Ik knikte.

'Maar de disks vertonen wel sporen van latex handschoenen; een paar vegen, dat is alles.'

Ik haalde het dvd-doosje uit mijn achterzak. 'Hier heb je Keith Conners vingerafdrukken.'

'Wat zouden die opbrengen op eBay?'

'Ik hoopte dat je misschien een deel van een vingerafdruk had gevonden, om dat met deze te vergelijken.'

'O, je denkt met ons mee? Rustig aan, Kojak.'

Maar ik hield vol. 'Zelfs als Keith iemand had ingehuurd om die dvd's te bezorgen of bij mij in te breken, had hij op een bepaald moment misschien de schijfjes aangeraakt. Hij is geen groot licht.'

'Meen je dat nou?' Ze volgde mijn blik naar de foto van haar met de peuter. 'Kunstmatige inseminatie, nu je ernaar vraagt. Het wonder van het leven... praat me er niet van. De misselijkheid alleen al.' Ze floot. 'Als ik het nog eens deed, zou ik een kind uit China hebben geadopteerd, zoals iedere zichzelf respecterende dochter van Sappho.' Met wat stemverheffing vervolgde ze: 'Nee, dan Terence! Terence heeft vier jongens. Vier! Stel je voor.' Valentine bleef boven aan de trap staan, wierp ons een droevige, vermoeide blik toe, en verdween door de gang. 'Hij is zo blij met mij als partner,' zei Sally. 'Iedereen is jaloers op hem.'

'O, ik dacht dat het zijn stralende glimlach was.'

'Zit,' zei ze.

Gehoorzaam liet ik me op de eenvoudige houten stoel voor het bureau zakken. Op haar vloeiblad lag een lijstje met dingen die ze nog moest doen. *Rattenbestrijding bellen. Wasdroger in de aanbieding. Oppas voor dienst van dinsdagavond.* Dat inkijkje in het mechaniek van haar dagelijks bestaan raakte iets bij mij. Misschien sloot het aan bij de banale zaken die ik op mijn eigen lijstje had afgestreept terwijl ik vanbinnen doodging.

Ik staarde naar de vloer. 'Heb je weleens het gevoel dat je vastzit?'

'Zoals in dat nummer van U2? Dat hoort bij het volwassen leven, neem ik aan.'

'Ja, maar je hoopt altijd dat jij de dans ontspringt.'

Ze trok een grimas. 'De enige verrassingen zijn dat je niet Indisch moet eten op een lege maag en dat tuinmeubels schrikbarend duur zijn.'

'Zo gaan die dingen. Ach, het geeft ook niet. Als je maar tevreden bent met je leven.' Haastig ontweek ik haar blik. Ik had al meer laten doorschemeren dan ik wilde. 'Helemaal geen vingerafdrukken? Misschien had je de camera en het statief moeten controleren.'

Ze merkte dat ik me ongemakkelijk voelde en er te snel overheen praatte. 'Vast. We zouden ook een aflevering van csi bij jou thuis kunnen opnemen en er een paar fbi-profilers bij halen.'

'Oké,' zei ik. 'Jullie hebben beperkte middelen. Voorlopig is het niet meer dan een misselijke grap met een camcorder.'

'Dat niet alleen, Davis, maar de vent droeg latex handschoenen. Het doosje, de envelop en de schijfjes zijn brandschoon. Als we jouw versie geloven, hebben die dvd's zichzelf gewist, als een technische truc in een James Bond-film. Dan moet er iemand achter zitten die er heel veel werk in heeft gestoken. Die zal heus niet met zijn blote duim op de opnameknop drukken.' Ze schonk water uit een flesje in een mok, haalde een paar roze zakjes uit de doos met zoetjes en leegde ze in het water. 'Ik mag het je eigenlijk niet vertellen, maar goed, je hebt een cadeautje voor me meegebracht...' Ze roerde met een potlood. 'Zijn er nog andere agenten bij jullie langs geweest?'

'Dat is een vraag, Sally, geen vertrouwelijke mededeling.'

'Je meent het.'

'Waarom vraag je dat, van die andere agenten?'

Ze nam een slok en leunde naar achteren in haar overbelaste kleine stoel. 'Die voetafdruk bleek...'

'Wacht even. Wélke voetafdruk?'

'In de modder bij de lekkende sprinkler in jullie voortuin. We vonden hem toen we met je buurman gingen praten.' Ze trok een la open en gooide een dossier voor me neer. Een stapeltje foto's viel eruit. Een redelijke afdruk van de dikke zool van een werkschoen, met de neus naar de straat gericht. Achtergelaten, vermoedde ik, toen de indringer ervandoor ging. Op een paar foto's werd de afdruk verlicht door een kleine zaklantaarn, net als die van Sally, die ernaast in het gras lag om het profiel onder een scherpe hoek te beschijnen.

'Wanneer heb je die gemaakt?' vroeg ik.

'Niet ik. Valentine heeft de afdruk gefotografeerd toen ik terugging om met jullie te praten.'

Ik dacht aan Valentine die in de Crown Vic had gezeten, en Sally met haar thee, toen ze mijn aandacht opeiste om me bij het raam aan de voorkant vandaan te houden.

'Het is een mooi driedimensionaal spoor,' zei ze. 'Duidelijk afgesleten aan de buitenkant, bij de bal van de voet. Een steentje diep in het profiel van de hak. Zie je?'

'Hebben jullie een gipsafdruk gemaakt?'

'Zoals ik al zei, Kojak, we kunnen geen kapitalen besteden omdat iemand jou een griezelige homevideo heeft gestuurd.'

'Goed. Dus we moeten eerst in ons bed worden vermoord voordat jullie eindelijk met een busje komen.'

Ze trok een wenkbrauw op. 'Om te beginnen word jij niet in je bed vermoord, maar op de bank. En inderdaad, dan sturen we een busje.'

Ik bladerde de foto's door. Eentje was recht van boven genomen, met Valentines portofoon naast de afdruk. 'Is dat om de schaal aan te duiden?'

'Nee, als sfeertekening. Ja natuurlijk, voor de schaal. Het is een Dannerschoen, maat zesenveertig, merk Acadia, uniform model, twintig centimeter hoog bij de enkel. Ze zitten heel prettig en je kunt ze verzolen. Smerissen dragen ze graag, maar ze zijn twee keer zo duur als Hi-Tecs of Rocky's, dus je ziet ze niet zo vaak. Het is echt een patrouilleschoen, voor straatagenten of een arrestatieteam. Rechercheurs dragen gewone, slechtzittende schoenen.' Kreunend legde ze haar afgetrapte loafer op de rand van het bureau. 'Payless, meer kan een alleenstaande moeder niet betalen.'

'Dus het is een politieschoen?'

'Nou, iedereen kan ze bestellen, net als vuurwapens. En we weten allemaal hoe dol sommige gestoorde types op politiespullen zijn.'

'Vooral als ze al bij de politie werken.'

'Kijk maar niet naar mij. Ik wilde astronaut worden.'

Mijn blik gleed door het wachtlokaal, naar de schoenen van de agenten. Allemaal zwart, maar verschillende merken. 'Wat voor maat heeft Valentine?'

Ze tuitte geërgerd haar lippen. 'Geen zesenveertig. En hij had dienst met mij toen die video van jou werd gemaakt. Verzin iets beters, inspecteur Clouseau.'

'Nou, in elk geval zijn er geen agenten bij ons aan de deur geweest, voor zover wij weten. Ooit.'

'Zoals gezegd, het zou een agent kunnen zijn met politieschoenen of een gek, met politieschoenen.' Ze stond op en trok haar jasje aan om een eind te maken aan het gesprek. 'Als je iets nuttigs wilt doen, ga dan na wie er reden heeft om een wrok te koesteren tegen jou of die charmante vrouw van je.'

'Daar heb ik al over nagedacht,' zei ik. 'Waar moet ik verder nog zoeken?'

'Er liggen stenen genoeg,' zei ze. 'Maar meestal kijken we er niet onder.'

18

Terwijl ik terugreed over Roscomare, belde ik Ariana in de showroom. 'Ik ben eerder thuis.'

'Ga je niet naar de film?' vroeg ze.

'Nee, vandaag niet.'

'Goed. Dan zal ik zorgen dat ik ook snel klaar ben.'

Het gesprek had een spannende ondertoon, onuitgesproken maar duidelijk begrepen, alsof we twee verliefde tieners waren die voor de tweede keer afspraken. Ik besefte hoe zelden ik de afgelopen zes weken was thuisgekomen voordat ze al in bed lag. En nu was ik nerveus, maar gretig, aarzelend wat de avond zou brengen, samen met haar.

Maar mijn optimisme werd getemperd door een ongerust gevoel. Ariana's afspraak – waarvoor ik haar pakje bij de stomerij had moeten ophalen, wat ik niet had gedaan – stond gepland voor die middag. Waarom was ze dan in de showroom toen ik belde? Heel even overwoog ik serieus om terug te bellen om het te controleren bij haar assistente. Zoals Ariana al had gezegd, was er niet meer voor nodig dan een wit zakdoekje en een paar goed geplaatste suggesties. Mijn paranoia dreigde met me aan de haal te gaan, zodat ik niets meer vertrouwde wat er om me heen gebeurde. Achterlijk.

Ik reed langs het winkelcentrum en de balkjes verdwenen van de display van mijn mobiel. Geen bereik meer, het was hier te hoog. Toen ik afremde bij de oprit, kreeg ik een onheilspellend voorgevoel en verdraaide mijn nek om te zien of er geen nieuwe verrassingen wachtten. In de voortuin leek alles normaal, en er lag niets op de stoep. Maar een beweging van het gordijn trok mijn aandacht. Ik ving een glimp op van een witte hand, die snel weer verdween. Te wit.

Een latex handschoen.

Het was zo vreemd, zo bizar, dat ik een paar seconden als verlamd zat. Toen ontdekte ik met toenemende paniek een silhouet achter het gordijn, heel vaag, als een vis in troebel water.

Ik verstijfde. In plaats van nog verder af te remmen reed ik door, langs mijn eigen oprit en het huis van de buren, voordat ik langs de stoep parkeerde. Ik overwoog om terug te rijden naar de telefooncel bij de super-

markt om het alarmnummer te bellen, maar de insluiper zou allang verdwenen zijn tegen de tijd dat de politie arriveerde. Ik greep de kruk van
het portier, staarde naar mijn gehavende dashboard en worstelde een paar
lange seconden met mezelf. Maar mijn woede en mijn brandende nieuwsgierigheid waren sterker.

Ik stapte uit en rende terug. Bij het huis gekomen stak ik de oprit over,
langs het hek, naar de deur van de garage. Twintig seconden bleef ik daar
doodstil staan om me te beheersen, met mijn vuisten tegen mijn gezicht
gedrukt. Pas toen ik weer een beetje mezelf was, stak ik de sleutel in het
slot en duwde voorzichtig de deur open. De muren en het plafond van de
garage leken mijn snelle ademhaling te weerkaatsen. Ik keek snel rond,
totdat mijn blik bleef rusten op de golftas, in een hoek onder het spinrag,
waar hij niet meer vandaan was geweest sinds mijn toenmalige agente
hem voor me had gekocht om de verkoop van mijn filmscript te vieren.
Zoekend tussen de stoffige clubs gleed mijn hand van wedge via iron naar
driver.

De deur naar de eetkeuken kraakte; dat wist ik. Ik moest al maanden de
scharnieren oliën. Ik stond toch in de garage, dus waarom deed ik het niet
meteen? Ik vond het geelblauwe busje en spoot de scharnieren ermee in
totdat ze dropen. Met wit weggetrokken knokkels greep ik de kruk. De
deur zwaaide langzaam open, zonder een kik te geven. Te laat besefte ik
dat ik het alarm kon activeren, maar de indringer had het systeem uitgeschakeld.

Een zweetdruppel kriebelde tegen mijn wang. Ik glipte naar binnen en
duwde de deur achter me dicht. Zo geruisloos mogelijk, met de golfstok
voor me uit – rechtop, als een yuppie met een samoeraizwaard – sloop ik
om de kasten heen, totdat ik de hele keuken kon zien.

Aan de andere kant van de keuken zag ik de achterdeur nog langzaam
openzwaaien, totdat hij stilhield.

Ik rende naar de deur. Aan het einde van het grasveld stond een grote
man met een bivakmuts en een zwart, dichtgeritst jack doodstil naar het
huis te staren, met zijn armen langs zijn zij.

Hij wachtte op me.

Ik verstijfde. Mijn hart sloeg een slag over en mijn keel voelde droog.

Zijn gehandschoende handen zweefden langs zijn zij, als van een mime-
speler. Hij keek me aan, niet met zijn donkere irissen, leek het, maar met
het wit van zijn ogen, zichtbaar als halve cirkeltjes.

Toen draaide hij zich om en rende bijna geluidloos door de sumakstruiken. Woedend en doodsbang tegelijk stormde ik achter hem aan. Het
nuchtere deel van mijn brein registreerde zijn zware gestalte en de bijna

militaire precisie waarmee hij zich bewoog. Zijn zwarte schoenen moesten wel Danner Acadia's zijn, maat zesenveertig. Hij sprong via een omgekeerde terracottapot op het dak van de plantenkas, alsof het een trampoline was. Toen verdween hij over de schutting. Ik smeet hem de golfstok achterna, maar die raakte het hout en stuitte naar me terug. Ik dreunde tegen de schutting en hees me omhoog, trappelend om ergens houvast te vinden. Terwijl ik daar hing en de randen van de planken in mijn maag voelde snijden, keek ik de straat door, maar hij was al verdwenen; in een tuin, een huis, of de hoek om.

Kreunend liet ik me weer terugzakken, happend naar adem. Had ik hem verrast door te vroeg thuis te komen en niet naar de film te gaan? Als dat zo was, leek hij niet echt geschrokken. Te oordelen naar zijn postuur en zijn lenigheid had hij me kunnen vierendelen. Blijkbaar was het niet zijn bedoeling om me iets aan te doen. Nog niet, tenminste.

Ik wankelde terug naar binnen, liet me in een stoel vallen en zat daar te hijgen. Alleen maar te hijgen.

Na een tijdje stond ik op en keek in de keukenla. De twee nieuwe steeksleutels van het alarmsysteem lagen er nog. Alles leek onaangeroerd. Onder aan de trap bleef ik staan en staarde naar het alarm alsof dat iets te zeggen had. Toen liep ik naar boven en keek in de slaapkamer en mijn kantoor. Het dekseltje was van de dvd-spindle gehaald en ernaast gelegd. Een telling bevestigde dat er weer een disk ontbrak. Ik liep de trap af naar de huiskamer. De insluiper had het statief bij de vrouwenpalm weggehaald en het gordijn dichtgetrokken. Het digitale geheugen van mijn camcorder was gewist. Half verdoofd liep ik naar de zijkamer.

Het laatje van de dvd-speler stond open, met een zilveren disk erin.

Ik duwde het laatje dicht en liet me op de bank vallen. De klik waarmee de televisie zichzelf aanzette klonk onnatuurlijk luid. Ik zag een leeg scherm, dus prutste ik wat aan de knoppen en drukte op INPUT SELECT, TV/VIDEO en de bekende mogelijkheden.

En ja, daar was ik. Op de bank. In mijn kleren van vandaag.

Ik staarde naar het toestel en wachtte, kauwend op mijn lip. Mijn alter ego op het scherm kauwde op zijn lip.

Het bloed in mijn aderen veranderde in ijs. Ik probeerde te slikken, maar mijn keel zat dicht.

Ik stak een hand op. Mijn evenbeeld ook. 'O, god,' zei ik, en ik hoorde mijn eigen stem uit de luidsprekers. Ik haalde diep adem, bevend over mijn hele lijf. Net als mijn dubbelganger. Hij leek totaal verbijsterd, verslagen, doodsbleek.

Ik stond op en liep naar de tv. Mijn spiegelbeeld groeide, als van Alice. Ik tilde de flatscreen van de muur en legde hem met kabels en al op de grond. Hetzelfde perspectief van mezelf staarde naar me op. Een paar stevige rukken aan de apparatuur hadden geen invloed op de hoek van de opname. Ik boog me naar de bovenste planken, trok een paar stekkers en snoeren los. Niets. Ik rukte disks en boeken uit de kast, gebruikte een presse-papier om een gat in de gipswand te slaan, vlak bij een deukje. Met de pook van de haard maakte ik het gat wat groter. Ten slotte bukte ik me en opende het glazen deurtje van de vitrinekast waarin Ariana de platencollectie uit haar tienertijd bewaarde. Het tv-beeld aan mijn voeten begon wild te draaien.

Ik liet me op mijn hurken zakken. Een piepkleine fisheye-lens was boven aan het glas bevestigd. Ik deed het deurtje open en dicht, en op het scherm zwaaide de kamer overeenkomstig mee. Ik maakte het lensje los. Een draadje liep naar achteren, over de stoffige hoes van *Dancing on the Ceiling*. Ik gaf een ruk. Het snoertje bood weerstand, maar schoot toen los. Aan het eind, als een regenboogforel aan een vislijn, zat een mobiele telefoon, een goedkoop prepaidmodel dat je zo kon kopen bij de 7-Eleven. In mijn trillende hand bleek het goedkope ding een uitstekende ontvangst te hebben, in tegenstelling tot mijn Sanyo van driehonderd dollar.

Ik deed een stap naar achteren, en nog een. Verbijsterd liep ik de trap op en trok me terug in de badkamer, het verst verwijderde punt vanaf de fisheye-lens. Het was een automatische reactie, als van een dier, een zombie. Het sloeg nergens op. Ik zette de douche aan, draaide de hete kraan open en liet de badkamer opstomen. Ik wist niet of het geluid van stromend water eventuele afluisterapparatuur kon overstemmen, maar in films werkte het altijd, en het leek nu een goed idee.

In een helder moment liep ik naar mijn werkkamer, waar ik een digitale minirecorder pakte om eventuele binnenkomende telefoontjes op te nemen. Toen ging ik weer terug naar de badkamer en bleef daar zitten, met een arm op de wc-pot, het pluizige ovale kleedje verfrommeld onder mijn schoen, en de mobiele telefoon in het midden van een vloertegel, waar ik hem in de gaten kon houden. Mijn ene knie had ik opgetrokken. Ik was niet echt weggekropen in een hoekje, maar een neutrale toeschouwer had wel die indruk kunnen krijgen. Het water overstemde mijn gedachten en de stoom maakte mijn longen vrij.

Ik weet niet hoe lang ik daar had gezeten toen de deur openvloog en Ariana binnenstormde, met een rood gezicht en verwaaid haar. Ze had een slagersmes in haar hand geklemd als een waanzinnige operadiva. In elk geval een betere keus dan een badmintonracket. Het mes kletterde in de wasbak en ze liet zich tegen de wastafel zakken met een hand tegen haar boezem gedrukt; blijkbaar een genetisch bepaalde reactie.

Ik had me nog nooit zo beschermend tegenover haar gevoeld.

Ze zag mijn gezicht, het goedkope mobieltje en de minirecorder die nog op de wastafel lag. 'Wat... de tv... wat...?'

Mijn stem klonk droog en gebarsten. 'Ik heb een insluiper verrast, een man met een bivakmuts. Hij is weggerend. Er was een lens in huis. Een verborgen camera. Ze hebben ons opgenomen... álles wat we... verdomme...'

Ze slikte een paar keer en ik zag haar borst zwoegen toen ze hurkte en de telefoon oppakte.

'Verborgen in het kastje onder de tv,' zei ik.

'Is er al gebeld?'

'Nee.'

Ze beet op haar onderlip en drukte op een paar toetsen. 'Geen binnenkomende of uitgaande gesprekken. Geen bewaarde nummers.' Gefrustreerd schudde ze het ding heen en weer. 'Hoe... hoe is hij binnengekomen?'

'Door de achterdeur, denk ik. Hij moet het slot hebben opengekregen. Of hij heeft een sleutel.'

'En het alarm afgezet?' De stoom zweefde in dikke slierten om ons heen. Haar gezicht was nat van de condens, alsof ze zweette. 'Die agenten! Zij hebben gezien waar we de sleutels van het alarm opborgen. Zij zijn de enigen die het weten, naast ons.'

'Dat dacht ik eerst ook. Maar toen drong het pas tot me door. Het huis wordt afgeluisterd. Dus toen jij me de nieuwe code vertelde, heeft iemand...'

Het mobieltje ging schril over. Ariana viel geschrokken tegen de wastafel aan en liet het ding vallen. Het stuiterde, maar viel niet kapot. Op de grond ging het weer over. Ik stak een hand uit en draaide de kraan dicht. Het geluid leek nu nog doordringender. De stilte ook.

Ik wees naar de minirecorder. Ariana griste hem van de wastafel en gooide hem naar me toe. De telefoon ging weer over.

'Jezus, Patrick, neem nou op. Neem op!'

Ik schakelde de recorder in en drukte de telefoon tegen mijn wang. 'Hallo?'

De elektronisch vervormde stem deed de haartjes op mijn armen overeind komen. 'Zo...' zei de stem, 'ben je klaar om te beginnen?'

19

De volgende opmerking was al net zo huiveringwekkend. 'Zet de taperecorder af.'

Ik gehoorzaamde en legde hem voorzichtig op de klep van de wc-bril, terwijl ik angstig om me heen keek naar het plafond en de muren. Mijn stem was hees en trilde. 'Hij staat uit.'

'We weten dat je op dinsdagochtend naar Bel Air Foods bent geweest om een zak studentenhaver, een banaan en een ijsthee te kopen. We weten ook dat je 's ochtends meestal door het keukenraam kijkt hoe je vrouw zit te huilen. We weten dat je vandaag om zeven minuten over halfvijf naar het politiebureau van West L.A. bent geweest, waar je dertieneneenhalve minuut met rechercheur Richards hebt gesproken, aan haar bureau op de eerste verdieping.' Kil, rustig, zonder enige emotie. 'Twijfel je er nog aan hoeveel wij over jou of wie dan ook te weten kunnen komen?'

Het elektronische filter maakte de stem vlakker. Door het totale gebrek aan intonatie klonk hij nog griezeliger. Mijn mond voelde aan als rubber. 'Nee.'

Ariana boog zich naar me toe met grote, wilde ogen, haar handen op haar knieën gesteund. Ik draaide de mobiel bij mijn gezicht vandaan, zodat ze kon meeluisteren.

'Ga niet meer naar de politie. Praat niet meer met de recherche.' Een pauze. Ik hield de telefoon bij mijn mond weg, zodat de beller niet kon horen hoe ik zat te hijgen. 'Sta nu op en verlaat de badkamer.'

Ik deed het, met Ariana voor me uit. Ze stapte achterwaarts de slaapkamer in, struikelend over boeken en verspreide kleren. De lucht voelde koud aan mijn gezicht, een scherp contrast met de stoom in de badkamer.

'Loop naar de gang. Stoot je schenen niet tegen de hoek van het bed. Dan rechtsaf, langs je werkkamer.'

Ariana schuifelde met me mee. Mijn wang zweette tegen het plastic van de telefoon.

'Kan ik iets doen om dit te laten ophouden?' vroeg ik, maar de stem gaf daar geen antwoord op. 'Nu langs de poster van de film *M*. Dan de trap af, langs het toetsenbord van het alarm. Nu naar links. Pas op voor de tafel. Naar rechts. Weer links. Draai nu driekwart rond.'

Ik stond met mijn rug naar de tv, starend naar mijn dekens, die op een hoop op de bank lagen.

'Trek de slaapbank uit, wat je steeds niet wilde doen.'

Ik gooide de kussens opzij. Het bloed bonsde als een drumband in mijn oren. Wat lag daar? Waar had ik op geslapen?

De vinyllus schoot uit mijn hand en Ariana bukte zich om me te helpen. Met mijn andere hand drukte ik nog steeds de telefoon tegen mijn oor, een beangstigende verbinding die ik onmogelijk kon verbreken. We trokken nog eens, en de bank klapte open als een insect dat uit zijn schild kroop. Ari greep de metalen steun, die krakend op de vloer landde. Het onderste deel van de oude matras lag nog opgevouwen.

Met iets eronder.

Met een gevoelloze hand klapte ik ook het laatste deel van de matras terug. Hij kwam plat neer, en de slappe veren trilden met een scherp geluid. Op de matras lag een bruine map en een zwarte staaf van ongeveer een meter twintig lang, met aan het eind een rond schijfje, als van een metaaldetector.

'In die map vind je een plattegrond van je huis. De rode cirkels geven aan waar wij bewakingsapparatuur hebben aangebracht. Het apparaat naast de map is een non-lineaire junctiedetector. Daarmee kun je de lenzen en microfoontjes lokaliseren en naar andere zoeken als je denkt dat wij die niet op de plattegrond hebben aangegeven.'

Ik hoefde de map niet eens goed te bekijken om te weten dat hij uit mijn bureau boven kwam. In de map, zoals beloofd, vonden we twee prints, een voor elke verdieping van het huis: JPEGs van onze aannemer, die ik een paar jaar geleden op mijn computer had opgeslagen na de verbouwing van de badkamers uit de jaren vijftig. Door het midden van elke pagina liep een vage streep van mijn bijna lege tonerdrum. Ze waren dus kortgeleden op mijn eigen werkkamer uitgeprint. Maar dat was nog niet de belangrijkste reden waarom de paniek als een golf van misselijkheid door me heen sloeg.

Het waren de tien of twaalf rode cirkels op elk vel.

Ik legde de prints naast elkaar en probeerde de draagwijdte van de inbreuk te schatten. Al die tijd had ik gedacht dat mijn leven was veranderd in *Fatal Attraction*. In werkelijkheid was ik terechtgekomen in *Enemy of the State*.

Ariana veegde een lok haar van haar voorhoofd en maakte een geluid dat het midden hield tussen kreunen en zuchten. Langzaam hield ik mijn hoofd schuin en zag mijn gele marker voor het corrigeren van drukproeven, die ik al lang niet meer had gebruikt. Hij was weggestoken in een overzichtsnummer van *Entertainment Weekly*, aan de rand van het kof-fietafeltje. Met bevende handen pakte ik de pen en zette hem in de marge van het bovenste blad. De gerafelde viltpunt trok een duidelijke, bijpas-sende cirkel.

Ariana deed een stap naar achteren en keek snel om zich heen naar de muren en de meubels. Met nog een blik op de uitdraai legde ze haar vin-ger tegen een deukje in het stucwerk onder een ingelijste Ansel Adams die ze al sinds haar studententijd had. 'Dat kan niet... Ze kunnen toch niet...'

Door de stem werd ik opgeschrikt uit mijn verbijsterde gedachten. Ik was vergeten dat we nog steeds verbinding hadden. 'Er is een Gmail-account voor je aangemaakt onder de naam patrickdavis081075,' – mijn verjaardag – 'met als wachtwoord de meisjesnaam van je moeder. De eer-ste e-mail kun je verwachten op zondag, om vier uur 's middags. Daarin vind je nieuwe instructies.'

De éérste e-mail? Dat zinnetje veranderde mijn beheerste paniek in regel-rechte doodsangst. Ik was een vis die nog maar pas aan de haak was gesla-gen. De hele reis moest nog beginnen. Maar ik had nauwelijks tijd voor een huivering toen de stem alweer zei: 'En loop nu naar buiten. Alleen.'

Ik dwong mijn voeten in de richting van de deur en beduidde Ariana te blijven waar ze was. Ze schudde haar hoofd en liep achter me aan, kau-wend op de nagel van haar duim. Ik stapte naar buiten. Ariana wachtte achter me, met haar schouder tegen de deurpost en de deur strak tegen zich aan getrokken, zodat ze maar gedeeltelijk van buitenaf te zien was.

'Het einde van het pad. Zie je dat putrooster? Naast de huisnummers die op de stoeprand zijn geschilderd?'

'Wacht even.' Op drie meter van het rooster bleef ik staan. 'Oké,' loog ik. 'Daar sta ik nu.'

'Buig je eroverheen en kijk naar de gleuf.'

Blijkbaar hielden ze ons niet constant in de gaten. Dus moest ik erachter komen wanneer wel en wanneer niet.

'Patrick. Patrick!'

Angstig draaide ik me om en zag Don over zijn oprit komen met een doos kantoormappen in zijn armen. 'Momentje,' mompelde ik met opeen-geklemde kaken in de telefoon. En toen: 'Het komt nu niet goed uit, Don.'

'O. Ik zag niet dat je stond te bellen.'

'Ja.' Uit mijn ooghoek bespeurde ik een beweging bij de voordeur. Ariana schuifelde terug en sloot de deur bijna op een kier.

'Probeer de zaak niet te rekken.'

'Hoor eens...' stotterde Don. 'Ik... ik vond dat ik mijn excuses moest aanbieden voor mijn rol in... alles. En...'

'Dat hoeft niet. Dit gaat niet tussen jou en mij.' Mijn gezicht gloeide. 'Don, dit is een belangrijk telefoontje en ik kan nu echt niet met je praten.'

'Stuur hem weg. Nu.'

'Ik doe mijn best,' mompelde ik in de telefoon.

'Wanneer dan wel, Patrick?' vroeg Don. 'Ik bedoel, het is nu zes weken geleden. Hoe je het ook bekijkt, we zijn nu eenmaal buren, en ik heb al een paar keer geprobeerd...'

'Don, ik hoef dit niet te bespreken met jou. Ik ben je helemaal niets verplicht. Ga weg, alsjeblieft, en laat me rustig bellen.'

Hij keek me nijdig aan en deed een paar stappen achteruit voordat hij zich omdraaide en terugliep.

'Oké,' zei ik. 'Het putrooster bij de stoeprand...'

'Als je alle apparaten uit je huis hebt verwijderd, doe je ze in je zwarte plunjezak, die op de bovenste plank van je kast ligt, en gooit ze in de put. Alle lenzen, kabels en ook de non-lineaire junctiedetector. Morgen om middernacht. Geen minuut eerder of later. Herhaal dat even.'

'Morgen, precies om middernacht. Alles moet in de put. En zondag-middag om vier uur krijg ik een e-mail.'

Tot die tijd zou ik moeten leven met de angst voor wat er in die mail kon staan.

'Dit is de laatste keer dat je mijn stem zult horen. Leg de telefoon nu op de grond, stamp hem met je voet kapot en schuif de restanten door het rooster van de put. O... en Patrick?'

'Wat?'

'Dit is heel iets anders dan wat jij denkt.'

'Wat denk ik dan?'

Maar de verbinding was al verbroken.

20

Nadat ik me van het mobieltje had ontdaan, liep ik terug. De voordeur zwaaide open als begroeting. Ik greep Ariana bij haar pols en trok haar tegen me aan, met haar wang tegen de mijne. Zweet. De geur van haar conditioner. Haar borst zwoegde. Ik kromde mijn hand om haar oor en fluisterde, zo zachtjes mogelijk: 'Kom mee naar de plantenkas.'

De enige plek op ons hele terrein met schone muren.

Ze knikte. We lieten elkaar los. 'Ik ben bang, Patrick,' zei ze luid.

'Het is goed. Ik weet nu wat ze willen; of wat ze willen dat ik hierna zal doen.' En ik beschreef in grote lijnen het telefoongesprek.

'Maar hoe moet het daarna, Patrick? Die mensen terroriseren ons. We moeten de politie bellen.'

'Dat kunnen we niet doen. Daar komen ze achter. Ze weten alles.'

Ze stormde naar de huiskamer, met mij op haar hielen. 'Dus moeten we maar blijven toegeven?'

'We hebben geen keus.'

'Je hebt altíjd een keus.'

'O. En jij weet alles van verstandige besluiten?'

Ze draaide zich woedend naar me om. 'Ik ben niet degene die zijn leven heeft verkocht om van een lullige filmset te worden ontslagen.'

Ik knipperde verbijsterd met mijn ogen. Ze hield haar hand laag tegen haar buik en wenkte me met haar vingers. *Kom mee.*

Weer hield ik mijn adem in. 'Ja, hoor. Jij blijft met beide benen op de grond! Hoeveel was er ook alweer voor nodig? Eén vals telefoontje, en je gooide ons hele huwelijk op de schroothoop?'

'Nee, daar ging heel wat meer aan vooraf.'

'Omdat ik jouw gedachten moest lezen om te begrijpen hoeveel frustratie je in stilte had opgebouwd?'

'Nee, je had alleen maar je eigen aandeel hoeven te nemen in dit huwelijk. Voor communicatie zijn twee mensen nodig.'

'Negen dagen!' schreeuwde ik, zo hard dat we er allebei van schrokken. Ariana deed een stapje naar achteren. Ik voelde de bitterheid op mijn tong en kon me niet beheersen. 'Ik was maar négen dagen weg! Nog geen twee weken. Kon je niet négen dagen wachten om met me te praten, godverdomme?'

'Negen dagen?' De kleur was terug in haar gezicht. 'Je was al een jaar bij me weg! Je verdween uit mijn leven zodra je dat telefoontje van je agente kreeg.'

Haar ogen werden vochtig. Ze draaide zich om, liep naar buiten en sloeg de keukendeur achter zich dicht. Ik wreef met de muis van mijn hand over mijn wang, boog mijn hoofd en telde zuchtend van tien tot nul. Toen liep ik achter haar aan.

Zodra we door de schrapende deur de warmte van de plantenkas binnenstapten, strekten we onze armen naar elkaar uit. Ze pakte me zo hard om mijn nek dat het pijn deed, haar voorhoofd tegen mijn wang gedrukt, mijn gezicht naar het hare gebogen, hijgend alsof we vochtig mos in onze longen hadden. Ten slotte lieten we elkaar weer los, een beetje verlegen, en wees Ariana met haar vinger door de kleine ruimte. We tilden de potten op, kropen onder de planken en lieten onze handen langs de palen glijden, op zoek naar verklikkers. De doorschijnende wanden maakten het zoeken makkelijker. Toen we niets konden vinden, keken we elkaar aan over de smalle aluminium werktafel.

Onze woordenwisseling van zopas, voor en ondanks de camera's, onze houterige omhelzing, de starende blik van de insluiper, de paniek toen ik de eerste webcam had gevonden, de nonchalante cirkels op de plattegrond die de rest van de apparatuur aanduidden; alle spanning ontlaadde zich in dit eerste moment van betrekkelijke privacy. Ik hamerde met mijn vuist op de werktafel, sloeg een deuk in het aluminium en scheurde de korstjes op mijn knokkels. De terracotta potten sloegen aan scherven tegen de grond. 'Die klootzakken zijn ons huis binnengedrongen. Onze slaapkamer! Ik heb liggen slapen op de apparatuur die ze naar binnen hebben gesmokkeld. Wat willen ze van ons, in godsnaam?' Ik staarde naar de scherven, wachtend tot mijn woede wat zou bedaren. Heel goed, Patrick, heel verstandig, zo'n driftbui tegenover een grootmeester.

'Ze hebben alles gehoord,' zei Ariana. 'Alle ruzies, alle kleinzieligheden. Wat ik dinsdagavond bij het eten tegen je zei. Alles! Jezus, Patrick, jézus! Niets in ons leven is nog geheim voor ze.'

Ik haalde diep adem. 'We moeten een manier vinden om hieruit te komen.'

Haar lippen trilden. 'Waaruit, precies?'

'Het heeft niets te maken met een affaire. Met een student. Met een pissige filmster. Wie hier ook achter zit, het zijn professionals.'

'Waarin?'

'Hierin.'

Een stilte, alleen verstoord door het zachte zoemen van de ventilator. Ik veegde met de rug van mijn hand over mijn shirt en liet een rode streep achter. Ariana keek naar de korstjes die waren opengegaan. 'O! Dat is hoe je...' Ze zuchtte diep en knikte. 'Wat moet ik verder nog weten?'

Ik vertelde haar alles, van Jerry tot Keith, Sally Richards, de voetafdruk, en mijn leugen tegen de beller dat ik over de put gebogen stond, zonder dat hij had geweten dat ik loog.

'Dus ze houden ons niet constant in het oog,' zei ze.

'Precies. We weten alleen niet wat hun blinde vlekken zijn. Maar ze schijnen zich een eindje terug te trekken. Waarom zouden ze ons anders hebben verteld waar de lenzen en microfoontjes zitten?'

'Om iets ánders te organiseren.' Ze haalde diep adem en schudde met haar handen als om ze te drogen. 'Wat zou er in vredesnaam in die e-mail staan, Patrick?'

Mijn maag kwam omhoog. Mijn lippen voelden droog en gebarsten. 'Ik heb geen idee.'

'Wat kunnen we doen? Er moet toch íéts zijn wat we kunnen doen?' Ze staarde hulpeloos door de groene wand in de richting van ons huis. Daar stonden we dan, dicht bij elkaar, ontheemd. 'Als ze alles weten over jouw bezoekje aan het politiebureau, moeten ze daar iemand hebben. Zou Richards erbij betrokken zijn?' Instinctief liet ze haar stem tot een gefluister dalen.

'Zij is het niet,' zei ik. Ariana keek sceptisch, dus voegde ik eraan toe: 'Dat weet ik gewoon. En waarom zou ze me over die voetafdruk hebben verteld, die naar een agent lijkt te wijzen?'

'Oké. Maar zelfs als zij het niet is, kunnen we niet meer naar haar toe gaan, anders komen ze erachter.'

'Ik betwijfel of ze ons kan helpen. Wat hier ook achter steekt, het gaat de mogelijkheden van een gewone rechercheur te boven.'

'Goed. Dan zoeken we het hogerop. Een andere afdeling van de politie?'

'Nee. Die schoen zou van een lid van het arrestatieteam kunnen zijn, dus het hoofdbureau is ook niet te vertrouwen.'

'Dan moeten we naar de FBI, of wie dan ook.'

'Deze jongens komen daar wel achter.'

'Maar wat kan ons dat schelen?' vroeg Ari. 'Ik bedoel, waar bedreigen ze ons eigenlijk mee?'

'Dat zal de volgende verrassing wel zijn,' zei ik. 'Als die komt.'

Ze huiverde. 'Kunnen we het riskeren om hulp in te roepen?'

'Laten we eerst maar afwachten wat ze willen. Anders wordt het weer zo'n zinloos gesprek met een agent, een rechercheur, of wie dan ook. Je hebt gemerkt hoe dat gaat.'

'Leg je je nu niet bij hun eisen neer omdat je bang bent voor wat ze zullen doen als je niet gehoorzaamt?' vroeg ze.

'Natuurlijk ben ik bang,' zei ik. 'Ik ben bereid te geloven dat ze tot alles in staat zijn.'

'Daar gaat het juist om,' zei ze kwaad. 'Dat willen ze ons duidelijk maken. En wij kennen helemaal geen mensen die machtig genoeg zijn om ons te helpen. Dus wat doen wij?'

'Laten we eerst maar al die apparaatjes uit de muren slopen; in elk geval de verklikkers die ze zelf hebben aangewezen. En snel.'

'Waarom snel?'

'Omdat morgenavond om middernacht alle bewijzen in het riool verdwenen moeten zijn.'

Ik had kramp in mijn armen door het bedienen van de detector. Langzaam en met veel inspanning bewoog ik de ronde schijf over de zuidmuur van de huiskamer. Hoewel we elke vierkante centimeter van elk oppervlak hadden gecontroleerd en heel wat valse meldingen hadden gekregen, waren er geen verklikkers opgedoken die niet op de plattegrond stonden aangegeven. Ik kon ze in elk geval niet ontdekken met het apparaat dat ze ons hadden gestuurd. Ondanks de stofwolken hadden we alle gordijnen en lamellen gesloten, waardoor de kamers net zo claustrofobisch aanvoelden als de kleine plantenkas.

Op de leunstoel in de hoek stond onze wasmand, tot de rand toe gevuld met snoeren, minilenzen, zendertjes, montageplaatjes, isolatie en een verzamelbox voor de vezeloptica die we achter onze airco-ventilator op de buitenmuur vandaan hadden gehaald. Boven leek het wel een drugspand: omvergegooide meubels met opengescheurde bekleding, gaten in de muren, schilderijen, spiegels en boeken verspreid over de hele vloer. De keuken lag bezaaid met potten en pannen, de kasten in de zijkamer stonden open, de laden waren geleegd en de inhoud van het medicijnkastje was in de wasbak van de wc terechtgekomen. Urenlang hadden we doorgewerkt, in een angstige stilte.

Stof en schilfers stucwerk plakten aan het zweet op mijn armen. Toen ik de detector langs de binnenkant van de deurpost haalde, lichtte het groene lampje op, zoals verwacht. Ik haalde de plattegrond uit mijn zak, vergeleek de positie met de laatste rode cirkel, stapte van de stoel en tikte op de plek. Ariana deed vermoeid een stap naar voren en sloeg met een hamer door de gipswand.

Ik stapte over een plafondlijst met spijkers heen, legde de detector op een omgeslagen hoek van het tapijt en strekte mijn pijnlijke armen. Naast het gescheurde kleed had ik de foto's gelegd die ik in kasten en laden was tegengekomen, de laatste kiekjes die Ariana zes maanden geleden had geprint en als grapje had verborgen. Bij elkaar vormden ze een visueel verslag van onze relatie. Samen een sigaretje roken buiten de poort tijdens een basketbalwedstrijd van de Bruins. Onze eerste maaltijd in ons eigen huis, afhaalvietnamees op een paar verhuisdozen die we tegen elkaar hadden geschoven als tafel. Ikzelf, grijnzend met een cheque van Summit Pictures – het eerste geld dat ik als schrijver had verdiend – met op de achtergrond de scheefgezakte taart die Ariana voor de gelegenheid had gebakken. De lieve, sentimentele dingen die we deden om samen het leven te vieren, voordat we ontdekten dat we ons ook konden schamen tegenover elkaar. Ik staarde naar die taart, met de nog rokende kaarsjes. Welke stille wens ik toen ook had uitgesproken, het was de verkeerde geweest. Moeilijk te geloven, na alle rampen van de afgelopen dagen, dat we serieus dachten dat we vóór die tijd ook problemen hadden.

Ariana had het snoer om haar vuist gewikkeld en probeerde het uit het gat te trekken, als een visser in gevecht met zijn vangst. Met een schok schoot het snoer uit de muur en trok een geul door het gips, vlak langs onze ingelijste trouwfoto, die van zijn spijker viel en tegen de grond kletterde. Het glas barstte over onze grijnzende gezichten. De afbrokkelende geul zigzagde intussen naar het noorden, dwars door het plafond, waar de kabel ten slotte losschoot van de ventilator. Ariana wankelde even toen de weerstand wegviel, en bleef gebukt staan, hijgend en met open armen. Toen liet ze haar gezicht in haar hand zakken en verbrak eindelijk de sombere stilte met een snik.

21

'Niemand van mijn vrienden zou me op dit uur bellen.'

'Jerry, luister. Je spreekt met Patrick.'

'Zoals ik al zei...'

Ik leunde tegen de wand van de telefooncel bij Bel Air Foods en tuurde over mijn schouder door de verlaten straat. Het eerste ochtendlicht deed het schijnsel van de straatlantaarns al wat verbleken. 'Het is een bizarre zaak geworden, Jerry. Er zaten camera's in ons hele huis.'

'Misschien heb je andere medicijnen nodig.'

'Zou je ons alsjeblieft... alsjeblíéft willen adviseren?'

'Waarom bel je míj, in godsnaam? Wil je soms een gebiedsverbod, Davis? Ik heb je al gezegd dat de studio niet geïnteresseerd is in...'

'Het heeft helemaal niets te maken met de studio.'

Nu luisterde hij toch. 'Waarom niet?'

'Kom zelf kijken naar al die spullen. Je zult niet geloven wat we allemaal uit de muren hebben getrokken; lenzen en andere troep waarvan ik niet eens wist dat het bestond. En zonder een spoor van inbraak. Ze moeten die snoeren chirurgisch achter de muren langs hebben getrokken of zoiets. Er zat een speldenknopcamera in het luidsprekerrooster van mijn wekker, en een andere in de opening van een rookdetector.'

Hij floot en ik hoorde hem ademen. 'Een speldenknopcamera?'

'Dat is nog het minste. Hoor eens, het huis zou nu schoon moeten zijn, maar ik vertrouw het niet. En ze hebben gebeld dat ik niet naar de politie mag gaan.'

'Je moet wel wanhopig zijn als je mij belt.'

'Dat ben ik ook, Jerry.' Ik kon hem bijna hóren nadenken. 'Jij hebt toch surveillance gedaan?' drong ik aan.

'Natuurlijk. Dacht je dat Summit me had ingehuurd om mijn karakter? Ik was onderscheppingsanalist bij de dienst. Dat is nog het enige wat ze doen in Hollywood. Aftappen. Films worden er bijna niet meer gemaakt.'

'Hoor eens, dit is heel geavanceerde apparatuur. Heb jij contacten die me kunnen helpen? Iemand die wel op de hoogte is van de laatste snufjes?'

'Wél op de hoogte? Val toch dood, lul, met je psychologie van de kouwe grond. Maar ik ben wel geïnteresseerd, dat geef ik toe. Ik bedoel, als het werkelijk van die spullen zijn zoals jij beschrijft, moet ik eigenlijk komen kijken. Het kan nooit kwaad om te zien wat er nu weer voor gadgets op de markt zijn.'

'Dus je komt?'

'Als...' – een pauze – '... je belooft dat je nooit meer probeert om bij de studio in de buurt te komen.'

Ik haalde opgelucht adem en leunde met mijn voorhoofd tegen de wand. 'Dat beloof ik je. Maar, luister, misschien houden ze het huis in de gaten.'

'Je hebt toch de muren gesloopt? Dan is het niet zo vreemd als je aannemer 's ochtends voor de deur staat.'

Een uurtje later werd er gebeld. Achter Jerry, die heel overtuigend gekleed was in jeans en een gescheurd T-shirt met lange mouwen, zag ik een wit busje langs de stoep geparkeerd staan, met magnetische borden op de portieren en de zijkanten: GEBR. SENDLENSKI AANNEMERS. Hij hield een van zijn twee grote gereedschapskisten omhoog toen hij langs me heen liep en zich kort aan Ariana voorstelde. Binnengekomen maakte hij de kist open, haalde er een afstandsbediening uit, richtte die door de gesloten deur heen en drukte op een toets.

'Breedband high-power stoorzender in het busje. Jullie mobieltjes, draadloos internet en alle verklikkers worden nu zwaar gestoord.'

'Gebroeders Sendlenski?' vroeg ik.

'Wie zou zo'n naam nu niet geloven?' Hij pakte een richtantenne en verbond die met een soort laptop op een schoenendoos. Een elektronische waterval stroomde over het scherm, met een rode streep in het midden. 'De belangrijkste zaken eerst. Laten we eens kijken of er nog andere apparaten actief zijn. Gaan jullie maar gewoon je gang en loop mij niet voor de voeten. O, luister, ik moet die stoorzender uitzetten om eventuele signalen te kunnen oppikken. Dat is misschien toch beter, omdat dat ding een bereik van vier straten heeft. Dus jullie buren hebben al de helpdesk gebeld.' Vanonder zijn kraag haalde hij een koordje met een iPod Nano tevoorschijn. In de koptelefooningang zat een klein dingetje geplugd: een minispeaker? 'De betere apparaten schakelen zichzelf pas in als er geluid op te nemen valt. Zo sparen ze energie. Dus als je een kamer op microfoontjes wilde doorzoeken, speelde je Van Halen. Toen werd de apparatuur alleen ingesteld op spraak. Daarom...' Hij legde een vinger tegen zijn lippen, richtte de afstandsbediening om de stoorzender uit te schakelen, en zette toen de iPod aan. 'La Philosophie dans le Boudoir, door Marquis de Sade,' klonk een stem.

Ariana keek me aan en mimede: Marquis de Sade? Echt?

Terwijl Jerry aan de slag ging in de hal, liet ik me op de bank vallen met Entertainment Weekly, maar ik merkte dat ik steeds dezelfde alinea las. In de keuken haalde Ariana alle bekers uit het kastje en zette ze weer terug, zo te zien in dezelfde volgorde. Ze trok het deksel van een doos macaroni met kaas en strooide de macaroni over het aanrecht uit. Geen verrassing in de vorm van een verklikker. Ze inspecteerde het gesneden brood en de plastic hoezen van de stomerij. Ze haalde een kammetje uit haar haar en onderwierp het aan een kritisch onderzoek. Haar nervositeit was besmettelijk. Over de rand van het tijdschrift liet ik mijn blik over onze huishoudelijke prullaria glijden en vroeg me af waarin een microfoontje of een wapen verborgen zou kunnen zitten. Een ninjablaaspijp in de pot van de philodendron?

Jerry werkte systematisch alle kamers af. De stilte werd alleen verstoord door het geneuzel van het audioboek uit zijn iPod. De Sades figuren hadden een uitputtende variatie aan lichaamsopeningen afgewerkt tegen de tijd dat Jerry ons naar de garderobekast in de huiskamer floot, waar hij nu achter een andere, net zo lijvige laptop zat. Mijn Nikes stonden op de grond bij de omgeslagen hoek van het tapijt, met Ariana's favoriete regenjas ernaast uitgespreid.

Hij wees ernaar. 'Ik heb hier iets. Verborgen in de hak. Zie je die dunne sneetjes? En iets wat in de voering van de jas is gestikt. Kijk, hier.'

De iPod om zijn hals dreutelde vrolijk verder: 'Ik spuit het hete vocht tot diep in mijn darmen.'

'Dus ze luisteren mee?' vroeg ik. 'Op dit moment?'

'Nee.' Een blik op het scherm van de laptop, een chaos van grafieken en amplitudegolven. 'Deze dingetjes zenden extreem korte berichten uit, eens in de vijf minuten. Het is een laag-energetisch, snel signaal, lastig te detecteren. Geen audio of video.'

'En nu flink schudden! Het is een van de meest exquise vormen van genot die denkbaar zijn.'

'Volgzendertjes,' zei ik.

'Precies. Met regelmatige tussenpozen geven ze een positiebepaling, net als je mobiele telefoon. Volgens mijn signaalanalyse verloopt het gewoon via het datanetwerk van T-Mobile, net als een sms'je.'

'Dat is de jas die ik het meest draag,' zei Ariana. 'Dus ze hebben goed opgelet. Kun je dat zendertje eruit halen?'

'Zou ik niet doen,' zei Jerry.

'Waarom niet?' vroeg ze.

'Omdat dit het eerste ding is waarvan zij niet weten dat wij het weten,' zei ik.

Ze keek fronsend naar haar jas, alsof ze kwaad was dat hij haar verraden had. 'Kun je erachter komen waar dat signaal naartoe gaat?'

'Nee,' zei Jerry. 'Ik kan wel het mobiele id-nummer van het apparaat traceren, maar zodra het bericht bij de *destination gateway* komt, ben je het kwijt.'

'Til je kont nog wat verder op, mijn lief.'

'Zou je dat willen afzetten?' vroeg ik.

'Of harder zetten?' zei Ariana.

'Sorry. Oude gewoonte.' Jerry schakelde zijn iPod uit. 'Ze zijn minder achterdochtig als ze denken dat ze naar iets smerigs luisteren. Bovendien is het saai werk. Je gaat je vervelen. Dit houdt de spanning erin.'

'Hé,' zei ik. 'Beter dan Tolstoj. Maar waarom kun je het signaal niet volgen?'

'De destination gateway is verbonden met een internetrouter. Vanaf dat punt komt het in een brij van *onionroutes* terecht en wordt omgeleid via een anonieme proxy ergens in Azerbeidzjan of waar dan ook. Maar dat is nog jullie minste probleem.' Hij trok de wasmand naar zich toe, groef in de apparatuur en haalde een flinterdun plaatje eruit. 'Dit hier gebruikt de emissies van de sensors van jullie inbraakalarm, jullie draadloze router en nog wat dingen om zichzelf van stroom te voorzien. Geen hittesignatuur, geen batterijtjes die vervangen moeten worden.'

'Hou het een beetje simpel voor me.'

'Dit is geen Sharper Image, geen goedkope rommel uit Taiwan. Dit zijn heel professionele spullen, zonder serienummers, afkomstig uit Haifa.' Hij gooide de emitter in de wasmand terug. 'Ik heb ooit samen met die lui getraind in Boekarest, in de tijd dat de Russen nog goed opletten. Dit soort apparatuur vond je in de muren van onze hotelkamers.' Hij maakte een grimas. 'Je hebt echt de verkeerde vijanden gekozen, Patrick.'

Ariana liet zich langzaam naar de grond glijden, met haar rug tegen de muur.

'Zou het...' Mijn keel was te droog, dus slikte ik eens en begon overnieuw. 'Zou het de politie kunnen zijn?'

'Dit alles is niet met belastinggeld gekocht. Daar is het te duur voor.'

'De CIA?'

Jerry tikte met zijn vinger tegen de zijkant van zijn neus.

'Maar die rechercheurs hadden een voetafdruk gevonden in de voortuin,' zei ik. 'Een politieschoen... Danner Acadia?'

Hij fronste zijn voorhoofd. 'Danners zijn geen politieschoenen. Misschien dat een rechercheur dat denkt omdat hij er weleens iemand mee ziet die graag bij een arrestatieteam wil. Nee, Danners worden vooral gedragen door lui van Special Ops en de geheime diensten.'

'O,' zei ik. 'Geweldig.'

'Waarom zou een geheime dienst ons willen stalken?' zei Ariana. 'We zijn niet rijk, we hebben geen invloed en we doen niet aan politiek.'

Jerry begon zijn gereedschap in te pakken, met zorg en liefde. 'Die film van jou, misschien?'

'Hoe bedoel je?' vroeg ik.

'Daar zijn een heleboel mensen pissig over. We hebben wat gedoe gehad met Washington. De CIA-agenten in die film worden niet bepaald als helden afgeschilderd.'

'Wát? Zou de CIA echt het script hebben gelezen?'

'Natuurlijk. Wij hebben ze officieel om medewerking gevraagd; apparatuur, het gebruik van hun logo, locaties, dat soort dingen. Zo kun je miljoenen besparen. Maar het is net als met het Pentagon. Als je met een positief script komt, willen ze je wel een Black Hawk lenen en heb je overal toegang, maar bij *Full Metal Jacket* kun je het wel vergeten. En laten we eerlijk zijn, in *They're Watching* is de CIA een stelletje boeven. Zoiets als de KGB.'

'Toe nou,' zei ik. 'Dat is maar een aardigheidje voor de film. Het betekent helemaal niets.'

'Voor hen misschien wel. Het aardigheidje van de een is de jihad van de ander.'

'Het is een popcornthriller, geen documentaire. En ik ben maar de schrijver, niet de machtige baas van de studio of zo,' sputterde ik. 'Bovendien wordt de overheid in films altijd als corrupt voorgesteld.'

'Misschien hebben ze daar genoeg van.'

'Denk je echt dat ze tot dit soort dingen zouden overgaan?' Ik wuifde naar de gaten in de muren en zag Ariana op de grond zitten, bleek en afgetobd.

'Heb jij een betere verklaring?'

Ariana verbrak het stilzwijgen. 'Als het een of andere dienst is, moeten we naar de politie gaan voor hulp.'

'Omdat die meteen bereid zijn ons te geloven?' vroeg ik.

'Hoor eens,' zei Jerry, 'die lui hebben al bewezen dat ze kunnen nagaan wat er op een politiebureau gebeurt. Ik bedoel, ze wisten niet alleen dat je naar het bureau West L.A. was geweest, maar ook met wie je daar gesproken had, op de eerste verdieping.'

'Hoe weet jij dat?' vroeg Ariana scherp.

'Dat heb ik hem verteld,' zei ik. 'Over de telefoon.'

We keken elkaar allemaal achterdochtig aan.

'Sorry,' zei Ari.

'Zoals ik al zei,' ging Jerry verder, met een strak gezicht, 'kun je niet uitsluiten dat ze iemand binnen de politie hebben. En zelfs als dat niet zo is, hebben ze toegang tot de interne beveiligingscamera's of zoiets. Ze houden niet alleen jullie, maar ook de politie in de gaten, en ze weten precies hoe. Wil je ze echt vertellen dat je een tegenoffensief bent begonnen door een politiebureau binnen te stappen? Dan ben je het kleine voordeel kwijt dat je nu nog hebt: je plannen, je strategie.'

Ariana lachte bitter. 'Onze strategie?'

Jerry keek zakelijk op zijn horloge en pakte de rest van zijn spullen in de maagdelijke, met schuimplastic beklede gereedschapskist. 'De rest van het huis is schoon. Geen van jullie computers is besmet met spyware of wat ook, maar pas op met wat je print. Printers, kopieer- en faxapparaten hebben nu ook een harde schijf, en mensen kunnen die benaderen om te zien wat je in je schild voert. Ook jullie auto's zijn veilig, maar controleer ze regelmatig of er geen volgzendertje tegen het chassis is geplakt. Neem dit maar, het is een kleine stoorzender die alle opnameapparaten binnen zes meter afstand uitschakelt. Volgens de advertentie zelfs binnen vijftien meter, maar dat risico zou ik niet nemen.' Hij gaf me een pakje Marlboro Lights en opende het klepje om me het zwarte knopje te laten zien, tussen de nepsigaretten. 'Gebruik het als je veilig wilt praten in huis, voor het geval ze terugkomen en iets anders installeren als jullie niet thuis zijn. Als geen van jullie rookt, berg het dan in een tasje of een zak; laat het niet rondslingeren. O, en gooi al jullie mobieltjes weg, of schakel ze in elk geval uit als je je locatie niet bekend wilt hebben. Mobiele telefoons functioneren ongeveer net zoals die zendertjes in de schoen en de regenjas. Als je wilt bellen, zet het toestel dan aan, bel zo snel mogelijk en schakel het weer uit. Het kost even tijd om een locatie op te sporen, dus een gesprek van een paar minuten is meestal veilig.'

Ariana steunde met haar ellebogen op haar knieën. Ze zat roerloos. 'Het heeft zeker geen zin om het alarm of de sloten te vervangen?' vroeg ze.

Zelfs zijn grimas was vermoeid, alsof hij die speciaal voor zo'n gelegenheid had geoefend. 'Jullie kunnen de noodzakelijke technologie om deze mensen buiten de deur te houden niet eens betálen.'

'Wat... wat dan? Moeten we verhuizen?'

'Dat hangt ervan af. Willen jullie weglopen voor je problemen?' Ariana keek mijn kant op. Als hij niet bezig was geweest met inpakken, zou Jerry hebben gezien hoe beladen de blik was die we wisselden. 'Nee,' zei ik tegen haar. 'Dat doen we niet.'

De telefoon ging.

Ariana krabbelde overeind. 'Niemand belt ooit om deze tijd van de ochtend. Stel dat het de politie is?'

Ik keek op mijn horloge. Het drong nauwelijks tot me door dat ik al een halfuur te laat was voor mijn werk. 'Wordt de telefoon afgeluisterd?' vroeg ik aan Jerry.

Het toestel bleef bellen. Het lag ergens onder de fotolijstjes en kussens die we op de loveseat hadden opgestapeld.

Jerry sloot zijn gereedschapskist en stond op om te vertrekken. 'Alleen amateurs zouden jullie vaste lijn aftappen. Dat valt te veel op. Tegenwoordig gebruiken ze elektronische interceptie. Niet te traceren.'

Ik maakte de bank vrij, op zoek naar de draadloze telefoon, wrong mijn hand tussen twee kussens en haalde hem tevoorschijn. NUMMER ONBE-KEND, meldde de display. Mijn duim bleef boven de spraaktoets zweven. 'Ze heeft gelijk. Niemand belt ons zo vroeg. Het zou belangrijk kunnen zijn.'

Jerry schudde zijn hoofd. 'Ik zou het niet riskeren.'

Het toestel ging nog steeds over.

'Shit,' zei ik. 'Shít.' Ik nam op en luisterde even naar de statische ruis. 'Hallo?'

Punch' hese stem. 'Patrick, man...'

'Ik weet het, Chad,' zei ik. 'Maar dit is geen goed moment. Veel te druk. Ik heb je gezegd dat ik de werkstukken vrijdag zal hebben nagekeken.'

Nog meer ruis toen Punch probeerde te bedenken waarom ik hem 'Chad' noemde. Eindelijk begreep hij het. 'Oké, maar het zou prettig zijn als je eerder klaar was.'

'Ik zal zien wat ik kan doen.' Ik hing op en zuchtte diep. Jerry was al bij de deur. 'Hé, wacht even,' zei ik. 'Bedankt dat je bent gekomen. Als jij ons niet had geholpen, had ik echt niet geweten wat we moesten doen.'

'Je hebt geen idee...' begon Ariana.

Jerry negeerde haar en keek mij aan. 'Als ik hier maar nooit iets over te horen krijg via de studio.'

'Nee,' zei ik.

'Niet van ons,' voegde Ariana eraan toe.

Hij verplaatste zijn gewicht. De hendels van de gereedschapskisten hingen zwaar aan zijn handen. 'Ik ben hier nu klaar mee. Begrepen?'

Hij was de eerste in deze hele ellende die ons enig inzicht had kunnen geven, de enige die ik kende met kennis van zaken. Ik wilde een beroep op hem doen, hem smeken, desnoods. Ik wilde de deur barricaderen en hem de belofte afdwingen dat we hem op een veilige lijn konden bellen als het nog erger werd. Maar in plaats daarvan staarde ik naar het gescheurde kleed.

'Ja,' zei ik. 'Ik begrijp het.' Het kostte moeite, maar ik tilde mijn hoofd op en keek hem aan. 'Bedankt, Jerry.'

Hij knikte en vertrok.

22

Het goedkope telefoontje leek griezelig veel op het toestel dat ik aan stukken had getrapt en in de put van het riool geschoven. Vijfentwintig dollar, prepaid, AT&T, alleen voor binnenlands gebruik. Ik nam het uit het rek en liep haastig naar de kassa.

Bill grijnsde breed. 'Hoe is het met Ariana?'

'Goed.' Ik keek naar de ouderwetse klok boven de opgestapelde zakken houtskool voor in de winkel. Ik stond dubbel geparkeerd bij de elektronische deuren, en een tengere blondine in een Hummer begon al te toeteren. 'Goed hoor. Dank je.'

'Wil je een zak?'

Mijn blik gleed over de andere klanten, de goedkope beveiligingscamera's die op de kassa's stonden gericht, en de geparkeerde auto's buiten. 'Wat? Nee hoor, dat hoeft niet.'

Hij haalde de telefoon langs de barcodescanner. Ik keek naar het product-ID dat op zijn schermpje verscheen en tuurde weer door de automatische deuren, de hele straat af. De grijze dakspanen van ons dak waren nog net te zien, boven de cipres in de tuin van de Millers uit. Mijn ogen gingen weer naar het product-ID, in grote matrix cijfers. Dit was de dichtstbijzijnde prepaidtelefoon bij mij in de buurt, het toestel dat ik waarschijnlijk zou hebben gekocht. Dus ook de telefoon die zij vermoedelijk zouden traceren?

Want die lui dachten aan alles.

Bill zei iets.

'Sorry?'

Zijn glimlach werd wat minder stralend. 'Ik zei dat jullie wel met spanning zullen wachten tot die film uitkomt.'

De blondine toeterde weer en ik liep haastig naar de deur. Op het laatste moment draaide ik me verontschuldigend om naar Bill. 'Ja. O, en laat die telefoon maar zitten. Ik geloof niet dat ik hem nodig heb.'

Ik verliet de file op de 101, ontweek de auto's op de afrit, en nam Reseda in noordelijke richting, op weg naar de universiteit. In de bruine zak die heen en weer schoof op de passagiersstoel zaten vier prepaidtelefoons die ik had meegenomen van een benzinestation aan Ventura. Via een vijfde toestel hoorde ik de stem van Punch, die nu eens niet met dubbele tong sprak. 'De volgende keer dat je een naam voor me verzint, liever geen Chad. Ik bedoel, Chád?'

'Hoe moet ik je dan noemen?'

'Dimitri.'

'O, natuurlijk.'

'Waarom zo geheimzinnig?' vroeg hij.

'Ik word in de gaten gehouden. Echt krankzinnig.'

'Hoe krankzinnig?'

'Als in de Koude Oorlog.'

Stilte.

'Dan kunnen we dit beter onder vier ogen bespreken,' zei hij.

'Misschien is het niet veilig voor je om met mij gezien te worden.'

'Ja, dat gevoel krijg ik ook al. Maar ik ben een grote jongen. Kun je nu hierheen komen?'

'Ik ben al te laat voor mijn ochtendcolleges.' Ik haalde een joch in een BMW in, dat de middelvingers van beide handen naar me opstak. Een van mijn eigen studenten, waarschijnlijk. 'Ik zal zien of ik wat eerder weg kan voor een vroege lunch. Kun jij naar deze kant van de heuvel komen?'

'Ja, hoor. Ik zal mijn zinloze leven wel opschorten en het drukke verkeer induiken om jou uit de stront te trekken.'

'Geweldig. Waar spreken we af?'

'Dat zal ik je zeggen. Ik rij naar Santa Monica voor je. Dat is mijn pro-Deowerk voor dit jaar. De parkeergarage aan het einde van de Promenade. Derde etage, twee uur. Kom alleen, zou ik zeggen, maar dat begreep je al. Zorg ervoor dat je niet wordt gevolgd en bel me niet meer op de telefoon die je nu gebruikt.'

'Was jij het niet die zei dat ik me niet druk moest maken? Iets over een specht met een afgehakte snavel?'

'Dat was toen.'

'O, bedankt. Je hebt me helemaal gerustgesteld.'

Maar hij had al opgehangen.

De studenten – voor zover ze op me hadden gewacht – waren onrustig, en terecht. Ik kwam een halfuur te laat het lokaal binnen, onvoorbereid en doodmoe, te verstrooid om helder te kunnen denken. Paeng Bugayong zat achterin, over zijn *writing tablet* gebogen, met zijn gezicht op zijn gekruiste armen, zodat ik alleen maar een dunne streep huid en zijn zwarte pony kon zien, die bijna in zijn ogen viel. Een verlegen, onschuldig joch. Ik voelde me onnozel – en schuldig – dat ik hem ooit had verdacht. Tegen de tijd dat ik de studenten liet gaan voor de lunch, waren ze blij dat ze weg mochten.

In de drukke gang dook Julianne naast me op. 'Ga je niet naar de docentenkamer?' vroeg ze.

'Nee, ik heb haast.'

'Zal ik met je meelopen naar je auto?' Ze wrong zich door een groepje studenten heen om me te kunnen bijhouden. 'Toe nou! Ik brand van nieuwsgierigheid naar de volgende aflevering. En je bent me wat schuldig omdat ik gistermiddag voor je heb ingevallen.'

'Ik wist dat het me meer ging kosten dan een Starbucks.' We kletterden de trappen af. Onderweg naar mijn auto bracht ik haar op de hoogte. Ik vertelde haar niet hoe Jerry heette of waar hij werkte, maar verder gaf ik haar een redelijke samenvatting. 'Jij bent journalist,' zei ik. 'Waar kun je informatie krijgen over de CIA?'

'Je bedoelt als ze wraak willen nemen vanwege *They're Watching*?' Haar gezicht maakte duidelijk hoe ze over die theorie dacht. Het leek ook vergezocht dat de CIA zich druk zou maken over een gewone filmdocent of zijn filmscript. 'Ik kan wel voor je uitzoeken wie hun contacten met de media en met Hollywood onderhoudt. Maar als het de CIA is die jou een lesje wil leren, waarom zouden ze nu dan terugkrabbelen?'

'Hoe bedoel je, terugkrabbelen?'

'Ze hebben je een plattegrond gegeven met al die verklikkers in huis en gezegd dat je ze weg moest halen. Blijkbaar kappen ze ermee.' Ze keek een beetje ongeduldig bij zoveel domheid van mijn kant.

Ik dacht aan wat Ariana in de plantenkas had gezegd: dat dit alles nog maar het begin was. 'Ze bereiden zich voor op de volgende stap,' zei ik. 'Wat er straks in die e-mail komt te staan.'

'Waarom geven ze dan hun voordeel op om jullie in de gaten te kunnen houden?' Ze streek haar rode lokken strak tegen haar schedel en haalde een elastische haarband van haar pols die ze om haar hoofd bevestigde. Met haar haar strak naar achteren was ze oogverblindend en heel streng, een heldin uit een stripboek die probeerde in de grauwe massa onder te gaan. Haar wijde, zwarte T-shirt deed het effect enigszins teniet, maar een student in een aftandse Hyundai remde wel af om haar aan te gapen. Natuurlijk viel haar dat niet op. Ze had te veel aandacht voor mij. 'Volgens mij willen ze heel iets anders duidelijk maken, misschien zelfs vertrouwen scheppen. Het is een dialoog!'

Ik herinnerde me hoe de insluiper voor me was gevlucht, hoewel hij groot en sterk genoeg was geweest om me over zijn knie in tweeën te breken. Er was nog geen sprake geweest van enig geweld. Nog niet, maar vijanden waren we wel. Ja, toch?

'Ze hebben je niet bedreigd,' hield ze vol. 'Niet expliciet.'

'Maar wel impliciet, op ongeveer zes verschillende manieren.' Ik opende het portier van mijn auto en gooide mijn uitpuilende koffertje op de passagiersstoel. 'Ik moet weg. Praat hier met niemand over.'

'Hoor eens...' Ze greep mijn arm. 'Ik wil alleen zeggen dat je misschien een of andere test hebt doorstaan.'

'Hoe dan? Wat voor test heb ik dan gedaan?'

'Stel dát het de CIA is. Misschien hebben ze iets in je script ontdekt. Misschien zijn ze onder de indruk. Dit zou... ik weet het niet... dit zou hun manier kunnen zijn om jou te rekruteren.'

Ondanks mijn angst kwam er weer iets terug van mijn oude trots. 'Vond je het echt zo goed?'

'We hebben het over de Amerikaanse inlichtingendienst,' zei ze. 'Zo hoog ligt de lat nou ook weer niet.'

Ik moest dat idee een moment verwerken. Wilde ik het geloven omdat het minder bedreigend leek, of omdat ik me gevleid voelde? Maar toen zette ik de gedachte uit mijn hoofd. 'Dit voelt absoluut niet als een spelletje. Ze zijn ons leven binnengedrongen. De beveiligingsexpert die ons huis heeft geïnspecteerd zei dat het de beste...'

'Natúúrlijk heeft die expert een griezelig verhaal tegen je opgehangen. Hij werkt toch voor de overheid, zei je, of daar had hij voor gewerkt? Zulke types vertellen je altijd dat we in een levensgevaarlijke wereld leven. Dat is hun werk. Het zit in hun DNA, of zo.'

'In deze situatie? Ik heb heus niemand nodig om me te vertellen hoe griezelig het is.' Ik dook mijn auto in. De benzinemeter was gesneuveld bij een van mijn aanslagen op het dashboard en gaf nu alleen nog de maximale stand aan. Maar op de kilometerteller zag ik dat ik 338 kilometer had gereden sinds ik voor het laatst getankt had. Nog net genoeg benzine om naar Punch te rijden.

Ik wilde al vertrekken, maar Julianne tikte op het raampje totdat ik het omlaag draaide. Ze boog zich naar me toe. Haar melkwitte huid leek bijna doorschijnend in de felle zon van de Valley. 'Zoals ik al zei, misschien gaat het ze om heel iets anders.'

Ik gaf gas en reed achteruit. De banden knerpten over de dode bladeren. 'Dat is nou juist waar ik bang voor ben.'

Hoewel ik al te laat was, reed ik nog een extra rondje om de parkeergarage om vast te stellen of ik niet werd gevolgd. Toen belde ik Ariana's mobiel. Ze nam meteen op.

'Alles goed?'

'Ja. Ik ben thuisgebleven. Ik wilde een beetje opruimen. Ik kan me toch niet op mijn werk concentreren. Jij wel?'

'Thúís? Maar...'

'Ik weet het. Ik zal voorzichtig zijn. Maar ik geloof niet dat ze de deur zullen intrappen om me neer te schieten. Dan hadden ze dat wel eerder gedaan. De hele toestand is geen efficiënte valstrik voor een moord.'

Ik staarde naar mijn normale mobiel, die uitgeschakeld op de passagiersstoel lag. Ik wilde Ariana het nummer geven van de prepaid die ik gebruikte, maar haar verbinding was niet veilig en bovendien reed ik net de parkeergarage binnen. 'Oké,' zei ik. 'Als je maar...'

De ontvangst viel weg. Vloekend reed ik naar de derde etage en zette de Camry ergens achteraan. Ik zag Punch op een bankje bij de lift zitten, waar hij een tijdschrift las. Haastig liep ik die kant op, terwijl ik nog eens mijn schoenen controleerde om te zien of mijn Kenneth Coles de afgelopen halve minuut niet in mijn gps-Nikes waren veranderd.

Ik ging naast hem op het bankje zitten, maar met mijn gezicht de andere kant op. Het was een goed trefpunt – veel auto's en voorbijgangers, heel wat achtergrondgeluid en een dak om ons tegen Google Earth en zijn ambitieuzere broertjes te beschermen. Maar nog steeds hoorde ik de vraag van die elektronische stem in mijn hoofd: *Twijfel je nog aan ons vermogen om je leven binnen te dringen en je te treffen waar we willen?* Was deze afspraak niet heel dom van mij? Was het niet heel onverstandig om me met hun zaken te bemoeien? Maar ik moest wel. Ze eisten blinde gehoorzaamheid, maar dat was geen enkele garantie voor mijn veiligheid of die van Ariana.

Punch hield zijn ogen op het tijdschrift gericht. 'Ik had je gebeld om te zeggen dat ik navraag naar Keith Conner heb gedaan en een paar rare reacties heb gekregen.'

'Zoals?'

'Hoe ik het verdomme in mijn hoofd haalde om vragen te stellen over Keith Conner. En dat ik daarmee moest stoppen. Hoor eens, zo'n onderzoekje mag natuurlijk niet. Het is illegaal. Mijn contacten bij de politie kunnen niet zomaar alle gegevens over iemand opvragen, zeker niet om mij een plezier te doen. Alleen is er in de praktijk nooit iemand die het controleert of erop let. Maar nu dus wel! Al mijn verzoeken trokken de aandacht. Meteen. Mijn contacten kregen op hun flikker en ik werd geen steek wijzer. Iemand houdt de zaak scherp in de gaten, en dan bedoel ik niet zo'n sukkelige pr-man van de studio. Dit wordt gevolgd van binnenuit, of door een hogere afdeling. Dus kun je me even uitleggen waarbij je betrokken bent geraakt?'

Ik vertelde hem min of meer hetzelfde verhaal als ik aan Julianne had verteld. Punch' blozende gezicht werd nog roder, en de gebroken haarvaatjes op zijn vlezige neus en wangen leken op te lichten. 'Verdomme.' Hij veegde zijn handen af aan zijn overhemd. Een van de panden hing uit zijn broek. Het was maar goed dat je Jerry en hem nooit samen zag. Hij was Walter Matthau tegenover Jerry's Jack Lemmon. 'Dus je hebt je er al op gestort, alle mogelijkheden onderzocht en geanalyseerd.'

'Het is net zoiets als schrijven, denk ik.'

'Ja, maar jij bent hier goed in.'

Er klonk een belletje toen de liftdeuren opengingen. Ik schrok half. Een moeder stapte naar buiten en trok een jammerend joch achter zich aan. Ze keek nijdig om. 'Daarom zei ik dat je het in de auto moest laten!'

Ik wachtte tot ze voorbij waren, haalde toen de minirecorder uit mijn zak en gaf hem aan Punch. Hij verborg hem in zijn *Maxim* en drukte op de toets. Weer die stem: 'Zo... ben je klaar om te beginnen?'

'Een elektronische stemvervormer,' zei Punch. 'Die dingen worden steeds meer gebruikt voor rare telefoontjes.'

'Kun je er iets mee? De stem terughalen, het merk en type van de telefoon traceren, wat dan ook?'

'Nee. Ik ken een goede technisch rechercheur die graag mee wil werken aan een serie waarbij ik adviseur ben. Om hem te laten bewijzen hoe goed hij was, heb ik hem een opname gegeven van een dreigtelefoontje aan een producent, maar hij kon er niets mee beginnen.' Hij hield het tijdschrift schuin en liet de recorder weer in mijn schoot glijden. 'Deze hele zaak is veel te groot voor mij en mijn IQ. Jouw telefoons vertrouw ik ook niet, dus bel me niet meer.' Hij wees met een worstvinger in mijn richting. 'En stuur me geen e-mails. Als je die opent, krijg je ze nooit meer van je harde schijf, zelfs niet als je ze wist. Het laatste waar ik op zit te wachten is dat die Big Brothers van jou je straks terugvinden op mijn computer.'

'Hoe neem ik dan contact met je op?'

'Niet dus. Veel te gevaarlijk.' Hij trok aan zijn onderkin toen hij mijn gezicht zag. 'Als het je niet bevalt, kun je het bij stap vier noteren en je buddy bellen.'

'Ik zit niet bij de AA.'

'O, nee. Dat zou ik moeten zijn.' Hij stond op, rolde het tijdschrift in zijn grote vuist en haalde zijn schouders op voordat hij wegliep. 'Succes ermee.'

Dat meende hij, maar het betekende ook tot ziens.

De collegezaal leek nog leger door de oplopende bankjes. Ik bleef in de deuropening staan en keek zuchtend naar binnen. Op het lesrooster stond

15.00 UUR – PROFESSOR DAVIS, ELEMENTEN VAN SCENARIO SCHRIJVEN. Op de klok was het inmiddels 15.47 uur. Mijn hemd en broek kleefden aan mijn lijf. Ik had de hele weg van de auto naar de collegezaal gerend. Ik liet mijn koffertje vallen en leunde tegen de deurpost om op adem te komen.

Toen ik terugliep door de gang, had ik durven zweren dat de studenten me vreemd aankeken. De secretaresse riep me toen ik langs het kantoortje kwam. 'Professor Davis? Ik heb dat studentendossier waar u om vroeg.'

Ik was mijn heimelijke verzoek om Bugayongs dossier al bijna vergeten. Ik ging naar binnen en zag de voorzitter van de faculteit met een paar andere docenten staan praten bij de postvakjes. De secretaresse hield het dossier omhoog en grijnsde koket. Dr. Peterson onderbrak haar gesprek en keek mijn kant op toen de secretaresse me de map wilde aanreiken.

Zonder het te beseffen liet ik mijn stem tot een gefluister dalen. 'Bedankt. Maar de kwestie is al opgelost.' Ik knikte overdreven beleefd naar dr. Peterson en verdween. Het dossier bleef achter in de hand van de secretaresse. Toen ik terugliep door de gang, keek ik toch zenuwachtig om me heen. Een groepje studenten stond ergens om te grinniken toen ik voorbijkwam.

Ik klopte op de deur van het kamertje dat ik bij toerbeurt deelde met drie andere docenten, zodat we een plek hadden die als kantoor kon dienen. Maar mijn voorganger was al vertrokken. Ik trok de deur achter me dicht, gooide mijn koffertje op het smalle bureau en liet me op de stoel vallen. Weinig dingen zijn zo deprimerend als een gedeeld kantoor. Een met lippenstift besmeurde koffiebeker met een paar afgekloven potloden erin. Een stapeltje verouderde studieboeken en een goedkoop houten beeldje van de drie wijze apen in een verder lege boekenkast. Een beige Dell van rond de eeuwwisseling.

Ik stak een vinger in de sleuf van mijn koffertje en wrikte het open. De stapel ongecorrigeerde werkstukken staarde me aan. Ik haalde ze eruit, zocht in mijn zakken en achter mijn oren naar een rode pen en vond er ten slotte een in de onderste la, naast een aangegeten muffin. Ik moest me er maar mee redden. Ik had anderhalf werkstuk doorgelezen toen ik al kringetjes op de pagina zat te tekenen, net als de cirkels die de afluisterapparatuur hadden aangegeven op de plattegrond van ons huis.

Het duurde twee minuten voordat de Dell eindelijk was opgestart. Internet via een telefoonmodem duurde nog langer. Ik kauwde op mijn wang als tijdverdrijf, maar kwam toen toch op Gmail en typte het adres in, *patrickdavis081075*, met als wachtwoord de meisjesnaam van mijn moeder. Mijn vinger rustte op de muis, maar ik aarzelde voordat ik erop klikte. Ze hadden gezegd dat ik zondagmiddag om vier uur een e-mail zou krijgen. Dat was overmorgen. Dus waar was ik nu zo benauwd voor?

Ik haalde diep adem en klikte op de muis. Het kleine klokje draaide eindeloos rond.

Daar was het, een e-mailaccount; míjn e-mailaccount, dat op me wachtte. Maar de inbox was leeg.

Er werd op de deur geklopt. Ik schrok zo, dat ik bijna het toetsenbord van het bureau gooide. Haastig logde ik uit voordat dr. Peterson binnenkwam. 'Patrick, ik heb gehoord dat je de laatste tijd wat problemen hebt.'

'Problemen?' Ik bewoog de muis en wiste de geschiedenis van de browser.

'Te laat voor college; je bent zelfs een keer helemaal niet komen opdagen. Een woordenwisseling met een student op de gang.'

'O, dat kwam...'

Ze verhief haar stem en gaf me geen kans om te antwoorden. 'En daarna hoor ik dat je een studentendossier hebt opgevraagd. Wie heeft jou verteld dat docenten zomaar een vertrouwelijk studentendossier mogen inzien?'

'Niemand. Mijn fout.'

'Dan zijn we het daarover eens.' Ze kneep haar lippen samen, die kleine verticale rimpeltjes vertoonden. 'Ik hoop dat je snel weer bij de les bent. En ik wil je er wel op wijzen dat wij de schending van iemands privacy niet licht opvatten.'

'Nee,' beaamde ik. 'Ik ook niet.'

23

Het huis leek er wel erger aan toe nu het opgeruimd was. Ik keek om me heen naar de gapende gaten in de muren, het scheefliggende tapijt, de vuilniszakken. Het was nu wel weer ons huis, maar dan een ernstig verminkte versie. Mijn Nikes stonden bij de kastdeur, alsof Ariana ze in de gaten wilde houden, en naast haar op de bank lag haar regenjas, over de opengesneden kussens gedrapeerd als een onzichtbare vriendin.

Ze had haar haar in een paardenstaart gebonden en droeg mijn gescheurde Celtics T-shirt van het kampioenschap van 2008. In haar hand had ze een glas wijn, ongetwijfeld chianti. Ze hield van de goedkopere rode soorten, maar het bolle bourgogneglas gaf haar het gevoel dat ze een serieuze wijn dronk. Ze rolde met haar ogen naar me, hield de telefoon tussen haar kin en schouder geklemd en verbeeldde een kleppende mond met haar vrije hand. 'Als hij niet heeft teruggebeld, stuur hem dan vooral geen sms'je. Dan lijk je te wanhopig.' Een stilte. 'Natuurlijk heeft hij die voicemail gehoord, Janice, maar je hebt hem gisteren pas ingesproken. Geef hem dit weekend nog de tijd.'

Ik bleef staan en nam de surrealistische scène in me op. Ondanks het half gesloopte interieur, de regenjas met het zendertje en onze afspraak met het putrooster, over een paar uur, zag het er nog bizar huiselijk uit.

'Hé, ik moet ophangen. Patrick komt net binnen. Ja, ik weet het, ik weet het. Je redt het wel.' Ze verbrak de verbinding, gooide de telefoon op de kussens en zei luid: 'Dát zal jullie leren om me af te luisteren.' Een vermoeide halve glimlach. 'Ze hebben waarschijnlijk harakiri gepleegd in hun busjes. Nu we het er toch over hebben...' Ze zocht in haar tasje, haalde het pakje sigaretten met de stoorzender tevoorschijn en drukte op de zwarte knop om alle afluisterapparatuur uit te schakelen die mogelijk nog was aangebracht na Jerry's bezoekje.

'Heb je niets tegen Janice gezegd?'

'Toe nou. Onze problemen verbleken vergeleken bij de hare. Bovendien zou ik niet weten hoe ik dit luchtig ter sprake moet brengen.'

'Je hebt bergen werk verzet,' zei ik. 'Met het huis.'

Ze blies een lok haar van haar voorhoofd. 'Het lijkt nog steeds een slagveld.'

Ik gaf haar een van de prepaidtelefoons. 'Ik heb het nummer van de mijne er al in geprogrammeerd. Ik moet je elk moment kunnen bereiken als we niet samen zijn.'

Haar gezicht veranderde. Mijn woorden bleven tussen ons in hangen, dus herhaalde ik ze in mijn hoofd en hoorde wat ze voor haar – voor ons – betekenden. Een paar dagen geleden hadden we nog nauwelijks tegen elkaar gesproken.

Ik ging naast haar zitten. Ze bood me haar glas aan en ik nam een slok. 'Dit is fijn,' zei ze. 'Weer eens aardig tegen elkaar zijn, voor de verandering.'

'We hadden die technostalkers al maanden geleden in huis moeten halen.'

'Ik zat onze kamer te bekijken. Wat een flauwekul, allemaal. Dunn-Edwards muurverf in een modekleur, een cavetto-plafondlijst, die stomme kroonluchter die ik uit Cambria heb meegenomen. Een week geleden vond ik nog dat het er perfect uitzag. Toch voelde ik me er doodongelukkig. In elk geval is het nu eerlijk. Deze rotzooi past bij ons leven.'

Er viel een ongemakkelijke stilte tussen ons. We staarden naar de losse snoeren waar de plasma-tv had gehangen, deelden een glas wijn en wachtten op middernacht.

De zwarte plunjezak op mijn schouder puilde uit met alle afluisterspullen. We bleven aan de stoeprand staan, Ariana hield haar jack dicht tegen de bijtende wind. Als je het gezellige gele licht achter onze gordijnen en lamellen zag, zou je makkelijk vergeten hoe verscheurd ons huis vanbinnen was. Afgezien van hier en daar een verandalamp waren de aangrenzende huizen en appartementen donker, waardoor – vooral bij een onverwachte stilte in het verkeer – de drukke buurt opeens verlaten leek.

'Nog drie minuten.' Huiverend keek ze op van het klokje op haar mobiel naar het rooster van het riool. 'Hopelijk is het breed genoeg.'

Toen ik naar het rooster liep, knerpten de dode bladeren onder mijn schoenen tegen het metaal. Bruine vlekjes verdwenen in het donkere gat. Een mosgeur steeg op met de warme lucht. Ik stak het uiteinde van de uitpuilende plunjezak door de gleuf van de put. Veel ruimte was er niet, maar het ging.

Ariana keek nog eens op de klok. 'Nog niet.' Ze wierp een blik naar de balkons van de appartementen en de glooiende helling van Roscomare Road. Haar ogen traanden van de kou. 'Ik vraag me af van waar ze ons in de gaten houden.'

Een zilverkleurige Porsche scheurde voorbij. Het brullende geluid verbrijzelde de stilte. We deinsden allebei terug. Ariana hief haar armen, alsof ze zich tegen een regen van kogels uit de sprintende wagen wilde beschermen. Ik gleed bijna uit toen ik naar achteren stapte. De bestuurder keek ons vanonder zijn baseballcap aan, geërgerd omdat we zo overdreven reageerden. Zó hard reed hij nou ook weer niet. Mijn hoofd gonsde door de adrenaline en de verlammende combinatie van slaapgebrek en cafeïne. Ari en ik namen onze posities weer in. Met mijn ene voet op de tas wachtte ik op haar teken.

Hoe ons leven was veranderd in vier dagen tijd.

Nachtvlinders dansten rond het licht van de flakkerende straatlantaarn. Krekels tsjirpten.

'Oké,' zei ze. 'Gooi alles er maar in.'

Ik gaf de tas een zet. In het midden raakte hij even klem, maar toen schoot hij door. We wachtten op een klap, maar het was niet meer dan een gedempte bons. Een zachte landing. Tussen mijn schoenen door tuurde ik door het metalen rooster of ik de tas nog kon zien in het donker.

Het eerste wat ik zag was het wit van de ogen.

Ik had kippenvel over mijn hele lichaam: mijn nek, langs mijn ribben, mijn tandvlees. Het volgende moment waren de ogen weer verdwenen, net als de tas. Niet meer dan een gedempt geluid tegen het vochtige cement in de diepte, de vage hartslag van voetstappen die zich verwijderden onder de straat.

In joggingbroek en T-shirt stapte ik de badkamer uit, terwijl ik mijn haar droogde met een handdoek. Toen ik weer opkeek, zag ik Ariana in de deuropening van onze slaapkamer staan met haar kop kamillethee voor de nacht en het pakje sigaretten met de stoorzender.

'Sorry,' zei ze, 'maar ik ben nu liever niet in mijn eentje beneden.'

Verbazend snel waren er nieuwe, onuitgesproken regels ontstaan. We kleedden ons niet meer uit in elkaars bijzijn. Als zij in een kamer was met de deur dicht, klopte ik eerst aan. Als ik ging douchen, bleef zij uit de slaapkamer.

'Dan moet je ook niet in je eentje beneden blijven,' zei ik.

We liepen langs elkaar heen, met een grote boog, en veranderden van positie. Ik ging niet verder, de gang in, en zij stapte niet in bed. In plaats daarvan leunde ze tegen het bureau, waarop nog een dun laagje stof van de uitgehakte muur lag. We keken elkaar aan, terwijl ik de handdoek opvouwde, opensloeg en weer opvouwde.

Ik schraapte mijn keel. 'Wil je dat ik vannacht boven blijf?'

'Ja,' zei ze.

Ik stopte met het opvouwen van de handdoek.

Haar hand maakte een cirkelende beweging. Ze probeerde nonchalant te doen, maar haar ogen hadden die instructie nog niet gekregen. 'Wíl je wel blijven?'

'Ja,' zei ik.

Ze liep naar het bed en sloeg het dekbed aan mijn kant terug. Ik ging op de matras zitten. Ariana liep terug naar de andere kant en stapte in bed, volledig aangekleed. Ik ook. Toen stak ze een hand uit om het licht uit te doen. We zaten met onze rug tegen het gewelfde hoofdeinde. Ik kon me niet eens herinneren dat ik het nieuwe bed ooit had aangeraakt. Het was net zo comfortabel als het eruitzag.

'Doe je dat echt?' vroeg ze. ''s Ochtends door het raam kijken hoe ik zit te huilen?'

'Ja.'

Zelfs in het donker staarden we recht vooruit in plaats van elkaar aan te kijken.

'Waarom dan? Om te zien of ik nog steeds spijt heb?' Haar stem klonk ijl en kwetsbaar. 'Of het me nog iets kan schelen?'

We zwegen weer een tijdje.

'Ik wil binnenkomen om je vast te houden,' zei ik. 'Maar ik kan nooit de moed vinden.'

Ik voelde dat ze heel langzaam haar gezicht naar me toe draaide. 'Waarom nu dan niet?' vroeg ze.

Ik tilde mijn arm op. Ze schoof tegen me aan en legde haar wang tegen mijn borst. Ik streelde haar haar. Ze was warm en zacht. Ik dacht aan Dons handen, zijn korte baardje, en had de neiging me weer terug te trekken, maar ik deed het niet. Ik dacht na over de afstand tussen wat ik wilde en wat ik vond dat ik moest doen. Het was een botsing tussen twee innerlijke personages, een kruispunt van wegen naar de toekomst. Mijn vrouw had me bedrogen, en nu hield ik haar in mijn armen. Nu waren we weer samen, en ik was bang hoe dat eruit zou zien; niet voor anderen, maar voor mezelf. Op mijn rustige momenten. Als ik naar mijn werk reed. Als ik koffiedronk tussen de lessen, als we een filmscène over vreemdgaan zouden zien en Ari naast me zou verstijven. Allebei kwaad en ongelukkig in de donkere bioscoop. Steeds die pijnlijke herinneringen aan het verleden, hoe het ooit was geweest.

'Ik denk dat ik een baby wil,' zei Ariana.

Opeens kreeg ik een droge mond. 'Het schijnt dat je daarvoor seks moet hebben.'

'Niet nu meteen.'

'Dat zei ik ook niet...'

'Ik bedoel niet metéén een baby. Zelfs niet in de nabije toekomst. Maar na die bedreigingen heb ik heel veel over ons leven nagedacht. Jij ook, dat weet ik zeker. Ik heb dingen die ik leuk vind – de meubels, mijn planten – maar ik wil niet zo'n vrouw worden die hier in haar SUV de heuvels op en af rijdt voor de boodschappen en allerlei stomme afspraakjes. Ik bedoel, kijk naar Martinique. Die kant ga ik ook op.'

'Jij bent niet...'

'Dat weet ik, maar je begrijpt wel wat ik bedoel.' Haar hand bewoog, op zoek naar iets te doen. 'Ik wil een baby, maar ik ben ook erg bang dat ik daar de verkeerde redenen voor heb. Kun je dat een beetje volgen?'

Ik bromde instemmend. Een koperen buis glinsterde in de hoek bij de badkamer, waar we de muur hadden gesloopt. Haar hoofd deinde op mijn ademhaling. Zo lagen we nog een tijdje, terwijl ik mijn gevoelens in woorden probeerde te vertalen.

'Ik wil ook niet blijven doen wat ik nu doe,' zei ik. 'Of in elk geval met een heel andere houding.'

'Ja. Precies.' Ze maakte zich van me los, enthousiast. 'Dat weten we dus. Nu. We zijn wel aangeslagen door deze ellende, maar in elk geval kunnen we de dingen helder zien. Laten we dat vasthouden.'

'Hoe bedoel je?'

'Stel dat je die e-mail zondag níét opent? Stel dat we gewoon onze kop in het zand steken en doen alsof er niets aan de hand is?'

'Zou het dan overgaan?'

'Laten we dat eens aannemen. Laten we doen alsof alles weer net zo was als vóór die verborgen camera's, vóór Don Miller en vóórdat je je script verkocht. Alleen vanavond maar.'

We lagen daar aangekleed in bed, en ik hield haar vast totdat ik haar regelmatig hoorde ademen. Zelf lag ik nog heel lang wakker, luisterend naar hoe ze sliep.

24

De homepage van Gmail staarde me aan vanaf mijn computer. Het adres en mijn wachtwoord waren ingevuld, en weer zweefde mijn vinger boven de muis. Ariana keek over mijn schouder mee. Haar adem rook naar de aardbeien die ze had gegeten in een bakje cornflakes met melk en suiker. De zondag, net als de zaterdag, was tergend traag voorbijgegaan, met Ariana en ik op elkaars lip, terwijl we geestdodend werk en huishoudelijke klusjes deden en probeerden niet voortdurend op de klok of op onze horloges te kijken. Het digitale klokje van de menubalk op mijn computer gaf 16:01 aan.

'Wácht!' riep Ariana toen mijn vinger naar de muis ging. Ze haalde de mariposa, opnieuw oranje, achter haar oor vandaan en speelde ermee. 'Hoor eens, ik weet dat we een tijdje achterdochtig zijn geweest. Tegenover elkaar. Nu we de dingen zuiverder zien, wilde ik je alleen maar vragen...'

'Ja?'

'Is er nog iets, wat dan ook, dat je me wilt vertellen?'

'Zoals?'

'Zoals wat er in die e-mail zou kunnen staan?'

'Je bedoelt een foto van mij terwijl ik coke snuif van het dijbeen van een stripper? Nee, er is helemaal niets, Ari. Ik heb mijn hersens gepijnigd, maar ik kan niets bedenken.' Met een bruusk gebaar klikte ik op AANMEL- DEN, als protest tegen haar vraag. Toen pas kwam het bij me op om te vragen: 'En jij? Is er soms iets wat je míj zou willen vertellen?'

Ze boog zich naar voren, en zei zacht: 'Stel dat ik het ben, met Don?'

Terwijl de pagina laadde, dacht ik daarover na, met een steen in mijn maag. Dat moest er nog bij komen: de misstap van mijn vrouw, breed uitgemeten op mijn eigen beeldscherm. De ultieme inbreuk op onze privacy. Onwillekeurig dacht ik terug aan mijn gesprek met Punch en zijn opmerking dat elke e-mail, ook als hij wordt gewist, sporen op de harde schijf achterlaat.

Angstig staarde ik naar de monitor. Het was nog niet bij me opgekomen dat ik, als ik dat mailtje eenmaal had geopend, geen controle meer had over de inhoud ervan. Dan stond het op mijn computer.

Voordat ik kon ingrijpen, verscheen de inbox op het scherm. Eén enkele e-mail, zonder afzender, zonder onderwerp. Voorlopig stond het ongeopende mailtje nog veilig op de server, zolang ik het niet op mijn eigen computer opende. Ik verschoof de cursor zo ver mogelijk naar de rand van het scherm, voor het geval de muis zou besluiten om zelf de e-mail aan te klikken.

Ze waren al eens op deze computer geweest, toen ze de JPEGs van de plattegrond van ons huis hadden uitgeprint. Ik ging naar de geschiedenis van Explorer om te zien welke websites de laatste tijd waren bezocht. Er stond niets bij wat ik niet herkende.

'Wacht,' zei Ariana. 'Waarom open je die e-mail niet?'

Ik deed iemand na die zat te luisteren en gebaarde toen: *waar is de stoorzender?* Ze haalde het neppakje Marlboro uit haar zak; ze verloor het ding geen seconde uit het oog.

'Ik wil die mail niet openen,' zei ik. 'Niet hier, vanaf mijn computer.'

'Luister nou,' zei Ari, die nog altijd een stap achter me stond. 'Als het echt beelden zijn van Don en mij, kunnen we daar beter samen naar kijken.'

'Nee, ik bedoel dat ik die gegevens niet op mijn eigen computer wil opvragen. Zelfs als ik dat mailtje wis, blijven er sporen achter op de harde schijf. Of ze kunnen die mail gebruiken om een virus te installeren waardoor ze op afstand mijn computer kunnen uitlezen.'

'Zouden ze dat dan niet eerder hebben gedaan, toen ze hier al waren?'

Ik was opgestaan en rende de trap af, met Ariana achter me aan. 'Jerry had onze computers op spyware gecontroleerd, weet je nog?' zei ik.

Haastig trok ik mijn schoenen aan en rende naar de garage. 'Wacht!' riep Ariana, en ze wees naar mijn voeten.

Ik keek omlaag en zag dat ik mijn Nikes droeg, met het zendertje. Vloekend schopte ik ze uit en stapte in mijn loafers. Geen gezicht, met mijn witte sokken, maar de stalkers mochten niet weten dat ik op weg was naar Kinko's.

Patrick Davis.

Dat was alles wat er in de e-mail stond, hoewel mijn naam was veranderd in een hyperlink. Weggedoken aan een gehuurd tafeltje in de hoek, keek ik over mijn schouder. De man van Kinko's was bezig een luidruchtige vrouw in nog schreeuweriger kleren te helpen, en de andere klanten stonden te kopiëren en te nieten bij de rij kopieerapparaten voor in de winkel.

Ik tilde de zoom van mijn shirt op en veegde het zweet van mijn voorhoofd. Tandenknarsend klikte ik op mijn naam.

Een website verscheen. Ik keek naar het internetadres – een lange rij cijfers, veel te lang om te onthouden – en zag in vette letters de waarschuwing: DEZE WEBSITE WIST ZICHZELF NA ÉÉN BEZOEK. De tekst vervaagde met een spookachtig effect tegen de zwarte achtergrond.

Digitale foto's kwamen in hoog tempo voorbij, als een PowerPoint-presentatie.

Ariana's plantenkas, tegen de achtergrond van onze bomen, 's nachts.

Een opname binnen, badend in een groen, buitenaards schijnsel.

De rij potten op de middelste plank van de oostelijke wand. Haar lavendelblauwe mariposa's, nog ongeplukt en de laatste maanden niet meer door haar gedragen.

Een bekende hand met een bekende latex handschoen, die de laatste pot en schotel optilde. Daaronder, op het zachte hout, een paars dvd-doosje.

Die disk had daar nog niet gelegen toen Ariana en ik drie avonden geleden de kas hadden doorzocht.

Ik boog me naar de monitor, met mijn handen gespannen als klauwen. De disks, de apparatuur, het telefoontje; nog altijd was ik er niet aan gewend dat iemand zomaar in onze spullen en ons leven wroette. Het gevoel werd eigenlijk steeds erger, nog schrijnender, als schuurpapier over een rauwe huid.

De foto verdween en maakte plaats voor een geschreven adres: *2132 Aminta St., Van Nuys, CA 91406*. Wanhopig zocht ik naar een pen en een stukje papier, maar op mijn tafeltje was niets te vinden. Ik rende om het schot heen naar het aangrenzende tafeltje, gooide de plastic pennenhouder om en griste een potlood en een memoblaadje uit de rommel. Toen ik weer voor mijn monitor zat, had het getypte adres plaatsgemaakt voor een sectie van Google Maps, met daarop de juiste locatie, in het slechtste gedeelte van Van Nuys. Nog net op tijd kon ik het adres overschrijven van Google Maps voordat ook dat scherm verdween.

Nu kwamen er vier cijfers, gelijkmatig verdeeld: *4 7 8 3*.

Ik noteerde ze, voordat ze plaatsmaakten voor de opname van de voordeur van een armoedig appartement. Afbladderende verf, gebarsten naden, en twee roestige cijfers waar een kijkgaatje had moeten zitten: *11*. Een van de spijkers waarmee de cijfers waren vastgetimmerd was losgeraakt, waardoor de tweede *1* scheef hing.

Toen, als een kille tochtvlaag over mijn verstijfde rug, verscheen er een boodschap die net zo duidelijk was als de vette letters van de tekst: GA ALLEEN.

Het venster van de browser sloot zichzelf af en het programma stopte.

Toen ik de browser weer opstartte, was er geen geschiedenis van recent bezochte websites.

Nog altijd had ik geen concreet bewijs in handen dat dit iets anders was dan een boze droom. Het enige wat ik bezat was een adres en vier raadselachtige cijfers, in mijn eigen handschrift.

25

'Is dat alles?' vroeg Ariana.

Naast me op de bank draaide ze het paarse dvd-doosje om alsof er een wervende tekst op de achterkant stond. Aan de voorkant zat nog een vochtige plek van het schoteltje onder de bloempot.

'We moeten iets over het hoofd hebben gezien,' zei ik, bezig met de afstandsbediening. We keken nog eens naar de plasma-tv, die weer aan de muur hing, een beetje scheef.

Het beeld flakkerde op, korrelig zwart-wit, waarschijnlijk een beveiligingscamera. Een kelder, te groot voor een woonhuis. Een bungelend peertje dat een zwak schijnsel verspreidde, een trap in de schaduw. Een generator, een boiler, een paar anonieme kartonnen dozen en een lege betonvloer. Op de tweede tree van onderen leek een stapeltje sigaretten te liggen. Aan de tegenoverliggende muur, nog net zichtbaar, hing een stoppenkast. Over het beeld heen waren een datum en een lopende tijdklok geprojecteerd: *11/3/05, 14:06:31*, oplopend.

Daarmee eindigde de opname.

'Ik begrijp er niets van,' zei Ariana. 'Is het een code, met een betekenis die ons ontgaat?'

We keken nog eens naar de dvd. En opnieuw.

Wanhopig sprong ze van de bank. 'Hoe moeten we er in godsnaam achter komen wat dat ís?'

Met angst en beven keek ze hoe ik het memoblaadje van de koffietafel pakte, met het adres in Van Nuys.

Ik haalde de dvd uit de speler, borg hem in zijn doosje en stak hem in mijn achterzak. Toen strikte ik de veters van mijn Nikes, zittend op de grond in de huiskamer. Ik moest die schoenen zo nu en dan dragen om niet te verraden dat ik het volgzendertje had ontdekt dat in de hak verborgen was. Dit leek een geschikt moment, nu ik toch bezig was mijn orders op te volgen.

Ariana hield me tegen bij de deur naar de garage. 'Misschien is dit geen goed idee. Je weet niet wat zich achter die deur verbergt, Patrick.' Haar stem trilde van emotie. 'Je hebt geen enkele ervaring met dit soort dingen. Wil je je echt in dit wespennest steken?'

'Hoor eens, ik ben niet Jason Bourne, maar ik weet toch al een beetje.'

'Je weet wat ze zeggen over een beetje kennis.' Ze wilde haar armen over elkaar slaan, maar bedacht zich. 'Misschien hopen ze gewoon dat je stom genoeg bent om te komen opdagen. Wat kunnen ze doen als je niet komt?'

'Wil je het daar echt op laten aankomen?'

Ze gaf geen antwoord.

Ik ging de garage binnen. 'We moeten weten wat hierachter zit. Wie ons te grazen neemt.'

'Denk goed na, Patrick. Moet je wel gaan? Nu, op dit moment? Er is ons nog niet écht iets overkomen. Hier in huis zijn we veilig. Kom weer mee naar binnen.'

Ik bleef naast mijn auto staan en keek haar aan. Heel even overwoog ik om terug te gaan, thee te zetten en mijn werkstukken na te kijken. Wat konden ze doen als ze een rattenval hadden gezet en de rat zich niet liet zien? Was het gevaarlijker om me in hun kronkelende labyrint te wagen of thuis af te wachten tot de muren naar beneden kwamen?

De sleuteltjes sneden in het vlees van mijn vuist. 'Het spijt me,' zei ik, 'maar ik móét het weten.'

Ze keek me vanuit de deuropening na toen ik achteruit het pad afreed. Daar stond ze nog steeds toen de kanteldeur van de garage trillend omlaag zakte en haar aan het zicht onttrok.

Beneden, diep in de Valley, leek de schemering dichter en zwaarder door de smog. Uitlaatgassen en weezoete barbecuegeuren zweefden door de windstilte. Verkreukelde bierblikjes en snackbakjes lagen verspreid door de goten. Het uitgewoonde flatgebouw was typerend voor dat deel van Van Nuys: afbrokkelend stucwerk, gebarsten stoepen en een verbogen toegangshek. Aan de ramen hingen airco's, druipend van condens. Het bordje FLATS TE HUUR, wapperend aan de goot, was niet bepaald uitnodigend.

Ik stond al een paar minuten aan de overkant van de straat om moed te verzamelen voor wat me achter de deur van appartement 11 te wachten stond, in de hoop dat de zure smaak in mijn mond zou verdwijnen. Waar wachtte ik op? Als ze het zendertje in mijn Nikes volgden, wisten ze al dat ik op hun feestje was verschenen.

Het gesputter van een motor bracht me eindelijk in beweging. Een politiewagen reed langzaam door de straat. De twee agenten tuurden uit hun raampjes naar de stoepen en gebouwen. Ik draaide me om, leunde tegen een geparkeerd busje en deed alsof ik in mijn mobiel praatte om mijn gezicht te kunnen verbergen. De auto kwam naderbij, met knarsende banden op het asfalt. Vaag hoorde ik de statische ruis uit de scanner. Ik ving een glimp op van een spiegelende zonnebril, een gespierde onderarm die op de rand van het open raampje rustte, en het volgende moment was de auto me hooghartig gepasseerd. De adem die brandde in mijn longen liet ik ontsnappen. Ik had het gevoel dat ik iets illegaals deed, maar was dat zo?

Haastig stak ik de straat over naar de ingang. Een deur van geruit metaal, in een hek dat de toegang tot de binnenplaats afsloot. Links zat een luidspreker met een toetsenbord. De instructies om aan te bellen waren doorweekt door de regen en niet langer leesbaar achter het gebroken glas. Een lijst van alle flats, achter een glasplaat die nog wel intact was, gaf de namen van de bewoners met de bijbehorende huisnummers. Maar nummer 11 en een paar andere appartementen waren blanco. De vergeelde lijst leek al jaren niet meer bijgewerkt. Ik haalde mijn schouders op en belde aan bij nummer 11, maar de zoemtoon maakte duidelijk dat de intercom geen contact kreeg.

Ik knikte bij mezelf.

Toen haalde ik het memoblaadje uit mijn zak en streek het glad naast de intercom. Ik toetste de vier cijfers in die ik onder het adres had genoteerd – *4783* – en drukte op hekje. De deur ging knarsend open, en met een gevoel van triomf stapte ik naar binnen.

Misschien niet *Enemy of the State*. Het zou heel goed *The Game* kunnen zijn.

Appartement 11 lag achter aan de galerij, op de eerste verdieping. Mijn onheilspellende voorgevoel groeide toen ik de trap beklom. Ariana had gelijk, dit was roekeloos. Misschien liep ik wel mijn eigen dood tegemoet.

Er lagen vier appartementen aan de galerij, het ene nog havelozer dan het andere. Eindelijk kwam ik bij nummer 11. Ik herkende het roestige huisnummer, aan de deur gespijkerd. Geen kijkgaatje. Met zijn barsten en afbladderende verf zag de oude deur er nog erger uit dan op de foto. De knop hing los. Hoog tegen de deurpost was een nieuwe grendel gemonteerd, de enige verbetering, als compensatie voor het ouderwetse slot.

Ik pakte de dvd in zijn paarse doosje, keek er eens naar en trommelde ermee tegen mijn dij. Ik zuchtte diep en ademde krachtig uit. Toen drukte ik op de bel. Defect. Geen wonder, gezien de toestand van het gebouw. Ik drukte mijn oor tegen het hout en voelde de droge verf tegen mijn wang kriebelen. Niets te horen.

Ik tilde mijn hand op, maar aarzelde om aan te kloppen. Ik weet niet wat me weerhield; angst, wellicht. Of misschien een instinctief alarm, een verhoogde waakzaamheid van mijn cellen, terwijl mijn bewustzijn nog niets merkte. Ik dacht na over mijn beslissing om de gps-Nikes te dragen. Kon ik nu niet meer terug? Ik liet mijn vuist weer zakken en ademde zachtjes uit. Hoorde ik binnen iets kraken, of was het gewoon de vloer die kreunde onder mijn eigen gewicht? Langzaam en voorzichtig boog ik me voorover om door het oude sleutelgat te kijken.

Achter het sleutelgat zag ik iets terugdeinzen voor mijn naderende gezicht: een ander oog, dat terugstaarde.

Met een kreet sprong ik achteruit toen de deur openvloog en een gedrongen man in een tanktop op me afstormde en me tegen de balustrade ramde.

'Wie ben jij?' brulde hij. 'Waarom zit je achter me aan?'

Hij vloog me weer aan en drukte me tegen de grond, alsof hij niet goed wist wat hij met me aan moest. Ik smeet hem van me af en we bleven hijgend tegenover elkaar staan, maar het werd al snel duidelijk dat we geen van beiden zin hadden in een knokpartij.

Zijn ademhaling ging snel en oppervlakkig, eerder opgefokt dan kwaad. Met zijn lengte van nog geen een meter tachtig was hij iets kleiner dan ik, maar wel steviger. Zware armen staken uit zijn versleten onderhemd. Hij had een terugwijkende haarlijn en krullend haar dat steil omhoog stond; een beetje komisch, voor zo'n stoere vent.

Hij wees naar het paarse dvd-doosje, dat kapot op de drempel lag, waar ik het had laten vallen. 'Waarom stuur je me die?'

Mijn mond viel open. 'Ik... dat doe ik niet. Iemand stuurt míj juist dvd's. Video's van mezelf. Ik heb deze dvd ook gekregen, samen met jouw adres.'

Zonder me uit het oog te verliezen raapte hij het doosje op, maakte het open en wierp een snelle blik op de disk. 'Gebruik jij deze dvd's ook?'

'Nee. Ik heb thuis een ander merk...' Het duurde even voordat het woord 'ook' tot me doordrong. 'Dus ze sturen jou filmpjes die op je eigen dvd's zijn gebrand?'

'Ja. Ik vind ze in de brievenbus. Of onder de ruitenwissers van mijn auto. Of in de magnetron.' Hij veegde zijn mond af met de rug van zijn hand en streek toen twee keer met zijn duim over de binnenkant van zijn pols, snel en nerveus. 'Video's van mezelf als ik naar het park loop. Of boodschappen doe. Dat soort onzin.'

'Hebben ze je ook gebeld? Op een mobieltje?'

'Nee, ik heb nooit iemand gesproken. Maar mijn abonnement is opgezegd – te veel rekeningen – en ik heb geen vaste lijn.'

'Heb je de dvd's nog?'

Weer die duim over zijn pols, een zenuwtic. 'Nee, ik heb ze weggegooid. Waarom zou ik ze bewaren?'

'Hoe lang is dit al aan de gang?'

'Twee maanden.'

'Twee máánden? Jezus, bij mij begon het vijf dagen geleden, en ik ben nu al...' Angst greep me bij de keel en ik hapte naar adem.

'Waarom ik?' Hij sloeg met zijn vuist tegen zijn borst. 'Waarom filmen ze míj, in godsnaam? Terwijl ik sta te tanken?'

'Ze hebben mij gefilmd terwijl ik stond te pissen. Ben je naar de politie gegaan?'

'Ik hou niet van de politie. En wat kunnen die zeggen?'

'Hoe hebben ze contact met je opgenomen?' vroeg ik.

'Dat hebben ze niet gedaan. Ik vond alleen die dvd's. Ik heb geen idee waarom...'

'Waarom ze ons te grazen nemen.'

De uitdrukking op zijn gezicht veranderde. Opeens waren we kameraden, patiënten met dezelfde aandoening. 'Waarom ze ons hebben gekózen,' zei hij.

Ik dacht aan de instructie aan het einde van de e-mail, die twee woorden: *Ga alleen,* niet: *Kom alleen.* Het klonk eerder als een missie dan als een bevel. Wij waren met elkaar in contact gebracht om iets uit te zoeken. Op hetzelfde moment keken we allebei naar de dvd in zijn hand.

Hij rende naar binnen, met mij in zijn kielzog. De stank van schimmel sloeg me tegemoet zodra ik twee stappen over de drempel was. Of eigenlijk was het geen stank, maar een aanslag op mijn poriën. De gordijnen waren dicht en ik knipperde met mijn ogen in het halfdonker terwijl hij de disk in een speler onder een grote, zware televisie stak. Vuile kleren en plastic draagtassen lagen verspreid over het vlekkerige kleed, naast een paar dvd's in paarse doosjes, waarop de namen van tv-series waren geschreven. Geen stoelen, geen banken, geen tafel bij het wrakke aanrecht dat als keukentje dienstdeed. De enige dingen die niet met een bezem konden worden opgeveegd waren een tweepersoonsmatras in de hoek, met wat verkreukeld beddengoed, en de televisie, die op een gedeukte metalen kist stond.

De man richtte zich op, deed een paar stappen terug en bleef vlak naast me staan terwijl hij naar het scherm staarde, met knikkende knieën.

Het beeld verscheen. Een kelder, een trap, een betonvloer.

'Dat is niets,' zei hij. 'Het is...'

Toen slaakte hij een kreet, liet zich voorover vallen en kroop naar de tv om het beeld stil te zetten. Met zijn gezicht bijna tegen het glas tuurde hij naar iets in de rechterbenedenhoek. Hij ging op zijn hurken zitten en wiegde heen en weer. Pas toen ik een doordringend gejammer hoorde, besefte ik dat hij zat te huilen. Snikkend liet hij zijn hoofd naar het schimmelige kleed zakken. Ik stond een halve meter achter hem, totaal verbijsterd. Wat was hier aan de hand?

Hij bleef maar wiegen en jammeren.

'Ben je...?' begon ik. 'Kan ik...?'

Hij hees zich overeind, stortte zich in mijn armen en kneep me hard in mijn schouders. De zure stank van zweet. 'Dank je, dank je. God zegene je.'

Houterig tilde ik mijn arm op, alsof ik hem op de schouder wilde kloppen, maar mijn hand bleef zweven. 'Ik weet niet eens wat ik heb gedaan! Ik heb geen idee wat er op die dvd staat.'

'Alsjeblieft,' zei hij, terwijl hij een stap terug deed en om zich heen keek, alsof hij nu pas besefte dat hij geen stoel voor me had. 'Het spijt me. Ik kan me de laatste keer niet herinneren dat hier iemand...' Hij leek verward.

'Het geeft niet.' Ik ging op de grond zitten.

Hij volgde mijn voorbeeld en gebaarde met zijn handen, maar zonder dat hij een woord kon uitbrengen. Een vierkantje geel licht van het raam viel over hem heen, gefilterd door de dikke, stoffige gordijnen. In de andere hoek zat een watervlek in het tapijt, die zich voortzette langs de muur.

'Ik was conciërge,' zei hij ten slotte. 'Op een middelbare school bij Pittsburgh. De boiler gaf het op en we hadden niet veel geld. Bezuinigingen, en zo.' Weer wreef hij met zijn duim over de binnenkant van zijn pols, alsof hij de huid wilde gladstrijken. 'Iemand van het schoolbestuur werkte bij een woningcorporatie. Ze waren bezig een complex te slopen of zoiets. Daar haalde hij een grote cv-ketel vandaan.' Hij wees naar de boiler op het scherm. 'Dat ding werd gebracht, en ik moest het installeren. Een ouder model. Ik zei dat het er niet goed uitzag, maar zij antwoordden dat het geen schoonheidswedstrijd was. Ze hadden die ketel getest en hij voldeed aan alle eisen. Dus heb ik hem geïnstalleerd. Het punt is... ze hadden hem gereedgemaakt voor transport. Al het water was afgetapt en het drukventiel was met een kabel vastgezet, om te voorkomen dat er restwater zou weglekken tijdens het vervoer.' Hij zweeg.

'Wat gebeurde er?' vroeg ik.

'In die tijd dronk ik nog. Nu niet meer. Maar misschien had ik die ochtend een paar borrels genomen; de ochtend dat ik die ketel installeerde, bedoel ik. Om de dag mee te beginnen. Het was 3 november.'

Ik keek snel naar de datum op het scherm: *11/3/05*. Er ging een rilling van opwinding door me heen.

'Achter die muur ligt een leslokaal in het souterrain. Een practicum.' Hij wees met trillende hand, en op de binnenkant van zijn pols zag ik een dun, wit litteken. Zijn andere hand lag in zijn schoot, met precies zo'n dun, wit aandenken. 'Een van de kinderen werd gedood toen de muur explodeerde. Een ander meisje liep zware brandwonden op in haar gezicht. Dat ze het heeft overleefd is... op een bepaalde manier is dat misschien nog erger.' Weer wreef hij over een van de littekens, terwijl hij heen en weer wiegde. 'Tijdens het onderzoek vond iemand de fles drank in mijn kastje. Het ging om de schuldvraag, begrijp je? Ze zeiden dat ik was vergeten de kabel los te maken, waardoor de druk van de stoom niet was afgevoerd.' Zijn stem klonk schor. 'Ze hebben nooit een spoor van die kabel teruggevonden in de...'

'De puinhopen,' zei ik moeizaam.

'Precies. Niets wat groot genoeg was.' Hij zweeg. 'Ik weet zeker dat ik dat niet vergeten ben. Maar ze bleven maar op me inpraten, en na een tijdje begon ik te aarzelen. Ik wist het gewoon niet meer. Een paar maanden eerder had ik bewakingscamera's in de kelder geïnstalleerd, en ik vroeg of ik de beelden mocht zien. Dan zou ik het weten. Ik móést het weten.'

'Waarom had je beveiligingscamera's daarbeneden?'

'Leerlingen slopen ernaartoe om stiekem te roken of seks te hebben. Er waren al een paar condooms gevonden. Daarom nam de directeur me aan het begin van het jaar apart en zei dat ik een bewakingscamera moest installeren. Ik weet niet wie de banden bekeek, maar er werden wel leerlingen uit de klas gehaald die een preek kregen, en na een tijdje kwamen er geen kinderen meer in de kelder. Maar toen ik na die explosie naar de beelden vroeg, zeiden ze alleen: "Wij zouden nóóit onze leerlingen bespioneren." Ik ging zelf naar de kelder met de onderzoekscommissie, maar toen was er geen camera meer te vinden. Dus deze beelden, déze beelden...' hij priemde met zijn vinger naar het scherm, 'hadden zogenaamd nooit bestaan.' Hij maakte een grimas en boog geluidloos zijn hoofd. 'Later,' ging hij verder, 'hoorde ik van een vriend bij de politie dat zo'n illegale camera op een school een heel ernstige zaak is. Als ze leerlingen hadden gefilmd die seks hadden, konden ze zelfs worden beschuldigd van de vervaardiging van kinderporno. Dus lieten ze mij vallen als een baksteen. Daarna ben ik steeds verder afgegleden, door mijn eigen schuld.'

Ik probeerde niet naar de snijwonden op zijn polsen te kijken, maar staarde naar mijn eigen handen, met de korstjes en de littekens op mijn knokkels. Spijt, en de sporen die het bij ons nalaat. Ik had mijn eigen handen tegen mijn dashboard kapot gebeukt, alleen om wat pech in mijn leven en een misstap van mijn vrouw. Het leek onbenullig vergeleken bij een dood kind en een meisje met een verbrand gezicht; dingen waar hij zich schuldig over voelde, zodat hij ten slotte naar het scheermes had gegrepen.

'Ik was als verdoofd. Dood, eigenlijk. Ik leefde in een waas en trok van de ene stad naar de andere. Als ik een baantje heb, raak ik het weer kwijt, en ik kan mensen niet recht in de ogen kijken. Maar kijk! Kijk daar!' Hij wees weer naar het scherm, met de tijdsaanduiding en de boiler. Met vochtige ogen staarde hij naar het beeld. 'Er zit geen kabel meer aan die boiler. Nergens een kabel te bekennen! Het is verdomme de mooiste foto die ik in heel mijn leven heb gezien!' Hij schudde zijn hoofd, haalde bevend adem en keek me weer aan. 'Hoor eens, misschien kunnen we een paar raakpunten tussen ons vinden, een verklaring waarom ze ons hebben gekozen.'

'Een manier om de touwtjes van de marionetten te volgen, terug naar de poppenspelers.'

'Ik ben een beetje... Ik voel me nu niet zo goed. Het is veel om te verwerken, begrijp je? Maar zou je willen terugkomen om erover te praten? Over een paar dagen, of zo?'

'Ja. Natuurlijk.'

'Niet vergeten. Ik wil het graag weten. Dan kan ik ze bedanken.'

We kwamen overeind en schuifelden naar de deur, half versuft in het schemerdonker. 'Ze hebben...' Ik likte mijn droge lippen. 'Ze hebben jou niets gegeven voor mij.' Ik kon het niet als een vraag formuleren.

'Nee,' zei hij. 'Dat spijt me.' Zijn blik gleed over mijn gezicht, en hij scheen mijn teleurstelling te beseffen. Hij liep over van meegevoel, en ik zag hoe graag hij me wilde helpen, zoals ik ook hem geholpen had. Hij stak zijn hand uit. 'We hebben nog niet... Ik ben Doug Beeman.'

'Patrick Davis.'

We gaven elkaar een hand en hij greep mijn onderarm. 'Je hebt mijn leven veranderd. Voor het eerst voel ik me weer...' Hij knikte even. 'Je hebt mijn leven veranderd. Daar ben ik je ontzettend dankbaar voor.'

Ik dacht aan wat de stem had gezegd: *Dit is heel iets anders dan wat jij denkt.* Dat had ik, ten onrechte, als een waarschuwing uitgelegd. 'Ik heb helemaal niets gedaan,' zei ik zacht.

'O, jawel,' zei hij, terwijl hij naar achteren stapte en de deur dichttrok. 'Jij was het instrument.'

26

Nog met een bonzend hoofd van mijn ontmoeting met Beeman stapte ik vanuit de garage onze stille benedenverdieping binnen. Toen ik het krijsende alarm had afgezet, hoorde ik de douche op de eerste verdieping. Het ruisen van het water door de buizen was het enige teken van leven. Het licht was uit en het huis voelde verlaten.

Ik deed de lampen in de keuken aan en zag op de display van de telefoon dat er was gebeld. Ik luisterde de voicemail af en verstijfde toen ik de stem van mijn advocaat hoorde, met het verzoek om terug te bellen. Op zondag?

Ik belde hem op zijn privénummer, dat hij had gegeven.

'Hallo, Patrick. Ik kreeg vandaag een telefoontje van de raadsman van de tegenpartij. De studio schijnt bereid te zijn de hele kwestie snel en geruisloos te regelen als jij een verklaring wilt ondertekenen om alles vertrouwelijk te houden. Ze lieten doorschemeren dat ze ons gunstige voorwaarden willen bieden, hoewel ze nog geen details hebben genoemd. Begin deze week krijg ik de papieren.'

Ik bewoog mijn mond, zonder dat er geluid uit kwam.

'Zeiden ze ook waaróm ze opeens van mening zijn veranderd?' vroeg ik, toen mijn lippen weer synchroon bewogen met mijn gedachten.

'Nee. Ik geef toe dat het merkwaardig lijkt, na alle heisa die ze er eerst over maakten. We moeten hun voorstel nog zien, maar op grond van de toon ben ik voorzichtig optimistisch.'

Ik merkte dat ik op de klok keek, een gewoonte die ik me had aangewend sinds ik wist wat voor tarieven mijn advocaat rekende, zelfs voor een paar minuten van zijn tijd.

Alsof hij mijn gedachten las, zei hij: 'Je hebt wat moeite om mijn voorschot aan te vullen, heb ik gezien. Als de zaak volgende week wordt opgelost, zal ik dan iemand van onze boekhouding vragen jou te bellen over een betalingsregeling?'

Ik mompelde een half excuus en een bevestiging, en hing op. Maar ondanks mijn schaapachtige reactie maakte dit nieuws – en mijn positieve bezoekje aan Beeman – het huis toch wat minder somber.

Het leek wel heel toevallig dat dit telefoontje samenviel met mijn terugkeer uit Beemans appartement. Hadden mijn almachtige stalkers ook het scenario geschreven voor dit hoofdstuk van mijn leven? De hele intrige met die dvd's leek gebaseerd op het principe van voor wat, hoort wat. Als ik hun instructies opvolgde, werd ik van een probleem verlost. Dat die schadevergoeding voor een bedrag van zeven cijfers nu eindelijk van de baan leek, was een geweldige opluchting. Als ze daartoe in staat waren, wat konden ze dan nog meer voor me doen?

Het was dezelfde kick, besefte ik, als de grote verwachtingen voor een filmcontract. De luxe droom van Hollywood, geld als water, je foto op de cover van *Variety*, en een villa in Bel Air.

Toen ik de trap opliep om Ariana het goede nieuws van de afgelopen paar uur te brengen, vroeg ik me onwillekeurig af of ik mijn leven eindelijk weer op de rails had.

'Die Beeman werd echt gegijzeld door die zaak.' Ik legde mijn hand op Ariana's onderrug en hielp haar over het kolkende regenwater in de goot heen. We liepen langs Bel Air Foods en daalden de heuvel af. De atmosfeer was zwaar van vocht, maar de buien waren inmiddels afgenomen tot een lichte motregen, die alleen in het licht van de straatlantaarns te zien was. Auto's flitsten voorbij, bedekt met glinsterende druppels. 'En ik ben daar gewoon naar binnen gestapt om hem... te bevrijden!'

Ik zuchtte diep. Mijn adem vormde een stoomwolkje, dat zich verspreidde. Ik kon me de laatste keer niet herinneren dat ik me zo energiek had gevoeld, zo vol leven. Alsof ik niet in *The Game* zat, maar in *Pay it Forward*.

'Ik bedoel, als dit nog maar de eerste e-mail was,' zei ik, 'wat zal de volgende dan zijn?'

Ariana propte haar handen in de zakken van haar parka; ze weigerde de regenjas met het zendertje aan te trekken. 'Heb je het niet koud?'

'Wat? Nee.'

'Waarom zouden CIA-agenten de moeite nemen om iemand als Doug Beeman te helpen?' vroeg ze.

'Ik zou geen enkele reden kunnen bedenken.'

'Dus is het waarschijnlijk niet de CIA. Dat is mooi.' Ze fronste. 'Of minder mooi.' Ze kauwde op de afgesleten nagel van haar duim. 'Maar die lui hebben je wel gestalkt. Waarom zouden het nu opeens weldoeners zijn?'

'Ik heb een theorie.'

'Daar was ik al bang voor.'

Ze trok me opzij, waardoor we allebei door een plas plonsden. Voor ons uit, veel te groot voor het kleine stukje grond, verhief zich een McMansion, waar Ariana en ik ons graag aan vergaapten, met zijn deftige zuilen-portiek, zijn puntgevels en zijn quasimiddeleeuwse kantelen. De muren achter de gestucte voorkant, niet zichtbaar vanaf de straat, waren betimmerd met goedkope kunststof. Volgens de geruchten in de buurt was het bizarre ding ooit gebouwd door een filmdistributeur. Het ontwerp suggereerde in elk geval een Hollywoodfantasie. Het leek net een pauwenstaart, deels verleidelijk, deels agressief. Al dat geld, en nog niet genoeg. Hoe verder je binnenkwam, hoe goedkoper het werd. Ik herinnerde me nog de eerste keer dat ik achter een filmset had gekeken bij Summit Pictures. De indrukwekkende buitenkant, als een tekening van Norman Rockwell, werd van achteren omhooggehouden door steigers en balkjes. Alsof je de Kerstman zonder baard en in zijn onderhemd betrapte in de kleedkamer van een warenhuis.

'Ze hebben meer pilaren nodig,' zei Ariana effen, en ik lachte. Aan de overkant van de straat zaten de Myerses in het warme schijnsel van een ouderwetse kroonluchter, pratend bij een glas wijn. Bernie stak zijn hand op als groet, en we zwaaiden terug. Het was al maanden geleden sinds Ariana en ik 's avonds waren gaan wandelen, en ik merkte hoe ik dat had gemist. Heerlijk buiten, in de frisse lucht, eindelijk niet op elkaars lip, gesmoord door onze teleurstelling of verlamd door een verborgen camera. Straks zouden we een portie pho gaan halen bij onze favoriete vietnamees, om daarna op de bank te zitten praten. Een gezellige avond, net zo prettig, vertrouwd en veilig als een oud sweatshirt.

Ik pakte haar hand.

Het voelde wat onnatuurlijk, maar we bleven vasthouden. 'Je had een theorie...' drong ze aan.

'Ik denk dat die aanval op ons, en ons huis, bedoeld was om mij te demonstreren waartoe ze in staat zijn. Hoe zou ik anders kunnen geloven dat ze dit allemaal wisten? Ik bedoel, dat verhaal over een geëxplodeerde boiler in Pittsburgh, en de verdwenen beelden van een bewakingscamera?'

'En bovendien dwongen ze je zo om te doen wat ze wilden.'

'Ja, dat ook. Het was allemaal een plan om mij als hun boodschappenjongen in te schakelen. Ik bedoel, stel dat iemand zomaar tegen me had gezegd: "Breng dit pakje even naar een appartement in een van de achterbuurten"?'

'Maar waarom hadden ze jóú daarvoor nodig?' vroeg Ari. 'Waarom hebben ze hem niet gewoon die dvd gestuurd, anoniem, in een Netflix-envelop?'

'Klopt. Ze hadden me helemaal niet nodig.'

135

'Dus de vraag is...?' Ze gebaarde met haar hand.

'Waarom ze mij hebben gekozen?'

Ze trok een wenkbrauw op. 'Je bent heel bijzonder.' Ze zei het op effen toon, maar ik wist dat het een vraag was. Een uitdaging.

'Nee, niet bijzonder,' zei ik. 'Maar wie weet, aan het eind van dit hele gedoe...' Ik aarzelde, omdat ik het eigenlijk niet wilde toegeven, maar ze knikte dat ik door moest gaan. 'Misschien krijg ik dan ook een dvd die mij vrijpleit.'

'Vrijpleit? Waarvan?'

'Dat weet ik niet. Maar misschien krijg ik iets wat voor mij hetzelfde betekent als die dvd voor Doug Beeman. Om me uit mijn...' Ik zweeg abrupt.

'Een opname van Keith Conner die zelf met zijn kin tegen dat aanrecht valt? Stel dat ze die dvd al naar de studio hebben gestuurd? Dat zou verklaren waarom ze opeens bereid zijn tot een snelle, vertrouwelijke schikking.'

'Die mogelijkheid was ook al bij me opgekomen. En misschien hebben ze nog wel iets anders wat ons zou kunnen helpen.'

'Zoals?'

'Geen idee.' Ik hoorde zelf hoe opgewonden ik klonk en probeerde me een beetje te beheersen.

'Wat het ook is, iemand probeert jou bij zijn plannen te betrekken,' zei ze.

'Of iemand wil mij gebruiken om andere mensen te helpen.'

Haar hand verstijfde in de mijne. We deden nog een paar stappen voordat ik haar losliet. 'Hoezo?' zei ik. 'Hoe weet jij dat het niet zo is?'

'Omdat jij dat graag wilt geloven,' zei Ariana.

Mijn lachje klonk wat bitter. 'Het enige wat ik wil is die klootzakken te pakken nemen die ons leven zijn binnengedrongen. Maar op dit moment is het verstandiger om het spelletje mee te spelen. Dat is de enige manier om informatie te krijgen. En hoe meer we ontdekken, des te eerder we erachter zullen komen wat er nou eigenlijk aan de hand is.'

'Hebben ze je niets geleerd over hoogmoed?'

'Ik leer mijn studenten dat een personage in een script invloed moet hebben op de plot. Hij moet zijn eigen lot bepalen. Hij kan niet alleen reageren op prikkels van buitenaf.'

'Dus jij wilt de slimmeriken te slim af zijn? Is dat alles?' Ze keek nog altijd sceptisch. 'Vanavond betekende verder niets voor je?'

Die oude frustratie joeg het bloed weer naar mijn wangen. 'Natuurlijk wel. Het is voor het eerst in tijden dat ik weer iets zinvols heb gedaan.'

'Het is niet zinvol. Voor Doug Beeman wel, maar voor jou is het nep. Je hebt niets anders gedaan dan water toevoegen en roeren.'

'Ik heb behoorlijk wat invloed gehad op zijn leven.'

'Maar dat was niet jouw verdienste,' zei ze.

'Nou en? Hoe ze me ook hebben gemanipuleerd en hoe eng het ook was om erheen te gaan, toch heb ik hem van zijn schuldgevoel bevrijd. Is dat niet prachtig? En als de studio een seintje heeft gekregen om mij met rust te laten, is dat mooi meegenomen. Waarom ben je zo cynisch?'

'Omdat een van ons dat nu eenmaal moet zijn, Patrick. Kijk nou toch hoe jij je hier in stort! Hoe lang zit je nou al met een writer's block achter je toetsenbord: een halfjaar? En al maanden eerder had je geen interesse meer. Terwijl je dit... "avontuur" nu aangrijpt als een nieuwe kans om weer te gaan schrijven.'

'Je kunt dit niet vergelijken met schrijven,' zei ik snel, en kwaad.

'O, je vindt het béter dan schrijven?'

'Nee,' zei ik. 'Ik bedoel juist het tegendeel.'

'Dan had je je eigen gezicht eens moeten zien toen je het zei.'

Ik hield mijn mond. De afgelopen week was één grote ellende geweest, maar was ik misschien toch blij dat die stalkers me iets te doen hadden gegeven? Beeman had zich net zo intens op mij geconcentreerd als die mannen achter de dvd's. Wanneer had wie dan ook voor het laatst zoveel aandacht voor me gehad?

De basisschoollerares uit het doodlopende straatje wandelde voorbij met haar bodywarmer en haar twee rottweilers. We moesten even stoppen om tegen haar te glimlachen en wat beleefdheden uit te wisselen. Een jong stel aan de overkant was bezig een groot schilderij op te hangen in de huiskamer. De man bezweek bijna onder de lijst, terwijl zijn zwangere vrouw, met een hand tegen haar onderrug gedrukt, hem aanwijzingen gaf. Iets meer naar links. Ja, links. Nu naar rechts.

Vroeger had ik ook zo'n leven gehad, en dat was genoeg voor me geweest, totdat ik mijn filmscript verkocht. Totdat Keith Conner en Don Miller in beeld kwamen en mijn blinde vlek wisten te raken. Daarna had ik de weg terug niet meer gevonden. Steeds als ik dacht een glimp van de route op te vangen, raakte ik het spoor weer bijster. Wat ik ooit had, was meer dan iemand kon verlangen, maar ik wist niet hoe ik het terug kon krijgen.

De roes van mijn bezoek aan Beeman verdampte, en ik bleef leeg en doodmoe achter. De verlossing die zich voor mijn ogen had voltrokken, was zo intens dat al het andere verbleekte in het schijnsel ervan. Ik dacht aan mijn armoedige, gedeelde kantoortje op de universiteit, de onbetaalde advocatenrekeningen, Ari die op de armleuning van de bank zat te huilen, de ruziënde buren, mijn onafgemaakte filmscripts, de docenten-kamer met zijn defecte koffiezetapparaat, en de beleefde gesprekjes met Bill, mijn kruidenier. Het leek allemaal zo nietig, vergeleken bij de dromen in mijn jeugd, als ik op mijn rug op het honkbalveld lag, met de frisse wind van New England op mijn wangen, die me liet weten dat ik leefde. Marsmannetjes en cowboys. Astronauten en honkbalhelden. Verdomme, ooit zou ik misschien een filmscript schrijven en mijn eigen filmposter krijgen, op de zijkant van een bus.

Ik dacht aan Ari's woorden: dat de wereld haar zo snel had opgeslokt en dat haar leven lang niet was geworden wat ze ervan had gehoopt. Op onze bruiloft zag iedereen ons als 'maatjes', en hier stonden we nu, in voor- en tegenspoed, samen één, ook al was dat maar schijn. Mijn bezoek aan Doug Beeman had die sleur doorbroken, de kern geraakt van wat er werkelijk toe deed. En ik had geen zin om dat bijzondere gevoel te hoeven rechtvaardigen.

De rottweilers trokken aan hun riem, dus zeiden we onze buurvrouw gedag. Ze knipoogde even en glimlachte. 'Fijne Valentijn, allebei.'

We waren het vergeten. Toen zij weer doorliep met haar honden, verdween de bevroren grijns van ons gezicht en keken we elkaar aan, behoedzaam onder de spanning van ons afgebroken gesprek. Onze adem vormde wolkjes die zich met elkaar vermengden.

'Ik geloof...' Ik vond het niet makkelijk om te zeggen. 'Ik geloof dat ik me de laatste keer niet kan herinneren dat ik me echt belangrijk voelde.'

'Als je betekenis zoekt, kun je die dan niet beter in je eigen leven vinden?' Haar toon was niet scherp of kritisch. Wel gekwetst, en daarom sloeg ik mijn ogen neer.

'Ik heb hier ook niet om gevraagd,' zei ik.

'Wij allebei niet. En we zullen er niet aan ontsnappen als we niet helder blijven denken en onze ogen openhouden.'

Bleke wormpjes lagen hulpeloos en slap op de natte stoep. We liepen terug naar huis, met gekromde rug en gebogen hoofd tegen de heuvel op. Tegen de tijd dat we langs het huis van Don en Martinique kwamen, gaapte er al een hele pas afstand tussen ons.

De zakken met de Vietnamese letters erop lagen op de passagiersstoel en verspreidden een rijke geur van gember en kardemom. De damp van het eten deed de voorruit beslaan en ik moest een raampje opendraaien om de avondlucht binnen te laten. Eenmaal thuis waren Ariana en ik heel beleefd tegen elkaar geweest, maar de ruzie had onze verzoening toch van zijn glans beroofd. Als gebaar van goede wil had ik daarom aangeboden het eten te gaan halen.

Bij het stoplicht leek het geklik van mijn richtingaanwijzer een echo van mijn groeiende rusteloosheid. Ik keek over de drie rijbanen de straat door, in tegengestelde richting. Achter het affiche van een kerk zag ik het uithangbord van Kinko's, glinsterend in de regen, een halve straat verderop. Ik nam die route weleens naar huis, dus was het nauwelijks een omweg. Ik droeg gewone schoenen, niet mijn Nikes, zodat mijn stalkers niet hoefden te weten waar ik nu was. Ik keek in mijn spiegeltje en nog eens de straat door. EN HET WERK VAN EENIEDER ZAL KENBAAR WORDEN, las ik op het affiche van de kerk; een tekst uit Korintiërs. Ik zag het als een teken.

Vanwege het slechte weer waagden maar weinig kouwelijke Angelenos zich op straat, dus reed ik tien meter terug, stak de verlaten rijbanen over en sloeg rechts af. Onwillekeurig vroeg ik me af of dit mijn werkelijke reden was geweest om in mijn eentje het eten te gaan halen. Trommelend op het stuur reageerde ik mijn toenemende agitatie af. Ik remde af toen ik langs het winkelcentrum reed en zag met een mengeling van opluchting en teleurstelling dat bij Kinko's alles donker was. Gesloten. Dat was dat.

De ruitenwissers moesten zich extra inspannen om het uitzicht vrij te houden. Een paar straten van huis maakte ik in een opwelling rechtsomkeert, de heuvel af, en reed langzaam over Ventura, stuiterend van de adrenaline, totdat ik eindelijk een internetcafé had gevonden dat nog open was.

Een paar minuten later zat ik achter een gehuurde computer in een scherpe koffielucht, naast twee kletsende MySpacers die hun piercings vergeleken. Ik logde in op Gmail. Terwijl de pagina oplaadde, moest ik me concentreren om mijn ademhaling onder controle te krijgen.

Geen berichten van mijn stalkers in de inbox. Alleen een pop-upvenster voor goedkope Viagra en uppercase-spam van advocaat Felix Mgbada, die dringend mijn hulp vroeg om de zaken van zijn rijke familielid in Nigeria te regelen. Ik slaakte een zucht van opluchting en zakte onderuit op de wankele stoel. Ik wilde net de computer uitschakelen toen ik een piepje hoorde en er een nieuwe e-mail in de inbox arriveerde. Geen onderwerp. Ze wisten dat ik had ingelogd.

Het zweet stond in mijn handen. Ik opende het mailtje. Eén enkel woord maar.

Morgen.

27

Ik werd wakker door het geluid van stromend water en had een moment nodig om me te oriënteren. Ik lag boven. In ons bed. Ariana stond onder de douche.

Er zou een nieuwe e-mail komen. Vandaag.

Ik had de hele week nog geen was gedraaid, en het enige schone hemd dat er hing was een modieus, bleek zalmkleurig overhemd dat ik veel te duur in een boetiek in Melrose had gekocht voor een voorvertoning waarvoor mijn agente me had uitgenodigd, een week nadat ze mijn filmscript had verkocht. In die tijd was ik niet cool of rijk genoeg voor zo'n hemd. Inmiddels was ik nog minder cool of rijk, dus zou ik me nogal onnozel hebben gevoeld in dat hemd als mijn zenuwen over het mailtje niet alle andere emoties naar de achtergrond hadden verdrongen.

Misselijk van de spanning liep ik naar mijn werkkamer, zette mijn computer aan en logde in. Zelfs als ik de e-mail niet vanaf mijn eigen computer wilde openen, kon ik toch kijken of er iets in mijn inbox wachtte. Dat was niet zo. Ik klikte op 'vernieuwen' om te zien of er nog iets kwam. En nog eens. Ik noteerde wat zinnetjes voor mijn college van die ochtend en keek weer naar het scherm. Nog altijd niets.

De douche stopte, en een vlaag van onrust ging door me heen. In de hoop dat de werkstukken van de studenten mijn aandacht wat beter zouden afleiden, pakte ik er een van de groeiende stapel. Ik begon te lezen, maar het drong niet tot me door. Ook het volgende kon me niet boeien. Erger nog, ik zag het nut er niet meer van in. Woorden op een bladzij. Hoe moest ik me interesseren voor een verzonnen plot als maar één e-mail me scheidde van een levensechte intrige?

Mijn hand ging naar de muis. En terug naar mijn schrijfblok. Weer naar de muis. Vernieuwen. Niets. Ik tikte met mijn pen op het papier, concentreerde me op mijn college en probeerde me te verdiepen in de spanningsboog van personages.

Ariana stak haar hoofd om de deur. 'De badkamer is vrij.'

Haastig sloot ik het scherm van mijn browser. 'Fijn. Dank je.'

'Wil je samen ontbijten? Ik bedoel, we slapen nu in dezelfde kamer, dus we zijn wel intiem genoeg voor een boterham met jam.'

Ik glimlachte. 'Ik ben al klaar hier. Ik kom eraan.'

'Wat doe je?'

Ik wierp een blik op mijn grotendeels lege schrijfblok. 'Even wat werk afmaken.'

'Heb je soms een affaire?' Julianne zigzagde de gang door, greep een student in zijn nek en sleurde hem uit de weg.

Ik was een beetje buiten adem nadat ik de trap op was gerend vanuit het computerlab, waar ik mijn Gmail-account had geopend om nog een kwartier naar mijn lege inbox te staren voordat ik naar mijn lokaal moest. Ik voelde mijn wangen gloeien. 'Nee,' zei ik. 'Hoezo?'

Ze boog haar hoofd naar achteren en nam me onderzoekend op. 'Je straalt helemaal.'

'Dat komt door al die opwinding van de laatste tijd.'

Ik wilde al afbuigen, maar Julianne trok me uit de maandagochtenddrukte vandaan en liet haar stem dalen. 'Ik heb navraag gedaan naar dat mediacontact. Ik heb zelfs een paar producenten gevonden die met haar te maken hebben gehad.'

Het duurde even voordat ik me herinnerde over wie ze het had: de pr-dame bij de CIA die de filmscripts las om te zien waaraan de dienst kon meewerken. 'Oké,' zei ik. 'Bedankt, maar...'

'Niet alle producenten kregen hun script goedgekeurd, maar ze waren allemaal goed over haar te spreken. Ik heb haar zelf ook aan de lijn gehad, omdat ik zogenaamd bezig was met een artikel over het goedkeuringsproces, blablabla. Ik noemde ook jouw script, maar daar reageerde ze totaal niet op. Het was niet langs haar afdeling gekomen. Eén ding zei ze wel. Zoals de meeste scenario's, schetst jouw verhaal geen beeld van de CIA waardoor ze geneigd zouden zijn om bij de film te helpen. Maar ze klonk niet geïrriteerd, of zo. Dus wil je weten wat ik denk? Tenzij deze dame een Oscar verdient voor haar acteerprestaties, heeft niemand bij de CIA een meer dan normale belangstelling voor *They're Watching*. Ik betwijfel of ze iets met jouw problemen te maken hebben.'

'Nee.' Ik dacht aan Doug Beeman op dat schimmelige tapijt, met zijn gezicht bijna tegen het scherm gedrukt, huilend van opluchting. 'Daar was ik zelf ook al achter.'

Ze keek op de klok, vloekte binnensmonds en liep weer terug door de gang. 'Dus je bent weer terug bij af.'

ZIJ HEEFT JE HULP NODIG.

De tekst van de e-mail, afgetekend tegen de zwarte achtergrond van het scherm, bezorgde me een steek in mijn maag. Het kleine kantoortje van de faculteit voelde nog benauwder dan anders. De lucht uit de airco boven mijn hoofd rook muf naar ijsblokjes en in het kamertje zelf hing de oude koffiegeur van de vorige bewoner.

Terwijl de vette letters op het scherm vervaagden, keek ik naar mijn Canon-camcorder, die ik op de oude Dell-monitor had gericht. Geen groen lichtje; het stomme ding werkte niet.

Ik gaf de camera een klap met de muis van mijn hand, maar de boodschap ging alweer verder.

Ik zag een foto van een goed onderhouden prefabwoning, een avondopname met reflecties in de ramen van de flitser. Nog net zichtbaar door de ruit was het silhouet van een vrouw die op de bank tv zat te kijken, met haar krullende haar hoog opgestoken. Er stonden twee stoelen op de smalle strook gras voor het huis, en een ondeugende tuinkabouter hield de wacht.

Mijn blik gleed zenuwachtig van mijn camcorder naar de monitor en terug. Nadat ik 's ochtends de camcorder had getest, had ik hem een paar momenten onbeheerd gelaten: in de auto, toen ik stopte om koffie te halen, en in de docentenkamer, toen ik de trap af was gelopen naar het computerlab. Ze moesten de opnamefunctie hebben gesaboteerd, om te voorkomen dat ik het scherm zou filmen.

Ik liet de camera op het bureau vallen, zocht naar een pen en vond een gebroken potlood in de koffiebeker. Mijn andere hand wroette in mijn koffertje en haalde mijn schrijfblok tevoorschijn. Werkstukken fladderden alle kanten op. Ondertussen hield ik mijn ogen strak op de monitor gericht om niets te missen. Met het gebroken potlood boven het schrijfblok wachtte ik op de rest. Nog steeds dat vage silhouet van de vrouw op de bank. *Zij?* Wie was 'zij', in vredesnaam?

Er verscheen een nieuwe opname, nu van ons eigen huis, vanaf de voorkant. Een gewone foto, zoals je in de etalage van een makelaar zou zien.

Er werd op de deur geklopt.

'Momentje!' riep ik, een beetje te luid.

'Patrick? Je bent te laat. Mijn kantoortijd is al vijf minuten geleden begonnen.'

Op de volgende foto zag ik de nepsteen langs de oprit, waar we vroeger onze huissleutel verborgen. De flits verlichtte het nachtelijke tafereel.

Mijn hart bonsde in mijn keel. 'Sorry! Ik ben zo klaar.'

Naast de nepsteen verscheen nu een autosleutel in het gras van de voortuin. De plug was uit de steen getrokken, en de sleutel wees naar het gat. Ik tuurde naar het logo op het sleuteltje en herkende het merkteken van Honda.

Haar stem, nadrukkelijk beleefd nu, om haar toenemende irritatie te verbergen: 'Schiet je een beetje op? We hebben toch al zo weinig kantoortijd, dat weet je.'

Ja, ik wist het. Maar ik had maar tien minuten tussen de middagcolleges, niet genoeg om naar het computerlab te gaan, en mijn collega had het kantoor niet nodig. Tenminste, dat dacht ik.

Op de volgende foto zag ik mijn Red Sox-cap op ons bed liggen, als bewijsstuk A op een politiefoto. De airco deed het zweet in mijn nek bevriezen. De slaapkamermuren in die opname waren nog niet gesloopt, dus moest hij voor donderdagavond zijn gemaakt. Ik zocht in mijn zak naar mijn telefoon en zette hem aan. De ronddraaiende Sanyo-symbooltjes namen alle tijd.

'Ik ben aan het afronden. Een seconde nog.' Ik doorliep het menu en hield de mobiel naast de monitor, zodat ik tegelijkertijd naar het scherm en de display van de telefoon kon kijken. Koortsachtig werkte ik de toetsen af, totdat eindelijk de camerafunctie verscheen. Ik drukte op 'opnemen'.

Op de computer werd een QuickTime-video gestart: beelden door de voorruit van een rijdende auto, met de lens zo geplaatst dat ik niets van het dashboard of de motorkap kon zien. Het geluid van een motor. Het was een laag gezichtspunt, geen terreinwagen of suv, maar een gewone gezinsauto, die van een bekend punt vertrok: het parkeerterrein van de universiteit. De opname werd nu versneld afgespeeld, zodat het leek of de auto de straat door stormde. Verkeerslichten en afslagen. Andere auto's flitsten voorbij.

Mijn ogen gingen heen en weer van het werkelijke scherm naar de opname ervan op mijn mobiel, om te controleren of de Sanyo wel alles filmde.

Een gefrustreerde klop op de deur, hard en nadrukkelijk nu. Ik hoorde haar sleutels rinkelen in haar hand. 'Patrick, dit is niet netjes meer. Moet jij trouwens geen college geven?'

'Ja. Sorry. Ik heb nog twee minuten nodig.'

Mijn telefoon piepte twee keer en de camera stopte. Het geheugen was maar beperkt, daarom filmde hij segmenten van tien seconden.

Twee straten vanaf de campus stopte de bestuurder in een doodlopend steegje tussen een Chinees restaurant en een videotheek. Geparkeerd langs een vuilniscontainer, met de neus de andere kant op, stond een oude Honda Civic. Het scherm ging op zwart. Toen het weer oplichtte, zat de bestuurder niet langer in zijn auto. Het moment van uitstappen had hij gewist, zodat ik zelfs geen glimp van het portier kon opvangen.

Met de camera in zijn hand liep hij naar de Honda; het beeld schokte alle kanten op. Zonder mijn ogen van het scherm los te maken worstelde ik met mijn telefoon, zoekend naar toetsen op de tast, om nog een opname van tien seconden te kunnen maken. Een snelle blik vertelde me dat ik in een mobiel spelletje Tetris terecht was gekomen.

Gefrustreerd liet ik de telefoon op mijn schoot vallen. Er werd nog dringender op de deur geklopt.

Het beeld zoomde in op de Honda, steeds dichterbij. Toen ik besefte waar de camera op gericht was, ging er een ijzige huivering door me heen.

Het slot van de kofferbak.

Ik voelde me licht in het hoofd en zag sterretjes.

Weer verscheen er een tekst op het scherm, die langzaam vervaagde. Met ingehouden adem las ik wat er stond:

18.00 UUR. NIET EERDER. NIET LATER.

GA ALLEEN.

ZEG HET TEGEN NIEMAND.

DOE WAT WE ZEGGEN.

OF ZIJ STERFT.

Het scherm ging op zwart en de browser schakelde zichzelf uit. Ik liet me naar achteren zakken op mijn stoel en staarde met nietsziende ogen door het trieste kleine kantoor. Buiten op de gang hoorde ik het nijdige getik van hoge hakken die zich verwijderden. De stilte werd alleen nog verstoord door mijn eigen schurende ademhaling.

28

'Ik weet dat sommigen van jullie ongeduldig worden, maar ik zal jullie werk deze week nog nakijken.'

'Dat zei u vorige week ook,' riep iemand van achter uit de zaal.

Ik bladerde mijn schrijfblok door en bekeek mijn aantekeningen. Afgezien van de drie zinnetjes die ik die ochtend had opgeschreven, was alles blanco. In gedachten zag ik nog steeds de spookachtige letters, die oplichtten en weer vervaagden tegen de zwarte achtergrond van het scherm: *Doe wat we zeggen. Of zij sterft.*

Kende ik de vrouw op die bank? Of was ze gewoon een vreemde, die ik moest helpen, zoals ik ook Doug Beeman had geholpen? Zat ze opgesloten in de kofferbak van die Honda? Levend? Als dat zo was – en als ze wilden dat ik haar zou helpen – waarom moest ik dan wachten tot zes uur? De angst was terug, zwarter en heviger dan ooit. Van mijn domme enthousiasme na het bezoek aan Doug Beeman was niets meer over. Het extreme spelletje van mijn stalkers was nu een grens overgestoken, naar het terrein van leven en dood.

De klok achter in de collegezaal gaf 16.17 uur aan. Over dertien minuten kon ik de studenten laten gaan. Dat gaf me nog net genoeg tijd om naar huis te racen, de sleutel en mijn Red Sox-cap te grijpen en naar die steeg te rijden. Hoewel er tientallen andere maatregelen door mijn hoofd spookten, dacht ik daar niet serieus over na. Het hing enkel en alleen van mij af of die vrouw het zou overleven.

Een van de studentes schraapte haar keel. Nadrukkelijk.

Ik vermande me. 'Oké,' zei ik. 'Dialogen, dus... Dialogen moeten puntig en eh... boeiend zijn...' Ik besefte net hoe gebrekkig ik dat principe in praktijk bracht toen mijn blik de zaal door gleed en bleef rusten op Diondre achterin. Ik meende iets van teleurstelling op zijn gezicht te zien. Ik beperkte mijn aandacht weer tot mijn college, om nog iets van de les te maken. Dat leek te lukken, totdat ik de deur van de collegezaal open en dicht hoorde gaan.

Sally bleef in het zijpad staan, met haar rug tegen de muur. Haar pistool stak opzichtig onder de zoom van haar gekreukte jack vandaan. Ik schrok, maar ze glimlachte vriendelijk in mijn richting. Natuurlijk was ik de draad van mijn betoog weer kwijt, en mijn blanco blocnote hielp ook al niet. Ik keek op de klok. Nog een uur en vijfendertig minuten tot het beslissende moment.

'Weet je wat?' zei ik tegen de klas. 'Laten we ermee stoppen voor vandaag.'

Ik pakte mijn papieren en liep naar de deur. Toen ik op haar toe kwam, wierp Sally een blik op mijn bleke zalmkleurige overhemd. 'Mooi hemd,' zei ze. 'Is dat er ook voor mannen?'

Valentine hing rond achter de deur. Ik had geen zin om op de laatste studenten te wachten, dus trok ik Sally en hem aan de kant in de gang. 'Wat is er aan de hand?'

'Kunnen we ergens praten?' vroeg ze.

'Ik kan nu niet in mijn kantoor. De docentenkamer, misschien.'

'Daar zitten al twee leraren,' zei Valentine. Er zoemde iets in zijn borstzakje. Hij haalde een Palm Treo tevoorschijn en zette hem uit.

'Ben je er al geweest?' Ik keek zenuwachtig om me heen. Dr. Peterson kwam natuurlijk net uit een zijgang, in gesprek met een student. 'Het maakt écht geen goede indruk als ik op mijn werk door de politie word ondervraagd.'

'We ondervragen je ook niet,' zei Sally. 'We kwamen alleen poolshoogte nemen. En we dachten dat je je wel gevleid zou voelen door al die aandacht.'

Peterson praatte gewoon door, zonder haar pas in te houden, maar ik zag dat ze ons in de gaten hield tot ze uit het zicht verdwenen was. Op mijn horloge was het twee minuten voor halfvijf. Ik had dat sleuteltje nodig om te kunnen zien wat – of wie – er in de kofferbak van die Honda zat. Als ik niet snel op weg ging, zou ik er nooit om zes uur kunnen zijn.

Mijn shirt voelde vochtig. Ik onderdrukte de neiging om met mijn mouw over mijn voorhoofd te vegen. 'Oké,' zei ik. 'Dank je. Bedankt dat jullie langs zijn gekomen.'

'We hebben geen toestand gemaakt in de docentenkamer. Hoewel ik moet zeggen dat een van je collega's erg bezorgd was.'

'Julianne.'

'Ja. Aantrekkelijke vrouw.'

Valentine zoog zijn adem door zijn tanden. 'Ze is hetero, Richards.'

'Bedankt voor je advies. Dan zal ik haar niet schaken naar Vermont.' Sally hees haar riem omhoog, waardoor alles rammelde. 'Als jij zegt dat je Jessica Biel zo sexy vindt, vertel ik je toch ook niet dat ze niet op oude zwarte kerels met een donutbuikje valt?'

Valentine keek verontwaardigd. 'Heb ik een donutbuikje?'

'Wacht maar tot over vijf jaar.' Ze keek naar zijn vermoeide, half geamuseerde gezicht. 'Precies. En dat is niet het enige.'

Ik wierp nog een blik op mijn horloge. Toen ik opkeek, zag ik dat Sally me bestudeerde met die uitdrukkingsloze ogen. 'Moet je ergens heen?'

'Nee.' Ik voelde me misselijk. 'Nee.'

'Ja,' zei Valentine. 'We hadden het de eerste keer al verstaan.'

'We zijn vanochtend bij je huis geweest,' zei Sally. 'Alle gordijnen waren dicht. Je vrouw opende de deur maar op een kier. Alsof jullie iets verbergen wat wij niet mogen zien. Verbergen jullie iets wat wij niet mogen zien?'

Alleen een stel gesloopte muren, een losgetrokken tapijt, gedemonteerde stopcontacten; de troep die een paranoïde schizofreen met een gereedschapskist zou achterlaten als hij zijn gang kon gaan. 'Nee,' zei ik. 'We zijn alleen wat gevoelig voor nieuwsgierige blikken, op dit moment. Dat kun je haar niet kwalijk nemen. Waar kwamen jullie voor?'

'Je buurman had gebeld.'

'Don Miller?'

'Die ja. Hij zei dat je je vreemd gedroeg.'

'En dat is nieuws?'

'Er klonk een heleboel getimmer vanuit jullie huis. Alle gordijnen en lamellen waren dicht, en misschien had je een paar avonden geleden iets in het riool gedumpt.'

'Een lijk, of zo?' vroeg ik.

Ze wachtte geduldig, terwijl ik mijn best deed om geamuseerd te kijken. 'Ik kwam langs om alle misverstanden uit te sluiten,' zei Sally. 'Toen ik laatst zei dat je goed om je heen moest kijken, had ik het niet over een persoonlijke kruistocht, met de kans om een kogel op te lopen.'

Een halve grijns bevroor op mijn gezicht. *Zeg het tegen niemand*, hadden ze gewaarschuwd. *Of zij sterft.* Heel even stond ik op het punt om in te storten en alles te vertellen; over de e-mail, het sleuteltje en de kofferbak van de Honda. Had de politie niet meer kans om die vrouw te redden dan ik? Ik hoefde alleen maar mijn mond open te doen en de juiste woorden te zeggen. Maar voordat ik de kans kreeg, hoorden we een ringtone; de tune van Barney.

Sally zuchtte en verplaatste haar aanzienlijke gewicht. 'Dat vindt die jongen leuk. Een van die talloze vernederende concessies die je als ouder nu eenmaal doet.' Ze liep een eindje verder om op te nemen.

Valentine tuitte zijn lippen en staarde vaag de gang door. Hij kwam een stap dichterbij, alsof hij iets kwijt wilde wat hij me eigenlijk niet mocht zeggen. 'Luister, man. Eén ding dat ik bij de politie heb geleerd is dat ellende altijd tot meer ellende leidt. Ik kan de kerels al niet meer tellen die we hebben opgepakt omdat ze steeds één stap verkeerd zetten.' Hij streek zijn snor glad. In zijn bruine ogen zag ik de vermoeidheid van de ervaring, de wijsheid die hij liever niet zou hebben opgedaan.

Sally kwam haastig terug. 'Een 211 in Westwood. We moeten weg.' Ze keek me aan. 'Als je problemen hebt, kunnen we je helpen. Nú. Als je ons erbuiten laat, kunnen we niets meer doen op het moment dat het fout loopt, want tegen die tijd ben je zelf een onderdeel van het probleem. Dus... heb je ons iets te zeggen?'

Mijn mond voelde droog aan. Ik haalde diep adem. 'Nee,' zei ik.

'Kom mee.' Sally knikte naar Valentine, en samen liepen ze snel de gang uit. Nog één keer keek ze om. 'Wees voorzichtig,' zei ze. 'Waar je ook zo haastig naartoe moet.'

29

Door de openingen tussen de auto's die voorbijflitsten zag ik de Honda in het steegje aan de overkant staan. Ik was bliksemsnel naar huis gereden om het sleuteltje en mijn Red Sox-cap te halen, en met nog twee minuten speling was ik op de aangegeven plek gearriveerd. Onderweg had ik voortdurend met mezelf gediscussieerd of ik een omweg zou maken naar het politiebureau, maar het beeld van de vrouw die op de bank zat hield mijn voet op het gaspedaal en mijn handen stevig om het stuur. Ze was niet meer dan een wazig silhouet op een foto die ik maar heel even had gezien, maar de gedachte dat ze zou verdwijnen, bang zou zijn of pijn zou lijden omdat ik een gok had genomen, was onverdraaglijk.

Nu ik eenmaal hier was en die gesloten kofferbak zag, was ik minder overtuigd. Ik haalde het velletje papier uit mijn zak, vouwde het open en las mijn eigen haastig gekrabbelde briefje: *Ik heb een anonieme e-mail gekregen met de instructie om naar deze auto te rijden, omdat er anders een vrouw zou sterven. Het sleuteltje van deze auto was verborgen in een nepsteen in mijn voortuin. Ik weet niet wat er in de kofferbak zit of waar dit alles toe zal leiden. Als er iets ernstigs gebeurt, neem dan contact op met rechercheur Sally Richards van het bureau West L.A.*

Als ik werd betrapt bij een of ander misdrijf, zou iedere idioot natuurlijk denken dat ik schuldig was en dat briefje alleen had geschreven om me in te dekken. Maar het was beter dan niets.

Nog twee minuten te gaan. Mijn rug leek tegen de leuning gekleefd. Het digitale klokje, een van de weinige dingen op het dashboard die ik nog niet kapot had geslagen, staarde onvermurwbaar terug. De laatste minuut leek eeuwig te duren, en toch had ik het gevoel dat ik geen tijd meer had. Ze zouden mij verantwoordelijk stellen. Als zij stierf, zou het lijken alsof ik haar eigenhandig had vermoord. Maar moest ik, in uiterste instantie, wel mijn leven wagen voor een vrouw die ik niet eens kende?

Doe wat we zeggen. Of zij sterft.

Het klokje versprong naar het hele uur.

Ik stapte uit. Mijn ademhaling weergalmde in mijn holle borstkas. Ik rende de straat over en bleef bij de ingang van het steegje staan om tot mezelf komen. Maar daar was geen tijd voor.

Even later had ik de Civic bereikt. Het was een betrekkelijk schone auto, met hier en daar wat modderspatten, en banden met gemiddelde slijtage. In alle opzichten een doodgewone auto, behalve dat hij geen nummerborden had. Ik legde mijn oor tegen de kofferbak, maar hoorde niets.

Er had zich niemand in het steegje verborgen, verderop of achter mijn rug, om me te overvallen. Het enige wat ik hoorde was het geluid van het voorbijrazende verkeer; onwetende mensen, nietsvermoedend onderweg. Moeizaam stak ik het sleuteltje in het slot. De haak schoot los met een schok die ik in mijn hele arm voelde. Ik haalde diep adem, liet het sleuteltje los en stapte haastig naar achteren toen het kofferdeksel omhoog klapte.

Een plunjezak. Míjn plunjezak, dezelfde die ik door het rooster heen het riool in had geschopt. Hij puilde uit, alsof hij was volgepropt met kleine blokken, waarvan ik de omtrekken vaag kon onderscheiden.

Ik boog me voorover, met mijn handen op mijn knieën, en durfde eindelijk weer uit te ademen. De rits stribbelde tegen, maar gaf toen mee. Na een nerveuze aarzeling opende ik de tas.

Verbijsterd staarde ik naar de inhoud en ademde de rijke lucht van geld in. Stapels en stapels tiendollarbiljetten. En daarbovenop een plattegrond, waarop een route was ingetekend met een bekende rode viltstift.

In contant geld lijkt 27.242 dollar heel wat meer dan het is. Verdeeld over stapeltjes van vijftig tiendollarbiljetten lijkt het wel een half miljoen. Ik had ze geteld, met de plunjezak op mijn schoot, nadat ik mijn auto in de verre hoek van het parkeerterrein van een naburige supermarkt had gezet. Het ene bundeltje na het andere, allemaal identiek, behalve één stapeltje met verschillende biljetten. Als je de films mocht geloven, waren briefjes van tien niet te traceren, of in elk geval veel moeilijker dan twintigjes of honderdjes. De betekenis van dat feit was bijna net zo verontrustend als de rest van de situatie.

De Honda bleek net zo onpersoonlijk als de vervormde stem door de telefoon. Geen papieren of andere aanwijzingen in het handschoenenkastje, niets verborgen onder de vloermatten, en zelfs het kleine voertuigidentificatieplaatje was van het dashboard losgeschroefd.

Ik kon mijn blik niet losmaken van de kaart. De rode lijn begon bij de eerste oprit naar de snelweg en slingerde zich zo'n tweehonderdvijftig kilometer langs de 10, om ten slotte uit te komen in Indio, een treurig woestijnstadje ten oosten van Palm Springs. Bij het eindpunt was met plakband een vierkant stukje papier bevestigd – ongetwijfeld geproduceerd door mijn eigen printer – met daarop een adres. Eronder stond een tijd getypt: *21.30 uur*. Als ik geen files tegenkwam, zou ik er nog op tijd kunnen zijn. Daar ging het om: net genoeg tijd om te reageren.

Een truck pruttelde voorbij op het parkeerterrein en ik ritste haastig de tas weer dicht. Heel even bleef ik zo zitten, met mijn handen op het stuur. Toen belde ik Ariana op mijn goedkope prepaidtelefoon. Het identieke exemplaar dat ik voor haar had gekocht schakelde naar de voicemail, dus belde ik haar vaste lijn op kantoor. Die werd waarschijnlijk afgeluisterd, maar ik kon haar op geen andere manier bereiken.

'Ik ben vanavond pas laat thuis,' zei ik langzaam en zorgvuldig.

'O?' zei ze. Op de achtergrond hoorde ik het janken van de draaibank. Iemand riep iets tegen haar en ze antwoordde geïrriteerd: 'Eén momentje, graag.' Toen tegen mij: 'Hoezo?'

Was ze vergeten dat we alleen veilig konden praten via de prepaids?

'Nou, ik... ik moet nog een paar dingen regelen,' zei ik.

'Net nu we een nieuw begin wilden maken? Krijgen we dat weer? Vanuit je werk naar de film? Alles liever dan thuis zijn?'

Speelde ze toneel omdat we niet via een veilige telefoon praatten? En als dat zo was, hoe kon ik haar dan laten weten dat we echt een probleem hadden?

'Zo zit het niet,' antwoordde ik wat sullig.

'Prettige avond, Patrick.' En ze hing op. Met een klap.

Ik staarde naar de telefoon, aarzelend wat te doen.

Een paar seconden later trilde hij in mijn hand, en ik nam op. Aan de slechte verbinding hoorde ik dat ze me terugbelde op de Batphone. 'Dag schat,' zei ze.

Ik slaakte een zucht van opluchting en nam me voor de scherpzinnigheid van mijn vrouw nooit te onderschatten.

'Wat is er aan de hand?' vroeg ze.

Ik legde het uit.

'Jezus,' zei ze. 'Het zou van alles kunnen zijn. Losgeld voor een ontvoering, een witwasoperatie, een drugsdeal. Straks breng je nog het geld naar de huurmoordenaar die jou om zeep moet helpen.'

'Eigenlijk moest ik al...' ik keek op mijn horloge, 'vijf minuten geleden zijn vertrokken. Er is geen tijd.'

Iemand riep iets op de achtergrond. Ik hoorde haar voetstappen, en het werd rustiger. 'Wat ga je doen?'

Ik liet de zonneklep zakken en keek naar de foto van ons op die receptie van de universiteit. De kleur op onze gladde wangen. Nog een heel leven voor ons, alle tijd. Geen andere zorgen dan de ochtendcolleges en de vraag of we genoeg geld hadden voor importbier. 'Als die vrouw iets zou overkomen omdat ik niet ben gegaan, zou ik dat mezelf nooit vergeven.'

'Dat weet ik,' zei ze zacht. Haar stem trilde, heel even, maar het ontging me niet. Het gekrijs van apparaten vulde de stilte. 'Hoor eens, ik...'

Ik stak een hand uit naar de foto en raakte haar glimlachende gezicht aan. 'Ik weet het,' zei ik. 'Ik ook.'

Halverwege, ergens op de snelweg, zat ik bijna zonder benzine. Zo nu en dan vergat ik dat die verrekte benzinemeter kapot was. Toen mijn blik op de kilometerteller viel, besefte ik dat ik moest tanken. Ik redde het nog net tot het volgende benzinestation. Ik had een droge mond, dus rende ik de winkel binnen om kauwgom te kopen. Even later, toen ik stond te tanken, zag ik mijn eigen gezicht in de zijspiegel. Het keek sceptisch terug, alsof ik niet goed bij mijn hoofd was.

Het stratenplan van Indio leek op Legoland: steeds dezelfde onderdelen, maar anders gerangschikt. Vijf of zes huizen bij elkaar, met kleine verschillen in kleur of afmeting, en bijna dezelfde plattegrond voor alle straten en doodlopende hofjes. Algauw raakte ik hopeloos verdwaald en reed ik rondjes door de deprimerende buurten, met toenemende paniek. De klok stond al op 21:15. Ik hoopte maar dat mijn Nikes met het ingebouwde zendertje hun zouden vertellen dat ik bijna was gearriveerd.

Als door een wonder reed ik eindelijk de juiste straat in; prefabwoningen rond een rotonde van zand. Aan het eind, helemaal apart, als teken van privacy of eenzaamheid, stond het huis van de foto.

Ik parkeerde een heel eind verder en stapte uit, met de zware plunjezak over mijn schouder en de Red Sox-cap diep over mijn ogen getrokken. Het was 21.28 uur en ik ademde zwaar. Ik was vergeten hoe koud het 's winters in de woestijn kon zijn, koud genoeg om het zweet op je rug te laten bevriezen.

Knerpend over dode bladeren kwam ik dichterbij. Ik kon niet naar binnen kijken door de gesloten lamellen, maar het blauwe schijnsel van een televisie lekte langs de randen. Ondanks het tijdstip waren de andere huizen al donker en doodstil alsof het middernacht was. Harde werkers, blijkbaar, die vroeg naar bed gingen en weer opstonden met de vroege woestijnzon.

Ik had geen tijd voor een omtrekkende beweging om naar binnen te gluren of de omgeving te verkennen. Wat me binnen ook wachtte – een vastgebonden vrouw, een stel sigaren rokende ontvoerders, een dvd met het volgende mysterieuze puzzelstukje – ik moest het maar onder ogen zien. Voordat de moed me in de schoenen kon zinken beklom ik de twee houten treden, opende de hordeur en klopte zachtjes aan.

Binnen hoorde ik geritsel en schuifelende voetstappen. De deur ging krakend open.

De vrouw. Ik herkende haar aan de bos donkere krullen, met hier en daar wat grijs. Ze was buitenlands. Ik wist niet waaraan ik dat zag, maar iets in haar gezicht en houding deed me aan Oost-Europa denken. Ze had dikke, geschilferde oogleden en roodomrande ogen, van uitputting of van het huilen. Ze leek de verpersoonlijking van een bepaald type, met haar trieste ogen, haar onaantrekkelijke gezicht en haar scheve neus. Een meter vijfenvijftig lang. Haar irissen waren opvallend, helderblauw en bijna doorschijnend. Ze leek wel zestig, maar ik vermoedde dat ze jonger was, en afgetobd.

'Daar ben je,' zei ze, met een zwaar accent dat ik niet kon plaatsen.

'Je mankeert niets,' stamelde ik.

We keken elkaar aan. Ik haalde de plunjezak van mijn schouder en hield hem langs mijn zij. De kleine huiskamer achter haar leek leeg. 'Kom binnen,' zei ze.

Ik stapte het huis in.

'Alsjeblieft,' zei ze. 'Schoenen uit.' Ze had moeite met sommige klinkers.

Ik gehoorzaamde en zette mijn Nikes op een handdoek naast de deur. Het eenvoudige huis was met trots onderhouden. In een rieten boekenkast stonden afgestofte porseleinen katten en sneeuwbollen van verschillende Amerikaanse steden. Het aanrecht en de tafel in het keukentje glommen. Door de open deur van de kleine badkamer zag ik een kaars flakkeren in een houder aan de muur. Zelfs de bank leek splinternieuw. Vreemd genoeg stond er een bordje met drie of vier bananenschillen op een tafeltje. De onderste waren bruin.

Ze gebaarde, en ik ging op de bank zitten. Nadat ze een schaaltje met cashewnoten en mandarijnen op de koffietafel voor me had neergezet, ging ze in een leunstoel zitten en schoof haar breiwerk opzij. We keken elkaar ongemakkelijk aan.

'Ik heb een e-mail gekregen,' zei ze in gebrekkig Engels. 'Er zou een man komen met een Red Sox-pet. Ik moest hem binnenlaten.' Om een of andere reden praatte ze op fluistertoon, en onwillekeurig deed ik mee.

'Hebt u ook dvd's gekregen?'

'Dvd's?' vroeg ze fronsend. 'Zoals een film? Nee. Ik begrijp het niet. Waarom bent u gekomen?'

Ik keek rond en bereidde me al voor op een bom, een gewelddadige zoon, of de inval van een arrestatieteam. Op de magnetron lagen nog meer trossen bananen. Rechts van de cashewnoten stond een schoolfoto van een jong meisje van een jaar of zes, met een stralende, maar geforceerde glimlach. Kroezend bruin haar, twee voortanden kwijt, gekleed in een geruit jurkje, als een Italiaans tafelkleed. Haar ene vlecht hing wat lager dan de andere, en op de voorkant van haar jurk zat een paarse vlek. Wie haar die dag zo keurig had aangekleed voor de foto zou daar niet blij mee zijn. Iets in die lach – de gretigheid om erbij te horen, in de smaak te vallen – maakte haar erg kwetsbaar. Op het lijstje zat een Chiquita-sticker geplakt. Wat had die vrouw toch met bananen? Ik keek weer haar kant op. Ze droeg een eenvoudige gouden trouwring, maar op de een of andere manier wist ik dat haar man gestorven was. Haar verdriet was bijna tastbaar, net als haar vriendelijke karakter, besloten in haar lachje toen ze de schaal met nootjes voor me had neergezet. Ik zou alles willen doen om haar gevoelens te sparen.

'Ze zeiden dat u misschien in gevaar was,' zei ik.

Ze slaakte een kreet en bracht haar hand naar haar grove halsketting. 'In gevaar? Heeft iemand me bedreigd?'

'Ik... ik geloof het wel. Ik moest naar u toe gaan, zeiden ze. Anders zou u sterven.'

'Maar wie zou me willen vermoorden?' Weer dat zware accent. 'Wilt u me kwaad doen?'

'Nee. Ik? Néé. Ik doe u heus niets.'

Hoewel ze van streek was, bleef haar stem rustig. 'Ik ben een Hongaarse grootmoeder. Ik werk als serveerster in een goedkoop eettentje. Wie zou er bang voor mij zijn? Wat heb ik gedaan om iemand te kwetsen?'

Ik boog me naar voren, alsof ik wilde opstaan, half gebukt over de kussens. Wat moest ik nu? Haar troosten en omhelzen? 'Het spijt me als ik u heb laten schrikken. Ik... hoor eens, ik ben hier nu, en we komen er samen wel uit, wat het ook is. Ik ben gekomen om te helpen.'

Ze verfrommelde een papieren zakdoekje en drukte het tegen haar trillende lippen. 'Te helpen? Waarmee?'

'Geen idee. Ze zeiden alleen...' Ik probeerde de connectie te vinden, de juiste invalshoek, de knop om het beeld scherp te stellen. 'Mijn naam is Patrick Davis. Ik ben leraar. Hoe heet u, mevrouw?'

'Elisabeta.'

'Bent u...' Ik wees naar de foto. 'Is dat uw dochter?' vroeg ik, om maar wat te vragen.

'Mijn kleindochter.' Onwillekeurig gleed er een glimlach over haar gezicht, maar meteen was de gejaagde uitdrukking weer terug. 'Mijn zoon zit in de gevangenis. Hij verkocht...' Ze deed alsof ze iets in haar arm spoot en maakte een sissend geluid als om een kat te verjagen. Een glinsterende manicure maakte haar nagels verrassend mooi; weer die stille waardigheid, een zekere trots die vreemd genoeg aanvoelde als nederigheid. 'Zijn vrouw is teruggegaan naar Debrecen.' Ze wuifde met een hand naar de foto. 'Daarom heb ik haar nu. Mijn kleine parel.'

Eindelijk begreep ik waarom ze fluisterde. 'Ze slaapt.'

'Ja.'

'Waarom...?' vroeg ik, met een blik om me heen. 'Waarom liggen er zoveel bananen?'

'Ze is niet gezond. Ze slikt heel veel pillen om het vocht uit te plassen. Te weinig kalium, zeggen ze. Vandaar die bananen... het is een spelletje van ons. Als ze haar kalium uit een banaan krijgt, kan ze een pil minder nemen.' Ze zwaaide met een tengere vuist. 'Vandaag had ze maar één pil nodig.'

Ik voelde mijn hart sneller slaan. *Zij heeft je hulp nodig.* Maar hoe dan?

'Wat is er met haar gebeurd?' vroeg ik.

'Ze is geopereerd toen ze drie was. Vorige maand zag ik dat haar schoenen weer niet pasten. De zwelling...' Ze gebaarde met haar hand. 'Ik wilde het niet geloven. Maar toen ze op het schoolplein speelde' – ze acteerde ademnood – 'kreeg ze weer geen lucht. En ja, het was weer de hartklep. Ze heeft een nieuwe nodig. Maar die kost wel honderdduizend dollar, en dat kan ik niet betalen. Ik ben maar een serveerster. Ik heb al een tweede hypotheek op dit huis genomen voor de eerste operatie. Maar hij geeft het op, haar hartklep!' Het leek of ze het woord uitspuwde. 'Morgen, volgende week of volgende maand, uiteindelijk zal hij het opgeven.'

De plunjezak stond een paar centimeter bij me vandaan, half tegen mijn schoen gedrukt. Wat had je aan zevenentwintigduizend dollar, als het om zulke bedragen ging?

Door mijn geforceerde rit hierheen was ik emotioneler dan normaal. Ik werd heen en weer geslingerd tussen angst, opluchting en bezorgdheid. Het was moeilijk om nuchter na te denken. Het meisje keek me aan vanaf de foto, en ik zag nu dat ze de krullen van haar oma had. Wat voor wanhopige gesprekken moesten er in deze kamer zijn gevoerd! Hoe kun je een meisje van zes uitleggen dat haar hart er misschien mee ophoudt? Ik slikte een brok uit mijn keel weg. 'Ik kan het me eenvoudig niet voorstellen.'

'Dat kunt u wel,' zei ze. 'Ik zie het aan uw gezicht.' Ze plukte aan de losse huid van haar hals. 'Een vriend van mij, waar ik vandaan kom...' ze wuifde vaag in de richting van de Atlantische Oceaan, 'heeft zijn vrouw zien sterven aan de ziekte van Lou Gehrig. Een nicht van een nicht is haar dochter en twee kleinzoons verloren bij een vliegtuigongeluk. Dit jaar, toen het precies vijf jaar geleden was, vroeg mijn nicht haar: "Hoe ga je daarmee om?" En ze zei: "Iedereen heeft een verhaal." En zo is het ook. Voordat we gaan, heeft iedereen in dit leven een triest verhaal te vertellen. Maar dit kind, dít kind...' Ze stond abrupt op, liep naar een van de dichte deuren aan het einde van de kamer en legde haar hand op de kruk. 'Komt u maar kijken naar dat prachtige kind. Ik zal haar wakker maken. Kijk naar haar en vertel mij dan hoe ik haar moet uitleggen dat dit háár verhaal is.'

'Nee, alstublieft. Laat haar toch slapen, maak haar niet wakker.'

Elisabeta kwam terug en liet zich weer in haar stoel zakken. 'En nu wil iemand mij vermoorden? Waarom? Wie moet dan voor haar zorgen? Dan zal ze eenzaam sterven.'

'Hebt u... is ze niet verzekerd?'

'Dit is niet volledig gedekt, zeggen ze. Ik heb gesproken met... hoe heet dat... de financiële commissie van het ziekenhuis. Ze willen wel een donatie geven voor de operatiekamer en de operatie. Maar zelfs met hun liefdadigheid en de kleine verzekering die we nog hebben, blijft er veel meer over dan ik...' Ze schudde haar hoofd. 'Wat moet ik nou?'

Mijn stem trilde van opwinding. 'Hoeveel hebt u nog nodig?'

'Meer dan u denkt.'

Ik boog me naar voren en legde zo bruusk mijn handen op het tafeltje dat het schaaltje met nootjes omviel. 'Hoeveel precíés?'

Ze stond op en liep naar de keuken. Ik hoorde bestek rinkelen toen ze een la opentrok. En nog een. Ze zocht in een stapel menu's en folders, voordat ze terugkwam met een vel papier. Ze zwaaide ermee alsof het een koninklijk besluit was. 'Zevenentwintigduizendtweehonderd en tweeën-veertig dollar.' Haar mondhoeken trilden, het begin van een snik, maar ze beheerste zich en minachting om de hoogte van het bedrag verscheen in haar gezicht.

'Niemand bedreigt u. Dat heb ik verkeerd begrepen.' Ik kreeg weer een brok in mijn keel en kon geen woord meer uitbrengen. Mijn ogen werden vochtig. Ik boog mijn hoofd en zei in stilte een dankgebed. Toen liep ik naar haar toe en zette de plunjezak op de grond aan haar voeten.

Ze keek me geschrokken aan.

'Dit is voor u,' zei ik.

Ik trok mijn Nikes weer aan en vertrok. Op weg naar buiten deed ik de hordeur achter me dicht, heel zachtjes, om het meisje niet wakker te maken.

30

Ik was weer opgestaan en ijsbeerde heen en weer voor Ariana, die met een glazige blik zat te luisteren op een tuinstoel. Ze had haar knieën hoog opgetrokken, onder haar sweatshirt, met haar wijde parka eroverheen. Het regende niet, maar de lucht was vochtig. Het was al na tweeën in de nacht, maar mijn hartslag ging nog altijd tekeer. 'De angst, en dan die opluchting. Zelfs dankbaarheid, verdomme! En dan begint het weer helemaal opnieuw. Het lijkt wel een drug. Ik kan er niet meer tegen. Het maakt me niet uit dat het deze keer toevallig goed is afgelopen...'

'Dat weten we niet eens zeker,' zei Ariana.

'Wat bedoel je?'

'Een tas met geld afleveren bij een vrouw in Indio? Stel dat het allemaal nep was?'

'Hoe dan? Het was ons geld niet. Ik speelde alleen voor Kerstman.'

'Ik zeg ook niet dat jíj het doelwit was.' Ze wachtte tot haar woorden tot me doordrongen. 'Als er nou straks iemand bij haar voor de deur staat die om een wederdienst vraagt? Voor wat, hoort wat?'

'Ja, maar ík heb haar dat geld gegeven.'

'Het was jouw geld niet. Ze is jou niets schuldig.'

Ik kreeg een misselijk gevoel. Een kille huivering kroop over mijn rug. Langzaam liet ik me op de stoel tegenover Ari zakken. Ik zag aan haar gezicht dat ze zich niet goed voelde. Ze zocht in haar tas en haalde een rolletje Tums tevoorschijn. Die tas was als de maag van een haai, ze kon er alles in vinden: een zonnebril, een nieuwe kleur lippenstift, een wafelijzer.

Ariana kauwde op een tablet, controleerde nog eens of het stoorzendertje in het pakje sigaretten werkte, en vervolgde: 'Als er geen voorwaarden aan dat geld waren verbonden, waarom hebben ze het haar dan niet zelf gegeven? Misschien brengt dat geld haar wel in gevaar, weet jij veel?'

'Dat risico zou ze wel nemen, denk ik,' zei ik zacht. 'Als haar kleindochter maar blijft leven.'

'Maar die beslissing kon ze zelf niet nemen.'

'Nee, die heb ik voor haar genomen.' Ik drukte mijn handen tegen mijn ogen en kreunde. 'Maar wat moest ik dán?' gromde ik. 'Naar de politie gaan? Uit angst dat die vrouw zou worden vermoord?'

'Nee, toen niet. Maar nu wel. Waarom niet nu?'

'Omdat ze erachter komen. Je weet waar die lui toe in staat zijn. Wil je soms wachten hoe ze zullen terugslaan als ze kwaad worden? Je vergeet één ding. Als ik mijn medewerking opzeg, krijg ik misschien weer een proces aan mijn broek voor een bedrag van zeven cijfers.'

'En daarom ga je er maar mee door?' vroeg ze. 'Daarom volg je blindelings de orders op van een almachtige opdrachtgever die je niet eens kent? Passief en afwachtend, als een idioot uit een stuk van Beckett? Hoe lang nog?'

'Totdat de studio die zaak definitief heeft geschikt. Totdat ik weet wat hierachter zit. En wie.'

'En in de tussentijd? Jij hebt het recht niet je met het leven van die andere mensen te bemoeien.'

'Zo eenvoudig is het niet, Ari.'

'Er zijn waarschijnlijk duizenden kinderen in dit land met dezelfde hartafwijking als dat meisje,' zei ze. 'Miljoenen mensen, met miljoenen problemen. Wat maakt haar zo anders dan al die anderen?'

'Omdat ik háár kon redden!' Ik voelde mijn nek verkrampen. Ari keek op en ik spreidde mijn handen, half verontschuldigend, half om mezelf te beheersen. 'Dat klinkt alsof ik me een soort god voel, dat weet ik wel...'

'Zelfs dat niet, Patrick. Een goddelijke afgezant, hooguit.'

'Maar die mensen zijn gijzelaars, zonder het zelf te weten. Dat meisje is aan mijn zorgen toevertrouwd, net als Beeman. Ze hebben haar tot mijn probleem gemaakt, mijn verantwoordelijkheid. Als ik een zak met geld krijg om haar leven te redden, hoe kan ik het haar dan niet brengen?'

'Hoe? Door niet te komen opdagen. Hoe luidt dat zinnetje uit *War-Games* ook alweer?'

Ik slaakte een doffe zucht. '"De enige manier om te winnen is door niet te spelen."'

Ze knikte plechtig. 'Hoor eens, we zijn het er allebei over eens dat we een doorbraak moeten forceren. En dat kan alleen door jóúw spel te spelen, niet het hunne.'

Ik staarde naar de inzakkende schutting onder het donkere slaapkamerraam van Don en Martinique. Het gordijn hing stil. Net zo'n slaapkamer als de onze, net zo'n huis. Onze rustige kleine buurt, iedereen met zijn eigen verhaal. En toch dreigde mijn situatie, het gevaar dat ik onder ogen zag, ernstig uit de hand te lopen. Hoe was ik zo'n eind verwijderd geraakt van dat gewone, alledaagse leven?

'Je hebt gelijk.' Ik spreidde mijn handen en liet ze op mijn dijen vallen. 'Zolang ik in het aas bijt, houden ze me aan het lijntje. Ik moet daarmee stoppen, niet langer die mailtjes lezen, niet langer hun instructies opvolgen. Wat ook de gevolgen mogen zijn.'

'Ik ben er klaar voor.' Ze boog zich naar me toe en kuste me op mijn wang. 'Dat is de enige goede beslissing. Het is bluf, en daar moet je niet op ingaan.'

Ze stond op en liep naar binnen, met gebogen hoofd.

Ik bleef nog even zitten, bij de krekels, en tuurde door de tuin, die zich in het donker verloor. 'Maar als het nu eens géén bluf is?' mompelde ik tegen de schaduwen.

Ik lag naast mijn vrouw in de donkere stilte van de slaapkamer. Ari was al een uur geleden in slaap gevallen, maar ik staarde nog altijd naar het plafond. Ten slotte stond ik op, liep naar mijn werkkamer en haalde mijn mobiel uit de oplader. Op de ingebouwde camera keek ik naar de tien seconden van hun QuickTime-video die ik had kunnen filmen.

Een blik door de voorruit van een rijdende auto. De opname stopte lang voordat we bij de steeg met de Honda waren.

Ik downloadde de clip naar mijn computer en vergrootte hem tot schermformaat. Een passerende truck met zijn lampen aan denderde door het beeld en vervormde het licht dat door de voorruit viel. Een zilveren reflectie onder aan het glas trok mijn aandacht. Het was niet meer dan een veeg onder de rand van de voorruit. Ik boog me naar voren en tuurde naar de zilverkleurige streep, ongeveer een vinger lang, boven op het dashboard.

Het metalen plaatje met het voertuigidentificatienummer.

Het was vaag en onduidelijk, maar met de juiste middelen was het misschien zichtbaar te maken. Mijn eerste concrete aanwijzing. Voldaan streek ik met mijn duim over het kleine plaatje.

Mijn mobiel gaf het geluid van een helder klokje. Langzaam draaide ik mijn hoofd om en keek naar het toestel, dat naast mijn toetsenbord lag. Ik pakte het op. Een sms-bericht, afzender onbekend.

Het koude zweet brak me uit. Mijn duim kwam al in beweging voordat ik er iets aan kon doen.

MORGEN EEN E-MAIL, 19.00 UUR.
EEN ZAAK VAN LEVEN OF DOOD.
NU IS HET IEMAND DIE JE KENT.

31

Ik zat in mijn auto op het parkeerterrein en keek naar de studenten die naar binnen slenterden. De telefoon ging over en bleef maar bellen. Eindelijk nam hij op. 'Hallo?'

'Pa?'

'Stop de persen.' Over de telefoon heen riep hij naar mijn moeder: 'Het is Patrick. Pátrick!' Toen weer tegen mij: 'Je moeder zit in de auto.' Mijn vader, uit Lynn, Massachusetts, had het harde Boston-accent dat ik nooit had aangeleerd tijdens mijn jeugd in Newton, waar ze een verwaterde versie spraken. 'Nog steeds problemen met Ari?'

'Ja, maar we komen er wel uit.' Nu ik zijn stem hoorde, besefte ik hoe ik hen miste en hoe droevig het was dat er zoiets als dit voor nodig was om hem te bellen. 'Het spijt me dat ik de afgelopen maanden zo weinig heb laten horen.'

'Dat geeft niet, Paddy. Je hebt het niet makkelijk. Heb je alweer een echte baan?'

'Ja. Aan de universiteit. Ik schrijf niet meer.'

'Hoor eens, je moeder en ik wilden net de stad in gaan. Alles in orde?'

'Ik wilde alleen weten hoe het met jullie ging. Gezondheid en zo. Als er iets is, wat dan ook, laat ik alles vallen en stap ik zo op het vliegtuig.'

'Ben je soms bij een sekte gegaan?'

'Ik wilde het even zeggen. Ik hoop dat jullie dat weten.'

'Alles is oké hier. We hebben nog wel een paar jaartjes, jongen.'

'Dat weet ik, pa.'

'We liggen nog niet in het graf.'

'Dat bedoelde ik ook niet...'

Een auto toeterde op de achtergrond.

'Hoor eens, je moeder heeft net de claxon ontdekt. Doe me een plezier, Patrick, en bel haar van de week een keertje. Het hoeft niet altijd goed met je te gaan als je ons belt. We zijn je ouders.'

Hij hing op en ik bleef zitten, weer met die huivering die ik had gevoeld toen ik dat dreigende sms'je had gekregen, de vorige avond. Het verbaasde me al niet meer dat het spoorloos was verdwenen binnen een paar seconden nadat ik het gelezen had. Door al dat automatische wissen begon ik me af te vragen of ik het hele verhaal niet zelf verzon. Maar het brok in mijn keel vertelde me dat het maar al te reëel was.

Een student liep voorbij en zwaaide. Met moeite stak ik mijn hand op als groet. Mijn auto had net zo goed een onderzeeër kunnen zijn, zo weinig contact voelde ik met de wereld buiten het glas.

Deze keer is het iemand die je kent.

Ik klikte langs de opgeslagen nummers in mijn telefoon. Al die namen, veel meer dan ik ooit zou kunnen bellen, zelfs als ik had geweten wat ik moest vragen. Om nog maar te zwijgen over alle namen die er níét in stonden. Het zou iedereen kunnen zijn, van Julianne tot Punch, of zelfs Bill van Bel Air Foods. Een student, een kamergenoot uit mijn eigen studententijd, iemand die me een kopje suiker had geleend, iemand van wie ik hield.

Ik klapte mijn mobiel dicht en legde hem op het gebarsten dashboard. 'De enige manier om te winnen,' zei ik tegen het toestel, 'is door niet te spelen.'

Ik vond Marcello alleen in de montagekamer, waar hij bezig was met de geluidsconsole. Op de monitor van de bijbehorende computer zweefde een vent in een Speedo boven het einde van een duikplank, halverwege zijn sprong. Toen Marcello de duiker losliet met een klik van zijn muis, was het zwiepende geluid van de plank niet synchroon.

'Wil je ergens naar kijken voor me?' vroeg ik.

Hij bevroor de duiker toen hij in het water terechtkwam en boog zich over mijn mobiel. Ik speelde de clip van tien seconden voor hem af.

'Cinéma vérité,' zei Marcello aan het eind. 'Ik denk dat die auto een metafoor is voor de reis van het leven.'

'Ik kan het niet stilzetten op de telefoon, maar kijk nog eens.' Weer speelde ik de video af. 'Die kleine reflectie als de truck voorbijkomt. Zie je? Volgens mij is dat het voertuigidentificatienummer. Zou je dat op een of andere manier naar Final Cut Pro kunnen downloaden om het beeld scherper te krijgen?'

'Dat kan even duren. Scherper krijgen, bedoel ik.' Hij klonk een beetje geërgerd. 'Patrick, waar gaat dit om?' Hij sloeg ongeduldig zijn armen over elkaar, terwijl ik probeerde de juiste woorden te vinden.

'Ze sturen me steeds een glimp van iemands leven. Problemen van mensen.'

'Net zoals ze jou te grazen hebben genomen?'

'Ja, zoiets. Het ligt ingewikkeld.'

Hij keek sceptisch.

'Wat?' vroeg ik.

'Privacy bestaat gewoon niet meer. We lijken er allemaal al aan gewend. Of we hebben ons er geleidelijk bij neergelegd. Afluisterwetten, bescherming van de openbare orde, de binnenlandse veiligheidsdienst die in je neusgaten kijkt. Om nog maar te zwijgen van die achterlijke reality-soaps. *Girls Gone Wild*. Huilende politici op YouTube. Echtparen die elkaar verrot schelden bij *Dr. Phil*. Je kunt zelfs niet meer sneuvelen in een oorlog zonder dat iedere lul met een flatscreen de infraroodbeelden te zien krijgt. Er is geen...' hij maalde met zijn kaken en bewoog zijn lippen, zoekend naar een geschikt woord, '... geen fatsoen meer.' Hij zuchtte geagiteerd. 'Vroeger moest je beroemd zijn om beroemd te zijn. Maar nu? Het is allemaal *real* en allemaal *fake*. Wat is er zo boeiend aan om alles te filmen, je oog tegen elk kijkgaatje te leggen?'

'Ik denk...' Ik zweeg en staarde naar mijn schoenen.

'Ja?'

'Ik denk dat mensen troost putten uit de gedachte dat er overal ellende kan zijn. Dat het niet aan hén ligt. Dat niemand het magische antwoord heeft.'

Ik voelde me naakt onder zijn meelevende blik. 'Toen ik opgroeide, dacht ik dat films magisch waren. Maar toen kwam ik erachter hoe ze worden gemaakt.' Hij grinnikte een beetje spijtig en streek met zijn hand over zijn baard. 'Kerels in kamertjes. Kerels op filmsets. Kerels achter computermonitors. Dat is het. En dat voelt als een verlies. Ik denk dat iedereen zich daarvan bewust is. Als je je droom hebt ingehaald en eindelijk van dichtbij te zien krijgt, komen de wratten aan het licht. En wat doe je dan?' Hij smakte met zijn lippen, draaide zich bruusk om naar de console en ging weer verder met de geluidsmix van de studentenfilm. Het beeld liep terug, de duiker kwam uit het zwembad omhoog en het water werd weer gladgestreken tot een plat vlak. Hoe eenvoudig liet de chaos zich organiseren.

'Marcello.' Mijn stem klonk een beetje hees. 'Dit is een heel stuk ernstiger dan voyeurisme.'

'Ik weet het.' Hij keek me niet aan. 'Geef me die telefoon maar. Ik ben klaar met mijn preek.'

Ik kwam naast hem zitten achter de werktafel. 'Weet je het zeker?'

'Ik geloof het wel. Ik wilde nog iets zeggen over Britney Spears en haar gebrek aan ondergoed, maar ik ben de draad een beetje kwijt.'

Een paar studenten druppelden binnen en ik moest fluisteren. 'Niemand mag hier iets van weten. Anders loop je zelf misschien gevaar. Is dat oké?'

Hij wuifde me weg. 'Ben je al niet te laat voor je college?'

Hoewel er geen licht brandde in Doug Beemans appartement, klopte ik opnieuw op de afbladderende voordeur. En weer kwam er geen reactie. Geen oog achter dat ouderwetse sleutelgat, deze keer, alleen duisternis. Ik legde mijn voorhoofd tegen de deurpost en bleef hulpeloos staan, te midden van de luchtjes en geluiden van de buurt. Het gedreun van een opgevoerde autostereo. De geur van gekruid eten, misschien Indiaas. Een wedstrijd van de Lakers, met veel ruis, vanachter een dunne muur.

Ik wilde antwoorden op mijn vragen, en snel. En als die niet kwamen, wilde ik contact, om te bespreken wat er was gebeurd, die paar puzzelstukjes op te poetsen waarover ik nu beschikte. Onderweg naar Doug Beeman had ik een omweg gemaakt langs het steegje bij de universiteit. Het was geen verrassing dat de Honda Civic er niet meer stond. Zodra ik het geld uit de kofferbak had meegenomen, hadden ze de auto natuurlijk weggehaald. En nu ving ik bot bij Beeman; de deur op slot, alles donker achter de gordijnen. Toen ik me omdraaide, besefte ik pas hoe verontrustend dat was.

Ariana's woorden galmden door mijn hoofd: haar waarschuwing voor gevolgen die ik niet had voorzien. Graag had ik hier iets gevonden om haar gerust te stellen. Morgenochtend vroeg zou ik terugkomen om te zien of alles goed was met Beeman. En ik had al besloten om na mijn ochtendcolleges naar Indio te rijden om poolshoogte te nemen bij Elisabeta.

Ik liep bij de deur vandaan. Het appartementengebouw en de straten eromheen bruisten van het leven: muziek, auto's, bierblikjes die werden opengetrokken, giechelende kinderen, een vrouw die in een telefoon schreeuwde. Al die mensen... Hoeveel balanceerden er op de rand van een catastrofe? Een beroerte, een bloedpropje, een hartklep die het elk moment kon begeven? Hoeveel van die appartementen hadden een gaslek, verrotte dakbalken, dodelijke schimmel achter de gipsplaten?

Welke naam in mijn adresboek stond ook zoiets te wachten?

Bij het kruispunt bereikte mijn onrust een hoogtepunt. Ik zat te wippen met mijn knie, trommelde met mijn vingers op het stuur en schoof heen en weer op mijn stoel als een kind vlak voor het speelkwartier. Het klokje van mijn dashboard gaf 18:53 aan, nog zeven minuten totdat hun volgende mail in mijn inbox zou verschijnen. En opnieuw bedacht ik dat het inmiddels dinsdag was, aan het einde van de werkdag, zonder dat mijn advocaat zich had gemeld met het voorstel van de studio voor een wettelijke schikking. Wachtten mijn stalkers soms af of ik wel braaf en gehoorzaam was? Ik voelde me nog altijd een rat in hun kooitje, die een brokje kreeg als hij op een hefboom drukte.

Het leek wel of het licht eeuwig op rood bleef staan. Ik draaide mijn raampje omlaag, wipte met mijn voet en neuriede mee met een Top 40-nummer waar ik zogenaamd naar luisterde. Maar hoe ik het ook probeerde te negeren, ik bleef het zien vanuit mijn ooghoek, achter dat affiche van de kerk. Ten slotte keek ik maar eerlijk naar het bord van Kinko's, dat dezelfde uitwerking op me had als een café op een drinker. Op de voorgrond zag ik die vermanende tekst: ZONDER HOUT ZAL HET VUUR DOVEN, en voor het eerst in heel lange tijd had ik het gevoel dat het heelal tot me sprak, ook al vertelde het me iets wat ik niet wilde horen. Het was eenvoudig genoeg om het Woord te gehoorzamen. Ik stond al links voorgesorteerd, Kinko's lag helemaal aan de overkant, en bovendien in de andere richting. Eigenlijk geen serieuze verleiding.

De enige manier om te winnen is door niet te spelen.

Ik dwong mezelf om recht vooruit te kijken en wachtte tot het licht op groen zou springen, luisterend naar het geklik van mijn richtingaanwijzer.

Hotel Angeleno. Een ronde witte toren, vlak bij de 405, waar Brentwood grenst aan Bel Air. De scherpe foto van het zeventien verdiepingen hoge hotel leek wel een advertentie uit een folder. Het was in feite een Holiday Inn, die een paar jaar geleden een facelift had gekregen, maar er was in Los Angeles niet veel voor nodig om als markant gebouw te gelden.

Over de computer op mijn hoektafeltje bij Kinko's gebogen, staarde ik naar het scherm en hield mijn mobieltje gereed voor opnemen. Mijn duim drukte op RECORD en de Sanyo kwam zoemend in actie. Ik had met mijn duim geoefend, zodat ik de tien seconden lange fragmenten kon opnemen zonder mijn blik van de monitor te hoeven losmaken.

De foto op het scherm vervaagde en maakte plaats voor een close-up van het nummer van een hotelkamer: *1407.*

Daarna volgde een dienstingang, een stevige metalen deur, met de hoek van een vuilniscontainer nog net in beeld. Aan de strepen op het parkeerterrein en de betonnen muur was duidelijk te zien dat dit nog steeds het hotel moest zijn.

De volgende foto bezorgde me een steek in mijn maag: mijn eigen zilveren sleutelbos, op het aanrecht in onze keuken. De foto was overdag gemaakt, maar ik had geen idee wanneer.

In de close-up die volgde was een stevige, koperen sleutel apart gelegd van de andere. Niet een van mij.

Verbijsterd tastte ik in mijn zak, pakte mijn sleutelbos en legde hem plat op mijn hand, vlak voor mijn ogen. Ja, daar was hij, als een kerstcadeautje verborgen tussen de andere. Een nieuwe sleutel, die ik al die tijd al bij me had gedragen.

De PowerPoint-presentatie ging verder. Nu een foto vanaf de passagiersstoel van mijn Camry. Het handschoenenkastje was geopend en op mijn doosje pepermuntjes lag de *keycard* van een hotel.

Er verscheen een tekst in beeld: VANNACHT TWEE UUR. KOM ALLEEN. BLIJF ONOPGEMERKT.

Gevolgd door nog een regel: JE MOET HEM SPREKEN.

Hem. Hém?

Mijn Sanyo stopte met opnemen, vlak voordat het voorste venster van de browser werd afgesloten, zodat ik weer naar het mailtje met de hyperlink keek, dat ze naar mijn Gmail-box hadden gestuurd. Mijn vingers deden pijn, met zoveel kracht had ik ze om de sleutels geklemd. Ik ontspande mijn vuist en zag mijn witte huid langzaam weer roze kleuren.

Ik klikte op BEANTWOORDEN, en tot mijn verrassing verscheen er een adres: een lange reeks ogenschijnlijk willekeurige cijfers, eindigend met gmail.com.

Het digitale klokje op het bureaublad vertelde me dat ik te laat was voor het eten, te laat voor mijn wandeling met Ariana, te laat voor mijn leven. Ik dacht aan mijn uitpuilende koffertje, met al dat ongelezen werk van mijn studenten. Onze muren, hier en daar gesloopt tot op de balken en de buizen. Al het herstelwerk dat nodig was om het huis weer op te knappen. Ik was de mensen in mijn leven heel wat meer schuldig dan dit; behalve degene die nu met zijn hoofd op het hakblok lag.

Ik doe niet meer mee, typte ik. *Niet voordat ik weet wie jullie zijn en waarom jullie me dit aandoen.* Haastig verzond ik het bericht, voordat mijn twijfels me inhaalden en ik van gedachten zou veranderen.

Verstijfd bleef ik zitten en staarde naar het scherm. Wat had ik in godsnaam gedaan?

Ik werd in mijn sombere overpeinzingen gestoord door een grappig signaaltje uit de speakers van de computer. Een instant message lichtte op, in het gedachtewolkje van de vrolijke AOL-cartoon.

VANAVOND ZAL ALLES JE DUIDELIJK WORDEN.

Ik had niet eens bij een IM-programma ingelogd, maar toch had ik een bericht.

Tandenknarsend keek ik naar het zelfvoldane zinnetje. Ik had er genoeg van. Ik liet me niet langer manipuleren en bespelen. Ze zochten maar iemand anders om geblinddoekt naar de galg te leiden, stap voor stap. Er was iets in me geknakt, misschien door Ari's aanhoudende argumenten, of door de stilte achter Doug Beemans voordeur. Mijn overtuiging was

steeds verder uitgehold. Al mijn veronderstellingen begonnen te wankelen, één voor één, zodat ik ernstig betwijfelde of ik wel de juiste weg had
gekozen.

Ik haalde een paar keer diep adem, verzamelde al mijn moed en keek
weer naar het scherm.

Toen vlogen mijn vingers over het toetsenbord, om de vraag te stellen
waarop ik het antwoord vreesde: *Stel dat ik nee zeg?*

Ik leunde naar achteren in de stoel. Aan de andere kant van de winkel
rinkelde de kassa en zoemden en klikten de kopieerapparaten als futuris-
tische levensvormen. De airco blies koele lucht in mijn kraag.

Weer een signaaltje, en een nieuw bericht. Deze keer had het net zo
goed mijn eigen gedachtewolkje kunnen zijn. De woorden leken dwars
door de vensters van mijn ogen te kijken en mijn gedachten te lezen.

DAN ZUL JE HET NOOIT WETEN.

32

Middernacht.

Ik zou niet naar die hotelkamer gaan.

Ariana lag naast me te slapen, maar ik keek naar de klok. Ze had een Ambien genomen om haar te helpen inslapen, maar ik wist zeker dat geen enkele slaappil mij vannacht kon helpen. Wat hier ook achter stak, ik had het bij de staart, of het had mij bij de keel. Als ik niet kwam opdagen, zouden ze me dan opnieuw te grazen nemen? En als er niets gebeurde, kon ik het dan verkroppen dat ik het nooit zou wéten? Kon ik dan terugkeren naar de werkstukken van mijn studenten, de docentenkamer en onze wandelingetjes door de buurt? Ik zou wel moeten. Zoals Ari al had gezegd, bemoeide ik me met het leven van andere mensen. Maar als ik die instructies bleef opvolgen, waar zou het dan eindigen? Door deze keer niet te gaan, nam ik mijn lot in eigen handen. Als ze agressief zouden reageren, was ik daar klaar voor. Zelfs als het proces werd hervat, zou ik er niet slechter aan toe zijn dan twee dagen geleden. In de stilte van de donkere nacht begon ik een lijstje te maken van de voorzorgsmaatregelen die ik de volgende morgen meteen zou moeten nemen.

00.27 uur, 00.28 uur.

Ik ging niet naar die hotelkamer.

Vanavond zal alles je duidelijk worden. Wie wachtte er op me in kamer 1407? Een gezicht uit het verleden, een vriend in moeilijkheden, een man in een donker pak, met zijn benen over elkaar geslagen en een pistool met geluiddemper op zijn schoot? Of een onbekende met een gift, een vreemde voor mij, zoals ik een vreemde voor Doug Beeman was geweest? Hoe lang zou die persoon wachten voordat hij begreep dat ik die deur niet binnen zou stappen?

00.48 uur, 00.49 uur.

Ik ging niet naar die hotelkamer.

Weer kwam het beeld bij me op van Doug Beeman op zijn knieën, met zijn gezicht tegen het glas van de tv, heen en weer wiegend op zijn hurken, zonder dat ik wist dat hij zat te huilen, totdat ik hem hoorde snikken. De schoolfoto op het tafeltje van Elisabeta, die glimlach met die ontbrekende voortanden. Al die bananenschillen. De wanhoop, bijna tastbaar in die kleine huiskamer. De plunjezak met geld, waarvan ik vurig hoopte dat het de wanhoop kon wegnemen, zoals de dvd een verlossing voor Beeman was geweest. Misschien toch nog licht aan het einde van de tunnel.

01.06 uur, 01.07 uur.

Ik ging niet naar die hotelkamer.

Flarden van zinnetjes zweefden door het donker. *Iemand die je kent. Een zaak van leven of dood.* Wat moest ik doen? Hier blijven liggen en me ellendig voelen, niet in staat om te slapen, totdat ik zou worden gewekt door het gerinkel van de telefoon? Of zou het doodsbericht pas later komen; een dag, een week, drie maanden? Zou ik dat volhouden, het lange wachten, in het besef dat ik had kunnen voorkomen wat er was gebeurd?

01.17 uur, 01.18 uur.

De enige manier om te winnen is door niet te spelen.

Ik ging niet naar die hotelkamer.

01.23 uur.

Ik kuste Ari in haar hals, warm van de slaap, en keek naar haar slapende gezicht, met haar volle, weelderige lippen, een klein beetje open, zachtjes fluitend als ze ademde.

'Het spijt me,' fluisterde ik.

Ik liet me uit bed glijden, schuldig, verdrietig en doodsbang.

Niet dat ik móést gaan.

Ik kon eenvoudig niet wegblijven.

Ik stopte langs de stoep van Sepulveda, buiten het zicht van de parkeerhulp, haalde de keycard uit mijn handschoenenkastje en borg hem in mijn achterzak. Mijn Sanyo én de prepaid had ik al in mijn zak gestoken, voor het geval er gefilmd of gebeld zou moeten worden. Zodra ik een opening zag in het verkeer, stak ik over naar het parkeerterrein aan de achterkant. In mijn jeans en een zwart T-shirt bleef ik achter Hotel Angeleno staan, mijn sleutel in de hand, tegenover de dienstingang van de foto.

Verfrommeld in mijn zak zat het briefje dat ik haastig had geschreven onder het binnenlampje van mijn auto: *Ik heb een anoniem bericht gekregen om naar kamer 1407 te komen. Het ging om een zaak van leven of dood, stond er. Ik weet niet wie er in die kamer is, of waar dit toe zal leiden. Als er iets ernstigs gebeurt, neem dan contact op met rechercheur Sally Richards van het bureau West L.A.*

Onzichtbare auto's reden voorbij achter de betonnen muur van de autoweg links van me; een eindeloze golf van slaapverwekkend geruis. Het ronde gebouw torende boven me uit, met een koel groen schijnsel rond de galerij van het penthouse.

Een auto naderde over de bocht van de afrit. Ik mocht me niet door de parkeerhulp laten verrassen. Voordat de koplampen mijn kant op draaiden, had ik de sleutel al in het slot gestoken. Hij paste, en ik hoorde een veelbelovende klik. Het volgende moment glipte ik naar binnen, ademde de verwarmde lucht in en wapperde met mijn vingers om het tintelen tegen te gaan.

Meteen hoorde ik het gepiep van wielen, en voordat ik kon reageren kwam er een ober de hoek om met een wagentje van roomservice. In de bevroren seconde voordat onze blikken elkaar kruisten, legde ik een hand tegen de deur naast me en zag tot mijn opluchting dat die in het trappenhuis uitkwam. In de hoop dat hij mijn gezicht niet zou zien, draaide ik me haastig om en stapte door de deur.

'Neem me niet kwalijk, meneer...?' De deur sloeg dicht en sneed zijn stemgeluid af.

Hijgend rende ik de trappen op. De voetstappen van mijn Nikes echoden tegen de harde muren. Op de veertiende verdieping was het gelukkig stil. Ariana zou waardering hebben gehad voor het interieur: L.A.-hip, vlak en glad, steen en aarde. Donkere houten lijsten, muurlampen met amberkleurig licht, een tapijt dat elk geluid dempte. Op een klok was het 01:58. Ik liep langs de lift en raakte even in paniek toen er een vrouw uit een kamer stapte, gekleed voor fitness. Maar ze had het te druk met haar mobieltje om naar me te kijken.

Met de keycard als een stiletto langs mijn zij telde ik de kamernummers af. Bij kamer 1407 gekomen ramde ik de kaart in het slot. De kleine sensor lichtte groen op. Ik drukte de zware kruk omlaag en duwde de deur een paar centimeter open.

Duisternis.

Nog een eindje. Een klein halletje, als een flessenhals, naar de badkamer aan de voorkant. Vanuit de deuropening was maar een fractie van de slaapkamer te zien. De gordijnen waren open en de hoge glazen deuren kwamen uit op een smal balkon.

'Hallo?' Mijn eigen stem, gespannen en hees, klonk me vreemd in de oren.

Het schijnsel van de verre stad vormde poelen op de vloer maar kon de duisternis niet echt verdrijven. De geluiden van het verkeer op de autoweg vervloeiden met het geruis van het bloed in mijn oren toen ik voorzichtig verder sloop. Achter me viel de deur stevig in het slot, waardoor ik het licht vanuit de gang moest missen.

Op de een of andere manier voelde de kamer verlaten. Moest ik hier soms op iemand wachten? Of zou ik een telefoontje krijgen, met instructies voor weer zo'n onbekende expeditie?

Een vage lucht: zoet en kruidig, met een spoor van as. Gespannen bleef ik op de drempel van de kamer staan. Het dekbed vertoonde een kuil waar iemand had gezeten. En naast die kuil lag een slank voorwerp van ongeveer een meter twintig lang.

Ik keek om me heen, deed voorzichtig een halve stap naar voren en pakte het voorwerp op bij de rubberen greep. De metalen kop aan de grafietschacht glinsterde in het stadslicht. Een golfdriver. Míjn golfdriver, die ik de insluiper achterna had gegooid toen hij over de schutting van onze achtertuin was gevlucht. De geribbelde kop vertoonde een donkere vlek, waarschijnlijk modder. Ik had hem daar tussen de bladeren laten liggen. Maar de vlek gedroeg zich niet als modder.

Hij droop langzaam over het titanium omlaag.

Abrupt liet ik de driver op het bed vallen. Het geurtje in die kamer, die vage suggestie van rook. Kruidnagelsigaretten.

Je moet hem spreken.

Hijgend deed ik een halve stap opzij om mijn evenwicht te herstellen, en mijn voet raakte iets zachts.

Het zat vast aan een donkere massa die naast het bed lag, links van mij. Mijn adem stokte en ik hoorde een schreeuw in mijn eigen hoofd. Toen ik door het donker tuurde, zag ik een lichaam op de grond liggen, grotesk op zijn rug. De bleke handen waren verkrampt in de dood, het voorhoofd vertoonde een deuk, en zwarte straaltjes bloed kronkelden door het haar, langs de oren, tot in de oogkas, waar ze een poel vormden. Het beroemde voorhoofd, die volmaakte, witte tanden. En de reden voor mijn rechtszaak met de studio: die fraaigevormde kaaklijn.

Vanavond zal alles je duidelijk worden.

Mijn keel werd dichtgeknepen en ik moest kokhalzen. Ik wist het al, nog voordat ik dreunende voetstappen in de gang hoorde. Haastig stapte ik bij het bed vandaan, tot in het midden van de kamer, starend naar de prachtige, door de smog wazige skyline van de stad. Mijn hand ging naar mijn broekzak en ik haalde het pijnlijke excuusbriefje tevoorschijn, voordat ik mijn handen over mijn hoofd vouwde, een fractie van een seconde voordat de deur werd ingetrapt en de zaklantaarns van de politie hun felle lichtbundels op me richtten.

33

Ik heb hem niet vermoord. Ik heb hem niet vermoord. Het klonk als mijn eigen stem, die steeds dezelfde woorden herhaalde; maar hardop of enkel in mijn hoofd? Dat wist ik pas toen een van de agenten zei: 'Ja, we hebben je gehoord.'

Politiemensen in groepjes van twee of drie stonden te bellen of mompelden in hun portofoons. Ze keken me aan, niet vijandig, maar met een soort verwondering, onder de indruk van de reikwijdte van wat hier was gebeurd. Ik hoorde hen als door een lange tunnel, moeilijk verstaanbaar boven het geruis in mijn eigen oren uit. Ik denk dat ik in shock was, maar ik dacht dat je dan niet zo vreselijk bang hoorde te zijn.

Ik was hardhandig gefouilleerd en afgevoerd naar een andere kamer in de gang, een exacte kopie van 1407. Ze hadden mijn briefje gepakt met het verzoek om Sally Richards te bellen, hoewel ik niet wist of ze dat ook hadden gedaan. Hotel Angeleno lag wel in haar en Valentines district, dus dat was mijn enige sprankje hoop.

Ik zat op de hoek van het bed. Toen ik omlaag keek, zag ik dat ik geen handboeien om had, hoewel ik me vaag herinnerde dat ze me die wel hadden omgelegd toen ze mijn handen hadden afgeveegd met een of ander technisch goedje. Blijkbaar wisten ze nog niet goed wat ze met me aan moesten.

'Moeten we uw vrouw bellen?' vroeg een van de vrouwelijke agenten.

'Nee. Ja. Nee.' In gedachten zag ik hoe Ari wakker werd en merkte dat ik verdwenen was. Ze zou niet langer dan twee seconden nodig hebben om te begrijpen dat ik toch naar het hotel was gegaan, terwijl ik haar had beloofd dat niet te doen. 'Ja. Zeg maar dat het goed met me is, dat ik niet dood of gewond ben, bedoel ik.' Dat leverde me een paar vreemde blikken op. 'Zij hebben me hiernaartoe gelokt. Ze hadden een zendertje om me te volgen. Geef me een pen. Hier. Hier, dan zal ik het jullie laten zien.'

Een van de agenten haalde een balpen uit zijn borstzakje, klikte de punt eruit en gaf hem aan mij. 'Hou hem in de gaten,' zei een ander.

Met de punt van de pen groef ik in de hak van mijn Nike, waar de sneetjes zaten. De pen boog door en knakte bijna, maar ik wist een stuk rubber uit de hak te pulken. 'Ze hebben een zendertje in mijn schoen verborgen. Kijk. Zodat ze me konden volgen waar ik...' Ik boog de zool terug en wrong mijn vingers in de gleuf.

De kleine holte was leeg.

Mijn adem stokte, en ik boog mijn hoofd.

Een van de agenten grinnikte. De anderen keken alsof ze medelijden met me hadden. De schoen gleed uit mijn handen en viel op de grond. Mijn sok had een gat bij de teen. 'Laat maar,' zei ik, bijna onverstaanbaar. Met bevende hand hield ik de pen omhoog. Ik keek niet eens op toen de agent hem terugnam.

Er werd luid op de deur geklopt en Sally kwam binnen, met Valentine op haar hielen. Ze fronste afkeurend in mijn richting en zei tegen de dichtstbijzijnde agent: 'Moet je zijn kleur zien. Volgens mij gaat hij flauw-vallen. Weet je het zeker? Goed. Laat ons dan alleen.' De agent mompelde iets en Sally snoof. 'Ja, ik denk wel dat wij hem in bedwang kunnen houden.'

Haar wrange toon – eindelijk iets vertrouwds – voorkwam dat ik hele-maal instortte. De agenten schuifelden de gang op en Valentine stelde zich bij de schuifdeuren op voor het geval ik naar het balkon wilde ontsnap-pen. Sally trok een stoel bij van het zware hotelbureau, draaide hem om met één beweging van haar dikke pols en kwam tegenover me zitten.

'Je bent aangetroffen met een keycard die niet van jou is, in een kamer die je niet hebt gehuurd, bij het lijk van je verklaarde vijand, met wie je in een rechtszaak bent verwikkeld. O, en je had het moordwapen in je hand, met jouw vingerafdrukken erop. Wat heb je daarop te zeggen?'

De kamer rook naar stof en Windex. Naast mijn rechtervoet was de plek die overeenkwam met de plaats waar het verstijvende lichaam van Keith Conner had gelegen, vier of vijf kamers verderop in de gang. Mijn keel was zo droog dat ik niet wist of ik nog kon praten. 'Ik ben een idioot?'

Een kort knikje. 'Dat om te beginnen.' Ze keek op haar horloge. 'We hebben ongeveer twintig minuten voordat Moordzaken het overneemt...'

'Wát? Hoe kan ik op Moordzaken vertrouwen, verdomme?'

'Dat is niet echt jouw...'

'Als zij het overnemen, heb ik geen kans meer. Ze hebben hier alle be-wijzen in handen. Niemand zal een woord geloven van wat ik zeg.' Ik was opgesprongen van het bed, en Sally gebaarde dat ik weer moest gaan zit-ten. 'Waarom kun jij deze zaak niet doen?' vroeg ik.

Ze trok haar dunne wenkbrauwen een klein eindje op. 'Heb je enig idee hoe dit eruitziet? De pers heeft al lucht gekregen van Conners dood. Er worden vergelijkingen getrokken met River Phoenix en – geloof het of niet – James Dean. Op weg hierheen ben ik al twee keer gebeld door de

172

officier van justitie. De officier zélf. We hebben het over een dode filmster. Valentine en ik hebben geen moord op een filmster meer onderzocht sinds... eh, nooit. Deze zaak zal worden behandeld op het hoogste niveau, en nog een trapje hoger. Dus als je ons iets te vertellen hebt, doe het dan nu, en snel.'

Dat deed ik. Hoewel de gedachten door mijn hoofd tolden en mijn stem beefde, dwong ik mezelf hun alles te vertellen wat er de laatste uren was gebeurd. Valentine luisterde met een uitdrukkingsloos gezicht en zijn armen over elkaar geslagen. Zo nu en dan zoog hij de lucht door zijn tanden, maar meer ook niet. Sally's pen kraste over het papier van haar opschrijfboekje, terwijl helikopters als haviken door de nachtelijke hemel cirkelden en hun zoeklichten op de gordijnen richtten.

Toen ik uitgesproken was, keek Sally me onbewogen aan. 'Je meent het serieus.'

Het leek geen vraag, maar toch zei ik: 'Als ik zoiets kon verzinnen, zou ik nog steeds scenarioschrijver zijn.'

'De politie is gewaarschuwd door een anoniem telefoontje,' zei ze, 'af-komstig van een telefoon in het hotel. Een man beweerde dat hij iemand van jouw signalement had gezien, die Keith Conner met geweld kamer 1407 binnensleurde.'

'Dát moet de moordenaar zijn. Als hij me erin wilde luizen, moest hij ervoor zorgen dat de moord op het juiste moment werd gepleegd, vlak voor mijn aankomst bij het hotel. Keith was nog maar net dood toen ik...'

Ze hief een hand op. Stop. Ik wachtte, wanhopig en hoopvol tegelijk, terwijl ik de uitdrukking op haar gezicht probeerde te peilen. Ze keek terug, kwaad op zichzelf, of misschien op mij.

'Je moet me geloven,' zei ik. 'Want je zult de enige zijn.'

Ze kauwde op haar wang en zweeg. Het leek wel een eeuwigheid. 'Als je een onschuldige verdachte onder druk zet, zal hij steeds kwader worden. Dat is een handige vuistregel, de helft van de tijd.'

Een kille huivering ging door me heen. Was ik wel kwaad geworden? Kwaad genoeg?

'En de andere helft?' vroeg ik.

'Dan worden ze niet kwader.'

'Een probleem,' zei Valentine.

'Ja, vind je niet?' Sally liet haar knokkels kraken door in haar vuist te knijpen. Ik had haar nog nooit zo opgefokt gezien. 'Ik hou niet van alge-meenheden. Ik accepteer de opwarming van het klimaat en het tweede amendement. Ik denk dat oorlog soms de enige mogelijkheid is. Ik geloof in Yoda, Gandalf en Jezus. Ik hou van rundvlees en porno, niet in die volgorde en zeker niet samen. De wereld is heel ingewikkeld en volgens mij zit er een luchtje aan deze zaak. Daarom neem ik nu een onverwachte stap. Ik zal je serieus nemen.'

Ik slaakte een bibberende zucht.

Ze priemde met een vinger naar mijn borst. 'Maar als we een káns willen hebben om je te helpen, zal ik je vertellen wat je moet zeggen...'

De deur vloog open en een lange, magere man in een pak kwam binnen.

Sally hield haar ogen strak op me gericht, terwijl ze zei: 'Je bent vijf minuten te vroeg.'

'Kent Gable, Moordzaken.'

'Ik ben Sally Richards, en dit is rechercheur Valentine. Als hij in een vriendelijke bui is, zal hij je zijn voornaam zeggen.'

'Mijn partner is verderop in de gang, in kamer 1407,' zei Gable. 'Bedankt dat jullie het fort hebben gehouden. Wij nemen het wel over.'

Sally keek mij nog steeds verwachtingsvol aan. Het was een veelzeggende blik, alsof ze me zo kon vertellen wat ze me had willen zeggen. Ook Valentine staarde mijn kant op. Koortsachtig ging ik alle mogelijkheden na.

'We hebben buiten een kordon opgesteld, maar het wemelt van de media.' Gable streek met een hand over zijn gladgeschoren kaak voordat hij mij eindelijk aankeek. 'Waarom is deze man niet geboeid?'

Ik legde mijn handen op mijn knieën. 'Ik zal volledig meewerken met rechercheurs Richards en Valentine. Maar alleen met hen. Als ik door iemand anders word verhoord, eis ik een advocaat.' Het klonk niet zelfverzekerd, allerminst, maar het was mijn beste gok naar het antwoord dat Sally van me verwachtte.

Valentines neusvleugels trilden licht en Sally slaakte een onhoorbare zucht van opluchting. Een adertje klopte op haar voorhoofd. Ze knipperde nadrukkelijk met haar ogen en draaide zich toen om naar Gable, die me met open mond aanstaarde. 'Wij hebben de afgelopen week al eerder contact gehad met de verdachte,' zei ze. 'Hij had een briefje bij zich met het verzoek ons te waarschuwen als hij in de prob...'

'Ik weet van dat briefje, schat,' zei Gable kort.

Valentine trok een pijnlijk gezicht.

'... maar ik vind niet dat de verdachte zijn eigen regels kan stellen.'

Een patstelling. Allemaal keken we naar elkaar, de drie anderen staand, ik zittend op de punt van het bed als een schooljongen die een discussie tussen volwassenen volgde. Overgeleverd aan hun genade.

Valentine schraapte zijn keel. Zijn snor trilde. 'Je begrijpt wie hier het grootste risico loopt, meer nog dan wij? De officier van justitie. Je weet misschien uit de kranten dat haar kantoor bepaald geen stralende staat van dienst heeft in zaken waarbij beroemdheden betrokken waren, zelfs niet als jullie afdeling het voortouw nam. Nu de verdachte van de moord op Keith Conner bereid is om mee te werken, vermoed ik dat de officier liever heeft dat hij blijft praten dan dat hij een *dream team* van advocaten samenstelt.'

De Barney-tune schalde door de kamer en Sally pakte haar mobieltje. 'Als je over de duivel spreekt,' zei ze met een suikerzoete glimlach tegen Gable. 'Neem me niet kwalijk, honnepon.' Ze liep langs hem heen de deur uit, en hij volgde haar met duidelijke haast.

Valentine kwam naar me toe en hurkte voor me, met een zure glimlach om zijn mond. Achter hem lekte het eerste ochtendlicht langs het gordijn, waardoor zijn massieve, hoge haar een koperkleurige aura kreeg. 'Ik heb al heel wat jaren met heel veel smerissen samengewerkt, en ik zal je één ding zeggen: die vrouw heeft de beste intuïtie van heel het korps. Onderschat haar niet. Wij voeren samen een toneelstukje op, zij en ik, dat ik haar niet mag, dat ik bevooroordeeld ben, noem maar op. Voor ons werkt dat goed, en het geeft ons bepaalde mogelijkheden. Maar dat speelt op dit moment geen rol. De rest doet er niet meer toe. Ik weet hoe je je voelt. Je bent bang. Ik zie het in je ogen, ik ruik het aan je zweet. Maar je hebt geen idee hoe erg het werkelijk is. Sally en ik hoeven geen spelletje te spelen van *good cop, bad cop*. Als we de kans krijgen, vertel jij ons alles wat je weet en zullen wij alles doen om je leven te redden. Dat is het enige spelletje van dit moment. Het enige. Duidelijk?'

'Duidelijk,' zei ik.

De deurkruk ging omlaag en Valentine en ik keken gespannen welke rechercheur er zou binnenkomen.

Sally boog zich om de hoek, met haar hand nog op de deurknop. 'Doe hem de handboeien maar om. Die hebben we nodig voor de camera's.'

Ik stond op, met een licht gevoel in mijn hoofd. Ik zag sterretjes, die langzaam vervaagden. Valentine sloot het metaal om mijn polsen en duwde me naar voren. Mijn voeten voelden verdoofd, als blokken hout.

Sally haalde diep adem. Ondanks haar onverstoorbare houding zag ik dat ze gespannen was. Toen ik naar haar toe kwam, nam ze me met haar uitdrukkingsloze ogen onderzoekend op. 'Klaar voor uw close-ups, meneer DeMille?'

34

'Laten we alles eens op een rijtje zetten,' zei Sally.

Nadat we door fotografen en tv-ploegen waren omstuwd had ik wat rust gevonden in een politiewagen, waar ik een beetje op verhaal kon komen. De helikopters hadden ons gevolgd en mijn hoofdpijn nog erger gemaakt, totdat het kogelvrije portier van de stationcar zich eindelijk achter ons dichtzoog en het gedreun een beetje werd gedempt. Ik had nooit gedacht dat ik nog eens opgelucht zou zijn om naar het bureau te worden afgevoerd. Inmiddels zat ik in een kleine ruimte met uitzicht op de verhoorkamer, aan de politiekant van de doorkijkspiegel. Het was hier rustig, privé en – afgezien van de opnameapparatuur en bewakingscamera's – net zo kaal als in mijn gedeelde kantoortje aan de universiteit. Een draaistoel, een kop koffie, een tv op een standaard, en een luchtige, vriendschappelijke sfeer om het gesprek op gang te houden. Alleen het uitzicht op de verhoorkamer met zijn onheilspellende houten stoel, compleet met ringen voor de handboeien, herinnerde me eraan waar ik terecht zou komen zodra ik niet meer meewerkte.

Pay It Forward lag heel ver achter me. Ik had nu de verkeerde rol in *Body Heat*.

Sally schakelde een digitale camera in en zwenkte die van zijn gebruikelijke positie achter de ruit naar ons drieën toe, waar we gemoedelijk zaten te praten, als collega's over een zaak.

Ik was nog steeds buiten adem. Ze hadden me de trappen op gesleurd, langs de andere agenten, die te nadrukkelijk naar me staarden. 'Heeft iemand Ari al gebeld?'

'Ik geloof het wel,' zei Valentine.

'Waar is ze? Wat hebben ze haar verteld? Gaat het goed met haar?'

'Dat weet ik niet,' zei Sally. 'En jij hebt nu heel andere problemen.'

'Ik wil eerst weten of mijn vrouw...'

'Die luxe heb je niet,' zei ze scherp. 'De hoofdinspecteur van Moordzaken is op dit moment in gesprek met de hoofdcommissaris. Als wij hier niet heel snel een vinger achter krijgen om de zaak open te breken, komt rechercheur Schatje terug om je op te halen en je in de bak te smijten. Dus probeer je te concentreren.'

Valentine zag dat ik als verdoofd naar het nieuws staarde, waarop een helikopter te zien was die rechtstreekse beelden uitzond van Hotel Angeleno. Hij stak een hand uit en gaf een klap op de zwijgende tv, die spontaan naar een soap zapte. 'Waar was je op vijftien februari, negen uur 's avonds?' vroeg hij.

Ik sloot mijn ogen en probeerde na te denken. Maandag, twee dagen geleden... 'Toen reed ik naar Indio, op weg naar Elisabeta. Hoezo?'

'Zijn daar getuigen van?'

'Natuurlijk niet. Ze zeiden heel duidelijk...' Mijn keel werd dichtgeknepen en ik voelde een steen in mijn maag. 'Waarom? Wat is er gebeurd?'

'Wij werden gebeld voor een geval van vandalisme bij Keith Conner thuis. Iemand had met een spuitbus LEUGENAAR op zijn schutting geschreven, was toen over het hek geklommen en had een dode rat op de voorruit van een van zijn auto's achtergelaten. Een van de bewakingscamera's had beelden van de indringer op het terrein, in het halfdonker. De man had ongeveer jouw postuur, maar zijn gezicht was niet te zien omdat hij...'

'... een Red Sox-cap droeg,' vulde ik zachtjes aan.

'Precies. Het is niet ons district, maar we werden erbij geroepen omdat...'

'Omdat Conner dacht dat ik het was. Natuurlijk. Een paar dagen eerder was ik bij hem langs geweest.'

'Geen vriendschappelijk bezoekje, hoorden we.' Valentine bladerde in zijn opschrijfboekje. 'Conner was er niet blij mee. Hij had al een klacht ingediend, de ochtend voor die inbraak bij hem thuis.'

'Dus hij en ik zijn keurig door de hoepels gesprongen die ze voor ons omhooghielden. Ik ben naar hem toe geweest en hij heeft melding gemaakt van mijn rare, agressieve gedrag.'

'Ja. En zijn raadsman adviseerde hem om documentatie aan te leggen.'

'Daarom kwamen jullie naar mijn werk. Vanwege die klacht.'

'Vanwege de ruzie tussen jou en Conner moesten we wel poolshoogte nemen, om te zien of je geen gekke dingen deed. Eerst dachten we nog dat Conner dat bezoekje verzonnen had om je zwart te maken, maar toen vonden we een paparazzo die kon bevestigen dat je daar was geweest.'

Joe Vente.

'En daarna spraken we met het hoofd beveiliging bij Summit Pictures, je vriend Jerry Donovan, die ons vertelde dat je achter Conners adres probeerde te komen. En de barman van de Formosa zei dat je al bij het ontbijt aan de borrel was.'

'Geweldig,' zei ik. 'Een labiele alcoholist met een obsessie.' Ik haalde diep adem. 'Nou, wat is het volgende punt? Het moordwapen? Dat is van mij. Het zal dezelfde golfstok wel zijn die ik die insluiper in mijn tuin achterna heb gesmeten. En ik heb ook problemen op school; verzuimde colleges, ruzies met studenten. Ik heb een paranoïde wantrouwen tegen overheids- agenten, zoals blijkt uit mijn filmscript, en ik heb zelfs mijn hele huis ge- sloopt in een krankzinnige zoekactie naar denkbeeldige afluisterappara- tuur.'

'Je vrouw kan bevestigen dat die er wel degelijk waren,' zei Sally. 'De microfoontjes en camera's.'

'O ja,' zei ik. 'Een onpartijdige getuige.'

'Toen we Jerry Donovan spraken over de inbraak bij Keith Conner, ver- telde hij dat hij zendertjes bij jullie thuis had gevonden, en zelfs in jullie kleren. Dus we hebben een onafhankelijke bevestiging.'

Jerry moest echt hebben gedacht dat ik een gevaar voor Conner vorm- de, anders zou hij wel zijn mond hebben gehouden over zijn clandestiene bezoekje aan ons huis. 'Maar voor zover hij weet, had ik al die rommel ook zelf kunnen aanbrengen als onderdeel van een heel ingewikkelde dekmantel,' zei ik.

'Oké...' Sally had een kleur gekregen. 'Als jij Keith Conner hebt doodge- slagen, waarom zat er dan geen bloed op je handen of je kleren?'

'Dat hangt van de hoek af. Wie er verstand van heeft, kan dat van tevo- ren berekenen. Als je het goed doet. En heeft de technische recherche de zwanenhals onder de wastafel gecontroleerd?'

Sally en Valentine keken elkaar aan. 'Ja,' zei ze langzaam. 'Sporen van bloed.'

'Afkomstig van Keith, ongetwijfeld. Dat bewijst dat ik na de moord het bloed heb afgewassen.'

'Voor welke partij ben je eigenlijk?' vroeg Valentine.

'Ik geef jullie gewoon de feiten. Ik heb geen kopieën van die dvd's of e-mails, en de websites zijn allemaal gewist. Het enige wat ik kan laten zien zijn die korte video's van tien seconden, die ik met mijn eigen mobiel heb gemaakt en die ik ook zelf in scène had kunnen zetten. Ten slotte ben ik diep in de nacht uit bed geglipt om bij Hotel Angeleno in te breken, nadat ik eerst tegen mijn vrouw had gelogen dat ik niet zou gaan. Ik heb zelfs iemand van het personeel ontweken, op een verdachte manier.'

'Je weet wel een overtuigende zaak op te bouwen voor de aanklager,' zei Valentine.

'Ik ben de ideale zondebok: kwaad en verongelijkt. Ze hoefden alleen maar op de juiste knoppen te drukken om mij met open ogen in de val te lokken.'

De soap werd onderbroken door een nieuwsflits: een foto van Keith Conner met zijn geboorte- en sterfdatum, en beelden van mijzelf terwijl ik uit het hotel werd afgevoerd, met een grauw, gespannen gezicht en mijn tanden ontbloot in een apengrijns die weinig menselijks had. Ik kon me helemaal niets van die wandeling herinneren, behalve de flitslampen en de fotografen die mijn naam riepen in de hoop dat ik hun kant op zou kijken. Mijn naam en mijn gezicht op het ochtendnieuws. Ook de oostkust kon al lezen over de trieste affaire. Mijn ouders, bij de koffie aan het ontbijt... Ik was nu zo'n enge, psychopathische moordenaar, een man met een lege blik en vreemde grieven en obsessies, die hij veel te lang had opgekropt, totdat ze bloederig tot uitbarsting waren gekomen. Met een verpletterend besef drong het tot me door dat niets in mijn leven ooit weer normaal kon worden.

Maar Valentine gaf me geen tijd voor zelfmedelijden. 'Als je alles weet, vertel dan ook maar waarom iemand al die moeite zou hebben gedaan om jóú erin te luizen.'

'Het ging niet om mij. Ze wilden Keith vermoorden.'

'Of jou te grazen nemen,' zei Valentine.

'Er zijn eenvoudiger manieren om mij aan te pakken dan een filmster te vermoorden.'

'Ja,' zei Sally, 'maar niet zo laaghartig als dit.'

'Leg uit,' zei Valentine tegen mij.

Ik had mijn hoofd gebogen, maar voelde hun blikken op me gevestigd. Ondanks mijn angst dwong ik mezelf om na te denken. 'Ze wilden Conner dood, dus zochten ze iemand met een geloofwaardig motief. Die was snel gevonden. Onze ruzie was breed uitgemeten in de pers, compleet met een rechtszaak en een aanklacht wegens mishandeling.'

Voor zover ik wist stond die rechtszaak nog steeds, want van mijn advocaat had ik niets meer over dat schikkingsvoorstel van Summit Pictures gehoord. Was er ooit wel sprake geweest van een oplossing, of hadden ze me ook op die manier belazerd? Had die hele juridische toestand hier wel iets mee te maken? Het was al ingewikkeld genoeg, dus wilde ik Sally en Valentine niet vermoeien met zo'n vaag verhaal, in elk geval niet voordat mijn advocaat iets concreets van de studio in handen had.

Valentine stoorde me in mijn overpeinzingen. 'Als het niet om jou ging, waarom hebben ze dan al die moeite gedaan om jou door al die hoepels te laten springen?'

'Denk na,' zei ik. 'Noem mij eens iets wat overal ter wereld meer aandacht krijgt dan een moordproces in Hollywood. Elke voetafdruk, elke datum of tijdstip, elk woord van een getuige-deskundige wordt aan de grote klok gehangen. En met een ster als sláchtoffer? Deze zaak zal kritischer worden gevolgd dan welke andere ook vanaf het begin van dit soort moordprocessen. Er mag geen enkele twijfel zijn aan de bewijzen. En zelfs dan lukt het jullie meestal niet een veroordeling uit het vuur te slepen.'

'Dus je bedoelt dat ze meer nodig hadden dan een zondebok,' zei Sally. 'Ze zochten een zondebok die ze zodanig konden manipuleren dat hij zichzelf zou opknopen.' Ze kauwde op het dopje van haar pen. 'Het is bekend dat Moordzaken nogal eens last krijgt van tunnelvisie als ze eenmaal een verdachte op het oog hebben. Jouw stalkers gingen ervan uit dat er geen grondig onderzoek zou komen als ze de recherche maar een glasheldere zaak konden presenteren.'

'De vraag is dus,' zei ik, 'wat een grondig onderzoek zou opleveren?'

'Een andere verdachte, met een motief. Wie heeft er verder nog een goede reden om Keith Conner te willen vermoorden?'

'Filmcritici,' zei Valentine, en hij trotseerde Sally's vernietigende blik. 'Waar komt het altijd op neer? Geld, seks of wraak.' Hij knikte in mijn richting. 'Jouw ruzie met hem had al die elementen.'

Er kwam een herinnering bij me boven, en ik knipte opgewonden met mijn vingers. 'Die paparazzo, Vente, vertelde me dat Keith een meisje uit een club zwanger had gemaakt en dat ze wilde aantonen dat hij de vader is. Nu Keith dood is, gaat al zijn geld misschien naar die vrouw en de baby.'

Sally sloeg een blaadje van haar opschrijfboekje om en maakte aantekeningen.

'Iemand als Keith,' zei Valentine, 'moet wel meer van dat soort affaires hebben gehad.'

'Ja,' zei ik. 'Genoeg. Laat iemand ook zijn zaken nagaan. Of hij de verkeerde mensen geld schuldig was, iemands echtgenote heeft geneukt, of wat dan ook. De moordenaar loopt nog vrij rond. Zorg vooral dat justitie dit niet als een afgeronde zaak beschouwt. Jullie moeten me helpen.'

Sally en Valentine keken me zwijgend aan, een beetje gespannen en – zoals ik vreesde – hulpeloos.

Ergens in het gebouw sloeg een deur dicht. Er klonk gedempt geschreeuw, dat snel aanzwol. 'Ik weet dat hij hier is!' Het volgende moment zag ik door de spiegel Ariana de verhoorkamer binnenstormen, zwaaiend met haar arm alsof ze zich juist van iemand had losgerukt. 'Waar is hij? Wáár?'

Twee straatagenten renden achter haar aan. De hele scène speelde zich af alsof de doorkijkspiegel een breedbeeld-tv was. Ari's onverwachte verschijning in deze situatie was een beetje verwarrend; een verschuiving van tijd en plaats, als een geest uit Dickens' *Christmas Carol*.

Haar gezicht was rood aangelopen en ze had haar vuisten gebald. Met de tafel tussen zich in hielden ze elkaar in de gaten. 'Ik wil hem zien. Ik wil weten of alles goed met hem is.'

Eindelijk drong de werkelijkheid tot me door en hoorde ik mezelf roepen: 'Ari! Ari! Ik ben hier.'

Geluiddicht.

Ik sprong overeind, maar Sally legde een verrassend sterke hand op mijn schouder. 'Nee,' zei ze. 'Eerst moeten we jullie verklaringen hebben opgenomen, apart van elkaar.'

We bleven even staan, ikzelf en de twee rechercheurs, starend naar mijn wanhopige vrouw. 'Ik laat haar niet...'

Valentine draaide mijn arm op mijn rug, zo hard dat ik kreunde. 'We hebben je nog niet ingerekend, maar als je zo doorgaat, doen we dat wel. Ga je door met je verhaal, of neem je liever een derde hypotheek op je huis om je borgtocht te betalen?' Hij drukte me stevig op mijn stoel terug. 'Doe wat je gezegd wordt.'

In de verhoorkamer boog Ariana haar schouders en huiverde. Ik zag dat ze bijna in tranen was. Haar vastberadenheid verdampte. Een van de agenten liep om de tafel heen en pakte haar arm. 'Mevrouw, gaat u mee?'

De andere agent wierp zenuwachtige blikken naar de spiegel, naar ons. Natuurlijk had Ari het meteen door. 'Patrick? Is hij daar? Zit hij daarachter?'

Ze liep naar de spiegel toe en trok haar arm los. 'Patrick, waarom zit je daar? Is alles goed?'

Ze boog zich naar voren, met haar gezicht vlak bij het glas, en probeerde naar binnen te kijken. Ze staarde ons recht aan.

Sally maakte een geluid in haar keel en Valentine zei: 'Jezus.'

Ik legde mijn hand tegen de ruit, over die van Ariana heen. Het was het enige wat ik kon doen.

Mijn wangen gloeiden, ik beet op mijn lip en dwong mijn adem te bevriezen in mijn borst. We hadden zoveel tijd verspild aan onze onnozele problemen, en daar stond ik nu, achter een doorkijkspiegel van een verhoorkamer, starend naar mijn vrouw, die mij niet kon zien en met wie ik niet mocht praten. De symboliek was dramatisch genoeg voor een filmscript van een van mijn studenten. Mijn stem klonk hees en gebroken. 'Jullie moeten me uit de gevangenis houden.'

'Vertel ons dan iets,' zei Sally.

'Ik kan jullie niets vertellen. Ze hebben me klem.'

'Je hebt geen tijd om medelijden te hebben met jezelf. De mannen achter die Danner-schoen, maat zesenveertig, rekenen erop dat je niets anders bent dan een tweederangs scenarioschrijver. Je bent overal ingetuind. Als je jezelf wilt redden, kom dan met je eigen materiaal.'

'Is er iemand, behalve je vrouw, die kan bevestigen dat zij – wie zij ook mogen zijn – daadwerkelijk bestaan?' vroeg Valentine.

Ik sloeg ritmisch met mijn vlakke hand tegen mijn hoofd om mezelf op te peppen. 'Elisabeta heeft een e-mail gekregen met het bericht dat iemand met een Red Sox-cap bij haar langs zou komen. Maar een mailtje stelt niet veel voor. O, wacht. Doug Beeman. Ze hebben hem ook gefilmd. Hij heeft dvd's, net als ik.'

'Ze kunnen beweren dat jij Beeman zelf hebt gefilmd.'

'Maar hij ontvangt die dingen al maanden. We kunnen onze bewegingen nagaan, als bewijs dat ik hem niet kan hebben gefilmd. Bovendien heeft hij nog steeds de opname uit de kelder van die school.'

'Geef ons het adres.'

Ik schreef het op.

'Het enige wat jij moet doen is goed nadenken en proberen je alles te herinneren van de afgelopen negen dagen en wat ons verder nog van nut kan zijn. En snel.' Sally scheurde het adres van het blocnote. 'Ondertussen gaan wij naar Beeman.'

'Hij zal mijn verhaal bevestigen.'

'Het is te hopen voor je,' zei Valentine, en ze verdwenen.

Ik bleef een hele tijd zitten, huiverend, terwijl ik naar de zielloze rechthoek van de zwijgende tv op de standaard keek. Kleur en beweging. Vormen. De soap maakte plaats voor een commercial over een nieuw scheerapparaat met vijf mesjes, wat er voor mijn versufte brein vier te veel leken. Ik kneep mijn ogen dicht en probeerde alles terug te halen wat er was gebeurd, te beginnen met die koude dinsdagochtend toen ik in mijn boxershort de veranda op was gestapt. Maar steeds dwaalden mijn gedachten af. De gevangenis. Mijn huwelijk. Wat er nog over was van mijn goede naam.

Ik liep naar de deur. Buiten stond een agent in uniform tegen de muur geleund, bladerend in een tijdschrift. Geen verrassing. Hij tilde zijn hoofd op en keek me aan. Ik deed een stap de gang in. Hij maakte zich los van de muur. Ik deed een stap terug. Hij leunde weer tegen de muur.

'Oké.' Ik sloot de deur en liep met slappe benen naar mijn stoel.

Elisabeta was op de tv.

Ja, ze was het! Ze zat op een witte bank, met haar benen over elkaar geslagen, tegen een achtergrond van wapperende gordijnen.

Heel even kon ik niet verwerken wat ik zag. Had de pers op de een of andere manier haar connectie met mij ontdekt?

Nee, er verscheen een reclametekst op het scherm. Ik stond op, deed een paar aarzelende stappen en liep op mijn tenen naar het toestel om het geluid harder te zetten.

'... een vezelrijke drank,' hoorde ik Elisabeta zeggen, 'die zorgt voor een regelmatige stoelgang en bovendien het risico op hartaandoeningen verkleint.'

Geen accent. Het was onthutsend, verbijsterend, alsof ik opeens een interview zag met Antonio Banderas die Jamaicaans sprak.

Nu liep ze over een glooiend grasveld met een kanariegele sweater over haar schouders en een glimlach op haar gezicht. Een mierzoete voice-over zei: '*Fiberestore*. Voor een gezonde spijsvertering en een gezond leven.'

Nog een close-up van haar glimlach. Dat gezicht, met die enigszins scheve neus, die alledaagse trekken... Als zij baat had bij extra vezels, dan was het ook goed voor jou.

Mijn longen stonden op barsten. Ik was vergeten adem te halen.

Elisabeta. In een tv-reclame. Zonder een spoor van een accent, alsof ze uit Columbus, Ohio kwam.

Een actrice. Ingehuurd om een rol te spelen.

Dat betekende dat ik ook Doug Beeman wel kon vergeten als mijn laatste hoop. Sally en Valentine waren op dit moment onderweg naar zijn appartement. Het zou een zinloze expeditie blijken.

Versuft deed ik een stap bij de televisie vandaan. Ik wilde gaan zitten, maar miste de rand van de stoel, die omviel. Zelf kwam ik op de grond terecht, maar nog altijd kon ik mijn blik niet losmaken van de tv, hoewel de soap alweer verderging.

De deur werd opengegooid en Kent Gable kwam binnen met een klein gevolg van mannen in pakken. Linnen broeken, pistoolholsters onder hun jasjes, politiepenningen glimmend aan hun riem. De afdeling Moordzaken, ten voeten uit, tot en met hun loafers en hun vastberaden tred. Gable keek met een schuin hoofd op me neer. De goedkope vloertegels onder mijn handen voelden zo kil als de dood, een ijzige kou die tot in mijn botten kroop.

'Sorry, Davis,' zei hij. 'De wittebroodsweken zijn voorbij.'

35

'Waarom...?' Ik schraapte mijn keel en begon overnieuw. 'Waarom heeft de officier zich bedacht?'

Gable draaide de autoweg op. Bij wijze van antwoord gooide hij een map over de rugleuning van zijn stoel.

Het ding raakte me tegen mijn borst. Omdat ik handboeien om had, moest ik mijn handen bijeenhouden om het dossier te kunnen doorbladeren. Het leek een verzameling geprinte e-mails.

Zijn partner, een brede latino die zich niet had voorgesteld, antwoordde: 'We hebben huiszoeking bij je gedaan. Zo te zien had je zelf de boel al overhoopgehaald.' Hij nam niet de moeite zich om te draaien. Zijn hoofdhuid schemerde onder zijn stekeltjeshaar. 'Daarna zijn we naar je werk gegaan. Dat gezamenlijke kantoortje met die Dell-computer. Dacht je echt dat we niet ál je computers zouden onderzoeken?'

Ik las de bovenste e-mail, verzonden vanaf peepstracker8@hotmail.com naar het mailadres op mijn werk: *Je verzoek ontvangen. Was dit wat je zocht? Laat het weten als je nog meer informatie nodig hebt.* Er was een bijlage met een plattegrond; een landhuis, zo te zien. Ik keek naar de datum: zes maanden geleden.

'Wat is dit?' vroeg ik, schor van angst.

'Lees maar door,' zei Gable. 'Het wordt nog erger.'

Het antwoord, zogenaamd door mij verstuurd, luidde: *Kun je ook mensen volgen, informatie verzamelen over iemands dagindeling?*

Ik keek weer naar de blauwdruk. Het huis kwam me bekend voor, tot en met het olympische zwembad en de garage met ruimte voor acht auto's.

De reactie, per mail: *Dat doen we niet. Alleen maar documenten. Sorry, vriend. Laat het geld achter op de afgesproken plaats.*

Daarna volgden een paar mailtjes, zogenaamd van mij, met mislukte pogingen om een anoniem vuurwapen te bemachtigen via verschillende dubieuze kanalen. De laatste uitdraai was een onlineboeking voor een kamer in Hotel Angeleno, onder een valse naam.

Gable hield me voortdurend in de gaten in zijn spiegeltje. Ik zat verstijfd van ongeloof. Mijn mond viel open, maar de woorden wilden niet komen.

Sally en Valentine, de enigen die me wilden geloven, waren op weg voor een zinloze missie. En inmiddels had ik nog veel meer te ontkennen. De bewijzen leken overweldigend. Mijn eerste gedachte in mijn toenemende paniek was dat ik misschien écht door het lint was gegaan. Was dit hoe het voelde om psychotisch te zijn?

Auto's zoefden voorbij, links en rechts van ons, mensen die van hun lunchpauze terugkwamen. Een tengere brunette zat achter het stuur te roken en praatte in haar mobieltje, met een gepedicuurde voet op het dashboard, naast haar stuur. Mexicanen verkochten bloemen bij de afrit. Uit een radio klonken Lou Reeds *colored girls* met hun refrein: *Doo-doo-doo-doo.*

'Dacht je dat het voldoende was om je mails te wissen?' grinnikte Gables partner. 'Ze laten altijd sporen achter op je harde schijf. Onze man had ze binnen een paar minuten opgediept.'

'Maar mijn computer thuis was schoon?' vroeg ik langzaam.

'Tot nu toe.' Gable fronste zijn wenkbrauwen. 'Wat maakt het uit? We hebben de bewijzen al gevonden op die Dell.'

Ik schudde mijn hoofd en keek weer uit het raampje. De zon was warm op mijn gezicht. Ik was koud, hongerig en angstiger dan ik ooit voor mogelijk had gehouden. Maar ze hadden zojuist de eerste zwakke plek in hun bewijsvoering blootgegeven, en dat gaf me nieuwe moed. Als ik uit de gevangenis wilde blijven, zou ik me elke minuut van de afgelopen negen dagen moeten herinneren om alle ongerijmdheden te vinden. Even snel als zij hun zaak tegen mij opbouwden, moest ik die steen voor steen weer afbreken. En liefst binnen de twintig minuten die ze nodig hadden om me af te leveren bij het huis van bewaring in het centrum van de stad.

Een zwaar getatoeëerde reus in een oranje overall, met een ketting door zijn handboeien geregen, versperde bijna de hele doorgang aan het einde van de gang. Hij werd geflankeerd door twee bewaarders, zodat ik me afvroeg of er nog genoeg ruimte voor ons was om te passeren. Gable verstevigde zijn greep op mijn onderarm en duwde me vooruit. Toen we vlak bij de arrestant waren, dook hij op me af om me een kopstoot te geven. Ik wankelde achteruit en hoorde nog de echo's van zijn grinnikende lach toen we de hoek om waren.

Even later stonden we bij de receptie, een ruimte met een paar bureaus, een politiecamera, een achterwandje voor de foto's, en een rij metalen bankjes die aan de betonvloer waren vastgeschroefd. Een paar verveelde agenten aten een taco boven hun papieren. Op een kleine tv was een foto van mij te zien in een blazer die ik van mijn agente had moeten kopen voor de presentatie van de verkoop van mijn script. Ik zag eruit als iedere idioot die dacht dat hij het ging maken.

Een agent met hangwangen keek op. 'De verdachte in de zaak Keith Conner. Kunnen we je vingerafdrukken nemen?'

'Ze zitten al in het archief,' zei ik.

'Mooi. Dan zullen ze wel overeenkomen. Vaste procedure.'

Mijn hart ging nog tekeer door de confrontatie in het gangetje. Ik knikte, en de man nam deskundig mijn vingerafdrukken, terwijl Gable en zijn partner met een paar collega's discussieerden over Conners politiefilms en wat daar allemaal aan mankeerde. De dikke agent duwde mijn vingers alle kanten op, zonder een woord te zeggen of oogcontact te maken. Ik voelde me behandeld als een ding. Mijn schaarse bezittingen lagen in een plastic box, maar in elk geval droeg ik mijn eigen kleren nog. Dat leek me op dit moment de belangrijkste troost.

'Ik wil bellen,' zei ik, toen hij klaar was. Hij keek me uitdrukkingsloos aan. 'Ik heb toch recht op één telefoontje?'

De agent wees naar een betaaltelefoon aan de muur.

'Ik bel mijn advocaat,' zei ik. 'Kan ik een privélijn krijgen?'

'Moeten we ook een medium laten komen, zodat je met Johnnie Cochran kunt overleggen?' vroeg Gables partner.

Onder gelach nam Gable me mee, de hoek om, naar een spreekkamer die werd verdeeld door een plexiglas scherm met een gleuf erin voor documenten. Achter het raam zat natuurlijk geen advocaat, maar aan mijn kant van het plexiglas stond een ouderwetse zwarte telefoon op de gekraste houten balie.

'Dus je hebt al een strafpleiter achter de hand?' vroeg Gable. 'Kijk eens aan. Je had er rekening mee gehouden.'

'Nee. Ik bel mijn civiele advocaat voor een doorverwijzing. Maar ons gesprek is vertrouwelijk.'

'Je hebt vijf minuten.' En hij liet me alleen.

Zijn voetstappen stierven weg en het gesprek in de gang ging weer verder.

Ik pakte de telefoon en toetste de nul. Toen de centrale antwoordde, vroeg ik het nummer van het bureau West L.A. Na een paar seconden kreeg ik de dienstdoende brigadier.

'Hallo, met Patrick Davis. Ik moet rechercheur Sally Richards spreken. Het is dringend. Kunt u me doorverbinden met haar mobiel?'

'Ik... wat? Momentje. Patrick Davis? Was je net niet hier?'

'Ja, mevrouw.'

'En waar bel je nu vandaan?'

'Het huis van bewaring.'

'Juist. Wacht even, dan zal ik zien wat ik kan doen.'

Ik luisterde naar het ruisen van de lijn. Niet alle inkt was weggeveegd; ik had nog wat marineblauwe vegen op mijn vingertoppen. Toen ik ermee over het plexiglas streek, bleven er vage strepen achter.

'Pátrick?' vroeg Sally.

'Ja. Ik...'

'Wij zijn van de zaak gehaald. Ik kan niet met je praten, niet op deze manier. Je weet dat die betaaltelefoons worden afgeluisterd.'

'Ik zei dat ik mijn advocaat wilde bellen, dus hebben ze me een telefoon in de spreekkamer gegeven. We kunnen vrijuit spreken.'

'O.' Enige verbazing.

'Zijn jullie bij Beeman?'

'Nee, daar zijn we weer weg. Er was niemand thuis. Over een paar uur zullen we...'

'Laat maar. Luister... Elisabeta. Dat is een actrice. Ze zit in een tv-spotje voor *Fiberestore*, die oudere vrouw op een witte bank. Probeer haar te vinden. Ze is ingehuurd, en Beeman dus ook, daar kun je wel van uitgaan.'

'Wacht nou eens even. Hebben ze acteurs ingehuurd om...'

'Om mij te manipuleren, ja. Ik heb niet veel tijd, dus ik moet snel praten. Gable heeft een stel belastende documenten op de computer op mijn werk gevonden.'

'Dat heb ik gehoord,' zei Sally.

'Volgens mij zijn ze geïnstalleerd als virus toen ik die mailtjes opende.'

'Waarom denk je dat?'

'Omdat ik zo voorzichtig was geen van hun e-mails op mijn computer thuis te openen. En Gable zei dat de technische recherche niets had gevonden op mijn eigen computer.'

'Terwijl die stalkers daar het liefst hun mails hadden geïnstalleerd.'

'Precies. Ze wisten wel wannéér ik inlogde om de mails te openen, maar vermoedelijk niet waarvandaan.'

'Oké. En...?'

'Ik heb ook mailtjes geopend bij Kinko's en een internetcafé.' Ik gaf haar de twee adressen. 'Willen jullie nagaan of er documenten over Conner op de computers daar zijn geïnstalleerd?'

'Wat schieten we daarmee op?'

'Een paar van die vervalste documenten – de e-mails, dus – hebben achteraf een datum gekregen van een halfjaar terug. Als zulke bestanden ook op die andere computers te vinden zijn, moeten ze data en tijden vermelden toen ik daar helemaal niet was om computertijd te huren.'

Sally klonk enthousiast, of wat daar bij haar voor doorging. 'Kinko's en die internetcafés houden een tijdlog bij over het gebruik. Ze hebben zelfs inlogcodes om gebruikers te kunnen opsporen. Heb je met je creditcard betaald?'

'Ja.'

'Nog beter.'

Ik hoorde het krassen van haar pen. 'Ook als dit niets oplevert, heb ik toch alles nodig wat je je kunt herinneren om het OM te overtuigen.'

'Ik ben alles grondig nagegaan, zoals je zei, en er schoot me nog iets te binnen. Die avond van de vijftiende februari, 's avonds om negen uur?'

'Toen Keiths huis werd beklad. Ja?'

'Op dat moment was ik op weg naar Elisabeta, in Indio. Ze hadden me zo ver weg gestuurd om zeker te weten dat ik buiten beeld was. Maar mijn benzinemeter is kapot.'

'En?'

'Het lijkt alsof ik een volle tank heb, ook als dat niet zo is. Waarschijnlijk hebben ze gekeken om zich ervan te overtuigen dat ik onderweg niet zou hoeven tanken, zodat ik geen alibi zou hebben.'

'Maar dat heb je dus wel gedaan, getankt.'

'Ja. Controleer de afrekeningen van mijn creditcard om te zien bij welk benzinestation ik ben geweest.'

'Je had iemand anders kunnen sturen om te tanken met jouw card. Niet alle tankstations hebben bewakingscamera's buiten.'

'Ik ben in de shop geweest om een pakje kauwgom te kopen. Binnen hebben ze altijd camera's. Dus moet je beelden van me kunnen vinden op hetzelfde moment dat iemand anders met een Red Sox-cap die dode rat tegen Keiths voorruit achterliet. Dan heb je een tweede verdachte en kan ik bewijzen dat ik daar niet was. Het is misschien zelfs voldoende om mij uit de gevangenis te houden terwijl zij proberen hun aanklacht weer rond te krijgen.'

'Misschien ben je toch meer dan een tweederangs scenarioschrijver.'

'Ja, ik ben ook een tweederangs verdachte.' Er werd op de metalen deur gebonsd. Ik liet mijn stem dalen. 'Hij komt eraan, dus nog één ding. Ze hebben me niet aangehouden. Ik geloof niet dat ik daadwerkelijk ben gearresteerd.'

Gable gooide de deur open. 'Genoeg gekletst, Davis. Ga je mee?'

'Hoe bedoel je?' vroeg Sally. 'Hebben ze dan niet je vingerafdrukken genomen en je op je rechten gewezen?'

Ik keek naar Gable. 'Alleen het eerste.'

Een korte stilte. 'Dus waarschijnlijk hebben ze je gevráágd of ze je vingerafdrukken mochten nemen, zodat het met jouw instemming gebeurde, hoewel je niet eens wist dat je een keus had.'

'Precies.'

'Je kunt wel worden vastgehouden voor verhoor, een redelijke tijd, zonder gearresteerd te zijn.'

'Hoor je me niet?' zei Gable.

'Ja,' antwoordde ik. 'Ik ben aan het afronden.'

'Als je niet officieel bent aangehouden,' zei Sally, 'dan is het OM huiverig om je in staat van beschuldiging te stellen.'

'Waarom?' vroeg ik.

'Het is een heel rare zaak, en dan druk ik me nog voorzichtig uit. In eerste instantie vroeg de officier of Valentine en ik een alternatief scenario konden onderzoeken. Haar kantoor kan zich niet nog een blunder veroorloven, dus gaat ze langzaam en voorzichtig te werk. Jij kunt elk moment worden aangeklaagd, dus wil ze je niet meteen laten oppakken en wacht ze tot ze zekerheid heeft. Ze hebben uiteindelijk een jáár gewacht om Robert Blake in staat van beschuldiging te stellen, en je weet hoe dat is afgelopen.'

'Hang je nu op?' zei Gable.

Ik klemde mijn vuist om de hoorn. 'Maar die laatste vondst...'

'Ik weet het,' zei Sally. 'Ik zal niet tegen je liegen. Die e-mails, vals of niet, zijn dodelijk. De officier moet nu beslissen of ze je wil aanklagen, en het feit dat ze het onderzoek heeft overgedragen aan Moordzaken, geeft wel aan hoe ze denkt.'

Gable zuchtte en deed een stap naar me toe.

'Hoor eens, Frank,' zei ik. 'Ik moet ophangen. Kun je...'

'... de officier bellen met jouw nieuwe aanwijzingen? Ja. Ik hoop dat ze er gevoelig voor is. Zulke bewijzen kunnen de doorslag geven, zodat ze voor de veilige weg kiest en je voorlopig niet laat oppakken.'

Ik dacht aan die reus van een gevangene op de gang, die me een kopstoot had willen geven. Als het fout ging, zou ik vannacht nog met hem in een kooi kunnen zitten. 'Hoe lang heb je nodig?'

'Geef ons twee uur. Daarna kun je het forceren.'

Ik probeerde de wanhoop uit mijn stem te houden. 'Forceren? Hoe moet ik weten of...?'

'Ze zullen je formeel in staat van beschuldiging moeten stellen, of je laten gaan,' zei Sally.

'Maar ik wil het niet op de spits drijven als...' begon ik. Gable staarde me aan, dus zweeg ik.

'Het is je enige kans,' zei ze. 'Twee uur. Tegen die tijd hebben we de officier overtuigd, of blijken jouw bewijzen niet te kloppen.'

189

Gable stak ongeduldig zijn hand uit naar de telefoon, maar ik draaide me bij hem vandaan. Ik kneep zo hard in de hoorn dat mijn vingers er pijn van deden. 'Maar hoe weet ik hoe het ervoor staat?'

'Dat weet je niet.'

Gable legde zijn duim op de haak en verbrak de verbinding.

Na een uur en zevenenvijftig minuten op de harde houten stoel van de verhoorkamer had ik overal pijn, en kramp in mijn onderrug. Om beurten hadden Gable en zijn partner me doorgezaagd over alle aspecten van mijn leven. Ik had eerlijk en consequent geantwoord, terwijl ik vocht tegen mijn paniek en mijn hersens pijnigde hoe ik het moest spelen als het moment was aangebroken. Tot nu toe had Gable alles zorgvuldig als een vraag geformuleerd: 'Wil je met me meekomen?' Zolang ik meewerkte, was er geen reden om me te arresteren, en ik liet niet merken dat ik mijn rechten kende. Voorlopig.

Gable ijsbeerde voor me langs, en ik zag zijn horloge weer. Ik had Sally en Valentine twee uur de tijd gegeven om tegenstrijdige bewijzen te vinden en met de officier te praten. Het werd tijd om de zaak te forceren en te zien of ik vrij zou komen of in de cel zou belanden.

'Ben ik eigenlijk aangehouden?'

Gable bleef staan en maakte een grimas. 'Dat zei ik toch niet?' antwoordde hij voorzichtig.

'Je wekte wel sterk de indruk.'

'Op de plaats delict zei je dat je wilde meewerken met de rechercheurs Richards en Valentine. Je bent vrijwillig met hen meegegaan naar het bureau. Wij hebben je alleen ergens anders naartoe gebracht. Dat hebben we je gevraagd. We hebben je ook gevraagd om je vingerafdrukken, en of je een paar vragen wilde beantwoorden.'

'Goed,' zei ik. 'Dan kan ik dus gaan?'

'Nog niet. We mogen je vasthouden voor...'

'... ondervraging, ja. Een redelijke tijd. Ik zit hier nu al zo'n zestien uur. Als jullie me nog langer vasthouden zonder me in staat van beschuldiging te stellen, zal een jury dat niet waarderen, als het zover komt.'

'O, zover komt het wel.'

'Je hebt geen goede reden meer om me hier te houden. Ik heb al jullie vragen beantwoord. Jullie hebben genoeg tijd gehad om mijn huis en mijn kantoor te doorzoeken, dus er is ook geen gevaar meer dat ik bewijzen zal vernietigen. Jullie weten waar je me kunt vinden als jullie me weer nodig hebben, en ik vorm geen vluchtrisico. Mijn gezicht is op alle nieuwszenders geweest. Zelfs als ik niet aan de bedelstaf was, zou ik weinig kans hebben om me achter een grote zonnebril te verbergen en op het vliegtuig naar Rio te stappen.'

Gable stond stil. Zijn verbazing maakte plaats voor ergernis.

'Zeg alsjeblieft tegen de officier dat ik voldoende heb meegewerkt. Ze moet nu de trekker overhalen en me arresteren, anders wil ik terug naar mijn eigen leven.'

Gable hurkte, met zijn hoofd nog lager dan het mijne. Hij trok zijn lip op. 'Dit wist je al langer. Je hebt het afgewacht, al die tijd.' Hij keek me aan, half geamuseerd, half geërgerd. 'Dus je had je advocaat aan de lijn?'

Ik gaf geen antwoord.

'Goede advocaat,' zei hij.

'De beste.'

'Ik moet zelf ook even bellen. Zo meteen kom ik terug met een antwoord. Het een of het ander.'

De deur viel dicht en ik bleef alleen met de pijn in mijn nek en mijn troosteloze reflectie in de doorkijkspiegel. Dat ik er belazerd uitzag was nog vriendelijk uitgedrukt. Mijn gezicht was bleek en gezwollen, met donkere wallen die mijn ogen ondersteunden. Mijn haar stak alle kanten op; ik had er steeds aan zitten trekken. Mijn gewrichten deden pijn. Ik boog me voorover en wreef met de muis van mijn handen in mijn ogen.

Misschien kwam ik nooit meer thuis.

Had Californië de dodelijke injectie of de elektrische stoel?

Hoe was ik hier in godsnaam terechtgekomen?

Er kraakte iets, rechts van me, en Gable doemde in de deuropening op. Wanhopig probeerde ik zijn gezicht te lezen. Het stond strak en minachtend.

Hij draaide zich om en liep weg, terwijl hij nijdig de deur opensmeet, die tegen de buitenmuur knalde en trillend terugkaatste, met het geluid van een stemvork.

Ik bleef in mijn stoel zitten en staarde naar de zwiepende deur. Ten slotte stond ik op en stapte naar buiten. Gable was nergens meer te bekennen. De plastic box met mijn bezittingen stond op de grond bij de deur, met de goedkope prepaid erbovenop, voor iedereen te zien. Ik zocht mijn Sanyo totdat ik me herinnerde dat Sally die had meegenomen om de opnamen te bekijken. Mijn knieën kraakten toen ik me bukte om de box te pakken. Aan het einde van de gang zag ik de liften. Ik liep erheen, terwijl ik mijn eigen ademhaling hoorde weergalmen in mijn hoofd en me schrap zette. Iemand zou me wel tegenhouden of het besluit herroepen; het omgekeerde van gratie op het laatste moment.

Maar ik haalde het. Toen de deuren achter me dichtschoven, leunde ik slap tegen de wand van de lift, met de plastic box onder mijn arm. Het duurde een eeuwigheid voordat ik beneden was. Niemand stond me op te wachten om me de weg te versperren. Ik sjokte door de hal, de zware voordeur uit. Buiten begon het al te schemeren. Smog waaide de straat door, maar de lucht voelde zo fris als een lentebries in mijn longen. Ik gooide de prepaid in een vuilnisbak.

Ik had moeite mijn evenwicht te bewaren toen ik de brede trappen afdaalde. Op straat aangekomen ging ik met een plof op de stoeprand zitten, met mijn voeten in de goot. Auto's en bussen zoefden voorbij. Een broos blad daalde fladderend op het asfalt neer, als een stervende vogel. Ik keek ernaar, minutenlang.

'Opstaan!' Daar stond ze, over me heen gebogen, haar silhouet afgetekend tegen het licht. Ik was verbaasd, maar toch ook niet. 'Werk aan de winkel.' Sally stak haar hand uit, en na een korte aarzeling greep ik die. Ik was al half overeind toen mijn knieën het begaven en ik me liet terugzakken op de stoeprand.

'Geef me nog heel even,' zei ik.

36

'Twee dingen waren beslissend,' zei Sally toen we over de 101 reden. 'Het benzinestation had digitale beelden van jou bij de kassa, die ze meteen naar ons hebben gemaild. Dat gaf je een alibi voor de inbraak bij Conner, en het leverde een tweede verdachte op. Genoeg reden voor het OM om te gaan twijfelen.'

Valentine was nog bezig om Elisabeta op te sporen, dus zat ik voor in de auto, wat me weer vaag het gevoel gaf mens te zijn. Ik belde Ariana voor de vijfde keer, maar al haar nummers waren bezet. Sally had me mijn Sanyo teruggegeven. De opnamen op het mobieltje waren nutteloos. Toen ik het aanzette, zat de voicemail vol met opgewonden steunbetuigingen van bijna iedereen die het nummer had, te veel om allemaal naar te luisteren, in mijn huidige stemming.

'En,' vervolgde Sally, 'de computer die je bij Kinko's had gehuurd – een Compaq – bevatte inderdaad een hele reeks bestanden, op verschillende plaatsen, waaruit bleek dat je Conner haatte en de moord zorgvuldig had voorbereid. Volgens de data gingen die mails wel een jaar terug. Maar los van de vraag waarom je zulke bewijzen op een gehuurde computer zou laten slingeren, is het onmogelijk dat jij die mails geschreven hebt.'

'Omdat de data niet klopten met de momenten waarop ik de computer had gehuurd?'

'Sterker nog.' Ze veroorloofde zich een tevreden lachje. 'Uit het serienummer van de Compaq blijkt dat hij onderdeel was van een grote zending die op 15 december de fabriek verliet. Dat betekent dat de computer nog niet eens bestónd toen jij zogenaamd die belastende mailtjes erop achterliet. In dat opzicht ben je ze dus te slim af geweest. Ze rekenden erop dat je je mails thuis of op je werk zou openen.'

'Dan staat het nu 97-1 voor de tegenpartij.'

'Hé,' zei ze, 'het is een begin.'

Ik belde weer onze vaste lijn, Ariana's mobiel, en haar werk. Bezet of van de haak. Een volle voicemail, geen reactie.

Een knipperend icoontje op mijn eigen telefoon trok mijn aandacht. Een sms'je. Weer zo'n dreigend bericht? Ik opende het nerveus en slaakte een zucht van verlichting toen ik zag dat het van Marcello was: *Ik dacht dat je dit snel nodig had.* De meegestuurde foto was een opname uit de video die ik met mijn mobiel had opgenomen: de reflectie in de voorruit van het voertuigidentificatienummer, sterk vergroot en een heel stuk scherper. Ik sloot mijn ogen en zei een dankgebedje voor Marcello's technische talent.

'Wat?' zei Sally.

Ik hield de telefoon omhoog, zodat ze het kon zien. 'Dit is het identificatienummer van de auto uit de tweede e-mail. Toen de stalkers door de voorruit van een auto de route filmden naar die Honda in het steegje.'

Ze pakte haar portofoon en gaf het nummer aan de centrale door, met een verzoek aan de dienstdoende brigadier om het te controleren. Toen ze de verbinding verbrak, zei ze: 'Dat meisje uit die club, over wie je het had? Ze heeft een miskraam gehad, dus er was geen proces tegen Conner omdat hij de vader zou zijn. Nou ja, van déze baby dan. Het voertuig-identificatienummer moet geen probleem zijn. We krijgen straks het antwoord.'

'Bedankt,' zei ik. 'Omdat je me serieus hebt genomen. En de rest. Ik weet dat je je nek uitgestoken hebt.'

De banden dreunden over de afslag van de autoweg. 'Laat ik je één ding duidelijk zeggen. Ik mag je wel, Patrick, maar wij zijn geen vrienden. Er is iemand vermoord. Misschien was het een klootzak, maar hij is wel vermoord in mijn district, en dat maakt me kwaad. Heel erg kwaad. Ik wil weten wie hem heeft vermoord en waarom – zelfs als jij het bent – en niets is zo motiverend als nieuwsgierigheid. Bovendien, en dat mag je ouderwets vinden, kan ik de gedachte niet verdragen dat iemand onschuldig achter de tralies zit. Waarheid, gerechtigheid en dat soort gelul. Dus ik stel je dankbaarheid op prijs, maar ik zeg je er wel bij dat ik het niet voor jóú gedaan heb.'

We zwegen een tijdje. Ik keek uit mijn raampje en probeerde Ariana weer te bereiken. En nog eens. Onze vaste lijn was nog steeds bezet. Had ze de hoorn van de haak gelegd? Terwijl ik bezig was, ging mijn mobiel. Ik keek gespannen naar de beller, maar het was de filmfaculteit van Northridge. Waarschijnlijk niet om me opslag aan te bieden. Gefrustreerd gooide ik mijn telefoon op het dashboard. Hij knalde tegen de voorruit. Ik haalde een paar keer diep adem en staarde naar mijn schoot. Het duurde even voordat het tot me doordrong dat we stilstonden.

Sally was gestopt bij een haveloos flatgebouw in Van Nuys, dat ik maar al te goed kende. Ze stapte uit, terwijl ik bleef zitten, turend naar het toegangshek en de binnenplaats erachter. APPARTEMENTEN TE HUUR, stond er nog steeds op het roestige bordje dat aan de goot heen en weer bungelde.

Aanwijzingen genoeg, maar ik had ze niet gezien.

Sally trommelde ongeduldig op de motorkap. Ik stapte uit en keek met ontzag naar het gebouw. Het was vertrouwd, maar in mijn gedachten ook veranderd, na wat er was gebeurd. De bewonerslijst, achter glas, met de lege plek voor appartement 11. Ik herinnerde me dat ik had aangebeld, maar dat de intercom was uitgeschakeld. Wat was ik trots op mezelf geweest toen ik had bedacht dat ik die vier cijfers moest intoetsen om binnen te komen. Zo trots dat ik niet besefte dat ik op weg was naar een appartement zonder huurder en zonder intercom.

We bleven staan voor de afgesloten deur. Sally wachtte veelzeggend, totdat ik begreep waarom. Met een trillende vinger toetste ik de vier cijfers in. Er klonk een zoemtoon, Sally opende de deur en wuifde me met haar hand naar binnen. Ik ging voorop.

De trap op en de galerij over, naar Beemans appartement. Dat ouderwetse sleutelgat, waarachter ik Beemans oog naar me had zien staren.

'Ik heb de beheerder gebeld,' zei Sally. 'Hij zegt dat die flat al maanden leegstaat. Waterschade... waarschijnlijk heeft de eigenaar de schimmel nog niet laten weghalen. De beheerder is niet ter plaatse om ons binnen te laten, en ik kan geen huiszoekingsbevel krijgen. Het is mijn zaak niet, weet je. Jammer.' Sally legde haar handen op de balustrade en keek uit over de binnenplaats beneden, neuriënd bij zichzelf, iets klassieks. Ik keek naar haar achterhoofd.

Toen draaide ik me om en trapte de deur in.

Het broze hout bood weinig weerstand. Gebogen bleef ik in de deuropening staan. Alles leeg. Geen matras meer, geen vuile kleren, geen breedbeeldtelevisie met – heel handig – een dvd-speler. Alleen de vochtige stank van schimmel, stofjes die in een lichtstraal dansten, en die vochtplek op de muur.

Het leek alsof ik een droomwereld binnenstapte. Na een paar passen bleef ik staan.

Daar had hij gezeten, op zijn hurken, heen en weer wiegend voor de televisie, met zijn armen om zich heen geslagen.

Een acteur.

Die verslagen nederigheid, waarmee ik me zo sterk had vereenzelvigd. Een man die kwetsbaar had geleken, gefrustreerd, beschadigd.

Een man die was betaald om mij te belazeren.

Hij was de belichaming geweest van mijn hoop en angst. Hij wist hoe wanhopig ik hem wilde verlossen; mezelf verlossen. Zelfs in het licht van al het andere bleef het een vernederend, verpletterend verraad.

Sally zei iets. Ik knipperde met mijn ogen. Mijn oren suisden, als een echokamer van mijn gedachten. 'Wat?'

'Ik zei, als we Doug Beeman kunnen vinden, ben jij gered.'

Ergens in het appartement klonk een piepje van een elektronische chip. Sally's hand ging naar haar heup. We keken elkaar aan, en Sally knikte in de richting van de badkamer. We slopen erheen, zo zacht mogelijk over het versleten kleed. De deur ging geruisloos open onder de druk van haar knokkels.

De badkamer was verlaten, maar achter de wc-pot, aan de zijkant, pas zichtbaar toen we langs de gebarsten wastafel waren geslopen, lag een mobiele telefoon. Waarschijnlijk was hij uit een broekzak op het half-ronde, pluizige kleedje gevallen toen iemand op de bril was gaan zitten.

Weer een piepje.

Sally ademde uit, terwijl ik hurkte en de telefoon openklapte. De screen-saver was een foto van Jessica Alba in *Sin City*, met de naam van de eige-naar in paarse letters: MIKEY PERALTA. Doug Beemans echte naam op de mobiele telefoon die hij zogenaamd niet bezat?

Ik zette de speaker aan en drukte op PLAY.

'U hebt een bericht van...' en daarna een opgenomen, hese stem met een sterk New Yorks accent: 'Roman LaRusso.' Toen: 'Mikey, dit is Roman. De mensen van de deodorant belden me in paniek op toen je vanochtend niet kwam opdagen. Ik dacht dat je gewoon een kater had, maar daarna hoorde ik dat je misschien een ongeluk had gekregen? Is alles oké? Kun je morgen naar de set komen? Bel me, als je wilt, ik maak me zorgen.'

Twintig minuten later stonden we in het Valley Presbyterian Hospital over het lichaam van Mikey Peralta gebogen. De hartmonitor vertoonde een wilde grafiek, met pieken en dalen, als een nerveus aandeel op de beurs. Een van zijn oogleden was gesloten, glad als ivoor, het andere half open, met de wijnrode oogrok eronder. Zijn voorhoofd vertoonde een deuk aan de rechterkant, een bloedeloze holte, zo groot als een vuist. De grijsbruine ziekenhuispyjama spande zich over zijn compacte, gewelfde borstkas en zijn armen hingen slap langs zijn lijf, met de handen onna-tuurlijk naar binnen gekromd. Donker, opgekamd haar, naar achteren geföhnd vanaf de terugwijkende haarlijn, omlijstte zijn krijtwitte gezicht tegen het kussen.

Hersendood.

De verpleegster van de intensive care praatte met Sally, achter me. '... de melding van een ongeluk. De automobilist was doorgereden, ja. Ik geloof dat er geen getuigen waren. Bij aankomst was hij niet meer aanspreek-baar.'

Ik moest de schok nog steeds verwerken. Terwijl Sally in en uit liep, telefoneerde en informatie inwon, stond ik met een lege blik naar dat lichaam te staren. Het was onmogelijk om hem als iemand anders te zien dan als Doug Beeman.

Ik deed een stap naar voren en tilde zijn hand op. Een levenloos gewicht. De binnenkant van zijn polsen was effen en glad. De littekens van het scheermes waren niets anders geweest dan schmink en special effects.

Voorzichtig liet ik zijn arm terugzakken. Er hing een lucht van whisky om hem heen.

Valentine arriveerde en overlegde fluisterend met Sally. 'Moordzaken zal er niet blij mee zijn dat we hem hebben meegenomen hiernaartoe.'

'Hoor eens, we hebben wel andere zorgen,' zei Sally. 'Blijkbaar willen ze schoon schip maken en al hun sporen uitwissen. Zodra ze weten dat Patrick op vrije voeten is...'

'Toe nou. Ze zullen hem heus niet zomaar neerknallen. Dan begrijpt iedereen dat hij erin was geluisd, en zal het onderzoek...'

Ik draaide me om, en ze zwegen. 'Elisabeta is de volgende,' zei ik. 'Heb je haar al opgespoord?'

'Ik kon haar niet vinden,' zei Valentine. 'Dat tv-spotje van *Fiberestore* is al twee jaar oud. Volgens het contract heette ze Deborah B. Vance, maar die naam is niet terug te vinden in het bevolkingsregister, en we hebben geen laatst bekend adres. Actrices zijn altijd een probleem. Om de vijf minuten nemen ze een nieuwe identiteit aan. Ze werken onder verschillende namen, ze verhuizen en ze ontduiken de belastingen. Hun financiën en hun kredithistorie zijn net zo overzichtelijk als een bord spaghetti. Ik heb de vakbonden gebeld, maar die hebben ook geen betalend lid onder die naam. Ik kan wel verder wroeten, maar...' – een veelbetekenende blik naar Sally – 'het is onze zaak niet, en ik durf te wedden dat Moordzaken al onze stappen al...'

Ergens op de gang hoorden we: 'Agent, u kunt niet met z'n allen in de kamer van de patiënt...' En toen een dreunende stem: 'Geen "agent", maar hoofdinspecteur!'

Valentine keek Sally aan, en mimede: *Verdomme*.

De deur ging open en de hoofdinspecteur kwam binnen met zijn assistent. De ogen van de hoofdinspecteur, die dezelfde koffiekleur hadden als zijn huid, gleden door de kamer. Hij was van middelbare leeftijd, niet echt lang, stevig gebouwd maar een beetje mollig door het verstrijken van de jaren. Hij zou een onopvallende verschijning zijn geweest als hij niet een gezag had uitgestraald alsof hij radioactief was. Een adertje klopte in zijn hals, maar verder leek hij zijn woede redelijk onder controle te hebben. 'Jullie hebben de belangrijkste verdachte meegenomen om de dood te onderzoeken van een persoon die een rol speelt in zijn eigen zaak?' Hij wees met twee vingers mijn kant op. 'Misschien was hij zelf wel de bestuurder die is doorgereden.'

'Dat is niet mogelijk, meneer.'

'O nee? En waarom dan wel niet, rechercheur Richards?'

'Omdat ik steeds bij hem ben geweest, vanaf het moment van zijn vrijlating.'

'Heb je hem bij het huis van bewaring opgehaald?' Elke lettergreep werd beklemtoond.

Nog steeds produceerde Peralta's monitor die geruststellende piepjes.

'Dat klopt.'

De man haalde diep adem en zijn neusgaten verwijdden zich. 'Kan ik de beide rechercheurs even spreken?' Hij keek naar mij, voor het eerst dat hij mijn aanwezigheid rechtstreeks erkende. 'Jij wacht op de gang.'

We gehoorzaamden prompt. Terwijl ik me op een stoel bij de receptie liet zakken, volgden Sally en Valentine de hoofdinspecteur naar een leeg kamertje. De assistent stelde zich buiten als wachtpost op, met een uitdrukkingsloos gezicht. De deur viel met een klik in het slot, en daarna heerste er absolute stilte. Geen dreunende bariton, geen verontwaardigde misthoorn, maar de ijzige stilte van het kerkhof.

Mijn telefoon ging, en ik hoopte vurig dat het Ari was. Maar toen ik hem haastig uit mijn zak haalde, zag ik op het scherm het nummer van mijn ouders. Ik haalde diep adem en stak de telefoon weer in mijn zak. Niet het beste moment voor een verklaring.

De hoofdinspecteur kwam weer naar buiten, en de assistent volgde hem op de voet toen ze langs me heen liepen. Bijna trapten ze me op mijn tenen. Valentine stapte even later het kamertje uit, met het zweet op zijn voorhoofd. Hij bleef naast me staan, maar staarde recht voor zich uit. 'Vier jongens, Davis. Dat zijn heel wat rekeningen. De zaak is overgedragen aan Moordzaken, en aan Moordzaken alleen. Het spijt me, man, maar ik ga me niet in mijn zwaard storten voor jou.'

Ik wees naar de kamer van Mikey Peralta. 'Ze hebben hem vermoord.'

'Die vent heeft al twee veroordelingen achter de rug wegens rijden onder invloed. Een verkeersongeluk? Dat is niet echt een verrassing.'

'Dat wisten zij ook. Daarom hebben ze hem uitgekozen.'

'O, dat ook al?' Hij streek zijn snor glad met zijn duim en wijsvinger. 'Deze zaak is echt te groot voor jou. De politie, de samenzweerders, de pers... iedereen houdt je in de gaten. Als je maar één misstap maakt, hoe klein ook, ga je eraan. En dan kunnen wij je echt niet helpen. Mijn advies aan jou is om naar huis te gaan, je gedeisd te houden en te wachten tot de hele toestand zijn beloop heeft gehad.'

En hij liep naar de liften. Ik bestudeerde de neuzen van mijn schoenen, me scherp bewust van Sally's aanwezigheid achter die deur aan de overkant. Was zij mijn enig overgebleven bondgenote? Eigenlijk wilde ik daar niet binnenstappen om te horen hoe het zat.

Maar ik deed het toch. Niemand had de moeite genomen om het licht aan te doen, maar het scherm van een röntgenapparaat verspreidde een bleek schijnsel. Sally zat op een brancard, met haar brede schouders gebogen. Haar overhemd spande met donkere kreukels over haar buik. 'Ik ben weg,' zei ze.

Angst sloeg door me heen. 'Ontslagen, bedoel je?'

Ze maakte een afwerend gebaar. 'Toe nou. Ik ben een vrouwelijke rechercheur, en lesbisch, dus niemand kan mij ooit ontslaan. Een alleenstaande moeder, bovendien. Shit, over baangarantie gesproken.' Maar haar toon was bepaald niet luchtig. 'Ze hebben me van deze zaak gehaald, en ik moet mijn hoofdinspecteur elk uur van de dag op de hoogte houden waar ik ben.' Ze veegde haar mond af. 'Dat voertuigidentificatienummer dat je me hebt gegeven behoorde aan een huurauto van Hertz, gehuurd met een creditcard van een bv, Ridgeline Inc. De brigadier heeft dat bedrijf opgezocht en vertelde me dat het lijkt op die Russische poppetjes die allemaal in elkaar passen: de ene bv gekoppeld aan de andere, tot in het oneindige. We waren nog niet eens bij het laatste bedrijf toen de verbinding werd verbroken.'

'Waarom vertel je dat aan mij? Wat moet ik ermee...?'

Maar ze ging gewoon door. 'Tenzij dat lichaam in die andere kamer het grootste toeval is sinds Martha Stewarts aandelenhandel, proberen die lui hun sporen uit te wissen. Waarschijnlijk laten ze jou wel in leven, want aan een dode zondebok hebben ze niet veel. Dan zou iedereen beseffen dat het een complot was, en...' Ze wapperde met haar handen. 'Maar ze houden je wel in het vizier en ze wachten af.'

'Kan ik bescherming krijgen?'

'Beschérming? Patrick, je bent de hoofdverdachte.'

'Jij en Valentine zijn de enige politiemensen die me geloven. En hij heeft zijn handen ervan afgetrokken. Er kan wel een lek zijn, ergens anders bij de politie, misschien zelfs bij Moordzaken. Ik heb niemand anders die me kan helpen of die ik kan vertrouwen. Laat me nou niet in de steek.'

'Ik heb geen keus!' Ze boog haar hoofd en ik zag rode vlekken op haar wang. Ze had haar hand uitgestoken om haar antwoord te onderstrepen, en hij bleef in de lucht hangen, met haar vingers wijzend in het niets. Ik hoorde een eentonig gepiep uit de aangrenzende kamer en besefte met een rilling dat het de hartmonitor van Mikey Peralta moest zijn.

'Ben je...?' Ik had even tijd nodig om tot mezelf te komen. Mijn stem beefde, na haar uitbarsting. 'Ben je van plan de tegenstrijdige bewijzen aan Moordzaken over te dragen?'

'Natuurlijk. Maar luister, Patrick, in elke zaak zijn er wel feiten die niet helemaal met elkaar kloppen. Maar de bewijzen gaan zo overweldigend in één bepaalde richting dat het onderzoek die kant op zal gaan en daar niet meer van af zal wijken. Als ze de zaak voor negentig procent rond hebben, is dat veertig procent beter dan normaal.'

'Maar er zijn harde bewijzen...'

'Niet alle bewijzen zijn even belangrijk.' Ze werd weer kwaad. 'En je moet goed begrijpen dat al die feiten maar bouwstenen zijn, niets meer of minder. Met dezelfde elementen kun je verschillende argumenten opbouwen. Of tégenargumenten. Die camerabeelden van het benzinestation bewijzen wel dat je niet bij Conner bent geweest om zijn huis te bekladden, maar misschien heb je wel iemand anders gestuurd, zodat jij een alibi kon organiseren. Begrijp je? Het is maar hoe je ernaar kijkt. De lijnen zijn uitgezet. Dat is niet corrupt of politiek, dat is geen vooropgezet plan. Zo werkt het systeem nu eenmaal. Daarom is het een systeem.'

Ik verhief mijn stem, net als zij. 'Dus het enige wat Moordzaken nu nog doet is achteroverleunen en alles aan elkaar breien wat ze al hebben?'

Ze keek me aan alsof ik niet goed wijs was. 'Natuurlijk niet. Ze zullen dag en nacht bezig blijven om die zaak tegen jou op te bouwen, zodat ze je kunnen aanhouden. En nu definitief.'

'Wat... wat moet ik dan doen? Naar huis gaan en wachten tot ze me komen halen?'

Haar handen kwamen omhoog van haar knieën en vielen weer terug. 'Dat zou ik niet doen.'

De ziekenhuislucht smaakte bitter en medicinaal, of misschien lag dat aan mij. Sally liet zich van de brancard glijden en liep langs me heen.

'Ik moet mijn vrouw zoeken,' zei ik. 'Kan ik een lift krijgen naar mijn eigen auto?'

Ze bleef staan, met haar rug naar me toe. Heel even trok ze haar brede schouders op. 'Niet van mij.'

De deur viel achter haar dicht. Door de muur heen klonk het aanhoudende gepiep van de monitor. Ik bleef achter in het halfduister, luisterend naar de hartslag van een dode man.

37

Op de achterbank van de taxi slaakte ik een zucht van verlichting toen ik mijn aftandse Camry zag staan. Omdat ik niet formeel was aangehouden, hadden ze ook mijn auto niet in beslag genomen. Er hing nog wat pers rond bij de ingang van Hotel Angeleno, maar gelukkig had ik de vorige avond een eind verderop geparkeerd, op een plek waar niemand op lette.

Ook mijn portemonnee had ik weer terug. Toen ik mijn laatste geld tevoorschijn haalde, wees de goed gemanierde Punjabi taxichauffeur naar het hotel en vroeg me in prachtig Engels: 'Hebt u gehoord wat hier gisteravond is gebeurd?'

Ik knikte, stapte haastig uit de taxi en dook snel mijn auto in, onopgemerkt in de invallende schemering. De radio liet ik uit. Mijn handen, die wit weggetrokken om het stuur lagen, leken mager en knokig. De straten waren nat en donker. Insecten dansten om de lampen van de straatlantaarns. Toen ik de heuvel op reed, hoorde ik het gedreun van helikopters, als de baspartij van Los Angeles. Ik hield mijn Sanyo tegen mijn oor gedrukt, luisterend naar mijn vader. 'Je hoeft het maar te zeggen, en we zitten in het vliegtuig.'

'Ik heb het niet gedaan, pa.' Mijn mond was droog. 'Ik wil dat je dat weet.'

'Natuurlijk weten we dat.'

'Ik had hem toch gezegd dat hij niet naar die stad moest gaan?'

'Mama, niet nu!' zei ik, hoewel ze op de achtergrond zat te huilen en mij niet kon horen.

'Ik heb het hem toch gezegd?'

'Ja, hoor,' antwoordde mijn vader haar. 'Omdat je dít zag aankomen...'

Ik kwam de bocht om en zag de nieuwshelikopters rondcirkelen, met hun zoeklichten op onze voortuin gericht. Ik was geschokt. Hoewel ik het geluid al had gehoord, was het niet bij me opgekomen dat ons huis het doelwit zou kunnen zijn. Op dit moment was ik dus het mikpunt van de sensatiepers, de opgespelde kikker onder de laboratoriumlampen. Auto's en busjes stonden in een dichte rij langs beide stoepranden geparkeerd, en nieuwsploegen zwermden langs de stoepen. Een vent met een baseballcap stond in onze brievenbus te loeren. Ari's witte pick-up stond onder een schuine hoek anderhalve meter van onze stoep, alsof hij haastig was achtergelaten bij een overstroming of een buitenaardse invasie.

Ik had mijn telefoon laten vallen, maar hoorde nog steeds de blikkerige stem van mijn moeder. 'Wat je maar wilt, Patrick. Wat je maar wilt.'

Ik remde krachtig, om achteruit te rijden, maar het was al te laat. Van alle kanten werd ik bestormd, en ik begreep voor welke lawine Ari haar pick-up was ontvlucht. Camera's flitsten, verslaggevers ramden met hun vuisten op mijn ruiten en schreeuwden mijn naam. Voorzichtig reed ik verder, naar onze oprit. De motorkap van de auto wrong zich tussen heupen en benen door, totdat de neiging om te vluchten te sterk werd en ik het maar opgaf.

Ik greep mijn telefoon en gooide mijn portier open, dat meteen werd opgevangen door gretige handen. Een camera sloeg tegen het raampje. Ik kwam overeind, maar werd door de vloedgolf teruggeworpen in mijn auto. 'Geef hem de ruimte, geef hem de ruimte.' Ik deed een nieuwe poging en stortte me naar voren. Lenzen, microfoons en kunstmatig gebruinde gezichten drongen zich naar me op. 'Wat gaat er nu door je... Weet je vrouw... Is het waar dat Keith... Kun je in je eigen woorden... Ben je...'

Ze omstuwden me als een drijvende massa, struikelend over de stoeprand, vallend over elkaar heen. Pas toen ik onze eigen voortuin had bereikt, leek het of ik een magische grens was overgestoken. De meesten bleven achter, alsof ze werden tegengehouden door een onzichtbaar hek, een klein groepje achtervolgde me nog. Ik was te versuft om te protesteren. De lichtbundel van de helikopter viel over me heen, vlammend wit, hoewel ik me de hitte waarschijnlijk verbeeldde. De luchtstroom blies zandkorrels in mijn ogen. Onze veranda lag bezaaid met gele spoedbestellingen van DHL, voorzien van rode stickers met 24-UURS SERVICE. Toen ik mijn sleutels tevoorschijn haalde, zag ik een paar van de logo's: *Larry King Live, 20/20, Barbara Walters.*

Ik stak de sleutel in het slot, maar de deur ging al vanzelf open, en Ariana schreeuwde: 'Blijf van de veranda, dat heb ik al gezegd! Anders bel ik de politie weer...'

Ze verstijfde, en verbijsterd keken we elkaar aan over de drempel. Ik zag haar gespannen gezicht in het flakkerende licht van de flitslampen, die hetzelfde ritme hadden als mijn wild kloppende hart. 'Even een omhelzing bij thuiskomst... Ben je kwaad op je... Kunnen we een moment... Wat voel je nu dat...'

Ari greep mijn hand en trok me naar binnen. De deur sloeg dicht en ik was thuis.

'De grendel,' zei ze, en ik gehoorzaamde. Ze wilde mijn hand niet loslaten. Samen liepen we naar de bank en gingen zitten, bijna kalm. Op het zwijgende plasmascherm toonde Fox News beelden vanuit de lucht, het tuinpad waar ik zojuist nog had gelopen. Ik zag mezelf als een ontsteld stipje, dat zich uit de menigte losmaakte en houterig naar de voordeur wankelde.

Er werd aangebeld, en Ariana klemde haar zwetende hand nog strakker om de mijne. De telefoon ging. Toen Ari's mobieltje. En het mijne. En weer de vaste telefoon. Iemand klopte beleefd op de voordeur. Ariana's mobiel. De mijne.

De kussens waren van de bank gehaald of onhandig teruggelegd, ongetwijfeld door de politie toen die het huis had doorzocht. Paperassen en rekeningen lagen verspreid over het vloerkleed. De keukenkastjes stonden open, met de laden eruit getrokken en omgekeerd. Het moest een hel zijn geweest voor Ariana, en dat was allemaal mijn schuld.

Naast mijn schoen lag een van de vele nota's van mijn advocaat, bekeken en weggesmeten door de politie. Ik had nu ook nog een strafpleiter nodig. Als er geen wonder gebeurde, zouden we het huis moeten verkopen.

Wat had ik ons aangedaan?

'Toen ik wakker werd,' zei Ariana, 'was je verdwenen.'

'Ik wilde je niet laten schrikken.'

'En hoe liep dat af?'

'Niet zo best.'

Ze wilde iets zeggen, vloekte toen hartgrondig, zocht in haar tasje, zette de stoorzender aan en gooide die op het kussen tussen ons in. Het ding bleef zwijgend en onschuldig liggen, ongevoelig voor haar nijdige blik. Ze nam even de tijd om haar ademhaling onder controle te krijgen. 'Het bed was nog warm. En ik moest maar afwachten. Ik wist dat je naar het hotel was gegaan.'

'Ik kon geen weerstand bieden,' zei ik. 'Ik moest gaan.'

'Mijn instinct zei me dat het fout zat. Ik dacht dat ze je zouden vermoorden. Ik had bijna de politie gebeld. Maar toen belden ze mij, en ik dacht...' Ze drukte een vuist tegen haar mond, totdat haar ademhaling wat bedaarde. 'Nou, laten we maar zeggen dat ik nooit had gedacht dat het nieuws van jouw arrestatie nog eens een opluchting zou zijn.'

De telefoons gingen weer tekeer. Toen de vaste lijn even naar adem hapte, stond Ari op en sloeg de hoorn van de muur. Ze kwam terug en pakte weer mijn hand. Zo bleven we zitten, starend in het niets. 'Ze hebben alles doorzocht. Zelfs mijn doosje met tampons, godverdomme. De vuilniscontainer leeggegooid. Toen ik de slaapkamer binnenkwam, zat een agent mijn agenda door te lezen. Hij bood niet eens zijn excuses aan, maar bladerde rustig verder.'

Mijn mond was droog. 'Jij wist het,' zei ik. 'Maar ik wilde niet luisteren.'

'O, ik heb ook vaak genoeg niet geluisterd.'

Ik keek naar de rekening van mijn advocaat, bij de neus van mijn joggingschoen. Mijn gezicht voelde heet en branderig aan. 'Wat ik ons heb aangedaan... als ik het allemaal kon terugdraaien...'

'Ik vergeef het je.'

'Dat zou je niet moeten doen.'

'Toch wel.'

Ik knipperde met mijn ogen en voelde iets nats op mijn wangen. 'Zomaar?'

Haar greep was zo stevig dat mijn vingers er pijn van deden. De rotorbladen van de helikopters sneden door de avondlucht. 'Het moet toch ergens beginnen,' zei ze.

Alles wat we deden vroeg om overleg. Langs de kanalen zappen op tv. Langs een spleet in de gordijnen lopen. Berichten op de mobieltjes wissen; mijn Sanyo kon er maximaal zevenentwintig opslaan. Julianne, met een bemoedigende boodschap. Een huilende buurvrouw. Een vriend van school, zogenaamd bezorgd, maar gedreven door sensatiezucht. Mijn civiele advocaat, die bevestigde dat hij nooit dat schikkingsvoorstel van de studio had ontvangen en nu natuurlijk geen enkele reactie meer kreeg. Maar ik had nog wel een betalingsachterstand. Het hoofd van mijn faculteit, dr. Peterson, die zich beklaagde over 'een hele dag van verzuimde colleges. Ik begrijp dat er verzachtende omstandigheden zijn, maar helaas hebben we wel een verantwoordelijkheid tegenover de studenten. Ik moet je spreken. Ik verwacht je morgenochtend om tien uur.'

De bruuske manier waarop ze ophing onderstreepte mijn wanhoop. Ik zou er zijn, al zou het mijn dood worden. Juist in al die ellende om me heen had ik een wanhopige behoefte om me vast te klampen aan iets normaals. Het enige wat ik had was mijn werk aan de universiteit, en ik besefte nu pas wat dat baantje voor me betekende. Het was de reden geweest waarom ik toch uit bed was gekomen, al die ochtenden dat ik het liefst de dekens over mijn hoofd zou hebben getrokken, en dus was ik de faculteit heel wat schuldig. Bovendien hield het me met beide benen op de grond. Een bureau en een functie, het laatste stukje van mijn oude identiteit. Als ik dat ook nog kwijtraakte, waar bleef ik dan?

Ik schakelde mijn mobieltje uit en legde het op mijn bureau, waar vroeger mijn computer had gestaan voordat die door de politie was meegenomen. De meute persmuskieten voor de deur was uitgedund nu de fotografen plaatjes van mijn thuiskomst hadden geschoten en de verslaggevers hun verhaal hadden gedaan, maar er stonden nog heel wat anonieme busjes hoopvol langs de stoep, en de nieuwshelikopters bleven onvermoeibaar hun rondjes vliegen. Op de klok was het inmiddels 03.11 uur, en ik wist niet dat een mens zo moe kon zijn.

Eerder die avond had ik Ariana's laptop gebruikt om Ridgeline Inc. op te zoeken. Zonder veel succes. Een conglomeraat van bv's, inderdaad. Ik haalde de luxaflex op en staarde over de daken, terwijl ik me afvroeg wie er terugstaarde. Wie had me dit geflikt, verdomme? Waren ze nu trots op zichzelf? Bereidden ze hun volgende stap voor of wachtten ze gewoon tot de politie me definitief zou inrekenen?

Ik liep de gang door. Ariana lag onder de lakens, met opgetrokken knieen, het pakje Marlboro met de stoorzender op het nachtkastje. Iemand schreeuwde iets op straat en er blafte een hond, maar toen was het weer stil, afgezien van het achtergrondgedruis van de helikopters.

'Toen ik nog probeerde te schrijven,' zei ik, 'waren mijn personages altijd heel nuchter en verstandig. Ze bleven helder denken, ook onder druk. Wat een gelul. Zo gaat dat helemaal niet. Ik was zo ongelooflijk bang!'

'Je hebt het goed gedaan,' zei ze. 'Je hebt jezelf vrij gekregen.'

'Voorlopig.' Ik stapte in bed – ons nieuwe bed – en streelde haar haar. 'Ik bedoel... moord, gevangenis? Wij wonen in een staat die de doodstraf nog kent. Jezus, alleen al het feit dat ik daarover na moet denken!'

'Als we in die stemming blijven hangen, zullen we het niet redden. Dat is te wanhopig. Laten we elkaar iets beloven. De vorige keer dat we in problemen kwamen, na de film, en na Don, hebben we ons teruggetrokken en zijn we uit elkaar gedreven.' Haar donkere ogen glansden. 'Nu blijven we samen, wat er ook gebeurt. En we zullen vechten tot we er dood bij neervallen. Als we verliezen, dan met stijl.'

Mijn hart gloeide van dankbaarheid. Ariana's woorden waren een herhaling van de trouwbelofte die we elkaar hadden gedaan voor een statig altaar, toen alles nog simpel was en de toekomst helder. Op dat moment, terwijl ik met knikkende knieën naar de priester luisterde, had ik nauwelijks beseft wat die belofte betekende; dat ze er het meest toe deed als ze het moeilijkst kon worden nagekomen.

'Wat er ook gebeurt...' mijn stem was zacht en hees van emotie, 'we blijven samen.'

Ze legde haar arm om mijn borst, en dat beschermende gevoel maakte zich weer van me meester, sterker dan ooit.

'Ze hadden er niet op gerekend dat ik vrij zou komen,' zei ik. 'We zouden allebei een wapen bij ons moeten dragen.'

'Kun jij met een pistool omgaan?' Haar haar ruiste langs mijn gezicht toen ze opkeek. 'Ik ook niet. En ik denk niet dat de familie Davis voorlopig voor een wapenvergunning in aanmerking komt. En we willen hier geen illegaal wapen laten rondslingeren, deze week.'

'Ze loeren nog steeds op ons,' zei ik. 'Terwijl niemand achter hén aan zit. Ze houden ons in de gaten, reken maar.'

'Ja,' zei ze, 'maar dat doet iedereen.' Boven ons donkere plafond vloog een helikopter een rondje. Het geluid zwol aan tot een gejank en vervaagde toen. 'Zo zijn we veilig, in elk geval vannacht. Niemand zal de flitslampen en zoeklichten durven trotseren om ons te bedreigen. De aandacht van de pers heeft ook voordelen. En op dit moment moeten we gebruikmaken van elke kans. Dat is onze enige uitweg.'

'De troeven uitspelen die je hebt.'

'Zoiets zei Sally Richards ook tegen jou,' zei ze. 'We hebben antwoorden nodig, voordat een jury straks met permanente inkt jouw naam op de blanco regel schrijft.'

'Wie wilde Keith Conner uit de weg ruimen? Wie had er voordeel bij zijn dood? Wie is die linkshandige vent met Danner-schoenen maat zesenveertig met een steentje in het profiel?'

'Morgen ga ik wel op zoek naar een goede strafpleiter.'

'En ik blijf wroeten,' zei ik. 'Als ik met iets concreets kom, zullen Sally en Valentine wel moeten luisteren.'

'Of we vinden iemand anders.'

Ik kwam naast haar liggen. Het maanlicht wierp een bleek schijnsel over de lakens, door de kieren van de gesloten lamellen heen. Ariana lag op haar buik, met haar hoofd naar me toe gedraaid. De lijn waar haar huid de matras raakte, deelde haar gezicht zuiver in tweeën. Mijn hand lag plat naast mijn wang, de hare ernaast. We keken elkaar aan, twee delen van een geheel. Ik voelde haar adem op mijn gezicht. Ik zag niets anders meer dan haar. Het dichtstbijzijnde kloppende hart, vannacht en bijna alle andere nachten, de afgelopen elf jaar. Die donkere krullen, hoog tegen het kussen dat ze tegen het hoofdeinde had geduwd. De voorbode van kraaienpootjes bij haar ooghoek. Ik had ze zien komen, de laatste jaren, en ze waren net zo goed van mij als van haar, omdat ik een deel was van de pijn, de lach en het leven waaruit ze waren ontstaan. Ik wilde bij haar zijn om ze dieper te zien worden, maar nu was het lang niet meer vanzelfsprekend dat ik die kans zou krijgen. Ze knipperde even, en toen nog eens, voordat haar ogen dichtvielen.

Ik schraapte mijn keel. 'In voor- en tegenspoed.'

Ze legde haar hand over de mijne en mompelde: 'In goede en in slechte dagen.'

Ik dacht: *Totdat de dood ons scheidt.*

Tegen het aanbreken van de dag verdwenen de helikopters.

38

Nadat ik een paar uur had geslapen, volledig uitgeput, schrok ik wakker, met een pafferig gezicht en een koppijn die ik bijna kon hóren. De herinneringen aan de vorige dag raasden in alle hevigheid door mijn hoofd. In mijn slaap was ik achtervolgd door zendertjes en verborgen camera's, en de eerste gedachte die door mijn groeiende paniek heen drong was Ariana's regenjas.

Ik sloop de trap af. Het was zeven uur, en het gouden ochtendlicht viel door de kier tussen de gordijnen van de huiskamer. Hoe zwak het ook was, toch kneep ik mijn ogen halfdicht. Daarbuiten wachtte een harde wereld.

De jas hing in de voorste kast. Ik ging op de vloer van het halletje zitten en legde hem over mijn schoot. Toen haalde ik diep adem en kneep in de zoom. Daaronder voelde ik metaal. Het zendertje zat dus nog steeds in de jas genaaid. Langzaam rolde ik het ding heen en weer tussen duim en wijsvinger, om me vertrouwd te maken met het bestaan ervan. Ik wist niet hoe lang ik daar had gezeten toen ik schrok van Ariana, die achter me stond.

'Ik had al gecontroleerd of het er nog zat,' zei ze. 'Toen de politie was vertrokken.'

'De stalkers hebben wel het zendertje uit mijn Nike weggehaald, maar dit zit er nog,' zei ik. 'Dus weten ze niet dat wij die dingen hadden ontdekt.'

Ze hield het pakje Marlboro met de stoorzender losjes langs haar zij. 'Waarom zouden ze het ene zendertje hebben verwijderd en het andere niet?'

'Ze gingen ervan uit dat ik gearresteerd zou worden en dat de politie mijn kleren en schoenen door een scanner zou halen. Het zou wel héél merkwaardig zijn geweest als ik zelf zo'n ding in mijn schoen had verborgen.'

'Wat doen we nu hiermee?' Ze wees op haar jas.

'Draag hem maar niet. Het is droog buiten, dus zelfs als ze ons nog volgen, zullen ze geen achterdocht krijgen als je hem niet aantrekt. Als je naar buiten gaat, of naar je werk, zet dan je mobiel uit, want die kunnen ze ook volgen. Vraag of Martin of een van de meubelmakers je op het parkeerterrein opvangt en je van je auto naar binnen brengt.'

'Ik ga vandaag niet naar mijn werk,' zei ze. 'Het is daar ook een gekkenhuis. Bovendien moet ik advocaten bellen.'

'Als je thuis bent, hou het alarm dan ingeschakeld.'

'Patrick,' zei ze, 'ik ben heus wel voorzichtig.'

Ze liep naar de keuken en staarde naar de troep waar de politie de laden en de afvalemmer had omgekeerd. Toen haalde ze haar schouders op, viste een pan uit de rommel en zette hem op het vuur. Ik pakte de stoorzender, liep de trap op naar mijn werkkamer en staarde naar het lege bureau. Ik had moeite mijn gedachten op een rij te krijgen, maar ik moest beginnen bij Keith. Informatie verzamelen over het privéleven van een filmster was al moeilijk genoeg, zelfs als er geen moord in het spel was. Ik moest mensen zien te vinden die wisten hoe hij zijn dagen had doorgebracht, en met wie. Mensen bovendien, die bereid waren met de hoofdverdachte van de moord te praten. Dat was maar een kort lijstje. Ik kwam niet verder dan twee namen.

Ik pakte de prepaid die ik Ariana had gegeven, maar het ding deed het niet. Na een paar pogingen besefte ik dat de stoorzender het signaal wegdrukte. Dus bracht ik het pakje Marlboro naar Ari terug en liep de achtertuin in, waar ik vermoedelijk niet kon worden afgeluisterd. Ik belde anoniem naar het kantoor van mijn voormalige agente en vroeg een jongen van de postkamer het nummer van het productiekantoor van *The Deep End*. Toen ik daar, onder een valse naam, een assistente te spreken kreeg, reageerde ze kortaf, moe van al die telefoontjes over de moord op Keith. Ze weigerde me te zeggen hoe ik Trista Koan kon bereiken. Keith had gezegd dat Trista was ingevlogen voor de productie, dus had ze onderdak gekregen van de studio, een hotel of een bungalow; niet eenvoudig te traceren. Een telefoontje naar Nummerinformatie leverde niets op, maar dat had ik ook niet verwacht. En ik wist niet waar ze vandaan kwam.

Terug op mijn werkkamer zocht ik in mijn laden tot ik eindelijk het ivoorkleurige kaartje had gevonden met de naam van de tweede kandidaat op mijn lijstje. Ik vond Ariana's laptop in de slaapkamer en googelde hem. Eindeloze fotocredits. Hij bestond dus wel degelijk, in tegenstelling tot Doug Beeman en Elisabeta.

Weer naar buiten om te bellen. Het toestel ging over en eindelijk nam hij op. 'Joe Vente.'

'Patrick Davis.'

'Patrick. Vind je het niet wat laat om nu nog met een schandaaltje over Keith Conner te komen?'

'Ik moet je spreken.'

'Dat zal niet moeilijk zijn.'

'Hoezo?'

'Ik sta bij je voor de deur.'

Ik hing op, liep snel naar binnen en tuurde door het raam van de huiskamer. Schimmen in de auto's langs de stoeprand, maar de gezichten waren niet te onderscheiden. Mijn auto en die van Ariana stonden nog steeds scheef voor de stoep. Ik moest de hare in de garage zetten voordat ik naar mijn afspraak op de universiteit vertrok. 'Gepocheerde eieren?' riep Ariana uit de keuken.

'Ik denk niet dat ik een hap door mijn keel kan krijgen.'

'Ik ook niet, maar het leek me een goed idee om te doen alsof er niets aan de hand was.'

Ik zweeg nadrukkelijk, en even later hoorde ik de klik waarmee ze de stoorzender aanzette. Na zestien jaar las ze me als een open boek. 'Ik ben zo terug,' riep ik. 'Ik ga even met een van Conners paparazzi praten. Hij staat buiten.'

'De troeven uitspelen die je hebt,' zei ze.

Toen ik op de veranda verscheen, werden er een paar autoportieren opengegooid. Verslaggevers met camera's en kabels renden op me af. Een vrouwelijke reporter rukte de papieren make-upkraag van haar hals en sprintte in mijn richting, wiebelend op haar hoge hakken. Ik voelde me kwetsbaar, daar in de volle zon, maar ik had een wereld te trotseren en alles te bewijzen, wat niet zou lukken als ik me thuis verstopte, met de gordijnen dicht. In blind vertrouwen liep ik naar het einde van het pad, en inderdaad verscheen er een busje waarvan de zijdeur openschoof. Ik stapte in en we reden weg. Joe zat met kromme schouders, rookte een sigaret en neuriede mee met Led Zeppelin op een brakke stereo, trommelend met zijn vingers op het stuur. Zijn glimmende schedel schemerde door zijn dunne gele haar, dat was samengebonden in een paardenstaart die nog moest groeien. Het busje was ingericht voor een lange zit: koelbox, slaapzak, kookplaatje, een camera met een reusachtige telelens, draaistoelen, stapels kranten, tijdschriften met porno ertussen.

Hij reed het blok rond, zette het busje aan de kant en klom achterin, waar hij zich tegenover me liet zakken. Er lag een kleed op de vloer en het rook er naar wierook. 'Je bent groot nieuws.'

'Ik wil met je praten over Keith.'

'Laat me raden: je hebt het niet gedaan.'

'Nee,' zei ik. 'Precies.'

'Wat moet je met een persmuskiet zoals ik?'

210

'Ik wil weten wat Keith in zijn schild voerde in de dagen voor zijn dood. En ik neem aan dat niemand hem zo intensief heeft gevolgd als jij.'

'Dat kun je wel zeggen. Ik ken alle koffietenten en productiekantoren waar hij kwam, alle meiden die hij 's nachts bestelde, zelfs alle stomerijen waar zijn kléren zijn geweest.' Zijn mobieltje rinkelde als een ouderwetse telefoon en hij klapte het open. 'Joe Vente.' Hij kauwde op zijn gebarsten lip. 'Britney of Jamie Lynn? Wat draagt ze? Hoe lang zijn ze daar nog aan het bowlen?' Hij keek op zijn horloge en rolde met zijn ogen naar mij. 'Dat is me het ritje niet waard. Bel me maar de volgende keer dat ze er zijn.' De telefoon verdween weer in zijn zak en hij grijnsde zijn tanden bloot. 'Alweer een dag in het paradijs.'

'Heeft Keith ooit iets te maken gehad met een bedrijf dat Ridgeline Inc. heet?' vroeg ik.

'Nooit van gehoord.'

'Ken je zijn lifestylecoach?'

'Lifestylecoach?' Hij snoof. 'Bedoel je dat sexy blonde kreng? Ja, natuurlijk.'

'Kun je me haar adres geven?'

'Ik kan alles voor je regelen.'

Ik wachtte. En wachtte. Ten slotte vroeg ik: 'In ruil waarvoor?'

'Foto's van jou en een verhaal over wat er werkelijk in die hotelkamer is gebeurd. En nog op tijd voor de krantenkoppen van morgenochtend.'

'Dat gaat niet lukken. Niet voor morgenochtend. Maar ik kan je wel een primeur beloven als dit uiteindelijk goed afloopt.'

'Uiteindelijk? In dit vak gaat het alleen om mórgen. Niemand betaalt mij voor "uiteindelijk". Want tegen die tijd heeft iedereen al het verhaal. Dan wordt het een persconferentie van justitie en geen kijkje achter de schermen. Hoe langer het voortsleept, hoe officiëler het wordt.'

'Officiëler?'

'Je weet wel. De officiële, legitieme nieuwsprogramma's, en dat zeg ik met het grootste respect. Dan is het niet interessant meer voor opportunistische camerahoeren zoals ik. Je bent aan bederf onderhevig, Davis, dat moet je goed beseffen. Het juiste moment voor Patrick Davis in Zijn Eigen Woorden is maar kort. Kijk naar je voortuin. Gisteravond stonden er... hoeveel?... vijftig journalisten. Vanochtend nog acht? Volgende maand zijn het alleen nog de eenzame sukkels die uit een bruine papieren zak drinken en hopen dat je een keer naakt gaat zonnebaden, zodat ze hun foto op pagina vier van de *Enquirer* kunnen krijgen, omdat de pagina's één, twee en drie al volstaan met zogenaamd uitgelekte informatie van Moordzaken en smerige details uit het onderzoek.'

'Ik heb nog niet eens een advocaat, dus ik kan niets zeggen over de zaak.'

'Kom je daarom met me praten over Conners dagindeling?'

'Ik kan je alleen iets aanbieden op de lange termijn. Maar dan heb je ook wat.'

'Ik denk niet op de lange termijn.'

Ik boog me opzij en schoof de deur open. Toen ik me omdraaide, ging zijn gezicht schuil achter een reusachtige zoomlens en hoorde ik de sluiter in hoog tempo klikken. Ik hield de film omhoog die ik uit zijn camera had gehaald en gooide hem terug in het smoezelige busje. 'Als je je persoonlijkheid verandert, bel me dan.'

39

Met een gevoel van grote opluchting stopte ik op het parkeerterrein van de faculteit. Eindelijk iets herkenbaars, een deel van mijn vaste routine uit de tijd voordat ik kamer 1407 was binnengestapt. Hier kon ik weer mens zijn.

Ik keek in mijn spiegeltje of de reportagewagens me niet waren gevolgd, parkeerde mijn auto en liep naar Manzanita Hall. Aan de rand van het grasveld zaten een paar mannen op een bankje. Ze spuwden zonnebloempitten uit, en pas toen ik onopgemerkt achter hen langs liep, zag ik de camerariemen om hun nek. Zoals de meeste andere paparazzi die ik had gezien waren ze niet de zwetende zwijnen uit de film, maar knappe, jonge kerels met modieuze shirts en strakke North Face-jacks, die hun camera's verborgen achter designerhandschoenen. Ze zagen er gewoon uit, zoals jij en ik. Tot mijn ergernis ontdekte ik er nog een paar op de trappen van Manzanita, en een tv-ploeg een eindje verderop. Mijn zachtleren koffertje, vol met werk van mijn studenten, leek opeens een rekwisiet. Een paar hoofden draaiden mijn kant op.

Haastig liep ik langs de achterkant van het gebouw, waar ik een Aziatische student verraste, die één blik op me wierp en met een boog om me heen liep. De achterdeur zat op slot. Ik hoorde al voetstappen naderen om de hoek, dus bonsde ik op het raam. Er verscheen een gezicht achter het glas.

Diondre.

Eén roerloos moment staarden we elkaar aan. Hij droeg geen do-rag, zoals anders, maar had zijn haar in staartjes gevlochten. Een groep fotografen kwam inmiddels de hoek om. Iemand kreeg me in de gaten, en het hele stel begon te rennen. Ik gebaarde hulpeloos naar mezelf en toen naar de deur.

Eindelijk drong het tot Diondre door en opende hij de deur.

Ik glipte naar binnen en trok de deur achter me dicht. Hij viel in het slot op het moment dat de paparazzi verschenen. Diondre trok het rolgordijn omlaag.

Hoewel ik nog stond te trillen op mijn benen, grijnsde hij me zorgeloos toe. 'Ik heb me dus vergist in Paeng Smoke-a-Bong. Uw stalker was geen student. Nee, u had veel grootsere plannen.'

Ik lachte bleek en knikte naar de deur. 'Je hebt me gered.'

'Hebt u het gedaan? Conner vermoord?'

Na alles wat ik had meegemaakt was dit een verfrissend open gesprek. 'Nee,' zei ik.

'Ik geloof u.' Hij greep mijn hand bij de duim, en we gingen ieder een kant op. Meer hoefde hij niet te weten. Dat beviel me zo aan mijn studenten, dat ze de ingewikkeldste zaken nog konden terugbrengen tot een eenvoudige vraag. En antwoord.

Een paar passen bij me vandaan bleef Diondre staan. 'Ik weet dat het niet de meest sexy baan ter wereld is, lesgeven, maar ik ben toch blij dat u het doet.'

Ik keek naar de grond, en voelde mijn gezicht gloeien. Omdat ik de juiste woorden niet kon vinden, beperkte ik me tot: 'Dank je, Diondre. Ik ben er zelf ook blij om.'

Hij knikte vaag en liep weer door.

Ik nam de trap naar boven en sloop de gangen door. Hier en daar hoorde ik mijn naam fluisteren.

De secretaresse van de faculteit had haar handen gevouwen op haar lege bureau. 'Ze wacht al op u.'

Toen ik binnenkwam, keek dr. Peterson op van haar papieren. 'Patrick. Ga zitten, alsjeblieft.'

Ik deed het, met een zwakke glimlach, die hard en stijf aanvoelde rond mijn kaken.

'De faculteit wordt overspoeld met vragen van de pers,' zei ze. 'Het is nogal een toestand.'

Ik wachtte, met groeiende ongerustheid.

'Maar we hadden ook al veel klachten gekregen vóór die ongelukkige gebeurtenissen van... van...'

'De moord op Keith Conner,' zei ik.

Ze kleurde. 'Niet alleen vanwege de verzuimde colleges, maar ik begrijp dat je ook een heleboel werk nog niet hebt nagekeken?' Ze knikte naar mijn tas, die op mijn schoot lag als een baken van mijn incompetentie. 'Is dat nu gebeurd?'

'Nee,' zei ik. 'Ik... ik zou graag de kans krijgen om het goed te maken tegenover mijn studenten.' Ze wilde iets zeggen, maar ik hief mijn hand op. 'Alstublieft,' zei ik. 'Het spijt me dat het zoveel invloed heeft gehad op de faculteit, maar dat ik verdachte ben, betekent nog niet... Ik weet niet hoe lang het onderzoek gaat duren. Misschien wel maanden. En het leven gaat door, zelfs als...' Ik kletste maar wat. Ik haatte het geluid van mijn eigen stem, maar ik kon niet stoppen. 'Onze financiële situatie... Ik moet gewoon mijn brood verdienen. Ik weet dat ik een paar dingen zal moeten rechtzetten...'

Gelukkig onderbrak ze mijn gebrabbel. 'Rechtzetten? Je beseft blijkbaar niet wat een verstorende werking dit heeft op de faculteit.'

'Ik zal dubbel zo hard werken en geen enkel college meer verzuimen.'

'Hoe stel je je dat voor? Dat je meer tijd aan je werk zult kunnen besteden terwijl je je tegen een mogelijke aanklacht wegens moord moet verdedigen?'

Ik wist niet wat ik me had voorgesteld. In het licht van alles wat ik moest doen om mijn nek te redden, klonk het inderdaad nogal onnozel. 'Misschien zou ik een tijdje verlof kunnen nemen,' zei ik zonder veel hoop.

'Vreemd genoeg lijkt het erop alsof je dat al had gedaan.' Ze verschoof de papieren op haar bureau en maakte een aantekening. 'Naar onze mening is dit geen houdbare situatie.'

Door de gleuf van mijn koffertje zag ik hoe die scripts van de studenten me aanstaarden. Twee weken lang had ik hen al met een kluitje in het riet gestuurd. Sommigen, zoals Diondre, konden deze opleiding nauwelijks betalen, terwijl ik al mijn tijd besteedde aan mijn eigen verdediging tegen het ene gevaar na het andere. Ik haalde diep adem en probeerde me te vermannen.

'We hebben alles bijgehouden, op papier,' vervolgde ze. 'De zaak is wel duidelijk. Ik hoop niet dat je overweegt...'

Ik had nauwelijks nog de energie om mijn hoofd op te tillen. 'Wat?'

'Juridische stappen...?'

'Nee. O, nee. Natuurlijk niet. U hebt een gok met me genomen en ik heb het verprutst.' Ik stond op om haar een hand te geven over het bureau heen, en ze kwam half overeind uit haar stoel. Haar hand voelde koel in de mijne. 'Bedankt voor de kans,' zei ik.

Ze deed haar best haar opluchting te verbergen. 'Het spijt me van al je problemen, Patrick, echt waar. En ik vind het vervelend om je de les te moeten lezen terwijl jij op dit moment...'

Ik legde de werkstukken op de rand van haar bureau en tikte erop met een knokkel. 'Ik hoop dat u een goede opvolger voor mijn studenten zult vinden.'

Toen ik naar buiten stapte, voelde ik me oneindig verdrietig. Nu pas besefte ik hoeveel ik van mijn werk hield, maar dat was niet eens de grootste klap. Ik was droevig omdat ik mijn positie hier maar zo zelden had gewaardeerd, net als veel andere dingen in mijn leven waarvan ik me niet bewust was geweest en voldoende had genoten.

Vanuit het secretariaat keek ik voorzichtig naar buiten om te zien of de

215

gang vrij was. Als een vluchteling liep ik haastig verder. In de docentenkamer zat Marcello onderuitgezakt op de pluizige, geruite bank en deed
alsof hij werk nakeek, terwijl Julianne geërgerd met het koffiezetapparaat
in de weer was. Net als vroeger.

'Ik zal jullie missen,' zei ik vanuit de deuropening.

Ze keken allebei op, en hun gezichten veranderden.

'Meen je dat?' Julianne rende naar me toe en omhelsde me krachtig.

'Ja. Ik heb net de laatste werkstukken van mijn studenten ingeleverd.'

'Verdomme, Patrick, wat lullig.' Haar adem rook naar kaneelkauwgom.

Marcello stak me zijn hand toe. 'Kom hier,' zei ik, en ik omhelsde hem.

Julianne bleef aarzelend staan. 'Hoe is het met Ariana? Kan ik helpen?
Ik moet toch iets kunnen doen!'

'Meen je dat echt?'

'Nee, ik ben gewoon beleefd.'

'Ik heb een paar adressen nodig, een actrice uit een commercial en een
van de producenten van de documentaire die Keith zou maken.'

'Mensen uit de filmindustrie?' zei ze. 'Dat moet niet moeilijk zijn.'

'De politie heeft die actrice niet kunnen vinden, en ik dring niet tot die
producer door.'

'Maar jullie zijn ook niet afgestudeerd in de onderzoeksjournalistiek
aan Columbia.'

'Jij ook niet,' zei Marcello.

Julianne haalde haar schouders op. 'Columbia, Chico State, wat maakt
het uit?'

Ik ging zitten en noteerde de namen: Elisabeta, alias Deborah B. Vance,
en Trista Koan. *The Deep End.*

Julianne pakte het papiertje aan en zei: 'Als het mij niet lukt, heb ik altijd
nog goede contacten bij de kranten.'

'Ik moet weg,' zei ik. 'Ik heb... nou ja, veel dingen om over na te denken.
Bedankt, jullie allebei. Voor alles, de baan, jullie steun. Ik heb het hier erg
naar mijn zin gehad.'

In de gang gingen deuren open en dicht. Het geroezemoes van de studenten werd luider.

'Ik moet weg,' zei ik weer. Maar ik zat er nog steeds.

'Wat is er?' vroeg Marcello.

Ik haalde diep adem.

Hij volgde mijn blik naar de deur. 'Bang?'

'Een beetje.'

'Wil je hier vertrekken als een man?'

'Ja,' zei ik.

Marcello schraapte zijn keel. '*Een nieuw begin...*'

Ik kwam overeind.

'*Een man alleen...*'

Ik liep naar de deur.

'*Die zal beseffen dat niets ooit meer hetzelfde wordt.*'

Het was druk en rumoerig op de gang. Toen ik naar buiten kwam, leken de studenten te verstijven. Hun reactie verspreidde zich als een golfbeweging door de hele groep. Gezichten draaiden zich naar me toe, handen bleven in de lucht hangen, monden vielen open, totdat het zo stil was in de gang dat ik de kleinste geluiden kon horen: het piepen van een joggingschoen over de plavuizen, de ringtone van een Blackberry in iemands zak, een kuchje. Ik deed een stap, en de mensen voor me maakten ruimte, deinsden terug en staarden me aan.

Mijn stem klonk schor, onnatuurlijk laag. 'Neem me niet kwalijk... sorry.'

De mensen verderop stonden nu op hun tenen. Een professor boog zich uit de deur van haar collegezaal. Een paar studenten maakten foto's van me met hun mobieltje.

Ik wrong me door de menigte. Drukke gesprekken klonken vanuit de lift toen de deuren opengingen, pijnlijk luid in de gespannen stilte. Twee meisjes stapten uit, lieten hun blik over de situatie glijden en doken weg, giechelend achter hun hand. Onbewogen liep ik langs hen heen. Een wandelende dode.

De lift was alweer vertrokken, zodat ik tegenover de blanke metalen deuren stond. Ik drukte op de knop, en nog eens. Nerveus keek ik naar de zee van gezichten. Verderop in de gang stond Diondre op een stoel die hij uit een lokaal had gesleept. Ik stak mijn hand op in een zwijgende groet. Hij glimlachte droevig en sloeg zich met zijn vuist tegen de borst.

Gelukkig kwam de lift en kon ik verdwijnen.

40

Het gele politielint wapperde voor de deur, bedekt met een laag stof. De deurkruk hing scheef, beschadigd bij het forceren van de deur, en schoot los in mijn hand. Ik duwde de deur open, dook onder het lint door en stapte de eenzame kleine prefabwoning binnen die ik nog altijd als Elisabeta's huis zag.

De leegte was een schok. De meeste meubels waren weggehaald. Geen schaaltje cashewnoten meer, geen bananenschillen, geen porseleinen katten en geen rieten boekenkast. Het koffietafeltje stond op zijn kant. Het was er zo schoon! Dat had ik uitgelegd als een bewijs van Elisabeta's stille waardigheid, zonder te beseffen dat er waarschijnlijk geen stof op de meubels had gelegen omdat ze net waren gehuurd. Weer zo'n illusie die ze me handig hadden opgedrongen.

Ik was belazerd als een groentje in een speelhal in Chicago.

Met een rood gezicht hurkte ik op de grond, terwijl ik me met mijn vingertoppen op het versleten tapijt in evenwicht hield. Dit was meer dan pijnlijk. Ik schaamde me diep voor mijn goedgelovigheid. Deze acteurs hadden zo eenvoudig op mijn hoop en verlangens ingespeeld. Ik was zo'n voorspelbaar, alledaags doelwit geweest.

Met nobele verontwaardiging was Elisabeta opgestaan en naar de slaapkamer van haar kleindochter gelopen. Ik zag haar ernstige gezicht nog voor me, strak van verdriet, toen ze haar hand op de kruk van die gesloten deur legde. *Komt u maar kijken naar dat prachtige kind. Ik zal haar wakker maken. Kijk naar haar en vertel mij dan hoe ik haar moet uitleggen dat dit háár verhaal is.*

En mijn antwoord, bezorgd en onnozel: *Nee, alstublieft. Laat haar toch slapen.*

Ik volgde Elisabeta's voetstappen en opende de deur.

Een kleerkast.

Twee draadhangertjes en een afvalbak waarin Elisabeta's sneeuwbollen waren weggegooid. Kapot en druipend lagen ze op de bodem, met het prijsstickertje nog op de onderkant. Rekwisieten. Daaronder de schoolfoto van het meisje met het kroezende bruine haar. Het glas van het lijstje was gebarsten. Ik raapte het op en veegde de stukjes gebroken glas weg.

De foto was dun en kwam gemakkelijk tevoorschijn. Het was geen foto, maar een kleurenkopie.

Hij was samen met de lijst verkocht.

Een huivering gleed vanaf mijn kruin tot in mijn nek, en ik liet het lijstje weer in de afvalbak vallen.

Toen ik naar buiten stapte, deed de wind het stof opwaaien en rukte aan mijn broekspijpen. Ik liep naar de voorkant van het huis en vond eindelijk waarop ik had gehoopt: een gat in de harde grond van een bloemperk, waarin het te-huurbord had gestaan. Ik reed langzaam het pleintje met huizen langs en belde de verschillende nummers op de andere makelaarsborden die ik hier en daar in de voortuinen zag, totdat ik het kantoor had gevonden dat Elisabeta's huis had verhuurd. Ik zei tegen de makelaar dat ik geïnteresseerd was in het huis maar me verbaasde over het politielint dat voor de deur wapperde. Gretig herhaalde ze wat ze ook al aan de politie – en waarschijnlijk aan iedereen die ernaar vroeg – had verteld: dat het huis maar voor een maand was gehuurd en via de post met een cheque was betaald. Ze had nooit iemand gezien, en ook de borgsom was niet teruggevraagd. Natuurlijk had ze nooit kunnen dénken...

Er was geen enkele connectie tussen mij en dat huis, behalve mijn eigen verhaal en mijn herinnering, die allebei niet veel gewicht in de schaal legden.

Elisabeta was mijn enige levende schakel met de mannen die Keith hadden vermoord en mij erin geluisd. Alleen zij zou mijn verhaal kunnen bevestigen, of in elk geval een belangrijk deel ervan, wat mij al een heel eind zou vrijpleiten. Maar ze liep ook groot gevaar. Valentine had haar niet kunnen vinden, en ik betwijfelde of Moordzaken er veel werk van maakte.

Ik dacht aan de gevangenis, aan de films die ik had gezien en de gruwelverhalen die ik erover had gelezen. Die getatoeëerde gevangene die ik in de gang van het huis van bewaring was tegengekomen... De ijzeren boeien leken nauwelijks sterk genoeg om zijn geweldige spieren in bedwang te houden. In paniek was ik voor hem weggedoken, als een kiezelsteen voor de woeste branding. Hoe zou zo'n man, bevrijd van zijn boeien, zich op iemand zoals ik kunnen uitleven?

Als ik Elisabeta niet zelf kon vinden, zou het haar net zo vergaan als Doug Beeman.

En mij ook, vermoedde ik.

Ik sprong over de schutting van onze achtertuin, met een voet op het dak van de plantenkas, en via de omgekeerde terracottapot op de zachte humusgrond. Het was dezelfde sprong, maar dan in omgekeerde richting, die de insluiper had gemaakt toen ik hem op ons grasveld had verrast. Ik had mijn auto in de straat achter ons huis geparkeerd, zodat ik kon komen en gaan zonder te worden opgemerkt door de paar verslaggevers die nog voor ons huis rondhingen. Omdat ik de sleutel van de achterdeur niet bij me had, beschreef ik een boog naar de garage. Toen ik het hekje aan de zijkant opende, struikelde ik bijna over iemand die bij de afvalemmers zat gehurkt. We slaakten allebei een kreet van schrik. Hij viel bijna over zijn eigen benen toen hij ervandoor ging. Pas op dat moment zag ik de camera die aan zijn schouder bungelde.

Leunend tegen het huis probeerde ik op adem te komen in de gruizige schemering.

Ariana zat met gekruiste benen op een opgeruimd gedeelte van de keukenvloer, met briefjes in een halve cirkel om haar heen. We omhelsden elkaar lang en innig. Ik boog mijn gezicht naar haar kruin, en ze greep steeds opnieuw mijn rug, alsof ze me wilde opmeten. Ik ademde haar nabijheid in en bedacht dat ik dat al die tijd had kunnen doen, terwijl het zes weken lang niet één keer was gebeurd.

Ik volgde haar naar haar werkstation – ze was altijd het meest productief als ze ontspannen op de grond lag – en we gingen zitten. Het onvermijdelijke pakje nepsigaretten lag naast haar laptop, die via een stevig ethernetsnoer was verbonden met het modem dat ze naar de keuken had gebracht. Draadloos internet werkte niet als de stoorzender was ingeschakeld. Ze klikte langs een paar mailtjes. 'Ik heb de hele dag met advocaten gebeld,' zei ze. 'Iedereen verwees me naar een ander door.'

'En?'

'Van de een naar de ander, zoals ik al zei. Oké. Waar het op neerkomt is dat een beetje goede advocaat minstens een ton vraagt als je daadwerkelijk wordt gearresteerd. En volgens de geruchten bij de rechtbank, waarvan ze me graag op de hoogte brachten, was dat maar een kwestie van tijd.' Ze liet dat nieuws even bezinken, met een uitdrukking op haar gezicht die mijn gevoelens goed weergaf. 'Ik heb ook met de bank gebeld,' ging ze verder, 'en we kunnen de hypotheek nog wat verhogen, wat met ons gezamenlijke inkomen...'

'Ik ben ontslagen,' zei ik snel.

Ze knipperde met haar ogen. En nog eens.

'Ik blijf zeggen dat het me spijt,' zei ik.

Ik zette me schrap voor haar woedende of verontwaardigde reactie, maar ze zei alleen: 'Misschien kan ik mijn aandeel in de zaak verkopen. Er zijn weleens gegadigden geweest.'

Ik was sprakeloos, voelde me vernederd. 'Dat moet je niet doen.'

'Anders moeten we het huis verkopen.'

Toen onze aanbetaling werd beoordeeld, reden Ariana en ik vaak hiernaartoe en parkeerden aan de overkant, alleen om naar het huis te kijken. Dat waren spannende, een beetje illegale ritten, alsof je 's avonds de deur uit sloop om onder het raam van je jeugdliefde te bivakkeren. Zodra we het hadden gekocht, hadden we het met Ari's talent en mijn bloed, zweet en tranen zo goed mogelijk ingericht en verbouwd. De verlaagde plafonds waren eruit gegaan, we hadden het koperwerk vervangen door dof nikkel, en het roestbruine tapijt door een plavuisvloer. Nu zag ik haar blik langs onze muren gaan, over de kunst, de tafel en de kasten, en ik wist dat ze hetzelfde dacht als ik.

'Nee,' zei ze. 'Ik wil dit huis niet verkopen. Morgen ga ik er wel op uit om te zien wat er mogelijk is. Misschien kan ik een lening krijgen op de zaak. Ik... ik weet het niet.'

Heel even was ik te emotioneel om iets te kunnen zeggen. 'Ik wil niet dat je...' Ik zweeg en begon opnieuw. 'Vind jij dat je al veilig naar je werk kunt?'

'Wie kan nog zeggen wat veilig is? Zeker niet nu jij overal rondneust. Maar we hebben gewoon geen keus.'

'Jij wel,' zei ik.

Haar mond opende zich.

'Dit is één grote ellende,' zei ik. 'En het zal alleen maar erger worden. Ik kan de gedachte niet verdragen dat jij... Misschien moeten we je op een vliegtuig zetten en...'

'Je bent mijn mán.'

'In dat opzicht ben ik geen succes geweest, de laatste tijd.'

Ze keek kwaad, verontwaardigd. 'Nou, als het daarop aankomt, was ik ook niet zo'n geweldige vrouw, op een paar duidelijke punten. Maar onze huwelijksgelofte betekent iets of niet. Nu komt het er echt op aan, Patrick. Voor ons allebei.'

Ik pakte haar hand. Ze kneep ongeduldig in de mijne en liet hem weer los. 'Hoeveel jaar het ook kost,' zei ik, 'ik zal het op een of andere manier goedmaken tegenover jou.'

Ze glimlachte zwakjes. 'Laten we eerst zorgen dat we die jaren nog hébben.' Ze veegde een lok haar uit haar ogen en keek toen naar haar aantekeningen, alsof ze vluchtte in de details. 'Julianne heeft gebeld. Ze had die adressen gezocht, zoals je had gevraagd, maar tevergeefs. Onder druk van de politie, de agenten en de pers reageren de producenten van *The Deep End* nergens meer op, dus weten we nog niets over Trista Koan. En Julianne is ook niet meer aan de weet gekomen over Elisabeta – of Deborah Vance, of hoe ze ook mag heten – dan je al van Valentine had gehoord. Ze was heel verontschuldigend, Julianne. Ze wil graag helpen. Ben je nog naar die prefabwoning in Indio geweest?'

Ik vertelde haar wat ik op die expeditie had ontdekt; of niet ontdekt. 'De details van de hele voorstelling waren werkelijk verbazend. Ik bedoel, het accent, de bananenschillen. En die vrouw acteerde geweldig.'

'Hoe kom je aan mensen die zulke rollen kunnen spelen? Ik bedoel, hoe vínd je zulke acteurs, die bovendien nog bereid zijn om iemand te belazeren?'

Zoals gewoonlijk had ze mijn redenering gevolgd. 'Precies. Ja, precies! Daar heb je een agent voor nodig. Een dubieuze agent, die zijn cliënten wel voor een vuil zaakje wil gebruiken.'

'Maar zou een agent zoiets doen?' vroeg ze.

'Niet de agenten die ik ken. Dus als je er een zou vinden die wil meewerken, dan blijf je ook bij hem.'

Ze had het meteen door. 'Doug Beemans agent,' zei ze. 'Dat bericht op Beemans mobiel, waarin hij hem vroeg waarom hij niet op de set voor die scheerzeepcommercial was verschenen.'

'Deodorant,' zei ik. 'Maar inderdaad: Roman LaRusso.'

Ze typte de naam al op haar computer. 'En hoe heette Doug Beeman echt?'

'Mikey Peralta.'

Ze typte die naam erbij, en de zoekmachine kwam met resultaten. Jawel, een website. De LaRusso Agency, in een onopvallende wijk die door de site werd aangeduid als 'de omgeving van Beverly Hills'. Er was een rij foto's van cliënten, die automatisch circuleerden en elkaar verdrongen, als de plaatjes van een fruitautomaat. Zo te zien vertegenwoordigde LaRusso vooral karakterspelers: een forsgebouwde Italiaan met een sigaar tussen zijn korte, dikke vingers; een verongelijkte zwarte vrouw, met lange, rode nagels tegen een gele muumuu; Mikey Peralta, met zijn scheve grijns. Met ingehouden adem keken we hoe de kleine vierkante fotootjes over het scherm rolden in een carrousel. Al die jukbeenderen, al die kuiltjes in wangen en kinnen, al die beloften. De gekunstelde diavoorstelling leek een onbedoeld commentaar op Hollywood zelf: dromers en poseurs, gevangen in een gokkast, met onderling verwisselbare gezichten. Met de kans, zoals Mikey Peralta had ondervonden, om als oud vuil te worden afgedankt.

Opeens verstijfde ik en wees naar het scherm. Daar was ze. Haar foto was maar een paar seconden zichtbaar, maar ik zou die droevige ogen en die karakteristieke neus overal hebben herkend.

'Dat is precies zoals ik me haar had voorgesteld,' zei Ariana.

Elisabeta's foto verdween weer, als in een stapel speelkaarten die werd geschud.

Ik zat in de donkere huiskamer, turend naar de straat. Het gras in de voortuin glinsterde door het water van de sprinkler. Ik kon geen busjes of fotografen ontdekken, zelfs geen telelenzen achter de ramen van de appartementen aan de overkant. Ze waren er wel, verborgen in de nacht, maar heel even kon ik de illusie in stand houden dat alles weer normaal was. Alsof ik naar beneden was gekomen om een kop thee te drinken in de leunstoel en na te denken over een lesplan of wat ik hierna zou willen schrijven, terwijl mijn vrouw boven in een bubbelbad met plumeria lag en met haar moeder belde of ontwerpschetsen bekeek. Ik zou straks teruggaan om met haar te vrijen, en daarna zouden we in slaap vallen, met haar arm over mijn borst, koel onder de trage ventilator, voordat ik haar de volgende ochtend terug zou vinden in de keuken, met bacon onder de grill en een lavendelblauwe mariposa in haar haar.

Maar mijn mooie droom werd ruw verstoord door Gable en zijn kompanen. In gedachten zag ik hen nog laat aan het werk op het bureau, met diagrammen, tijdschema's en foto's verspreid over de bureaus of aan de muren geprikt, als bouwstenen van een verhaal dat nu bijna geschreven was. Of misschien reden ze al over Roscomare, met nieuwe vastberadenheid en een ondertekend arrestatiebevel. Die koplampen daar, waarvan het licht nu over de fantasieloze buxushaag langs de trappen van de appartementen aan de overkant gleed. Nee, het was maar een 4Runner met studenten, die afremde om een blik te kunnen werpen op Het Huis.

Mijn thee was koud geworden. Ik goot mijn kopje leeg in de gootsteen, liep langs de rotzooi uit de omgekeerde afvalemmer en sjokte naar boven. Buiten klonk het geluid van een knalpijp. Ik schrok zo dat ik daadwerkelijk een sprong maakte. Elk moment verwachtte ik dat een arrestatieteam de voordeur zou intrappen. Hoe konden we zo leven, in het besef dat het elk ogenblik zou kunnen gebeuren, waarschijnlijk als we het net niet verwachtten?

De tv stond aan. Ariana lag met opgetrokken knieën in bed en keek naar een wake die in Hollywood werd gehouden. Waxinelichtjes, teddyberen en fotomontages. Een huilende tiener hield een fanfoto omhoog van Keith als jochie. Zelfs als kind was hij al onwaarschijnlijk knap geweest. Een volmaakt gezicht, met een klein neusje en die prachtige kaaklijn. Zijn haar was toen nog zandkleurig, lichter dan het uiteindelijk zou worden. Hij had een tuinslang in zijn hand en droeg een zwembroek met cowboypistolen in een dubbele heupholster. Zijn glimlach was hemels.

De wake maakte plaats voor het huis van de Conners in Kansas. Keiths vader, een kleine, gedrongen man, had een grof, bijna lelijk gezicht. Ik herinnerde me dat hij plaatwerker was. Zijn vrouw, klein en stevig, had de fraaie jukbeenderen en de gewelfde mond die Keith van haar had geërfd. Ook de zussen leken op hun moeder, knappe dorpsmeisjes, modieus gekleed dankzij al dat geld. Keiths moeder huilde geluidloos, getroost door haar dochters.

'... dit huis voor ons gekocht na zijn eerste filmcontract,' zei meneer Conner. 'En hij heeft de studie van de twee meiden betaald. Hij was altijd zo gul. Bezorgd om de wereld om hem heen. En hij kon acteren, geweldig! Gelukkig leek hij op zijn moeder.' Een lachje op het betraande gezicht van zijn vrouw. Hij keek haar even aan en wendde snel zijn hoofd af. De groeven in zijn verweerde gezicht werden dieper en zijn onderlip klemde zich om de bovenlip, die gevaarlijk trilde. 'Hij was een beste jongen.'

Ariana zette de tv uit. Haar gezicht stond donker en droevig.

'Wat?' vroeg ik.

'Hij was een mens,' zei ze.

41

Er was geen receptioniste, alleen een balie met een bel. 'Momentje!' riep
een schorre stem door de open deur van het kantoor toen ik erop drukte.
Ik ging op de ingezakte bank zitten. De vakbladen op het glazen tafeltje
dateerden van november, en de enige *US Weekly* was gebruikt om een
koffievlek mee op te deppen. Een antiek schuifraam, kromgetrokken door
houtrot, keek uit op een bakstenen muur, anderhalve meter verder, maar
tegen de smalle strook blauwe lucht erboven was nog een glimp te zien
van een reclamebord. Ik kende dat bord. Het had ooit plaats geboden aan
Johnny Depp, Jude Law, Heath Ledger en nu aan Keith Conner. Ik werd
zo moe van deze stad. Mijn leven hier had een korte boog beschreven van
uitgekotst tot afgeschreven, en vanuit mijn huidige positie leken roem en
rijkdom niet zo geweldig meer.

Ten slotte hoorde ik weer de stem, die me uit de wachtkamer bevrijdde.
Het kantoor leek een filmset uit de jaren vijftig. Een scheefgezakte zonwering, stapels dossiers die als bouwwerken vanaf elk oppervlak oprezen,
een artisjok van sigarettenpeuken in een porseleinen asbak, en dat alles
beschenen door een geel licht, dat zelf ook verouderd leek.

Ingeklemd achter een gammel bureau, zichtbaar door een tunnel tussen
de stapels paperassen, zat Roman LaRusso, een te zware man, met een
gezicht dat nog dikker leek dan hijzelf: wangen als Teddy Kennedy, zo
vlezig dat ze zijn oorlelletjes naar voren trokken. Hij scheen verdiept in
zijn werk en keurde me zelfs geen blik waardig vanachter zijn broze lees-
brilletje met rechthoekige glazen, waarvan de poten aan weerskanten van
zijn trillende leeuwenmanen waren vastgestoken. Het was geen afstotelijk
gezicht, integendeel. Het was onwaarschijnlijk, magisch, bijzonder om te
zien.

'Ik ben geïnteresseerd in Deborah B. Vance,' zei ik.

'Ze staat niet meer bij mij ingeschreven.'

'Volgens mij wel. Volgens mij heb je haar uitbesteed voor een smerig
zaakje.'

Hij deed alsof hij doorging met lezen, fronsend over zijn brillenglazen
en zwaar ademend door zijn neus, met een fluitend geluid. Toen borg hij
zijn bril in een koker die niet breder was dan een nagelvijl, en keek me

eindelijk aan. 'Iemand die met de deur in huis valt. Dat mag ik wel. En jij bent?'

'De hoofdverdachte van de moord op Keith Conner.'

'Eh...' Verder kwam hij niet.

'Je bent gespecialiseerd in commercials?'

'En speelfilms,' zei hij snel, uit gewoonte. 'Heb je *Last Man on Uptar* gezien?'

'Nee.'

'O. Nou, een cliënt van mij was een van de aliens.'

Aan de muren hingen foto's van acteurs, van wie ik er een paar herkende van de website, samen met een paar dwergen, een albino en een vrouw die beide armen miste.

Hij volgde mijn blik. 'Ik hou niet zo van mooie mensen. Mijn acteurs hebben karákter. En soms een handicap. Dat is een specialisatie binnen het vak. Maar het betekent veel meer voor me. Ik weet wat het is om te worden aangestaard.' Hij legde zijn handen op het vloeiblad en probeerde zijn stoel naar voren te schuiven, maar die week geen millimeter. 'Ik geef mijn cliënten een plaats in de zon. Iedereen wil er graag bij horen, zijn deel van het zonlicht krijgen.'

'En zo heb je Deborah Vance ook geholpen?'

'Deborah Vance, als je haar zo wilt noemen, had niemand nodig om voor haar te zorgen.'

'Hoe bedoel je?'

'Een handige tante. Ze lichtte eenzame zielen op. Chatboxen en zo. Ze mailde foto's naar eenzame mannen, die haar geld stuurden om een appartement in Hawaï te huren voor afspraakjes. Dat soort dingen.'

'Zíj?'

'Het waren geen foto's van zichzelf, die ze stuurde. Vandaar die doodsbedreigingen.'

'Doodsbedreigingen?' Het werd me niet alleen duidelijk waarom ze Deborah Vance hadden gekozen, maar ook hoe ze zich wilden indekken als ze moest verdwijnen.

'O, niets ernstigs,' ging hij verder. 'Mannen staan niet graag voor lul, dat is alles. Vooral niet als er misbruik wordt gemaakt van hun goede bedoelingen.'

'Vertel mij wat.'

'Dus dook ze onder, veranderde haar naam, enzovoort. We zijn elkaar uit het oog verloren. Een paar jaar geleden hebben we samen een paar goede commercials gedaan. Ze boekten toen veel etnische actrices. Ik heb een Fiberestore en twee Imodiums voor haar geregeld.' Hij maakte een grimas. '*No business like show business*, toch? Maar ik heb nooit iets te maken gehad met haar oplichterspraktijken.'

'Hoe weet je er dan zoveel van?'

Hij aarzelde iets te lang en zag dat ik het merkte. 'We praatten weleens.'

'Waarom staat ze nog steeds op je homepage?'

'Ik heb die site al in geen tijden meer aangepast.'

'Nee. Ik zag ook een foto van een cliënt die dood is.'

Hij boog abrupt zijn hoofd, waardoor zijn gelaatstrekken op hun schokdempers omlaag gleden. Een la ging rammelend open en hij veegde zijn nek af met een zakdoek. 'De politie zei dat Mikey een ongeluk had gehad.'

'Zijn ze bij je langs geweest?'

'Nee. Ik heb het gelezen...'

'Ze zijn op de hoogte van Peralta en Deborah Vance, maar de connectie met jou hebben ze nog niet gelegd. Je moet ze vertellen dat je haar naar dezelfde kerels hebt gestuurd als hem.'

Zijn aanzienlijke gewicht verschoof, en hij plukte somber aan zijn rode gezicht. 'Soms doe ik wat ander werk erbij. O, alles legaal. De opening van een winkelcentrum. Entertainment bij een dinnerparty. Kinderfeestjes, noem maar op. Mensen willen soms bepaalde types huren.' Zijn stem klonk wat droevig. 'Ik kon ook niet weten... Het was een verkeersongeluk. De bestuurder is doorgereden. Mikey lustte wel een borrel. In de krant stond dat het een ongeluk was.'

'Nee,' zei ik. 'Mikey Peralta is vermoord vanwege die klus.'

De uitdrukking op LaRusso's gezicht veranderde. Hij had het geweten, maar het meteen verdrongen. 'Dat weet je niet zeker.'

'Ik zit er middenin. Geloof me, ik weet het.'

Hij verfrommelde de zakdoek in zijn vuist. 'Heb je echt Keith Conner vermoord?'

'Dacht je dat ik hier zou zijn om je cliënt te redden als ik schuldig was?' zei ik. 'Ik garandeer je dat ze zullen proberen Deborah Vance te vermoorden. Zij is de volgende. En daarna ben jij waarschijnlijk aan de beurt.'

'Ik... ik weet niets over die vent. Het ging allemaal telefonisch. De cheques kwamen over de post. Ik heb nooit een gezicht gezien. Jezus, denk je echt...?' Zijn ogen lekten bij de hoeken; de tranen wisten niet waar ze naartoe moesten.

'Iemand moet haar waarschuwen.'

'Ik heb alleen haar e-mailadres, dat zei ik ook tegen die vent. Zelf kan ik haar op geen enkele andere manier bereiken.' Hij sloeg zijn ogen neer toen ik hem strak aanstaarde. Na een tijdje keek hij weer op, bladerde in zijn papieren, gooide een stapel dossiers om, die op de nauwelijks zichtbare vloer terechtkwamen, en vond ten slotte een leren agenda. Zijn handen trilden. 'Ze neemt haar telefoon niet op.'

'Geef me dan een adres,' zei ik. 'En zorg dat je uit de stad verdwijnt.'

Ze opende de deur en lachte tegen me. Het was niet spottend bedoeld, geloof ik, meer een grijns om het bizarre feit dat we elkaar weer ontmoetten, hier in een benedenappartement in Culver City. Ze leek totaal niet op Elisabeta. Zelfs haar houding en postuur waren anders, en haar kakelende lachje had een ander timbre, zonder accent. Ze zag er goed uit, net als in de Fiberestore-commercial, minder pafferig en afgeleefd. Ik vroeg me af hoeveel schmink ervoor nodig was om iemand in een haveloze Hongaarse te veranderen.

In de pluizige rode badjas die tot op haar knieën reikte leek ze op Blinky uit Pac-Man. Ze deed een stap terug en wuifde me naar binnen met een dramatisch armgebaar. In het kleine appartement hing een vochtige bloemenlucht, en ergens hoorde ik een bad vollopen. Ze trok de badjas over haar naakte borsten, liep haastig terug en deed de kraan dicht voordat ze terugkwam. 'Nou...' zei ze.

Ik probeerde te bepalen of ze wist dat ik verdacht werd van de moord op Keith, maar ze deed te blasé over mijn verschijning. Alsof ik gewoon een vent was die ze had belazerd.

'Je loopt gevaar,' zei ik.

'Er hebben wel vaker mensen achter me aan gezeten.'

'Niet zoals nu.'

'Hoe weet jij dat?'

Ik verbaasde me nog steeds over dat perfecte Engels, hoe moeiteloos haar lippen de woorden vormden. Ik keek om me heen. Antieke meubels, aftands maar nog bruikbaar. Een Victrola met een deuk in de hoorn. Posters van films noirs aan de muren, en oude reisaffiches: CUBA, LAND VAN ROMANTIEK! Sinds mijn komst naar L.A. was ik zo vaak in dit soort huizen geweest. Sfeer en stijl tegen rommelmarktprijzen, fantasieën op de muur geprojecteerd, clochehoeden, deco-onderzetters, metalen sigarettenkokers uit een andere tijd; niet je eigen tijd. Had je toen maar geleefd, dan zou alles anders zijn gegaan; dan zou je je als een vis in het water hebben gevoeld in al die sigarettenrook en glamour. Ik dacht aan mijn eigen filmposter van Fritz Lang, met zoveel trots gekocht bij een uitdragerij aan Hollywood Boulevard, de week van mijn afstuderen. Ik had gedacht dat het mijn ticket tot de club was, maar ik was gewoon een joch dat te veel zijn best deed en een leren jack kocht toen ze al twee maanden uit de mode waren. Als je niet mee mag doen, verdomme, kun je nog altijd een PT Cruiser leasen.

'Als ik je kan vinden,' zei ik, 'dan kunnen zij dat zeker.'

'Roman heeft je mijn adres gegeven, neem ik aan, omdat je ongevaarlijk bent.'

'Wil je je leven in handen van Roman leggen?'

'Roman zou mij nooit iets aandoen,' zei ze. 'Hij is een halve pooier, dat is waar, maar ook een soort vader. En verder kent niemand die bij deze klus betrokken was mijn naam of dit adres.'

'Wat ís je naam, eigenlijk?'

'Deze week? Doet het ertoe?'

Ja, het deed ertoe. Een adres en haar echte naam – hopelijk met een strafblad – leken een reële mogelijkheid om Sally weer in te schakelen. Maar dat moest even rusten. 'Kan ik je Deborah noemen?'

'Schat,' zei ze met een perfecte imitatie van Marlene Dietrich, 'je mag me noemen zoals je wilt.'

'Heb je ooit gehoord van een bedrijf dat Ridgeline Inc. heet?'

'Ridgeline? Nee.'

'En je hebt je opdrachtgevers nooit ontmoet,' zei ik. 'Telefoontjes en cheques per post.'

'Zo is het.'

'Je moet hebben gedacht...'

'Wat?'

We stonden nog steeds een paar meter binnen de dichte voordeur. Ik zag haar nagels, die mooie manicure die totaal niet had gepast bij een berooide serveerster. 'Dat ik een sukkel was.'

'Nee, hoor,' zei ze. 'Helemaal niet. Je was zo verdomd lief dat ik bijna tranen in mijn ogen kreeg.' Vernedering sloeg als koorts door me heen. Ik kon haar niet aankijken. 'Daarom werkt bedrog meestal zo goed,' zei ze als troost. 'Iedereen wil zich graag belangrijker voelen dan hij is.'

Haar medelijden was op een bepaalde manier nog erger. Maar niet zo erg als haar meegevoel. Ik wilde in geen enkel opzicht op haar lijken, maar natuurlijk deelden we dezelfde gebroken belofte, dezelfde mislukte dromen. Ook zij was door de spiegel gestapt en had het primulapaadje genomen, net als ik.

'Maar hoe wist je...?'

'Het script werd gemaild. Of eigenlijk was het geen script, maar een samenvatting met hoofdlijnen: een triest verhaal over een ziek kind en een verzekering die niet wilde uitbetalen. De rest heb ik zelf ingevuld. Mijn achtergrond is voornamelijk Russisch, maar dat is te algemeen. Voor hetzelfde geld had je een Russische vriendin en kende je het land. Maar ik ben ook voor een deel Hongaars, en wie kent Hongarije? Je weet hoe het gaat, het is net als schrijven. Alles hangt af van de details. Boedapest lag te veel voor de hand, dus heb ik gekozen voor Debrecen, de op een na grootste stad. In de instructies stond al iets over de aandoening: een hart-afwijking. Maar die bananen waren mijn eigen idee. Ik nam aan dat je daarnaar zou vragen, begrijp je? Zo lok je mensen in de val, zonder dat ze het zelf beseffen.'

Ondanks haar suggestie dat we collega's waren, betwijfelde ik of ik ooit haar talent of vakmanschap had bezeten. Ik kon mijn verbittering even-min onderdrukken als zij haar trots. 'Je bent een uitstekende actrice,' zei ik. 'Jij komt er wel in deze stad.'

'Daar is het al te laat voor. Maar ik kan ervan leven.'

'En die tas met geld...?'

'Een paar uur nadat je was vertrokken heb ik de plunjezak in de kof-ferbak van een geparkeerde auto in een rustige straat gelegd.'

'Een witte Honda Civic?'

'Hoe weet je dat?'

Ik schudde mijn hoofd, om niet af te dwalen. 'Hebben ze je iets over mij verteld?'

'Een beetje. Niet meer dan de vorige keer.'

'Wacht,' zei ik. 'De vórige keer?'

'Er was al eens iemand geweest.' Ze ging verder met haar buitenlandse accent: 'Ook een man die kwam om die arme Elisabeta en haar zwaar zieke kleindochter te helpen.'

Ik staarde haar verbijsterd aan. 'Weet je... Wie? Wie was dat dan?'

Net zo snel als ze in haar rol van de vermoeide, wanhopige serveerster was gestapt, veranderde ze weer terug. 'Ik kan me zijn naam niet herin-neren, maar hij heeft me wel zijn kaartje gegeven. Daar was hij trots op, op zijn visitekaartje. Ik heb het hier nog ergens...' Ze liep naar een apothe-kerskast met meer laatjes dan ik kon tellen, en begon ze te doorzoeken.

'Je begrijpt toch wel wat hierachter zit, of niet?' zei ik.

Maar ze was bezig met zoeken. 'Wacht. Ik weet dat ik het heb bewaard.'

Nadat ik nog even had toegekeken hoe ze het ene laatje na het andere open- en dichtschoof, vroeg ik: 'Mag ik even gebruikmaken van je wc?'

'Natuurlijk. Ik moet het hier ergens hebben...'

Het badkamerraam keek over een smalle strook tegels en vetplanten uit op een identiek raam van het aangrenzende complex. Het bad stond nog te dampen en de spiegel was beslagen. Toen ik de deur achter me had dichtgetrokken, opende ik het medicijnkastje, in de vurige hoop dat het niet zou piepen. In het kastje zelf vond ik geen medicijnen op recept, maar wel in de la eronder. DINA ORLOFF, las ik op het getypte etiket van een buisje.

'Ik heb het!' riep ze, net zo triomfantelijk als ik me voelde. Voorzichtig schoof ik het laatje dicht en draaide me om naar de deur. Op dat moment galmde het schrille geluid van de deurbel door het kleine appartement. Ik verstijfde, met de deurkruk in mijn hand. Het ingebouwde slot sprong open in mijn hand.

Door de deur heen hoorde ik haar iets mompelen. Toen een paar zachte voetstappen.

De voordeur vloog met een klap open, en ik hoorde twee gedempte knallen. De dreun van een lichaam dat tegen de grond sloeg. De deur ging dicht en twee stel voetstappen bewogen zich door het appartement. Er werd iets versleept.

Mijn maag kromp samen en ik moest me beheersen om niet te hijgen of me te verroeren. Het enige wat ik kon doen was heel rustig ademhalen en de deurkruk weer zachtjes in zijn normale stand laten terugvallen.

Als ze mij waren gevolgd, was haar dood mijn schuld. Bovendien wisten ze dan ook dat ik hier was. In dat geval zou ik niet veel tijd krijgen om me schuldig te voelen.

Nauwelijks verstaanbaar: 'Vooruit, opschieten!'

De slaapkamerdeur vloog open.

Ze doorzochten het huis.

Vechtend tegen mijn paniek sloop ik de badkamer door en draaide aan de slinger van het raam. Met een zachte tik schoot het los en kantelde naar buiten.

In de kamer naast me werden de deuren van de kast op hun rails opzijgeschoven.

Een druppeltje zweet liep over mijn voorhoofd en prikte in mijn oog. Ik draaide zo snel mogelijk aan de stang om het raam helemaal open te krijgen, maar het ging in slow motion.

Dezelfde stem: 'Kijk in de badkamer.'

Ik probeerde te slikken, maar mijn keel was zo droog dat ik dreigde te kokhalzen.

Naderende voetstappen. Het raam draaide langzaam naar buiten. De opening was nu groot genoeg voor mijn voet, mijn kuit, mijn dijbeen. Aan het gekraak van de vloerplanken te horen moest de man nu voor de deur van de badkamer staan.

Ik glipte erdoor. Er was zo weinig ruimte dat mijn neus langs de ruit schaafde. Mijn gympen vonden het grind langs het pad, en ik drukte me tegen de buitenmuur, net buiten het zicht van het raam.

De badkamerdeur ging open en sloeg tegen de muur ernaast. Voetstappen.

De stoep lag zo'n twintig meter verderop, maar één stap in het grind zou mijn positie verraden. Ik keek opzij en zag nog net een smalle strook van de badkamervloer. Ik haalde diep adem, zei een schietgebedje en probeerde mijn spieren onder controle te houden. Als hij naar het raam kwam en naar buiten keek, was ik er geweest.

Toen de vloer weer kraakte, zag ik de neus van een zwarte schoen in mijn blikveld komen. Ondanks mijn doodsangst besefte ik dat het heel goed een Danner-schoen maat zesenveertig kon zijn, met een steentje in het profiel.

Als ze me inderdaad hierheen waren gevolgd, zou hij zich wel uit het raam buigen. Maar de schoen bleef op zijn plaats. Waar keek hij naar?

Mijn ingehouden adem brandde in mijn longen. Al mijn spieren stonden gespannen. Mijn opengesperde ogen begonnen te prikken. Hij was nog geen anderhalve meter bij me vandaan. Waarschijnlijk kon ik mijn arm door het raam steken en hem op zijn borst tikken. Bij het minste geluid zou ik oog in oog met hem staan. Ik balde mijn vuist en bereidde me voor op actie zodra er een gezicht in die smalle kier van het raam zou verschijnen. Een aanval op de ogen en de keel. En dan een snelle sprint naar de straat.

De schoen trok zich geluidloos terug en ik hoorde een hand door het schuimende badwater strijken. Voetstappen verwijderden zich. Na een paar seconden van paniek en ongeloof besefte ik dat hij verdwenen was.

Ik hoorde vage stemmen uit de huiskamer, waar ze overlegden. De voordeur ging open en dicht, en het bleef even stil.

Maar ik voelde me nog niet gerust.

Nog steeds was ik zichtbaar vanuit de straat. Hoe ze het appartement ook zouden verlaten, ze zouden me altijd zien. Om de hoek kraakte een hekje, en ik kwam eindelijk in beweging. Haastig stapte ik terug door het raam, de badkamer weer in, waar ik me tegen de verre muur drukte en afwachtte. Ik luisterde scherp naar voetstappen over het tegelpaadje, maar die kwamen niet.

Na een tijdje ontsnapte de opgekropte lucht uit mijn longen en liet ik me langs de muur omlaag glijden, trillend over mijn hele lichaam. Ik sloeg mijn armen om mijn knieën.

Zo bleef ik tien minuten zitten, of misschien wel een halfuur. Ten slotte stond ik op, met stijve, krakende spieren.

Ze lag ongeveer anderhalve meter van de voordeur. Geen spoor van geweld, behalve dat keurige gaatje in de stof boven haar ribben, en een rode plas onder haar hoofd. Een van de kogels moest in haar open mond zijn gedrongen. De badjas was opengevallen, en op haar blote borst lag een briefje. De tekst was samengesteld uit letters die uit een tijdschrift waren geknipt: *LeugenaCHtige hoeR.*

Datingsites, oplichterij, doodsbedreigingen, je trekken thuis. Weer zo'n handige dekmantel voor een moord die met kille doelmatigheid was uitgevoerd.

Bij elke stap die ik deed, leek de situatie verder uit de hand te lopen. Mijn problemen waren nu van een totaal andere orde. Ik was de voornaamste verdachte van de moord op Keith Conner, ik had de politie op het spoor gezet van deze vrouw, en vanuit hun perspectief was zij een belangrijke pion in mijn paranoïde waandenkbeelden. Ik had hier nooit mogen zijn, op de plaats waar zij was vermoord. Ik moest aan de andere kant van de stad zien te komen, om me gedeisd te houden, met een ijzersterk alibi. Ik moest hier weg. Maar ik kon mijn ogen niet van haar losmaken.

Zoals ze daar op de grond lag, kwetsbaar en zonder hoop, was ze weer Elisabeta. En opnieuw had ik alles willen doen om haar te helpen. Ik boog me voorover, pakte haar knie en trok de badjas over een blootliggende borst. Ik wist niet wat ik verder nog voor haar kon doen.

Een laatje van de apothekerskast stond halfopen. Ik staarde er een tijdje naar voordat ik overeind kwam.

De la zelf was niet groter dan een visitekaartje, en inderdaad zag ik een rechthoekig, ivoorkleurig kartonnetje liggen. Ik haalde het eruit, las de naam en beet op mijn lip om me te beheersen. Dat kon toch niet! Maar eigenlijk was het wel logisch.

Haastig greep ik een papieren handdoek om de kruk van de badkamerdeur en alle andere oppervlakken schoon te vegen die ik kon bedenken, voordat ik weer naar buiten stapte door het raam. Op mijn tenen sloop ik tussen de cactussen door naar de straat, waar ik om me heen keek en met mijn ogen knipperde tegen het felle zonlicht, dat een onmogelijk contrast vormde met wat ik zojuist had meegemaakt. Mijn hart ging nog als een razende tekeer. Ik gooide de papieren handdoek in een put.

Pas een halve straat verderop haalde ik het kaartje uit mijn zak en keek nog eens naar de naam, om zeker te weten dat ik het niet had gedroomd.

Joe Vente.

42

Hij zat achter in zijn busje op een vrijstaande draaistoel waarvan de voering uit de naden van de zitting puilde. Met knipperende ogen keek hij me aan over de rand van het visitekaartje dat ik hem net had gegeven, met een verklaring hoe ik eraan gekomen was. Hij had me getroffen in een park bij Sepulveda, waar ik rechtstreeks uit mijn auto in de zijne was gestapt. Ik was behoorlijk ontdaan, maar deed mijn best om het niet te laten merken. Hoe ik het ook probeerde, ik kon het beeld van dat dode lichaam op de grond – die opvallende blauwe ogen, gestold tot glas – niet uit mijn gedachten krijgen.

'Ik... dit is niet te geloven,' zei Joe. 'Dus jij hebt haar ook ontmoet? Met dat verhaal over haar zieke kleinkind? En een plunjezak vol geld?'

'Ja. En dezelfde mensen die mij daarheen hadden gestuurd hebben me er ook ingeluisd in Hotel Angeleno.'

'Dus dáár was het allemaal om begonnen: de moord op Keith Conner?' Hij klemde beide handen boven op zijn hoofd, in een kinderlijk gebaar van opwinding en verbazing. 'Waarom wij?'

'Denk eens na.'

'Ik kan op dit moment niet zo goed denken.'

'We hadden allebei problemen met Keith Conner. We zijn allebei in een proces met hem verwikkeld. Een paparazzo en een filmster? Geen wonder dat jullie de pest aan elkaar hadden, net als hij en ik.'

'Dus waren we allebei potentiële zondebokken voor de moord?' Joe floot tussen zijn tanden en streek met zijn handen door zijn vlassige haar. 'Jezus. Die kogel heb ik maar net ontweken.'

En ik was er recht tegenaan gelopen. Hij kon rustig doorgaan met het schieten van zijn smoezelige plaatjes, als vrij man, terwijl ik voor mijn leven moest vechten tegen een tikkende klok. Maar het feit dat Joe Vente behoedzamer was geweest dan ik, dát was een bittere pil.

'Wat?' Joe nam me aandachtig op. 'Heb je nooit eerder een lijk gezien?'

Ik volgde zijn blik. Een spier in mijn onderarm trilde. Ik boog me ernaartoe en kneep erin totdat het pijn deed. Toen ik mijn arm weer losliet, lag hij stil. 'Wanneer heb jij Elisabeta gesproken?'

'Een paar maanden geleden. Ik kreeg dvd's met beelden van mezelf, terwijl ik bekende mensen bespioneerde. Opnamen van mezelf terwijl ik bezig was opnamen te maken... heel raar, als in een Franse film, of zo.'

De overeenkomst met het verhaal van Doug Beeman riep de vraag op of dit soms een volgende stap in het hele complot was; bedrog binnen het bedrog. Wist ik nog wel wat echt was en wat niet? Ik vertrouwde mezelf niet meer, en de buitenwereld al helemaal niet. Mijn blik gleed door het rommelige busje, zoekend naar aanwijzingen dat ik werd belazerd. En ik schatte de afstand tot de portierkruk. Aan de andere kant had ik Joe Vente online opgezocht. Hij bestond wel degelijk, voor zover iemand in Los Angeles echt bestond. Sally en Valentine hadden hem verhoord en zijn bestaan bevestigd. Soms moest ik op mijn instinct kunnen afgaan. Ik kon niet steeds zo opgefokt blijven, dan functioneerde ik niet meer.

'Eerst dacht ik dat het een concurrent was,' zei hij, 'iemand die ik iets voor de neus had weggekaapt of zo. Ik bedoel, dat klinkt toch logisch? Toen het griezeliger werd, begon ik te denken dat een of andere rijke film- ster iemand had ingehuurd om wraak te nemen. Omdat ik zijn kind had gefotografeerd bij een voetbaltraining, of omdat ik hem zelf had verrast toen hij op de plee zat in een openbaar toilet. Zoiets.'

'Wie heb je dan verrast in een openbaar toilet?' vroeg ik luchtig, om mijn zenuwen te verbergen.

Hij vertelde het me.

Ik floot. 'Crouching Tiger, toe maar.'

'Daarna kreeg ik een mailtje, net als jij, maar zonder die opmerking van "Ze heeft je hulp nodig, of anders zal ze sterven." Gewoon een MPEG van de kofferbak van een auto in een steegje. Ik wilde weten wat erachter zat, dus ging ik erheen en vond die plunjezak. Ik volgde de route op de kaart en bracht de tas naar Elisabeta. Van haar kreeg ik dat verhaal te horen, je weet wel, over haar kleinkind. Toen ik weer wegging, verkeerde ik in een soort roes, als van heroïne. Een paar dagen later werd ik gebeld en diri- geerden ze me naar een plattegrond waarop alle afluisterapparatuur in mijn huis stond aangegeven. Echt, in mijn héle huis! Ik ging door het lint. Ik rukte alles uit de muren en smeet het in een of andere vuilniscontainer die ze me hadden aangegeven, samen met de dvd's en die andere rotzooi. Dat was voor mij de grens. Ze hebben me nog wel een paar mailtjes ge- stuurd, maar ik zag het niet meer zitten.'

Ik staarde hem met open mond aan. Joe Vente was het proefkonijn ge- weest. Zo waren ze erachter gekomen wat werkte en wat niet. Daarna hadden ze hun aanpak verfijnd, de volgorde veranderd, impliciete dreige- menten toegevoegd en het hele verhaal efficiënter opgebouwd.

'Dus uiteindelijk lieten ze je met rust?' Ik kon het bijna niet geloven.

'Ik speelde niet meer mee. Wat konden ze me maken?'

Daar had ik geen antwoord op, behalve een echo van spijt in de holte van mijn borst. 'Je bent slimmer geweest dan ik,' zei ik. 'Je had meer zelf-beheersing.'

'Slimmer?' Hij grinnikte. 'Zelfbeheersing?'

'Wat dan?'

Hij zocht in een tas en haalde er een soort recorder uit, een smalle ont-vanger die uit het middelpunt van een doorschijnende, omgekeerde koe-pel stak, ongeveer zo groot als een kleine paraplu. 'Zie je? Dit is een para-boolmicrofoon. Je kunt hem richten en klikken, dan verzamelt hij geluidsgolven, die hij bundelt. Zo kan ik een gefluisterd gesprek op hon-derd meter afstand volgen. Ik kan er ook een apparaat aan koppelen dat de trillingen van een glazen ruit leest; het raam van een huiskamer, een auto op de snelweg, de spreekkamer van een dokter, noem maar op. Ik bedoel, ik kén die wereld. Ik heb hem onder de knop.' Hij leunde naar achteren op de stoel en sloeg zijn armen over elkaar.

'Ik begrijp je niet,' zei ik.

'Ze hadden me verslagen bij mijn eigen spelletje!' zei hij kwaad. 'Míj! Dat kon ik niet hebben. Ik raakte totaal de kluts kwijt. Het was geen kwes-tie van slim of beheerst. Ik was er gewoon niet tegen opgewassen; niet tegen dat soort praktijken, tenminste. Ik ben een hypocriet en een para-siet, maar ik ben wel eerlijk tegen mezelf. Dus kroop ik weg in een hoek-je. Laat me met rust als ik jou met rust laat. En dat werkte. Hoewel het nog elke dag door mijn hoofd spookt wie me zo te grazen heeft genomen en wat de bedoeling was.'

'In elk geval,' zei ik, 'weet je nu waar het toe leidde.'

'De elektrische stoel.' Hij bedoelde het geestig, maar zag toen mijn ge-zicht en zei haastig: 'Ik klets maar wat. Je komt heus wel vrij.'

'Hoe dan? Wil jij mijn verhaal bevestigen?'

Hij lachte. 'De politie zal mij nog minder geloven dan jou. Ik zou je meer kwaad dan goed doen. Bovendien heb ik geen bewijs. Niets con-creets.'

'Wij geen van beiden.'

'Nee. Je getuigen raken op. Ze sterven bij bosjes.' Eindelijk viel het kwartje en kwam er een angstige blik in zijn ogen, waardoor zijn hele gezicht veranderde. 'Dus daarom ben je naar me toe gekomen. Om me te waarschuwen.'

'Ja.'

'Denk je dat ze echt...?'

'Ik zou het risico niet nemen, als ik jou was.'

'Jezus, ik...' Hij wierp een blik door het busje, alsof de wanden op hem afkwamen. Zijn angstzweet en paniek waren voor mij voldoende bewijs dat hij geen deel uitmaakte van het complot. 'Oké,' zei hij. 'Oké. Ik ben al eerder verdwenen als de grond me te heet onder de voeten werd.' Hij stak een duim in de voering en maakte de scheur nog groter. 'Je had niet naar me toe hoeven komen. Bedankt voor de waarschuwing.'

'Trista Koan,' zei ik. 'Ik heb een adres nodig.'

Hij knikte, één keer, zoals iemand die gewend is aan onderhandelen. 'Ik regel het voor je. Geef me een uur. Wat is je mobiele nummer?' Ik gaf hem het nummer van de prepaid die ik van Ariana had teruggekregen. Hij liet het me twee keer herhalen en schreef het niet op. 'Verder nog iets?' Zijn ogen waren lichtgroen en verrassend mooi in dat grove gezicht.

Die twee gedempte knallen galmden nog na in mijn hoofd en deden me ineenkrimpen. De neus van die zwarte schoen, nog net zichtbaar bij de rand van de deur. Joe keek me wat bevreemd aan.

Ik schraapte mijn keel. 'Ik wil je vragen om de politie te bellen waar ze Elisabeta's lichaam kunnen vinden. Anoniem. Zelf mag ik er niets mee te maken hebben.'

'Die vrouw was een oplichter, dat zei je zelf al. Ze werd met de dood bedreigd. De politie zal uit alle aanwijzingen wel de foute conclusie trekken of bij jou uitkomen. Hoe dan ook, zodra ze wordt gevonden, kloppen ze bij jou aan. Dus waarom zou je het melden?'

'Je bedoelt dat we haar zo moeten laten liggen?'

'Het maakt háár niets meer uit.'

'Ze heeft vast wel familie.'

'Nou, en? Die heeft ze volgende week ook nog, als de buren gaan klagen over de stank. En dan heb jij een paar dagen extra om rond te neuzen zonder de politie op je nek. Ze heeft ons ook belazerd, man. Ze verdient echt niet beter.'

'Maar haar familie wel,' zei ik. 'Bel ze maar. Doe het voor mij.'

'Goed. Het is jouw gevangenisstraf.'

'Kun je me verder nog iets vertellen over Keith Conner?'

'Ik kan je alles vertellen over Keith Conner,' zei hij. 'Maar dat is mijn wisselgeld. Wat krijg ik ervoor terug?'

'Je zei dat je wilde weten wie je dit had geflikt. Nou, dit is je kans. En ik vraag je niet eens om het risico te delen.'

Hij beet weer op zijn nagels, maar merkte het en legde zijn handen in zijn schoot. 'Mijn ervaring is dat filmsterren geen klap uitvoeren. Besprekingen, heel veel besprekingen, met managers en agenten, in de Coffee Bean op Sunset. En eindeloze lunches. Je hangt maar wat rond en hoopt op een onderbreking van de sleur, een incident. Op een dag, twee weken geleden, viel me zoiets op. Een andere auto volgde hem en hield hem in de gaten. Niet een van de vaste klanten. Wij kennen elkaar allemaal, en niemand rijdt rond in een Mercury Sable met getinte ruiten. Ik belde het kenteken door aan mijn contactman bij de politie, en raad eens? Het nummer bestond niet.'

Hij sprak nu bijna fluisterend en ik moest me naar hem toe buigen. De lucht in het busje – pinda's, koffie, muffe adem – maakte me claustrofobisch, maar hij had mijn aandacht en dus bleef ik zitten.

'Ik was nieuwsgierig,' vervolgde Joe. 'Toen die auto vertrok, ging ik erachteraan. Bij een verkeerslicht raakte ik hem kwijt, maar twee straten verderop stond hij geparkeerd bij Starbright Plaza, een van die troosteloze winkelcentra in Riverside, bij de studio's. Je weet wel, winkels met kantoren erboven. Ik liep erlangs en zag een Hertz-sticker op de voorruit.'

Weer Hertz. Net als de auto waarvan Sally het voertuigidentificatienummer had getraceerd.

'Iemand had dus de nummerplaten verwisseld,' ging hij verder. 'Ik bekeek de lijst van bedrijven daar, maar dat zijn er zoveel, en ik kon niets verdachts ontdekken. Ik heb die auto nog een paar uur in de gaten gehouden, totdat ik er genoeg van kreeg en vertrok.'

'Starbright Plaza?'

'Starbright Plaza. Meer kan ik niet voor je doen.'

Ik schoof de deur open, zoog de frisse lucht diep in mijn longen en stak over naar mijn auto. Ik had het sleuteltje al in het slot toen ik het busje achter me hoorde sputteren.

'Hé,' riep Joe nors. 'Als je het overleeft, wil ik wel die primeur.'

Toen ik me omdraaide, was hij al weggereden.

43

Een volstrekt anoniem complex van twee verdiepingen hoog, opgetrokken uit bruin hout en beige pleisterwerk. Starbright Plaza. Die onbedoelde ironie zag je wel vaker in deze omgeving, de buurt rond Warner Bros, Universal en Disney. Een banden- en velgenshop. Tuingereedschap. Het Red Carpet Motel, met gratis kabel-tv in alle kamers!

Het parkeerterrein stond vol, dus liet ik mijn auto achter bij de parkeerhulp, voor het café aan het einde van het complex. Niemand van de voorbijgangers lette op me, hoewel ik schichtig maar uitdagend om me heen keek of iemand op me reageerde. Verbazend hoe egoïstisch je wordt van een flinke dosis angst.

De parkeerhulp gaf me het ticket voor mijn auto, waarop een glimmende advertentie met Keith Conners fronsende blik stond afgedrukt.

Begin juni, wees dan bang.

Begin juni, ben je nergens meer veilig.

Begin juni… THEY'RE WATCHING.

Een volgende bestuurder toeterde beleefd. Ik stond nog midden op straat naar het ticket te staren. Door de nevel van de buitenairco stapte ik de stoep op en keek naar de winkels en kantoren, met iets van de frustratie die Joe ook moest hebben gevoeld. Hoe kon je iets verdachts ontdekken in zo'n uitgestrekt winkelcentrum?

Twee bouwvakkers droegen een grote spiegelruit uit een glaswinkel naar buiten, als figuranten in een sketch van Laurel en Hardy. Omdat ik ervan uitging dat de andere winkels op de begane grond, variërend van een stomerij tot een Hallmark, net zo onschuldig waren, liep ik naar de trap. Een besteller van FedEx, die iets intoetste op een elektronisch klembord, kwam fluitend naar beneden, zonder zelfs maar op te kijken toen ik haastig opzij stapte op de overloop.

De hal boven, die de vorm had van een grote V, kwam uit in een gang met een eindeloze rij deuren en ramen. Heel wat deuren stonden open toen ik voorbij slenterde, onzeker over wat ik nu eigenlijk zocht. Kleine kantoortjes met schema's aan de wanden, jonge kerels aan de telefoon, die in stressballen knepen en probeerden *penny-stocks* of fitnessapparatuur in drie gemakkelijke termijnen te verkopen. Ik kwam langs een dubieus verzekeringskantoortje en een filmmaatschappij die rechtstreeks voor de videomarkt produceerde. Er hingen trotse posters van reusachtige insecten die verwoestingen aanrichtten in grote wereldsteden. Een paar kantoren waren haastig ontruimd. Losgekoppelde snoeren staken uit de wanden en plafonds, en in hoeken lagen nog stapels telemarketingtelefoons. In andere kamertjes, met gesloten lamellen en anonieme deuren, was het zo stil als in de wachtkamer van een chirurg. Het was duidelijk dat het verloop hier groot moest zijn.

Terwijl ik verder liep en hier en daar een goedkope bewakingscamera ontweek, lette ik op bedrijfsnamen en gezichten. Wat deed ik hier eigenlijk? Ten slotte kwam ik bij de trap aan het einde van de gang. Ik wilde al naar beneden lopen toen het koperen bordje van het laatste kantoor mijn aandacht trok. LAAT GEEN PAKJES ACHTER ZONDER HANDTEKENING. BEZORG GEEN PAKJES BIJ DE BUREN. Een FedEx-kaartje was braaf aan de deurkruk gehangen. Afgezien van het nummer, 1138, gaf de deur zelf geen enkele informatie, zoals bij veel van deze kantoortjes.

Ik pakte het kaartje en controleerde de slordig neergeschreven naam van het bedrijf: *Ridgeline Inc.*

Mijn gezicht tintelde van opwinding. En angst. Wees voorzichtig met wat je zoekt, want de kans bestaat dat je het zult vinden; in dit geval de vermoedelijke uitvalsbasis van de stalkers die me de mailtjes hadden gestuurd, me een moord in de schoenen hadden geschoven en tot nu toe al drie mensen uit de weg hadden geruimd.

Het oranjeblauwe label betekende een tweede bestelpoging voor een pakje afkomstig van een FedEx-centrum in Alexandria, Virginia. Die stad, nog net binnen de Beltway, was een broeiplaats van pressiegroepen en machtsblokken. De herkomst van het pakje beloofde dan ook niet veel goeds.

De lamellen voor het raam van het kantoor waren niet volledig gesloten. Ik ging op mijn tenen staan om door een kier te kijken. De receptie was eenvoudig en kaal, met een computer, kopieerapparaat en een papierversnipperaar. Geen planten, geen schilderijen aan de muur, geen fotolijstje met een doorsneegezin tegen de monitor gekleefd. Zelfs geen tweede stoel voor een bezoeker om op te zitten. Aan het eind een dichte deur, vermoedelijk naar een gang met nog meer kamertjes.

Ik liep snel de trap af en nam de donkere steeg achter het winkelcentrum om de achterkant van nummer 1138 te verkennen. Een wrakke brandtrap klom naar een dikke ijzeren deur. De grendel glom, en het zaagsel op de trap maakte duidelijk dat hij kortgeleden was aangebracht.

Ik rende weer terug en probeerde de voordeur, in de hoop dat hij uit zichzelf van het slot was gegaan. Helaas.

Wat nu?

Ik dacht aan de FedEx-chauffeur die zich langs me heen had gewrongen op de trap.

Ik belde het 1-800-nummer op het kaartje, toetste de volgcode in en wachtte, begeleid door *Arthur's Theme* op een xylofoon. Toen de helpdesk opnam, zei ik: 'Ik bel namens Ridgeline. Ik ben net een pakje misgelopen, maar ik denk dat de chauffeur nog in de buurt is. Kunt u hem vragen nog eens langs te komen?'

Ik liep de open gang een stuk door, om niet bij nummer 1138 te blijven rondhangen voor het geval iemand met Danner-schoenen zich zou melden op zijn werk. Twintig minuten kropen tergend traag voorbij. Mijn zenuwen en teleurstelling hadden net een hoogtepunt bereikt toen ik de grote witte truck van FedEx door het verkeer zag naderen. Ik liep terug naar de deur van het kantoor, drukte een van mijn sleutels tegen het slot en wachtte een eeuwigheid, of zo leek het. Ten slotte hoorde ik voetstappen de trap op komen. Toen de besteller naar me toe kwam, draaide ik me om, met de sleutel duidelijk zichtbaar.

'O,' zei ik. 'Ik wilde net afsluiten.'

'Ik was je de laatste paar keer misgelopen.' Hij gaf me een dunne exprespostenvelop en zijn elektronische klembord. 'Jullie zijn nogal ongrijpbaar.'

Ik zette mijn handtekening – *J. Edgar Hoover*, onleesbaar – en gaf hem het klembord terug. 'Ja,' zei ik, 'dat klopt wel een beetje.'

Ik moest mezelf dwingen om rustig te blijven en niet de trappen af te stormen, terug naar de parkeerhulp. Terwijl ik op mijn auto wachtte, wierp ik nog een nerveuze blik langs het gebouw, naar het kantoor van Ridgeline. Toen pas zag ik de zilverkleurige bewakingscamera aan het overstekende dak, recht boven nummer 1138, niet zichtbaar vanuit de gang zelf. Hij was anders dan de andere.

En hij stond recht op mij gericht.

Op het FedEx-label, onder INHOUD, stond VERZEKERING.

Aan de keukentafel in ons stille huis scheurde ik de envelop open. Er viel een stuk geribbeld karton uit, één keer dubbelgevouwen en met plakband dichtgeplakt om de inhoud te beschermen. Er zat een memoblaadje op gekleefd: *Ik duik nu onder. Geen contact meer.* Ik sneed het plakband open met de nagel van mijn duim. In het kartonnetje zat een computerdisk. Ik haalde diep adem, wreef in mijn ogen en gooide het karton in de hoop rommel op de vloer.

Verzekering? Voor wie? En waartegen?

'Duik nu onder' impliceerde dat het was verstuurd door iemand binnen een of andere organisatie. Een spion?

Met gespannen verwachting nam ik de disk mee naar mijn werkkamer en stak hem in Ariana's laptop.

Niets.

Ik vloekte en sloeg zo hard met de hiel van mijn hand op de tafel dat de laptop een sprongetje maakte. Was zelfs die ene aanwijzing me niet gegund, na alle risico's die ik had genomen? Ik stond nu zelfs op de bewakingsbeelden van Ridgeline, met alle gevaren van dien.

Ariana was naar haar werk, waar ze onze financiële mogelijkheden naging. Ongerust probeerde ik haar te bellen, zoals ik al een paar keer eerder had gedaan, maar weer kreeg ik haar voicemail. Ze hield haar mobiel uitgeschakeld, zoals we hadden afgesproken, zodat ze niet via het signaal kon worden gevolgd. En ik had haar prepaid – die ik voor haar had gekocht om de hele dag in contact te kunnen blijven – weer teruggenomen. Daar belde ik nu mee. Heel handig.

In Ari's adresboekje beneden vond ik het mobiele nummer van haar assistente. Ik wachtte terwijl het toestel overging. Mijn knie wipte zenuwachtig op en neer. Tot mijn grote opluchting nam ze op.

'Patrick? Alles oké? Wat is er aan de hand?'

'Waarom nemen jullie niet op?'

'We krijgen de hele dag vervelende telefoontjes over... nou ja, je weet wel. Daarom hebben we de voicemail aangezet.'

'Waar is ze?'

'Ze zit in de zoveelste bespreking. Ze heeft het al de hele dag stervensdruk. En ik kan haar niet bereiken omdat ze om een of andere reden haar mobiel heeft uitgezet.'

'Oké. Ik wilde alleen maar weten of ze...'

'Dat begrijp ik. Maar maak je geen zorgen, ze is heel voorzichtig. Ze heeft twee van onze bestellers meegenomen, de sterkste kerels die we hebben.'

Dat was enige geruststelling.

'Als je haar ziet, vraag dan of ze mij thuis belt, wil je?' zei ik.

'Goed. Maar die bespreking is bijna afgelopen, en ze zei dat ze daarna meteen naar huis zou gaan, dus jij spreekt haar waarschijnlijk eerder dan ik.'

Ik hing op en drukte de telefoon tegen mijn gesloten lippen. Het was midden op de dag, en de dichte gordijnen werkten benauwend en deprimerend. Ik was weer stiekem binnengekomen via de achterkant, en ik bedacht dat ik al niet meer in mijn eigen voortuin was geweest sinds de politie me had vrijgelaten. Dus zette ik me schrap en stapte de veranda op. Wie had kunnen denken dat zoiets simpels als een waagstuk zou voelen?

Ik hoorde iemand schreeuwen, en even later had zich een hele meute aan het eind van het tuinpad verzameld, die vragen riep en foto's maakte. Ik sloot mijn ogen en keerde mijn gezicht schuin naar de zon. Maar ik kon me niet echt ontspannen daarbuiten, onder het oog van iedereen. In de drukkende duisternis achter mijn oogleden voelde ik Elisabeta's badkamerraam weer tegen me aan toen ik erdoorheen probeerde te glippen, op weg naar de vrijheid.

Terug in de keuken dronk ik een glas water, zocht naar eten en gooide nog wat opengescheurde dozen en beschimmeld brood op de grond. Kauwend op een muffe energiereep liep ik de trap op naar mijn werkkamer en staarde nog eens naar de lege disk op het scherm. Een verborgen document, misschien? Maar het geheugen leek ook leeg. Het leek me niet waarschijnlijk dat je bestanden zo kon versleutelen dat ze geen geheugenruimte in beslag namen, maar voor deze lui scheen niets onmogelijk. Ik verborg de schijf tussen mijn eigen blanco dvd's in het doosje en gooide de FedEx-verpakking in een la van mijn bureau.

De telefoon ging. Haastig nam ik op. 'Ari?'

'Ik ben weggekropen onder een steen.' Joe Vente. 'Onthoud dit nummer.' Hij dreunde het op. 'Ik ben ondergedoken. Veilig. Niemand heeft dit nummer, dus als ze me komen vermoorden, zal ik behoorlijk pissig op je zijn.'

'Ik hou mijn mond wel.'

'En ik heb de politie getipt over het lichaam van Elisabeta of Deborah Vance of hoe ze ook mag heten. Bereid je maar voor op een heleboel tumult.'

'Zal ik doen.'

'O, en ik heb mijn primeur zelfs dubbel verdiend.'

'Je bedoelt...?'

'Precies. Ik heb haar gevonden.'

44

Ik trof Trista bij haar bungalow in Santa Monica, waar ze een armvol lege Dasani-flessen in de glasbak gooide. 'Flessenwater?' vroeg ik. 'Is dat wel milieuvriendelijk?'

Ze draaide zich om, beschutte haar ogen tegen de ondergaande zon en grijnsde droevig toen ze me herkende. Daarna kreeg haar grijns iets betweterigs. 'Jij draagt een katoenen shirt,' zei ze. 'Het telen van katoen kost honderd kilo stikstofkunstmest per hectare. Jouw auto daar...' – een knikje van haar fraaie hoofd – 'zou je beter kunnen inruilen voor een hybride. Dan haal je ongeveer vijf kilometer extra uit elke liter, waardoor je per jaar tien ton kooldioxide minder zou uitstoten in de atmosfeer.' Toen ik naar haar toe liep, boog ze zich in mijn richting, met wapperende blonde haren, en wierp een blik op mijn broekzak. 'Is dat een mobiele telefoon, flinke jongen? Daar zit een condensator in van tantaal, verkregen uit coltan, waarvan tachtig procent wordt gewonnen uit de rivierbeddingen in oostelijk Congo, waar de gorilla's leven. Of waar ze leefden, moet ik zeggen.'

'Ik geef me over,' zei ik.

'We zijn allemaal hypocriet. We brengen allemaal schade toe, gewoon doordat we leven. En inderdaad, ook door flessenwater te drinken.' Ze wachtte even. 'Je lacht naar me. Je gaat toch niet flirten en me betuttelen?'

'Nee. Maar ik heb een paar lange dagen achter de rug, en jij bent wel een frisse wind.'

'O. Je mag me.'

'Niet op die manier.'

'Nee? Waarom dan wel?'

'Omdat jij anders denkt dan ik.'

'Blij je te zien, Patrick.'

'Ik heb hem niet vermoord.'

'Dat weet ik.'

'Hoe?'

'Je woede blijft aan de oppervlakte. Het is eigenlijk pijn die je niet wilt erkennen. Kom binnen.'

Overal op de tegelvloer stonden verhuisdozen. De productiemaatschappij had haar met gezwinde spoed ontslagen zodra ze niet meer op Keith

Conner hoefde te passen. Mijn blik gleed door de bungalow. Zo'n tachtig vierkante meter groot, en gelegen op een mooi punt, vier straten van de oceaan. Een huurprijs van een paar duizend dollar. Het keukeneiland bood maar ternauwernood plaats aan een gootsteen, een magnetron en een koffiepot. Afgezien van de kleine badkamer naast de kast bestond het hele huis uit één kamer.

Er hingen posters van walvissen aan de muren. Ze zag me kijken en zei: 'Ik weet het. Een kleinemeisjeskamer, maar ik kan er niets aan doen. Ze zijn zo prachtig dat ze me altijd weer ontroeren.' Ze griste een fles Bombay Sapphire van de grond, schonk zichzelf nog eens in en deed er wat tonic bij. 'Sorry. Je vindt me waarschijnlijk..'

'Nee, helemaal niet,' zei ik. 'Een vrouw die gin drinkt is wel te vertrouwen.'

'Ik zou jou ook een glas aanbieden, maar de fles is bijna leeg en ik heb nog wat drank nodig om me hierdoorheen te slaan.' Ze liet haar nachtlampje in een metalen vuilnisemmer vallen, met een handvol sokken, en keek toen zuchtend om zich heen.

'Ik ga terug naar Boulder,' zei ze. 'Geen probleem. Ik vind wel weer een nieuw project, en... en..' Ze zat met haar rug naar me toe. Haar hand ging naar haar gezicht en ze kromde haar schouders. Ik besefte dat ze zat te huilen of alle moeite deed zich te beheersen. Ten slotte maakte ze een hoog geluidje. Toen ze zich weer omdraaide, was haar gezicht rood, maar verder leek ze heel normaal, alleen wat geïrriteerd.

Ze nam een slok van haar glas, ging op het bed zitten en klopte naast zich op de matras. Ik gehoorzaamde. Glimmende foto's van aangespoelde en ontlede walvissen lagen verspreid over de sprei. Het leken wel foto's van een plaats delict, onmogelijk te negeren. Ik voelde een soort wanhoop toen ik die indrukwekkende dieren zag teruggebracht tot drijfhout, een machteloosheid met een bijsmaak van walging, achter in mijn keel.

Ze pakte een van de foto's op en keek er bijna liefdevol naar, alsof het een herinnering was aan een ander leven. 'Het deugt niet, Patrick. Er deugt helemaal niets van, dat weet jij ook. De droom is nooit de droom die je denkt. Het is een aaneenschakeling van compromissen, met onderweg een paar aardige mensen, als je geluk hebt.' Ze legde haar hoofd op mijn schouder; ik rook de gin.

Ze haalde haar mouw langs haar neus en ging weer rechtop zitten. 'Het was mijn werk om op hem te passen. Ervoor te zorgen dat hij niet verongelukte met drank achter het stuur, of een meisje van zeventien neukte, of wat dan ook. Ik moest hem in leven en uit de gevangenis houden, totdat wij onze film hadden gemaakt. Niet zo moeilijk, toch?'

'Moeilijker dan het leek.'

'Ik weet dat jij de pest aan hem had.' Ze sprak met dubbele tong, een heel klein beetje maar.

'Misschien viel hij wel mee,' zei ik.

'Ach, ja,' zei ze, 'dat is wel zo. Hij was een soort domme labrador, maar slim genoeg om aan die film te kunnen meedoen. Films, sterren, opportunisme... God, het klinkt allemaal zo cynisch.' Ze keek naar een van de foto's, walvisspek en roze vlees. 'Maar ik geloof hier écht in.'

'En Keith?'

'Hij was filmster, dus wie zal het zeggen? Hij werd gebruikt voor allerlei plannetjes.' De ironie bleef tussen ons in hangen. 'Ze vervelen zich, weet je,' ging ze verder. 'Ze zoeken een hobby, een goed doel. Hij hoefde dit niet te doen, of wat dan ook, maar hij deed het toch. Herinner je je nog dat er allemaal grijze walvissen opdoken in de baai van San Francisco?'

'Nee. Sorry.'

'Tot aan de voet van de Golden Gate. Ik bracht hem ernaartoe, met een paar zeebiologen. Een kans voor hem om modder aan zijn schoenen te krijgen. Dat vinden ze prachtig. Hij was vreselijk opgewonden en kocht zelfs een nieuw Patagonia-jack. Toen iedereen weer vertrok, kon ik hem niet vinden. Hij stond nog bij het water, met zijn hand op een walvis en een traan op zijn wang. Je weet wel, "de mooie en woeste Amerikaanse natuur"-traan. Maar niemand keek. Hij veegde die traan weer weg en verzekerde me dat alles in orde was. Toch kon ik hem daarna heel veel vergeven, alleen vanwege die traan.' Ze kwam abrupt overeind. 'Ik moet weer verder met inpakken. Ik breng je naar de deur.'

Maar ze bleef staan en staarde naar de verzakte posters. 'Wat doe ik hier in vredesnaam?' zei ze. 'Ik weet helemaal niets van films. Of financiering. Ik ben gewoon een milieufreak met een paar jaar universiteit en een passie voor walvissen.' Haar blik dwaalde door de kleine bungalow alsof tussen die vier muren al haar tekortkomingen en teleurstellingen besloten lagen. Toen ze zich vermande en mij zag kijken, bloosde ze om de glimp die ik had opgevangen. 'Ik zei toch dat ik verder moest met inpakken?'

'Wil je even naar me luisteren? Een minuutje maar, alsjeblieft. Jij hebt veel met Keith opgetrokken aan het eind...'

'Moet je me daaraan herinneren?'

'Mag ik je een paar simpele vragen stellen?'

'Zoals?'

'Heeft hij het ooit over een bedrijf gehad dat Ridgeline heet?'

'Ridgeline? Nee, nooit van gehoord.'

'Is hij ooit naar Starbright Plaza geweest, dat winkelcentrum met kantoren, bij Riverside in Studio City?'

'Hij kwam nóóit in de Valley.' Ze liet zich weer op het bed zakken. 'Is dat alles?'

'Ik heb niet veel tijd meer, Trista. Ik ben de voornaamste verdachte. Ik moet erachter komen wie mij die moord in de schoenen heeft geschoven, voordat de politie me komt halen om me in de cel te smijten. Want daarna is er helemaal niemand meer die kan uitzoeken wat er werkelijk is gebeurd.'

'Wat moet ik eraan doen? Heb ik je al niet genoeg geholpen?'

'Wat bedoel je?'

'Ik heb hem en Summit Pictures zo ver gekregen dat ze die rechtszaak tegen jou lieten vallen. Dat waren ze in elk geval van plan.'

Ik staarde haar ongelovig aan. 'Dus dat was jíj?'

'Ja, dat was ik. Nadat je Keiths huis had beklad...'

'Dat heb ik helemaal niet gedaan.'

'Hoe dan ook... Ik heb hem gezegd dat dat juridische gezeur alleen maar lastig voor hem was en zijn aandacht afleidde. Vervolgens heb ik zo'n beetje zijn hele tekst voor hem geschreven om de studio ervan te overtuigen dat *They're Watching* niet gebaat was met de walm van een proces, terwijl de film juist zo goed scoorde in de publiciteit. Bovendien wist ik dat jij hem niet geslagen had; daar ben je veel te onschuldig voor, zoals ik al zei. En als de waarheid boven tafel kwam, zou hij al zijn geloofwaardigheid als woordvoerder van de milieubeweging verliezen.' Ze trok aan een gescheurde nagel en keek me aan vanonder haar krullende wimpers. De vrouw was een onvoorstelbare combinatie van stijl en inhoud. 'Goed. Verder nog iets, of kan ik me weer in mijn eigen ellende en eenzaamheid storten?'

Ik probeerde van de schok te bekomen. 'Was er dan helemaal niets vreemds aan Keiths gedrag of de mensen die hij ontmoette?'

'Vreemd? Ondanks alle glamour en sensatie om hem heen was hij een van de saaiste en meest voorspelbare mensen die ik ooit heb gekend. Hij was tevreden met kinderlijke pleziertjes: clubs, bars en nachtelijke ritjes met lingeriemodellen in dure auto's. O, hij haalde wel dronken streken uit, maar niets ernstigs. Volgens mij is hij nog nooit iemand tegen het lijf gelopen die spannend genoeg was om hem te willen vermoorden. Jou inbegrepen.'

Die laatste woorden leken me een hint om op te stappen, dus kwam ik zwijgend overeind. Ze had gelijk. Ik kon me ook niet voorstellen dat Keith ooit iets had gedaan wat ernstig genoeg was om de aandacht te trekken van mensen die over de nieuwste spionageapparatuur beschikten. Hij draafde van het ene naar het andere speeltje: feestjes, films, nieuwe projecten. Toevallig was hij in aanraking gekomen met Trista's ideeën en had zich daar met hart en ziel in gestort, zoals hij wel vaker deed.

Ik bleef in de deuropening staan en draaide me naar haar om. 'Ik ben ook mijn baan kwijt,' zei ik. 'Lesgeven. Ik heb nooit beseft hoeveel het voor me betekende totdat ik werd ontslagen. En weet je wat zo grappig is? Het was altijd een soort bijbaantje voor me, een troostprijs, maar ik vind het een groter verlies dan toen ik van die filmset werd geschopt.' Ik merkte dat ik te veel praatte en beheerste me. 'Wat ik bedoel is, dat het me spijt dat je bent ontslagen bij iets wat zoveel voor je betekende.'

'Ontslagen?' zei ze. 'Ik ben helemaal niet ontslágen. De hele productie is stopgezet.' Ze boog haar hoofd en liet haar schouders hangen. 'Maandag hadden we met de opnamen moeten beginnen. Over drie dagen al. We waren er zo dichtbij!'

De wind blies door mijn shirt, maar mijn huid was al verstrakt. 'Is de financiering weggevallen?'

'Natuurlijk,' zei ze. 'Milieudocumentaires komen niet van de grond als er geen Al Gore of Keith Conner achter staat.'

Opeens kreeg ik een droge mond. Mijn blik ging weer naar die glimmende foto's op Trista's bed. Aangespoelde walvissen. Gescheurde trommelvliezen. Hersenschade.

Sonar.

Keith had gezegd dat *high-intensity* sonar een verwoestende uitwerking had op walvissen; hun organen vernietigde, embolieën veroorzaakte en ze het strand op joeg.

Alle puzzelstukjes leken plotseling op hun plaats te vallen.

Ik voelde mijn bloed sneller stromen, als van een jager die eindelijk zijn prooi had ontdekt, de kern van de zaak.

'Als er iets tegenzit,' zei Trista, 'een economische recessie, een stemming in de Senaat, een nieuwe ontwikkeling... is het milieu altijd het eerste slachtoffer.' Ze lachte zuur. 'Behalve deze keer. Nu was het Keith.'

'Kun je geen andere ster vinden, en nieuwe financiering?' hoorde ik mezelf vragen.

'Daar schieten we niets mee op.' Ze streek een lok haar achter haar oor weg. 'We hadden maar een beperkte tijd om die film te maken. En het geld is weg.'

Ik dacht aan Keith zoals ik hem het laatst gezien had, uitgestrekt in de teakhouten ligstoel, met een kruidnagelsigaretje en een ernstig gezicht. *Het is een race tegen de klok, man.*

Wat had Jerry ook alweer gezegd? *Die idioot is bezig met zo'n achterlijke documentaire over het milieu. Mickelson vroeg of hij niet kon wachten tot hij nog een kaskraker had gemaakt, maar het moest echt nú.*

'Beperkte tijd?' Mijn stem kwam van heel ver.

Ze keek op, verbaasd over mijn toon. 'Wat?'

'Je zei dat jullie maar een beperkte tijd hadden om die documentaire te maken. Er is dus haast bij. Waarom?'

'Omdat hij in de bioscopen moet komen vóór de stemming in de Senaat.'

Ik hoorde mijn hartslag in mijn oren bonzen. 'Wacht eens,' zei ik zwak. 'De Senaat?'

'Ja. Het wetsvoorstel om het geluidsniveau van de marinesonar te verlagen. Als bescherming van de walvissen. Dat voorstel wordt behandeld in oktober, dus moeten we zo snel mogelijk aan die film beginnen. Nú.' Fronsend staarde ze in haar lege glas. 'Waarom doe je zo vreemd?'

'Als *The Deep End* voor oktober uitkomt, zal een groot deel van de kiezers zich achter die zaak stellen. Senatoren die de verkeerde kant kiezen, zullen daar spijt van krijgen. Het is een verkiezingsjaar.'

'Ja. Zo wordt het spel gespeeld,' zei ze. 'Of hebben ze je dat niet verteld bij de padvinderij?'

'Onder druk van die film zouden ze voor een beperking van het sonargeluid stemmen.'

'Ja, Patrick. Daar hoopten we op.'

'Maar zonder de film dus niet.'

'Precies.'

'En het enige waardoor een productie kan worden stopgezet als je eenmaal groen licht hebt gekregen, is...'

Ze zette haar glas neer. 'Ach, toe nou, Patrick.'

'... de dood van de ster.'

Voor het eerst zag ik angst op haar gezicht. Ze begreep het. Ik had een nieuwe bondgenoot gevonden, iemand die al bij de strijd betrokken was op een ander front. Iemand met contacten.

Maar haar blik ging schichtig naar de achterdeur, en toen terug naar mij, en tot mijn grote schrik besefte ik dat ze niet bang was omdat ze me geloofde en begreep waar ik – waar wíj – mee te maken hadden, maar dat ze bang was voor mij zélf. In mijn gretigheid had ik de fout gemaakt om haar hiermee te overvallen, zonder enige voorbereiding. Ze had maar een beperkt zicht op deze hele, ellendige toestand, en na mijn wilde beweringen moest ze wel denken dat ik inderdaad zo paranoïde en labiel was als ik in de media werd afgeschilderd.

Dringend en wanhopig hief ik een hand op, om de discussie voor te zijn die ze al met zichzelf was begonnen. 'Je zei dat je wist dat ik geen moordenaar was.'

'Wil je nu vertrekken?'

'Het is niet zo krankzinnig als het klinkt. Laat het me alsjeblieft uitleggen...' Ik deed weer een stap naar binnen, over de drempel, maar ze sprong hijgend overeind. Eén gespannen moment keken we elkaar aan door de kamer. Ik voelde haar angst alsof ze hitte uitstraalde.

Met opgeheven armen en mijn handpalmen naar haar toe gericht stapte ik achteruit naar buiten en trok de deur zachtjes achter me dicht.

45

'Al die tijd heb ik de verkeerde vraag gesteld.' Ik was zo opgewonden dat ik bijna zat te schreeuwen in de telefoon. 'Ik vroeg me maar steeds af wie er voordeel kon hebben bij Keith Conners dood.'

'Oké...' zei Julianne. Ik had haar gebeld op haar werk en ze hield zich passend op de vlakte toen ik haar verslag uitbracht van mijn gesprek met Trista. 'En wat zou de goede vraag dan zijn?'

Ik gaf gas, de heuvel op, en week uit naar de tegenoverliggende rijbaan om een geparkeerd busje van de kabelmaatschappij te passeren. 'Wie er voordeel bij kan hebben dat die film niet doorgaat!'

'Ik zit hier met een student, dus misschien zou je...'

'... het kunnen uitleggen? Natuurlijk.'

Maar die kans gaf ze me niet. 'Had die schat het antwoord? Op je vraag?'

'Trista? Nee. Maar het lijstje ligt voor de hand. Alle voorstanders van dat sonarsysteem. Bepaalde senatoren. Het ministerie van Defensie. De NSA. Toeleveringsbedrijven van de marine.'

'Nou, dan ben je zo klaar. Maar kan zij, in haar positie, niet...'

'Zij denkt dat ik niet goed wijs ben.'

'Hm.'

'Ze heeft me de deur uitgezet.'

'En dus...?'

'Zou jíj misschien wat onderzoek kunnen doen naar die marinesonar en dat wetsvoorstel?'

'Ik dacht dat jij daar zelf...'

'Details, bedoel ik,' zei ik. 'Namen, programma's, de fondsen. Wie hier ook achter zit, het moet een machtige groepering zijn. Ik bedoel, stel dat het Defensie is, of de NSA? De middelen waarover ze beschikken, de apparatuur, het bereik. Mensen overal. Ze moeten ook iemand hebben bij de politie van L.A. Hoe moet je je verweren tegen zo'n reus?'

'Geen kans,' zei ze. 'Maar laten we niet te dramatisch worden. Zoiets als dit is natuurlijk geen officiële actie van een hele... nou ja.'

'Van een hele dienst, bedoel je?'

'Precies. Je moet erachter zien te komen welke corrupte afdeling verantwoordelijk is voor jouw... situatie.'

'Kun jij me daarbij helpen? Of ligt het te ver buiten jouw terrein?'

Een zucht. 'De *Wash Post*. En de *Journal*. Oude studievriendjes, begrijp je? Onderzoeksjournalistiek. En ik ben zelf ook niet achterlijk.'

Ik wist niet of haar korte zinnetjes en cryptische antwoorden meer verborgen hielden dan haar normale manier van spreken, maar ik was te dankbaar om kritiek te hebben. Ik gaf haar het adres van Ridgeline Inc. in Studio City en vroeg haar zo veel mogelijk over hen te weten te komen en een eventuele connectie te vinden. Ze maakte wat instemmende geluiden en hing op zonder mijn naam te noemen. Triomfantelijk sloeg ik met mijn vuist op het stuur. Eindelijk een stap in de goede richting.

Ik overwoog om Ariana nog eens te bellen – ik had al haar nummers weer geprobeerd voordat ik Julianne had gebeld – maar ik was al bijna thuis. Er stonden nog steeds reportagewagens in onze straat, dus maakte ik een scherpe bocht naar rechts en parkeerde bij het hek van de achtertuin. Zodra ik eroverheen klom, wist ik dat we problemen hadden. Toen ik mijn voet op het dak van de kas zette, zag ik door de ruit dat alle planken van de wanden waren gerukt. De potten lagen aan scherven, de tulpen verspreid tussen de aarde. Mijn voet gleed onder me vandaan, ik sloeg met een klap tegen het schuine dak en kwam op mijn rug in de tuin terecht.

Vanuit die hoek zag de kas er nog erger uit. Ze hadden niet alleen alles vernield, maar ook overhoopgehaald.

Doorzocht.

Het was na vieren. Misschien was Ariana al thuis geweest toen ze kwamen. Ik draaide mijn pijnlijke hoofd naar het huis toe.

De achterdeur stond op een kier.

Meteen sprong ik overeind en begon te rennen. De troep in huis leek niet groter dan toen ik was vertrokken. We hadden nooit echt opgeruimd sinds de politie zo tekeer was gegaan. Ari was niet in de woonkamer. Onze ingelijste trouwfoto staarde me aan, leunend tegen de muur, met nog altijd die barst in het glas over onze stralende gezichten. Ik riep haar naam en rende de trap op. Ze was niet in de slaapkamer. Ik stormde naar mijn werkkamer en rukte de bureaula open.

De FedEx-envelop die ik van Ridgeline had gestolen was verdwenen.

Maar het doosje met dvd's stond nog in de kast. Ik rende erheen, trok het deksel eraf en gooide de disks op de grond. Allemaal dezelfde. Ze hadden de cd ook meegenomen.

Ik wurmde mijn telefoon uit mijn zak en belde Ariana. Voicemail en voicemail. Ik stormde de trap af en gooide de deur naar de garage open. Geen witte pick-up. Dat leek gunstig. Misschien was de vergadering uitgelopen en was ze nog niet thuis...

Maar mijn paniek was sterker dan mijn valse hoop. Ze had al een half-uur geleden thuis moeten zijn. Ik bladerde Ariana's adresboekje door en belde haar assistente.

'Patrick, wat is er? Voor zover ik weet is die bespreking al een hele tijd...'

Ik hing op en rende de straat op. Een paar fotografen hadden hun posities weer ingenomen. Verbaasd en geamuseerd kwamen ze half hun auto's en busjes uit.

'Hé, luister! Hebben jullie... Hebben jullie gezien of er iemand bij ons heeft ingebroken? Of er iemand het huis uit kwam? Mijn vrouw?'

Ze maakten foto's van me.

'Jullie bivakkeren hier al... hoe lang? Nou, hoe lang?' Geen antwoord. Ik kon me niet langer beheersen en brulde woedend: 'Hebben jullie godver-domme iets gezíén?'

Ik draaide me om. De buren in de appartementen aan de overkant ston-den achter hun glazen schuifdeuren, één of twee gezichten op elke verdie-ping. Aan mijn kant van de straat stond Martinique op haar drempel te bibberen. Don had zijn arm om haar schouders geslagen. 'Waren jullie thuis?' riep ik tegen hen. 'Nou? Hebben jullie Ari ook gezien? Is ze...'

Don draaide zich om en loodste haar naar binnen.

Ik keerde me op mijn hakken om. Camera's klikten, gericht op mijn gezicht.

'Ik weet het niet! Ik weet niet waar ze is, verdomme,' zei ik smekend. Twee van de fotografen grinnikten, de derde knikte verontschuldigend en deinsde terug.

Door de open deur hoorde ik de telefoon.

Goddank.

Ik rende naar binnen. 'Ari?'

'Ik had gehoopt dat de vorige keer dat we elkaar spraken de laatste zou zijn geweest.'

De elektronische stem deed al mijn nekharen overeind staan.

'Maar je bent wat taaier dan we hadden gedacht.'

Ik kreeg geen adem.

'We kunnen jou niet vermoorden. Te verdacht.' Een veelzeggende stilte. 'Maar,' zei hij, 'je vrouw...'

Ik opende mijn mond, maar er kwam geen geluid uit.

'Je bent een behoorlijk gestoorde figuur. Misschien zou je haar ook wel iets aandoen.'

'Nee,' zei ik met moeite. 'Luister...'

'De disk.'

'Nee, ik... néé. Die heb ik niet. Ik heb geen disk.'

'Breng ons die disk, of we sturen je het hart van je vrouw in een FedEx-pakketje, net als die envelop die je van ons gestolen hebt.'

Ik legde een hand op het aanrecht om steun te zoeken. 'Iemand heeft hem van me gestolen. Ik zweer het bij God.'

'Rij naar Keith Conners huis. Naar binnen door de dienstingang. De code is 1509. Parkeer binnen een halve meter van de plantenbak met de cactussen, naast het gastenverblijf. Blijf in je auto zitten, met je raampjes dicht. Verander niet van houding als we naar je toe komen. Als je met de politie praat, is ze er geweest. Als je de disk niet terugbrengt, is ze ge-weest. Als je er niet precies om vijf uur bent, is ze er geweest.'

'Nee, wacht! Luister, ik kan niet...'

Hij had opgehangen.

De gedachten tolden door mijn hoofd. Als dat Ridgeline was, hadden zij dus niet ingebroken en de disk meegenomen. Wie dan wel? De politie, als bewijsstuk? Corrupte agenten, om me te chanteren? De NSA, Defensie, een paar huurlingen van een senator? Wat moest ik nu? Die cd was dui-delijk niet blanco geweest, zoals ik had gedacht. Maar wat had er dan op gestaan?

Vijf uur. Dan had ik nog zevenendertig minuten. Nauwelijks genoeg tijd om erheen te rijden, laat staan alles te overdenken.

Hoe kon ik een computerdisk terugvinden als ik geen idee had wie hem had meegenomen?

Zesendertig minuten.

Ik greep de telefoon om rechercheur Gable te bellen of hij hem had. Maar de tijd was te kort. Zelfs als hij hem had, was het te laat om binnen vijfendertig minuten nog iets met hem te regelen en naar het huis van Keith te rijden. Ik ramde de telefoon in de houder, miste, en kneusde mijn knokkels.

Hoe was het met haar? Zouden ze haar iets hebben gedaan? Nu al?

Ik trok aan mijn haar en veegde de tranen van mijn wangen.

Een disk! Ik kon een van mijn eigen ongebruikte blanco cd's meenemen en zeggen dat ik had geprobeerd hem te kopiëren, maar dat hij zichzelf had gewist, net als de dvd's. Geen sterk plan, maar beter dan niets, en ik kon er een paar minuten tijd mee winnen om erachter te komen waar Ariana was en iets anders te verzinnen. Ik rende de trap op, griste een cd uit een van mijn laden en stak hem in Ari's laptop om te zien of hij leeg was.

Nog drieëndertig minuten.

Terug naar beneden, de deur uit, halverwege de schutting, zwetend door mijn shirt heen. Midden op ons grasveld bleef ik staan. Toen liep ik terug en greep het grootste keukenmes uit het blok op het aanrecht.

Ik nam een haarspeldbocht, klemde het stuur in mijn handen en probeerde niet heen en weer te glijden op mijn stoel. Als het slagersmes
onder mijn dijbeen begon te schuiven, zou het zich in mijn vlees boren.
Het mes lag onder een hoek, met het heft in de richting van de tussenconsole, onder handbereik. De scherpe lucht van geschroeid rubber drong
door de blazers de auto binnen. Ik moest me beheersen om niet weer
plankgas te geven. Met zo weinig tijd kon ik het me niet veroorloven te
worden aangehouden.

Ik stormde de smalle straat door, met mijn handen vochtig om het
stuur. Mijn hart pompte zoveel angst en adrenaline door mijn aderen dat
ik naar adem snakte. Ik keek van het klokje naar de straat, en weer terug.
Op een paar straten afstand draaide ik de auto met piepende banden naar
de stoep en gooide het portier open, nog net op tijd. Toen ik in de goot
begon te kotsen, zag ik een tuinman die me vanachter zijn pruttelende
maaimachine onbewogen aanstaarde.

Wankelend richtte ik me weer op, veegde mijn mond af en reed door,
wat langzamer nu, de steile helling op. Even later draaide ik de ventweg
in, zoals aangegeven, en binnen een paar seconden zag ik de stenen muur
en het ijzeren hek dat paste bij de bekende poort aan de voorkant. Ik
sprong uit de auto en toetste de code in. Het hek week trillend terug. De
geplaveide oprit, omzoomd door jacaranda's, liep recht naar de achterkant
van het huis. Eindelijk kwamen de gastenkamers in zicht. Met zijn witgepleisterde muren, glooiende pannendak en hoge veranda was het gastenverblijf nog groter dan de meeste gewone huizen in onze eigen straat.

Ik stopte naast de cactuspot aan de voet van de trap, vlak bij het huis.
Met mijn handen op het stuur probeerde ik op adem te komen. Nergens
was een teken van leven te bespeuren. Helemaal aan de andere kant, nauwelijks zichtbaar tussen de takken door, stond het huis zelf, donker en stil.
Zweet prikte in mijn ogen. De trap vlak naast mijn raampje was zo steil
dat ik niet op de veranda kon kijken. Eigenlijk zag ik maar heel weinig,
alleen de stootborden. Dat was ook de bedoeling, nam ik aan.

Ik wachtte. En luisterde.

Eindelijk hoorde ik boven me een deur krakend opengaan. Een voetstap. En nog een. Toen verscheen er een mannenschoen op de bovenste
tree in mijn gezichtsveld. De rechtervoet volgde, daarna zijn knieën, zijn
dijen en zijn middel. Hij droeg een versleten werkbroek, een onopvallende zwarte riem en een T-shirt dat misschien grijs was.

Ik liet mijn rechterhand naar het heft van het vleesmes glijden en klemde het zo stevig vast dat mijn handpalm tintelde. Iets warms sijpelde in
mijn mond; ik had op mijn wang gebeten.

Op de onderste tree bleef hij staan, nog geen halve meter van mijn raampje. De daklijn van mijn auto deelde hem bij zijn middel in tweeën. Ik wilde omlaag duiken om zijn gezicht te kunnen zien, maar ik was gewaarschuwd om dat niet te doen. Bovendien stond hij te dichtbij.

Hij bracht zijn hand omhoog en tikte met zijn knokkel tegen het glas. Eén keer.

Met mijn linkerhand drukte ik op de knop, en het raampje ging zoemend omlaag. Het lemmet van het verborgen mes voelde koel tegen de onderkant van mijn dijbeen. Ik koos een plek op zijn borst, vlak onder zijn ribben. Maar eerst moest ik nog een paar dingen weten.

Zijn andere hand schoot opeens naar voren en gooide iets ter grootte van een vuist door de spleet van het inmiddels halfgeopende raampje. Het kwam op mijn schoot terecht en voelde verrassend zwaar aan.

Ik keek omlaag.

Een handgranaat.

Mijn adem stokte en ik probeerde het ding te grijpen.

Maar voordat mijn gespreide vingers zich eromheen konden sluiten, explodeerde de granaat.

46

Mijn oogleden waren van cement. Ze gingen een klein eindje open, maar vielen meteen weer dicht tegen het felle licht van boven. Mijn ribben deden pijn en mijn oren gonsden. De huid van mijn rechterwang en mijn lippen leek geschaafd. Ik probeerde mijn hand naar mijn kloppende hoofd te brengen, maar om een of andere reden kwam hij daar niet.

Het was een langzaam proces, maar eindelijk had ik mijn ogen open. Het tl-licht leek de hele omgeving uit te bleken, maar na nog een paar keer knipperen besefte ik dat de ruimte zelf zo wit was: witte tegels, witte muren, en een grote spiegel die het allemaal nog versterkte. De kamer was leeg, afgezien van een stoel in de verre hoek. Heel even had ik de illusie dat ik in een hemelse wachtkamer was beland, maar door een kier van de deur tegenover me ontwaarde ik een politieposter achter een bureau.

Een verhoorkamer.

Was ik gearresteerd?

Ik lag op een metalen bank, met een handboei om mijn rechterpols, waarvan het andere eind aan een stang in de muur was vastgeklikt. Ik was zo versuft dat ik nu pas begreep dat ik daarom mijn arm niet omhoog kon tillen.

Bij de gedachte aan Ariana schoot ik overeind in zithouding, waardoor mijn hoofd bijna uiteenspatte. Een heftige tinteling ging door mijn rechterarm. Ik trok mijn T-shirt op en klemde het onder mijn kin. De huid van mijn borst was rauw. Moeizaam stond ik op en stapte bij de bank vandaan om in de doorkijkspiegel de schade aan mijn gezicht te kunnen opnemen, maar zoveel ruimte gaf de handboei me niet.

Mijn keel was te droog om te praten, maar ten slotte riep ik toch hees om hulp. Er kwam niemand opdagen.

Ik keek nog eens om me heen. Een zware metalen deur met een grendel, net boven mijn bereik, in dezelfde muur waaraan ik was vastgeketend. Het geruis kwam niet alleen uit mijn hoofd, maar ook van de airco, die extra zijn best deed om de ruimte op temperatuur te houden. Boven de politieposter in de aangrenzende kamer hing een klok die zeven uur aangaf ('s ochtends of 's avonds?), en naast een uitpuilend postbakje stond een doorschijnende plastic box met mijn portefeuille, mijn sleutels en mijn prepaidtelefoon. Een van mijn zakken was binnenstebuiten gekeerd.

Een verlammende gedachte drong door de nevel in mijn hoofd: *Ze is dood.* Maar die mogelijkheid was onverdraaglijk, dus vluchtte ik in andere verklaringen.

Misschien hadden ze haar vrijgelaten. Of misschien had de politie haar gered toen ze mij vonden. In mijn wanhoop was ik bereid om alles te geloven.

Ik kon vier stappen zetten, evenwijdig aan de muur, totdat de handboei het einde van de horizontale stang had bereikt. Ik schoot er weinig mee op. Na nog een paar keer slikken had ik eindelijk mijn stem terug. Ik staarde naar de doorkijkspiegel. 'Waar ben ik?' vroeg ik, nog heser dan Brando.

Ergens ging een deur open en dicht, en even later kwam er een rechercheur binnen uit de aangrenzende kamer. Zijn badge bungelde om zijn hals. Hij was zo breed dat zijn collega, die achter hem binnenkwam, me bijna ontging.

De grote vent streek met zijn hand over zijn blonde, uitgegroeide stekeltjeshaar en zwaaide even naar de spiegel. 'Wij nemen het over, bedankt. Loopt de apparatuur?' Toen draaide hij zijn brede, hoekige, knappe gezicht naar me toe. Hij leek de ultieme Amerikaan, een footballheld uit een tekening van Norman Rockwell. 'Ik ben inspecteur DeWitt, en dit is inspecteur Verrone.'

Inspecteurs? Ik maakte promotie.

Verrone had de ongezonde huid van een roker en drinker – vaal, rood en vlekkerig – en een tenger postuur. Hij paste in een van DeWitts broekspijpen. Hij zou een walvissnor hebben gehad als hij de punten niet keurig had bijgeknipt bij zijn mondhoeken, ongetwijfeld volgens voorschrift.

'Mijn vrouw,' zei ik schor.

'Wat is daarmee?' vroeg DeWitt.

Verrone liet zich op de stoel in de hoek vallen. Zijn overhemd spande strak om zijn bovenlijf en verried een onverwacht pezige gestalte. Het was alleen het contrast met DeWitt waardoor hij zo tenger leek.

'Is alles goed met haar?' vroeg ik.

'Dat zou ik niet weten,' antwoordde DeWitt behoedzaam. 'Hoezo? Heb je haar iets aangedaan?'

'Nee. Ik... néé.' Ik zag een randje glanzende rode huid om mijn pols. Nog altijd kon ik niet helder denken; alles leek zo onbeschaafd, zo verwarrend. 'U... hebt u haar niet gezien?'

DeWitt hurkte midden op de witte tegelvloer en keek me aan. Voor zo'n grote vent bewoog hij zich opvallend sierlijk en effectief. 'Waarom zouden we je vrouw hebben gezien?'

Verrone keek me aan vanaf zijn stoel. Of eigenlijk was het geen kijken, maar een onverschillig oogcontact, dat alleen bedreigend leek door het onafgebroken staren, als van een reptiel. Sinds hij was gaan zitten had hij dat oogcontact nog niet één keer verbroken of een vin verroerd, voor zover ik kon vaststellen als ik zo nu en dan naar hem keek.

Ik schudde mijn hoofd om helder te worden, maar dat maakte de pijn nog erger. 'Hoe ben ik...?' De rest van de vraag bereikte mijn mond niet eens vanuit mijn brein.

DeWitt gaf toch behulpzaam antwoord. 'Een schokgranaat, militair model. Gevoegd bij de druk binnen de beperkte ruimte van een auto, kom je algauw op vijfduizend pond per vierkante centimeter. Je mag van geluk spreken dat je niet zwaargewond bent.'

Was het al die tijd al de bedoeling van mijn aanvaller geweest om me uit te schakelen? Of had hij dat vleesmes naast me op de stoel gezien en toen pas besloten die granaat te gebruiken? In elk geval hadden ze me in leven gelaten, dus had ik nog nut voor hen. Blijkbaar hadden ze gezien dat de blanco cd die ik bij me had de verkeerde was. Misschien dachten ze dat ik hun nog altijd de echte kon bezorgen. Ik kreeg weer hoop. Als dat het geval was, zouden ze ook Ari in leven laten om mijn medewerking af te dwingen.

Als je met de politie praat, is ze er geweest.

Huiverend probeerde ik dat dreigement uit mijn hoofd te zetten en me te concentreren. Ik moest hier vandaan zien te komen zonder iets te zeggen, en me weer beschikbaar stellen voor Ariana's ontvoerders. Dat zou niet meevallen. Eerst moest ik proberen in een minder streng beveiligde omgeving te komen. Zoals een ziekenhuis. 'Ben ik... kan ik een dokter spreken?'

'De verplegers hebben je ter plekke onderzocht. Je was nog bij bewustzijn... weet je dat niet meer?'

'Nee.'

'We hebben je hierheen gebracht, en toen ben je in slaap gevallen.'

'Waar is hier?'

'Parker Center.'

Het hoofdbureau van politie in Los Angeles. Geweldig.

'Ik moet naar een ziekenhuis. Ik was bewusteloos. Ik herinner me helemaal niets meer.'

DeWitt trok een wenkbrauw op naar Verrone. 'Laten we hem dan maar op zijn rechten wijzen.'

'Nee. We hebben hem op de band. En hij heeft getekend.' Verrone bewoog nauwelijks zijn lippen, en heel even vroeg ik me af of hij wel iets gezegd had. Nog altijd zat hij griezelig stil.

259

Ik probeerde op te staan, maar de handboei trok me op het bankje terug. 'Jullie kunnen me niet arresteren. Ik kan... ik kan nu niet naar de gevangenis.'

'Daar kom je wat te laat mee, ben ik bang.'

'Kan ik rechercheur Richards spreken?'

'Dit is haar onderzoek niet meer.'

'Waar is Gable?'

'Wij staan boven Gable,' antwoordde DeWitt, wat fermer nu.

'Vijfde verdieping,' zei Verrone.

Ik dacht snel na, maar kwam tot niets. Waren mijn mogelijkheden eindelijk uitgeput, nu Ariana's leven op het spel stond?

'Een buurman meldde de explosie, een paar uur geleden.' DeWitt keek naar mijn handboei en plukte onbewust aan het duikershorloge om zijn eigen pols. 'Het huis van Keith Conner, weet je?' Hij floot. 'Dus sprongen wij op ons paard. We troffen jou daar aan. Bekijk het eens vanuit ons standpunt. Ik moet me nu eenmaal hard opstellen om een paar antwoorden van je te krijgen.'

Ik voelde Verrones onbewogen gezicht op me gericht, met een zwijgende uitdaging in die starende ogen. Hij boezemde me angst in, merkte ik.

'Ik weet niet of ik wel antwoorden heb,' zei ik.

'Wie heeft je overvallen?' vroeg DeWitt.

'Dat kon ik niet zien. En ik ken geen namen.'

'Maar ze hebben je niet vermoord. Dus heb jij iets wat zij willen.'

'Ze willen me niet dood, dat klopt. Ze proberen me de moord op Keith Conner in de schoenen te schuiven. Als ze mij ook vermoorden, lijkt dat nogal verdacht.'

'Dit niet, soms?'

'Vast wel. Maar nu lijk ík verdacht. Daarom ben ik ook aangehouden.'

'Luister goed, klootzak,' zei Verrone. Nu bestond er geen enkele twijfel dat hij het was die zijn mond opendeed. Zoals er ook geen twijfel was wie hier de rol van *bad cop* speelde. Hij haalde een bewijszak uit zijn jack. Het vleesmes, bungelend aan zijn vinger. 'Heb je hier een verklaring voor? En wat had je bij het huis van Keith Conner te zoeken, lul?'

'Lul?' herhaalde ik.

'Weet je hoe je een kikker kookt, Davis?'

'Ik ken het verhaal,' zei ik. 'Je kunt hem niet in heet water gooien, want dan springt hij eruit. Dus doe je hem in een pan koud water op het gas en brengt de temperatuur steeds met een graad omhoog, heel geleidelijk, zodat de kikker het niet merkt. Hij blijft zitten totdat hij is gekookt. Voor het geval ik nog niet heb gemerkt dat de grond steeds heter onder mijn voeten wordt...' – ik wees om me heen naar de verhoorkamer en mijn rammelende handboei – 'ga je me nu vertellen dat ik die kikker ben.'

Ik had kunnen zweren dat DeWitt vaag geamuseerd keek.

Verrone stond zo snel op dat zijn stoel naar achteren rolde. Na zijn volmaakte kalmte was dit een verontrustende reactie. DeWitt stond ook op en draaide zich naar hem om. Verrone nam me onderzoekend op. Zijn kaakspieren spanden zich. Toen wees hij naar mijn gezicht. 'Dat was de eerste en laatste keer.'

DeWitt kwam naar me toe en boog zich over me heen. 'Dit is het einde van de reis. Hier red je je niet meer uit. Iedereen is er klaar voor – justitie, de chef, het hele onderzoeksteam. Dus kom maar op met je verhaal. Wat deed je bij het huis van Keith?'

Zelfs toen ik mijn hoofd boog, drukte zijn brede schaduw nog op me neer. Ik voelde de warmte van zijn lichaam. Die cd moest ergens zijn, net als Ariana, die nu doodsangsten uitstond. En ik zat achter de tralies, niet in staat een vinger uit te steken om haar te helpen. Als ik te veel tegen de politie zei, zouden ze haar doden.

'Ik wil een advocaat spreken,' zei ik.

DeWitt zuchtte en deed een stap terug.

'O jee,' zei Verrone, 'gaan we op die toer?' Zuchtend draaide hij zich om. 'Ik moet pissen.' En hij verliet de kamer.

Ik bleef achter met DeWitt en wierp een zenuwachtige blik op de doorkijkspiegel, die onbewogen terugkeek.

'Jullie moeten een advocaat voor me bellen.'

'Natuurlijk.' DeWitt deed nog een stap naar achteren. Zijn grote, prettige gezicht stond teleurgesteld, alsof hij me op de achterbank had betrapt met zijn vriendin. 'Daar heb je gelijk in. Laat me even overleggen met mijn chef.'

Hij liet de deur op een kier toen hij naar de andere kamer liep, een stapel nette bruine dossiermappen verschoof en op de punt van het bureau ging zitten. Het bureau kraakte protesterend. Zijn dikke vuist sloot zich om de telefoon. 'Chef? Ik zit met Davis in Verhoor 5. Hij wil een advocaat... Ja. Nee, daarna heb ik hem geen vragen meer gesteld... Dat weet ik, dat weet ik.' Hij klakte met zijn tong. 'O, een lange file? Dan moet hij nog even wachten tot zijn advocaat hier is. Maar de cel zit vol met die straatbende die zojuist is binnengebracht.' Zijn zachte blauwe ogen gingen mijn kant op. 'Hoor eens, hij is maar een burgermannetje. We kunnen hem beter niet in één cel zetten met...' Hij knikte. En nog eens. 'Oké. Dat weet ik. Ik mag hem niet vertellen dat we bereid zijn hem te helpen als hij met ons praat... Wat? Nee, hij weet niet dat u geen hoge dunk hebt van rechercheur Gable. Kortzichtig, ja... Ziet door de bomen het bos niet meer. Als Davis ons eindelijk zijn verhaal vertelt, komen we misschien een stap verder, maar dat wil hij dus niet. Jammer, want ik heb het gevoel dat hij gewoon een fatsoenlijke vent is, die niet weet wat hem overkomt. Maar hij laat ons geen keus... Oké, goed.' En hij hing op.

'Mooi toneelstukje,' zei ik.

Hij ging aan het bureau zitten en bladerde in een paar dossiers. Ik staarde naar hem door de kier van de deur, maar hij keek niet op.

'Ik kan écht niet met jullie praten,' zei ik.

Hij draaide zich om en riep tegen iemand buiten beeld: 'Murray, we hebben een overdrachtsformulier nodig voor Davis.'

'Mijn vrouw...' zei ik. 'Misschien is mijn vrouw...'

Hij keek door de smalle kier. 'Sorry. Had je het tegen mij?'

'Toe nou.'

'Ben je bereid om te praten over wat er vandaag gebeurd is, ook zonder aanwezigheid van een advocaat?'

Ik keek naar de doorkijkspiegel, zodat ze het konden opnemen. 'Ja.'

Hij kwam weer binnen en sloeg zijn armen over elkaar.

'Ik kan jullie weinig nuttigs vertellen.' Hij wilde zich weer omdraaien. 'Wacht. Wácht nou even. Ik belazer je niet. Mijn vrouw is in gevaar.'

'Vertel ons wat je weet en we gaan erachteraan. Als je vrouw gevaar loopt, zullen we haar beschermen.'

'Je begrijpt het niet. Ze willen...'

'Wat willen ze?'

'Ze denken dat ik iets van ze heb.'

'Wat dan? We kunnen je niet helpen als je ons niet de kans geeft.'

'Ze zullen mijn vrouw vermoorden, begrijp je dat dan niet? Als ik jullie maar íéts vertel, zullen ze haar vermoorden.'

'Maar niemand komt erachter wat je ons vertelt.' Gefrustreerd toen ik niets zei, gooide hij het over een andere boeg: 'Wie zijn "ze"?'

'Geen idee.'

Zijn blauwe ogen keken me onderzoekend aan. 'Waar is je vrouw?'

'Ze hebben haar.'

'Oké,' zei hij op geruststellende toon. 'Oké. Laten we overnieuw beginnen. Jij kunt ons niets vertellen zonder je vrouw in gevaar te brengen. Dus zullen wij haar zelf moeten vinden.'

'Dat lukt je niet.'

'Mensen opsporen is ons vak. Maar áls we haar vinden, ben jij bereid te praten?' Hij keek me strak aan, zonder met zijn ogen te knipperen. 'Ik wil een belofte.'

'Oké,' zei ik. 'Als jullie haar vinden en als ik met haar gesproken heb, zodat ik weet dat alles in orde is.'

Hij keek op naar de doorkijkspiegel en knikte kort – een teken om in actie te komen. 'Jij wacht hier. Moet je naar de wc?'

'Nee. Zorg dat haar niets gebeurt.'

'Niet weggaan.' Een bleek lachje. Hij trok de deur achter zich dicht.

Ik strekte me uit op de bank en probeerde het bonzen in mijn hoofd wat te verminderen. Blijkbaar was ik in slaap gevallen, want toen de deur weer openging was het kwart over acht op de klok achter Verrones schouder.

DeWitt zat weer aan het bureau in de andere kamer, met de telefoon tussen zijn kin en zijn schouder geklemd, zijn hoofd steunend op zijn hand. Zichtbaar gespannen.

Verrone greep de stoel uit de hoek, sleepte die naar me toe en kwam recht tegenover me zitten. Ik hees me overeind en wreef in mijn ogen. 'Wat? Hebben jullie haar gevonden?'

In de andere kamer leunde DeWitt naar achteren op zijn stoel en legde zijn voeten op het bureau. Hij had een paar foto's in zijn hand, maar ik zag alleen de achterkant. 'Dat weet ik!' brulde hij woedend in de telefoon. 'Maar we hebben een psych nodig hier. Nu!' Verrone keek om. DeWitt stak verontschuldigend een hand op en kalmeerde wat.

Verrone draaide zich weer naar mij toe. Zijn hele houding was veranderd. Hij boog zich naar voren alsof hij mijn hand wilde pakken, en klemde zijn lippen op elkaar. Er verscheen een rimpel tussen zijn ogen, meelevend en bezorgd. Een ijzige angst sloeg door me heen.

'Wat is er?' zei ik. 'Zeg het dan.'

'Een wandelaar heeft je vrouw gevonden...'

'Nee.' Mijn stem klonk verwrongen, onherkenbaar. 'Nee!'

'... in een ravijn in Fryman Canyon.'

Ik staarde hem aan zonder enig gevoel, zonder gedachten. 'Nee,' zei ik nog eens.

'Het spijt me,' zei Verrone. 'Ze is dood.'

47

De foto van de plaats delict, een close-up van Ariana's gezicht, trilde in mijn hand. Ik kon de aanblik niet verdragen, maar ik kon ook niet weg-kijken. Haar ogen waren gesloten, haar huid onnatuurlijk grauw. Haar donkere krullen lagen uitgespreid over het verdorde onkruid. Ik had het niet willen geloven, dus had Verrone me het bewijs moeten leveren. Mijn vrouw, dood in een ravijn.

Mijn stem klonk ijl, heel ver weg. 'Hoe?'

Verrone schudde zijn hoofd.

'Hóé?'

'In haar hals gestoken.' Hij likte zijn lippen, niet erg op zijn gemak. 'Je bent natuurlijk verdachte, maar ik wil je het voordeel van de twijfel geven totdat het tijdstip van haar dood en de andere bewijzen bekend zijn.' Hij trok wat aan de foto, en ten slotte liet ik los. 'Mijn vrouw is... eh... ze is doodgereden door iemand die met drank op achter het stuur zat. Er is nooit...' Hij leunde naar achteren en plukte aan de broekspijp van zijn jeans. Zijn snor trilde. 'Er zijn gewoon geen woorden voor.' Hij keek me recht aan en boog zijn hoofd, als een teken van respect. 'Het spijt me.'

Ik kon nauwelijks bevatten wat hij zei. 'Maar we waren juist weer...' Mijn eigen adem verstikte me. 'Het ging net weer een beetje goed.'

Meer kon ik niet zeggen. Ik draaide me om naar de muur, met mijn vuisten tegen mijn gezicht gedrukt. Ik probeerde mijn borst samen te drukken, mijn hele lichaam, om mezelf te harden tot een ongevoelige rots. Als ik niet brak, als ik niet begon te snikken, zou het allemaal niet waar zijn. Maar dat deed ik wel. En dus was het waar.

Ik viel half naar voren, met mijn geboeide arm absurd naar achteren gestoken. Verrones hand voelde warm op mijn schouder. 'Diep ademha-len,' zei hij. 'En nog eens. En weer. Dat is alles wat je nu hoeft te doen.'

'Ik zal ze vinden. Ik zal ze vinden, verdomme. Jullie moeten me hieruit halen.'

'Dat doen we ook. We lossen het wel op.'

Maar ik wist al wat de feiten zouden uitwijzen. De elektronische stem had het me duidelijk voorspeld: 'Je bent een behoorlijk gestoorde figuur. Misschien zou je haar ook wel iets aandoen.'

'Het komt allemaal door een cd die ik van ze heb meegenomen,' zei ik.
'Een cd, verdomme! Dat is haar dood geworden. Hoe dacht ik dat ik ooit...?'

'Zo kunnen we ze misschien te pakken krijgen. Weet je wat erop staat?'

'Nee. Geen idee.'

'En heb je hem nog?'

Mijn tranen druppelden op de vloer en op Verrones schoenen. Ik knipperde met mijn ogen, en nog eens, om door het waas te zien of ik me niet vergiste.

Dat kleine, cursieve logo bij Verrones veters.

Danner.

Mijn adem stokte.

In de andere kamer zat DeWitt nog steeds aan de telefoon, met zijn grote schoenen, ongetwijfeld maat zesenveertig, op het bureau. Mijn ogen gingen naar het witte kiezelsteentje in het profiel van de hak. En naar de Timex aan zijn rechterpols. Mijn linkshandige insluiper. Al die tijd recht tegenover me.

De schok sloeg bijna om in paniek, en ik had de grootste moeite om het niet uit te schreeuwen. Maar ik kwam erdoorheen en landde in een nest van kille woede.

Ik zoog de lucht in mijn longen totdat mijn hart weer een beetje normaal sloeg en het tintelende gevoel in mijn gezicht wat afnam. Ik deed mijn best om mijn gedachten op een rij te krijgen en te reconstrueren wat er moest zijn gebeurd. Deze mannen hadden Ariana ontvoerd en een schokgranaat in mijn schoot gegooid. Toen ze de nep-cd in mijn auto vonden, hadden ze me hierheen gesleept – waar het ook mocht zijn – om me uit te horen waar de echte disk was of aan wie ik hem had gegeven. En zodra ze merkten dat ik niets wilde zeggen omdat ik bang was Ariana in nog groter gevaar te brengen, hadden ze haar vermoord, zoals ze al die tijd al van plan waren geweest. Op het moment dat ze het mes in haar hals ramden, zat ik in deze kamer opgesloten, zodat zij de enigen waren die me een alibi konden geven.

Hadden ze een paar haren uit mijn bewusteloze hoofd getrokken en op Ariana's lichaam achtergelaten? Wie had het mes in haar keel gestoken? Wie had haar vastgehouden?

Verrone boog zich naar voren, met zijn wang dicht bij de mijne. Zijn hand bleef op mijn schouder rusten en beschreef kleine cirkeltjes. De bezorgde vriend, de medeweduwnaar. 'Heb je die cd nog?' vroeg hij nog eens.

Ik moest me beheersen om mijn hoofd niet om te draaien en hem een gat in zijn smoel te bijten.

'Je zei dat je met ons zou praten,' vervolgde hij zacht. 'Je hebt nu niets meer te verliezen. Laten we die klootzakken te grazen nemen.'

Het was een dialoog uit een B-film. Toen ik koortsachtig om me heen keek, besefte ik dat ook de verhoorkamer aan een filmset deed denken. Het voelde zo echt aan, omdat het leek op de politiebureaus in al die tv-series en films die ik in mijn leven had gezien. De grote doorkijkspiegel, de witte lampen, het bureau met politiedossiers... ze draaiden gewoon een film voor me af. En omdat mijn leven op het spel stond, moest ik meespelen zonder te laten blijken dat ik wist dat ik in een filmscript zat.

Verrone kwam nog dichterbij. 'Nou? Heb je die cd nog?'

Ik onderdrukte mijn woede en bracht de kracht op om te liegen. 'Ja,' zei ik.

'Waar is hij dan?'

Ik keek naar hem op en rook de lunch nog op zijn adem. Ik voelde een adertje kloppen bij mijn slaap en had moeite de woede uit mijn gezicht te houden. Gelukkig kon hij niet weten dat het iets anders was dan verbijstering en verdriet.

Ik moest hier vandaan. En dat kon alleen door hen hier weg te krijgen.

Ik probeerde een dialoog te verzinnen die bij het script paste. 'Er is een steegje bij de campus waar ik werk,' zei ik. 'De moordenaars van mijn vrouw hebben daar ooit een Honda geparkeerd met een plunjezak met geld in de kofferbak. Ken je die plek uit het dossier?'

'Ja.'

Weer een leugen. Ik had de politie nooit de juiste plaats verteld.

'Aan de noordkant is een bakstenen muur,' zei ik. 'Ongeveer halverwege het steegje, een meter of drie boven de grond, zit een losse steen. Daarachter ligt de cd.'

Haastig stond hij op. 'Ik haal hem wel.'

'Het is een lange steeg, en je moet op een stoel gaan staan, of zoiets. Dat gaat niet snel. Zal ik meegaan om de juiste plek te wijzen?'

Hij aarzelde. 'De chef vindt het nooit goed dat we je mee naar buiten nemen. Vooral niet na dit laatste nieuws.'

'Oké, maar je moet wel even zoeken. Probeer die cd zo snel mogelijk te vinden, dan hebben we misschien een aanknopingspunt om de moordenaars van mijn vrouw te grijpen.'

We zaten vlak bij elkaar. Ik knipperde geen moment met mijn ogen. Hij tuitte zijn lippen en ik zag zijn snor trillen toen hij me scherp opnam. Zijn bruine ogen waren troebel, onverzettelijk als graniet. Wist hij dat ik hun spelletje doorhad?

Hij stond op. 'Oké,' zei hij in de richting van de doorkijkspiegel, tegen wie daar ook achter zat. 'Ik neem DeWitt mee, dat gaat sneller.' Hij keek weer naar mij. 'Hou vol. De psych komt eraan. Als je nog iets nodig hebt, regelen we het wel zodra we terug zijn.'

Hij verdween en trok de deur achter zich dicht. Even later hoorde ik een andere deur open- en dichtgaan.

Ik drukte mijn oor tegen de muur. Verkeersgeluiden, in de verte, maar niet zes verdiepingen beneden me. De airco boven mijn hoofd pompte gewoon de lucht in de kamer rond en had geen andere bedoeling dan geluid te maken, zodat ik niets van buiten zou horen.

Ik had ooit gelezen dat je een getemde olifant kunt vastzetten met een touwtje aan een stok in de grond. Het dier dénkt dat hij vastzit en zal nooit op een andere gedachte komen.

Ik rukte aan mijn handboei om de stang aan de muur te testen. Hij was met indrukwekkende bouten gemonteerd. Hurkend op de metalen bank greep ik de stang beet, dook in elkaar en wist twee voeten tegen de muur te krijgen, aan weerskanten van mijn handen. Toen zette ik kracht, totdat ik bijna loskwam van de bank. Mijn benen deden pijn, de rand van de bank sneed in mijn kuiten, maar het volgende moment schoot de stang met een vermoeid gekraak van de muur los. Ik stortte achterover en kwam hard op de vloer terecht. Ik kreunde en hapte naar lucht. Mijn adem piepte in mijn longen en mijn schouderbladen stonden in brand.

Geen naderende voetstappen. Niemand die vanuit de andere kamer binnenstormde.

Ik liet de handboei over het gebogen uiteinde van de stang glijden en stond op. De bouten zaten in het stucwerk en een houten staander, maar de muur was niet verstevigd met ijzer of beton. Met de stang in mijn hand liep ik naar de grote spiegel. Mijn gezicht was een palet van kleuren: een paarse vlek op mijn rechterwang; een blauw ooglid, gescheurd; mijn lip opengebarsten en rood; een kneuzing opzij van mijn hals. Ik boog me wat dichter naar de spiegel toe en zag een donker stipje in het midden van die kneuzing. Een injectie. Hoe lang hadden ze me onder verdoving gehouden?

Ik herinnerde me hoe DeWitt en Verrone regelmatig hun collega's in de kamer achter de doorkijkspiegel hadden aangesproken. *Wij nemen het over, bedankt. Loopt de apparatuur?* Een aardig detail, om mij te laten geloven dat ik in de gaten werd gehouden.

Ik sloeg met de stang tegen de spiegel. Hij kaatste hard terug, zoals ik wel had verwacht, en de scherven spatten aan alle kanten om me heen, glinsterend in het licht.

Achter de spiegel bevond zich geen observatieruimte, maar een massieve muur. De stukken glas die waren achtergebleven braken mijn spiegelbeeld in fragmenten.

Een touwtje en een stok in de grond. Een ijzeren stang en een spiegel.

De deur naar de aangrenzende kamer zat dicht, maar niet op slot. Ik zette me schrap, hield de stang gereed, stapte het donker in en tastte naar een lichtknopje. Het plafondlicht ging aan en ongelovig liet ik de stang weer zakken.

Ik kende dit.

Afgezien van het bureau, de poster en de klok – het kleine gedeelte van de kamer dat zichtbaar was vanaf de bank waaraan ik was vastgeketend – was de kamer grotendeels leeg.

De vorige keer dat ik hier was geweest en van buiten naar binnen had geloerd, had ik DeWitts bureau zien staan. Het was nu verschoven, tot binnen het zicht van de verhoorkamer. De zonwering was gesloten. Links van de deur zag ik een paar losse computersnoeren, een omgevallen papierversnipperaar, en een grote kopieermachine in de hoek.

Op de grond lag een glimmend ticket van een parkeerhulp, die van een sleutelbos was gescheurd:

Begin juni, wees dan bang.

Begin juni, ben je nergens meer veilig.

Begin juni... THEY'RE WATCHING...

Ik liep naar het bureau. Daar lagen mijn spullen, keurig verzameld in de plastic box. Met trillende vingers stak ik ze in mijn zak. Toen doorzocht ik de rommel in de postbakjes. Een van de nette bruine mappen viel op de vloer, waardoor de inhoud eruit gleed. Ik staarde naar de waaier van blanco papier. Daarna bladerde ik de andere mappen door, met toenemende consternatie toen ik zag dat alle mappen op het bureau niets anders bevatten dan lege blaadjes. In de bovenste lade lagen hele stapels ongebruikt papier en bruine mappen. Maar daaronder vond ik het sleuteltje van de handboei. Opgelucht bevrijdde ik mijn pols.

In de dossierkast lag een revolver. Ik staarde ernaar alsof het een opgerolde gifslang was.

Ik was versuft, duizelig en bewoog me op de automatische piloot, alsof ik mezelf bestuurde van buiten mijn lichaam. Toen ik bij de kast vandaan stapte, stak de revolver achter mijn broeksband.

Wankelend door de kamer opende ik de klep van de papierversnipperaar en haalde de doorschijnende plastic zak met confetti eruit. Waarschijnlijk nutteloos, maar ik wilde toch íéts meenemen. Toen de voordeur openzwaaide onder mijn bevende hand, zag ik het koperen bordje weer:

LAAT GEEN PAKJES ACHTER ZONDER HANDTEKENING. BEZORG GEEN PAK-
JES BIJ DE BUREN.

Moeizaam stapte ik de gang op de eerste verdieping van de Starbright
Plaza in.

Avond. Het leek onmogelijk, maar in de echte wereld was alles nog heel
normaal. Langs de onverlichte gang hoorde ik mensen die overwerkten,
telefoneerden en verkochten, verkochten, verkochten. Bestek rinkelde in
het café beneden. Op het parkeerterrein stortten de straatlantaarns geel
kwik over de gladde daken van de auto's uit. Een heel lichte motregen liet
overal een laagje dauw achter.

Halverwege de trap, met de zak confetti in mijn armen, bleef ik staan.
Jerry's waarschuwing van de vorige week klonk in mijn oren. *Printers,
kopieer- en faxapparaten hebben nu ook een harde schijf, en mensen kunnen die benaderen om te zien wat je in je schild voert.*

Ik rende terug. Toen ze het kantoor hadden ontruimd, hadden ze
het logge kopieerapparaat laten staan. Het was een gammele Sharp van
een paar jaar oud. Niets in de lade, niets onder de klep op het glas. Ik
opende de plastic voorkant en tuurde in het mechaniek. Ja, daar zag ik
het, een onschuldig ogende beige rechthoek. Met een rechtgebogen pa-
perclip wipte ik de vergrendeling los en haalde de harde schijf eruit.
Daarna noteerde ik het serienummer van het kopieerapparaat en vertrok.

Wat stond me te wachten? Was er al een arrestatiebevel uitgegaan voor
de moord op Ariana? Wat was er veranderd in de wereld sinds die schokgranaat in mijn schoot was gevallen?

DeWitt, Verrone en de rest van Ridgeline waren vermoedelijk van plan
geweest me lang genoeg vast te houden om de cd terug te krijgen en de
bewijzen rondom Ariana's moord te organiseren. Daarna zouden ze me
vrijlaten voor wat er nog overbleef van mijn leven, om vervolgens door
Moordzaken te worden aangehouden en ingesloten voor de moorden op
Keith en mijn eigen vrouw.

Geen auto. Een lege portefeuille. Ik had hen naar dat steegje in Northridge gestuurd omdat het minstens veertig minuten rijden was voordat ze
daar zouden aankomen en beseffen dat er helemaal geen bakstenen muur
was. Dat gaf mij de tijd om naar huis te rijden, geld en een chequeboek te
halen, de lijst van advocaten die Ariana voor me had opgesteld, en ervandoor te gaan voordat de politie op de stoep stond. Ik moest ergens onder-
duiken in een anoniem motel. Daar kon ik het nieuws volgen, mijn verdediging opbouwen om mijn naam te zuiveren, een advocaat in de arm
nemen en onderhandelen om mezelf aan te geven. De kolf van de revolver

drukte koud en geruststellend tegen mijn buik. Misschien waren er nog andere opties.

Met de harde schijf van het kopieerapparaat in mijn broekzak en de zak met papiersnippers in mijn hand bereikte ik strompelend de begane grond, ter hoogte van een gesloten, donkere stomerij, waar in plastic verpakte shirts als slapende geesten aan de carrousel hingen. Toen ik langs de aangrenzende glaswinkel kwam, trok de etalage mijn aandacht en bleef ik abrupt staan. Aan houten rekken en verspreid over de muren hing een grote collectie spiegels. De spiegel die ik aan scherven had geslagen moest uit deze zaak afkomstig zijn; een simpel rekwisiet, naar boven gedragen door de Laurel-en-Hardy-figuren die ik bij mijn vorige bezoek had gezien. Met vochtige ogen hoorde ik weer Ariana's woorden in mijn hoofd: *Een verkeerde uitleg, een witte zakdoek en een paar handige suggesties.* Hoe simpel hadden ze me uit het lood geslagen, steeds een tikje, totdat de wereld in mijn hoofd totaal niet meer aansloot op de wereld buiten. Hijgend legde ik mijn vlakke hand tegen de koele ruit. Mijn adem deed het glas beslaan en in het raam zag ik de verbrokkelde reflectie van een gehavend en ontsteld gezicht.

Geschokt strompelde ik verder, langs de standplaats van de parkeerhulp, het café in. De klanten keken beleefd maar aarzelend op, terwijl de obers oogcontact maakten met elkaar. Ik had maar een vage voorstelling van hoe ik eruit moest zien.

Het was avond, en het café liep langzaam leeg. De barman was bezig zijn flessen op te bergen. Toch was het op de klok in het kantoor pas half-negen geweest toen ik vertrok.

'Hoe laat is het?' vroeg ik een heer met zilvergrijs haar aan een tafeltje.

Een blik op zijn horloge. 'Kwart over elf.'

Dus ik was veel langer bewusteloos geweest dan ze me hadden doen geloven. Hadden ze die extra tijd nodig gehad om de 'verhoorkamer' in te richten? Of een geschikt moment te vinden om mijn bewusteloze lichaam vanuit het steegje naar boven te brengen, via de brandtrap naar die ijzeren achterdeur met de glimmende nieuwe grendel? Of om Ariana naar Fryman Canyon te slepen? Misschien hadden ze haar al vermoord voordat ik weer bij bewustzijn was gekomen.

Wat er ook op die computerdisk stond, het kon onmogelijk de prijs waard zijn die ik ervoor had betaald.

Mijn hoofd bonsde nog door het middel dat ze me hadden ingespoten. Ik merkte dat ik nog steeds bij het tafeltje stond van het stel dat daar zat te eten. Ik zocht naar woorden, naar meer zekerheid: 'En wat... wat voor dág is het vandaag?'

De vrouw legde ongerust haar hand op de arm van haar man, maar hij grijnsde me troostend toe. 'Donderdag.'

'Gelukkig,' mompelde ik, terwijl ik een stap naar achteren deed en bijna in botsing kwam met een hulpkelner. 'Dat klopt, in elk geval.'

Ik vluchtte voor hun blikken naar de toiletten, gooide de prepaidtelefoon in een afvalemmer en probeerde mezelf zo goed mogelijk te wassen en te fatsoeneren. Ari's grauwe gezicht doemde weer voor me op, waardoor ik alle grond onder mijn voeten verloor en me moest vastklampen. Ik zou het lang genoeg moeten volhouden om hiervandaan te komen.

Toen ik naar buiten liep, griste ik een briefje van twintig mee dat iemand op een tafeltje had achtergelaten. Aan de kapstok bij de deur hing een zwart windjack, dat ik meenam en aantrok toen ik naar de standplaats van de parkeerhulp liep, met de zak confetti onder mijn arm. De capuchon, als bescherming tegen de vochtige bries, hield mijn gehavende gezicht verborgen.

De parkeerhulp sprong van zijn regisseursstoel. Ik wees naar een BMW 4-serie en zei: 'Daar sta ik.' Ik wapperde met de twintig dollar in zijn richting. 'Ik pak hem zelf wel.'

En hij gooide me de sleuteltjes toe.

48

Met piepende remmen stopte ik bij het hek van onze achtertuin. De BMW liet ik een meter van de stoeprand staan. Ik had de banden niet eens gehoord. Ik voelde de schutting niet toen hij me in mijn maag sneed, zoals ik ook de humus onder de sumak niet rook. Verzwolgen door verdriet had ik geen contact meer met mijn zintuigen. Ik had enkel nog duizend indrukken van haar, en verder niets.

Het is bizar wat in je gedachten blijft hangen: Ariana die op de keukenvloer zat, wroetend in een keukenkastje, terwijl er op het aanrecht een doos met eieren stond te wachten. Thuis van het joggen, ergens in de avond, in een sportbeha, met een streepje gedroogd zweet op haar voorhoofd, vier pannen op haar schoot en twee keer dat aantal verspreid over de vloer om haar heen. Haar hiel stak door een gat in haar sok. Ze keek op en beet op haar lip, zogenaamd verlegen, alsof ik haar ergens bij had betrapt. Een lok haar sprong onder haar haarband vandaan en het licht zette de helft van haar gezicht in de schaduw. 'Wat?' zei ze, maar ik schudde mijn hoofd en keek alleen naar haar. Als je de mensen hoort praten, zou het altijd een zwoele dans bij de jukebox moeten zijn, zwetende passie in bed, en fonkelende diamanten. Maar soms is het gewoon je vrouw die met gekruiste benen op de grond in de keuken zit, doodmoe van het joggen, op zoek naar een pan om een omelet te bakken.

Versuft stapte ik het hekje aan de zijkant binnen, met mijn sleutels in mijn hand, op weg naar de voordeur. De donkere auto die langzaam in beeld kwam, bracht me met een klap in de werkelijkheid terug. De zak met papiersnippers viel op het cement voor mijn voeten. Het kon nog niet de echte politie zijn; het leek me onwaarschijnlijk dat zij al iets wisten over Ariana's lichaam. Nee, ik dacht eerder aan DeWitt en Verrone, die me achterna waren gereden om hun verhoor op een heel andere manier voort te zetten.

De bestuurder stopte in het donker bij onze brievenbus en zette de motor uit. Mijn eerste reactie was angst, nog versterkt door alles wat er tot nu toe was gebeurd. Maar dwars door dat verlammende gevoel drong een heel andere emotie. Woede.

Ik liep naar de auto toe, met mijn hand al onder mijn shirt, tastend naar de kolf van de revolver. Net toen ik hem tevoorschijn wilde halen om te richten, opende het portier zich op een kier en ging het binnenlampje aan. Rechercheur Gable. Ik bleef stokstijf staan.

'Jij hebt op dit moment maar één enkele plicht,' zei hij toen hij uitstapte, 'en dat is bereikbaar te blijven. Waar heb je verdomme gezeten, al die...'

Ik was hem al zo dicht genaderd dat hij mijn gezicht kon zien. Moest ik vluchten? Maar mijn wilskracht had me verlaten. Ik stond daar wat te wankelen, met mijn shirt nog half omhoog. Krachteloos trok ik de zoom omlaag, over het wapen heen.

'Jezus, wat is er met jou gebeurd?'

'Hebben jullie ingebroken en een cd uit mijn werkkamer gestolen? Dan heb je geen idee wat je hebt aangericht.'

'Ja, hoor, ik heb ingebroken zonder huiszoekingsbevel om iets te stelen en mijn belangrijkste onderzoek naar de verdommenis te helpen.' Hij keek weer eigenwijs, maar mijn agressie had hem toch verrast.

'Kom je me arresteren?'

Hij verstrakte toen hij de woede in mijn stem hoorde. 'Mensen om jou heen sterven bij bosjes.'

'Pak me dan maar op, als het moet. Maar geen geintjes,' zei ik. 'Niet nu. En niet over haar. Er zijn grenzen. Een kwestie van menselijk fatsoen.'

'Ik heb het lijk gezien, en ik kan niet zeggen dat jíj haar erg fatsoenlijk hebt behandeld.' Hij deed een stap naar voren en ik gaf hem een harde zet, tegen de auto aan. Zijn schouderblad knalde tegen het portier. Toen hij terugstuiterde en zijn evenwicht herstelde, kwam zijn hand omhoog, met zijn pistool. Hij richtte het naar de straat, tussen ons in, kalm en onbewogen als altijd. 'Pas op, vriend.'

'Zég het dan, verdomme! Zeg dan dat ik mijn vrouw heb vermoord.'

'Je vrouw?' Hij keek stomverbaasd. 'Ik ben hier omdat Deborah Vance dood gevonden is.'

Deborah Vance? Het leek een naam uit een ander leven, en toch was het maar twaalf uur geleden dat ik Joe Vente had gevraagd de politie anoniem te tippen om een kijkje te nemen in haar appartement.

Nu pas werd ik me bewust van de vijf of zes fotografen die als muizen uit het donker naderbij waren geslopen. Ze hielden eerbiedig afstand tot het getrokken wapen, maar de aarzelende patstelling werd nu verlicht door flitslampen.

'Je had de rechercheurs Richards en Valentine op het spoor van die vrouw gezet,' zei Gable. 'Omdat ze de rol speelde van een Hongaarse grootmoeder, of zoiets? Toen je haar die denkbeeldige plunjezak met geld ging brengen die je in de kofferbak van die denkbeeldige Honda had ge-

vonden? Nu wil ik graag het échte verhaal van je horen.' Zijn adem vormde wolkjes. 'En ik heb je alibi nodig.'

'Ik heb geen alibi, verdomme.'

'Ik heb je nog niet eens verteld wanneer ze is vermoord.' Hij keek zor-
gelijk, een beetje onzeker.

'Dacht je dat ik nog geïnteresseerd was in Keith Conner of Deborah
Vance? Mijn vrouw is dood. En jij loopt hier rond alsof dat andere gezeik
er iets toe doet. Meer kunnen jullie ook niet. Iemand redden is te veel
gevraagd. Jullie zijn geschiedschrijvers! Je komt pas na de feiten een kijkje nemen om een rapportje te schrijven en met je vinger te wijzen.'

Ik deed een stap opzij. De paparazzi stonden nu achter me. Gable had
zijn pistool nog niet bewogen. De loop bleef volmaakt stil. 'Ze hebben
mijn vrouw vermoord,' zei ik. 'Ze hebben haar ontvoerd en afgemaakt.'
Nu ik het hardop zei, kreeg het meer kracht. Ik worstelde om mijn stem
onder controle te houden. 'Ze probeerden mij vast te houden in een... een
nepgevangenis...'

'Een népgevangenis?'

Ik zocht naar een goed antwoord. De zogenaamde verhoorkamer was
zo'n gedurfde, verbijsterende stunt dat ik zelf hoorde hoe bizar het klonk
toen ik het zei.

Gable wist niet of hij nu geamuseerd of kwaad moest zijn. 'Laat me
raden. Als we erheen gaan, is er niets meer van te vinden.'

Een stang, een spiegel en een poster. Vermoedelijk waren DeWitt en
Verrone op dit moment al bezig alles op te ruimen en het kantoor van
Ridgeline onberispelijk achter te laten, net zo schoon als een gewist
schoolbord. 'Ja,' zei ik. 'Zo zal het gaan. En daarna vinden jullie Ariana's
lichaam in een ravijn in Fryman Canyon, met genoeg bewijzen dat ik haar
heb vermoord. En, idioten als jullie zijn, zullen jullie me niet geloven
omdat ik geen enkel concreet bewijs heb dat haar moordenaars bestaan,
behalve dit.'

Ik rukte mijn shirt omhoog om hem de revolver te laten zien die ik
achter mijn broeksband had gestoken. Maar Gable keek niet meer naar
mij. Hij staarde naar onze garagedeur...

Die ging schokkend open.

Mijn handen vielen langs mijn zij, en ik liet mijn shirt weer zakken
voordat hij zich naar me omdraaide.

Er klonken voetstappen over de betonvloer van de garage, en eindelijk
bewoog de loop van Gables pistool zich langzaam in de richting van ons
huis.

Ariana stapte naar buiten.

Eerst kon ik het niet geloven. Het volgende moment zweefde ik in een soort nevel naar haar toe, struikelend over de stoeprand, totdat ik haar bereikt had waar ze stond, naast haar auto. Ik greep haar schouders en voelde haar vlees en botten onder mijn handen.

'Je was dood,' zei ik.

'Je gezicht...'

'Je was verdwenen, en zij hadden je ontvoerd... Je was dood!'

'Nee,' zei ze. 'Jíj was verdwenen.' Ze hield haar hoofd schuin om de schade aan mijn gezicht te inspecteren. 'Mijn vergadering liep uit, en daarna ben ik nog langs de winkel gegaan om een paar prepaidtelefoons te kopen, omdat jij de laatste had meegenomen. Toen ik thuiskwam, was er niemand.'

'Dus... dus al die tijd was jij...?' Ik wist zelf niet of ik stond te snikken of te lachen als een waanzinnige.

Gable bleef op onze oprit staan, afgetekend tegen het licht van de flitslampen, hoewel de fotografen zelf onzichtbaar bleven in het donker, als een mompelend koor. Zijn stevige schouders leken wat in te zakken, en in de korrelige duisternis deed hij denken aan een figuur uit een film noir.

'We kunnen je beter laten opnemen, dan besparen we onszelf een heleboel gedoe.'

Ik pakte Ariana beet, bij haar heupen en haar armen, om te voelen hoe echt ze was. Bezorgd en verward legde ze een hand tegen mijn gekneusde wang. 'Wat is er met je gebeurd? Wie heeft dit gedaan?'

Gable voelde zich in zijn wiek geschoten omdat we hem negeerden. 'Dacht je echt dat je ons op deze manier kunt belazeren? Het hele onderzoek verstieren? Ik heb gezien wat je met die vrouw hebt gedaan: een kogel door haar mond. Als ik je scalp aan mijn muur hang, zullen we zien wie jouw spelletje nog gelooft.' Hij liep terug naar zijn auto, maar draaide zich nog eens nijdig om. 'De volgende keer dat ik terugkom, is het niet alleen om vragen te stellen.'

Ari's ogen maakten zich geen moment van de mijne los. Ze stak een hand uit naar de verlichte knop aan de muur, en de garagedeur kantelde weer omlaag. Rechercheur Gable bleef kwaad staan kijken terwijl de zakkende deur hem geleidelijk aan het zicht onttrok; zijn woedende blik, zijn bovenlijf, en ten slotte zijn onberispelijke loafers.

Alle deuren waren gesloten en vergrendeld, het alarm ingesteld. Het straattheater van die dag had de paparazzi nieuwe moed gegeven. Ze dronken koffie uit thermoskannen, patrouilleerden door de straat en vergeleken lenzen op de stoep. Een nieuwshelikopter was teruggekeerd om boven ons dak te cirkelen, wachtend op de volgende sensatie. De zak met versnipperde documenten lag op het aanrecht, naast de harde schijf die ik uit het kopieerapparaat bij Ridgeline had meegenomen. De revolver lag binnen handbereik op het koffietafeltje. Gable en Moordzaken deden hun best om hun zaak tegen mij op te bouwen en hoefden zelfs geen mensen te missen om me te bewaken, omdat de pers dat al deed. Maar de mannen van Ridgeline – DeWitt, Verrone, en wie verder nog – loerden ergens in de nacht en maakten plannen. Terwijl Ari en ik op de bank zaten, tegenover elkaar, met onze gebogen benen in elkaar verstrengeld.

Ik streek met mijn vingertoppen over haar mond, haar hals, elk levend deel van haar. Ik hield mijn vingers voor haar trillende lippen en voelde de warmte van haar adem. Ik verwonderde me over haar kleur, drukte een vinger tegen haar huid en zag het roze terugvloeien in het wit, alsof dat bewijs van haar stromende bloed me kon bevrijden van de herinnering aan haar gezicht tegen het onkruid, met die grauwe kleur van haar vlees. Photoshop.

Ze boog zich naar voren, kuste me voorzichtig en fluisterde nerveus: 'Weet je nog hoe seks werkt?' Ze had haar mond vlak bij mijn oor; haar haar streek langs mijn gekneusde wang.

'Ik geloof het wel,' zei ik. 'Jij?'

Ze maakte zich los en bewoog haar lippen, alsof ze probeerde vast te stellen hoe mijn mond had aangevoeld. 'Geen idee.'

Ze stond op en liep de trap op. Even later pakte ik de revolver en volgde haar.

We troffen elkaar in een caleidoscoop van het heden, een slaapkamermozaïek. De lakens opzij geschopt door haar ongeduldige hiel. De vederlichte greep van haar hand. Haar mond nat en onderzoekend tegen mijn sleutelbeen. Ik stond erop alles van haar te zien: de moedervlek bij de ronding van haar heup, de boog van haar voet, de V van fijne blonde haartjes in haar nek, onder het gewicht van haar krullen.

Daarna, of tussendoor, lagen we uitgeput, verstrengeld, en volgden de zweetdruppeltjes op elkaars huid. We waren al maanden niet meer naakt geweest in elkaars bijzijn, en het had alle spanning van het nieuwe en de troost van het vertrouwde. De pees in de holte van haar knie was stevig maar ook kwetsbaar tegen mijn lippen. De revolver lag naast de stoorzender op het nachtkastje, steeds zichtbaar, nooit vergeten, maar onze slaapkamer was een soort toevluchtsoord geworden dat de nacht en alle verschrikkingen op afstand hield. Een spoor van kleren liep van de deur naar het bed. Het UCLA-jack met capuchon dat ze bij de studentenvereniging had gekocht, met de duimgaten die ze in de mouwen had gemaakt voor de koude vroege ochtenden als ik haar thuisbracht naar het studenten-huis. Het Morro Bay T-shirt dat we hadden gekocht toen we daar de eek-hoorns gingen voeren en in een smoezelig hotelletje sliepen dat we had-den omgedoopt tot De Paardenvlieg. Haar met vernis besmeurde jeans, binnenstebuiten. En, in het nest van een gevallen kussen op de grond, haar trouwring. Als ooit een verzameling kleren een relatie had uitge-beeld...

Mijn oor lag plat tegen de achterkant van haar dijbeen en ik hoorde haar stem zoemen door haar vlees. 'Ik heb je gemist,' zei ze.

Ik koesterde me in de warmte van haar huid. 'Ik voel me alsof ik je te-ruggevonden heb.'

49

De opgebrande adrenaline hield me wakker totdat het bijna licht werd en mijn waakzaamheid eindelijk bezweek onder de last van al die slapeloze nachten. Ik sliep, diep en droomloos, zonder zorgen, zoals ik sinds mijn tienertijd niet meer had geslapen. Toen ik wakker werd, ontbrak de revolver op het nachtkastje, maar hoorde ik Ariana's vertrouwde voetstappen in de keuken. Tegen de tijd dat ik mezelf eindelijk uit bed had gehesen, vier ibuprofens had geslikt en de trap af sjokte, was het bijna twee uur 's middags.

Met het wapen en de stoorzender naast haar zat ze met gekruiste benen op het kleed van de huiskamer, haar rug naar me toe, terwijl ze een stapel confetti bestudeerde uit de zak die ik van Ridgeline had gestolen. Geen enkel snippertje papier was groter dan een duimnagel. Toen ik dichterbij kwam, zag ik dat ze een paar voorlopige stapeltjes had gemaakt, gesorteerd op kleur. Haar grootste verzameling, misschien tien snippers, viel in het niet bij de grote hoop, maar door zulke dingen liet Ariana zich nu eenmaal niet ontmoedigen.

'Wit is bijna niet te doen,' zei ze, toen ik achter haar kwam staan. 'Van grijs hebben we iets minder. Een klein beetje roze, maar volgens mij is dat een menu van een afhaalchinees. Dan nog een paar stukjes steviger papier. Vreemd.' Ze hield een zilverwit vierkantje boven haar hoofd. Ik pakte het aan, boog het tussen duim en wijsvinger en liet het weer terugveren.

'Het omslag van een tijdschrift?' opperde ik.

'Er staat geen tekst op de paar voorbeelden die ik heb gevonden.' Ze leunde tegen mijn benen en keek naar me op. Er stak een mariposa achter haar oor.

Lavendel.

'Je hebt geen...' Ik zweeg.

Verlegen tilde ze haar hand op naar de bloem. 'Heb je dat gemerkt? Dat ik die kleur niet meer droeg?'

'Natuurlijk.'

Ze glimlachte niet, maar keek wel blij. Toen ging ze weer verder met haar papiertjes.

'Is er een kans ooit iets aan elkaar te passen uit die grote berg?' vroeg ik.

'Waarschijnlijk niet. Maar het is een van de twee bewijzen die je uit dat kantoor hebt meegenomen. Ze hebben alles geprobeerd om die cd terug te krijgen. Misschien zit hier iets bij wat ons een aanwijzing kan geven waar hij nu is. Ga je terug naar Starbright Plaza? Om naar de huur te informeren, of zoiets?'

'Ik laat je niet alleen. Je was pas nog dood.'

'Patrick, we komen er nooit uit als we ons hier verschansen. Wat moeten we dan? Elkaar vasthouden totdat Moordzaken de deur intrapt?'

Ik durfde haar niet te bekennen dat ik daar na de angsten van de afgelopen vierentwintig uur het meest voor voelde. Ik kon de gedachte nu niet verdragen om haar uit het oog te verliezen. 'Het heeft geen zin dat ik naar Starbright Plaza ga,' zei ik. 'We weten allebei hoe dat zal aflopen. Natuurlijk hebben ze al hun sporen uitgewist. En als ik probeer de politie erop af te sturen, denken ze weer dat ik geschift ben. Bovendien heb ik al het nodige meegenomen dat van nut kan zijn.' Ik keek naar de harde schijf op het aanrecht. 'Dat herinnert me eraan dat ik moet navragen welke winkels zo'n type Sharp-kopieerapparaat hebben staan.'

'Er staan er twee bij Kinko's onder aan de helling,' zei ze. 'En eentje bij die in Ventura. Die ken je misschien.'

Ik keek haar met open mond aan. 'Heel efficiënt, dat moet ik zeggen.'

'Nou ja, ik hoefde ook niet te herstellen van een schokgranaat, zoals sommige mensen.' De telefoon ging. 'Dat zal Julianne zijn. Ze belt al de hele ochtend.'

'Waarom heb je me niet wakker gemaakt?'

'Dat heb ik wel geprobeerd, maar je sliep als een blok, zoals ik al zei.'

Ik pakte de telefoon.

'Hé.' Juliannes stem klonk gehaast en dringend. 'Ik heb die papieren nodig die jij doorgeeft aan de professor die je colleges overneemt. Er is haast bij.'

Ik wilde antwoorden, maar bedacht me toen. Julianne wist dat ik de papieren al eergisteren aan het hoofd van de faculteit had gegeven. Dus wat probeerde ze me te zeggen?

'Oké,' zei ik voorzichtig. 'Ik zou ze nu wel willen brengen, maar...'

'Nee, dat heeft nu geen zin. Om drie uur moet ik op het verjaardagsfeestje van Marcello's neefje zijn, in Coldwater Canyon Park.'

Marcello was enig kind. Geen neefje, geen feestje. Probeerde Julianne een ontmoeting met me te regelen?

'Goed dan,' zei ze. 'Ik bel je morgen, dan spreken we een tijd af.'

Voordat ik haar kon uitleggen dat ik niet van huis weg wilde, had ze al opgehangen.

'Wat is er?' vroeg Ariana.

'Ze wil dat ik naar Coldwater Canyon Park kom om haar te spreken.' Ik keek op mijn horloge. 'Nu meteen. Ze heeft voor me uitgezocht of er een connectie tussen Ridgeline en die sonar is.'

'Dus je gaat?'

Ik aarzelde.

'Patrick...' – op strenge toon – 'ik weet dat je hier niet weg wilt en ik vind het ook geen prettige gedachte, maar als we onszelf willen redden, moeten we in de aanval gaan. We hebben heel wat werk te doen, elk apart.' Ze knikte naar de berg papier. 'Ik heb het druk genoeg met die snippers, en ik moet nog een advocaat voor je regelen. Ik blijf wel hier, met het alarm en dit...' Ze klopte op de revolver.

'Ik dacht dat je niet met een wapen kon omgaan.'

Ze keek naar mijn gekneusde gezicht. 'Ik leer het wel.'

Haar woorden bezorgden me een hol gevoel in mijn maag.

'Zij hebben ook wapens,' zei ik, 'waar ze wel mee kunnen omgaan. En ze weten hoe ze het alarm moeten uitschakelen.'

'Jawel, maar híér komen ze niet langs.' Ze wenkte me naar de huiskamer en gooide de gordijnen open. De paparazzi en verslaggevers langs de stoep kwamen onmiddellijk in beweging. Ariana zwaaide naar de batterij lenzen en trok de gordijnen weer dicht. 'Goed. Hoe zit dat met Julianne?'

'Ik denk dat ze iets heeft ontdekt,' antwoordde ik.

'Waar hoop je op?'

'Iets concreets. Als ik harde feiten heb, kan Sally Richards me misschien weer helpen.'

'Ze heeft je heel duidelijk gezegd dat ze niets meer kan doen.'

'Maar nieuwsgierigheid is het beste motief,' citeerde ik haar.

'Pot, mag ik je voorstellen aan de ketel?'

'Ik wil haar gewoon een goed excuus geven.'

'Je auto staat nog bij Keith Conner? Dan heb je de pick-up nodig.' Haar gezicht stond hard, onverzettelijk.

Ze had gelijk. We moesten op twee fronten aanvallen.

Ik haalde diep adem. 'Ik kan de pick-up niet nemen,' zei ik. 'Dan krijg ik de paparazzi achter me aan zodra ik van de oprit rij. Ik zal een meer... anonieme auto moeten vinden.'

'Je kunt mijn nummerplaten lenen.'

'En dan? Ze op die gestolen BMW schroeven?' lachte ik, maar ik zag dat het haar ernst was. 'Dat zal die advocaat die we nog niet hebben niet erg waarderen.'

Ze wees. 'Ga nou.'

Ik stak de harde schijf van het kopieerapparaat in mijn zak, liep naar de garage en schroefde haar nummerborden los. Toen kwam ik terug, nam twee van de nieuwe prepaidtelefoons mee en programmeerde de nummers in de andere, zodat we veilig met elkaar konden bellen. De hare liet ik op het aanrecht achter. Ik haalde diep adem, liep naar haar toe om een kus op haar kruin te drukken en verdween naar de achterdeur.

Zonder op te kijken van haar sorteerwerk, zei ze: 'Daarachter loeren ze ook, de persmuskieten. We hebben protectie aan alle kanten.'

'Kun jij iets aan de voorkant doen, om ze af te leiden? Zodat iedereen jouw kant op rent?'

'Oké,' zei ze. 'Ik laat mijn tieten wel zien. Net als vroeger, in het studentencorps.'

'Je hebt nooit bij het corps gezeten.'

'En daar heb ik altijd spijt van gehad.' Ze stond op en veegde wat snippers van haar handen. In het gouden ochtendlicht zag ik haar vingers trillen. Haar toon was eerder uitdagend dan luchtig, besefte ik. Ze was net zo bang als ik voor wat er op ons afkwam. Toen ze me zag kijken, propte ze haar handen in haar zakken.

Ze hield even haar adem in. 'Gisteravond was voor ons het begin, niet het eind,' zei ze. 'Dus wees verdomd voorzichtig.'

De speelplaats, een grasveld bij een kruispunt in de Canyon, was karakteristiek voor Beverly Hills. Voorverpakte picknicklunches met sprankelend vruchtensap. Dure klimtoestellen, glimmend in de zon. Een eenzame tv-ster met een enorme zonnebril en een Yankees-cap om niet uit de toon te vallen, had een peuter bij zich voor wie ze wat plichtmatige belangstelling toonde. Knappe, jonge echtgenotes liepen rond met baby's die op hun oudere, lelijke vaders leken. De vaders, voor de tweede keer getrouwd, bleven op veilige afstand van het zand en de betonnen schildpadden en bemoeiden zich nergens mee. In een zijden pak van Rodeo Drive en een walm van aftershave drukten ze op hun iPhones of praatten in hun headsets. Ze hadden inmiddels een terugwijkende haarlijn en een uitdijend buikje. De moeders verzamelden zich in groepjes om te kletsen, terwijl de mannen, heer en meester over hun eigen kleine koninkrijk, voor zich uit staarden met droevige ogen waarin meer spijt over deze miskoop lag besloten dan ooit zou blijken uit de geforceerde, chirurgisch strakgetrokken glimlach van hun vrouwen.

Waarschijnlijk had Julianne het park gekozen omdat iedereen hier beroemd was, of dat dacht. Je stelde je niet aan elkaar voor; je kende elkaar of je was niet belangrijk genoeg om gekend te zijn. Patrick Davis, onze nieuwe beroemdheid met zijn Red Sox-cap, zou hier het minst opvallen.

Julianne hing bij de schommels rond, als een vrijgezelle tante op een familiefeestje. Ik parkeerde mijn gestolen auto, de BMW met de prettig getinte ruiten, en wilde uitstappen. Maar mijn hand verstijfde om de portierkruk. In een aanval van terechte paranoia keek ik de straat door, naar alle auto's en voorbijgangers, en bleef zitten. In plaats van uit te stappen belde ik Juliannes nummer.

'Waar ben je dan?' vroeg ze, toen ik het had uitgelegd.

'Op negen uur van jou. Draai je maar om... ja, hier.'

'Die BMW?'

'Ja.'

'Leuke bak, jongen. Hoe kom je daaraan?'

'Dat is een heel verhaal. Ik ben je een lange uitleg schuldig als dit achter de rug is en ik het nog kan navertellen.'

'Je bent me nog veel meer schuldig. Ik heb met mijn vriendje bij de *Wash Post* gepraat. Een van zijn collega's is gespecialiseerd in onderzoek naar dit soort zaken, sinds Clinton in '95 de richtlijn voor buitenlandse operaties heeft ondertekend.'

'Wacht even. Wát voor zaken?'

'Ridgeline is officieel gevestigd in Bahrein.' Ze zweeg en interpreteerde mijn stilzwijgen. 'Ik weet het. Ridgeline klinkt niet echt Arabisch, dus ik neem aan dat het een westerse firma is, maar dat ze vanwege de discretie liever in een land zitten waar ze aan niemand rekenschap hoeven af te leggen. Ze houden zich bezig met internationale bedrijfsprotectie.'

Het leek opeens veel te warm in de auto. Ik pakte de zoom van mijn shirt om mezelf koelte toe te wapperen. 'Wat moet zo'n organisatie met een kantoortje in een winkelcentrum in Studio City?'

'Die bodyguard business van Ridgeline is een dekmantel voor een schaduwoperatie. Het geld dat binnenkomt is niet meer traceerbaar zodra het naar Bahrein wordt overgemaakt, dus weet niemand wat ze nou precies waarmee verdienen. Bovendien verbergen ze zich achter een heel labyrint van bv's en houdstermaatschappijen. Maar als je je eenmaal door al die lagen heen hebt geworsteld, blijkt dat Ridgeline voornamelijk is opgericht ten behoeve van één enkele cliënt: Festman Gruber.'

Julianne ijsbeerde heen en weer voor de schommels en streek met een rusteloze hand door haar rode haar. Voor mij stapte een familie uit een Porsche Cayenne. Het jongste meisje prutste aan een plastic nepmobieltje. Haar oudere zus griste het uit haar hand. 'Dat is geen spéélgoed.'

'Festman Gruber? Nooit van gehoord,' zei ik zuchtend.

'O, een technologiebedrijf dat onder meer voor Defensie werkt. Ze zijn zo'n zeventig miljard dollar waard. Miljard, ja. Dit zijn jongens aan wie je een hele oorlog kunt uitbesteden. Volgens mij is dit de enige organisatie, afgezien van onze eigen diensten of die van een ander land, die jou op zo'n manier te grazen had kunnen nemen. Dus dat klinkt goed.'

'Noem dat maar goed.'

'Nou ja.'

'Waar zijn ze in gespecialiseerd?'

'Surveillance-apparatuur, uiteraard. En ook...'

'Sonar.'

Ze bleef staan. Naast haar zwaaide een zojuist verlaten schommel nog heen en weer. 'Bingo.' Ik zag haar lippen het woord vormen. Het geluid kwam een halve seconde later bij me aan. Belachelijk, dat ik me hier in een auto moest verstoppen, dertig meter bij haar vandaan, in plaats van gewoon met haar te praten.

Haar hand ging naar haar achterzak en ze bladerde haar opschrijfboekje door. 'Festman zit in Alexandria.'

Ik dacht aan de envelop met de cd die ik had gestolen, afkomstig van een FedEx-centrum in Alexandria. Plus het bijbehorende briefje: *Ik duik nu onder. Geen contact meer.*

Ik duik nu onder? Een spion van Ridgeline, op de kantoren van Festman Gruber? Waarom zouden ze een spion hebben bij het bedrijf waarvoor ze werkten? Het motief, besefte ik toen, stond op dat begeleidende FedEx-briefje gekrabbeld: *Verzekering.*

Opeens viel alles op zijn plaats. Ridgeline was een dubieuze groepering die onder een officiële dekmantel was ingehuurd om het vuile werk voor Festman Gruber op te knappen: zoals de moord op Keith, die het einde betekende van de film die Festmans financiële belangen bedreigde. Ridgelines belangrijkste opdracht was mij de schuld van de moord in de schoenen te schuiven, zodat alle vingers naar mij zouden wijzen en niet naar Festman Gruber. Maar toen ik was vrijgelaten, had Ridgeline een eigen verzekering afgesloten: een paar belastende feiten voor het geval de zaak verkeerd afliep en Festman hen aan de politie zou uitleveren. Dus hadden ze Festman geïnfiltreerd of iemand daar omgekocht om hun via FedEx een cd met de vuile was van Festman op te sturen. Zo hadden ze iets achter de hand om Festman onder druk te zetten als dat bedrijf hen zou willen verraden.

Maar als Ridgeline die cd nog steeds niet in handen had, en aangenomen dat Festman Gruber er nog niets van wist, wie had dan bij ons ingebroken om de cd te stelen?

Julianne was nog steeds aan het woord. 'Sorry,' zei ik. 'Wat zei je?'

'Dat Festman in Alexandria is gevestigd. Maar ze hebben hier wel een filiaal in Long Beach. Blijkbaar zijn ze actief aan de oost- én westkust.'

'Blijkbaar?'

'Eh... sonar?'

'O ja. De oceaan.'

'Beide oceanen. Ze houden tweejaarlijkse RIMPAC-oefeningen... rand van de Pacific... en een groot deel van hun technische research wordt hier ook gedaan. Maar hun arm reikt ver.'

'Hoe bedoel je?'

'Het sterftecijfer onder hun critici schijnt hoger te zijn dan gemiddeld. Een lastige milieuactivist verongelukte twee zomers geleden op een wandelvakantie in Alaska. Hij viel van een rots. En een onderzoeksjournalist pleegde zelfmoord onder verdachte omstandigheden. Dat soort dingen. Een paar jaar geleden werd Festman nog scherp in de gaten gehouden.'

'Dus konden ze zich niet nog een mysterieus sterfgeval permitteren, bijvoorbeeld van een filmster in een documentaire over de schade die hun sonarsysteem veroorzaakte.'

'Daarom hadden ze een zondebok nodig, ene Patrick Davis. Ik bedoel, als je de feiten ziet, zou niemand de moord op Keith Conner in verband brengen met een bedrijf in marinetechnologie. Maar als jij niet met je golfclub had gezwaaid...'

'Dat héb ik niet gedaan!'

'Ook goed. Maar als ze jou niet hadden gevonden, hijgend over het lijk gebogen, zouden mensen misschien heel andere vragen hebben gesteld en Keith hebben opgeteld bij dat lijstje van doden die Festman toevallig heel goed uitkwamen.' Ze haalde diep adem en blies haar wangen bol. 'Volgens mij kunnen we wel constateren dat Ridgeline en Festman al een hele tijd een vruchtbare relatie onderhouden.'

De gedachte aan dat FedEx-pakketje gaf me enige troost. Die vruchtbare relatie kwam nu toch onder druk te staan. Ridgeline nam maatregelen tegen hun opdrachtgever. Hoe beangstigend mijn vijanden ook waren, in elk geval kende ik nu de zwakke plekken van het bondgenootschap. Die cd, wie hem nu ook had, was voor ons allemaal de Heilige Graal.

Ik startte de motor en reed langzaam weg.

'Ik neem aan dat je hier iets aan hebt?' vroeg Julianne quasibescheiden.

'Je bent een wonder.'

In de spiegel zag ik haar in de felle zon in de zandbak staan, met de telefoon tegen haar oor en een hand boven haar ogen. Ik draaide de hoek om en ze was verdwenen, afgezien van de stem in mijn oor.

'Pas goed op jezelf,' zei die stem. 'Je komt nu in onbekende wateren.'

50

'Neem me niet kwalijk, meneer, maar dat kan echt niet.'

Ik zat gehurkt voor het kopieerapparaat, waarvan ik het paneel had geopend en de harde schijf verwijderd. Zelfs met mijn rug naar de zaak zou het me niet lukken de harde schijf van Ridgeline op de open plek te monteren zonder dat hij het merkte. Haastig stak ik de schijf van Kinko's in mijn jeans voordat ik me omdraaide en de andere schijf omhooghield. 'O, het spijt me. Hij was vastgelopen. Daarom keek ik even.'

'De harde schijf?' De beheerder van Kinko's, een schooljongen nog, met krullend blond haar en oorringetjes, stond lusteloos te kauwen en verspreidde de geur van Black Jack-gum. 'Dat mag niet. Geef maar hier.' En hij griste de schijf van Ridgeline uit mijn hand. Bijna deed ik er een greep naar, maar hij bukte zich al en monteerde hem in het kopieerapparaat. 'Hoor eens, als u aan de apparatuur begint te klooien...' Opeens sperde hij zijn ogen open.

Sally en Valentine waren hier geweest om de logs van de computers te controleren. Daarbij hadden ze waarschijnlijk mijn foto laten zien. Of misschien herkende hij me van het nieuws. Mijn kneuzingen maakten het niet beter, nam ik aan. Aarzelend bracht ik een hand naar mijn wang.

Hij deinsde terug naar de toonbank. 'Sorry,' zei hij. 'Doe het maar rustig aan.' Hij deed alsof hij zich over zijn boek boog, een beduimelde paperback van *Y: The Last Man*, maar keek over de pagina's schichtig mijn kant op.

Haastig toetste ik de instructies in om toegang te krijgen tot het geheugen van het kopieerapparaat en drukte op de knop om alles uit te printen wat erop stond. Mijn vingers trommelden op het tafeltje terwijl de machine het ene warme vel papier na het andere uitspuwde. Ik keek nog eens over mijn schouder om te zien of de jongen niet de politie belde. Rust om te kijken wat er op de pagina's stond had ik niet. Het waren ongeveer dertig vellen. Ik betaalde met wat verfrommelde biljetten en rende naar de auto terug.

Het koude zweet brak me uit toen ik aan Ariana dacht, onbeschermd thuis. Al na een paar straten zette ik de auto aan de kant en belde haar op de prepaid. Mijn hart bonsde in mijn keel totdat ze opnam.

'Leef je nog?' vroeg ik.

'Nee,' zei ze. 'O, wacht. Ja, toch. Sorry.'

'Nog altijd die paparazzi om het huis?'

'Onze onbedoelde beschermengelen? Ja, die zijn er nog, met hun neuzen tegen het glas.'

'Bel me als ze vertrekken.'

'Als ze vertrekken, bouwen wij een feestje.'

Ik hing op en haalde diep adem. De stapel papier drukte zwaar op mijn schoot. Regenwolken pakten zich samen, waardoor de schemering eerder inviel dan anders. Ik moest het binnenlampje aandoen om het bovenste blad goed te kunnen zien.

Het was een foto van mezelf, achter ons raam aan de voorkant, turend door de straat, een beetje onscherp door het glas. Het voyeuristische karakter van de foto en mijn vage trekken gaven de kopie een onnatuurlijke sfeer die me de rillingen bezorgde.

Ook Keith stond op een paar foto's, die volgens de tijdsaanduiding in de dagen vlak voor zijn dood moesten zijn genomen. Dan volgde een handgeschreven verslag, waarschijnlijk van een afgeluisterd telefoongesprek, met verschillende nummers die hij met zijn vaste toestel en zijn mobiel had gebeld. Daarna weer een paar foto's, van een oudere heer in een pak, die uit een limo stapte voor een gebouw van beton en glas, met een gestroomlijnd logo op de ruit van de lobby: een schuine letter N in een cirkel. Hij had een zilvergrijs baardje en een zelfverzekerde houding. Daaronder lag de kopie van een nota van een mobiel abonnement op naam van ene Gordon Kazakov, met verschillende nummers onderstreept. Ook een vijand van de directie? Er volgden nog meer korrelige foto's, van verschillende mannen en vrouwen. Iemand in een bivak in de sneeuw; de milieuactivist die van een rots was 'gevallen'? Hier had ik de antwoorden op vragen die nog nooit bij me waren opgekomen.

Ik bladerde verder. Vliegtuigtickets, hotelrekeningen, telefoongegevens, een bankafschrift met omcirkelde transacties. Bevestigingen van betalingen en overboekingen. En bij die betalingen stonden namen vermeld: *Mikey Peralta, Deborah Vance, Keith Conner*. En natuurlijk ook *Patrick Davis*. Het leek wel een offerte, met de prijzen voor stalken, erin luizen, vermoorden.

Het volgende vel bevatte vier kopieën van opgenomen geldbedragen van 9.990 dollar, net onder de limiet van tienduizend dollar, waarbij de bank meldingsplicht had. Boven aan elke kopie stond een nummer gekrabbeld: *#1117*.

Wat kon dat zijn? Een soort interne code? Een rekeningnummer? En waarom waren deze betalingen apart gehouden, alsof ze belangrijk waren?

Met groeiende verbazing bladerde ik naar het laatste vel: een foto van Keith Conner, dood op de vloer van die hotelkamer. De deuk in zijn voorhoofd, de donkere plas bloed in de oogkas, de onnatuurlijke houding van de nek... het bracht weer dat afschuwelijke moment bij me terug toen alles tot me doordrong, met een kracht die me de adem afsneed. Ik bekeek de foto nog eens goed. De weerkaatsing van het flitslicht was zichtbaar in het glas van een ingelijste aquarel aan de muur. De tijdsaanduiding was 01.53 uur.

Vijf minuten voordat die ober van roomservice op de begane grond me had gezien.

Niet alleen kon ik op dat moment niet in de kamer zijn geweest, ik had ook die foto niet kunnen nemen, want ik had geen camera en zeker geen film bij me toen ik werd aangehouden.

Mijn handen beefden van opwinding.

Mijn naam gezuiverd... de zaak was eindelijk rond.

Voordat DeWitt en Verrone het kantoor hadden ontruimd om het geschikt te maken als 'verhoorkamer', hadden ze deze belangrijke, belastende documenten gekopieerd, waarschijnlijk om ze uit te delen aan alle leden van het Ridgeline-team, als bescherming tegen mogelijke dreigementen in de toekomst. Ze hadden hun hele transactie met Festman Gruber vastgelegd, tot en met de bankrekeningnummers aan beide kanten van het traject. Als zij werden opgepakt, was Festman ook aan de beurt. Wederzijds gegarandeerde vernietiging. Maar ik viel buiten die constructie, buiten de cirkel, en ik had mijn vinger op de ontstekingsknop.

Ik belde Sally Richards op haar mobiel. Op de achtergrond klonken stemmen – een feestje, zo te horen – dus zei ik: 'Geef me tien seconden om mijn verhaal te doen.'

'Ik luister,' zei ze.

'Ik heb harde feiten die me vrijpleiten van de moord op Keith Conner, concrete bewijzen voor een samenzwering. Zoals je al zei: gerechtigheid, waarheid en dat soort gelul. Dit is onze kans. Ik kan jou en Valentine de hele zaak op een presenteerblaadje aanbieden als je me vijf minuten wilt ontmoeten.'

Ik hield mijn adem in en luisterde naar de achtergrondgeluiden; een spelende radio, iemand die met veel succes een mop vertelde, het rammelen van een hondenketting. Het laatste randje van de zon verdween achter een wolkendek en meteen werd de hemel drie tinten grijzer. Sally had niet opgehangen, maar ook nog niets gezegd.

'Toe nou,' drong ik aan. 'Nieuwsgierigheid is toch zo'n belangrijke motivatie, zei je?'

Stilte. Mijn hoop verdween met het laatste restje zonlicht.

Ten slotte hoorde ik een diepe zucht door de telefoon. 'Ik weet wel een plek.'

Mulholland Drive slingert zich over de heuvelrug van de Santa Monica's, met uitzicht op de wereld. Naar het noorden ligt de Valley, als een strakgespannen tentdoek met lovertjes, vlak en hard, een broeikas van opgesloten lucht en onprettige associaties: porno, drugs, filmstudio's. Het Los Angeles Basin, veel koeler in alle opzichten en zich daarvan bewust, strekt zich uit naar het zuiden en het westen, totdat de steeds duurdere huizen ten slotte eindigen in een strook zand langs de vervuilde Pacific. Het is een beroemde weg, passend bij een beroemde stad, met glamour, verleiding en gevaar achter elke bocht. De weg daagt je uit om van het uitzicht te genieten, maar houdt nooit op met slingeren. Zodra je je laat afleiden door al die mooie lichtjes, stort je je dood tegemoet. Los Angeles in een notendop.

Ten slotte sloeg ik af naar een zandweg en reed in een wolk van roodbruin stof naar het gesloten gele hek. VERBODEN TE PARKEREN NA ZONSONDERGANG. Voor het hek zette ik de BMW naast de vertrouwde Crown Vic, pakte de stapel kopieën en ging op weg naar de oude Nike-raketbasis. Het complex lag aan het einde van het pad, bijna een halve kilometer verderop: een overblijfsel uit de Koude Oorlog, net zo droog en gebarsten als Kissingers accent.

De verspreide gebouwen, omgeven door ingezakt prikkeldraad, deden denken aan een verlaten speeltuin met apparaten; verroest, verwaarloosd, staatseigendom. Ze maakten weinig indruk, misschien omdat de werkelijke macht hier nooit gelegen had. Die lag begraven in raketsilo's in de stille heuvels eromheen.

Mijn schoenen knerpten over de kiezels. De atmosfeer was drukkend en rook naar regen. Het pad beschreef een bocht naar de zeshoekige observatietoren. Ik liep erheen en bleef onder de overkapping staan. Een steile ijzeren trap zigzagde met militaire precisie omhoog. Een educatieve functie had het lot van het complex bezegeld. Het was nu een stoffig museum, een lege tijdcapsule, een tempel van achterhaalde paranoia.

Chroesjtsjovs voorspelling riep me toe vanaf een plaquette die tegen de voet van de toren was geschroefd: WIJ ZULLEN JULLIE BEGRAVEN. Terwijl ik het metaal en het stof opsnoof, stelde ik me de gladgeschoren militairen voor die deze basis dag en nacht hadden bemand, terwijl ze hun Lucky

Strikes rookten en naar de horizon tuurden, wachtend op het einde van hun dienst of het einde van de wereld.

De ijzeren treden zonder stootborden leken zich in het donker te verliezen. Angstig keek ik omhoog. Ik wilde hier helemaal niet zijn. Ik wilde thuis zijn, bij mijn vrouw, met de deur stevig achter ons vergrendeld. Maar toch beklom ik de trap, die geen millimeter bewoog in de nachtelijke bries. De wind floot tussen de metalen treden en leuningen door, maar de toren zelf kraakte of kreunde niet. Hij kwam uit een tijd toen ze nog wisten wat bouwen was.

Toen ik bovenkwam, was ik enigszins buiten adem. Sally stond bij de rand, leunend op een grote betaaltelescoop, turend naar het duistere panorama. Haar uitdrukkingsloze ogen zagen me naderen. 'Ze zeggen dat je op een heldere dag zelfs Catalina kunt zien.'

Valentine, die korte rondjes liep, terwijl het zweet over zijn donkere gezicht stroomde, leek zelf wel op de uitkijk naar bommenwerpers te staan. 'Ik heb het je gezegd, Richards, ik hou niet van dit gezeik. Het lijkt *Deep Throat* wel.'

'Heeft Moordzaken gisteren een computerdisk uit mijn huis gestolen?' vroeg ik.

'Nee,' zei Sally. 'Niet officieel, tenminste.' Ze keek wat ongemakkelijk onder Valentines woedende blik. 'Ik heb de zaak een beetje gevolgd,' zei ze tegen hem. 'Geruchten en zo.'

'Je zet je baan op het spel, Richards.' Hij maakte een wegwerpgebaar en liep naar de trap. 'Ik doe hier niet aan mee.'

'We zijn er nu toch,' zei ze. 'Laten we maar kijken wat hij heeft. Dat is alles.'

'Ik heb een gekopieerde foto van het lijk van Keith Conner, vijf minuten voordat ik de kamer binnenkwam.'

Sally's mond verstrakte, maar Valentine ging door alsof ik er niet bij was. 'Dit is een veel te grote zaak voor ons. De hoofdinspecteur heeft duidelijk gewaarschuwd wat er zou gebeuren als we bleven rondsnuffelen. Ik heb vier jongens om voor te zorgen, dus ja, ik wil volgende week mijn baantje nog hebben, met uitzicht op pensioen.'

Ik hield de foto van Keiths lichaam omhoog en Sally maakte zich sceptisch van de telescoop los om hem te bekijken. Ze bleef staan om een uitdagende blik op mijn gehavende gezicht te werpen, en tuurde toen naar de kopie. Eerst bleef haar gezicht nog onbewogen, maar toen slikte ze hoorbaar en liep rood aan. 'Zelfs als er met die tijdsaanduiding is geknoeid,' zei ze, 'had je nog geen camera bij je.' Ze kon haar ogen niet van de foto afhouden. Haar hand ging naar de leuning. Eerst greep ze mis, maar toen had ze hem te pakken en leunde met haar stevige heup ertegenaan, alsof ze vaste grond onder de voeten zocht. 'Wat verder nog?'

Ik bladerde door een paar foto's van Keith, gemaakt met een verborgen camera. 'Die zijn genomen door een bedrijf dat Ridgeline heet. Twee van hun mensen hebben mij ontvoerd.'

Sally trok haar wenkbrauwen een paar centimeter op.

Ik stak mijn hand in de lucht. 'Ik weet het. Dat leg ik nog wel uit. Maar laat ik eerst het motief duidelijk maken. Keith was bezig met een documentaire tegen het gebruik van een marinesonar die dodelijk is voor walvissen.'

'*The Deep End*,' zei Sally. 'Die sonar schijnt ook gevaarlijk te zijn voor dolfijnen.'

'Er komt een wetsvoorstel ter stemming in de Senaat om het geluidsniveau van die sonar terug te brengen. De documentaire van Keith was bedoeld om invloed uit te oefenen op dat besluit. Een ander bedrijf, Festman Gruber, is een belangrijke toeleverancier van Defensie en gespecialiseerd in sonarapparatuur. Ik vermoed dat ze veel te verliezen hebben als die stemming in de Senaat ongunstig voor ze uitvalt.'

'Kunnen we hier alsjeblieft mee stoppen voordat het nog gekker wordt?' drong Valentine bij Sally aan.

'Dus hebben ze Keith vermoord en jou de schuld in de schoenen geschoven?' Sally krulde haar lippen tot een vaag, bezorgd lachje. 'En wat heb je voor bewijzen voor die vergezochte theorie?'

'Ik heb bankafschriften, overboekingen en telefoongegevens die Ridgeline in verband brengen met Festman Gruber. De namen van de vermoorde mensen staan bij specifieke betalingen vermeld.'

Ik bladerde de papieren door om ze te laten zien. Sally keek er fronsend naar en beet op haar lip. Met tegenzin boog Valentine zich over haar schouder om mee te lezen.

'En dan zijn er die vreemde bedragen die ze hebben opgenomen,' zei ik.

'Hoezo vreemd?' vroeg Valentine.

'Er is een of andere code aan toegekend. Kijk, hier.' Ik draaide het papier om en wees naar de opgenomen bedragen, met het nummer #1117 erboven.

Valentine staarde naar de grond en opende bijna afwezig de klep van zijn holster. Zijn hand aarzelde even boven de kolf van het pistool, een besluiteloos moment. Toen, met een enkele, vloeiende beweging, trok hij de Glock uit de leren holster en schoot Sally in haar borst.

51

Een fontein van bloed spatte uit Sally's shirt. Ze deed een zware stap naar achteren, met haar gewicht op haar gebogen been, en zakte toen in elkaar. Valentine en ik keken vol afschuw hoe ze huiverde en hijgde, voordat hij aarzelend het pistool weer omhoog bracht en op mij richtte.

De loop vonkte weer, en ik voelde de kogel langs mijn hoofd fluiten, maar ik was al naar de trap gesprongen, terwijl ik de papieren verfrommelde in mijn vuist. Ik landde halverwege de bovenste tree. Mijn schouder knalde tegen de leuning. Door de snelheid sloeg ik over de kop en rolde omlaag naar de overloop. Half struikelend stortte ik me de hoek om en probeerde zo veel mogelijk metaal tussen mij en Valentine in te krijgen. Pijnlijk kwam ik op mijn rug terecht en voelde het staal in mijn vlees snijden. Boven mijn hoofd hoorde ik Valentines stem.

'O, jezus. Je bent gewond. Waarom heb je dat nou gedaan, Richards? Je ging maar door. Ik heb geprobeerd je tegen te houden, maar je wilde niet luisteren. Je kon het niet loslaten. En nou ben je gewond, verdomme. Nou ben je gewond. Je liet me geen keus. Geen keus!'

Een vochtig gerochel. Vocht dat op metaal druppelde.

Een zacht gekreun; niet Sally, begreep ik, maar Valentine. Het zwol aan tot een bijna vrouwelijke gil, begeleid door een heftige serie slagen. Ramde hij met zijn vuist tegen het platform?

Hij zat te snikken. 'Ik mocht niet gepakt worden. Als ik er niet meer ben, wie zorgt er dan voor mijn jongens?'

Maar ze zei niets terug.

'Het spijt me,' huilde hij. 'Het spijt me. Toe nou, Richards, doe je ogen open. Kijk me aan. Laat me je hart horen. O, jezus, het spijt me zo.'

Ik vouwde de papieren op en stak ze in mijn zak, hoe verkreukeld ze ook waren. De wind wakkerde nog wat aan en overstemde de schrille serenade van de krekels.

Toen ik wat verder de trap af sloop, scheen Valentine mijn beweging op te merken en weer bij zinnen te komen. Ik hoorde de pieptoon van zijn radio en toen zijn luide stem: 'Agent neergeschoten! Ik heb een neergeschoten agent op de observatietoren van de Nike-raketbasis aan de zandweg bij Mulholland. Stuur versterking en medische hulp. Nu!'

Zijn stem trilde, en ik besefte dat zelfs mijn eigen schok en verbijstering verbleekten bij de zijne. Hij hapte een moment naar adem en vervolgde: 'De dader, Patrick Davis, heeft me mijn wapen ontfutseld en haar neergeschoten. Ik heb nu het wapen van mijn partner en zet de achtervolging in. Over.'

De centrale meldde zich op ongeruste toon, met veel ruis, voordat de radio zweeg en ik weer alleen was met Valentine. We hoorden elkaar hijgen in de stilte.

Zijn schoenen bewogen langzaam over het platform naar de treden. Twee trappen lager, in een toestand van ijzige angst, hield ik gelijke tred met hem, rustig en beheerst. Bij de gedachte aan die foto op Sally's bureau, van haar en haar kind, twijfelde ik of dit allemaal wel gebeurd kon zijn. Het leek onmogelijk dat ik echt gezien had wat ik had gezien.

Valentine daalde wat sneller af. De schaduw van zijn benen schemerde tussen de treden door. Ik versnelde ook mijn pas. Nog één trap, en ik zou beneden zijn. Dan werd het een sprint door het donker, met een geladen pistool achter me aan.

We renden nu allebei omlaag. Ik hoorde zijn schoenen over de treden kletteren. Eén seconde tuurde ik voor me uit naar het pad, waarop ik wel heel kwetsbaar zou zijn voor een kogel in mijn rug.

De keus was duidelijk: rennen en neergeschoten worden, of me omdraaien en in de tegenaanval gaan.

Met lood in mijn schoenen dook ik weg onder de trap. De grond liep daar steil omhoog. In het donker drukte ik me tegen de wand onder de overloop, terwijl mijn lichaam eindelijk de pijn van mijn tuimeling registreerde. De lucht schuurde in mijn longen en ik moest vechten om mijn ademhaling onder controle te krijgen.

Mijn joggingschoen verloor zijn greep tegen de steile wand, en bijna gleed ik weg, waardoor ik mijn positie zou hebben verraden, maar op het laatste moment kon ik mijn hand om een tree slaan waar anders een stootbord zou hebben gezeten. Ik herstelde mijn evenwicht.

Valentine daalde nog sneller af, maar hield zijn pas in toen ik zijn schoenen zag verschijnen op de trap boven me. Hij hield al rekening met een hinderlaag. De neus van zijn loafer glom van het bloed, zo donker dat het zwart leek, en er zaten vlekken op het omslag van zijn broek. Toen hij afdaalde, trok ik voorzichtig mijn hand weer terug. De treden sneden hem in horizontale segmenten – schoen en enkel, dijbeen en heupen, borst en nek – maar toen hij zijn gewicht behoedzaam op de overloop boven me liet zakken, ving ik een duidelijke glimp op van de Glock die hij met twee handen om de kolf voor zich uit gericht hield.

Hij liep nu nog langzamer. De wind loeide en moest het geluid hebben gemaskeerd toen ik op mijn schreden terugkeerde om me achter de trap te verbergen. Maar had hij me gezien? Of kon hij mijn positie raden?

Met zijn volgende stap verdween hij uit beeld, recht boven me, doordat de overloop hem aan het zicht onttrok. Ik merkte dat ik mijn adem inhield en durfde niet meer uit te ademen. Mijn longen brandden. Zijn schoen kwam een stap dichterbij over het metaal. En nog eens. Door de spleet zag ik het pistool het eerst verschijnen, en bijna gaf ik toe aan mijn paniek en ging ervandoor. Maar het wapen was niet op mij gericht, maar zweefde anderhalve meter boven de treden. Daarna zag ik zijn handen, zijn polsen en zijn onderarmen. Zwaar ademend richtte hij het pistool op het pad. Zijn schoen daalde neer op de bovenste tree van het laatste gedeelte, niet meer dan vijftien centimeter vanaf mijn ogen. Ik rook de bittere lucht van het bloed op de zolen. In slow motion zette hij zijn andere voet op de volgende tree.

Mijn handen zweefden voor mijn gezicht, bevend in het donker. Ik zag zijn hak neerdalen, millimeter voor millimeter. Heel even verstijfde ik, maar toen barstte alles in me los in een explosie van angst en woede. Ik stak mijn handen door de treden, greep zijn enkels en rukte ze met al mijn kracht naar me toe.

Hij slaakte een brul en stortte met geweld omlaag. Zijn bovenlichaam raakte met een klap het metaal, en ik hoorde een schot, versterkt door het ijzer om ons heen. Op zijn borst en zijn gezicht gleed hij nog een paar treden omlaag, totdat hij op zijn zij rolde en tot stilstand kwam, met zijn hand bungelend langs de trap. Hij mompelde iets onverstaanbaars, en de nacht behoorde weer toe aan de krekels en een vreemd zuigend geluid, met ongelijkmatige tussenpozen.

Ik stond gebukt, als verstijfd, wachtend op god-mocht-weten-wat, totdat ik de donkere druppels door het stalen rooster van de onderste tree zag sijpelen, in het zand eronder. Ik kroop tevoorschijn.

Hij was in zithouding terechtgekomen, met zijn rug tegen de onderkant van de trap. Zijn ogen rolden moeizaam in zijn hoofd, met het wit opvallend zichtbaar in het doffe maanlicht, maar toen ik voorzichtig naderbij kwam, richtten ze zich op mij. Hij had een klein gaatje in zijn zij, onder zijn ribben, met een scheur in zijn shirt, niet groter dan een dubbeltje. In de stof eromheen ontstond een donkere vlek, zo groot als een frisbee. Zijn rechterhand, die onder een vreemde hoek lag, hield de Glock nog vast, met zijn vinger om de trekker gebogen. Zijn borst zwoegde, en zijn long maakte dat zuigende geluid, waarbij de gescheurde stof aan de rand van het kogelgat zachtjes wapperde.

De rechterrevers van zijn sportjasje was teruggeslagen, en een streep maanlicht viel door het ruitjespatroon van de stalen trap op de politiepenning aan zijn riem, met dat al te bekende nummer.

LAPD *1117*.

Zijn hand sloot zich om de Glock en ik zette me schrap, maar hij scheen zijn arm niet meer te kunnen optillen om het wapen op me te richten. Hij trok rimpels in zijn voorhoofd van inspanning. Toen schokte hij met zijn hoofd, een van zijn benen verstijfde, en het pistool vuurde in het zand. En nog eens. En opnieuw. De schoten weergalmden tegen de heuvels, over de boomtoppen en de verborgen raketsilo's. De terugslag van het volgende schot sloeg het wapen uit zijn hand. Hij keek er hulpeloos naar, terwijl zijn tranen zich vermengden met zijn zweet.

Weer dat zuigende geluid vanuit zijn longen, maar zwakker nu. Er ging een stuiptrekking door zijn benen, en de stof rond het kogelgat in zijn shirt bewoog niet meer. Hij richtte zijn ogen op me, nog net zo levendig als een paar seconden eerder.

Ik zat naast hem geknield, als in angstige aanbidding van de daad die ik zojuist had gepleegd. Er drong geen enkel gevoel meer door het gebulder van mijn gedachten.

Tegen de muur geschroefd, links van Valentine, vormden Chroesjtsjovs woorden een commentaar op de bloederige nasleep: wij zullen jullie begraven.

Er klonk een luid gezoem, dat mijn trance doorbrak, en ik viel naar achteren, struikelend over mijn hakken. Voorzichtig kwam ik overeind. Weer dat geluid, trillend in Valentines borstzakje.

Nerveus boog ik me over hem heen; het voelde als schuurpapier op mijn zenuwen. Met mijn hoofd in mijn nek stak ik een hand uit en haalde een Palm Treo uit zijn zak.

Het sms'je luidde: JE GELD OP DE GEBRUIKELIJKE PLAATS. WE SLAAN NU TOE. DIT BERICHT ZAL ZICHZELF BINNEN 17 SECONDEN WISSEN.

16.

15.

Wáár wilden ze toeslaan?

Een rilling gleed over mijn gekneusde schouders. Het bericht moest een antwoord zijn. Woedend bladerde ik terug naar de oorspronkelijke sms die Valentine had gestuurd:

OM 20.00 UUR IS HIJ DE DEUR UIT. VERSCHILLENDE EENHEDEN ZULLEN REAGEREN OP DE MELDING VAN EEN ZOGENAAMDE INBRAAK, TWEE HUIZEN VERDEROP, OM DE PAPARAZZI AF TE LEIDEN.

DAN IS ZE ALLEEN.

52

Verbijsterd staarde ik naar het oplichtende schermpje. De woorden verbrokkelden tot letters, terwijl mijn hersens probeerden het te begrijpen maar het tegelijk niet wilden weten. Het bericht verdween en werd met een zachte zucht gewist, maar de letters leken in het donker te blijven zweven en zich weer tot woorden aaneen te rijgen. Met hun strekking doorbraken ze eindelijk mijn verlamming.

Ik haalde mezelf in toen ik al drie meter het pad was afgerend en mijn vrouw belde op de telefoon van een dode. De Glock had ik achter in mijn jeans gestoken, de gekopieerde papieren zaten in mijn broekzak, priemend in mijn dij. Het eenzame balkje dat het bereik van de mobiel aangaf viel steeds weer weg als ik op versturen drukte. Tegen de tijd dat ik de zandweg bereikte, zag ik alleen nog een hulpeloos ronddraaiende satellietschotel op de display. Niets.

Zonder mijn pas in te houden groef ik de prepaidtelefoon uit mijn zak, hield hem in mijn andere hand en keek van het ene schermpje op het andere. Allebei geen bereik, hier in de heuvels aan de rand van het Topanga State Park.

Op het klokje van de mobiel was het 19:56. Nog vier minuten en ze zouden ons huis binnendringen.

Het pad zat vol hobbels en kuilen, dus struikelde ik in het donker, viel voorover en schaafde mijn handen. De prepaid en de Treo vlogen door de duisternis. Op de tast vond ik de prepaid terug, maar na een paar seconden zoeken liet ik de Treo maar liggen. Het belastende berichtje was toch al gewist, en het bereik was net zo waardeloos. Met de telefoon in mijn hand geklemd sprintte ik verder, terwijl ik de verlichte display vlak voor mijn gezicht hield. Ik liet het maar aan mijn benen over om de valkuilen te ontwijken.

DAN IS ZE ALLEEN.

Geen signaal. Geen signaal. Geen signaal.

Het begon te motregenen, waardoor de grond steeds zachter werd onder mijn voeten en ik voortdurend slipte en niet vooruitkwam, als op een loopband met kuilen. Steeds kwam dezelfde helling weer voorbij. Hijgend en badend in het zweet zat ik vast in een zich herhalend stukje griezelfilm.

Eindelijk zag ik het gele hek opdoemen in het donker. Ik vloog erdoorheen en raakte de staander met mijn schouder, waardoor ik half om mijn as draaide en op de motorkap van de BMW terechtkwam. Ik sprong in de auto en scheurde weg, terug naar huis of in elk geval een plek waar ik weer bereik had. Ik hield de waardeloze prepaid in mijn natte hand geklemd, zodat ik de display in de gaten kon houden terwijl ik de bochten nam.

Eindelijk zag ik een streepje. Het flakkerde, maar kwam weer terug, en ik kreeg verbinding. Het toestel ging over, en over, totdat...

'Ari!'

'Patrick?'

'Ze komen je halen! Je moet daar weg. Het huis uit!'

Maar ze kon me niet horen. 'Ik kom net onder de douche vandaan. Ik heb de pick-up voor je achter het huis gezet, zodat je hem kunt gebruiken. Dan kun je die gestolen auto lozen voordat je terugkomt. Maar hoor eens, je zult niet gelóven wat ik uit die snippers aan elkaar heb geplakt.' Sirenes loeiden vaag op de achtergrond. 'Wacht even. Dat is raar...'

Haar ademhaling veranderde toen ze de trap af rende. Het geloei van de sirenes zwol aan.

Ik zat te schreeuwen, alsof het volume het probleem was, niet de ontvangst. 'Ze hebben verderop in de straat een afleidingsmanoeuvre georganiseerd, zodat alle paparazzi daar naartoe rennen en ons huis onbewaakt laten. Pak de revolver en wegwezen! Ga naar de politie. Ari? Ari!'

Zonder op mijn geschreeuw te reageren ging ze verder: 'Er rijden allemaal politiewagens voorbij, maar ze komen niet naar ons. Volgens mij stoppen ze bij de Weetmans. Misschien wordt Mike er ook van beschuldigd dat hij een filmster heeft vermoord.'

Het signaal viel weg. Ongelovig staarde ik naar de telefoon. Iemand toeterde luid; ik was naar de verkeerde baan afgeweken. Ik gaf zo'n ruk aan het stuur dat ik de berm in schoot en een fontein van zand deed opspatten. Ik herstelde me door opnieuw te overcompenseren, waardoor ik over de middenstreep zwenkte en nog net een Maserati kon ontwijken. Ten slotte trok ik de BMW weer recht, slipte in de regen de bocht door en was bijna van de heuvels bevrijd.

Twee streepjes. Drie zelfs.

Ik belde.

Ze nam op. 'Hallo. Ik was je kwijt. Ik zei dus...'

'Je moet weg daar! Het huis uit. Nu meteen! Ren de straat door, naar de politie.'

Het gekrijs van ons alarm. 'Verdomme, Patrick, er is iemand...'

Dreunende voetstappen. De telefoon viel. Ariana's kreet werd abrupt afgesneden en even later zweeg ook het alarm.

De BMW schraapte langs de bergwand, waardoor er een lading stenen op het dak neerregende, die me eraan herinnerden dat ik achter het stuur zat. Zweet prikte in mijn ogen. Ik schreeuwde in de telefoon, zonder nog te weten wat ik zei.

Ik hoorde wat gedempte instructies: 'Laat haar zich aankleden. We willen haar niet halfnaakt meeslepen. En jij daar, hou je rustig, anders breken we je arm. Opschieten.'

Een geritsel toen de telefoon werd opgeraapt. Een kalme stem. Verrone. 'Geen spelletjes meer.' Zijn rustige tenor bracht de herinnering bij me boven aan zijn ongezonde gelaatskleur en zijn druipsnor.

'Doe haar niets.'

'We moeten die disk hebben.'

'Ik heb hem niet. Als ik hem had, zou ik hem jullie wel geven, verdomme! Dat zweer ik bij God.'

'Je zei dat je hem wel had. Je hebt ons alleen naar de verkeerde plek gestuurd.'

Het duurde even voordat ik besefte dat de sirenes nu niet door de telefoon klonken, maar ergens voor me uit. Toen ik de bocht omkwam, zag ik zes politiewagens en een ambulance op me af stormen, met knipperende zwaailichten en loeiende sirenes. Instinctief dook ik bij mijn raampje weg, maar ze passeerden me met hoge snelheid, op weg naar Valentine en Richards. Ik moest schreeuwen om me verstaanbaar te maken boven het krijsende lawaai uit. 'Jullie hadden me ontvóérd! Ik zou alles hebben gezegd om daar weg te komen!'

'Je hebt twee uur om die cd te vinden.'

Dat ultimatum, als een tank op mijn pad, doordrong me eindelijk van de ernst van mijn situatie. Ik had het niet opgegeven en was koppig doorgegaan, ondanks een echte arrestatie en een valse, ondanks kogels en een schokgranaat. Niets had me kunnen tegenhouden. De machteloosheid waartegen ik steeds had gevochten, de woede om mijn eigen leven tussen mijn vingers door te zien glippen, dreigden me te overweldigen. Honderdtwintig minuten van nu zou mijn vrouw niet meer in leven zijn.

'Hoe moet ik godverdomme iets vinden als ik niet eens weet waar het is?' schreeuwde ik.

'Dan hebben we niets meer aan je. Dat betekent dat we haar nu kunnen doodschieten.' En tegen iemand anders. 'Ga je gang.'

'Wácht! Oké, oké, ik heb hem wel.' Ik kromp ineen en luisterde met ingehouden adem. Maar ik hoorde geen pistoolschot. In blinde paniek klampte ik me aan strohalmen vast en probeerde een verhaal te bedenken, wat dan ook, om tijd te winnen. Kon ik de enige troef uitspelen die ik bezat, de documenten van de harde schijf uit hun kopieerapparaat? Zomaar, in paniek, zonder enig plan? Wat had ik dan nog over? Er moest een andere uitweg zijn. Het leek of ik al uren mijn mond had gehouden, hoewel het in werkelijkheid maar een paar seconden konden zijn. 'Ik heb de disk in onze kluis opgeborgen,' zei ik snel. 'Maar daar kan ik pas bij als de bank morgenochtend opengaat.'

'Je hebt tot negen uur.'

'Richards is dood,' zei ik. 'En Valentine ook.' Een ijzige stilte toen Verrone de nieuwe stelling op het schaakbord analyseerde. Maar ik wachtte niet op zijn volgende zet. Ik ging door, terwijl hij nog op het verkeerde been stond. 'Ik word nu gezócht. Ik heb tijd nodig om weg te komen en te bedenken wie ik morgen naar de bank kan sturen om die cd uit de kluis te halen.' Nog steeds geen antwoord. 'Een paar uur extra, zelfs.'

Hou je mond; je zit nu te onderhandelen met jezelf.

Hij haalde de telefoon weer weg terwijl hij DeWitt of wie dan ook zijn orders gaf. 'Neem haar mee via de achterkant en hou haar goed in de gaten bij die schutting. De paparazzi horen nu op straat achter hun eigen staart aan te rennen, maar let goed op. Je kunt nooit weten. Luister, schat, als we iemand tegenkomen, zijn we allemaal vrienden, die een ritje gaan maken. Dat is het beste voor iedereen. Als je je verzet of begint te schreeuwen, schieten we alle omstanders neer en slepen jou toch mee. Wat? Ja, haal die maar, dat ziet er normaler uit. En snel een beetje.'

Wat moest ze halen?

Wat zag er normaler uit?

Waar sloeg dat op, verdomme?

Verrone meldde zich weer. 'Goed. Je hebt tot morgenmiddag twaalf uur. En blijf uit de buurt van de politie. Als ze je oppakken, hebben we niets meer aan je. Bel de mobiel van je vrouw, haar échte mobiel, niet die prepaid waarmee je hebt gerotzooid. We schakelen hem door naar een niet traceerbare lijn, dus probeer niet voor Maxwell Smart te spelen. Als die telefoon om twaalf uur nog niet heeft gerinkeld met goed nieuws, jagen we haar een kogel door het achterhoofd. Ja, deze keer echt.'

En hij hing op.

Ik werd heen en weer geslingerd tussen wilde paniek en totale verlamming. Ik weet dat ik nog een konvooi politiewagens tegenkwam. Ik weet dat ik probeerde het rustiger aan te doen, omdat ik het me niet kon veroorloven te worden aangehouden, maar mijn lichaam luisterde niet. Ik weet dat ik met gierende banden de stoep op vloog, waardoor de paparazzi alle kanten opstoven, en de BMW tot aan zijn velgen weggezonken in onze natte voortuin achterliet, met het geopende portier heen en weer zwaaiend in de neergutsende regen.

Het volgende moment stond ik binnen, in onze stille hal, druipend op de vloer. Op de grond, bij het raam van de huiskamer, lag een gebroken theekopje, naast de prepaidtelefoon. En een lavendelblauwe mariposa.

Ik boog me over de gevallen bloem. Mijn hart bonkte in mijn keel toen ik hem instinctief naar mijn neus bracht; haar geur. Aan de andere kant van de kamer keken Ariana en ik de wereld in vanaf onze gevallen trouwfoto. De symboliek was te zwaarvoetig, dat geef ik toe, maar toch ging ik eraan kapot. Het artistieke zwart-wit, onze stijve houding en het gebarsten glas gaven de foto een benauwende sfeer van vroeger. Voorbije tijden, gedateerde conventies, spookbeelden uit gelukkiger dagen. Toen ik naar haar gezicht keek, in soft focus, deed ik haar in stilte een gelofte: *Ja, dat beloof ik.*

De gedachte dat ze nu ergens tussen DeWitt en Verrone achter in een busje zat, bracht me bijna op de knieën. Maar ik mocht niet toegeven aan mijn angst. Niet nu. Hoeveel tijd had ik nog voordat de politie de lichamen van Valentine en Richards zou hebben gevonden en hiernaartoe zou komen?

Ik probeerde mijn rafelige gedachten op een rij te krijgen. Moest ik nog iets uit het huis meenemen voordat ik vluchtte? Toen ik Ari belde, was ze enthousiast geweest over een ontdekking. *Je zult niet geloven wat ik uit die snippers aan elkaar heb geplakt.* Hadden zij ook gevonden wat Ariana had ontdekt, of lag het hier nog ergens?

Ik rende de huiskamer binnen. Afgezien van een paar stukjes papier hadden ze de hele berg confetti meegenomen.

Aan elkaar geplakt, had ze gezegd. Geplakt.

Haastig liep ik naar de keuken. De rommel op de vloer van de huiszoeking door de politie lag er nog: een omgekeerde afvalemmer, leeggehaalde laden. Maar ik zag nergens plakband, en ik betwijfelde of Ari in die berg rotzooi had staan wroeten. Dus bleef alleen mijn werkkamer over.

Ik denderde de trap op. En ja, op mijn bureau lag een plakbandhouder, met daarnaast een rond stukje papier, aan elkaar geplakt uit snippers.

Een disk?

Ik griste hem van het bureau. Hij was samengesteld uit de zilverwitte vierkantjes die Ariana waren opgevallen in de berg confetti, de snippers die steviger leken dan de rest. Ik boog de cd een beetje door. Stug, maar buigzaam. Ik had zulke schijfjes wel vaker gezien, hiphopsingles die als promotiemateriaal in de *Vanity Fair* waren bijgevoegd, of soms een dvd in *Variety*, vlak voor de prijzenfestivals.

Voordat ze uit het kantoor van Ridgeline waren vertrokken, hadden ze deze cd vernietigd, met de rest van de documenten. Natuurlijk was dit geplakte exemplaar niet meer afspeelbaar, maar ik hoefde hem niet in een computer te steken om te weten dat zo'n dun, buigzaam schijfje bepaalde voordelen had voor een operatie zoals deze. Het was eenvoudiger te versnipperen.

En te verbergen.

Het tromgeroffel van de kletterende regen op het dak begeleidde mijn over elkaar heen buitelende gedachten.

Ik sloot mijn ogen en dacht terug aan het moment dat ik die FedEx-envelop, geadresseerd aan Ridgeline, had geopend. De blanco cd was verpakt geweest in beschermend ribbeltjeskarton.

Stel dat het inderdaad niets anders was geweest dan wat het leek: een blanco disk? Stel dat iemand zoals ik de envelop had onderschept? Dan zou ik hebben gedacht dat er niets anders in zat dan een waardeloos schijfje. Maar de geadresseerde zou die blanco cd als een aanwijzing hebben gezien, een code die hem vertelde wat er wérkelijk in die envelop zat.

Ik rende omlaag naar de keuken om het afval te doorzoeken. En daar vond ik hem, onder een half, schimmelig brood en wat PowerBar-wikkels: het ribbeltjeskarton dat ik voor gewoon verpakkingsmateriaal had aangezien. Ik streek het omgevouwen karton glad, wurmde mijn duimnagel tussen de rand en prutste die los.

In een ondiepe holte tussen de geplakte laagjes van het karton zat een zilverwit schijfje.

53

Een golf van opwinding sloeg door me heen. Hun cd had dus al die tijd hier in huis gelegen, op de vloer van de keuken, tussen het afval; de enige plek waar niemand ooit zou hebben gezocht. Ik haalde hem tevoorschijn en hield hem onderzoekend tegen het licht, als een juwelier.

Het waren dus toch de mannen van Ridgeline geweest die bij ons hadden ingebroken om het huis te doorzoeken naar hun FedEx-pakje. Omdat ze geen bewijzen wilden achterlaten hadden ze ook de envelop, het etiket en de blanco cd meegenomen. Maar omdat het ribbeltjeskarton ontbrak, hadden ze gedacht dat ik de geheime bergplaats had ontdekt en het schijfje op een veilige plek had verborgen. Daarom hadden ze me naar het huis van Keith gelokt, een schokgranaat in mijn schoot geworpen en zich als rechercheurs voorgedaan om erachter te komen waar de cd nu was. Het was nooit bij hen opgekomen dat ik het karton gewoon als afval had beschouwd en bij de rommel in de keuken had gegooid.

Maar mijn triomf over de ontdekking duurde maar kort. In de verte hoorde ik het ijle geluid van een sirene. En toen nog een.

Ik greep wat contant geld en de sleuteltjes van de pick-up uit Ariana's tas en wierp nog een onderzoekende blik door de keuken om te bedenken wat ik verder nog nodig had.

Wat had Ariana willen meenemen toen ze haar het huis uit hadden gesleurd? Verrones vreemde woorden galmden nog door mijn hoofd: *Wat? Ja, haal die maar, dat ziet er normaler uit. En snel een beetje.*

Het geluid van de sirenes zwol aan.

Met Ariana's sleuteltjes in mijn hand en de kostbare disk beschermd door de fotokopieën in mijn broekzak, rende ik de achterdeur uit, de veilige duisternis in. Goddank had ze de pick-up achter het huis gezet. Toen ik over het grasveld rende, met de striemende regen in mijn gezicht, hoorde ik piepende remmen aan de voorkant. Verrone had de situatie simpel samengevat: als de politie me te pakken kreeg, had Ariana's laatste uur geslagen.

Dus vluchtte ik nu naar de schutting, dezelfde route waarlangs zij haar hadden ontvoerd. *Als we iemand tegenkomen, zijn we allemaal vrienden, die een ritje gaan maken,* had Verrone tegen haar gezegd. Ze mocht niet opvallen. Ik hoorde weer zijn antwoord op wat Ari had gezegd: *Wat? Ja, haal die maar, dat ziet er normaler uit. En snel een beetje.*

Ik bleef staan, draaide mijn hoofd omhoog en voelde de regen op mijn gezicht kletteren.

Regen, dacht ik. *Regenjas.*

De troeven uitspelen die je in handen hebt.

Ik draaide me weer om en rende terug naar het huis, met mijn natte gympen slippend over het vuilnis op de keukenvloer. Blauwrode zwaailichten knipperden al achter de gordijnen aan de voorkant. Het geluid van stemmen en dreunende voetstappen op het pad. Ik rende ze tegemoet, naar de kleerkast bij de voordeur.

Iemand riep iets, en de deur werd getroffen door een stormram. De onderste panelen bogen door, maar de grendel hield.

Ik gooide de kleerkast open en keek erin. Vijf hangertjes, een oud bomberjack en een stel schoenen. Maar geen regenjas.

Dat ziet er normaler uit. Minder opvallend voor een vrouw die door de stromende regen loopt. Met een list had ze haar regenjas meegegrist, de jas met het zendertje in de voering genaaid; een zendertje waarvan zij niet wisten dat wij het hadden ontdekt.

Een zendertje dat ik misschien zou kunnen volgen, als ik wist hoe.

Half glijdend over de plankenvloer stormde ik naar de keuken terug, veilig uit het zicht toen de voordeur met een geweldige klap bezweek. Gables stem, gebiedend en hees van adrenaline: 'Naar boven, jullie! Nu!'

De muren trilden. Dreunende voetstappen en luide bevelen, efficiënt, maar vooral ook woedend. Ze zochten niet zomaar een moordenaar, maar een monster dat twee van hun collega's had doodgeschoten.

Ik rende het grasveld over, sprong tegen de schutting op en zag twee patrouillewagens schuin voor de neus van Ari's pick-up geparkeerd staan. Ze blokkeerden de hele straat. Agenten stapten uit, druk in gesprek. Gelukkig hadden ze mijn bleke gezicht in het donker niet gezien. Geruisloos liet ik me weer terugzakken in de aarde bij de plantenkas, happend naar adem.

'Hoorde je dat?' vroeg er een.

Met mijn knie had ik een plank van de schutting geraakt, in mijn gedachten een klap als een donderslag.

Ik lag half verborgen tussen de takken en bladeren. Achter de ramen van beide etages zag ik het arrestatieteam rondlopen met halfautomatische geweren. Op de bovenverdieping boog een gezicht met goggles zich over mijn bureau. Papieren vlogen alle kanten op.

Achter me, op straat, gebruikte iemand een zaklantaarn. Het licht gleed door de takken boven mijn hoofd en zwaaide heen en weer toen de agent dichterbij kwam. Vanuit het huis riep een stem, extra luid in de avond-stilte: 'Doorzoek de achtertuin!' Een hoofd met een bivakmuts, boven de loop van een MP5, bewoog zich langs het keukenraam naar de achterdeur.

Mijn bloedeloze vuist, om Ariana's nutteloze sleuteltjes geklemd, con-trasteerde met de donkere aarde. Het pistool achter mijn broeksband drukte uitnodigend tegen mijn nier. Ik legde mijn hand om de kolf, maar trok hem schielijk weer terug, alsof ik mijn vingers had gebrand. Wat was ik van plan? Het vuur openen op een arrestatieteam?

Met mijn rug tegen de onderste planken van de schutting gedrukt voel-de ik de trilling van naderende voetstappen. Spinnenwebben plakten tegen mijn natte voorhoofd. Aan de andere kant van de tuin ging de kruk van de keukendeur omlaag. Recht boven mijn hoofd klemde een vlezige hand zich over de rand van de schutting.

Ingeklemd tussen het splinterende hout en de vochtige aarde kon ik geen kant meer op. Ik had een droge mond en keek koortsachtig om me heen.

Achter de stoffige sumak zag ik het ingezakte gedeelte van de schutting tussen onze eigen tuin en die van de Millers. Een paal was scheef gezakt, waardoor er een opening tussen de planken was ontstaan. Op handen en voeten kroop ik over de zachte aarde.

De schoenen van de politieman roffelden tegen de schutting en ik hoor-de hem kreunen toen hij zich omhoog hees om een kijkje te nemen. In-middels had de agent van het arrestatieteam de keukendeur openge-schopt. De kruk knalde tegen de buitenmuur.

Achter me landde de politieman luid steunend aan onze kant van de schutting. Ik dook door het gat in het hek naar de tuin van de buren, vlak voordat onze eigen tuin opeens in het felle schijnsel van een paar zoek-lichten baadde. Ik rolde opzij en sprong overeind in Martiniques bloem-perk. Snel rende ik door de goed onderhouden achtertuin, stak met een paar stappen het betonnen terras over en stormde door de achterdeur hun keuken binnen.

Martinique liet de slakom zakken die ze met belachelijke gele keuken-handschoenen stond schoon te schrobben en staarde me aan. Haar mond viel halfopen. Ik stond ook als verstijfd, met mijn voet nog op het treetje maar mijn gewicht al naar voren, leunend op de deurkruk. Achter haar, in de huiskamer, zat Don naar CNBC te kijken. Het geluid stond hard. Het enige wat bewoog waren de financiële deskundige die tekeerging over de hypotheekcrisis en het water dat met kracht uit de keukenkraan spoot. Ik durfde nauwelijks om me heen te kijken. Rechts stonden de wasmachine en wasdroger, met wasgoed op de deksels, naast de post van die dag en het koffertje van Dons laptop. Vijf stappen verder was de deur naar de garage.

Martinique draaide haar hoofd om en wilde haar mond al openen om Don te roepen, maar iets hield haar tegen.

Mijn lippen vormden een geluidloze smeekbede: *Help me.*

Autobanden deden plassen water opspatten in de straat en blauwe zwaailichten wierpen hun schijnsel over de structuurverf van het plafond. 'Wat zou die klootzak nou weer hebben uitgevreten?' zei Don, terwijl hij opstond en de afstandsbediening op het kussen gooide. 'Ik ga eens boven kijken of ik wat kan zien vanuit mijn werkkamer.' Hij draaide zich om en sloeg zijn whisky achterover. Zonder op te kijken naar Martinique en mij zette hij het glas op de salontafel en zei: 'Dit kan ook nog bij de afwas.' Toen liep hij naar de trap. Martinique en ik hadden allebei onze adem ingehouden.

Eindelijk gingen haar ogen naar het raam. De zoeklichten tastten nu de schutting af. Heel even dacht ik dat ze toch om hulp zou roepen.

Maar haar stem klonk zacht. 'Ik bemoei me hier niet mee.' Met een grimmig trekje om haar mond zette ze de slakom neer, liep langs me heen in een wolk van amandelzeep en opende een kastje boven de wasmachine. Aan een zilverkleurig haakje hingen de sleuteltjes van Dons Range Rover. 'Ik heb het te druk met de afwas om iets te zien of te horen.'

Ze kwam naar het aanrecht terug, pakte plichtsgetrouw een volgende schaal van de stapel en ging neuriënd verder met haar werk. Ik liep de keuken door, pakte de sleuteltjes en verdween naar de garage.

Snel stapte ik weer terug en griste Dons laptop mee. Martinique keek niet eens mijn kant op, maar ik durfde te zweren dat ik een voldaan trekje om haar mondhoeken zag.

De garagedeur kantelde soepel open, op goed geoliede rails. Onze stoep werd versperd door een hele colonne politiebusjes en patrouillewagens, en bij ons thuis wemelde het van de uniformen. Ook de tuin werd aan alle kanten doorzocht – een scherpschutter was zelfs het dak op geklommen – maar ze concentreerden zich vooral op struiken en schaduwen, terwijl ze in hun portofoons praatten. Gables gezicht verscheen achter het raampje van de gang boven. Hij keek nijdig naar buiten, alsof hij ruzie zocht met het donker. Zijn blik gleed doelloos over het grasveld, de straat en de zwarte Range Rover die rustig uit de garage van de buren kwam.

Als een brave burger gaf ik richting aan voordat ik de straat indraaide en links afsloeg, de heuvel af.

54

Ik parkeerde de auto in een steegje achter een benzinestation en bekeek de zaken die ik uit de chaos had gered, keurig uitgestald op de passagiersstoel: Dons laptop, een stapeltje twee keer gevouwen documenten, gekreukt in mijn broekzak en vochtig door de regen. En de werkelijke troef: een zilverwitte disk.

Op de achterbank had ik Dons golfpet gevonden, die ik diep over mijn gehavende gezicht had getrokken. Het pistool zat nog steeds achter de broeksband van mijn jeans. De nummerborden van de Range Rover had ik vervangen door een stel platen van een lichtgroene Buick die ik in de carport van een appartement had zien staan. Die diefstal mocht pas zo laat mogelijk worden ontdekt, en te oordelen naar de tekst op de nummerborden van de Buick – ZACHARY EN SAGES OMA! – zou de eigenaresse die avond niet meer gaan stappen. Alsof autodiefstal nog niet erg genoeg was, stal ik nu ook al van oude omaatjes!

Zenuwachtig en gespannen startte ik Dons Toshiba op en wilde de cd erin steken. Maar halverwege aarzelde ik. Wilde ik eigenlijk wel weten wat erop stond? Konden ze me nog in leven laten als ik de inhoud had gezien? Ik vocht tegen mijn nieuwsgierigheid, maar haalde toch de cd uit het laatje en legde hem weer op de leren stoel, waar hij naar me lag te blikkeren. Wat er ook op stond, het betekende ongetwijfeld een heleboel nieuwe ellende, en ik mocht mijn aandacht niet laten afleiden van Ariana.

Hoe langer ik wachtte, des te groter werd de kans dat de politie me zou oppakken. Of dat het geduld van Ariana's ontvoerders zou opraken, of dat ze haar te lastig zouden vinden. Het verstandigste was om Verrone nu te bellen en hem te zeggen dat ik de cd had. Dan wist hij dus dat ik had gelogen over dat kluisje bij de bank, maar zolang ik hem kon geven waar hij om vroeg, zou dat hem weinig kunnen schelen, nam ik aan.

De prepaidtelefoon was leeg, dus pakte ik mijn vertrouwde Sanyo. Jerry had gezegd dat gesprekjes van een paar minuten moeilijk te traceren waren, dus wilde ik het kort houden. Terwijl ik in gedachten mijn verhaal repeteerde, belde ik Ariana's nummer. Mijn duim zweefde boven de verbindingstoets, maar iets hield me tegen.

Misschien was het de herinnering aan Mikey Peralta, zoals hij in dat ziekenhuisbed had gelegen, met die vuistgrote deuk in zijn voorhoofd. Of de rode bloedplas onder het haar van Deborah Vance. Wanhopig probeerde ik me vast te klampen aan de gedachte dat Ariana en ik veilig zouden zijn zolang ik niet keek wat er op die cd stond. Als ik de mensen van Ridgeline maar gaf wat ze vroegen, konden we elkaar een hand geven en was de zaak geregeld. Maar de werkelijkheid lag anders, en dat was de reden waarom ik niet op die verbindingstoets drukte. Die werkelijkheid trof me nu als een vuistslag in mijn maag. Voor Ariana en mij was er gewoon geen weg terug meer.

Door die twee dode agenten, twee ontvoeringen, en de politie die mij op de hielen zat, was de situatie Ridgeline net zo uit de klauwen gelopen als mijzelf. Natuurlijk hadden ze allang niet meer de illusie dat ze mij als zondebok naar voren konden schuiven om zelf vrijuit te gaan.

Voordat hun plannetje misliep, hadden ze mij levend nodig gehad om Festman Gruber, hun opdrachtgever, te vrijwaren van enige verdenking van de moord op Keith. Maar nu schenen Verrone, DeWitt en de rest van Ridgeline alleen nog bezig te zijn de schade beperkt te houden en hun eigen hachje te redden. Ze sloegen wild om zich heen, probeerden zich in te dekken en ruimden alle getuigen uit de weg. Het 'verkeersongeluk' van Mikey Peralta en de 'wraakactie' tegen Deborah Vance maakten wel duidelijk wat ze met Ariana en mij van plan waren als wij geen nut meer voor hen hadden. We wisten te veel. Ze zouden Ariana niet langer in leven laten dan ze haar nodig hadden om mij onder druk te zetten.

Afgezien van die gekopieerde documenten was de cd die me nu aanstaarde mijn enige munitie.

Als ik die aan Ridgeline gaf, zouden ze mij en mijn vrouw vermoorden.

Ik keek weer naar de telefoon, met die tien oplichtende cijfers op het schermpje. En daarna naar de cd op de passagiersstoel. De telefoon. De cd. De telefoon. De cd.

Tijd om mijn plannen te veranderen en in de aanval te gaan.

De enige manier om dit te winnen was hen te verslaan bij hun eigen spelletje.

Met nieuwe vastberadenheid zette ik de telefoon uit, startte de computer op en stak de cd erin. Op het scherm verscheen een enkel pdf-bestand, waarop ik dubbelklikte. Vijftien pagina's, aan de scrollbar te zien. Tabellen en grafieken. Een schuingedrukt stempel met VERTROUWELIJK, opvallend maar doorschijnend, deelde elke bladzij in tweeën. De tekst op het voorblad luidde: FESTMAN GRUBER – UITSLUITEND VOOR INTERN GEBRUIK – NIET KOPIËREN. Daarna volgden een paar alinea's met juridische dreigementen in kleine lettertjes.

Ik klikte van pagina naar pagina en las vluchtig de getallen en kolommen door, in de hoop dat de betekenis me duidelijk zou worden. Een schema op bladzij tien, 'Interne studie', was zelfs met mijn meetkundig inzicht nog te volgen, ook al was mijn wiskunde sinds school behoorlijk weggezakt.

Drie lijnen gaven de sonardecibels over verschillende maanden weer. De blauwe, een vlakke horizontale lijn, vertegenwoordigde de bestaande juridische limiet. Een andere lijn, hoog boven de wettelijke grens, gaf het niveau aan dat door de systemen van Festman Gruber werd bereikt. Dat niveau kon oplopen tot meer dan driehonderd decibels, veel meer dan het cijfer dat Keith me door een wolk van kruidnagelrook had toegeroepen vanuit zijn ligstoel.

Met andere woorden: illegaal.

De betekenis van de groene lijn onder aan de pagina, ver beneden de wettelijke limiet, was me niet duidelijk. Als aanduiding stond er niets anders dan *NV*.

Die letters bleven door mijn achterhoofd spelen. Ze riepen een beeld in herinnering dat ik was tegengekomen in de bestanden op de harde schijf van het kopieerapparaat van Ridgeline. Ik pakte de papieren, bladerde langs de griezelige foto van mezelf, de telefoongegevens van Keith Conner en de betaalopdrachten, als dominostenen achter elkaar, totdat ik bij de foto kwam van de oudere man met het zilvergrijze baardje, die uit een limo stapte. Op de volgende foto van hem vond ik wat ik zocht, het logo op de ruit van de lobby van het hoge kantoorgebouw op de achtergrond. Het was een sierlijk ontwerp, een letter *N* in een cirkel, een kwartslag naar rechts gedraaid, zodat de diagonaal en de tweede verticale streep samen een *V* suggereerden.

NV, in een keurige kleine cirkel.

Het was dus een bedrijf.

Ik bestudeerde de glimmende limousine, het indrukwekkende kantoorgebouw en de zelfverzekerde houding van de man. Alles wees erop dat hij iets hoogs bij NV moest zijn. En het feit dat Ridgeline hem blijkbaar in de gaten hield, deed vermoeden dat zijn bedrijf een concurrent was van Festman Gruber.

Wat ik nodig had was een naam.

Onder de foto was de nota van een mobiele provider afgedrukt, op naam van ene Gordon Kazakov. Een paar telefoonnummers waren onderstreept, maar ze zeiden me niets.

Ik startte de auto en ging op zoek naar een Starbucks. In Brentwood hoefde je daar maar vier straten voor te rijden. Ik parkeerde de Range

Rover voor de deur, dichtbij genoeg om het draadloze internetsignaal te kunnen aftappen, en deed neurotisch een paar kwartjes in de meter, hoewel dat om deze tijd allang niet meer nodig was. Mijn blik gleed over de ruit en ik ontdekte een klok boven het espressoapparaat. Het was 22.05 uur.

Nog minder dan zestien uur voordat Ridgeline mijn vrouw zou vermoorden.

Het geroezemoes van gesprekken en de geur van koffie uit de zaak herinnerden me er nog eens aan hoe ver ik van de weg was geraakt. Met de klep van de pet diep over mijn gekneusde gezicht getrokken draaide ik me bij het licht en de warmte vandaan en liep haastig naar de auto terug. De portieren op slot, de laptop opengeklapt, en voilà: een Linksys-internet-verbinding.

Google Images leverde een aantal foto's op van Gordon Kazakov, de man op de clandestiene foto's. Na een paar klikken was ik erachter dat hij bestuursvoorzitter was van North Vector, de NV uit het gelikte logo, een sterk bedrijf uit de Fortune 1000, gespecialiseerd in – verrassing! – internationale defensie en technologie. Bovendien bezat hij twee voetbalclubs in Oost-Europa, een goedkope vliegmaatschappij met een uitvalsbasis in Minneapolis, en een historisch landhuis in Georgetown. Maar het meest interessante feit vond ik in een recente profielschets in *The Wall Street Journal*. Hoewel North Vector nog geen officiële verklaring had uitgegeven, suggereerde het artikel dat North Vector over een revolutionaire nieuwe sonar beschikte, die bijna was uitontwikkeld.

Een concurrerend systeem, dat – volgens het gesmokkelde document – niet alleen binnen de officiële limiet van het aantal decibels bleef, maar zelfs aanzienlijk daaronder. De vergelijking, aan de grafiek te zien, viel voor Festman niet gunstig uit.

Mijn nekspieren stonden zo gespannen dat ze gevoelloos leken toen ik mijn hand erheen bracht om ze te masseren. Ik sloot mijn ogen, zette alles wat ik wist nog eens op een rij en zocht naar het haarscheurtje waardoor ik een wig naar binnen zou kunnen drijven.

Ridgeline was door Festman Gruber ingehuurd om hun vuile werk op te knappen. Ze moesten ervoor zorgen dat Festmans defensiecontracten geen gevaar liepen voordat de stemming in de Senaat had plaatsgevonden. Maar Ridgeline leek zijn eigen opdrachtgevers steeds minder te vertrouwen. Ze hielden nu gegevens bij over de illegale activiteiten die ze in dienst van Festman ondernamen. Ze waren zelfs zo ver gegaan om een vertrouwelijke interne studie achterover te drukken waaruit bleek dat de sonar van Festman de wettelijke grenzen overschreed; een document dat, als het naar de juiste instanties werd gelekt, de omzet van Festman Gruber waarschijnlijk nog meer schade kon toebrengen dan die hele documentaire van Keith Conner.

Ik masseerde mijn slapen en ging alle mogelijkheden na. Opeens herinnerde ik me iets wat Ariana had gezegd op de avond dat we het dreigtelefoontje hadden gekregen en de camera's in de muren hadden ontdekt. We zaten weggedoken in de plantenkas en beseften hoe weinig keus we nog hadden. *Wij kennen helemaal geen mensen die machtig genoeg zijn om ons te helpen,* had Ariana wanhopig uitgeroepen.

Ik staarde een hele tijd naar de telefoonnota van Gordon Kazakov. Toen belde ik het vetgedrukte nummer bovenaan. Het toestel ging vijf keer over. Zeven keer. Geen voicemail?

Ik wilde net ophangen toen er werd opgenomen. Een stem, zacht en soepel als whisky.

'Gordon Kazakov?' vroeg ik

'Met wie spreek ik?'

'De vijand van uw vijand.'

Een stilte. 'En wie is mijn vijand?'

'Festman Gruber,' zei ik.

'Ik wil graag een naam horen, meneer.'

Ik haalde diep adem. 'Patrick Davis.'

'Ze hebben zich nogal druk gemaakt om u.'

Hoe kon hij dat weten? Maar ik had haast, want ik wilde de Sanyo weer uitschakelen voordat ze het gesprek konden traceren. Dus kwam ik meteen ter zake. 'Ik heb iets wat belangrijk voor u is.'

'Laten we elkaar ontmoeten.'

'Dat wordt lastig,' zei ik. 'U woont toch in Georgetown?'

'Ik ben nu in Los Angeles,' zei hij. 'Ik had mijn vrouw beloofd dat ze Keith Conner zou ontmoeten. Voor die fatale avond, natuurlijk. Maar ik had ook wat zakelijke besprekingen geregeld aan het begin van de week.'

Mijn verbijsterde stilte sprak blijkbaar boekdelen, want hij verklaarde: 'Maandag zou de eerste draaidag zijn.'

'Wacht even,' zei ik. 'Had u iets met die film te maken?'

'Beste jongen,' grinnikte hij, 'ik had hem gefinancierd.'

55

Hotel Bel-Air, knus gelegen op vijf idyllische hectaren onbetaalbaar onroerend goed, was natuurlijk het adres waar iemand als Gordon Kazakov zou logeren. Met veel lommer, besloten wandelpaden en een ruisende beek was deze oase het toppunt van discretie. Het zachtjes fluisterende personeel had in de loop van de jaren alle mogelijke beroemde en koninklijke gasten ontvangen, van Judy Garland tot Princess Di. Marilyn Monroe en Joe DiMaggio trokken zich hier terug om wat privacy te hebben, en zelf probeerde ik nu ook onopvallend langs de etensgasten te schuifelen die in groepjes naar buiten kwamen met hun diervriendelijke bont en bloedrode lippenstift.

Ari en ik hadden hier ooit gegeten om een huwelijksdag te vieren, hoewel we geen kamer konden betalen. Geïntimideerd door de obers had ik een veel te grote fooi gegeven; nog te weinig, waarschijnlijk. Toen we vertrokken, hadden we iedereen overdreven bedankt, en daarna was ik nooit meer terug geweest. Tot nu.

Nadat ik de auto in Stone Canyon had achtergelaten nam ik een pad langs de beek om de parkeerhulp te ontwijken. Vier gasten slenterden over het bruggetje boven mijn hoofd, en de naam van Keith Conner zweefde me uit hun gesprek tegemoet, alsof het voor mij bedoeld was. Ik boog mijn hoofd en liep door, net als zij. Het regende niet meer, en de lucht was fris en tintelend, geurend naar groen. Ik passeerde drie drijvende zwanen en evenveel bordjes die bezoekers waarschuwden voor hun opvliegende karakter. Even verderop liep ik onder een bijna horizontaal groeiende Californische plataan door, stak een weelderig grasveld over en vond de privétrap van kamer 162. Theelichtjes flakkerden op elke tree, een romantisch detail, maar de dansende schaduwen kwamen op mij juist onheilspellend over. Door Kazakov te vertrouwen had ik mijn vrijheid en Ariana's leven in zijn handen gelegd. Voor hetzelfde geld had hij de politie al gewaarschuwd en zaten ze me binnen op te wachten, terwijl ze hun wapens olieden en Campari dronken.

Ik had veel te winnen, maar ook alles te verliezen.

Ten slotte vermande ik me en liep de trap op. Ik klopte twee keer, toen één keer en nog eens twee keer.

Ik hoorde een droge stem: 'Dat was maar een grapje.' En de deur ging open. Ik spande mijn spieren, maar zag geen Gable, geen arrestatieteam, geen lijfwachten, alleen Kazakov in een witte badjas en zijn vrouw op een bank die nietig leek in het uitgestrekte appartement.

Hij wreef in zijn oog. 'Kom binnen, alsjeblieft. Excuseer mijn kleding, maar na tienen kleed ik me voor niemand meer aan.' Hij was een knappe man, hoewel hij ouder leek dan op de foto's die ik had gezien, misschien tegen de zeventig. 'Heb je daar iets voor nodig?'

Hij vroeg het zo nonchalant dat het even duurde voordat ik begreep dat hij de kneuzingen in mijn gezicht bedoelde. 'Nee, het gaat wel.'

'Kom binnen. Dit is mijn Linda.'

Ze stond op, streek haar designersweatsuit glad en gaf me een vrouwelijke hand. Ze was van zijn leeftijd – bijna een unicum, in deze omgeving – en had een charmante uitstraling en scherpe, intelligente ogen. We wisselden een paar beleefdheden, een beetje belachelijk gezien de omstandigheden, maar Linda nodigde uit tot etiquette. Toen keek ze naar haar man. 'Wil je thee, schat?'

'Nee, dank je,' zei hij. Toen ze zich terugtrok, knipoogde hij tegen mij en opende de minibar. 'Tweeënveertig jaar. Weet je het geheim?'

'Nee,' zei ik.

'Als het eens wat minder gaat, geef ik toe dat ik fout zit; de helft van de tijd, niet meer en niet minder.'

'Fout zitten? Daar weet ik alles van,' zei ik. De gedachte aan Ariana overviel me, in deze luxueuze suite. Ik zag DeWitt weer voor me, met zijn brede, knappe kop, zijn armen die nauwelijks smaller werden bij de polsen, en die schouders waar geen eind aan kwam. En Verrone, met zijn hangsnor en zijn starende, levenloze blik. Mijn vrouw in handen van die twee mannen. Volledig in hun macht. Overgeleverd aan hun humeur, hun oordeel, dat over haar leven zou beslissen.

'Je kijkt verwilderd,' zei hij.

Ik zag de tijd op het klokje van de dvd-speler onder de flatscreen aan de muur: 23:23.

Nog twaalf uur en zevenendertig minuten totdat Ridgeline mijn vrouw zou vermoorden.

'Dat kan kloppen,' zei ik.

Hij wees me een stoel. 'Iets drinken?'

'Graag.'

Hij schonk twee wodka's met ijs in en gaf me een glas. 'Ze spelen vuile spelletjes, onze vrienden van Festman Gruber. Ik ken hun trucs, en zij de mijne.' Hij ging op de rand van de secretaire zitten en sloot zijn handen om zijn knie, alsof hij wachtte tot iemand zijn portret zou schilderen. 'Ze hadden er alle belang bij om die film tegen te houden. McDonald's is ooit met hun *supersizing* gestopt na een soortgelijke documentaire. Verdomme, als je McDonald's ergens toe kunt dwingen, dan is alles mogelijk. We hadden een ster met een zekere status nodig om de film voldoende publiciteit te geven. Je weet hoe het gaat. De tijd was toch al krap, en echte sterren zitten niet te wachten op een rolletje in een lowbudgetfilm over walvissen.' Hij nam een slok en tuurde waarderend in zijn glas.

Ik volgde zijn voorbeeld. De wodka brandde in mijn keel en kalmeerde mijn zenuwen.

Met zijn duimnagel wreef hij een denkbeeldig vlekje van het gelakte bureaublad. 'Keith Conner was niet zo'n lul als je zou denken.'

'Daar kom ik ook langzaam achter.'

'Je kunt een filmster niet stilletjes vermoorden,' zei hij peinzend.

'Dus hadden ze een waterdicht scenario nodig.'

'En simpel.' Hij gebaarde met zijn glas. 'Een golfclub, was het toch?'

'Ik golf niet eens.'

'Nee, ik zie er ook weinig in. Volgens mij is het een excuus om lelijke broeken te dragen en overdag te kunnen zuipen. Dat heb ik in mijn jonge jaren al genoeg gedaan.'

Ik staarde in het heldere vocht en voelde mijn handen trillen. Na alle dreiging en gevaren werd ik een beetje overvallen door dit menselijke contact en de spontane klik tussen ons. Het voelde veilig hier, waardoor ik emoties durfde toe te laten die ik steeds had weggedrukt. De afgelopen uren waren een chaos geweest, de ene schok die naadloos in de andere overging. Ik dacht aan Sally, achteruit wankelend met open mond, terwijl het bloed uit haar borst spoot. 'Er is iemand doodgeschoten, recht voor mijn ogen. Een alleenstaande moeder. Dus is er nu een kind, dat... dat op dit moment te horen krijgt...'

Hij zat daar, rustig en geduldig als een sluipschutter. Ik wist niet precies wat ik zeggen wilde, dus nam ik nog een slok en gaf hem de cd. Kazakov trok zijn wenkbrauwen op.

Hij pakte de disk aan, liep om het bureau heen en stak hem in zijn laptop. Toen klikte hij het bestand aan en begon te lezen. En te lezen. Ik dronk mijn wodka en bedacht wat ik allemaal anders zou doen als ik ooit mijn vrouw nog terugkreeg. Die laatste nacht dat we samen waren geweest had ik met mijn duim een druppeltje zweet in de holte tussen haar prachtige schouderbladen gewreven, en haar snelle, zoekende lippen tegen mijn eigen schouder gevoeld. Zou dat mijn laatste herinnering zijn?

Zijn stem wekte me uit mijn gepieker. 'Deze interne studie levert heel andere uitkomsten op dan de cijfers die Festman openbaar heeft gemaakt en als bewijs aan het Congres heeft voorgelegd. Driehonderdvijftig decibel? Dat is ver boven de wettelijke grens.'

'Verbaast u dat?' vroeg ik.

'Welnee. We wisten het allemaal. Maar dit bewijst dat zíj het ook weten.' Hij keek weer naar het scherm. 'Ze hebben onze gegevens ook gestolen. Blijkbaar hebben we een verrader in huis. Dat zal ik laten uitzoeken.' Hij praatte in zichzelf. Ik zat er alleen maar bij. Hij fronste zijn grijze wenkbrauwen en ik zag een woede op zijn gezicht die hij tot dan toe goed verborgen had gehouden. 'In elk geval hebben ze de júíste gegevens gestolen.' Hij scheen mijn aanwezigheid weer op te merken en zei: 'Wij hebben een veel beter product, maar innovatie kost tijd en veranderingen zijn moeilijk. Je hebt te maken met allianties, verbanden, stroperige structuren. Wij moesten het bewustzijn aanwakkeren, op het juiste moment de juiste druk uitoefenen. De documentaire was daar een middel toe. In het zakendoen heb je soms merkwaardige vrienden.'

'En met "product" bedoelt u het sonarsysteem dat u ontwikkelt?'

'Min of meer. Wij ontwerpen transducers en sonarkoepels voor onderzeeërs en scheepsrompen. Net als Festman Gruber.'

'En waarom zijn die van u beter? Omdat ze de walvissen geen schade toebrengen?'

Hij grinnikte. 'Laat me je uit de droom helpen. Ik voer geen kruistocht voor dolfijnen. Wij hebben allerlei motieven, en Shamu redden is niet onze eerste prioriteit. Maar ons systeem is inderdaad minder schadelijk voor het milieu. Dat is vooral een voordeel in de publiciteit en dus een goed zakelijk argument. Daardoor staan we beter aangeschreven in de media. Wat weet je van natuurkunde?'

'Bitter weinig.'

'Oké, dan hou ik het simpel. Festman Gruber produceert een traditionele sonar, met een lage frequentie en een hoge output, een hoge intensiteit. En dat laatste is een groot probleem voor walvissen. Ze worden doof en raken de weg kwijt, je kent de verhalen van Greenpeace. En natuurlijk roept Festman dat het hun schuld niet is.'

'Zoals de sigarettenfabrikanten over longkanker.'

'Zakelijk heel verstandig. Je aandeelhouders zijn niet blij als je steeds de vuile was buiten hangt. Het gaat erom...' hij wees naar het scherm van de laptop, 'dat ze je niet kunnen betrappen.'

'Maar hoe kan uw sonar functioneren met veel minder decibels?'

'Omdat North Vector een laagfrequente, *high-pulse-rate*, *low-intensity* sonar heeft ontwikkeld, gebaseerd op het natuurlijke systeem van een

313

"fluisterende" mopsvleermuis. Wij laten signalen uit meervoudige bronnen elkaar overlappen om het bereik te vergroten zónder de intensiteit op te schroeven. Dat is een groot strategisch voordeel, want hoewel de sonar actief blijft, is hij moeilijk te ontdekken, te registreren of te traceren, zelfs niet met speciale akoestische apparatuur.'

'En wat kost zo'n stukje huisvlijt?'

'Ongeveer drie punt negen miljard dollar. Per jaar. Over een periode van vijf jaar.' Hij spreidde zijn handen als Vanna White. 'Maar kunnen we werkelijk een prijs hangen aan het welzijn van onze zeezoogdieren?'

Ik wilde een cynisch antwoord geven, maar dacht aan Trista in haar bungalow, met die foto's van opengesneden dieren, Keith in de schaduw van de Golden Gate, met zijn hand op de flank van die grijze walvis, en hield wijselijk mijn mond.

'De NSA heeft in feite een onbeperkt budget,' vervolgde Kazakov. 'Als ze meer geld nodig hebben, dan drukken ze dat gewoon. Maar ze houden er niet van om twee keer voor hetzelfde te betalen, zeker niet als het om dit soort bedragen gaat. Dan staan ze voor schut tegenover de begrotingscommissie van de Senaat. En Festman is op dit moment in onderhandeling over een langjarig sonarcontract met de marine. Ondanks alle voordelen van ons systeem staan we toch tweede in de rij. Dit document...' weer een triomfantelijke blik naar de laptop, 'of beter gezegd de dreiging van dit document, zal bepaalde processen versnellen.'

'Kunnen ze niet gewoon zeggen dat het is vervalst?'

'Zo ver komt het niet. Deze oorlog moet je beslissen voordat er een schot gelost is.'

'Hoe dan?'

'Door de juiste mensen op de juiste posities duidelijk te maken dat ze de verkiezingen gaan verliezen als ze Festman steunen. Dan heb ik het over senatoren, hoge ambtenaren bij justitie, leden van het kabinet.'

'En hoe wilt u dat doen?'

'Er bestaat geen grotere macht... geen bommen, wetten of parlementen... dan de telefoon te pakken en de juiste persoon aan de lijn te krijgen.'

'Zou de regering dan niet terugslaan?'

'Ik bén de regering.'

'U bent een particulier bedrijf,' zei ik.

'Precies.'

Ik knikte langzaam. 'Ik merk steeds vaker dat ik niet cynisch genoeg ben om in dit land te wonen.'

'Probeer eens een ander land,' zei hij. 'Daar word je ook niet vrolijk van.'

314

Ik priemde met mijn vinger naar de laptop. 'Kunt u die interne studie gebruiken om Festman de vernieling in te helpen?'

'Dat is niet wat wij willen.'

'Na wat ik allemaal heb doorgemaakt, meneer Kazakov, kunt u niet voor mij spreken, ben ik bang.'

'Je had een reden om naar mij te komen, Patrick. Ik ken deze wateren.'

Ik tikte met mijn lege glas tegen mijn dijbeen.

'Je moet je concurrenten nooit vernederen,' ging hij verder. 'Dat levert niets op. Je laat je troeven zien en geeft ze een uitweg. De kans om niet publiekelijk af te gaan is een heel sterk motief, dat wordt weleens onderschat. Wij begraven die studie en we pleiten jou vrij van alle aanklachten die ze tegen je hebben verzonnen. Dat gebeurt in stilte, achter de schermen, met alleen een paar krantenkoppen waar iedereen mee kan leven. De directie van Festman Gruber belandt niet achter de tralies. Maar ze verliezen wel. Deze ronde.'

'En u krijgt dat defensiecontract.'

'Hoeveel,' vroeg hij, 'vraag je voor deze cd?'

'Ik hoef geen geld. Ik wil mijn vrouw.'

'Dan gaan we je vrouw halen.'

'Zo simpel is dat niet.' Ik stond op, haalde de opgevouwen kopieën uit mijn zak en gooide ze voor hem op het bureau: alle bankafschriften, telefoonnota's, overboekingen, rekeningnummers en foto's die de relatie tussen Ridgeline en Festman Gruber overduidelijk bewezen. 'Er staat veel meer op het spel. En ik heb ook meer in handen dan alleen een interne studie.'

Ik deed verslag over Ridgeline en wat ik had ontdekt over hun contacten met Festman Gruber. Toen ik hem vertelde dat ze Ariana hadden ontvoerd, zag ik de ontzetting in zijn blik; het meegevoel van tweeënveertig jaar huwelijk. Woedend klemde hij zijn hand om de leuning van zijn stoel. Zijn vrouw kwam zwijgend binnen, zogenaamd om het theeservies op het buffet terug te zetten, maar haar keuze van het moment deed vermoeden dat ze had meegeluisterd naar ons gesprek. Ze keek haar man nadrukkelijk aan en de gelaten uitdrukking op zijn gezicht maakte duidelijk dat de beslissing hem al door zijn vrouw uit handen was genomen. Toen ze weer naar de slaapkamer verdween, knikte hij zuchtend naar me.

'Dit verandert alles,' verklaarde hij, terwijl hij zich in zijn stoel naar achteren liet zakken en zijn slapen masseerde met zijn vingertoppen. Zijn zilverwitte baardje leek grijs in het schijnsel van de bankierslamp. 'Als Ridgeline ook maar vermoedt dat jij in de tegenaanval bent gegaan, zullen ze alle sporen uitwissen, begrijp je? Daar zijn ze al mee bezig: grote schoonmaak.'

Ik vocht tegen mijn angst, de eindeloze manieren waarop dit fout kon gaan, de beelden van een plaats delict.

'Als ik mijn vrouw wil helpen, moet ik weten hoe het werkt,' zei ik. 'Wie is hierbij betrokken, en op welk niveau? Heeft de bestuursvoorzitter van Festman besloten om Ridgeline in de arm te nemen?'

'De bestuursvoorzitter?' Hij maakte een wegwerpgebaar. 'Die weet hier helemaal niets van. Het gaat anders dan in de film. Hij maakt alleen een lijstje met prioriteiten. "Hou die documentaire van Keith Conner tegen." Meer niet. De rest wordt door anderen geregeld.'

'Door wie?'

'De beveiliging.'

'En aan wie leggen zij verantwoording af?'

'Aan de juridische afdeling. Je kunt grappen maken over advocaten, maar zo gaat dat.'

Kazakovs zakelijke, bijna luchtige houding, was verbijsterend.

Mijn stem beefde. 'Dus zij hebben dit bedacht? Dat plan om mij en mijn vrouw te manipuleren? Keith uit de weg te ruimen? Mij erin te luizen en mijn leven kapot te maken? Een stelletje advocaten?'

'Ik weet niet of ze het zelf hebben bedacht, maar ze hebben het wel goedgekeurd.'

'Nadat ze Ridgeline hadden ingehuurd.'

'Precies.'

'Hoe kom ik erachter wie er boven aan deze voedselketen staat?' vroeg ik. 'Welke juristen?' Ik spuwde het woord bijna uit.

'Je meldt je met wat informatie en je wacht af wie er met je komt praten.'

'Melden? Ze zitten toch in Alexandria?'

'Ik durf te wedden dat de leiding van de operatie hier in de buurt zit om een oogje in het zeil te houden.'

'Maar zullen ze niet gewoon de politie op me afsturen?'

'Misschien,' zei hij. 'Maar eerst zullen ze met jou willen praten.'

'Dan zet ik mijn eigen leven en dat van Ariana op het spel.'

'Ja.'

Er lag een satelliettelefoon op het leren vloeiblad. Kazakov stak verstrooid een hand uit en liet het toestel rondtollen. De Glock priemde tegen mijn nieren, dus haalde ik hem achter mijn broeksband vandaan en legde hem op het koffietafeltje.

Hij staarde naar het wapen, niet onder de indruk. 'Daar heb je niets aan. Dit spel draait om macht en informatie. Dat win je niet met een pistool. Waarschijnlijk schiet je in je eigen knieschijf.'

Ik pakte het glas op, alsof het zich als door een wonder weer met Stoli had gevuld. 'Ik wil die juridische afdeling erbij lappen. En Ridgeline. De zakelijke kant moet u zelf maar regelen.'

'Dat zal je niet meevallen.'

'Daarom heb ik uw hulp nodig. Het enige voordeel als je door een militair-technologisch bedrijf wordt gestalkt is dat de concurrent ook een militair-technologisch bedrijf is.'

'Klopt. Je moet vuur met vuur bestrijden, en zo. Maar wat verwacht je van ons?'

'Ze hebben een zendertje in de voering van Ariana's regenjas genaaid, maar ze weten niet dat wij dat weten. En Ariana heeft die jas meegenomen toen ze haar ontvoerden.'

'Een vrouw met initiatief.'

'Ja, jullie zouden geweldig met elkaar kunnen opschieten. Is er een manier om dat zendertje op te sporen?'

'Alleen als je de signatuur van dat signaal hebt.'

'De karakteristieken ervan?'

'Ja, de radiofrequentie, periode, bandbreedte, amplitude, modulatie, noem maar op.'

'Een kennis van me heeft ons huis op afluisterapparatuur gescand en dat zendertje gevonden met een *signalanalyzer*. Zou die analyzer ook de signatuur hebben opgeslagen?'

'Normaal gesproken slaat zo'n apparaat die gegevens in zijn geheugen op. Kun je die analyzer krijgen?'

'Misschien wel. Maar dan... eh, misschien zou u die kennis een baan moeten aanbieden.'

'Is hij ontslagen?'

'Nog niet.'

Kazakov knikte. 'Juist.'

'Ik moet even bellen. Als ik mijn mobiel gebruik, kan Ridgeline me dan traceren?'

'Dit is 24 niet. Er is redelijk wat tijd voor nodig om een signaal te traceren, zelfs als ze ervoor klaarzitten. Als je het tot een paar minuten beperkt, loop je weinig gevaar.' Hij wees naar het balkon, maar zijn ogen gingen alweer naar de kopie van zijn telefoonnota, waarmee ik hem had opgespoord. Toen ik opstond, zag ik dat zijn blik bleef hangen bij een paar van de onderstreepte nummers.

'Wat zijn dat voor nummers?' vroeg ik.

'Advocaten,' antwoordde hij. 'Mag ik dit ook kopiëren?'

'U mag het houden.'

'Je hebt me een geweldige dienst bewezen. Maar nu moet ik een paar maatregelen nemen om de schade beperkt te houden.' Hij wees weer naar de glazen schuifdeur en ik liet hem achter met zijn wodka en zijn satelliettelefoon.

'Jou hélpen?' Ondanks de gebrekkige mobiele verbinding was Jerry's verontwaardiging goed te horen. 'Jezus, leer je het dan nooit?'

'Niet snel, nee.'

'Mijn baantje hangt al aan een zijden draad sinds Mickelson erachter kwam dat ik jouw huis op afluisterapparatuur had gecontroleerd. Ik heb je toch gezegd dat de studio daar niets over mocht weten, en nu? Ik kan elk moment worden ontslagen.'

'Je zei dat je terug wilde naar het echte beveiligingswerk. Ik heb een baan voor je bij North Vector.'

'Iedereen is op zoek naar je, Patrick. De politie, de media, om nog maar te zwijgen over die lui die je te grazen hebben genomen. Ik heb het niet eens meer over ontslag. Ik loop het risico om zelf te worden aangeklaagd, als medeplichtige.'

'Je hebt vandaag het nieuws nog niet gezien?' zei ik. 'Je weet niet dat ik voortvluchtig ben?'

Achter de gesloten schuifdeur zat Kazakov in zijn dikke witte badjas met de satelliettelefoon tussen zijn oor en zijn schouder geklemd. Hij gebaarde, agressief en afgemeten. Ik legde mijn handen op de leuning van het balkon en staarde naar het woud van takken. Heel even sloot ik mijn ogen, snoof de lucht van regen en natte aarde op en wachtte hoe Jerry over het lot van mijn vrouw zou beslissen.

'Nee,' zei hij langzaam. 'Daar wist ik niets van. Wat voor baan?'

'Dat kun je zelf bespreken met de bestuursvoorzitter.'

'De bestuursvoorzitter?' Hij ademde zwaar. 'Ik hoop dat je me niet belazert.'

'Ze hebben mijn vrouw,' zei ik. 'Ze hebben Ariana.'

Hij zweeg. Ik keek op mijn horloge. Het werd tijd om een eind aan dit gesprek te maken.

'Wat wil je van me?'

We bespraken de details, maakten een afspraak en hingen op.

Meteen daarna gaf mijn mobiel een piepje. Met angst in mijn hart opende ik het sms-bericht.

MORGENMIDDAG TWAALF UUR LAAT JE DE CD ACHTER BIJ DE PARKEER-HULP VAN STARBRIGHT PLAZA.

Er werd een opname geopend van Ariana, vastgebonden op een stoel. De achtergrond was vaag, maar het leek me een kleine kamer. Haar haar zat verwilderd, in pieken, ze had een blauw oog en er druppelde bloed uit haar mondhoek. Er was geen geluid bij, maar ik zag dat ze mijn naam schreeuwde.

Het beeld verdween en werd gevolgd door een tekst in blokletters: NOG TWAALF UUR.

Daarna werd alles zwart.

Ik zette de telefoon uit. Mijn mond was gortdroog, en ik moest me aan de leuning vastklampen totdat ik mijn benen weer voelde.

Er kwam een herinnering bij me boven, ongevraagd maar levendig: de eerste keer dat ik Ariana had ontmoet, op dat studentenfeestje van UCLA. Haar levendige, intelligente ogen. Hoe ik onzeker op haar toe was gestapt, met dat biertje in mijn hand. Mijn onnozele opmerking: 'Je kijkt verveeld.' En haar vraag of dat soms een voorstel was om haar te amuseren.

'Dat zou mijn opdracht in het leven kunnen zijn,' had ik gezegd.

'Maar ben je er mans genoeg voor?' had ze gevraagd.

Ja.

Hier, op het balkon, drong de nachtelijke kou door mijn kleren heen. Ik stond hevig te rillen. In de hotelkamer legde Kazakov zijn satelliettelefoon neer en wenkte me.

Ik wrong mijn handen van de leuning los en verdween naar binnen.

Nog twaalf uur.

56

De lobby was glanzend en smetteloos. Zelfs de marmeren asbakken, die gehoorzaam bij de liftdeuren waren neergezet en geen enkele peuk bevatten, leken gepoetst met een zijden zakdoek. Het had een hotel kunnen zijn, of een country club, of de wachtkamer van een tandarts in Beverly Hills. Maar dat was het niet.

Het was het bijkantoor van Festman Gruber in Long Beach.

De lift zoefde soepel omhoog naar de veertiende verdieping. Een glazen wand tot aan het plafond – waarschijnlijk kogelvrij – omringde de hal en sluisde bezoekers naar de receptie, die aan het loket van een bank deed denken. De bewaker achter het raam droeg een vuurwapen en keek opvallend nors voor acht uur 's ochtends. Achter hem strekte zich een labyrint van kantoren en vergaderkamers uit, eveneens opgetrokken uit glazen wanden, waar mensen aan het werk waren en haastig heen en weer liepen. Afgezien van het doorzicht, als bij een poppenhuis, leek het op elk ander kantoor, deprimerend steriel. Het glas van de receptie dempte alles wat erachter gebeurde; al dat geheime werk in een geluiddicht aquarium.

De bewaker leek me niet te herkennen, maar de kneuzingen in mijn gezicht maakten duidelijk dat ik hier niet op mijn plaats was tussen het pluche en de Aeron-stoelen. Mijn handen waren vochtig, mijn schouders gespannen.

Nog vier uur totdat Ridgeline mijn vrouw zou vermoorden.

'Patrick Davis,' zei ik. 'Ik wil het hoofd van de juridische afdeling spreken.'

Hij drukte op een knop en zijn stem klonk door een luidspreker. 'Hebt u een afspraak?'

'Nee. Geef hem mijn naam maar, dan zal hij me zeker ontvangen.'

De bewaker zei niets, maar zijn twijfel was duidelijk. Ik hoopte vurig dat ze de politie niet zouden waarschuwen voordat ik de kans had gekregen met iemand te praten.

Geslapen had ik nog altijd niet. In de kleine uurtjes had ik Jerry's signalanalyzer opgepikt op een afgesproken plaats. Een paar anonieme medewerkers van Kazakov waren nu bezig het ding aan te sluiten op een gewone gps-ontvanger, zodat ik zou kunnen nagaan waar Ariana – of in elk geval haar regenjas – werd vastgehouden. Daarna was ik op mezelf aangewezen. Ik zou de ontvoerders moeten verrassen voordat ze rond twaalf uur 's middags naar het ontmoetingspunt vertrokken. Maar eerst had ik een paar goede argumenten nodig om een stevige wig te drijven tussen Festman Gruber en Ridgeline, een wapen waarmee ik de kidnappers van mijn vrouw kon confronteren. Er waren meer factoren in het spel dan ik met mijn slaperige hoofd kon overzien, en als er maar één ding verkeerd ging, zou ik een begrafenis moeten regelen, terechtstaan of zelf in mijn kist liggen.

Terwijl ik stond te wachten op een gesprek of mijn arrestatie, luisterend naar een ingeblikte Josh Groban, zag ik een assistente door een glazen gang naar een glazen vergaderkamer lopen. Mannen in pakken zaten rond een granieten tafel met de lengte van een zeiljacht. Aan het hoofd van die tafel kwam een van de mannen, identiek aan de anderen, abrupt overeind toen de assistente hem iets in het oor fluisterde. Door de glazen wanden wierp hij een blik mijn kant op. Ariana's leven hing af van zijn beslissing. Toen liep hij snel naar een aangrenzend kantoor. Ademloos wachtte ik op de uitkomst, terwijl ik besefte dat al dat glas geen symbool was voor een transparante bedrijfsvoering, maar een belichaming van de ultieme paranoia. Elk moment van de dag kon iedereen hier iedereen in de gaten houden.

Tot mijn grote opluchting kwam de assistente, een Aziatische vrouw met een streng kort kapsel, naar me toe en nam me mee. Ik liep langs een metaaldetector en gooide Dons autosleuteltjes in een zilveren bakje dat door zijn eigen scanner ging. De bruine envelop hield ik in mijn hand.

Nu kwam het erop aan.

De man stond op me te wachten in het midden van zijn kantoor, met zijn armen langs zijn zij. 'Bob Reimer,' zei hij, zonder zijn hand uit te steken.

We bleven op het leigrijze kleed staan en namen elkaar op als boksers in de ring. Hij leek te passen bij de alledaagse omgeving, een gladjanus die geen enkele indruk op het netvlies achterliet, net zo onopvallend als een waterkoeler in een munitiefabriek. Hij was ouder dan ik, een jaar of vijftig, en behoorde tot een generatie die nog een dasspeld droeg, een scheiding opzij, en 'porno' zei in plaats van 'porn'. Onwillekeurig dacht ik aan die identieke G-men uit *The Matrix*, blanke middenklasse, keurig pak, haren gekamd. Hij was iedereen en niemand. Als je even met je ogen knipperde, stond er een alien in mensengedaante. Een verpletterende teleurstelling na alle angst, verdriet en gevaar, om uiteindelijk tegenover zo'n nietszeggende figuur te staan, in een anoniem kantoor met airco.

Hij liep achter me langs en tikte met zijn vingertoppen tegen het glas, waardoor de wand opeens ondoorschijnend werd en we van de rest van de verdieping waren afgezonderd. Een wonder.

Reimer liep naar zijn bureau en pakte een staaf; waarschijnlijk een *spectrumanalyzer*, wist ik nu, na mijn stoomcursus in spionageapparatuur. 'Gezien de situatie hebt u geen bezwaar, neem ik aan?' zei hij.

Ik spreidde mijn armen en hij bewoog de staaf langs mijn zijden en over mijn borst, mijn gezicht en de bruine envelop. Ik moest me beheersen om niet de punt van mijn elleboog dwars door zijn neus te rammen.

Gerustgesteld dat ik geen radiosignalen uitzond borg hij de staaf weer op in een goed geoliede la. Op het bureau zag ik een trotse foto van een aantrekkelijke vrouw en twee lachende jongetjes. Naast het fotolijstje stond een koffiebeker met een cartoon van een visser en de tekst BESTE PAPA VAN DE WERELD! Vol afkeer besefte ik dat hij waarschijnlijk een goede vader wás, die zijn leven keurig in hokjes verdeelde en bestuurde als een efficiënte despoot. Dit hokje had alle kenmerken van een doodgewone huisvader, maar toch had ik het gevoel dat ik me in een goed ingericht addernest bevond, niet meer dan de nabootsing van een menselijke omgeving.

'U bent voortvluchtig,' zei hij, niet onvriendelijk.

'Ik kom onderhandelen.' Mijn stem klonk rustig genoeg.

'Ik heb geen idee waar u het over hebt.'

'Natuurlijk,' zei ik. 'Schone handen, hier op de veertiende verdieping.'

'Waar komt u voor?'

'Om u persoonlijk te kunnen aankijken,' zei ik. Hoewel er nu een zweem van woede in mijn stem doorklonk, bleef zijn gezicht welwillend. Ik kwam een halve stap dichterbij. 'Ik kan u in verband brengen met Ridgeline.'

Als hij schrok van die naam, wist hij dat meesterlijk te verbergen. 'Natuurlijk kunt u dat. Ridgeline is een beveiligingsbedrijf. Ze zijn verantwoordelijk voor onze internationale bescherming.'

'Wij weten allebei dat ze heel wat meer doen.'

'Ik begrijp niet wat u bedoelt.' Maar zijn ogen bleven gericht op de envelop.

De telefoon op zijn bureau ging. Hij liep erheen en drukte op een knop. 'Niet nu.'

De stem van de Aziatische assistente: 'Ik heb hier een paar onderzoeksjournalisten van CNBC. Ze willen een verklaring over een actuele kwestie.'

In vier stappen was hij bij de wand en tikte op het melkglas, dat weer helder werd. Nog meer magie.

Verderop, in de hal, stonden twee mannen in windjacks. Een van hen torste een zware videocamera met het logo van CNBC TV op de zijkant, naast het bekende veelkleurige symbool. 'Stuur ze...' Reimer klemde zijn kaken op elkaar en zijn blik ging naar mij.

'Ik heb dit nog niet laten lekken,' zei ik. 'Anders was ik hier niet, dat is duidelijk. Maar ik kan natuurlijk niet voor Ridgeline spreken.'

'Waarom zou Ridgeline iets tegen ons willen ondernemen?'

Ik gaf geen antwoord.

Weer de assistente, via de intercom: 'Zal ik vragen of ze daar even wachten?'

'Nee.' Hij schudde zijn horloge onder zijn manchet vandaan. 'Het lijkt me niet verstandig om onderzoeksjournalisten in de hal te laten met het Jordaanse contingent, dat hier al tien minuten geleden had moeten zijn.' Zijn sarcasme klonk ingehouden en daardoor nog scherper. 'Breng ze maar naar vergaderkamer vier, waar ik ze in het oog kan houden. Geef ze koffie, broodjes, wat dan ook. Ik kom straks wel naar ze toe, met Chris.'

Hij trok zijn mond opzij in een rechte lijn, zonder krul; zijn versie van een glimlach. 'Misschien kunnen we voortmaken? Waar gaat het nu feitelijk om?'

'Ridgeline, dat zei ik al.'

'Ik weet niet wat voor verhalen u denkt te hebben gehoord, maar van bedrijven zoals Ridgeline hebben we er dertien in het dozijn. Ze krijgen een opdracht, en die voeren ze uit. De helft van de tijd weten ze niet eens wat ze doen, dus kunnen ze makkelijk hun instructies verkeerd uitleggen of hun bevoegdheden overtreden. Het zijn voornamelijk ex-commando's, types die zich nogal eens, laten we zeggen... door hun enthousiasme laten meeslepen.'

Die luchtige toon, met nauwelijks een hapering – voor hem was het gewoon een zakelijke kwestie. Hier achter de schermen, waar hefbomen werden overgehaald en verliesposten keihard werden weggewerkt, voelde ik me naïef en misselijk. Ik zag zijn roze lippen bewegen en moest mijn walging onderdrukken om zijn woorden te kunnen volgen.

'Daarom beperkt Festman Gruber zijn contacten met bedrijven zoals Ridgeline zorgvuldig tot specifieke opdrachten, zoals de bescherming van belangrijke mensen. Soms heb je een valse waakhond nodig, zolang je hem maar goed aan de ketting houdt.'

'Het zou wel lastig zijn als die waakhond een administratie had bijgehouden van al zijn transacties met Festman Gruber.' Ik hield de envelop omhoog.

Ik keek hem aan. Reimer keek naar de envelop en griste hem sneller uit mijn vingers dan bij zijn houding paste. Hij scheurde hem open en liet de papieren in zijn hand glijden. Het was een complete set van de documenten op de harde schijf van het kopieerapparaat van Ridgeline, met de betalingen, rekeningnummers en telefoongesprekken die de connectie tussen Ridgeline en Festman Gruber aantoonden.

Zijn das, keurig gestrikt in een brede halve Windsor, leek opeens te strak om zijn adamsappel te sluiten. Hij liep rood aan, waardoor er stoppels op zijn gladgeschoren gezicht verschenen, maar het kostte hem niet veel tijd om zijn verbazing te verwerken en zich te herstellen. Toen hij opkeek, had hij alles weer onder controle. 'Wat Ridgeline in zijn eigen tijd doet, zullen ze moeten verantwoorden.'

Ik keek uit over de verdieping en gaf hem alle tijd. Er was genoeg te zien, een hele wereld binnen die glazen wanden, al die respectabele arbeid en noeste vlijt. De journalisten waren naar de vergaderkamer aan de overkant van de gang geloodst. Ze dronken koffie en de grote camera met het CNBC-logo lag op de tafel tussen hen in.

'Wij doen veel zaken, overal ter wereld, meneer Davis,' zei hij. 'De laatste keer dat ik ernaar keek hadden we connecties met meer dan tweehonderdduizend individuen, van wie een groot aantal in de agressieve beroepen. We kunnen niet instaan voor het temperament van al die afzonderlijke personen.'

'Maar deze individuen zijn verantwoording schuldig aan u,' zei ik. 'Of beter gezegd, dat wáren ze. U had de leiding over dit specifieke plannetje. Alle draden kwamen bij u samen, zodat u de waarheid keurig verborgen kon houden voor hogerhand.'

Hij ontkende het niet, wat erg dicht bij een bevestiging kwam.

'U kunt Ridgeline bereiken,' zei ik. 'U kunt ze tegenhouden.'

Hij trok zijn onderlip wat omlaag, alsof hij iets smerigs proefde. 'Ik kan wel zeggen dat het contact, en het vertrouwen, tussen onze bedrijven is geschaad.'

'U spreekt ze helemaal niet meer?' vroeg ik.

Dat had ik al vermoed, na wat Kazakov me over dergelijke afspraken had verteld. En vanwege de agressieve houding van Ridgeline tegenover hun alwetende opdrachtgever probeerde Festman Gruber zich nu gedeisd te houden, net als ik. Maar ik wilde een harde bevestiging dat het contact verbroken was, en ik moest Reimer uit zijn tent zien te lokken.

'Regelmatig overleg kan een nadeel zijn in kwesties waarin beide partijen...' hij zocht naar het juiste woord, 'omzichtig te werk moeten gaan. Vooral als het een ingewikkelde zaak betreft. En nu dit.' Hij slaakte een teleurgestelde zucht. 'Deze papieren maken wel duidelijk dat Ridgeline niet van plan is zich aan de overeenkomst te houden. Maar dat mes snijdt aan twee kanten. Dan zijn wij ook niet langer verplicht hun de gebruikelijke bescherming te bieden.'

Ik knikte naar de stukken in zijn hand. 'Dat zagen ze al aankomen, zo te zien.'

'Dit...' hij hield het stapeltje omhoog, 'kan met een paar telefoontjes worden rechtgezet.'

'Als uw directie bereid is de telefoon te pakken. Ze zullen liever hun handen van Ridgeline aftrekken, en van u. Want u weet hoe het werkt: als directie moet je geen geheimen hebben.'

Hij kuchte ongelovig. 'Documenten kunnen worden aangepast. In hun context geplaatst. Wij maken zelf het nieuws.' Bijna onbewust knikte hij in de richting van de verslaggevers aan de overkant van de gang. 'U denkt toch niet dat mijn directie mij zou laten vallen vanwege een paar velletjes papier?'

'Wel in combinatie met het verhaal dat ik kan vertellen.'

'U?' Hij glimlachte. 'Wij kunnen u elimineren. Niet uit de weg ruimen, maar elimineren. Uit alle overwegingen. Het gaat niet alleen om ons, maar ook om de schouders waarop wij staan, de databases waaraan we gekoppeld zijn, de instellingen die vertrouwen op onze resultaten.'

'Dat zei u al: "Ik ben de regering." Bespaar me de speech.'

Zijn lip krulde, nauwelijks waarneembaar. 'Ridgeline is maar een vis in ons aquarium.' Hij gebaarde om zich heen. 'Zoals iedereen. Wij gooien wat eten in de tank, en zij zwemmen erheen.' Een vage grijns. 'Maar dat zegt een eenvoudige leraar zoals u waarschijnlijk niets.'

Dat kwam aan. Als vanzelf dacht ik terug aan Deborah Vance in haar appartement, met de oude reisaffiches, de antieke meubeltjes en de retrostijl, zorgvuldig bijeengebracht vanuit een wanhopig verlangen naar een andere tijd. Roman LaRusso, agent van hopeloze, gehandicapte figuranten, begraven tussen stapels stoffige paperassen, met uitzicht op een gemetselde muur en een glimp van een billboard met een streepje blauwe lucht. Al die ingelijste, vervlogen dromen aan de muren van zijn kantoor: foto's met handtekening en oudbakken adviezen van mislukkelingen die niet meer recht van spreken hadden dan ikzelf: 'Leef voor het moment!' 'Blijf geloven!', en natuurlijk: 'Volg je droom!' Ik besefte wie ik was geworden op het moment dat deze nachtmerrie begon, twaalf eindeloze dagen geleden: een scenarioschrijver die het net niet had gemaakt, met een huwelijk dat op de klippen was gelopen. Ongeduldig, goedgelovig, bedelend om aandacht, tot alles bereid om maar te worden opgemerkt en zijn eigen noodlot te versnellen. Ik was alweer uit de schijnwerpers verwijderd, teruggeworpen in de echte wereld, waar ik niet verdiende of waardeerde wat ik allemaal al had.

Reimer keek me afwachtend aan. Zijn woorden galmden nog na in mijn hoofd: *Maar dat zegt een eenvoudige leraar zoals u waarschijnlijk niets.*

'Niet meer,' zei ik.

'Nee?'

'Films, scenario's, walvissen, sonar... het kan me allemaal niet meer schelen,' zei ik. 'Het gaat mij alleen nog om mijn vrouw.'

'Hebben ze haar?'

'Ja.'

'Blijkbaar zagen ze u aankomen,' zei hij met een zekere voldoening. 'Ze proberen de rotzooi achter zich op te ruimen. Ze zullen alles doen wat nodig is en er later wel een verhaal en een verdediging bij bedenken. Dat voorspelt niet veel goeds voor u en uw vrouw, ben ik bang.'

'Dus zitten u en ik in hetzelfde schuitje.'

'Behalve dat wij zo'n firma als Ridgeline van onze schoenzool kunnen schrapen, desnoods met een kernraket. Het gaat om je bondgenoten, wie je aan de telefoon kunt krijgen. Ridgeline denkt dat ze hiermee een verzekering hebben opgebouwd...' hij schudde met de papieren, het eerste teken van enige emotie, 'maar ze hebben alleen hun eigen begrafenis geregeld. Zij weten bijna niets, evenmin als u. Dit is immers nooit gebeurd. Ze hebben wel bewijzen van onze contacten, maar bewijzen zijn alleen relevant als er een onderzoek komt, een arrestatie, een proces. Wij plegen een paar telefoontjes en schrijven een heel nieuw verhaal. Dat begrijpen jullie niet. Jullie zijn als vissen in een vissenkom, gefascineerd door jullie eigen spiegelbeeld. Bedrijven als Festman Gruber bepalen zelf welk verhaal er naar buiten komt. Festman Gruber schrikt niet van een stapeltje gekopieerde documenten of de kruistocht van een moordenaar. Alle schuld wordt uiteindelijk op u afgeschoven, en de repercussies zijn voor Ridgeline.'

'Tenzij u zo vriendelijk bent geweest om mijn vragen te beantwoorden,' zei ik.

Zijn ogen gleden schichtig over mijn gezicht. 'U bedoelt dat u me hebt opgenomen?' Hij lachte, een kort blafje, maar zijn grijns leek aan zijn tanden vastgekleefd. 'Gelul. U bent door een metaaldetector gegaan.'

'De nieuwste apparatuur,' zei ik, 'heeft maar heel weinig metaal nodig.'

'Ik heb u gescand op radiosignalen.'

'Toen zond ik nog niet uit. U hebt het signaal zelf geactiveerd.'

Hij keek omlaag naar zijn armen, zijn handen en ten slotte naar de envelop die hij nog vasthield. Angstig tilde hij de losse flap op. Een flinter- dun doorschijnend vierkantje, niet groter dan een postzegel, zat op de gom van de flap geplakt. Het transparante contactje, losgetrokken om het zendertje te activeren toen hij de flap openmaakte, zat tegen de envelop zelf. 'Het heeft geen...' hij hapte naar adem, 'stroom.'

'Het zuigt vrije radiogolven uit de omgeving op en zet die om in een voedingsbron.'

Zijn blik gleed door de glazen wanden naar al die mobiele telefoons die mensen aan hun riem hadden hangen, de iPhones waarop assistentes zaten te werken, de routers die stonden te knipperen op boekenplanken; al die vrije radiogolven die zomaar konden worden opgepikt uit de lucht die hij de hele dag inademde, hier op de veertiende verdieping. Een zweetdruppeltje kwam onder een van zijn bakkebaarden vandaan en liep over zijn wang.

'Maar zo'n... zo'n klein zendertje heeft een ontvanger heel dichtbij nodig.' Hij haalde even zijn schouders op. 'Anders komt het nooit langs ons beschermingsveld.' Hij wees naar de kogelvrije glazen ruit van de hal, die de buitenwereld op afstand hield.

Ik tikte op de wand, waardoor het glas ondoorschijnend werd, en toen nog eens, zodat het weer opklaarde. Aan de overkant van de gang, in vergaderkamer vier, zaten de verslaggevers van CNBC onderuitgezakt in hun stoelen, met hun voeten op tafel, een donut te eten. De man aan het hoofd van de tafel knikte naar me, likte het glazuur van zijn vingers en wees veelzeggend naar de zware camera.

'Verborgen in de camera,' zei Reimer schor. 'Dat is de ontvanger.' Zijn stem klonk vlak, maar ik vermoedde dat het een vraag was.

'Ontvanger én zender,' zei ik. 'Om het signaal door te geven tot buiten het gebouw.'

'Ik geloof er niets van. Behalve wij is er misschien nog een handvol organisaties die over zulke afluisterapparatuur beschikt. Terwijl u... waar zou ú die technologie vandaan moeten halen?'

'Waar denkt u?'

Zijn gezicht vertrok, en ik geloof dat hij voor het eerst in heel lange tijd begreep wat angst was.

In de vergaderkamer boog de nepverslaggever zich naar voren en trok het magnetische CNBC-logo van de camera, waardoor het symbool van North Vector eronder zichtbaar werd.

Reimer maakte een geluid dat het midden hield tussen keelschrapen en kreunen.

'En ik heb North Vector nog een interne studie over relatieve sonarsterkten in handen gespeeld.'

Hij verbleekte.

'Die valse waakhond van u schijnt toch aan zijn ketting te zijn ontsnapt,' zei ik. 'U had het over belangrijke telefoontjes? Nou, die worden nu al gepleegd. Ik begrijp dat het gaat om een contract met een waarde van twintig miljard dollar, zo ongeveer. Dat bedrag lijkt me een goede reden voor uw baas om niet meer zo blij met u te zijn.'

'Oké,' zei hij. 'Oké, laten we erover praten. We kunnen de schade beperkt houden, iedereen tevredenstellen. Luister..' Hij legde een hand op mijn schouder die een zweetplek naliet. 'U hebt ons nodig om te bemiddelen in die situatie met uw vrouw. Wij zijn de enigen die Ridgeline onder druk kunnen zetten. Wij kunnen ze pijn doen.'

'Dat zei u al. Helaas weet u niet hoe u contact kunt krijgen.'

'Maar zodra ze zich melden.' Hij sprak nu dringend, met korte, harde lettergrepen. 'Dan hebt u ons nodig. Wij regelen dit wel. U kunt niet zonder mij. Zelfs als u de politie aan uw kant zou kunnen krijgen, is het geen goed idee om ze op die ontvoerders af te sturen. Niet tegenover dit soort types. Dan blijft er alleen nog een bloedvlek van uw vrouw over.'

Door de glazen wanden zag ik de klok in het aangrenzende kantoor. Het was 08.44 uur.

Nog drie uur en zestien minuten totdat...

'Geen politie,' zei ik. 'Geen geweld.'

Hij zuchtte ongelovig. 'Hoe dan wel?'

'Laat dat maar aan mij over. U kunt beter bedenken wat u de directie in Alexandria wilt vertellen. En ik zou maar zorgvuldig mijn woorden kiezen, want de bedrijfscultuur bij Festman Gruber komt op mij nogal agressief over.'

Ik liet hem op het kleed staan. Zijn kaarsrechte houding vertoonde een knik. Toen ik bij de deur was, hoorde ik zijn stem nog over mijn schouder, eerder vermoeid dan wraakzuchtig. Blijkbaar had hij zich neergelegd bij het naderende bloedbad. 'Je weet niet waar je aan begint,' zei hij. 'Je hebt geen idee met wat voor figuren je te maken hebt. Als je er in je eentje op afgaat, kun je je vrouw beter zelf een kogel door haar hoofd schieten.'

Mijn hand lag op de deurkruk. Ik sloot mijn ogen en dacht weer aan die korrelige opname op mijn mobiel, die Ridgeline me om middernacht had gestuurd: Ariana, in elkaar geslagen, terwijl ze geluidloos mijn naam schreeuwde. Het straaltje bloed uit haar mondhoek. Wat hadden ze verder nog met haar gedaan? Wat deden ze nu met haar? In één ding had Reimer gelijk. Ik wist niet waar ik aan begon. Maar had hij ook gelijk hoe het zou aflopen?

Ik stapte de gang in. De technici van North Vector stonden al te wachten. Toen we door het glazen labyrint liepen, kwamen hier en daar mensen achter hun computers overeind om ons na te kijken. Bij de liften keek ik om, maar Reimer had de glazen wanden van zijn kantoor weer ondoorschijnend gemaakt, als een donkere knoop in het midden, net als de steen van angst in mijn maag.

57

Ik parkeerde Dons Range Rover op een oprit aan het einde van een straat in een doodgewone woonwijk van North Hollywood. Met mijn mobiel belde ik de politie met de mededeling dat ik mezelf wilde aangeven en hun hulp nodig had om Ariana te redden. Ik had geen andere keus, zei ik erbij, nu mijn vrouw gevangen werd gehouden en over drieënvijftig minuten zou worden geëxecuteerd.

Zwetend zag ik het arrestatieteam naderen, gevolgd door de gewone patrouillewagens en Gables sedan.

Met hun machinepistolen in de aanslag renden de mannen van het arrestatieteam op de auto toe en doken naast de getinte raampjes op. Een gehandschoende hand rukte het linkerportier open en de loop van een MP5 werd naar binnen gestoken. Maar ik was er niet.

Ik stond ruim twee kilometer verderop geparkeerd, op een zandweg met uitzicht, turend door een militaire kijker die uit een sciencefictionfilm afkomstig leek, met een vergrotingsfactor waar een NASA-telescoop zich niet voor hoefde te schamen. Je kon het wit van de ogen van een vogeltje zien, had Kazakov gepocht.

Ik kon zelfs de tekst onderscheiden op het memoblaadje dat ik tegen het stuur had gekleefd: het adres van een houten bungalow, twee straten verderop.

Haastig liep ik terug naar de opgevoerde Dodge Neon die een anonieme vriend bij North Vector voor me had geregeld: de laatste keer dat Kazakov me zou helpen. Vanaf dat moment moest ik het zonder North Vector zien te redden. Technische hulp om een concurrerend bedrijf de voet dwars te zetten was één ding, mijn vrouw uit handen van haar ontvoerders redden iets heel anders. Kogels, risico's, aansprakelijkheid... de kans op een verkeerde afloop was gewoon te groot.

Maar ík had geen keus.

Ik pakte mijn telefoon en belde mijn favoriete paparazzo, die zich weer uit zijn schuilplaats had gewaagd.

'Ben je in positie?' vroeg ik.

'Ja.' Joe Vente stond er klaar voor. Hij kauwde kauwgom.

Afgelopen nacht had ik hem gebeld, en in ruil voor een primeur als ik het overleefde was hij bereid geweest zijn collega's te waarschuwen. Ze zouden van tevoren de straat in sluipen en zich verborgen houden totdat ik arriveerde. Ik had Joe op het hart gedrukt dat alles afhing van het juiste moment. Ik moest als eerste bij dat huis aankomen, voordat de fotografen zich lieten zien en de politie kwam. Dan kon ik DeWitt en Verrone confronteren met het feit dat het huis was omsingeld door camera's, alle mogelijke andere apparatuur, en een heel leger politiemensen. Hopelijk zou dat voldoende voor hen zijn om Ariana en mij te laten gaan.

'Maar,' vervolgde Joe, 'we hebben een probleem.'

Mijn adem stokte. Alles moest precies volgens plan verlopen. Als de mannen van Ridgeline iets in de gaten kregen voordat ik aanklopte, zouden ze Ari waarschijnlijk doden en ervandoor gaan.

Reimers woorden echoden weer door mijn hoofd: *Als je er in je eentje op afgaat, kun je je vrouw beter zelf een kogel door haar hoofd schieten.*

Als zij dat nog niet hadden gedaan.

'Een probleem?' Mijn stem klonk hoog en dun van angst. 'Wat dan?'

'Big News heeft er lucht van gekregen. Ik weet niet hoe ze erachter zijn gekomen, maar ze sturen een ploeg. En als zij verschijnen, zullen mijn mensen niet achterblijven. Je kent ons.'

Ik rende naar de auto. 'Joe, verdomme! Hoe kon dat nou gebeuren?'

'Ja, hoe gaan zulke dingen altijd? Iemand heeft iemand anders betaald voor een tip. Je hebt inmiddels twee smerissen vermoord, dus dit verhaal is nog groter dan de witte Bronco. Het Laatste Gevecht van Patrick Davis!'

Ik sprong in de auto, startte de motor en scheurde weg. Op de stoel naast me lag de dikke laptop van Jerry's signalanalyzer, met de puls van Ariana's regenjas vertaald in merkwaardig mooie amplitudegolfjes. In de zijkant was een mobiele gps-ontvanger gestoken. Het knipperende lichtje bevond zich in de straat voorbij de bocht die ik nog net kon onderscheiden door de stoffige voorruit.

'Hou iedereen daar weg,' zei ik. 'Je hebt ze toch wel verteld dat het gevaarlijk is? Een gijzelaarssituatie?'

'Natuurlijk, maar het wemelt hier van de fotografen. Iedereen wil een eerste glimp opvangen. Het kan niet lang duren voordat de ontvoerders iemand in de smiezen krijgen.'

Ik gaf plankgas en de banden slipten over de kiezels. 'Enig teken dat jullie al zijn opgemerkt?'

'Nee, man. Alle gordijnen zijn dicht. Het is doodstil.' Een seconde. 'Shit. Daar gaan we. Nou is de beer los.'

'Wat...?'

Ik stormde de hoek om, nog net op tijd om een nieuwshelikopter boven de heuvel te zien verschijnen. Hij blies een wolk van zand over mijn motorkap: Channel 2 News. Voor me uit waren de paparazzi ook in beweging gekomen. Ze renden van de ene voortuin naar de andere en sprongen over heggen heen, met hun camera's tegen zich aan geklemd. Een paar nieuwsbusjes scheurden vanaf de andere kant naar het huis. Ergens in het dal hoorde ik het vage geloei van sirenes, als teken dat de cavalerie onderweg was.

Dit ging me allemaal veel te snel.

Ik kon Joe nog maar nauwelijks verstaan boven de herrie uit: '... beweging achter de ramen. Opschieten, man!'

'Zie je Ariana?'

'Nee... niets...'

Fotografen sprintten met mijn auto mee om plaatjes van mij te schieten. Verderop zag ik tv-camera's, op veilige afstand van de stoep. Vaag hoorde ik Joe, met wisselende sterkte: '... richtingsmicrofoon... hoor ze daarbinnen... gaan door het lint...'

Verwarde verslaggevers mengden zich onder de freelancers die de auto omstuwden. Een paar huizen verder gooide ik het portier open en sprong naar buiten. 'Blijf bij dat huis vandaan!' brulde ik. 'Die kerels zijn gewapend!'

Een golf van paniek. Geschreeuw. Vragen.

Hun angst maakte de mijne nog dubbel zo groot. Stel dat ze bij het zien van de camera's Ariana zouden doden en zich een weg naar buiten schieten?

Ik begon te rennen, bij de meute vandaan. Hun aantal nam snel af toen ik het huis naderde. Zelfs paparazzi bleven liever uit de vuurlinie. Toch hadden een paar zich in de gevarenzone gewaagd. Een strijdlustige vrouw met hippiehaar richtte een camera vanachter een telefoonpaal. Een man met vingerloze handschoenen zat bij de brievenbus gehurkt. Zijn lens was over de oprit gerold, maar hij durfde hem niet te pakken.

Ik bleef voor het huis staan. Afbladderende korenbloemblauwe verf, een brede veranda, een bordje met TE HUUR op het gras in de voortuin. Het leek onvoorstelbaar dat er van die houten muren zo'n dreiging kon uitgaan. Maar wat had ik dan verwacht? Een kerker met druipende wanden? In dit soort huizen speelden zich stille drama's af, elke dag, in gewone buurten zoals deze, achter gesloten deuren en vrolijke alledaagse gevels.

Rechts van mij lag Joe op zijn buik tussen een paar lavendelstruiken. Niezend hield hij een richtmicrofoon naar het huis, verbonden met een oortje, om de trillingen vanaf de ramen op te vangen. Hij was me nog niet opgevallen toen ik naar de stoep kwam rennen.

'Wat hoor je?' vroeg ik hem.

Met zijn gezicht nog steeds tegen de grond gedrukt antwoordde hij: '"Wat is dit, godverdomme? Jezus christus! Dit gaat fout."'

Sirenes kwamen loeiend de heuvel op.

Een schaduw achter het gordijn aan de voorkant. Toen de donkere ovaal van een gezicht, dat me aanstaarde. Als verstijfd keek ik terug.

'Wacht even.' Joe schraapte zijn keel en luisterde weer. '"Schiet dat wijf overhoop. En dan wegwezen!"'

Ik had het gevoel dat ik niet rende, maar zweefde over het pad.

Je hebt geen idee met wat voor figuren je te maken hebt. Er blijft niet meer dan een bloedvlek van je vrouw over.

Ik bonsde op de deur. 'Wacht!' schreeuwde ik. 'Ik ben het. Patrick! Ik heb informatie voor jullie!'

Stilte. De deur zat op slot. Ik sloeg en schopte tegen het hout. 'Wacht, wácht! Jullie moeten met me praten!'

De deur ging open, een reusachtige hand kwam tevoorschijn, greep mijn shirt en sleurde me naar binnen. Ik glibberde over de gladde tegels en zag DeWitts gezicht, dat op me neerkeek. Verrone stond naast hem. Twee andere mannen met een militair postuur hadden zich opzij van de ramen opgesteld, gewapend met geweren met een korte loop. Een van hen was rood aangelopen en wiebelde zenuwachtig met zijn knie. Hij zwaaide de loop van zijn wapen in de richting van mijn hoofd. 'Schiet hem neer! We moeten hier weg.'

Ik deinsde terug voor de starende, dodelijke opening van de loop en schreeuwde: 'Jullie moeten weten wat ik bij me heb!'

De sirenes hadden ons nu bijna bereikt.

Ik zag een gesloten deur, die waarschijnlijk toegang gaf tot de slaapkamer. Ariana. Met moeite scheurde ik mijn blik ervan los. 'Is zij daar?'

Geen antwoord van de mannen van Ridgeline.

'Is het goed met haar?' Mijn stem beefde.

Zweet parelde op het voorhoofd van DeWitt. 'Wat heb je gedaan, verdomme? Wat heb je gedáán?'

Ik haalde een bruine map uit mijn jack en smeet die naar hem toe. De papieren dwarrelden over de vloer. Geldopnames, clandestiene foto's, alle bankafschriften en telefoongegevens met de betalingen voor de moorden op Mikey Peralta, Deborah B. Vance en Keith Conner.

'Nee,' zei Verrone. Wankelend deed hij een stap terug. 'Hoe...?'

'De harde schijf van jullie kopieerapparaat.'

Verrone wierp een woedende blik naar een van de mannen bij het raam, die zei: 'Jullie hadden me niets verteld over een harde schijf, verdomme.'

'Deze papieren bewijzen de rol van Festman Gruber,' zei ik snel. 'Maar ook jullie eigen aandeel.'

'Nou en?' zei Verrone. 'Wij hebben Festman in onze macht. Ze moeten ons wel helpen, anders gaan ze zelf de vernieling in. En daar zijn het niet de types voor, geloof me.'

'Juist,' zei ik. 'Wederzijds gegarandeerde vernietiging. Maar weet je? Daar maak ik geen deel van uit.'

'Wat bedoel je?'

'Ik heb alle troeven in handen. Plus de disk met het onderzoek naar die illegale decibels. Ik weet wat dat betekent voor alle betrokken partijen.'

'Hoe dan?'

Heel langzaam haalde ik de digitale recorder uit mijn zak en drukte op de rode knop. De stem van Bob Reimer vulde de kamer: '*Deze papieren maken wel duidelijk dat Ridgeline niet van plan is zich aan de overeenkomst te houden. Maar dat mes snijdt aan twee kanten. Dan zijn wij ook niet langer verplicht hun de gebruikelijke bescherming te bieden.*'

'Reimer wéét het?' zei DeWitt. 'Festman weet het allemaal al? Verdomme.'

'En deze klootzak heeft ze de papieren gebracht?' vroeg de man bij het raam.

'We moeten hier afronden en wegwezen,' zei de ander. 'Nu!'

Verrone ijsbeerde in korte cirkels en streek woest met zijn handen door zijn haar. Zijn gele gezicht was grauw geworden. Hij trok een pistool en richtte het op mijn gezicht. Ik zag een spiertje trillen bij zijn slaap en kromp ineen, wachtend op de knal.

'Jullie kunnen Festman niet langer dwingen,' zei ik. 'Jullie macht is verdwenen. Daar heb ik voor gezorgd. En dat weten ze. Het is gebeurd met jullie. Afgelopen. Schaakmat.'

'*Ridgeline denkt dat ze hiermee een verzekering hebben opgebouwd,*' vervolgde de stem van Bob Reimer, '*maar ze hebben alleen hun eigen begrafenis geregeld.*'

De mannen van Ridgeline wisselden een blik. Ze keken elkaar beurtelings aan, lazen de stemming, wogen de kansen en hun loyaliteit aan elkaar. Ik hoorde het slikken in DeWitts keel. De twee mannen bij de ramen aan de voorkant stapten bij de gordijnen vandaan.

'De politie is er,' zei de zenuwachtigste van de twee. 'Zo meteen zetten ze de omgeving af. Nu kunnen we nog schietend ontkomen. Maar dan wel nú.'

Verrone dacht na, vanachter zijn eigen wapen. Hij deed een stap naar voren, legde het koele metaal tegen mijn voorhoofd en bleef duwen, totdat ik op mijn knieën zat. Ik liet de digitale recorder vallen, maar die speelde verder. Mijn gesprek met Reimer in de gefilterde lucht van dat kantoor leek een partijtje badminton, hierbij vergeleken.

'Dus jij denkt dat je nu de baas bent?' zei Verrone. 'Jij denkt dat je het script kunt schrijven? Je hebt een paar handige zetten gedaan en ons in een hoek gedreven. Maar op dit moment is het jij en wij, samen in een kamertje. Wat maakt jou dan de baas?'

'Alle camera's zijn op mij gericht.'

'Die paar journalisten...'

'Meer dan een paar,' zei ik. 'Er cirkelen nieuwshelikopters boven dit huis, het wemelt van de verslaggevers en een arrestatieteam staat klaar. Iedereen kan alles volgen. Jullie komen hier niet weg. Jullie kunnen niets doen zonder dat iedereen het weet.'

Je troeven uitspelen.

Nog meer sirenes, die abrupt zwegen. Het geratel van de nieuwshelikopters in de lucht. De gordijnen onttrokken de drukte aan het zicht, maar we hoorden het geroep, de voetstappen, de auto's, de schreeuwende fotografen, iemand die een bevel gaf om de wagens te verplaatsen.

'Jullie willen niet nog een moord op je geweten, na alles wat jullie al hebben geflikt.'

DeWitt doemde naast Verrone op. 'Zo is dat.'

De loop werd nog harder in mijn gezicht gedrukt. Ik zette me schrap, vocht tegen mijn angst en bad dat ik mijn volgende ademtocht nog zou halen, en die daarna, en dat Ariana's hart nog klopte achter die gesloten deur.

Mijn stem sloeg over. 'Wácht... wacht even. Denk goed na. Wat is jullie enige uitweg? Met de politie praten. Meewerken, als kroongetuigen tegen Festman Gruber. Bedenk hoeveel macht ze hebben. Dat is jullie enige kans tegen die lui. Maar dan wel nu. Meteen.'

Reimers stem klonk weer uit de recorder: '*Alle schuld wordt uiteindelijk op u afgeschoven, en de repercussies zijn voor Ridgeline.*'

De mannen drongen op en kwamen om me heen staan. Mijn knieën deden pijn, mijn hoofd bonsde. Mijn hart pompte zo snel dat ik duizelig werd. Ze torenden boven me uit, als expressieloze beulen. Verrones arm bleef onbeweeglijk, als van een standbeeld. Zijn vinger, om de trekker gekromd, was wit weggetrokken bij de plooien.

Ik sloot mijn ogen, eenzaam in het donker. Mijn hele wereld bestond alleen nog uit dat stalen cirkeltje tegen mijn voorhoofd.

De druk verdween.

Ik opende mijn ogen. Verrone had zijn pistool laten zakken. De mannen stapten terug, niet helemaal synchroon. DeWitt spande zijn lippen om zijn tanden, alsof hij zijn kaken op elkaar klemde. Een van de anderen ging met een klap op de grond zitten en de vierde liep terug naar het raam. Het leek of de ban was gebroken. Ze maakten een versufte, verdoofde indruk.

Wankelend kwam ik overeind. Het viel me op dat ik nog geen enkel geluid uit de achterkamer had gehoord. Ariana had niet één keer geroepen of gehuild. 'Zit mijn vrouw achter die deur?'

Maar ze stonden daar maar, met hun pistolen langs hun zij, te versuft om te antwoorden.

Ik knipperde mijn tranen terug. 'Leeft ze nog?'

Verrone knikte naar de man bij het raam, die zijn hand uitstak en het gordijn opzij trok. Een fel schijnsel viel naar binnen. Ik zag een uitgebleekt tafereel van camera's, nachtkijkers, voorruiten en vuurwapens. Alles en iedereen had zich daar verzameld, met hun blikken op dit onverwachte spektakel gericht. En wij keken terug, vanachter de glazen ruit.

Starend tegen het licht in stak Verrone zijn handen omhoog. DeWitt en de andere twee volgden zijn voorbeeld.

Toen DeWitt zijn armen omhoog bracht, zag ik een rode streep langs de onderkant van zijn arm. Een druppel gleed omlaag en bleef aan zijn elleboog hangen.

Op hetzelfde moment hoorde ik niets meer. Het geroep op straat, het dreunen van de helikopters, alles viel opeens stil. Door het raam zag ik een politieman bij de afzetting in een megafoon roepen. Zijn mond was half zichtbaar en de pezen in zijn hals spanden zich, maar zonder dat hij geluid voortbracht.

Ik hoorde enkel nog mijn eigen hartslag en de gedempte echo van mijn schreeuw: 'Wat hebben jullie gedaan? Wat hebben jullie met haar gedaan?'

En ik sprintte naar die dichte deur, zo snel als ik kon, al leek het in slow motion. Het arrestatieteam stormde naar binnen; ik voelde het aan de trillingen, de splinters van de voordeur die tegen mijn nek sloegen, een houten paneel dat langs mijn hoofd vloog. Ik was nog maar een meter bij de dichte deur vandaan en brulde Ariana's naam toen ik de agenten achter me hoorde, hun lichaamswarmte voelde, de luchtstroom van hun stampende benen, hun zwaaiende armen. Ze schreeuwden in mijn oor. Ik zag elke draad van het tapijt, een zee van vezels die me nog scheidde van mijn vrouw. Mijn arm zweefde voor me uit, met dikke aderen op de rug van mijn verkrampte hand. Iemand raakte me tegen mijn kuit en bracht me uit mijn evenwicht, maar ik herstelde me en stortte me naar voren. Bijna,

bijna. Toen kregen de agenten me te pakken. Ze grepen me bij mijn rug en mijn benen en smeten me tegen de grond. Mijn hoofd sloeg tegen iemands hak en ik draaide om mijn as, vlak voordat ik wegzakte in een diepe duisternis. Het laatste wat ik zag was die deur, nog altijd gesloten voor het bloederige tafereel dat erachter wachtte.

58

Ik kom uit het kantoortje van de rector van Loyola High, steek het frisse gras aan de voorkant over en draai mijn gezicht naar de zon toe. Het is juli, mijn lievelingsmaand. Eindelijk is de somberheid verdreven. Voor zo'n ongeduldige stad stelt Los Angeles de zomer altijd heel lang uit.

In mijn hand houd ik een aanbieding om Amerikaanse literatuur te geven in de bovenbouw. Natuurlijk zeg ik daar ja op, hoewel ik in het kantoor nog een slag om de arm hield. Ik wilde de voorpret wat rekken, zoals je de onderste helft van een Oreo nog even bewaart door een slok melk te nemen.

Ik was verlost van al mijn juridische problemen. Na dagen van dodelijk vermoeiende verhoren, en met de hulp van die goed geplaatste telefoontjes waar Gordon Kazakov zoveel belang aan hecht, had ik mezelf van alle beschuldigingen vrijgepleit. Waarheid, gerechtigheid en dat soort gelul, zoals rechercheur Sally Richards zou hebben gezegd. Een uitvoerig onderzoek is alleen maar in je voordeel als je werkelijk onschuldig bent.

Zelfs de aanklacht tegen mij omdat ik Keith Conner op zijn gezicht zou hebben geslagen was ingetrokken. Nu ze Keith niet meer hoefden te beschermen wilde Summit Pictures zo min mogelijk met mij te maken hebben. Je ligt pas écht in de goot als niemand je meer een proces wil aandoen. Bij de laatste telling was de rekening van mijn advocaat net zo hoog opgelopen als het bedrag dat ik met mijn filmscript voor *They're Watching* had verdiend.

De film was vorige maand uitgekomen, niet met veel tamtam, maar heel stilletjes. Het tweede weekend had ik eindelijk de moed bijeengeschraapt om erheen te gaan. Met een gevoel als van een vieze, oude man in een pornozaaltje zat ik op de achterste rij van een lege bioscoop in de Valley. Het was erger dan ik had kunnen denken. Hoewel Keith uit piëteit in de kritieken was gespaard, waren de recensenten vernietigend geweest in hun oordeel. Een voorspelbare plot, afgezaagde dialogen, bordkartonnen karakters en een opgefokte, verwarrende montage om de adrenaline wat aan te jagen. Op zijn geheel eigen manier een meesterlijk mislukte film. Kenneth Turan opperde dat het script door een computerprogramma was geschreven.

Toen mijn naam op de aftiteling verscheen, besefte ik – net als zoveel afgrijselijke zangers in de eerste ronde van *American Idol* – dat ik hier eigenlijk helemaal niet goed in was. Dat ze me van de set van *They're Watching* hadden geschopt was een van de beste dingen die me hadden kunnen overkomen. Bijna had ik mijn hele leven weggegooid, enkel en alleen vanwege een jeugddroom die ik nooit kritisch onder de loep had genomen en die me eigenlijk ook niets meer zei.

Ik kijk liever naar films dan ze te schrijven.

Ik geef liever les.

Als ik daar op het grasveld sta, open ik weer mijn ogen. Ik draai me om, kijk naar de school en zie mijn spiegelbeeld in het raam van de kapel. Een kaki broek en een hemd van Macy's. Een versleten rugzak bungelend aan mijn hand. Patrick Davis, leraar aan een middelbare school. Na al die ellende ben ik weer terug bij af.

Nee, toch niet.

Ik stap in mijn Camry. De binnenkant is een beetje geschroeid door de schokgranaat, maar niet te ernstig, omdat mijn gezicht zo vriendelijk was om de grootste klap op te vangen. Ik kan me nog geen nieuwe auto veroorloven, maar ik heb wel alle knopjes en metertjes op het dashboard laten repareren en me heilig voorgenomen ze nooit meer kapot te slaan.

Ik leg het aanbod van de baan in het handschoenenkastje, als een kostbare schat, en rijd naar huis, eerst in westelijke richting over de 10, dan over Sunset Boulevard om met de bochten mee te surfen. Mijn haar wappert in de wind die door het open raampje blaast. Ik zie de dure huizen voorbijglijden achter hun hekken en vraag me niet eens af hoe het zou zijn om daar te wonen.

Mijn leven lijkt niet langer op *Enemy of the State*. Niet meer op *Body Heat* of *Pay it Forward*.

Het is mijn éígen leven.

Ik stop om de was bij de stomerij op te halen en knik tegen de man achter de toonbank, die me iets te lang aankijkt. Mensen kijken nu anders naar me, maar ook dat slijt met de dag. Als roem al vluchtig is, dan is beruchtheid in L.A. niet meer dan het oplichten van een vuurvliegje. Toch is alles nog lang niet normaal, en dat zal het ook nooit worden. 's Nachts schrik ik nog angstig wakker, overdag heb ik paniekaanvallen en zo nu en dan breekt het zweet me uit als ik in de brievenbus kijk of de ochtendkrant opensla. En de meeste dagen, als het te stil is of niet stil genoeg, gaan mijn gedachten weer naar mijn vrouw, vastgebonden in het achterkamertje van dat houten huis. Hoe ze zich tegen haar ontvoerders verweerde en haar tanden in DeWitts arm zette toen hij haar een prop in de mond duwde. Hoe ze, in blinde paniek, diep in haar hart wist dat ze dit niet zou overleven.

Sally werd bij haar begrafenis als een heldin geëerd. En dat was ze ook. Ik zie helden steeds vaker als doodgewone mensen, die besluiten ergens voor op te komen, zonder dat daar iets tegenover staat. Toen ik haar kist in de grond zag zakken, voelde ik me diep ellendig. Ik denk niet dat ik haar combinatie van kalmte en cynische scherpzinnigheid ooit nog zal tegenkomen. Haar zoontje zal door een nicht worden geadopteerd. De instanties buigen zich nog over Valentines zaak, maar ik betwijfel of zijn vier jongens zo goed terecht zullen komen.

De vier mannen in dat houten huis – van wie niemand werkelijk De-Witt of Verrone heette – hebben allemaal een deal gesloten. In ruil voor hun getuigenis tegen Festman Gruber zullen ze de doodstraf ontlopen, maar ze moesten wel instemmen met levenslang zonder gratie. Ik denk aan Sally en Keith, Mikey Peralta en Deborah Vance, en ben blij dat die mannen de rest van hun leven van dienbladen zullen eten en over hun schouder zullen moeten kijken.

Als ze de waarheid spreken, vormden zij het hele team voor deze klus. Ridgeline en de talloze onduidelijke maatschappijtjes eromheen worden nu grondig onderzocht, maar ik hoorde dat het papieren spoor na aankomst in Bahrein heel moeilijk te volgen is.

Bob Reimer, het boegbeeld van het schandaal, is er niet goed van afgekomen. Hij zit in voorarrest en krijgt een bijzonder proces, dat op de doodstraf zou kunnen uitlopen. Terwijl hij zich met een ondoorgrondelijk, grauw gezicht blijft verdedigen, wroeten de politie en de media nog steeds in de juridische afdeling van Festman Gruber. Reimers welgestelde collega's wacht een vloedgolf van lichtere aanklachten. Sommigen van hen zullen hem misschien nog in de gevangenis tegenkomen als hij niet wordt terechtgesteld.

De directie van Festman was natuurlijk verontwaardigd over alles wat er was gebeurd. Het aandeel is gekelderd, en dat vinden die klootzakken nog het ergst, durf ik te wedden. Zonder dat er in het openbaar een woord aan is vuilgemaakt is het sonarcontract met de marine van Festman Gruber naar North Vector gegaan. De stemming in de Senaat over de decibellimiet nadert nu snel, en Kazakov lijkt ervan overtuigd hoe het zal uitpakken.

Bedankt, Keith Conner. Je hebt je leven gegeven voor de goede zaak. James Dean heeft nooit de walvissen gered. Jij wel, op een vreemde manier.

Trista Koan heeft een volgend filmproject onder handen, over kikkers

340

in het Amazonegebied, die door het broeikaseffect dreigen uit te sterven. Een nieuwe jongen, een of andere popster, zal het commentaar inspreken. Hij schijnt wel goed te zijn. Toen zijn vorige album goud werd, kwam zijn poster op dat billboard bij LaRusso Agency te staan, als vervanging van Keith. Hopelijk hangt hij daar volgende maand nog steeds.

Ik sla af bij Roscomare en rijd de heuvel op, langs stellen die de hond uitlaten, tuinlui die pick-ups inladen, en het McMansion met de nepkantelen uit de Engelse middeleeuwen. Paul McCartney fluistert *words of wisdom* uit mijn oude speakers, totdat hij plaatsmaakt voor het nieuws. Een van de Lakers is betrapt met een travestiet in een toilethokje in Venice Beach. Ik zet de radio uit en laat de wind over mijn gezicht blazen om de lucht te zuiveren van al die schandalen en sensatiezucht.

Ik stop bij Bel Air Foods en loop door de gangpaden, terwijl ik een wijsje fluit en de boodschappen afstreep op het lijstje in mijn hoofd. Als ik al bijna bij de kassa ben, schiet me nog iets te binnen en ga ik terug voor een potje prenatale vitamines.

Bill slaat alles aan. 'Hoe gaat het vandaag, Patrick?'

'Geweldig, Bill. En met jou?'

'Kon niet beter. Werk je al aan je volgende script?'

'Nee.' Ik glimlach, tevreden met mezelf en met de wereld, op dat moment. 'Ik hou van films, maar dat maakt me nog geen scenarioschrijver.'

Zijn blik blijft even op de vitamines rusten als hij ze langs de scanner haalt. Hij kijkt op en knipoogt naar me.

Ik rijd naar huis, zet de auto in de garage en blijf nog een tijdje zitten. Links, op de plank, zie ik Ariana's trouwjurk in zijn doorschijnende opbergbox. Ik open het handschoenenkastje en lees de brief met het aanbod voor de baan nog eens door, om zeker te weten dat hij echt is. Ik denk aan onze eerbiedwaardige keukentafel met zijn foutje, en de pas geschilderde babyblauwe muren van mijn voormalige werkkamer. Tranen van dankbaarheid glijden over mijn wangen.

Met de boodschappentassen in mijn armen loop ik het pad af naar de brievenbus. Een beetje angstig maak ik hem open, maar de post – net als gisteren en eergisteren – is gewoon post. Ik klem de enveloppen onder mijn arm en sta even te kijken naar het huis waarop ik opnieuw verliefd geworden ben.

Naast ons, op het grasveld van de Millers, staat een bordje met TE KOOP. Ze verkopen alles, om de papierwinkel wat overzichtelijker te maken. Achter Martiniques zijden gordijnen zie ik een jong stel dat wordt rondgeleid. Ze hebben hun hele leven nog voor zich.

Bij de omgespitte aarde van het perk naast ons eigen grasveld liggen een paar smalle werkhandschoenen en een plantenschepje. Ik loop het pad af naar de deur. Uit een van de boodschappentassen steekt een stokbrood, als op een ansichtkaart uit Frankrijk. Ik denk aan alle dingen die ik heb nagejaagd, om de verkeerde redenen. En hoe ik nu, eindelijk tot rust gekomen, een energie voel als nooit tevoren.

Op de veranda zet ik de boodschappen neer en haal uit een van de tassen het boeketje mariposa's. Lavendelblauw. Dan stap ik naar voren, en bel aan alsof ik mijn geliefde het hof kom maken. Ik hoor haar voetstappen.

Ariana opent de deur. Ze ziet mij, ze ziet de bloemen en ze steekt een hand uit naar mijn wang.

Ik stap over de drempel, tegen haar warme handpalm aan.

Dankwoord

Graag dank ik mijn geweldige redacteur, Keith Kahla, mijn uitgever, Sally Richardson, en de rest van mijn team bij St. Martin's Press, onder wie – maar zeker niet alleen – Matthew Baldacci, Jeff Capshew, Kathleen Conn, Ann Day, Brian Heller, Ken Holland, John Murphy, Lisa Senz, Matthew Shear, Tom Siino, Martin Quinn en George White. Verder mijn redacteur in Engeland, David Shelley, en zijn talentvolle mensen bij Sphere, en überagenten Lisa Erbach Vance en Aaron Priest. Mijn dierbare juristen Stephen F. Breimer en Marc H. Glick. Rich Green van CAA. Maureen Sugden, mijn kopijredacteur, die mijn grammatica, mijn dictie – en waarschijnlijk zelfs mijn houding – verbeterde. Geoff Baehr, mijn technologie-goeroe, die soms dé technologiegoeroe lijkt. Jess Taylor, voor het eerste commentaar. Philip Eisner, die zijn aanzienlijke talent als lezer ter beschikking stelde. Simba, mijn trouwe Rhodesian ridgeback, het ideale gezelschap om tijdens het schrijven onder je voeten te hebben. Lucy Childs, Caspian Dennis, Melissa Hurwitz M.D., Nicole Kenealy, Bret Nelson M.D., Emily Prior en John Richmond, voor hun onschatbare hulp, in allerlei vormen. En ten slotte Delinah, Rose Lenore en Natty: samen mijn hart.

Blijft u graag op de hoogte van de nieuwste
spannende boeken?

Kijk dan op

www.awbruna.nl

en geef u op voor de spanningsnieuwsbrief.

Op deze manier krijgt u steeds als eerste alle informatie
over nieuwe boeken en kunt u gebruikmaken van
aantrekkelijke kortingen en andere lezersacties.